Camille

Sur l'auteur

François-Henri Soulié est un homme de théâtre aux multiples casquettes : écrivain, comédien, marionnettiste, scénographe, metteur en scène et scénariste. Il a reçu le Prix du premier roman du festival de Beaune en 2016 pour *Il n'y a pas de passé simple*, paru aux Éditions du Masque. Ce livre a inauguré la série des « Aventures de Skander Corsaro ».

François-Henri Soulié est l'auteur chez 10/18 d'une trilogie écrite à quatre mains avec Thierry Bourcy, qui nous fait voyager à travers l'Europe du début du XVIIe siècle : *Le Songe de l'astronome*, *La Conspiration du Globe* et *Ils ont tué Ravaillac*.

Angélus, premier volume de la série « Occitania », est lauréat du Prix France Bleu – Grands détectives et du Prix *Historia*. *Magnificat* et *Requiem* sont les deuxième et troisième volets.

De F.-H. Soulié et T. Bourcy
aux Éditions 10/18

LE SONGE DE L'ASTRONOME, nº 5147
LA CONSPIRATION DU GLOBE, nº 5190
ILS ONT TUÉ RAVAILLAC, nº 5307

Du même auteur
aux Éditions 10/18

Série « Occitania »

ANGÉLUS, nº 5664
MAGNIFICAT, nº 5797
REQUIEM

FRANÇOIS-HENRI SOULIÉ

MAGNIFICAT

10/18

ISBN 978-2-264-07966-4
Dépôt légal : septembre 2022

À Fabienne Gramaglia, inlassable lectrice

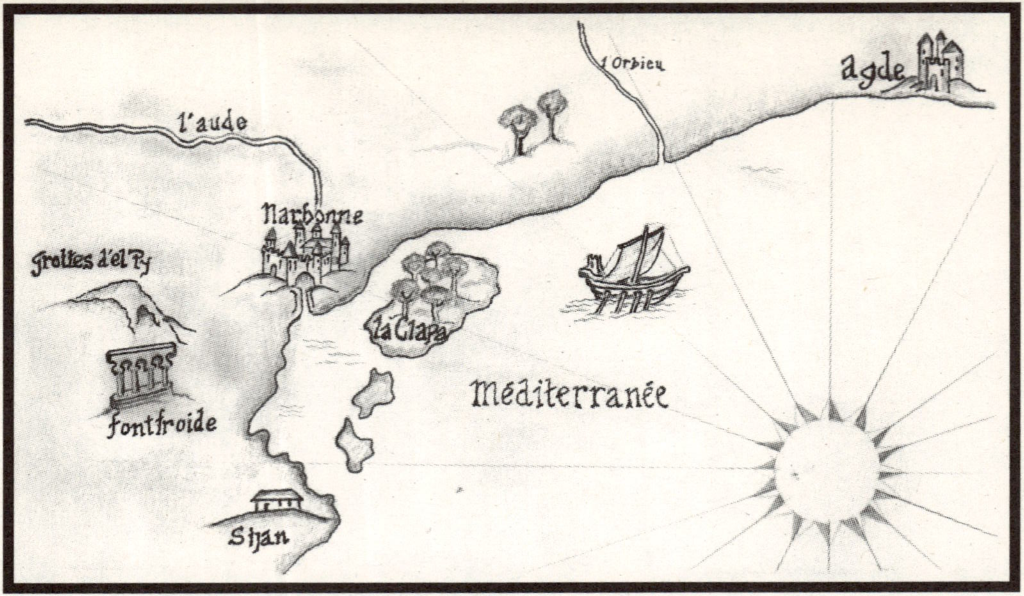

Trajets effectués par les personnages :

Lobar le Loup et les mercenaires : Grottes d'el Py – Sijan – Agde.

Compostelle et Donat : Agde – Narbonne.

À cette époque, le massif de La Clape (*La Clapa*) est une île et la rivière Aude traverse Narbonne.

« La vie n'est qu'une ombre errante, un pauvre acteur qui se pavane et se tourmente sur scène, une heure durant, et puis plus rien... »

William Shakespeare, *Macbeth*

« Tout, en effet, chez les hommes, ne se fait-il pas selon la Folie, par des fous, chez des fous ? »

Érasme, *Éloge de la folie*

Prologue

ROUGE-NEIGE

Blanche est la campagne et blanc tout l'horizon. On dirait que la mer a englouti la terre entière dans un linceul d'écume blafarde et figée. Ni les arbres ne bougent, tout engainés de givre, ni le ciel, pétrifié dans sa blancheur uniforme.

Nombreux sont les jours et nombreuses les nuits depuis que la neige s'est mise à tomber. Nul ne s'aventure plus à pied ni à cheval par les chemins du comté. Nul n'a mémoire de pareil temps du diable en pays narbonnais.

Cela fait pourtant plus d'une heure qu'Aldo chevauche à dos de mule dans la solitude et le silence frileux. Il y aurait grand péril à vouloir pousser au trot. À chaque pas, la pauvre bête enfonce dans la neige, plus haut que le paturon. Par moments, son cavalier se penche sur l'encolure et l'encourage de sa main emmitouflée de fourrure.

— Va, ma belle, va ! lance-t-il chaque fois.

Et la bouffée de son haleine se mêle à celle de la mule, vivant nuage vite dissous dans l'air glacial.

Ils sont partis tôt matin, profitant d'une accalmie du ciel. Cette mission, ils auraient dû la jouer aux dés, lui et ses compagnons de la garde. Mais les autres n'ont pas voulu.

« C'est à toi, Aldo, que revient cet honneur.

— Mais pourquoi ?

— Tu es le plus jeune de nous tous, donc le plus vif et aussi le plus léger. Tu seras d'un moindre poids pour ta monture et plus vite rendu à destination. Le message est urgent, tu le sais. »

Il n'a rien trouvé à répondre à de tels arguments. L'aurait-il fait que les autres n'en auraient pas démordu. Il s'est contenté d'acquiescer. Pour lui montrer leur reconnaissance, les hommes d'armes ont aidé le jouvenceau à se vêtir contre la froidure. L'un lui a noué une épaisse cape de laine par-dessus son bliaud matelassé ; l'autre a serré autour de ses mollets deux belles jambières en cuir de sanglier. Le chef de la garde, Odín Glumsson, lui a même remis, à titre exceptionnel, une paire de gants en peau de chat. Il n'en existe pas de plus chauds. Il devra les rendre au retour. Au moment du départ, les gardes ont pris Aldo dans leurs bras. Ils l'ont serré d'une étreinte virile et lui ont souhaité bonne route.

Ainsi paré, il a enfourché la mule sans oublier de glisser dans la fonte de la selle le précieux rouleau d'écorce, fermé à ses deux bouts par un capuchon de liège. À l'intérieur se trouve le parchemin marqué du sceau de la vicomtesse Ermengarde. C'est une missive qu'elle adresse à son neveu, le baron Aymeri de Lara, qui séjourne en l'abbaye de Fontfroide. Il paraît que cela ne saurait attendre le dégel.

À sa ceinture, Aldo a fixé un coutelas, en cas de

malencontre. À son cou pend une outre de vin chaud. Au sortir de la cité, passé la porte de l'Eau, il en a bu une large rasade afin de se donner du cœur. Puis il a glissé l'outre entre cape et bliaud afin d'en préserver la chaleur. Mais à présent, c'est à peine s'il perçoit encore une vague tiédeur contre son ventre.

Or voici que le ciel semble soudain descendre sur la terre. Une nouvelle bourrasque de neige oblige Aldo à rabaisser le bord de son chapeau. Ses cils sont ourlés de givre. D'un revers de gant, il essuie ses paupières. Il doit redoubler de vigilance pour éviter ornières et fossés à peine discernables dans le moutonnement du chemin. Heureusement, la mule a le pied sûr. Heureusement, Fontfroide n'est guère plus qu'à unc lieue de marche. Le jeune homme a reconnu les hautes falaises qui entourent la combe d'El Py. D'immenses draperies de cristaux ornent les roches bleues tandis qu'au bas de la vallée, en place du ruisseau, serpente un ruban de glace plus dur que de la pierre. Et la danse des flocons s'affole dans la morsure de la bise. Il faut se hâter.

— Va, ma belle, va ! À toi, la bonne paille de l'écurie. À moi, la chaude soupe des moines, dit Aldo dans un souffle à l'oreille de la mule.

Mais, alors qu'il se redresse, une vive douleur le prend entre les épaules. Comme un coup qu'on lui aurait porté. Sous le choc, il a rejeté sa tête en arrière. Son chapeau s'est envolé au vent furieux. Aussitôt, la douleur se répand dans toute sa chair. Il baisse le menton et ce que voient ses yeux est une chose horrifiante. Une pointe de flèche a jailli au beau milieu de sa poitrine. Un flot rouge se répand à longs jets sur son bliaud, ruisselle sur le flanc de la mule, teint de pourpre le chemin immaculé. « L'outre est percée, pense-t-il, alors que c'est son propre cœur qui le fuit. Quel dommage, un si bon vin ! »

L'instant d'après, comme s'écroule un arbre sous la cognée, le jeune messager choit dans la neige rouge.

PREMIÈRE PARTIE

LA MACHINE DE GUERRE

Chapitre 1

DAME ERMENGARDE & DAME ALOÏS

Les artifices glorieux

Le peigne d'ivoire glisse avec lenteur dans les longs cheveux. Après un soigneux brossage qui leur a rendu le gonflant perdu sur l'oreiller, Aloïs s'applique à les diviser en mèches épaisses qu'elle tressera ensuite, y mêlant fils d'or et rubans emperlés. Entre ses mains expertes, la vicomtesse de Narbonne s'abandonne à la caresse du peigne.

Bien que l'âge en ait terni l'éclat, dame Ermengarde est fière de sa chevelure qui fut tant vantée par les troubadours. Et en dépit de la mode qui veut que la tête entière soit prise en une coiffe serrée, elle se plaît à laisser dépasser de lourds cerceaux de cheveux bien nattés retombant sur sa nuque et ses épaules. Non qu'elle soit coquette – elle ne le fut jamais ni par nature ni par désir –, mais pour l'entrevue qui l'attend, elle se doit d'être telle qu'elle a toujours été, belle, inaccessible et sereine en son pouvoir.

Ce matin, elle reçoit une délégation des marchands de Narbonne. C'est elle qui les a convoqués. Ses espions l'ont informée d'une rumeur de complot qui menacerait l'équilibre des pouvoirs dans la cité.

Ermengarde se doit d'en avoir le cœur net et, si cela s'avérait, de briser l'entreprise dans l'œuf.

Le miroir qui lui fait face, tout d'acier poli recouvert d'une feuille de verre, c'est à peine si elle y jette un œil de temps à autre. Elle y croise le paisible regard de sa dame d'atours, absorbée à sa tâche, la discrète Aloïs de Malpas, aux blanches mains et au cœur plus pur encore. Voilà piéça[1] qu'elle est entrée à son service. Toutes deux se connaissent depuis le temps où Aloïs venait livrer au palais comtal les pièces de drap tissées dans l'atelier des Bons Hommes et des Bonnes Femmes. Mais jamais Ermengarde n'oubliera ce jour de bonne encontre où leurs destins furent noués.

Elle se souvient du matin où, penchée à sa fenêtre, elle entendit monter vers elle une chanson de sa jeunesse, poussée par une voix d'une joie à mourir. C'était un garçonnet d'à peine dix ans qui chantait pour lui seul dans la cour du château.

« Qui est cet enfant ? avait demandé la vicomtesse.

— Il attend sa mère qui est venue livrer du linge.

— Qu'on les amène ici, tous deux. Mais point avant qu'il ait fini son chant. Que nul ne l'interrompe ! »

Puis elle s'était hâtée de retourner à la fenêtre pour y cueillir cet air qui lui parlait du temps jadis.

Quand paraissent les fleurs
Et que l'arbre verdit,
Pousse l'herbe nouvelle,
Lors, vient le temps des amours belles...

1. Piéça : « il y a longtemps », en ancien français.

Il lui sembla alors que ce n'était plus la voix de l'enfant qui chantait, mais celle du troubadour qu'elle avait tant chéri. La chanson de la *fin'amor* légère à l'oreille et pesante au cœur comme le fantôme de l'amour même.

Peu après, l'enfant et la mère se tenaient devant elle. Si profond et transparent était le regard du garçon qu'on eût dit que le songe s'y assourçait.

« Il s'appelle Guilhem de Malpas, avait dit la porteuse de draps. Il est né de Bertrande Pradel et d'Antoni, son époux, mais ses parents ne sont plus au monde et nous l'avons recueilli. Le nom qu'il porte est le mien.

D'où tient-il cette chanson ? »

Sans laisser à Aloïs le temps de répondre, le garçonnet avait lancé avec aplomb :

« Je l'avions apprise d'un jongleur à la foire de Sant-Jordi. Elle est fort belle. »

Fascinée par le charme qui émanait de Guilhem, la vicomtesse avait alors proposé à la jeune femme qu'il vînt au palais pour y apprendre l'art de la musique. Elle-même pourrait y séjourner avec lui, si elle le désirait.

C'est ainsi que le destin avait croisé ses fils de telle manière que la vie d'Aloïs et celle de Guilhem avaient changé du tout au tout. Elle, dont la foi vacillait, avait trouvé auprès d'Ermengarde un asile où méditer sans crainte du lendemain ; tandis que lui s'y était épanoui comme une fleur dans un humus fertile. À l'école des troubadours, il s'était montré tellement assidu et d'un talent si vif qu'en peu d'années il était devenu fort habile dans l'art du *trouver* et de mettre ses trouvailles en musique.

Du haut de ses vingt ans il fait, maintenant, figure de vrai poète. Il n'est pas rare de voir certains de ses confrères de plume prendre conseil auprès de lui sur leurs propres ouvrages.

Aloïs, quant à elle, a trouvé grand agrément dans la charge de lectrice qu'Ermengarde lui a offerte aux premiers jours de leur rencontre. Car non seulement elle sait lire, mais elle possède aussi le don instinctif de réveiller l'âme des mots. Une amitié sans faille s'est forgée entre elles deux, affermie par dix ans de rêveries partagées.

Leur confiance est telle, désormais, que la vicomtesse a élevé sa lectrice à la dignité de dame d'atours. La charge est d'importance, car elle porte autant sur la personne que sur sa parure. Et dans le secret de l'intime, il n'est point de corps glorieux. Aloïs n'ignore rien des fragilités d'Ermengarde. Son devoir est de l'aider à les cacher aux yeux de tous.

Dans la chambre aux tentures polychromes, elle vient de tresser les dernières mèches de cheveux d'or mêlés de gris. Elle s'applique, à présent, à les nouer en coques suivant un harmonieux dessin, de part et d'autre de la nuque. Ses doigts agiles exécutent leur tâche avec soin, ainsi qu'ils œuvraient jadis sur le métier à tisser. Mais sa pensée est bien loin d'ici. Ermengarde a perçu son regard voilé d'ombre. Elle croit en deviner le motif.

— Auriez-vous quelque souci de Guilhem ? interroge-t-elle avec douceur.

Au seul énoncé de ce nom, Aloïs est revenue à elle-même. D'une main délicate, elle pose le peigne pour se saisir de la coiffe emperlée.

— Depuis que cet enfant a paru dans ma vie, il

n'y a de jour ni d'heure où je l'ai pu distraire de ma pensée.

— Guilhem n'est plus enfant. Il est homme tout à fait, tant de corps que d'esprit. Sans doute bien plus que ne le sont la plupart des garçons de son âge.

— Las ! Je n'ai cure de son corps ni de son esprit que je sais bien déliés l'un et l'autre. C'est pour son âme que je suis en peine. Je crains qu'elle ne soit en grand péril.

Tout en parlant, Aloïs a placé la coiffe sur la tête de la vicomtesse. Puis elle s'approche du coffre clouté sur lequel repose une splendide robe d'apparat. Elle la prend et revient vers Ermengarde qui s'est levée et tend lcs bras pour la revêtir. La vicomtesse sourit.

— Mon amie, laissez là ce tourment inutile. L'âme de Guilhem est une claire fontaine. Aucune eau sombre ne la trouble.

À son tour, le visage d'Aloïs s'éclaire d'un sourire, tandis qu'elle attache aux épaules de la robe les nouettes d'une longue manche.

— Je vous sais gré de la haute estime où vous tenez mon fils qui n'est pas mon fils, mais…

— Allons ! coupe la vicomtesse, il est d'autres filiations que par la chair. Nous le savons, vous et moi. Et si Guilhem ne vous a jamais caressée du doux nom de mère, il n'en connaît pas d'autre dans le secret de son cœur. Ne le trahissez pas.

Il n'y a rien à répondre à cela. Aloïs se concentre en silence sur les nœuds de la manche dextre. Les deux femmes ont beau être, l'une servante et l'autre maîtresse, elles sont sœurs par mille liens invisibles. Sœurs par leur féminité dans un monde où la virilité a force de loi. Sœurs aussi en solitude et en chasteté.

L'une par choix politique, l'autre par fidélité aux préceptes de la Vraie Foi qui fut longtemps la sienne. Devant son amie, Aloïs n'a nulle raison de celer ce qui la tourmente.

— Depuis que Guilhem est revenu de Blaye, c'est à peine si je l'entraperçois à l'heure du souper ; il grignote, muet, plus furtif qu'un moineau et disparaît presque aussitôt.

— Il est venu hier, m'entretenir de son projet. Je lui ai trouvé belle figure et l'esprit aussi vif qu'à l'ordinaire.

— Il n'a que cela en tête : son projet !

Aloïs a lâché le mot comme s'il s'agissait d'une chose effrayante.

— Je sais, ajoute-t-elle, qu'il passe des journées entières dans son galetas, à noircir du parchemin. Vit-on jamais scribe plus arrimé à sa tâche ?

— C'est donc là ce qui vous chagrine tant ? Soyez sans crainte à ce sujet.

Un pli soucieux barre le front d'Aloïs.

— Mais ce texte étranger, ce *Jeu d'Adam*, qu'il a rapporté de la cour d'Aliénor, traite du diable !

— Et de Dieu… Surtout de Dieu, réplique Ermengarde. Je vous assure qu'il n'y a, dans tout cela, aucune matière à s'effrayer. C'est un écrit d'une grande beauté. Il ne se trouve rien de bien neuf dans ce qu'il raconte, mais la façon dont il le dit est d'une nouvelleté sans pareille. Je ne doute pas qu'il ait belle fortune et longue descendance. C'est pourquoi j'ai encouragé notre Guilhem à en donner spectacle pour les fêtes de la Mi-Carême. Il y a là grand profit à tirer pour l'édification du peuple tout entier.

L'argument chemine dans la pensée d'Aloïs. La

dame d'atours ne saurait contredire la vicomtesse en rien de ce qui touche aux affaires publiques. Et la « mère » du troubadour Guilhem ne possède nulle science en matière de poésie. Elle se contente de hocher pensivement la tête. Elle ne croit plus – comme elle l'a longtemps fait – que le diable soit en toute chose, mais elle sait qu'il peut se manifester partout et que l'on court grand péril à évoquer son nom maudit. Et ce grand livre que Guilhem a rapporté du duché d'Aquitaine le nomme à moult reprises. « Pourvu que cela n'attire aucun malheur », songe-t-elle tout en attachant sous la poitrine d'Ermengarde une large ceinture damassée. Puis elle recule d'un pas afin d'apprécier l'ajustement de la cotte d'apparat. Comme chaque fois, et bien qu'elle en soit en grande partie l'artisane, Aloïs est émerveillée par le spectacle qui s'offre à elle.

Les sourcils finement épilés, le teint unifié d'un baume aux reflets de nacre et vêtue de sa somptueuse robe taillée dans une étoffe de soie, la vicomtesse semble presque irréelle. Les artifices du maquillage et de la parure ont fait d'elle une icône intangible, ornée d'ors et de pierreries. La femme de chair et de sang a cédé la place à l'image impeccable de la magnificence et du pouvoir. À la voir ainsi faite, nul ne songerait que son corps soit encore soumis aux exigences de la nature. Pourtant, elle a bu et mangé. Près du lit, les reliefs du déjeuner en témoignent. Pourtant, elle respire et son cœur bat. « Mensonges et artifices », se dit Aloïs qui, hormis la propreté, n'a jamais accordé le moindre intérêt à son apparence. Pour elle, qui ne s'est point tout à fait départie des croyances des Vrais Chrétiens, tout cela appartient au monde haïssable de la matière vaine ; à cette Création dans laquelle la religion nouvelle refuse de voir l'ouvrage de Dieu.

Mais Aloïs sait aussi qu'il faut un gouvernement aux hommes et aux cités. Les armées du Chaos guettent de toutes parts. À tout prendre, mieux vaut que le pouvoir soit aux mains d'une femme telle qu'Ermengarde. Les terres soumises à la domination des mâles sont trop souvent vouées à la seule violence. C'est pour cela que, l'an passé, Aloïs avait accepté d'un cœur léger de voir partir Guilhem pour la cour d'Aquitaine. On raconte que la reine Aliénor est tissée de la même étoffe qu'Ermengarde ; qu'elle est fine d'esprit et de jugement avisé. On dit aussi qu'à sa ressemblance elle encourage les hommes dans la pratique de la *fin'amor*. Pourquoi donc le jeune homme a-t-il rapporté de là-bas un texte aussi dangereux au lieu de ces douces chansons qui apaisent les cœurs ? Mais la voix de la vicomtesse interrompt la rêverie :

— À présent, veillez à fixer solidement la manche sénestre à mon côté.

À cet ordre, Aloïs réprime un tressaillement. Elle ne sait que trop ce que cela signifie. À la hauteur du coude, un anneau de métal est dissimulé dans la couture de la manche. Au même niveau, près de la hanche, un pli de la robe cache un fort crochet. Une fois réunies l'une à l'autre, les deux pièces de ce fermoir maintiennent le bras de la vicomtesse rivé contre son corps.

Depuis quelque temps, il arrive que ce bras soit pris de tremblements, à l'improviste, sans qu'elle puisse les réprimer. Pour Ermengarde, c'est une cause d'immense effroi. Toute sa vie elle s'est appliquée à dompter ses élans les plus vifs, à mater ses humeurs les plus impérieuses, or voilà qu'elle est impuissante à maîtriser les caprices d'un de ses membres ! *Mestre* Brémond, son médecin, a rapidement renoncé face à ce mal inconnu.

« Peut-on au moins en connaître l'origine ? lui a demandé la vicomtesse.

— Noble dame, a répondu l'homme de science, je crains qu'il ne s'agisse de notre pire ennemi : le Temps, ce méchant bâtisseur qui défait tout ce qu'il fait. »

Ermengarde a considéré un moment le vieux médecin, lui-même fort avancé dans le chemin vers la ruine de soi. Elle lui a souri.

« Fort bien, messire. Puisque nous ne le pouvons combattre, je feindrai au moins de l'apprivoiser. »

Quelques jours plus tard, après une nouvelle attaque de tremblements, elle avait convoqué Aloïs pour la mettre dans la confidence. Sous le sceau du secret, elle lui avait commandé de coudre un appareillage qui crochèterait son coude à son côté sénestre. Elle s'est exercée ensuite à se tenir le plus souvent possible bras croisés, sa main dextre prête à saisir le membre défaillant à la moindre menace. Ainsi peut-elle continuer de paraître aux yeux de tous inchangée, maîtresse d'elle-même comme de son comté.

Un coup léger retentit à la porte. Sur un signe d'Ermengarde, Aloïs actionne le pêne. Un page est dans l'encadrement.

— Votre Grandeur, dit le garçon en s'inclinant, les invités sont arrivés. Ils attendent dans la salle d'audience.

— Le Maître des Monnaies est-il là, lui aussi ?

— Il y est, ma dame.

— Fort bien… A-t-on des nouvelles du messager qui est parti hier pour Fontfroide ?

À cette question, le page semble pris au dépourvu. Ermengarde met fin à son embarras d'un tranchant « Allons-y ! », puis elle fait quelques pas vers la porte, se retourne à l'instant de sortir :

— Que le jour vous soit clément, mon amie.

— Qu'il nous soit clément à toutes deux, répond Aloïs.

L'instant d'après, elle voit s'estomper dans la perspective ombreuse du couloir, et comme flottant dans les immenses plis de sa robe, l'image aux reflets d'or du pouvoir incarné. « Que Dieu la protège ! »

Chapitre 2

LOBAR LE LOUP

Des hommes sans ouvrage

— Dis-moi, Maletrogne, qu'y a-t-il, en ce triste monde, de plus hideux que la paix ?

L'homme qui vient de parler se tient adossé contre le haut mur de moellons qui ferme la caverne. Dans la clarté laiteuse d'une meurtrière, sa chevelure hirsute se confond avec la fourrure de loup couvrant ses épaules. Sa voix a retenti, amplifiée par la voûte de pierre comme dans une conque géante. Creusé par la nature au tout début des temps, cet antre pétrifié pourrait être celui d'un dragon. Mais chacun des quatre malfaisants qui en ont fait leur repaire est bien plus redoutable à lui seul qu'aucune bête pharamine. L'homme, de pied en cap vêtu de peaux de loups, est leur chef. Il a pour nom Lobar le Loup.

— Eh bien, Maletrogne, reprend-il, hargneux, te voilà plus muet qu'un pendu !

— Le chanvre qui servira à me pendre n'a pas encore été semé, lance le soudard entre ses dents, sans prendre la peine de relever la tête.

Accroupi à même la terre battue, il affûte sur une pierre le fil de son poignard. À son cou ballotte un affreux pendentif. Et cette chose toute racornie, brunâtre, qui fait penser à un champignon sec, c'est une oreille humaine. Sa propre oreille, tranchée d'un coup d'épée pendant la guerre de Provence, trois ans plus tôt. Depuis lors, Maletrogne l'amputé l'arbore fièrement, comme un talisman précieux. Il se targue d'entendre, par la magie de cette oreille morte, ce qui se dit au royaume des ombres. Fieffé menteur que ce gredin-là : mais chacun le respecte, car il n'est pas de plus redoutable lanceur de couteau sur un champ de bataille. À plus de dix coudées, sans bouger d'un pas, il cisaille d'un seul jet de lame la carotide d'un homme ou le jarret d'un cheval.

— Réponds, pouacre ! Qu'as-tu vu de plus hideux que la paix ? insiste Lobar le Loup.

— Le jour où j'aurais contemplé le cul du diable, je répondrai à ta question.

Puis, d'un geste preste, il glisse le poignard acéré dans son fourreau de cuir.

À ces mots, Lobar émet un grognement rocailleux qui est sa manière de rire.

— Gentil Maletrogne, nous voici bien d'accord, comme toujours. Pour des mercenaires tels que nous, la paix est une criminelle. Elle nous dérobe notre gagne-pain et couvre nos vies d'un lourd manteau d'ennui.

Pris d'une soudaine colère, il secoue sa crinière, telle une bête qui s'ébroue, et lance, ponctuant sa phrase d'un crachat :

— Je déclare la guerre à la paix !

Comme en réponse à cette invective tonitruante, la porte basse donnant sur l'extérieur de la caverne s'ouvre avec fracas.

Deux hommes font irruption, portant une longue broche où fument des quartiers de viande. Le premier, le plus avenant de la bande par sa prestance et son maintien altier, est, à la vérité, un soudard pisan de la pire espèce. Son poil, plus roux que celui d'un goupil[1], lui vaut le sobriquet de Rosso. Au temps de sa prime jeunesse, il écumait les foires de Toscane et de Ligurie. Passé maître en tours d'escamotage, il n'avait pas son pareil pour manier le cornet à dés et plumer le badaud jusqu'à son dernier sol. Mais, bien vite, l'ardeur de son tempérament l'a fait quérir meilleure fortune. Voilà dix ans qu'il est soldat mercenaire au service du plus offrant. Il a trouvé auprès de Lobar le Loup un chef de guerre sans pareil. À ses côtés, il s'est perfectionné dans l'art d'occire son semblable et de prendre en un tournemain citadelles et cités. Nul ne sait, mieux que lui, escalader à mains nues le rempart le plus vertigineux. Aucun gouffre ne l'effraie et il ne connaît plus grand frisson que de côtoyer les abîmes.

Celui qui tient l'autre bout de la broche est le plus retors et le plus vil malfrat que Satan ait jamais missionné sur la terre. On l'appelle Compostelle, car il a fait grande carrière dans le détroussement des pénitents sur les chemins de saint Jacques. Qui se serait méfié de lui, lorsqu'il cheminait benoîtement, appuyé sur son bourdon noueux et coiffé du chapeau à coquille ? Sa mine de bon apôtre avait toujours su lui gagner la sympathie de ses futures victimes. Il lui était aisé ensuite de les trucider et de les dépouiller sans vergogne.

Voici piéça que ses chemins de malencontre lui ont fait croiser la route de Lobar le Loup. Ils se sont flairés tous deux, comme bêtes de proie, fraternels en violence et brutalité. Au fil du temps, Compostelle est devenu

1. Goupil : nom ancien du renard.

le second de Lobar. Il le conseille habilement dans toutes leurs entreprises belliqueuses. Et du cri d'enthousiasme des pèlerins – « *E ultreïa !* » –, il a fait, à présent, un cri de guerre et de mort.

Le jour d'hier, c'est lui qui, d'une flèche habile, a occis le pauvre messager Aldo. Sans une once de pitié, il lui a ôté tous ses vêtements, l'abandonnant dans la neige, aussi nu qu'à sa naissance, lamentable proie livrée en pâture aux charognards. Quant à la mule, avec l'aide de Rosso, ils l'ont saignée, dépecée et découpée en quartiers, affamés comme ils l'étaient de chair fraîche. Ils viennent d'en griller de beaux morceaux, à l'abri sous l'auvent rocheux qui borde leur caverne.

— Que sainte Abondance vous crève la panse, messeigneurs ! lance Compostelle tout en aidant Rosso à poser la pique entre les deux souches qui leur servent de tables.

— À la bonne heure, compagnons de famine ! L'estomac commençait à me doloir grandement ! s'exclame Maletrogne tout en pivotant sur ses fesses.

Le bon fumet de grillade a mis les truands en belle humeur. Aussitôt, les voici tous quatre piquant la viande de leurs coutelas et dévorant à grands bruits de mandibules, ponctués de rots satisfaits. Fi des manières courtoises, on est ici entre soldats. Des loups autour d'un chevreuil n'auraient pas les crocs plus aiguisés devant cette franche lippée.

Lobar le Loup est le seul à siéger sur un tabouret, comme un seigneur trônant en haut de table. Les autres ont posé leur séant, qui à même la terre, qui sur un ressaut de roche. Même assis, le chef s'arrange toujours pour dominer sa troupe. Debout, il les dépasse tous, du haut de ses six pieds. Chacun le craint et le respecte, car il n'est pas un d'entre eux à qui il ne fasse mordre la poussière chaque fois qu'ils s'affrontent à mains nues. S'ils s'en remettent à lui, c'est aussi parce qu'il sait négocier leur solde au mieux de leurs intérêts et qu'il distribue toujours à égalité, entre eux et lui, deniers et parts de butin au sortir des pillages. Vit-on jamais suzerain traiter ses vassaux avec tant d'équité ?

Au printemps dernier, ils étaient une bonne vingtaine au service du comte Raimon V de Toulouse, engagé dans sa guerre contre le roi Alfonso d'Aragon. Mais voilà qu'en avril la paix conclue entre les belligérants les a tous laissés sans emploi. Tel est le sort des mercenaires, courtisés la veille des batailles, congédiés le lendemain. Au fil des semaines qui ont suivi la signature du traité entre les rois, dans l'île de Jarnègues, la bande s'est peu à peu dispersée. Les uns se sont repliés sous le couvert des forêts, aux abords des routes marchandes ; les autres ont franchi les Pyrénées, dans l'idée de louer leurs bras du côté de Tolède. On racontait que, là-bas, les combats faisaient rage entre chrétiens et Sarrasins. L'un ou l'autre camp devait avoir besoin de renforts.

C'est ainsi que Lobar le Loup et ses lieutenants, leur escarcelle pleine, se sont retrouvés seuls et sans ouvrage à l'abord de l'été. C'est pourtant la saison ordinaire des joyeux carnages et des belles tueries. Contraints au repli dans leur repaire d'aigle, perché à mi-hauteur des falaises, les mercenaires ont employé les jours vacants à s'équiper d'armes nouvelles ou à fourbir les anciennes, dans l'attente des combats à venir. Ils en ont aussi profité pour s'offrir du bon temps chez les garces des lupanars narbonnais. On a même vu le puant Maletrogne s'en aller par trois fois tremper aux bains et faire la dépense d'un bliaud neuf rembourré de bonne laine.

Quand, l'été rouissant, les vendanges sont venues, les quatre hommes ont fait abondante provision de vin nouveau, de viande fumée et de fruits secs. Ils ont ri aux paroles de Rosso, citant un proverbe de son pays : « Une barrique pleine de vin fait plus de miracles qu'une église pleine de saints. »

Mais, fors l'ivresse, point de miracles, et d'autres longues semaines sont tombées dans le sablier du temps, désespérant leur attente guerrière. Ils ont alors uni leurs forces à bâtir, au-devant de la grotte, une écurie pour les mulets et à renforcer la muraille qui obture leur tanière. L'ensemble forme à présent une forteresse inexpugnable. Malheur à qui la voudrait assaillir.

Cependant, l'hiver trop tôt venu a mis à mal leurs réserves. Le temps des restrictions est arrivé plus vite que prévu. Ces derniers jours, la neige qui n'en finit plus de tomber a porté les derniers coups de boutoir à leur patience. Pour leur malheur, les hommes ne sont pas des ours. Ils ne savent point hiberner. Dans la caverne enfumée, ni les parties de dés ni les récits ressassés de leurs exploits ne suffisent plus à remplir les veillées interminables. Les nerfs sont à vif et la moindre vétille est prétexte à querelle. Hier encore, Lobar le Loup a dû s'interposer pour empêcher que Compostelle n'étripe Maletrogne à propos d'un ceinturon égaré. Empli de fureur, le faux pèlerin est alors sorti de la caverne avec son arc et son carquois afin – a-t-il dit – « de tuer quelque chose qui se mange ».

Son retour, à la nuit tombée, avec la mule au bout de sa longe a été fêté à grands cris accompagnés de moult accolades. Mais il faisait trop noir pour abattre la bête et l'équarrir proprement. Le festin a été remis au lendemain. Ils ont bu tout en mâchant de vieilles salaisons dans la pensée du régal à venir.

— Que n'as-tu rapporté aussi le cavalier, on l'aurait ajouté à la rôtissoire ! a lancé Maletrogne, plaisantant à demi.

— Bah ! Ce n'était qu'un jeunot sans trop de carne sur les os, a répondu Compostelle avec une moue dépitée.

— Mordieu ! Que ne l'as-tu ramené quand même ? On l'aurait embroché d'une autre plaisante manière ! a renchéri Rosso tout en accompagnant son propos d'une mimique obscène.

Et tous de rire aux éclats.

Cela faisait longtemps qu'ils n'avaient point fait si copieuse ni si bonne chère. Le cuisseau de mule, rôti à point, a ravi les papilles et comblé les estomacs. Une outre de vin épais passe de bouche en bouche à la régalade pour rincer gosiers et dents creuses. Puis Compostelle essuie ses mains graisseuses sur le haut de ses chausses tout encroûtées de vieille crasse.

— Compagnons, l'heure est venue de partager les hardes de notre généreux bienfaiteur, dit-il en se levant.

En divers endroits, le fond de la caverne est creusé d'alcôves naturelles, plus ou moins profondes. Chaque soudard a fait de l'une d'elles sa niche attitrée. Des litières de fougères ou de paille y tiennent lieu de matelas. Sur des étagères de fortune s'entassent les armes personnelles et les pièces d'équipement.

La cavité où Compostelle a élu domicile est étrangement ornée d'une statuette en bois représentant messire saint Jacques le Majeur. Il l'a volée dans une chapelle du temps qu'il fréquentait les chemins de pèlerinage. Jamais il ne se couche sans avoir honoré la figurine d'un profond salut. Hommage ironique de l'assassin envers le saint apôtre à qui il attribue le succès de ses vilaines entreprises. Car l'esprit de Compostelle est à ce point contrefait qu'il s'est persuadé d'avoir gagné le Ciel à sa cause criminelle.

Le voilà qui retourne auprès des autres, traînant après lui une sorte de sac. C'est la cape de sa malheureuse victime dans laquelle il a entassé tout ce qu'il lui a dérobé. À la lumière d'un flambeau résineux, afin que tous puissent bien apprécier le fruit de sa rapine, il défait les nœuds du baluchon.

Pris d'une fièvre puérile, chacun s'empare des pièces d'habillement, se les passant de main en main, palpant les étoffes, évaluant d'un doigt expert la qualité des cuirs et commentant leur valeur marchande.

En tant que pourvoyeur du butin, Compostelle s'est attribué d'autorité les gants en peau de chat. Ils semblent, d'ailleurs, avoir été taillés pour lui. Tous s'émerveillent de la splendeur du pelage et du travail du fourreur. Ce sont là gants de grand seigneur.

— Voyez ce que j'ai trouvé dans les fontes, dit-il.

Il brandit au-dessus de sa tête le cylindre d'écorce scellé de cire rouge à ses deux extrémités. Tous font les yeux ronds devant cet objet inconnu. Mais à peine l'a-t-il aperçu que Lobar le Loup l'arrache avec inquiétude des mains de Compostelle.

— Imprudent que tu es ! lance-t-il au mercenaire. Es-tu bien sûr que personne ne t'a vu commettre ton crime ?

— La combe était déserte et la tempête faisait rage. J'ai même pris la précaution d'ôter la flèche du cadavre, afin de ne laisser nulle trace. Et, tandis que je m'en retournais, la neige tombait si dru que mes empreintes s'effaçaient au fur et à mesure. De quoi te mets-tu en peine ?

— L'homme que tu as tué n'était pas un maraud ordinaire. Il appartenait à la vicomtesse. Cet objet porte son écu.

Compostelle se penche pour examiner le capuchon de liège auquel, dans la hâte et l'obscurité, il n'avait pas prêté attention. Aussitôt il reconnaît le blason de gueules plain[1], pour l'avoir vu souvent arboré sur les champs de bataille. Lobar a dit vrai.

— Ouvre-le ! ordonne le chef. Prends garde à ne pas l'abîmer.

Juste en dessous de la meurtrière se trouve une grande dalle de pierre, faisant office de table, soigneusement aplanie au fil des siècles par les occupants successifs du lieu. Le jour y tombe à pic, permettant de s'y livrer à des travaux nécessitant une franche lumière. S'aidant de la pointe d'un couteau, Compostelle s'applique à découper le bandeau de cire tout autour du capuchon. En une minute, c'est chose faite. Il ne lui reste plus qu'à faire glisser le rouleau de parchemin, hors de son étui de bois. D'une main précautionneuse, il le déploie sur la pierre.

Les mercenaires se sont approchés. Ils observent le document avec un mélange d'irritation et de mépris. Aucun ne sait lire, excepté Compostelle, qui fut clerc dans sa jeunesse, au royaume des Francs.

— Eh bien, que raconte cette peau de mouton ? s'impatiente Lobar le Loup.

1. De gueules plain : entièrement rouge écarlate, sans motif.

— Ma foi, je crois que tu la tiens, ta guerre.

— De quoi parles-tu ?

— Quand nous sommes entrés, Rosso et moi, en portant la barbaque, ne t'ai-je pas entendu déclarer la guerre à la paix ?

Un haussement d'épaules accompagné d'un reniflement est toute la réponse de Lobar. Indifférent à l'agacement de son chef, Compostelle pose un doigt insistant sur le parchemin.

— Écoute-moi bien, capitaine. Il y a là, assurément, de quoi déclencher une guerre… et peut-être même plusieurs.

Chapitre 3

DAME ERMENGARDE

Loyauté & Félonie

Au sortir du couloir, où seule la torche brandie par le page donnait un semblant de lumière, c'est l'éblouissement. À travers une percée dans les nuages, le soleil vient de frapper la ville d'une volée de rayons ardents. Alors qu'elle débouche au même moment sur la galerie extérieure, Ermengarde doit plisser les paupières tant est violente la soudaine crudité du jour.

De la dextre, elle s'appuie un instant à l'une des colonnettes de marbre de la balustrade. Fascinée, elle détourne la tête vers le vide. On dirait que quelque enchantement s'est abattu sur Narbonne. Une main féerique a changé les toitures en une nappe de nacre constellée de diamants. Accrochées au creux des tuiles, des torsades de quartz drapent les façades de pendentifs scintillants. Il n'est jusqu'à la cathédrale, de l'autre côté de la place, qui ne semble une montagne d'ivoire ou d'opaline, martelée de flaques bleues dans ses replis où règne l'ombre. Jusqu'aux confins, par-delà les remparts, tout n'est qu'illumination et splendeur cristalline.

Ermengarde finit par se détourner de ce spectacle somptueux. D'un geste amical, elle congédie le page.

À l'autre bout de la galerie, les deux hommes qui attendaient la vicomtesse ont vu s'ouvrir en même temps la porte et les nuées.

Sous le triomphe du soleil, Ermengarde leur est apparue dans son surcot d'apparat, ruisselante de pierreries, plus flamboyante que le flamboiement du ciel. Ce n'est qu'un de ces petits miracles dont le hasard est coutumier, pour qui sait y être sensible. Mais pour eux deux, hommes de foi et de fidélité, l'apparition de la Vierge dans toute sa gloire ne leur aurait pas fait plus puissant effet que le surgissement de cette femme auréolée de lumière, à qui ils vouent une parfaite dévotion. Le premier, Guillaume del Bosc, d'une maigreur ascétique et doté d'une barbiche taillée en pointe, est le Maître des Monnaies. C'est lui qui tient le compte des finances de la Narbonnaise. Le second, Pierre Ramondis, au visage de pleine lune, habite un petit palais au bout de la rue des Juifs. Sous ses dehors empreints de bonhomie joviale, c'est un homme de grand savoir. Il est Premier conseiller de la Cour. Tous deux s'inclinent à l'approche de celle qu'ils considèrent comme leur reine.

— Que de beauté, ma dame ! lance Guillaume en se redressant.

— Que de beauté, messires, mais ô combien éphémère, sitôt éteinte à peine éclose.

Et tendant la main, elle désigne le ciel jaloux en train de refermer ses nuées, dérobant sous la grisaille des trésors à peine entrevus. Le miracle prend fin. La neige enchanteresse n'est plus qu'un morne manteau grisâtre.

Tout en bas, dans l'Aude gelée d'une rive à l'autre, des carcasses sanguinolentes sont prises dans la glace.

Pattes de chèvres ou crânes de moutons fendus d'un coup de hache émergent, figés en un macabre troupeau. Ce sont les restes des bêtes abattues au dernier marché et dont les bouchers ont l'habitude de se débarrasser dans la rivière. Mais le courant n'a pas eu le temps de les emporter avant que le gel saisisse toute chose. Sous leurs babines retroussées, les dents jaunâtres des ovins semblent mordre la neige. Dérisoire pâture.

Les deux hommes ont suivi le regard de la vicomtesse. Ils ont vu ce qu'elle a vu. Elle se retourne vers eux.

— Nous ne devons point nous laisser troubler par les caprices du ciel non plus que par les vilenies des hommes. Soyons insensibles aux événements et faisons en sorte qu'ils s'accordent, tôt ou tard, à notre volonté.

Pierre Ramondis, autant que Guillaume del Bosc, ne peut s'empêcher de sourire. Ermengarde est telle qu'elle fut toujours. Un roc résistant à toutes les houles.

— Eh bien, sire Pierre, qu'en est-il de cette rumeur ? ajoute-t-elle à l'adresse de son conseiller.

— Ce n'est plus une rumeur, noble dame, c'est une certitude. Il s'échafaude, parmi les corporations de Narbonne, une conjuration visant à vous chasser de la ville pour y établir une république mercantile sur le modèle de Gênes.

À cette annonce, le visage de la vicomtesse reste impassible.

— L'archevêque est-il informé de ce qui se trame ?

— On aurait vu un marchand drapier du nom de Hugues Bertier, se rendre plusieurs fois à la cathédrale en dehors des offices. Il est tout à fait certain que cet homme a l'oreille de Son Excellence monseigneur d'Arsac.

— Avons-nous convié céans ce sire Bertier ?

Un pli soucieux barre le front du conseiller.

— Il nous paraît être le plus actif de tous. Nous avons donc jugé préférable de ne point l'inviter. Nous savons que, ce matin même, il se rendait à l'archevêché. Si, comme nous le pensons, il fait figure de chef, les autres, en son absence se sentiront moins assurés.

— Nous avons pris soin de convoquer en même temps un certain nombre de marchands dont la loyauté nous est acquise. De cette façon, les comploteurs ne se douteront de rien.

La vicomtesse approuve d'un battement de paupières. Une fois encore, ses conseillers ont agi avec grande prudence et habileté. Elle sourit.

— Quand nous aurons réglé notre affaire, nous offrirons un château à l'archevêque en remerciement du service qu'il va nous rendre.

Les deux hommes échangent un regard interloqué. Le Maître des Monnaies ne peut retenir sa question :

— De quel service parlez-vous ?

— J'entends forcer la main à l'archevêque et l'obliger à nous remettre ce marchand félon.

— Sous quel motif ?

— Forfaiture à mon égard et trahison envers la ville de Narbonne. Je ne sache pas que Son Excellence reste longtemps à balancer entre le sort d'un homme qui ne lui est rien et la seigneurie d'un château qui lui rapportera beaucoup… Messire Pierre, à l'issue de l'entrevue avec les marchands, vous vous rendrez à l'archevêché avec une compagnie d'arbalétriers afin de garder les issues. Puis vous irez trouver Son Excellence pour lui faire part de notre offre. Soyez assez persuasif pour que notre homme vous soit remis sur-le-champ. S'il ne se trouvait plus chez l'archevêque, allez le quérir en son logis ou en tout autre endroit où il pourrait se tenir.

Pierre Ramondis opine du chef. Ermengarde poursuit :

— Êtes-vous sûr de n'avoir oublié aucun des conjurés ?

— Aucun, ma dame. J'ai la liste complète dans ce document, répond Pierre en montrant à la vicomtesse un parchemin plié sous son mantel.

Elle approuve d'un bref hochement de tête avant de se tourner vers Guillaume :

— Avez-vous apporté les comptes que je vous ai demandés ?

— Les voici, Votre Grâce.

Ermengarde jette un coup d'œil approbateur à la sacoche de lin brodé que tient le Maître des Monnaies.

— Fort bien, messires. Ne faisons point languir plus avant nos invités.

Pierre Ramondis ouvre la porte aux pentures de bronze. Les deux hommes s'écartent pour laisser passer Ermengarde. Tous trois s'engagent alors dans l'escalier à vis tout récemment bâti qui dessert les trois étages du palais.

De sa dextre, la vicomtesse a drapé habilement la traîne de son surcot sur l'avant-bras qui pourrait la trahir. Son maintien n'en est que plus majestueux.

Tout en bas des degrés s'ouvre une petite salle formant vestibule. Le capitaine de la garde s'y tient en faction, accompagné d'une dizaine d'hommes portant lance à l'épaule. À l'arrivée d'Ermengarde, il met un genou en terre tandis que ses hommes frappent le sol de leur lance en manière de salut. Le vacarme en résonne dans toute la hauteur de l'escalier.

Alors que la vicomtesse fait signe au capitaine de se relever, celui-ci lui glisse dans un souffle :

— Ma dame, une chose fort navrante est survenue dont je dois vous parler en toute hâte.

— Plus tard, chevalier Glumsson, plus tard. Une urgence après l'autre. Pour l'heure, faites ce que j'attends de vous.

Aussitôt, le capitaine obtempère. Il ouvre à deux battants la porte du vestibule par où les gardes s'engouffrent en double file pour former une haie d'honneur. À leur suite, Ermengarde et ses conseillers pénètrent dans la salle d'audience. La longue pièce rectangulaire est l'une des plus vastes du palais comtal. Ici se tiennent les fastueuses réceptions d'ambassades, ainsi que les fêtes solennelles du comté. On y donne parfois des banquets où plus d'une centaine de convives festoient au son des instruments jusqu'à la pique du jour.

De place en place, de hautes colonnes de pierre formant péristyle soutiennent les poutres massives du plafond richement peint. Aux colonnes sont fixés des cerceaux de bronze martelé portant chacun de flambantes torches de cire. Sur toute la hauteur des murs, des soieries de Constantinople – cadeaux du seigneur des Baux au père d'Ermengarde – déploient leurs splendeurs orientales. Au sol, le dallage est un immense tapis de marbre rose, parsemé de carreaux de céramique fleuris d'un éternel printemps. Au centre, sur une estrade de bois précieux, se dresse un trône tout incrusté d'ivoire. Deux tabourets l'encadrent. Un grand lutrin en forme d'hippogriffe lui fait face.

Sur ordre de la vicomtesse, le lieu a été vidé des bancs qui le meublent d'ordinaire. Nul siège pour accueillir les invités du jour. Pour seul confort, deux cheminées jumelles, de part et d'autre de la salle, dispensent une vague tiédeur.

Face au trône, le petit groupe des marchands patiente, debout, sous le regard impassible de deux écuyers du palais. Dès leur entrée, l'austère solennité du décorum leur a imposé le silence. C'est à voix feutrée qu'ils ont échangé quelques propos volontairement anodins ; bien que l'envie les démange de connaître le motif de cette réunion. Aux premières heures du jour, des émissaires du Palais ont frappé à leurs portes. Ils n'ont eu que le temps de se vêtir pour se rendre à l'invitation impérieuse qui leur était faite.

L'irruption des gardes vient de les faire taire. Devant Ermengarde, tous ont plié l'échine en une courbette respectueuse. Ils sont au nombre de douze et, tandis qu'elle gravit les degrés de l'estrade, elle ne peut s'empêcher de penser qu'il y a là davantage de Judas que d'hommes de bien. Parvenue auprès du trône, elle fait signe aux deux hommes de sa suite de prendre place sur les tabourets. Mais elle-même ne s'assied pas. Elle s'avance vers le lutrin sur lequel le Premier conseiller a déplié le parchemin portant les noms des conjurés. Elle le parcourt un instant des yeux, puis relève sur l'assemblée des marchands un regard plein d'aménité et commence d'une voix caressante :

— Messires consuls et vous tous, chefs estimés et membres éminents des confréries d'artisans et de marchands, je vous ai fait venir ce jour pour que nous réunissions nos forces face au vent de peur et au vent de traîtrise qui soufflent sur notre ville.

Ermengarde se tait un bref instant, laissant les mots faire leur chemin dans les esprits inquiets. Au mot de

« traîtrise », des yeux se sont baissés, certains visages ont frémi imperceptiblement. D'une voix soudain plus ferme, la vicomtesse reprend sa harangue.

— Deux ennemis rôdent à nos portes, messires. Vous les connaissez aussi bien que moi. À l'égard du premier, on ne peut rien entreprendre, car il ne dépend pas de notre volonté et nos actions sont sans effet contre lui. Je parle de l'hiver qui, depuis de trop longues semaines, met à mal notre commerce. Je sais combien les pertes sont grandes pour chacun d'entre vous. Je sais quelles hypothèques pèsent sur vos entreprises… Vous, sire de Plaignes, j'ai vu vos deux moulins sous le pont immobilisés par le gel et leurs roues grandement abîmées sous la glace. Et vous aussi, maître Brunus, dont les meules ne pourront plus moudre farine avant longtemps.

Les deux meuniers interpellés ont relevé la tête et échangé un regard étonné. Bien grande est la ruse d'Ermengarde qui a nommé dans la même phrase un homme inscrit sur la liste funeste et un autre qui lui est chèrement dévoué. Mais elle poursuit d'un ton plus assuré encore :

— Et vous, messires Bistani dont les échoppes ont dû fermer leurs étals. Vous encore, les Margelonis, que ferez-vous au dégel quand les eaux dévasteront les pâturages ? Quel prix tirerez-vous de vaches maigres et de chèvres décharnées ?

À ces mots, un murmure parcourt le groupe des marchands. À l'évidence, aucun ne s'attendait à entendre évoquer ici les peines qui les accablent. Ermengarde profite de l'effet de surprise. Elle se tourne vers Guillaume del Bosc :

— Maître des Monnaies, veuillez nous présenter les comptes ayant trait aux revenus des tonlieux[1].

Et tandis que sire Guillaume tire une reliure de sa sacoche pour la poser grande ouverte sur le lutrin, la vicomtesse poursuit :

— Nul d'entre vous n'ignore que le Palais encaisse, à ce jour, la moitié des taxes perçues dans la Cité et sept huitièmes de celles prélevées dans le Bourg. Le reste étant au bénéfice de l'Archevêché.

Elle s'interrompt le temps de vérifier quelque chose dans le registre des finances, puis elle enchaîne :

— Afin de réparer en partie les dommages et dols subis par les diverses corporations et confréries de notre ville, nous avons décidé d'attribuer auxdites corporations un dixième des gains de l'année écoulée et un vingtième pour les tonlieux prélevés jusqu'aux prochaines Pâques. Les premiers versements seront remis aux consuls le jour de la Sainte-Agnès sur présentation d'un justificatif de requête. Charge leur sera imputée de répartir ensuite sols et deniers au prorata des préjudices estimés entre les chefs de famille.

Ermengarde se tait. Presque aussitôt des vivats d'allégresse fusent du groupe des marchands. Ce sont, bien sûr, les hommes fidèles à la vicomtesse qui ont crié les premiers mais, très vite, se mêlent à cette liesse les acclamations des félons. La dextre dressée, impérieuse, elle impose à tous le silence.

— Le second ennemi qui cherche à nous navrer, je vous l'ai dit, a pour nom Trahison. Il avance, main dans la main avec ses complices Fourberie et Duplicité.

1. Tonlieu : taxe prélevée sur les marchandises à l'entrée des villes, sur les marchés et dans les ports.

Ce sont là, de méchantes personnes qui voulaient mettre à mal Narbonne et tout le comté. Mais nous les avons percées à jour sous leurs masques d'infamie. Nous savons aussi par qui leur a été soufflée l'idée de ce complot. Aussi je vous le proclame, à haute et intelligible voix, à compter de ce jour, nous rompons tout commerce avec les cités de Gênes et de Pise. Nous leur dépêcherons une ambassade sitôt qu'il sera possible de prendre à nouveau la mer, pour leur signifier cet arrêt. Je déclare notre port fermé à leurs navires et j'ordonne que toute marchandise qui cheminerait par voie d'eau ou de terre en provenance de ces villes soit saisie sur-le-champ et vendue à l'encan au bénéfice des pauvres. De même, et pour la protection de nos intérêts, les navires marchands qui quitteront Narbonne emmèneront à leur bord une escouade d'archers de la milice urbaine. Ainsi nous garantirons la sûreté des personnes et des biens contre toute menace de piraterie. Enfin, dans le but de prévenir les attaques des bandes de routiers et autres malandrins, les postes de garde seront doublés sur toute l'étendue de la nouvelle route que j'ai fait construire jusqu'aux pays de Roussillon et de Catalogne. J'ajoute qu'aucune taxe supplémentaire ne sera prélevée sur cette route avant la fin de l'été. L'entière dépense en sera imputée au seul trésor du Palais.

À cet endroit du discours, nombreuses sont les mains qui se lèvent bien haut pour applaudir et nombreuses, les voix qui crient leur enthousiasme. Ermengarde en profite pour replier le livre des comptes et le tendre au Maître des Monnaies. Dans son mouvement elle s'adresse à mi-voix au Premier conseiller :

— L'heure est venue de mettre à exécution ce que je vous ai mandé.

Sire Ramondis quitte aussitôt l'estrade tandis que la vicomtesse fait face au groupe des marchands pour reprendre la parole. Cette fois, son regard arde d'une froide colère et sa voix se fait implacable.

— Messires, oyez bien mes paroles car je les prononce pour la première fois et à jamais ! Vous tous ici ne pouvez l'ignorer et notre Seigneur Dieu m'en est témoin : bien avant que mes cheveux blanchissent, j'ai toujours porté tous mes soins à l'intérêt public et attaché au destin de notre ville bien plus d'attention qu'à ma propre existence. Or voici que l'un d'entre nous, animé par sa cupidité fatale, se dresse aujourd'hui contre l'intérêt commun, contre le droit établi par nos pères et contre la loi divine… Je, Ermengarde, fille d'Ermengarde, fais devant vous serment que cet homme s'est rendu coupable de grande félonie pour avoir trompé notre confiance et tenté de vouer notre ville au chaos. Je jure qu'il lui en sera demandé compte devant le tribunal des hommes avant que l'accable le jugement de Dieu.

Ermengarde s'interrompt un instant. Elle ne laisse rien paraître du soulagement qui est le sien. Au rebours de ce qu'elle redoutait, aucun tremblement ne s'est emparé de son avant-bras. Sa main sénestre repose sans broncher sur la tablette du lutrin.

Face à elle se tient une assemblée de statues. Pas un pli de vêtement ne bouge, pas une tête ne remue, pas un cil ne bat dans ces visages pétrifiés. N'était-ce la tiédeur que les foyers répandent, on croirait que la glace qui règne au-dehors les a tous saisis dans sa mortelle froidure.

— Messires, reprend-elle du même ton impérieux, je sais que le venin des méchantes paroles de ce malfaisant s'est répandu par les rues de Narbonne et que certains d'entre vous en ont goûté le fiel. Mais je veux croire que, si vos oreilles les ont entendues, vos consciences ont refusé de les écouter. Aussi, à aucun parmi vous, je n'adresserai reproche et ne chercherai querelle. La faute d'un seul ne rejaillira que sur lui seul.

À nouveau, elle se tait. Ses mots retombent dans le silence des statues. Tous voudraient se questionner, mais ils n'osent le faire. Les plus coupables d'entre eux frémissent pour leur sûreté. Beaucoup se sentent visés et les plus couards voudraient s'enfuir. Certains ont un nom sur les lèvres, mais la peur les garde cousues. Et soudain l'un d'entre eux ouvre la bouche :

— Qui, noble dame ? Par le Dieu tout-puissant, daignez nous dire son nom. Nous vous en saurons grand merci.

Ermengarde réprime un sourire. Celui qui vient de parler, au premier rang, est le plus vieux de tous. Il possède, dans le Bourg, une échoppe de chaudronnier. Cela fait des décennies qu'il est élu par ses pairs représentant de sa profession tant son mérite est grand et haute sa science du métal. Le brave homme martelait déjà ses casseroles alors qu'Ermengarde n'était qu'une enfant. Elle sait qu'il la porte en son cœur plus haut qu'aucun autre marchand du comté. Pour un peu, elle s'en voudrait d'avoir fait se tenir si longtemps debout un homme de si grand âge. Il fallait cette rigueur.

— Sire consul, je vais vous le dire. Mais sachez qu'au moment où vous connaîtrez son nom le bras séculier se sera déjà emparé de sa personne et que nul n'aura plus à se défier de lui.

Elle relève fièrement la tête et toise les visages qui lui font face, posant son regard avec insistance sur ceux dont les noms figurent sur la liste des comploteurs. Et tous de frémir en leur âme. Enfin, elle dit le nom ignominieux :

— Le triste sire Hugues Bertier a cessé de nous nuire… Longue vie à Narbonne !

Et tous, contraints ou sincères, clament d'une seule voix : « Longue vie à la comtesse ! », tandis que crépite sur le dallage le choc des lances de la garde en un tumulte triomphal. Puis le calme revient. Ermengarde met un terme à l'entrevue.

— Messires, consuls et marchands, que notre Seigneur Dieu vous ait en Sa sainte garde !… Écuyers, reconduisez nos amis.

D'un seul mouvement, tous s'inclinent selon l'usage, avant de tourner les talons. Chacun remue en lui-même ce qu'il vient de se passer ; les uns louant la vicomtesse pour son autorité perspicace, les autres pleins de rancœur mais soulagés que leur peau soit saine et sauve.

Alors que la porte se referme, dame Ermengarde descend enfin de l'estrade. D'un geste plein de prévenance, le Maître des Monnaies lui tend son poing fermé pour qu'elle y prenne appui.

— Une fois de plus, ma dame, vous avez sauvé Narbonne.

— Puissé-je la sauver toujours, sire Guillaume… Il y a dans l'exercice du pouvoir quelque chose de malsain qui érode, à la longue, les âmes les mieux trempées. Cela fait si longtemps que je règne… Si longtemps ! lâche-t-elle à mi-voix.

À cet instant s'avance vers elle le capitaine de la garde, Odín Glumsson.

— Noble dame, dit-il, pardonnez mon insistance, mais il faut que je vous montre cette horrible chose qui nous est arrivée ce matin.

Toute lassitude s'efface aussitôt de son visage.

— Montrez-moi cette chose, sire chevalier. Et ne redoutez point de m'inquiéter, j'ai une certaine habitude de l'horreur.

Chapitre 4

LOBAR LE LOUP

Les ressorts de la guerre

Aux oreilles d'un mercenaire, le mot « guerre » claironne aussi haut que chante le mot « amour » au cœur d'un troubadour. Autour de Compostelle, les trois autres ruffians font cercle, brûlant d'impatience qu'il leur traduise ce que racontent ces irritants petits signes d'encre posés sur le parchemin. À l'en croire, ils seraient porteurs de promesses belliqueuses. Tous se mettent à rêver devant ces traces qui, pour eux, ne sont que chiures de mouche mais qui pourraient valoir leur pesant d'or.

Pour Compostelle, ces trois paires d'yeux rivées sur lui ont plus de prix que perles sur la couronne d'un baron. Il lui revient en mémoire l'époque de son adolescence où, jeune clerc à l'école de Notre-Dame, il faisait la lecture devant ses condisciples. C'étaient les belles heures du temps jadis. Avant qu'il rejoigne ses confrères, les goliards, sur les sentiers de perdition de l'âme. Et cette remembrance a soudain goût de nostalgie. Mais il ne doit rien en laisser paraître, sous peine de s'attirer moqueries et quolibets.

Il saisit hardiment le précieux document, le brandit devant lui et se met à en déclamer les premières lignes, d'un ton solennel, à la manière de ses anciens maîtres, les grands orateurs de Paris.

— « Par la grâce de Notre-Seigneur Jésus-Christ, que soit béni ce premier jour des ides de janvier. Amen », lit-il en ajoutant une emphase comique à la sacralité de l'écrit.

— Et par la vérole de sainte Barbaque, que soit béni le fruit de mes entrailles. Amen ! lance Maletrogne dans un éclat de rire en soulignant son blasphème d'une sonore flatulence.

Le front barré d'un pli sévère, Compostelle feint la dignité outragée. D'un ton de magister courroucé, il tance ses comparses :

— Maudits païens ! Voulez-vous bien vous tenir proprement et prêter aux paroles de dame Ermengarde la pieuse attention qu'elles méritent !

Grande est sa ruse en agissant ainsi : il se met d'emblée du côté des rieurs afin d'éviter, plus tard, leurs sarcasmes. Toute science est suspecte au regard des rustauds. La jalousie les rend prompts à rudoyer ceux qui en savent plus long qu'eux. Mais Compostelle sait être fin goupil face à ces blaireaux ignares.

— « Mon cher neveu, poursuit-il, j'ai pris la décision de vous adresser cette missive, car le temps est venu pour moi de me retirer du gouvernement du comté de Narbonne afin de vous remettre les clés de la ville ainsi que les rênes du pays de nos ancêtres. Voici déjà de longues années qu'avec l'accord de ma demi-sœur Ermessinde, votre défunte mère – que Dieu ait son âme –, je vous ai choisi et désigné publiquement pour mon héritier et successeur. Au jour de votre adoubement, vous m'avez prêté serment d'allégeance et juré fidélité. L'heure a sonné, cher neveu, de tenir votre engagement. »

Il s'interrompt le temps de dérouler la suite du vélin. Rosso en profite pour questionner :

— Qui est ce diable de neveu ?

— Je connais son nom, répond Lobar le Loup. Il s'appelle Aymeri de Lara. Il a combattu dans les rangs des Castillans pendant la guerre contre le comte de Saint-Gilles. On dit qu'il fut blessé aux premières heures de la bataille et emporté à l'écart du péril. Aussi ne l'ai-je point affronté… Mais poursuis donc ta lecture !

Aussitôt Compostelle reprend, cette fois sans pitrerie ni saillie d'aucune sorte. Il sent que son public est pendu à ses lèvres.

— « À vous dire le vrai, je n'avais point songé, avant ce jour, vous distraire de votre pieuse retraite en notre chère abbaye de Fontfroide. Je m'étais imaginé que vous ne retourneriez à Narbonne qu'au temps de mon trépas. Mais voici que, avec l'âge qui s'avance, un mal inconnu est venu contrecarrer mes plans. Sa nature est tellement étrange que l'on n'en peut prévoir ni les progrès ni l'issue. Pour nous, à qui il incombe de veiller sur d'autres destinées que les nôtres, il n'est de pire faute que de pécher par imprévoyance. Si par infortune il m'arrivait de mourir à l'improviste, ce serait grande désolation pour notre peuple bien-aimé. Il faut à Narbonne un gouvernement sûr et vous l'incarnerez mieux que quiconque. Aussi ai-je pris la décision de me démettre en votre faveur et de vous aider de mon vivant, autant que faire se peut et aussi longtemps que Dieu le voudra, à vous entraîner aux affaires du pouvoir et du commandement. »

Cette fois, c'est Lobar lui-même qui intervient :

— Mordieu ! La vicomtesse va donc trépasser ?

— Elle s'en inquiète, pour le moins, dit Compostelle en abaissant le rouleau.

— Que dit la suite de sa missive ?

— Rien de bien intéressant, il me semble.

— Peu importe ce qui te semble, laisse-nous juges d'en décider et lis-nous la chose dans son entier.

L'irascible Lobar a besoin d'affermir sa seigneurie. « Inutile de s'y opposer », se dit Compostelle en déroulant le dernier pan du parchemin.

— « Sachez aussi que nous avons formé le projet de revêtir d'un faste tout particulier la prochaine célébration de la Mi-Carême. Aussi faut-il, mon cher neveu, que vous y preniez part afin que le peuple vous y admire. Ce sera l'occasion de vous y présenter à tous et d'y conquérir l'amour des humbles. Nous avons, plus que jamais, nécessité de rallier la multitude à notre cause. Je vous espère en ma demeure aussi tôt que vous y pourrez paraître. Que notre Dieu bon vous ait en Sa sainte protection. Votre tante affectionnée, Ermengarde de Narbonne. »

Compostelle a lâché le bas du parchemin qui s'enroule à l'instant sur lui-même.

— Voilà tout, conclut-il.

Les mercenaires l'observent, la mine dubitative. Une main glissée sous son bliaud, Maletrogne se gratte les génitoires.

— Ma foi, je n'entends rien à ce discours et n'ai vu nulle part la guerre que tu nous as promise.

— C'est pourtant fort clair ! Aymeri de Lara est l'ennemi du sire de Saint-Gilles, qui est aussi le comte de Toulouse. Nous avons combattu à sa solde. Te souviens-tu seulement pourquoi ?

— Pour huit cents deniers que j'ai dépensés dans la bonne maison de la maquerelle Célestina ! ricane Maletrogne.

— Bête brute que tu es ! s'exclame Lobar le Loup.

Et de la paume il lui frappe le haut du crâne si fort que l'autre en choit sur son fessier.

— L'enjeu de nos batailles était, bien sûr, la conquête de la Provence ; mais Narbonne serait plus tard tombée entre nos mains si nous avions pu gagner la guerre. Le comte de Toulouse a toujours espéré s'en emparer. Son royaume s'étendrait ainsi du Comminges à la Provence.

— Et alors ? demande Maletrogne tout en se relevant, le coccyx endolori. Quel intérêt pour nous que cette fricassée de comtes et de rois à quoi je ne comprends rien ?

— Il y a toujours grand avantage pour des hommes de notre espèce à ce que l'engeance des nobles s'entretue. Quelles qu'en soient les raisons, nous en tirerons chaque fois profit et bénéfice, pour peu que l'on sache se vendre au plus offrant.

— Pour cela, nous te faisons confiance, Lobar. Tu sais nous marchander au meilleur prix, dit Compostelle avec servilité.

Du coin de l'œil, il observe leur chef qui arpente la caverne, en proie à des questions qui le troublent. Brusquement, Lobar le Loup s'immobilise et se retourne vers son lieutenant.

— Tu as bien dit que la vicomtesse allait mourir ?

— Je n'ai rien dit de tel. J'ai simplement lu qu'elle craignait une fin prochaine. Tu l'as entendu comme moi.

— Soyons optimistes et considérons-la comme mourante.

— Pauvrette !

— Cela vaut mieux pour nous… Je l'ai vue, il y a quelques années de cela, porter l'armure et manier la lance avec plus de férocité que tous les mâles de son escorte. Si elle appelle son neveu à la rescousse, c'est qu'elle doit être en peine de remonter à cheval. Voilà pourquoi elle veut qu'il lui succède. Mais lui, à ce que l'on dit, est un piètre guerrier.

Compostelle connaît bien Lobar le Loup. Il lit en lui aussi clairement qu'en un livre de prières. Il voit une lueur jubilatoire éclairer sa face couturée de cicatrices.

— À quoi bon nous faire languir, valeureux capitaine ? lui lance-t-il gaiement. Je devine que tu es en train de remonter quelque nouvelle machine de guerre.

— Je ne sais si la machine ira jusqu'à son terme, mais le ressort n'en sera pas long à se tendre.

— Quel est-il ?

— Je vous l'ai dit. C'est Raimon de Saint-Gilles, le comte de Toulouse. Dès lors qu'il tiendra ce parchemin entre ses mains, il désirera la guerre bien plus que l'épervier la caille.

Le silence retombe un moment dans la caverne. Chacun pour soi remue des pensées contraires où l'envie d'action balance avec la crainte d'obstacles prévisibles.

Finalement, c'est Maletrogne qui rompt le silence. Le plus sot d'entre tous, voici qu'il prononce une parole pleine de sens :

— A-t-on déjà vu une guerre se gagner au plus fort de l'hiver ?

— Des guerres, je ne sais, répond Lobar. Mais, pour

ce qui est de Narbonne, il suffit de deux hommes franchissant les remparts et ouvrant grand deux portes aux assaillants. Le reste est affaire d'épées.

— Un seul homme et une seule porte suffisent à ce projet.

C'est Rosso qui a parlé d'une voix ferme. Lobar le Loup n'en attendait pas moins de lui.

— Un bon grappin et trois poignards à lame épaisse me feront une échelle efficace. Je l'ouvrirai, ta porte, capitaine. Et sans coup férir, hormis deux ou trois gardes à égorger au passage.

L'assurance de Rosso est communicative. Maletrogne renchérit :

— Ensuite, les hommes d'armes n'ont plus qu'à se frayer un chemin jusqu'aux postes stratégiques. Il faut dix mercenaires aguerris pour chaque poste de guet et une vingtaine d'autres pour arraisonner la compagnie du Capitole. Une fois la citadelle prise, les soldats n'auront aucune peine à venir à bout de la garde du palais. Et Narbonne tombera aux mains de son vainqueur.

L'œil satisfait, Lobar le Loup opine du menton. Ses sbires ne l'ont pas déçu. Il se tourne vers Compostelle qui est resté muet jusqu'à présent.

— Et toi, savant lecteur, que dis-tu de tout cela ?

— Ma foi, je dis qu'il est grand temps de remettre cette missive aux mains de son vrai destinataire, notre ami le comte de Saint-Gilles, répond l'ancien clerc en brandissant le parchemin. Lui seul en fera bon usage et saura la payer son juste prix.

Et, ce disant, il fourre le document en son étui de bois.

— Je suggère, ajoute-t-il, que tu nous commandes

de partir sur-le-champ. Le jour n'est point trop avancé. Nous avons le temps de gagner le rivage et d'y trouver une embarcation pour gagner Saint-Gilles par la mer. Ce serait folie de tenter de s'y rendre par les chemins de terre. En revanche, quelques jours de navigation suffiront à nous conduire à bon port.

Cette fois, Lobar le Loup exulte. Son second vient d'exprimer à haute voix l'idée qu'il remuait depuis un moment. À croire que ce diable d'homme lit aussi dans les cervelles. D'allégresse, il frappe dans ses mains.

— Compagnons ! Hâtons-nous de regrouper nos affaires. Nous partons sans délai. Que chacun emporte avec lui des deniers en suffisance pour embaucher une dizaine d'hommes d'armes. Nous les recruterons d'escale en escale jusqu'à Saint-Gilles afin de nous présenter devant le comte avec une véritable troupe.

Déjà, les mercenaires se dévêtent de leur surcot pour enfiler une broigne de cuir bouilli renforcée de métal ou une cotte de mailles.

Maletrogne se flatte de porter autour du cou un gorgerin d'airain incrusté de motifs d'or qu'il a dérobé sur le cadavre d'un chevalier. Il trouve que cela fait un joli présentoir où ballotte son oreille momifiée.

Lobar le Loup, quant à lui, tient en peu d'estime ces lourdes pièces de métal. Il leur préfère une cuirasse faite d'épaisses couches de drap bardées d'écailles en fer qui s'articulent entre elles et facilitent les mouvements.

À tous, la perspective de l'aventure donne ardeur et impatience. Un vent de fébrilité souffle sur la caverne.

La chape d'ennui qui pesait sur leurs jours se dissout comme brume au soleil.

Dans son alcôve de pierre, Compostelle noue les cordons de son sac. Avec quelques habits de rechange, il y a glissé un petit livre au cuir abîmé et aux feuillets écornés. C'est l'unique objet auquel il tienne. Au même instant, un rai de lumière tombant de la meurtrière vient se poser sur la statuette de bois peint. Le mercenaire y voit un signe du ciel. Nul doute : cette expédition est bénie. Il empoigne alors la figurine sainte, lui plaquant sur la bouche un baiser sonore et graisseux.

— Bon sire saint Jacques, lui murmure-t-il, aidez-moi, je vous prie, à tuer vite et bien.

Chapitre 5

DAME ERMENGARDE

Les aveux de morte chair

À l'entrée du couloir obscur, dame Ermengarde s'efface devant le capitaine de la garde.

— Passez devant, chevalier Glumsson. Je vous suis.

Le soldat saisit une torche de cire fichée dans la muraille et s'engage dans l'étroit boyau de pierre. C'est un passage voûté, à demi souterrain, chichement éclairé de place en place par de petites ouvertures donnant sur le pavé d'une cour intérieure. La neige amoncelée au-dehors les a presque entièrement obstruées. Seule filtre, au niveau de la voûte, la clarté blafarde d'un filet de jour. Pour inconfortable qu'il soit, c'est là le plus court chemin d'accès à la salle d'armes.

Comme chaque fois qu'il lui arrive de se retrouver seul à seule avec la vicomtesse, le capitaine sent une langueur chagrine l'envahir doucement.

Voilà presque un quart de siècle qu'Odín Glumsson, l'orphelin de la mer du Nord, a adopté la Méditerranée. Pour toute mémoire de sa haute naissance, il n'a gardé qu'un fin tortil de bronze, orné de trois rubis, qui ceint sa chevelure. Il a renoncé à sa noblesse des Orcades pour devenir chevalier de Narbonne et la vicomtesse lui a conféré le titre prestigieux de capitaine de sa garde. Or voici presque un quart de siècle qu'il se consume pour elle d'un amour inavoué. Sa seule consolation est de savoir que nul homme ne s'approchera jamais de sa couche. Ceux qui s'y sont risqués ont payé leur témérité d'un bannissement sans appel.

Il vient de traverser le long couloir de pierre sans se retourner. « Nouvel Orphée suivi d'une Eurydice bien vivante, songe-t-il en entendant derrière lui les pas de sa chère Ermengarde. Mais voici qu'au lieu de la conduire vers le soleil je l'entraîne au royaume des ombres. »

D'une main vigoureuse, il pousse la lourde porte de chêne clouté. La salle d'armes est une pièce aux dimensions impressionnantes où s'entassent, sur des râteliers disposés contre les murs, toutes sortes d'instruments de mort, rangés par tailles et par catégories.

À peine Ermengarde a-t-elle franchi le seuil qu'Odín Glumsson s'interpose avec déférence :

— Je supplie Votre Grâce de daigner patienter un instant.

Intriguée par cette demande, la vicomtesse obtempère. D'un pas rapide, le capitaine se dirige vers un meuble bas.

À l'autre bout de la salle, deux jeunes hommes en tablier de cuir, affairés auprès d'une table, se sont retournés au grincement de la porte. Ermengarde ne les connaît pas.

— Voici de quoi protéger Votre Grâce contre la pestilence, dit le capitaine en revenant vers elle.

D'une main prévenante, il lui tend un léger tissu imprégné d'essence de menthe.

Ermengarde ne s'est jamais interrogée sur l'extrême

délicatesse dont Odín Glumsson a toujours fait preuve à son égard. Ou peut-être n'a-t-elle jamais voulu le faire. Sans dire mot, elle saisit le tissu et le porte à ses narines tandis qu'ils s'avancent ensemble vers les deux hommes vêtus de cuir. Ceux-ci s'écartent à leur approche. Leur mouvement a dégagé la table où gît un corps.

— Votre Grâce, dit Odín, ces restes humains sont ceux de notre messager, Aldo de Bizanet.

Des corps mutilés ou démembrés, Ermengarde en a vu sur les champs de bataille. Assez pour s'être aguerrie à ce spectacle désolant. Mais elle ne peut retenir un mouvement de recul face à celui qui se présente à elle.

Du visage, en partie déchiqueté et dont le nez et les yeux ont été arrachés, plus rien d'humain ne subsiste. Bras et jambes, en de multiples endroits, ne sont plus que chairs en lambeaux qui semblent avoir été déchirées par des tenailles. Une entaille profonde s'ouvre dans l'abdomen d'où sortent les boyaux. Le sexe, absent, a été tranché net.

La vicomtesse se détourne, pressant contre son nez le tissu odorant. Le visage du capitaine Glumsson se voile d'une profonde tristesse.

— Nous l'avons attendu hier, jusqu'à la tombée du jour. Et comme ce matin il n'était point rentré, j'ai dépêché des hommes de la garde à sa recherche. Ils l'ont trouvé en partie enseveli sous la neige, à moins d'une lieue de Fontfroide. Ils l'ont ramené jusqu'ici enveloppé dans une cape afin que nul ne puisse le voir en si piteux état.

Ermengarde se retourne vers les deux hommes vêtus de cuir qui sont frères jumeaux, à n'en pas douter, tant leur ressemblance est grande :

— Est-ce vous, messires, qui l'avez découvert ?

Tous deux secouent leur tête bouclée en signe de dénégation.

— Que nenni, noble dame, répond l'un d'eux.

Odín Glumsson intervient :

— Joshua et Shimon sont élèves de *mestre* Brémond. Ils étudient la médecine auprès de lui. Le *mestre* nous les a envoyés à ma requête, car il redoutait par trop la froidure pour se déplacer lui-même.

— Quelle idée singulière, capitaine, que de convoquer la médecine au chevet d'un cadavre ! s'étonne Ermengarde.

— Dans l'état où se trouve la dépouille, nous étions incapables de déterminer les causes de la mort. Nos hommes étaient à ce point frappés par l'horreur qu'ils ont d'abord pensé que c'était l'œuvre de démons. Mais les démons n'ont cure des vêtements humains.

Il poursuit, s'adressant aux deux frères :

— Peut-être, messires, en avez-vous percé le secret ?

Qui de Shimon ou de Joshua prend la parole ? Nul ne saurait le dire, hormis eux-mêmes. Mais celui qui parle a la voix si mélodieuse que ses propos, si noirs soient-ils, sonnent aux oreilles à la manière d'une chanson. C'est l'accent des natifs du pays d'Al-Andalus :

— Assurément, les yeux ont été décavés par de méchants oiseaux, c'est le morceau qu'affectionnent corneilles et corbeaux. Sans doute se sont-ils disputés. Voyez : quelques plumes sont prises encore dans la chevelure… Quant aux autres blessures, elles sont de la griffe et des crocs d'une bande de loups. Par endroits, les marques s'en distinguent tout net. C'est que la peau est tendre par-devant l'abdomen, prompte à se déchirer et les viscères font le régal des fauves.

À l'évidence, l'autre frère brûlait d'envie de renchérir. Et sa diction est tout aussi chantante que celle de son jumeau.

— Cependant, ce ne sont point les bêtes qui l'ont à mort navré, dit-il. Point du tout. Voyez plutôt, dame comtesse…

En un tournemain, tous deux font basculer sur le côté cette chose pitoyable qui tient plus de la pièce de boucherie que du corps humain.

L'un des apprentis médecins pointe un emplacement dans le tiers supérieur du dos.

— C'est là qu'une flèche a pénétré les vêtements et traversé les côtes. Tirée d'assez près pour qu'elle perfore le thorax de part en part et fende tout mêmement le cœur. C'est un fort habile homme que cet assassin. Le malheureux ne s'est même pas vu mourir.

— La flèche a été retirée par le devant de la poitrine. Probablement pour ne laisser aucune trace, ajoute son frère.

Ermengarde approuve de la tête.

— Messires, vous avez fort bien œuvré. Grâce vous en soit rendue. Il faut, à présent, emmailloter soigneusement le corps de bandelettes, sans omettre le visage.

Sur-le-champ, les deux frères s'inclinent. La vicomtesse se tourne vers Odín Glumsson, ajoutant :

— Ensuite vous le ferez coudre dans un linceul de lin marqué de nos armoiries. Je ne veux point que les siens le voient en cet état. Chevalier Glumsson, vous veillerez à payer le labeur des médecins. Ainsi que les débours pour le cercueil et la messe qui sera dite en l'église de Bizanet pour le repos de son âme.

Puis elle se rapproche de la table, surmontant son

haut-le-cœur et dépose le tissu parfumé sur la face sans visage.

— Sire Aldo de Bizanet, vous qui êtes mort en brave au service du comté, que notre père tout-puissant et miséricordieux vous reçoive en son vert paradis, loin de la souffrance et des gémissements. Amen.

Enfin, elle se signe de la dextre et revient vers le capitaine.

— N'a-t-on rien retrouvé de toutes ses affaires ? Les vêtements, la mule…

— Votre Grâce, tout a été dérobé. Nos hommes l'ont découvert tel que vous le voyez, nu et en lambeaux.

— Ma missive est donc tombée en des mains criminelles. Sans plus tarder, chevalier Glumsson, faites atteler une litière et courez à Fontfroide avec une escorte armée pour ramener céans mon neveu, le baron de Lara. Mandez-lui de ma part qu'il doit être à Narbonne avant que finisse le jour.

Chapitre 6

GUILHEM DE MALPAS

Le poète et l'oiseau

Le Ciel est une plate-forme étroite, de la longueur d'une paume, à laquelle on accède par une échelle meunière en miniature. Le fond en est fait d'une toile, tendue entre deux petits piquets, toute bariolée de gais nuages. Une fine balustrade, simulée par un léger croisillon en paille, la borde sur un côté.

Telle sera la demeure de Dieu et de sa suite angélique.

Le Paradis, juste en dessous, est représenté par des bosquets fleuris de minuscules immortelles séchées. Un bel arbre, au tronc fait de cuir, rayonne en son milieu, empanaché de dizaines de feuilles découpées dans une étoffe verte.

Ici se tiendra le Serpent aux paroles tentatrices. Diabolus est son nom redoutable.

Au centre du plateau de bois s'étend l'espace circulaire de la Terre douloureuse. La patrie de l'exil d'Adam et Ève, délimitée par un tapis d'écorces pilées qui fait songer à des labours.

C'est là aussi que Caïn tuera son frère Abel. Deux éclats de marbre représentent les pierres sacrificielles où les frères déposeront leurs offrandes. Celle qui plaît et celle du déplaisir de Dieu.

L'Enfer, pour finir, ouvre grand sa gueule de Léviathan sur le côté dextre du décor. Yeux dilatés, écailles de fer hérissées en bataille et babines retroussées sur des crocs menaçants, l'affreuse tête est prête à engloutir les âmes des damnés. Les démons les y pousseront de leurs piques dans les fumées infernales. Le monstre a été adroitement façonné dans de la terre ocre, puis coloré au jaune d'œuf et au noir de suie.

Au milieu du galetas, assis en tailleur devant sa maquette, Guilhem de Malpas lui apporte la dernière touche : un petit banc, modelé en argile, qui figure celui où les prophètes prendront place, à la fin du *Jeu d'Adam*. Il le pose, avec moult précautions, sous la plate-forme du Ciel. Puis, d'un regard vigilant, il balaie l'ensemble afin de bien s'assurer que tout est à la place qui convient et que chaque détail contribue à l'harmonie générale du décor.

Le spectacle qu'il prépare dans le secret de son galetas doit paraître, aux yeux de tous, comme la plus émerveillante chose que l'on ait vue sous le ciel de Narbonne.

Non que Guilhem soit épris de vaine gloriole – oncques vit-on âme plus modeste que la sienne ! –, mais il a fait de la beauté son devoir envers le monde et le bonheur de ses jours. Et s'il arrive que dame Mélancolie le vienne visiter, il lui suffit pour la chasser de brandir la vraie devise des troubadours : « *Tot lo joy del mon es nostre*[1] ».

Brusquement, son œil se fronce. Entre pouce et

1. En occitan : « Toute la joie du monde est nôtre ».

index, il prend l'Arbre de la Connaissance. Il a apporté un soin très grand à sa confection. C'est assurément la pièce de sa maquette dont il est le plus fier. Au cuir détrempé puis finement torsadé, il a donné l'apparence d'un tronc grumeleux muni de branches miniatures. L'effet en est particulièrement réussi. Cependant, l'arbre a perdu sa parure essentielle : le fruit défendu. Il l'a fabriqué à l'aide d'un noyau de cerise recouvert d'une feuille d'or. Une pomme d'or, voilà, selon Guilhem de Malpas, ce qui devrait symboliser aux yeux de tous l'objet de la tentation fatale. Mais la pomme a disparu. Peut-être s'est-elle détachée lorsqu'il est allé chercher le petit banc d'argile et a-t-elle roulé quelque part ?

Un à un, il soulève avec précaution les éléments de son décor. Le fruit défendu ne se trouve nulle part. Pas plus sur la planche qui sert de support à la maquette qu'entre les rainures du carrelage. Le fruit n'est plus là. Mais rien ne saurait disparaître sans cause, songe Guilhem. Et il se met à sourire, car il a deviné, à l'instant même, la solution de cette fausse énigme.

Il retourne vers l'établi couvert de tous les matériaux et des outils avec lesquels il œuvre depuis une semaine. Dans un pot rempli de plantes sèches, il saisit un long brin d'herbe et, le plaçant entre ses mains jointes, il le porte à sa bouche. Lentement, le jeune troubadour module trois neumes[1] sur des tons différents comme il le ferait en soufflant dans un chalumeau. Il n'aime rien tant que de tirer des sons des objets les plus variés.

1. La neume est un groupe de notes chanté d'un même souffle ; le mot désigne au masculin un signe médiéval de notation musicale.

Pour lui, toute chose dans l'univers possède sa propre musique. De l'éclat d'une porte qui cogne jusqu'au bruissement d'une robe sur un plancher, tout chante à son rythme et à sa mesure. Il suffit de tendre l'oreille pour entendre cet orchestre prodigieux. Fort souvent, Guilhem s'étonne de ce que la plupart des êtres soient sourds à l'harmonie du monde.

À présent, il se tient immobile, guettant l'endroit d'où pourrait surgir celle qu'il attend. Peut-être va-t-elle jaillir de la lucarne entrouverte dans la toiture ? À moins qu'elle n'apparaisse de derrière l'immense poutre maîtresse, au-dessus de lui.

Mais rien ne bouge. Pas le moindre bruit ne résonne. Alors le jeune homme se décide à donner de la voix. Sur la même musique qu'il avait insufflée au brin d'herbe, il articule les trois syllabes de son nom :

— Aaaa… gaaaz… zaaa !

À peine a-t-il lancé la dernière neume qu'un froissement secoue le voilage cloué au plafond pour protéger des courants d'air.

En quelques battements d'ailes, une pie dodue vient se percher sur l'index que Guilhem lui tend.

— Agazza ! gronde-t-il, où l'as-tu caché ?

L'oiselle penche la tête sur le côté. La perle noire de son œil semble questionner le jeune homme.

— Tu sais très bien de quoi je parle. Où as-tu mis le fruit d'or défendu ?

Indifférente à la mine sévère de Guilhem, la pie s'ébroue, étire une aile, puis, d'un bond, va se percher sur son épaule. Là, elle enfouit sa tête dans les boucles épaisses de sa chevelure, comme pour y dormir. C'est le nid qu'elle affectionne le plus.

— Peu me chaut ton silence, Agazza. Je sais où le trouver, ajoute-t-il en regardant vers le fond du galetas.

Un large bâti de briques s'élève, en ressaut du mur, jusqu'à la hauteur du toit. C'est un des conduits de cheminée par où s'évacuent les fumées des étages inférieurs. À son pied, dans le renfoncement, Guilhem a construit une alcôve de bois pour y étendre sa couche. Là, il fait toujours tiède grâce à la chaleur conservée par les briques.

Sur une solive, juste au-dessus, se trouve le nid de la pie. Le garçon et l'oiseau l'ont tressé ensemble, brindille par brindille.

Guilhem tire un escabeau contre le conduit. Les trois marches qui le composent lui suffisent pour atteindre le rebord du nid et y plonger la main. C'est là qu'Agazza resserre ses trésors. Mille choses disparates peuvent faire son bonheur. Un croûton de pain dur, un crâne de mulot, un vieux bout de laine bleue ou encore un denier melgorien sont, pour la pie, objets de collection.

À tâtons, du bout des doigts, Guilhem ne tarde pas à repérer le noyau perdu. Il le retire du fond du nid et le présente sous le bec de son amie :

— Tu as bien de la chance que je ne sois pas le bon Dieu de Rome, ma douce emplumée. Sans cela, toi et ta descendance seriez maudites jusqu'à la fin des temps ! Sache que c'est ce qui arrive lorsque l'on touche au fruit défendu.

Et il part d'un grand éclat de rire qui le secoue de pied en cap.

C'est par un matin de printemps, deux ans plus tôt, que le damoiseau a trouvé, à son réveil, la jeune pie, tombée de la lucarne. Une patte meurtrie, elle voletait de guingois et sautillait moins bien encore, toute dolente de sa blessure. À l'aide d'un minuscule copeau de bois et d'un fil de coton, il lui avait confectionné une attelle. Au fil des jours, la patte s'était consolidée. Un mois plus tard, l'oiseau en avait retrouvé l'usage et volait gaillardement d'un bout à l'autre du galetas, se posant ici ou là et repartant d'une aile sereine sans plus redouter d'atterrir.

Bien décidé à lui rendre sa liberté, Guilhem avait alors grimpé sur le toit, la pie nichée au creux de sa main. Là-haut, doigts ouverts, bras tendu, il lui avait montré le ciel qui est la patrie des oiseaux. L'instant d'après, il assistait à son envol. Dans l'azur rayonnant, il l'avait suivie longtemps des yeux, jusqu'à ce qu'elle disparaisse au lointain des collines. Et grande était l'allégresse du jeune homme, autant que son chagrin.

Mais, à l'heure du crépuscule, il avait eu le bonheur de voir, portée par l'aile du vent, la pie s'en retourner au galetas aussi naturellement qu'une dame en son castel après la promenade.

Depuis lors, elle ne quitte plus son ami troubadour qu'aux heures de quêter sa pitance ou quand l'humeur la prend de batifoler par la campagne. Guilhem en a conclu qu'elle ne s'en va que pour avoir le plaisir de revenir, ce qui est la marque d'un attachement véritable.

Du temps de leur rencontre, il l'a baptisée Agazza, car c'est ainsi que se nomment les pies. Elle l'a suivi ensuite dans son voyage jusqu'à Blaye, où à la cour d'Aliénor tous deux ont connu bel accueil et doux séjour. Quand novembre est revenu, ils ont ensemble repris le chemin de Narbonne.

Maintenant que la tourmente neigeuse lui a coupé les vivres, Agazza ne sort presque plus du galetas.

Le jeune homme la nourrit des reliefs de ses propres repas ou de petits bouts de viande qu'il rapporte des cuisines.

Souvent, il leur arrive de jacasser ensemble, à l'occasion du déjeuner.

Le troubadour s'est mis en tête, depuis quelque temps, de lui inculquer le parler roman. À force de ténacité et de douce insistance, il est parvenu à lui apprendre le mot « *Joy* ». Agazza le prononce à la mode du pays de Narbonne, avec sa voix de pie : « *Tchoï !* » crie-t-elle à tout venant. Et cela a le don de réjouir Guilhem.

D'un doigt habile, il raccroche le petit fruit d'or dans l'Arbre de la Connaissance. Puis il reste un instant immobile à contempler sa maquette. Rien ne semble y manquer. Vu d'en haut, c'est à peu près ainsi que sera le décor, une fois dressé sur le parvis de la cathédrale. Il tarde à Guilhem de le voir à taille réelle. Déjà il imagine les personnages évoluer d'un lieu à l'autre en proférant le beau texte qu'il a pris tant de soin à traduire. Il voit Ève hésiter en face du Serpent pour finir par céder, tremblante, à sa proposition. Il voit Caïn plonger le couteau dans le ventre de son frère. Il voit les braves gens de Narbonne en grand effroi devant la troupe des démons bondissant hors de la gueule béante de l'Enfer. Il voit tout ce qui n'est pas encore mais qui bientôt sera. Car il sait donner à ses rêves la puissance de la réalité.

Hier, encore, lorsqu'il est allé visiter la vicomtesse pour lui exposer l'avancée de son travail, il a su trouver les mots pour la convaincre de lui fournir la meilleure équipe d'artisans et les plus habiles ouvriers.

« Il sied, lui a-t-il dit, que la plus grande dame du

comté puisse offrir à son peuple le plus beau spectacle du monde. »

Elle a souri avant de lui répondre.

« Allez donc faire un tour du côté de la cathédrale. Un atelier d'imagiers y travaille dont on m'a dit le plus grand bien. Vous verrez s'ils vous conviennent. Ils sont à monseigneur d'Arsac, mais je ne doute pas qu'il nous les prête puisqu'il nous a déjà cédé ses clercs pour les musiques et les chants. »

D'une main caressante, Guilhem décroche la pie de son bliaud. En quelques pas il va la déposer sur le rebord du nid.

— Je dois te quitter, ma douce. L'heure est venue que j'aille visiter notre archevêque. Sois sage en mon absence et ne t'avise point de toucher au fruit défendu !

L'oiselle incline sa petite tête comme pour signifier qu'elle a compris, puis elle s'envole à tire-d'aile vers la poutre maîtresse en lançant un vibrant : « *Tchoï tchoï !* », car elle ne saurait mieux dire.

Chapitre 7

MONSEIGNEUR PONS D'ARSAC

Diplomatie gastronomique

— Poularde à la galimafrée, enrobée d'une sauce au verjus, Votre Excellence.

Le chanoine préposé au service dépose le lourd plateau chargé d'un faitout de céramique sur la table basse auprès de l'âtre. D'un geste plein d'onction, il soulève le couvercle vernissé du récipient, dévoilant une volaille dodue dont la peau, dorée à souhait, est comme grêlée de rondelles de truffes.

— Où sont les figues confites ? s'inquiète le prélat en se penchant au-dessus du plat.

— Elles arrivent, Votre Excellence.

— Dites-leur de se hâter !

D'une main négligente, l'archevêque congédie le serviteur, puis, agitant ses doigts boudinés en guise d'éventail, il crée un courant d'air au-dessus du faitout afin que les fragrances du plat parviennent jusqu'à ses narines.

Monseigneur Pons d'Arsac est un monceau de chairs engoncées dans une ample dalmatique sous une chasuble pourpre brodée d'or. Les replis de son triple menton s'étalent en majesté sur un plastron incrusté de pierreries.

Certains navigateurs, de retour des mers septentrionales, disent avoir observé d'énormes créatures qui logent aussi bien dessus que dessous les glaces et qu'ils ont nommées « veaux marins ». Les dessins qu'ils en ont rapportés offrent quelque similitude avec monseigneur d'Arsac. Par maints aspects, Son Excellence a l'allure d'un veau marin en habits de prélat. Mais il ne goûte ni glace ni froidure et se tient calfeutré depuis plusieurs jours aux abords de sa cheminée. Il y passe les heures les plus claires dans d'interminables repas qu'il s'applique à digérer tout le reste du temps.

— Où en étions-nous, messire Bertier ? interroge-t-il tout en détachant un blanc de volaille de la pointe de son couteau.

L'homme qui lui fait face, assis sur un tabouret, porte vert mantel doublé de fourrure et chausses de laine épaisse. À ses pieds s'étale une flaque de neige fondue. L'expression tendue de son visage peine à masquer son impatience. Voilà près d'une demi-heure qu'il souhaiterait conclure avec l'archevêque dont l'attention est sans cesse détournée par ses agapes interminables. Il s'efforce, cependant, de faire bonne figure.

— Votre Excellence, nous évoquions les propositions de nos amis, les marchands de Gênes, et…

— Oui, oui, j'ai bien compris tout cela et comment le commerce d'échange entre nos deux villes permettrait d'accroître considérablement nos revenus… Il est, toutefois, un aspect de l'affaire qui me soucie quelque peu.

— Je serai bien aise de soulager Votre Excellence de son inquiétude, répond Hugues Bertier.

— Je me méfie de l'attitude versatile de ces villes ligures et toscanes dans le conflit qui oppose l'empereur

Frédéric Barberousse et notre bien-aimé pape Alexandre. Ne risquons-nous pas de voir Narbonne, par le jeu des influences, s'engager du côté de l'empereur, soutenir son ami l'antipape Calixte et devenir, de fait, une cité séditieuse ?

L'argument est d'importance. Hugues Bertier s'attendait à ce que l'archevêque le lui oppose. Mais depuis le temps que l'idée d'une république de Narbonne a fait son chemin dans son esprit, il a songé à toutes les contradictions qu'il risquait de rencontrer. Lors de ses précédents échanges avec Pons d'Arsac, il a d'ailleurs soigneusement omis ce terme de république, par trop inquiétant pour un homme d'Église.

— Monseigneur, dit-il en baissant le ton comme s'il craignait que la poularde n'eût des oreilles, nous n'avons rien à redouter de ce côté-là. Toutes les personnes dévouées à notre cause font preuve du plus grand attachement au trône de saint Pierre. Que Votre Grâce en soit très assurée. Elle sait combien notre confrérie est heureuse de participer au financement du nouveau cloître. Point n'est besoin d'insister sur l'ardeur de notre foi très catholique. En revanche, nul n'ignore que le palais comtal héberge en ses murs un nombre sans cesse croissant d'adeptes de la religion nouvelle.

— D'hérétiques ! crache l'archevêque avec tant d'ire qu'un morceau de viande tombe sur sa chasuble. J'ai personnellement écrit au roi des Francs, en lui mandant qu'il nous vienne en aide pour combattre cette engeance maudite ! Ma missive est restée sans réponse.

D'un vif coup de couteau, l'homme de Dieu arrache un pilon de poularde et mord dedans comme si c'était viande de païen.

Hugues Bertier profite de ce que Pons d'Arsac a la bouche pleine, pour avancer ses arguments :

— Le roi Louis VII a sans doute d'autres difficultés à résoudre en ses propres territoires. Et puis la France est un pays fort lointain et fort différent du nôtre. Les Francs ne sont pas près de s'intéresser à nous, Votre Grâce. Mais, il se trouve ici de fidèles vassaux, qui…

— Sans armes ! tranche à nouveau le prélat, prenant soin, cette fois, de ne point souiller sa vêture par un crachat inopportun.

— Que Votre Excellence se détrompe : nous sommes en train de constituer une milice armée qui sera bientôt assez nombreuse et suffisamment équipée pour en découdre, si besoin était, avec la garde du palais comtal. Et, si Votre Grâce nous le demandait, pour bouter hors de Narbonne la racaille hérétique.

À ces mots, l'archevêque repose l'os de volaille.

— Que ne l'avez-vous dit plus tôt, messire ?

Une lueur soudaine vient éclairer ses prunelles. C'est la première fois, depuis le début de l'entretien, qu'il semble s'intéresser davantage à ce qui se dit qu'à ce qui se mange. Pour le marchand, le moment est venu d'exposer la vraie raison de sa visite matinale.

— Je comptais le faire sitôt que j'aurais eu l'assurance de l'entier soutien des gens de l'archevêché.

— Mon accord tacite n'a-t-il pas, à vos yeux, valeur de bénédiction ?

— Certes, Votre Grâce. Mais puis-je être certain que la garnison de l'archevêché se joindra à nous le moment venu ?

Pour toute réponse, l'archevêque se contente d'écarter les mains dans un haussement d'épaules qui a pour effet de secouer un peu ses bajoues. Puis il laisse tomber dans un soupir un « Ma foi !… » qui dit tout, sans rien signifier de précis.

— Mais, dites-moi, ajoute-t-il, quel sort réservez-vous dans vos projets à notre vicomtesse ?

— Pour l'heure, rien n'a encore été tranché. Nous nous en remettrons, sur ce point, à l'avis éclairé de Votre Excellence. Toutefois…

— Toutefois ?

— Sa seigneurie, la vicomtesse, possède terres et château en pays de Roussillon. Il nous semble que ce pourrait être un asile assez doux pour qu'elle y vive en paix les années de son grand âge.

— Un exil, donc.

— Disons plutôt une retraite paisible, à l'écart des turbulences du monde.

L'archevêque jette brusquement un regard vers la porte.

— Mais pourquoi ces figues confites tardent-elles tant à venir ? lance-t-il d'un ton irrité.

Le marchand est désarçonné par cette soudaine saute d'humeur, sans nul lien avec le sujet en cours. C'est qu'il a beau fréquenter l'archevêque depuis quelque temps, il n'a point saisi les cheminements tortueux de sa pensée.

Monseigneur d'Arsac, quant à lui, se donne le temps de la réflexion en plongeant son visiteur dans l'embarras. Ce qu'il vient d'ouïr va beaucoup plus loin que ce qu'il s'était figuré jusque-là. Lors de ses premières visites, le marchand Hugues Bertier – l'un des plus riches de Narbonne – lui avait laissé entendre que les confréries citadines désiraient un rééquilibrage des taxes et une réorganisation du commerce narbonnais. Il en ressortait que ces nouvelletés seraient tout à l'avantage desdites confréries, mais aussi à celui de l'archevêché avec qui les marchands souhaitaient partager à parts égales les bénéfices des tonlieux. C'était bien autre chose que le misérable huitième concédé par la vicomtesse. Aussi avait-il prêté à tout cela une oreille plus que complaisante.

Or voilà que le prélat vient de comprendre jusqu'où la classe mercantile est prête à s'engager pour voir aboutir ses visées hégémoniques. Il s'agit ni plus ni moins de mettre en place un nouveau pouvoir issu des populations laborieuses. Autant dire de la plèbe, pour qui l'archevêque éprouve le plus grand mépris.

Rompu qu'il est aux incessants complots fomentés par la noblesse et les gens d'Église, monseigneur d'Arsac n'a point imaginé que le peuple puisse en ourdir de semblables. C'est d'autant plus inquiétant que ces gens-là possèdent de l'argent en abondance. Parfois même beaucoup plus que certains nobliaux, fort endettés auprès de ces mêmes marchands.

L'affaire s'avère bien complexe à trancher. Sans compter que le sire Bertier vient de proposer une alliance armée contre les hérétiques ; chose que la vicomtesse Ermengarde s'est toujours refusée à faire. Il faudrait réfléchir à tout cela, mais il semble que le temps presse.

Sans trop savoir où diriger ses propos, l'archevêque hasarde :

— Messire Bertier, je vous sais gré de votre fidélité à l'Église romaine. Aussi je vous propose que…

Mais, à cet instant, le loquet de la porte se soulève à grand bruit.

— Ah ! voici enfin nos figues ! s'exclame Pons d'Arsac, soulagé par cette diversion.

Or ce n'est point l'homme des cuisines qui apparaît dans le chambranle, mais un chanoine convers préposé à la garde du logis archiépiscopal.

— Monseigneur, dit l'homme d'une voix précipitée, des gens d'armes du palais comtal sont en faction devant nos portes. L'homme qui est à leur tête est le sire Ramondis, Premier conseiller de la Cour. Il s'est présenté au nom de la vicomtesse. Il réclame que lui soit remis sur-le-champ le sire Bertier.

— Sous quel motif ? demande le prélat.

— Félonie, Votre Grâce.

À cette annonce le marchand pâlit d'effroi. Il bondit de son tabouret, quêtant avec anxiété la réaction de l'archevêque.

Ce dernier s'extrait péniblement de sa profonde chayère.

— Donnez-moi mes cannes, ordonne-t-il au convers, puis il ajoute en direction de Bertier : Attendez-moi ici. Je vais m'entretenir avec ces gens. Pour l'heure, vous êtes en mon asile et sous ma protection.

Appuyé sur deux lourds bâtons gainés de cuir, l'archevêque se dirige vers la porte, déplaçant soudain sa masse volumineuse avec une étonnante rapidité. En quelques pas, il s'engage dans le corridor. Le convers referme le grand panneau derrière eux.

Dans la solitude silencieuse de la pièce, une angoisse oppressante envahit le marchand. Que faire ? songe Bertier. Rester ? Mais n'est-ce pas courir le risque de se voir trahi par le prélat ? Si celui-ci le livre au bras séculier, son affaire est jugée d'avance. L'accusation de félonie est la première marche vers le gibet. S'enfuir ? Pour quel asile ? Puisque le complot a été éventé, ses amis sont aussi menacés que lui-même. Et qui prendra le risque d'héberger un fugitif ?

La verrière, occultée d'un vitrage verdâtre, est placée trop haut pour qu'il puisse voir ce qu'il se passe au-dehors. Mais des bruits de pas et des voix lui parviennent confusément. On s'agite sur la Grand-Place. D'une minute à l'autre, des hommes d'armes vont entrer et s'emparer de lui. Hugues Bertier avise la petite porte, à la dextre de la grande. C'est par là que l'homme est venu, un peu plus tôt, apportant la poularde. L'issue doit conduire aux cuisines.

Sans réfléchir plus avant, Hugues Bertier s'élance vers ce qu'il espère être son salut.

L'instant d'après, il débouche dans un étroit vestibule, obstrué d'une tenture. Derrière se trouvent en effet les cuisines, désertes à cette heure matinale. Au fond de la salle, le marchand distingue une porte. Il l'ouvre, le cœur battant. De l'autre côté s'étend le potager clos de hauts murs dont l'un borde la rue du Poids.

Aromates et plants de légumes ont disparu sous la neige, ainsi que les allées, les bordures de noisetier tressé et les pots de semis dont les formes s'esquissent à peine sous le moutonnement glacé. Dans cette blancheur traîtresse, Hugues Bertier court comme un lièvre aux abois. Derrière lui, une ligne de profondes traces dénonce sa fuite. Il manque de se briser un ongle tant est grande sa précipitation à tirer le loqueteau de bois. Enfin la porte s'ouvre. Il la franchit sans cesser de courir avec, à ses trousses, les mille diables de sa propre peur.

Par chance, la rue est déserte. Écrasée par les roues de divers charrois et piétinée par tous ceux que la nécessité a contraints de quitter leur logis, la neige n'est plus, ici, qu'une boue informe. Bien malin celui qui pourrait déceler, parmi toutes ces souillures, les empreintes du marchand. Sans hésiter, il bifurque à sénestre en direction des remparts. Ce serait folie que de retourner en sa demeure citadine. Son seul espoir est du côté de la mer.

Sans plus courir, il presse cependant le pas comme un homme à qui il tarde de retrouver la chaleur du foyer. Serrant contre sa poitrine les pans de son vert manteau, il regrette de n'avoir pas revêtu une cape moins visible. Au détour de la rue, grand est son soulagement de découvrir la porte Maritime ouverte à deux battants. Un convoi de bois de chauffage est en train de franchir le passage. Le marchand se hâte encore, parcourt à longues enjambées les quelques coudées qui le séparent de la muraille.

— Bien le bonjour, maître Bertier, lui lance l'homme de garde de l'octroi. Que Dieu vous garde !

— Qu'il garde votre maisonnée, brave Miquel, lui retourne le fuyard.

Le gardien aurait sans doute aimé échanger quelques mots avec lui, mais il doit prêter main forte au bouvier qui peine à manœuvrer son attelage. Sans attendre que le chargement ait fini de franchir la porte, Hugues Bertier se faufile prestement entre la charrette et le mur. Trois pas de plus, il est dehors. Trois pas encore et il se retourne.

Derrière lui, Narbonne, sa chère cité désormais hostile, dresse ses hautes murailles. Cette vision lui serre le cœur. La reverra-t-il jamais ? Devant lui, la campagne bien plus hostile encore, étend son blanc linceul. Y aura-t-il, pour lui, un printemps nouveau ? Mais l'heure n'est pas à l'apitoiement. En cet instant, les hommes d'armes doivent être à sa recherche. Son unique espoir est qu'ils commencent par fouiller la ville. S'ils viennent à s'élancer hors les murs avec leurs chevaux et leurs chiens, c'en est fait de lui.

Alors il se met à courir. Il court à perdre haleine, comme jamais de sa vie d'homme il n'a couru. Et peu importent les aiguillons glacés qui transpercent ses poumons ! Et peu lui chaut le vent mordant ses tempes fiévreuses ni la neige lui plombant les semelles. Il court, la mort sur ses talons.

Chapitre 8

DAME ERMENGARDE & DAME ALOÏS

Le trône et les tombeaux

C'est ajouter peine sur peine que de ne point pouvoir montrer celle qui cogne à la porte du cœur. Devant le corps déchiqueté du jeune messager, Ermengarde a retenu ses larmes. Les parents du damoiseau sont parmi ses plus fidèles vassaux. Elle a connu Aldo de Bizanet à l'âge le plus tendre. En l'accueillant au palais, elle honorait sa famille et pensait offrir au jeune homme matière à illustrer sa vaillance. Voici qu'elle lui a offert son trépas. Et le plus hideux qui soit. Sur le coup, elle en a voulu à ses hommes d'armes de l'avoir choisi pour messager, mais aussitôt elle s'est reproché à elle-même sa propre injustice. Qui peut-on accuser quand la vie et la mort sont au seul bon vouloir de Dieu ? Cependant elle n'a pu se retenir de rabrouer Odín Glumsson lorsque, au sortir du corridor voûté, celui-ci lui a proposé de la raccompagner jusqu'à son logis.

— Hâtez-vous de partir pour Fontfroide, chevalier. Je n'ai point besoin de guide en ce séjour qui est le mien depuis que je suis née.

Le capitaine s'est incliné, comme toujours. La moindre volonté d'Ermengarde – fût-elle blessante à son égard – a force de loi à ses yeux. Cela fait un quart de siècle qu'il s'incline devant elle, car il n'a que sa parfaite obéissance à lui offrir pour preuve de son parfait attachement.

Dans la salle d'audience, déserte à présent, la vicomtesse s'approche d'une des cheminées. Un des écuyers arrive à cet instant, portant une brassée de bûches.

— Déposez votre charge et courez quérir la dame de Malpas. Vous la trouverez à l'étage… Mandez-lui, je vous prie, de me rejoindre céans, sans tarder.

Il n'est pas dans les habitudes d'Ermengarde de prier ses gens d'accomplir les ordres qu'elle leur donne. Mais, devant ce garçon, à peu près du même âge qu'Aldo de Bizanet, l'image cruelle du jeune mort lui est revenue avec violence et, tandis que l'écuyer s'éloigne, l'inflexible vicomtesse ne peut retenir un sourire attendri et mortifié. Puis elle se détourne vers l'estrade vide où, moins d'une heure plus tôt, pleine d'assurance, elle semonçait les comploteurs. Un sentiment d'effroi tout à coup la submerge. Ce trône damassé de cuir pourpre, ces tabourets frangés de velours écarlate, ce lutrin aux formes d'hippogriffe tout bariolé d'or et de vermillon, tous ces rutilants emblèmes du pouvoir lui font soudainement horreur. Il n'est jusqu'aux écussons rouge vif, fixés aux grands piliers de pierre, qu'elle n'envisage avec dégoût. Tout ce rouge sur les armoiries, les étoffes, les bois travaillés, qu'est-il d'autre que du sang ? Le sang des générations, versé au cours des ans, par tant de malheureux pour instaurer la puissance de Narbonne. Sang de la guerre, sang des crimes. Qu'importe que les victimes fussent coupables ou innocentes. Elles ont payé le même tribut. Ce palais tout entier, qu'est-il d'autre qu'un gigantesque sarcophage, cimenté par le sang et la souffrance des hommes, aussi bien de ceux qui l'ont bâti que de ceux qui l'ont peuplé ? Elle-même, Ermengarde, n'a-t-elle point chevauché, en armure, l'épée au poing, aux côtés des chevaliers de l'Alliance pendant la guerre des Baux ? Elle aussi a frappé de taille et d'estoc dans la chair vive des ennemis d'alors. Du sang de combien de braves a-t-elle arrosé le vert gazon ? Elle ne le saurait dire. Et aujourd'hui encore coule le sang. Celui de ce pauvre messager et bientôt celui de l'homme qu'elle devra châtier, le misérable Hugues Bertier, traître à sa ville et à sa suzeraine. « Le sang, toujours le sang », songe-t-elle alors qu'un frisson la secoue, dont elle ne sait s'il lui vient du corps ou bien de l'âme.

Brusquement, le froid la saisit. D'un pas vif, elle va vers la cheminée où tremble une flamme vacillante. Elle se penche sur le tas de bois qu'a laissé l'écuyer pour s'emparer d'une bûche, mais son bras sénestre, retenu par le crochet de fer, l'empêche de poursuivre son mouvement. Elle l'avait oublié. De sa main dextre, avec colère elle défait l'attache, manquant presque de l'arracher, tant ce témoin de sa fragilité l'insupporte. Mais elle n'a point tremblé jusqu'à présent. Ni face à l'assemblée des comploteurs ni devant le corps martyrisé du jeune émissaire. Si elle a su triompher des laideurs de la réalité, il ne sera pas dit que les visions fantasques de son esprit la trouveront sans défense. Que coule le sang, si le sang doit couler !

Des bûches qu'elle a jetées dans l'âtre s'élève une flamme neuve, claquant et frémissant comme bannière au vent. Doigts écartés, Ermengarde tend les mains vers la chaleur vivifiante, presque au bord de se brûler.

— Ma dame ! Attention au feu !

La voix d'Aloïs de Malpas a résonné dans la vaste salle, faisant presque sursauter sa maîtresse. Tout à ses pensées, elle n'avait cure des hautes gerbes d'étincelles qui risquaient d'embraser le tissu de ses manches.

— Venez, mon amie, venez, dit-elle en reculant un peu. Venez faire avec moi provision de chaleur. Nous en aurons besoin où je vais vous mener.

Depuis le temps qu'Aloïs partage les jours d'Ermengarde, elle sait déchiffrer la moindre de ses inflexions. À la seule vibration de sa voix, elle a compris que la vicomtesse était en proie à un trouble profond.

Conciliante, elle s'approche du foyer. D'un ton léger, elle fait mine de questionner, alors qu'elle connaît déjà la réponse :

— Votre bras vous a-t-il obéi ?

— Voyez donc, dit fièrement Ermengarde, mains tendues en tournant tour à tour ses paumes vers la terre et le ciel. Vit-on jamais serviteur plus docile ?

Dame Aloïs sourit à cette heureuse nouvelle.

— Et les marchands ?

— Retournés à leurs marchandises, comme furets en leurs terriers… Ne tardons pas. Prenons chacune un flambeau et sortons.

Joignant le geste à la parole, la vicomtesse s'empare de deux torches fichées dans un pilier et tend l'une d'elles à sa dame d'atours.

L'une des portes de la salle d'audience donne directement dans la cour principale du palais comtal. Serviteurs et valets d'écurie s'y affairent autour de brasiers disposés aux angles de la cour afin de faire fondre la neige. À la pelle et au balai, des chemins ont été tracés entre les monticules neigeux. Au centre, Odín

Glumsson et ses hommes achèvent d'atteler les chevaux à la litière qu'a commandée Ermengarde pour ramener son neveu de Fontfroide. Une escouade de piétons les précède afin de damer le sol poudreux de la route avant que les cavaliers s'y engagent. Un simple coup d'œil suffit à la vicomtesse pour constater l'efficacité de son capitaine. Nul doute qu'il mène à bien sa mission.

Au passage des deux femmes qui se dirigent vers le fond de la cour, la valetaille s'écarte. Là se trouve l'entrée de la chapelle comtale, gardée par deux grands anges de pierre. C'est le grand-père d'Ermengarde, Aymeri Ier de Narbonne, qui l'a fait édifier. De proportions modestes, le bâtiment ne peut guère contenir qu'une cinquantaine de fidèles, mais du chœur, fait d'un calcaire marmoréen, irradie une pure clarté. Derrière l'autel, où trône le haut-relief d'un Christ en majesté, trois arcades délicatement ouvragées filtrent le jour au travers de leurs verrières polychromes. Dame Aloïs a beau avoir rompu depuis fort longtemps avec l'Église de Rome, elle ne peut s'empêcher de songer que c'est bien là un lieu de l'esprit. Propice, en tout cas, à la rencontre méditative entre soi et le mystère divin. Le silence de la pierre nue baignée de douce lumière lui parle au cœur bien plus que le luxe tapageur d'une cathédrale.

— Suivez-moi, commande Ermengarde, interrompant sa rêverie.

Toutes deux, leur flambeau à la main, s'engagent derrière l'autel. À sénestre, une porte étroite s'ouvre dans le mur. Tandis qu'elles s'y faufilent, un courant d'air chargé d'odeur de salpêtre fait trembler les flammes des torches. Devant elles, un escalier s'enfonce dans les entrailles de la terre. Son extrémité, plongée dans l'ombre épaisse, en accentue la profondeur.

— Où allons-nous ?

— Chez les morts, répond Ermengarde sans interrompre sa descente.

Aloïs de Malpas ne redoute point les démons souterrains. Pour elle, il n'est d'autre enfer que celui que les hommes ont édifié sur terre à l'instigation de Satan. Dans sa croyance, l'au-delà sera radieux ou bien ne sera pas. Et puis elle a toute confiance en son amie.

L'escalier se révèle moins profond qu'elle ne le pensait. Quelques marches encore et les deux femmes parviennent au seuil d'une vaste crypte dont l'entrée s'orne d'un cintre sculpté. À la lueur des torches, dame Aloïs déchiffre l'inscription : *Memento, homo, quia pulvis es et in pulverem reverteris*[1]. La sentence latine est censée amener chacun à bannir tout orgueil. Mais ce n'est point, pour Aloïs, leçon d'humilité, car elle n'a jamais eu la moindre complaisance pour cette enveloppe misérable qui tient son âme captive.

Il flotte dans ces lieux une odeur où les relents de cave humide se mêlent à ceux du tombeau. Quelque chose de moisi qui rappelle davantage l'humus et les feuilles mortes que les chairs décomposées. C'est qu'il ne se trouve céans que des morts fort anciens qui ont accompli piéça leur ultime métamorphose. Et la senteur qui stagne n'est rien d'autre que l'odeur même de ce qui n'est plus. Seulement le souvenir d'une ancienne puanteur en attente de résurrection.

La vicomtesse pénètre plus avant dans la crypte. Elle

1. En latin : « Souviens-toi, homme, que tu es poussière et que tu retourneras à la poussière. »

se libère de son flambeau en le plantant dans un trépied de fer. Tête baissée, elle contemple un long sarcophage surmonté d'un gisant en armure. Aloïs s'approche.

— Ci-gît le comte Aymeri de Narbonne, deuxième du nom. Il fut mon père.

— Vous souvenez-vous de lui ? glisse Aloïs à mi-voix.

— Fort mal… Je ne saurais dire si ces traits dessinés au burin furent les siens ou s'ils ne sont que pure invention. Je n'ai aucune remembrance de son vrai visage. J'avais presque six ans lorsqu'il mourut à la bataille de Fraga, tué par les Sarrasins almoravides, alors qu'il guerroyait aux côtés d'Alfonso le Batailleur. Ma mère m'a raconté sa fin glorieuse. Les preux chevaliers qui avaient combattu avec lui n'ont pas voulu l'abandonner en terre étrangère. Ils l'ont ouvert, vidé de ses entrailles et ils ont placé son cœur enveloppé de soie dans un vase d'albâtre. Son corps a été pieusement lavé d'aromates et parfumé de myrrhe. Puis ils l'ont cousu dans de belles peaux de cerfs et transporté, par-delà les montagnes, jusqu'ici.

Un bref instant, Ermengarde pose un doigt caressant sur le front de pierre. Puis elle se détourne vers deux enfeus creusés dans le mur voisin. Le salpêtre qui les couvre en a rendu les inscriptions illisibles.

— Ici reposent les restes d'Aymeri et Bertrand, mes deux frères aînés, morts le premier dans sa jeunesse et le second dans son enfance. Hélas ! ils ont quitté la vie alors que j'y entrais. Nous n'avons pas eu le temps de faire connaissance.

Aucune tristesse n'affecte la voix de la vicomtesse à cette évocation. À peine s'est-elle teintée d'une once de regret. Celui, peut-être, d'avoir été forcée de régner à la place de ses frères en raison de leurs trépas prématurés.

Déjà elle s'éloigne vers une autre tombe, couverte, cette fois, d'un gisant féminin.

— Est-ce là votre mère ? interroge Aloïs.

— Point du tout. C'est le tombeau d'Ermessinde, la seconde épouse de mon père. D'elle naquit ma demi-sœur Ermessinde, la mère de mes neveux. Elle vivait à Tolède chez son fils Pedro. Son autre fils Aymeri n'a jamais voulu revenir là-bas. Les deux frères se détestent. J'ai demandé à Aymeri de rentrer à Narbonne ce jour d'hui.

La vicomtesse retire la torche du trépied. Sur le corps des gisants, le mouvement de la flamme agite les drapés de pierre d'une illusion de vie. Contre le mur, leurs ombres semblent se déplacer.

— Aymeri fils d'Aymeri… Ermengarde et Ermessinde, filles d'Ermengarde et d'Ermessinde… Pourquoi toujours les mêmes noms pour désigner tant de personnes différentes ? demande dame Aloïs.

La vicomtesse se retourne vers elle. À la lueur du flambeau, ses traits se sont creusés. Son visage a durci sous le blanc maquillage qui la rend semblable au marbre des statues. Son surcot d'apparat, scintillant dans l'ombre de la crypte, fait d'elle une sorte de gisant debout.

— À la vérité, qui nous sommes a peu d'importance. Ce qui compte, c'est la fonction que nous incarnons. Ainsi un Aymeri succède à un Aymeri afin que le vicomte soit toujours le vicomte. Qu'importe que nous passions, tant que le comté demeure et que le peuple, d'époque en époque, continue d'acclamer le même nom. Nous servons à cela : à pérenniser ce qui, sans nous, changerait sans cesse. Car, quoi qu'il en dise et bien qu'il le réclame à cor et à cri, le peuple a horreur du changement.

Il est fort rare qu'Ermengarde entretienne son amie de sujets politiques. Ordinairement, elle se plaît à bavarder avec elle sur mille objets divers bien éloignés des affaires du pouvoir.

— Est-ce pour cela que vous m'avez menée jusqu'ici ? Pour me parler du gouvernement de Narbonne ?

— Non, ce n'est point pour cela. Mais, avant que je vous en expose le motif véritable, je voulais que vous sachiez ceci…

Ermengarde s'interrompt un instant, tenant toujours sa torche fermement. Elle s'assied au pied du gisant de son père et s'appuie d'une main distraite sur l'armure de marbre comme sur un coussin.

— Je vis au milieu des morts. Nuit et jour, leur foule invisible me tient compagnie. Morts, les membres de ma proche famille, morts, mes amis qui furent mes alliés dans les heures de combat et d'inquiétude. Morts aussi, les compagnons des jours heureux et la plupart de mes chers troubadours… Vous, votre fils Guilhem et une poignée de fidèles êtes tout ce qui me reste de vivant à chérir.

— Votre peuple vous aime. Les Narbonnais vous aiment, rétorque Aloïs avec douceur.

D'un petit soupir nasal, la vicomtesse exprime sa désillusion.

— Les plus anciens d'entre eux, car ils se souviennent de leur jeunesse lorsqu'ils me voient. Mais, pour la génération nouvelle, j'incarne le passé de Narbonne. Une époque révolue. C'est pourquoi je fais venir ici mon neveu Aymeri afin qu'il me succède au plus tôt. Je préfère abdiquer de mon plein gré avant que la décrépitude m'y force. Vous connaissez le mal qui me menace. Aussi ai-je décidé de placer toute mon espérance dans cette succession.

Dame Aloïs n'a pas quitté des yeux son amie tout le temps qu'elle lui parlait. Le pli d'amertume, sur ses lèvres, ne lui a point échappé.

— Toute votre espérance, dites-vous ? Mais vous semblez en douter.

— Mon neveu, malgré sa jeunesse, est un homme de grand savoir, doté d'une profonde pénétration d'esprit. Il est courageux, soucieux des faibles et pétri de courtoisie envers les femmes… En cela, il est tout au rebours de son frère, l'impétueux Pedro de Lara. Lui ne rêve que de guerres, de chasses ou de tournois, et ne trouve de repos qu'entre les cuisses de gueuses consentantes ou forcées. C'est pourquoi j'ai choisi Aymeri, au détriment de Pedro. Je sais qu'il saura gouverner Narbonne en loyal suzerain et la conserver dans la paix autant qu'il le pourra. Mais que survienne un ennemi et que la guerre éclate, alors je ne saurais dire ce qu'il adviendra de notre ville. Peut-être se révélera-t-il excellent combattant ? Mais peut-être aussi bien en sera-t-il incapable. Sait-on ce que les circonstances peuvent faire de nous ? Si, par infortune, le pire survenait, si notre chère Narbonne était prise d'assaut et si le palais venait à tomber entre des mains criminelles, je veux m'assurer que vous en sortirez saine et sauve. Vous-même et qui vous est précieux. C'est pourquoi je vous ai conduite ici.

Troublée par les propos de son amie, Aloïs détourne la tête. Ses yeux se sont accoutumés à l'obscurité de la crypte. Elle distingue confusément les silhouettes d'autres tombeaux qu'Ermengarde ne lui a pas présentés. Ici pourrissent les ossements d'ancêtres lointains ; sans doute ceux qui connurent l'empereur Carolus Magnus et peut-être d'autres, plus anciens encore, rois wisigoths ou sarrasins. Mais comment tous ces morts pourraient-ils faire son salut ?

À l'instant même, comme si elle avait entendu la muette question d'Aloïs, la vicomtesse se relève.

— Il est temps, mon amie, que vous soit révélé le secret des ténèbres.

Chapitre 9

GUILHEM DE MALPAS

Par les rues de Narbonne

« Même en pissant, je dois rester poète », se dit Guilhem tout en s'efforçant d'écrire son nom dans la neige tandis qu'il soulage sa vessie d'un besoin trop pressant pour être différé. Mais il a beau s'appliquer, le résultat n'est qu'un vilain gribouillage. « Qu'importe l'instrument, pense le jouvenceau. Je serai toujours meilleur chanteur que calligraphe ! » Cela le fait partir d'un grand éclat de rire tant sa nature heureuse est prompte à s'amuser de tout.

Bien que la rue soit déserte, il a pris la précaution de se rencogner dans un angle de mur afin de ne point offusquer le regard d'un passant. Mais à peine a-t-il refermé ses braies et renoué ses chausses, qu'un tapage de voix le fait se retourner.

— Il est là !

— On le tient !

Ce sont deux hommes d'armes qui déboulent d'une ruelle et courent vers lui à grandes enjambées. Sur l'instant, grande est sa stupeur en comprenant qu'il est la proie visée par ces redoutables braillards. Il a juste le temps de noter que l'un d'eux porte un bandeau de cuir qui lui barre un côté du visage. Un borgne, assurément. Sans plus réfléchir, Guilhem leur tourne le dos et détale aussi vite qu'il peut.

Son idée est de se réfugier dans l'enceinte du palais comtal d'où il est sorti quelques minutes plus tôt. Il s'en veut d'avoir choisi la porte des communs qui donne sur le quartier des marchands. Que n'a-t-il pris l'entrée principale, sur la Grand-Place, face à la cathédrale ? Il n'avait que deux pas à faire pour atteindre le logis de l'archevêque. Mais Guilhem est ainsi fait qu'il affectionne les chemins de fantaisie bien plus que les voies routinières.

Moins lourdement vêtu que ses poursuivants, encombrés par leurs épieux, en quelques bonds il les distance de plusieurs coudées. Il ne lui reste plus qu'à bifurquer dans la rue des Tonneliers pour regagner la porte salvatrice. Or voici qu'en pivotant trop vite, au mitan de la rue, il met le pied sur une plaque de glace traîtresse. Emporté par son élan, il dérape, battant l'air de ses bras, sans rien trouver à quoi se retenir. De tout son long, il s'étale dans la neige, cognant de l'épaule contre une borne de pierre.

Le temps qu'il reprenne ses esprits et tente de se relever, l'un des deux poursuivants est sur lui. D'un violent coup de poing, Guilhem est terrassé, plaqué dos au sol. Il ne peut retenir un cri de douleur, tant son épaule est meurtrie.

— À nous la récompense ! rugit son assaillant en dégainant son coutelas.

Et déjà la pointe d'acier va s'abattre sur la gorge du jeune homme.

— Non ! hurle le borgne en retenant de justesse le poignet de son acolyte. L'ordre est de le prendre vif afin qu'il soit jugé devant tous.

Alors que le genou de son agresseur lui écrase la poitrine, Guilhem trouve la force de demander :

— Ordre de qui ? Jugé pour quoi ?

— Comme si tu l'ignorais, maraud !

La trogne réjouie, celui qui a retenu l'arme renchérit :

— Sur ordre de la vicomtesse, toute une escouade est à ta recherche. Tu as cru pouvoir nous filer entre les doigts, mais nous sommes bons limiers et ton affaire est dite. La description qu'on nous a faite correspond bien à ton apparence. C'est ton manteau de drap vert qui t'a trahi.

— Debout, Hugues Bertier ! lui crie l'autre au visage dans une haleine empuantie de relents d'ail.

L'agresseur a dégagé son genou pour lui permettre de se redresser mais Guilhem ne bronche pas, sans plus remuer que s'il était de plomb.

— Allons, Bertier, lève-toi ! Et n'essaie plus de fuir.

— Que Bertier, où qu'il soit, se lève s'il le veut… Pour ma part, je me trouve fort bien ainsi, allongé sur mon tapis de neige, lâche Guilhem à bout de souffle.

Les deux hommes d'armes échangent un regard égaré. Seraient-ils tombés sur un fou ? Les déments sont gens imprévisibles, fort difficiles à maîtriser. Si la folie prend celui-ci, ils vont devoir le ligoter pieds et poings, et le transporter ainsi jusqu'au casernement. Pourvu qu'il ne gigote pas trop !

— Êtes-vous bien sûr que l'homme que vous recherchez s'appelle Hugues Bertier ? insiste le jouvenceau pour ajouter à leur désarroi.

— Aussi vrai que Notre-Seigneur est ressuscité, réplique celui des deux qui paraît le plus vif.

— Eh bien ! mon nom à moi est Guilhem de Malpas.

Apprenez, messires, que je suis troubadour de mon état et que je loge au palais comtal, car je suis attaché au service de notre dame Ermengarde. Que Dieu la bénisse !

— Que Dieu la bénisse, répète l'homme d'armes, machinalement.

Guilhem s'est relevé sur un coude. Il sent bien, à leurs mines désemparées, que ces deux rustauds peinent à accorder les pensées contradictoires qui les agitent. Il lui serait aisé de les confondre en les accompagnant jusqu'au palais. Ce serait pour eux la honte assurée, peut-être même la bastonnade pour avoir osé malmener un homme de la cour. Mais le jeune homme n'est point de cet acabit. L'esprit de revanche n'est pas son fort. Avec lenteur il se relève pour aller s'adosser à la borne de pierre. Son épaule est dolente et il n'a cure de s'en cacher. Ses agresseurs ne l'ont pas lâché des yeux, faisant obstacle de leurs épieux, de crainte sans doute de le voir détaler à nouveau.

— Et si c'était menterie que vous nous baillez là, doux sire ? lui lance le borgne. Qu'est-ce qui nous prouve que vous êtes bien troubadour ?

— Moi, j'en ai point, de ces oiseaux-là, dans mes connaissances, ajoute son compagnon avec une nuance de dégoût dans la voix, comme s'il parlait d'une espèce répugnante.

Son visage ressemble à une grosse courge ulcérée, plantée de deux pépins de pomme à la place des yeux, un peu trop près du front. À se demander s'il reste un peu de place pour la cervelle sous un crâne aussi plat.

« Comment prouver à ces deux vilains bougres qui je suis ? Quel crédit peut-on faire à des gens qui décident de l'identité d'un homme sur la couleur de son manteau ? Et savent-ils seulement ce qu'est un troubadour ? s'inquiète Guilhem. Après tout, ceux-là mériteraient bien de se faire corriger pour leur apprendre à être d'aussi bêtes brutes. »

— Ça chante, un troubadour, à ce qu'on raconte, dit le borgne en prenant l'air finaud.

S'attendraient-ils à le voir pousser sa chanson au coin de la rue, comme on fait danser un ours à la foire ? Guilhem en est blessé, non pour lui-même mais pour ses chansons. Et soudain l'idée lui vient. Détournant la tête, il jette un coup d'œil du côté du palais, dont la haute silhouette se dresse à quelques toises. Cela lui a suffi pour s'assurer de son plan.

— Oui-da, vous ne vous trompez point. Le troubadour cst un chanteur, messires. Mais il est aussi un enchanteur. Sachez que la nature tout entière lui est soumise, car Dieu l'a ainsi voulu. Il n'est point de bête sauvage qui ne réponde à son appel. Voyez plutôt…

Aussitôt, rejetant sa tête en arrière, il lance vers le ciel les trois neumes de son chant d'oiseleur. Puis, revenant vers les hommes d'armes :

— Que voulez-vous voir paraître céans ? Un monstre redoutable, ou bien une paisible créature ?… Un dragon ou bien une pie ?

Une inquiétude diffuse se lit sur les faces des deux hommes. L'homme à tête de courge se dandine sur ses pieds comme un canard pataud. Ils hésitent, tout à coup. Le garçon serait-il magicien ? Il vaut mieux se méfier des gens de cette sorte.

— Une pie, hasarde le moins faraud.

Aussitôt, Guilhem module son appel, plus haut, et plus harmonieusement que la première fois. Puis, dans un geste ralenti, il étend avec délicatesse la dextre au-dessus de sa tête. À peine a-t-il déployé son bras qu'un battement d'ailes résonne dans la rue et que, dans un grand effet de plumes, la fidèle Agazza vient se percher sur l'index de son ami. Doucement, il ramène l'oiselle auprès de son cou. Elle, guillerette, s'y va nicher tout de gob.

Face à l'apparition de cette pie, surgie de nulle part, les hommes d'armes se tiennent bouche bée, comme frappés de sidération. Oncques ils n'ont vu pareille merveille. Saisi d'effroi, le borgne se laisse tomber à genoux et se signe.

— Relevez-vous, brave sire, lui dit Guilhem. Ce n'est point un miracle. Je ne suis pas un saint. Encore moins un magicien. Ce que vous avez vu là n'est que l'art du troubadour. Un long travail d'observation et de patience.

— Nous vous avons blessé. Votre épaule est meurtrie. Pardonnez-nous, seigneur.

— Seigneur point ne suis. Que nenni ! Oublions tout cela. Laissez-moi poursuivre ma route et courez prestement à la recherche de votre fugitif au vert mantel.

— Baste ! À l'heure présente, il doit être bien loin. À moins que d'autres que nous n'aient mis la main dessus… Mais il ne sera pas dit que nous aurons laissé un troubadour dans la détresse. Permettez-nous au moins de réparer le tort que nous vous avons fait.

— Mon bliaud s'est déchiré et l'épaule me fait mal. Seriez-vous donc couturier et médecin ?

— Ni l'un ni l'autre, mais nous pouvons vous conduire près d'ici en une bonne maison où vous rencontrerez tout cela à la fois.

C'est le borgne qui a parlé. Son compagnon lui jette un regard effaré :

— Tu veux le mener chez la vieille ?

L'autre hausse les épaules comme devant une évidence.

— Sa maison est à deux pas… Ce sera l'occasion pour elle de me payer ce qu'elle me doit.

— Qui est donc cette vieille ? s'enquiert Guilhem.

Le borgne arrondit le seul œil qui lui reste. Décidément, ce jouvenceau, tout troubadour soit-il, est tombé de la lune.

— Seriez-vous donc le seul, à Narbonne, à ne point connaître la Célestina ?

— Ma foi, j'avoue mon ignorance.

— C'est l'entremetteuse la plus effrontée qui se puisse voir, dit l'homme d'armes à tête de courge. Rusée comme un goupil et plus avaricieuse qu'un chanoine. Sachez que, lorsque la vieille harpie tient un homme dans ses griffes, elle ne le lâche plus qu'il ne lui ait donné jusqu'à son dernier sou !

— Il est vrai que Célestina a usé plus d'un mari et hérité de belles fortunes. Mais elle a rendu maints services à plus d'un dans cette ville. On ne compte pas les mariages qu'elle a su arranger, contredit le borgne.

— Non plus que ceux qu'elle a défaits. Ni les personnes qu'elle a compromises par ses agissements scandaleux. Il y aurait mille raisons de la voir gigoter au bout d'une potence !

— Et tout autant de la bénir. N'écoutez pas mon compagnon. Je vous assure, sire troubadour, que la rencontre avec Célestina vous sera tout à fait profitable.

— Sait-elle coudre ?

— Mieux qu'un Juif.

— Et pour mon épaule ?

— Elle vous réparera, comme aucun apothicaire ne le ferait.

À la réflexion, Guilhem n'a pas tant de hâte à se rendre chez l'archevêque. Il lui déplairait surtout d'y paraître avec son bliaud déchiré. Le troubadour attitré de la vicomtesse se doit au moins de faire bonne figure dans le monde.

— Eh bien, messires les gens d'armes, ne tardons point à visiter la céleste et diabolique Célestina !

Chapitre 10

LOBAR LE LOUP

Par les chemins neigeux

Bleus sont les monts, blanche la plaine, mais partout souffle la même bise glacée. Chevauchant leurs montures bardées de tout leur chargement, Lobar le Loup et ses hommes ont quitté leur repaire solidement cadenassé.

Le long des sentiers escarpés des collines, les mercenaires amorcent leur descente vers la mer. Au loin, du côté du nord, les tours de Narbonne dardent leurs pointes émoussées sous de molles coiffes de neige. Ils s'en tiennent à bonne distance, hors de la vue des sentinelles.

Hormis les craillements d'une bande de choucas, nul bruit ne trouble le paysage engourdi. Par moments, une mule renâcle ou s'ébroue, un homme lâche un juron, pestant contre l'inconfort du chemin, un sabot cogne sur une roche dégagée. Le reste n'est que blancheur et silence. Nulle trace de vie dans la vallée, si ce n'est, ici ou là, un timide filet de fumée émanant d'une chaumière. Grise fêlure dans l'émail uniforme du ciel, que le vent répare d'une bourrasque.

Brusquement, Maletrogne immobilise sa mule.

— Par là ! dit-il en pointant le doigt. Quelque chose a bougé.

Tous s'arrêtent, en quête de ce qu'il a vu. Il n'y a pas tant d'occasions de divertissement dans ce voyage hivernal que l'on puisse en manquer une.

À deux toises de distance, un petit tourbillon neigeux semble s'élever du sol. Une tache rousse émerge du blanc, bondissant, pour replonger aussitôt dans des éclaboussures floconneuses.

— C'est un de tes cousins, Rosso ! se moque Maletrogne. Un goupil… Et un gros, à ce qu'il semble.

— Attends qu'on rencontre une truie et je te montrerai ta sœur, réplique le rouquin.

Mais déjà Compostelle a défait l'arc qu'il porte en bandoulière. Nul ne l'entend murmurer entre ses dents : « *E ultreïa !* » Mais tous le voient tirer une flèche de son carquois et, dans le même mouvement, la décocher droit devant. Un cri rauque troue le silence. La tache rousse bondit une dernière fois, puis retombe, clouée dans la neige.

Lobar le Loup ne peut s'empêcher d'émettre un sifflement admiratif. Comme si de rien n'était, Compostelle remet l'arc à son épaule et talonne sa mule pour reprendre sa marche nonchalante.

— Qu'as-tu eu besoin de tirer cette flèche ? interroge Maletrogne en rejoignant son compagnon. Ce goupil ne t'avait rien fait. Ça ne se mange même pas.

Compostelle ne prend pas la peine de se détourner pour lui répondre. Yeux fixés devant lui, front buté, il se contente de lâcher dans un sourire :

— Je cesse d'être quand je cesse de tuer.

Et longtemps encore, le sourire flotte sur ses lèvres closes.

Cela fera bientôt une heure pleine qu'ils cheminent et voilà que la mer paraît à l'horizon avec sa mosaïque d'étangs, pareils à de ternes plaques d'étain. Au milieu semble flotter l'île de La Clapa. Les monts se sont faits collines, puis les collines, mamelons. Sous le sabot des mules, la couche de neige s'est amoindrie. En vue du littoral, le tracé des chemins se précise. On va pouvoir hâter l'allure. Mais, sur un signe de Lobar le Loup, la troupe s'immobilise.

Doigt tendu, le chef de la bande désigne la tour carrée d'un clocher dominant un petit village sur un tertre rocheux. Il se tourne vers Compostelle :

— Nous approchons de Bajas. Crois-tu qu'on pourra y débusquer un de ces gratte-sel des étangs pour qu'il nous vende une embarcation ?

L'ancien clerc tord sa lippe en une moue désabusée.

— À ma connaissance, il ne se trouve là-bas que quelques barques à fond plat, tout juste bonnes à pêcher le long des côtes. Il y aurait péril à prendre la mer là-dessus. Si nous voulons embarquer les mules, c'est au moins un dromon qu'il nous faut. Le port de Sijan est à une lieue d'ici tout au plus. C'est là que nous devons aller. Quitte à perdre un peu de temps sur la terre ferme, nous le rattraperons sur l'eau.

— Sans compter, ajoute Rosso, qu'il nous faudra recruter au moins deux bons marins pour manœuvrer la nef. À Sijan, nous en trouverons sans peine.

Alors qu'ils vont tourner bride, Maletrogne pousse un cri :

— Là !… Regardez !

À moins d'un trait d'arbalète, une silhouette se détache sur la neige. L'homme semble courir dans leur direction.

— *Per dio Bacco*[1] ! Serions-nous poursuivis ? ricane Rosso.

— Inutile qu'il se fatigue davantage, je vais à sa rencontre ! déclare Compostelle en talonnant sa mule. Peut-être tenons-nous là notre première recrue.

L'homme qui courait tête baissée pour offrir moins de prise au vent s'est arrêté. Le bruit des sabots lui fait lever la tête. Il transpire, malgré le froid. Il halète. Son cœur bat à se rompre. Il n'en peut mais. L'accablement le gagne. Malgré les yeux qui lui brûlent, il distingue la mule venant vers lui au petit trot et, derrière, le groupe des trois autres cavaliers immobiles. Ce sont des hommes d'armes. Ils l'ont rattrapé. Toute fuite est vaine, à présent. Exténué, Hugues Bertier se laisse tomber à deux genoux, bras ouverts, devant son destin.

Or voici que le cavalier s'est arrêté à quelques coudées de lui. Il lève en signe de paix sa dextre gantée de fourrure.

— Qui donc te poursuit, ami, et pourquoi demandes-tu merci ?

Le marchand redresse la tête. La voix douce et la mine avenante de l'homme d'armes contredisent son aspect redoutable, tout bardé de ferraille et l'arc en bandoulière.

— Je suis marchand de Narbonne. Hugues Bertier est mon nom. Notre vicomtesse a juré ma perte, lâche-t-il à bout de souffle. Ses gens d'armes sont à mes trousses.

— Par Dieu ! Sire Hugues, la bonne heure que nous offre la fortune ! On m'appelle Compostelle tant j'ai prié avec mes pieds par les chemins du bon saint

1. En italien : « Par le dieu Bacchus ! »

Jacques. Pour ma pénitence, je me suis fait soldat mercenaire au service des justes causes. Mes camarades et moi sommes ennemis jurés de la dame de Narbonne. Tu ne pouvais tomber sur meilleure compagnie.

Encore sous le coup de la peur, le fuyard tarde à comprendre ce qui lui arrive. Les paroles, il peut les ouïr, mais elles peinent à trouver la voie de son entendement. Avec lenteur, il se relève, s'efforçant d'apaiser les battements de son cœur.

Compostelle, quant à lui, a tout de suite imaginé le parti qu'il pourrait tirer de cette rencontre. Un marchand est une véritable aubaine. Pour sûr, il doit celer sous son mantel quelque belle bourse rondelette. S'il ne la livre pas de lui-même, il suffira de lui trancher la gorge. Mais il y a peut-être mieux à faire avec lui.

— Sire Hugues, te voici sain et sauf car tu es sous ma protection. Nul, désormais, ne te pourra nuire ni tourmenter. Mais je ne veux point que tu me sois redevable, aussi ai-je un service à te demander en échange de mon secours.

— Je ferai tout ce qui est en mon pouvoir, messire. Si ce mot a quelque sens encore dans la bouche du malheureux proscrit que je suis devenu.

— Saurais-tu le moyen de nous procurer un navire ? Nous devons regagner le port de Saint-Gilles en grande hâte et nous sommes en quête de marins pour nous y conduire.

Hugues Bertier, en lui-même, exulte. Toute angoisse, à présent, l'abandonne. En merci de ce miracle surgi de la neige et de la frayeur, il brûlera un cierge d'une livre, pour le moins, à la Sainte Mère de Notre-Seigneur Jésus. C'est juré.

— Messire Compostelle, dit-il, je serai votre marin.

Je possède le navire qu'il vous faut, amarré à l'embarcadère de Sijan. C'était là que j'essayais de me rendre pour échapper à mes poursuivants.

Les paroles de Bertier sont pain bénit aux oreilles du mercenaire. Pour un peu, il se sentirait en fraternité avec lui. À ses yeux, l'écart entre la confrérie des marchands et celle des voleurs ne se mesure guère que dans la méthode employée pour dépouiller le quidam.

— Point de « messire », entre nous ni d'autre cérémonie, ami Hugues. Traitons à tu et à toi, et saute vite en croupe. Le temps presse.

D'une poigne vigoureuse, il aide Bertier à saisir le troussequin de la selle et à se hisser sur le dos de la mule. Puis, d'un trot rapide, ils rejoignent le reste de la bande.

— Compagnons ! leur crie Compostelle, voici le guide que la Providence nous envoie. Il s'appelle Hugues et son navire nous attend à Sijan.

— Vive Hugues ! clame aussitôt Lobar le Loup, qui a grande confiance en son lieutenant.

Sur quoi, Rosso et Maletrogne donnent en chœur de la voix pour accueillir à leur tour le nouveau venu.

Celui-ci les salue de la tête. Avec son assurance, il a recouvré tout son jugement. En bon marchand qui a parcouru terres et mers, il sait reconnaître hommes et marchandises pour ce qu'ils valent. Il lui a suffi d'un coup d'œil pour comprendre à qui il avait affaire. Ceux-là sont truands de la pire espèce, mercenaires un jour, brigands le lendemain. Ils sont à vendre au plus offrant. Hier encore, il s'en serait défié. Mais ce jour d'hui, il sait que la potence est à égale distance entre eux et lui.

— Gentils sires, je vous dois la vie sauve. Le peu

de biens qui me reste, accordez-moi de le partager avec vous. J'en fais le vœu devant Dieu. Désormais, votre aventure est la mienne. Ensemble nous irons à Saint-Gilles !

— À Saint-Gilles ! s'exclame d'une seule voix la compagnie des tueurs.

Et la troupe s'ébranle au petit trot des mules impassibles.

Chapitre 11

DAME ERMENGARDE & DAME ALOÏS

Avec l'aide des morts

Dame Ermengarde s'est éloignée du tombeau de son père. Elle tend son flambeau de résine à sa dame d'atours.

— Éclairez-moi, s'il vous plaît, lui dit-elle en se dirigeant vers la partie la plus obscure de la crypte.

Là se trouve le sarcophage d'Odon de Narbonne, fondateur de la dynastie, il y a plus d'un siècle de cela. Les deux femmes le contournent. Puis Ermengarde s'arrête au pied d'une pierre tombale de facture fort différente des autres. C'est une simple dalle qui n'émerge du sol que de la hauteur d'une palme. Point de gisant, ici, pas même le nom du défunt. Ses dimensions réduites – deux pieds de large sur à peine deux coudées et demie de long – ne sauraient recouvrir un corps d'adulte. « Peut-être est-ce le tombeau d'un enfançon », se dit dame Aloïs.

— Lisez-vous l'inscription ? demande la vicomtesse.

— *Hic nostrae carnis resignas onus*... Je la déchiffre, mais je ne l'entends point tout à fait. On dirait qu'il y est question de notre chair.

— « Ici, tu te défais du poids de notre chair », traduit Ermengarde. Mais *resignas* peut aussi bien signifier : « tu descelles ». Observez bien la manière dont le mot a été sculpté.

Disant cela, elle retrousse le bas de son surcot et se baisse jusqu'à s'accroupir.

— Si je le saisis ainsi, je puis tirer dessus comme je ferais avec la poignée d'une porte.

Joignant le geste à la parole, la vicomtesse tire sur le groupe de lettres dont le bloc se soulève au-dessus de la pierre, révélant un piétement de métal. Elle le fait alors pivoter à la façon d'une clé dans une serrure. Un sourd cliquetis retentit sous la dalle. Il suffit ensuite à Ermengarde d'exercer une légère traction pour que la plaque de pierre pivote en son mitan. Une bouffée d'air glacé manque d'éteindre la flamme des torches. Les ombres des gisants dansent contre les murs. Sous les yeux d'Aloïs s'ouvre un passage béant, plus profond qu'une tombe emplie de ténèbres. Jamais tombeau ne renferma si grand espoir d'évasion. Un escalier se devine dans l'obscurité.

Ermengarde s'amuse de la stupeur de sa compagne :

— Les marches sont un peu abruptes, mais elles mènent à une galerie bien plane. Ce chemin souterrain date du temps où les païens de Rome s'établirent ici. Il est long d'environ une lieue et débouche du côté de la mer, dans une chapelle dédiée à la Vierge Marie. Là se dressait autrefois un temple à la déesse Vénus. Mon ancêtre Odon a fait bâtir la chapelle sur les ruines du temple, protégeant ainsi l'entrée du souterrain. Depuis longtemps, le souvenir s'en est effacé des mémoires. Le secret se transmet dans notre famille, de génération en génération. Ma mère me l'a légué lorsque mon père l'a répudiée pour épouser Ermessinde. Sa fille, ma demi-sœur, en ignorait l'existence, ainsi que mes neveux. S'il m'arrivait quelque infortune, je vous charge de le transmettre au seigneur Aymeri, pour son usage et pour le vôtre.

Aloïs incline la tête :

— C'est grand honneur que vous me faites, ma dame.

— C'est grande inquiétude que j'ai des temps qui s'annoncent, mon amie.

Puis elles se taisent toutes deux, pareillement émues mais par des motifs dissemblables. Seuls bruissent dans la crypte le crépitement des torches et le chuintement du courant d'air émanant des tréfonds de la terre. On croirait une bête enfouie qui gémit au loin.

— Vous l'entendez ? demande Ermengarde. Lorsque j'étais enfant, ce bruit me faisait peur. J'imaginais quelque tarasque, tapie au fond de son antre. Je priais sainte Marthe de m'aider à apprivoiser le monstre. Je ne savais pas encore que je passerais ma vie entière à apprivoiser des monstres. J'ai appris d'un même cœur à combattre et à fuir.

Elle pose soudain une main lasse sur le genou d'Aloïs qui s'est accroupie à son côté, sans lâcher les torches.

— J'étais une proie. À double titre. En tant que femme et en tant qu'héritière.

— Combien de fois vous êtes-vous servie de ce passage secret ?

— Une seule. Pour échapper à l'homme que j'avais épousé sous la contrainte. J'allais avoir treize ans. Pour des motifs de basse politique, on venait de me marier au seigneur de Saint-Gilles, Alphonse Jourdain, comte de Toulouse. À la mort de mon père, ce sire détestable fit valoir ses droits sur Narbonne. Il occupa la ville avec la complicité de l'archevêque d'alors. Le jour même où l'on m'a forcée à signer l'acte de mariage, je me suis enfuie avec l'aide de mon cousin Berenguer de Barcelone. Je me souviens qu'à mi-parcours du souterrain l'unique chandelle que nous avions pu emporter nous a glissé des mains. Le reste du chemin, nous l'avons accompli dans le noir, nous tenant à la paroi pour ne pas trébucher. Une fois parvenus tout au bout, l'effroi nous a saisis. La dalle, au-dessus de nos têtes, refusait de bouger. Je me suis mise à gratter la pierre comme une folle. J'avais les ongles en sang. Je nous voyais tous deux enterrés vivants. Bouche close, dents serrées, jc contenais ma terreur dans l'étui de mon cœur. Mes yeux pissaient des larmes, mais je refusais de pleurer. Je ne sais combien de minutes a duré cette éternité d'angoisse. À force de patience, mon cousin a trouvé le fonctionnement du crochet. C'est miracle que nous ayons pu actionner le verrou pour sortir. Lors, ce fut la délivrance et le jour éblouissant. Plus jamais je n'ai connu la peur. Plus jamais je ne la connaîtrai.

Le regard plongé vers les sombres profondeurs, Ermengarde se tait. Aloïs la regarde se taire. Mieux encore que les mots, le ciment du silence scelle leur amitié.

Enfin, la vicomtesse se redresse :

— Voulez-vous que nous fassions ensemble la promenade souterraine afin que je vous en montre l'issue ?

— Volontiers.

Mais, à l'instant où les deux amies s'apprêtent à poser le pied sur la première marche, la crypte résonne de coups impérieux frappés contre la porte. D'un geste vif, Ermengarde récupère une torche des mains d'Aloïs.

— On nous cherche. Montez vite et mandez-leur que j'arrive. Il ne faut point que l'on voie ce que je fais céans.

Et tandis qu'elle rabaisse la dalle de pierre dans son logement, sa dame d'atours se hâte vers l'escalier.

Déjà, au sommet des marches, la porte vient de s'ouvrir. Une silhouette d'homme se détache à contre-jour.

Aloïs gravit les degrés aussi vite qu'elle peut. Elle reconnaît l'intrus. C'est le Premier conseiller de la Cour, Pierre Ramondis. Son visage rougi, emperlé de transpiration, est celui d'un homme qui a couru.

— On m'a dit que je trouverais la vicomtesse en ces lieux, lâche-t-il d'une voix essoufflée.

— On ne vous a point trompé, messire. Notre dame a voulu se recueillir sur la tombe des siens.

Une fois sur le palier, Aloïs entre d'un pas ferme dans la chapelle, entraînant à sa suite le sire Ramondis.

— Laissons-la, je vous prie, achever ses prières. Elle ne va point tarder.

À peine a-t-elle prononcé ces mots qu'Ermengarde paraît sur le seuil.

D'un prompt mouvement, la vicomtesse referme la porte de la crypte. Foin du visage abandonné qui était le sien dans la salle des tombeaux, sa prestance et son air sont à nouveau ceux d'une reine.

— Eh bien, sire Pierre, avez-vous confondu le félon ? Est-il à présent aux arrêts ?

Point n'est besoin au Premier conseiller de répondre. Sa mine défaite parle trop clairement pour lui.

Du plat de la main, Ermengarde frappe vivement sur la table d'autel.

— L'archevêque est-il pour quelque chose dans l'échec de votre mission ?

— Le sire Bertier s'est enfui du temps que nous parlementions avec monseigneur d'Arsac. Nous ne pouvions pénétrer sans son autorisation dans le domaine archiépiscopal.

— Je connais les droits de l'archevêque. Ils s'arrêtent à sa porte. Aviez-vous posté des hommes à toutes les issues ?

— Nous pensions l'avoir fait. Peut-être en avons-nous oublié une.

— Messire, on ne gouverne pas avec des « peut-être » !

La réplique a claqué avec la force d'un soufflet. Déconfit, le conseiller baisse les yeux. Il n'est point dans l'habitude d'Ermengarde de céder à ses emportements. Pierre Ramondis la connaît suffisamment pour subodorer d'autres motifs à cet éclat.

La vicomtesse ne dit plus rien. Elle se dirige vers l'une des verrières, tournant obstinément le dos à la situation.

— Ma dame, lance timidement Aloïs, permettez-moi de me retirer.

Le silence qui lui répond a valeur d'acquiescement. D'un signe de tête, elle salue Pierre Ramondis et s'éloigne sans plus rien dire. Il n'y a point de place dans cette partie pour une dame d'atours, fût-elle l'intime d'Ermengarde.

Au bruit de la porte qui se referme, la vicomtesse se retourne. Elle fait deux pas vers le Premier conseiller qu'elle domine du haut des marches de l'autel.

— Sire Pierre, dit-elle d'un ton empreint d'amitié, c'est vous qui m'avez enseigné mon métier et instruite dans le gouvernement d'une cité. Je n'étais qu'une enfant ; vous m'avez appris à devenir un seigneur.

Ne vous en veuillez pas d'avoir trop bien réussi votre tâche et pardonnez-moi de me comporter parfois comme un homme.

L'esquisse d'un sourire a ponctué ses derniers mots. Lentement, elle descend les deux marches qui la séparent de lui.

— Prenez place près de moi sur ce banc. Nous sommes las, tous deux.

Dans un soupir accablé, sire Ramondis s'installe à courtoise distance de la vicomtesse.

— Peut-on escompter mettre la main sur le félon ? interroge-t-elle d'une voix apaisée.

— Je ne saurais le dire, ma dame. Nos gens quadrillent la Cité et le Bourg, de part en part. Certains ont des chiens avec eux. D'autres, à cheval, ont pris les chemins des champs. Mais la neige rend toute poursuite hasardeuse.

— Se pourrait-il qu'il soit resté caché en quelque endroit du palais archiépiscopal ?

— Ce n'est point vraisemblable. L'archevêque n'aurait aucun intérêt à s'encombrer d'un homme que vous avez placé hors la loi.

— Je connais Pons d'Arsac. Je sais les fourberies dont il est capable. Quelque bonne figure qu'il me fasse, il m'en veut de ne point chasser hors de Narbonne ceux qu'il appelle les hérétiques, les *catharos*.

— Peut-être serons-nous amenés, un jour, à le faire.

— Tant que Dieu me prêtera vie, je m'y opposerai de toutes mes forces. Ces gens sont inoffensifs. Leur rejet de la violence et leur renoncement aux biens de ce monde font d'eux des innocents. Ils ne sont les ennemis de personne. Ce qui n'est pas le cas de l'Église romaine. Si l'on commençait à les chasser, on ne tarderait pas à s'en prendre aux Juifs qui représentent, comme vous le savez, une des grandes sources de profit du comté.

Pierre Ramondis tourne vers l'autel son visage de pleine lune. Il reste un instant songeur face à l'image sculptée du Christ en majesté. Ermengarde a suivi son regard.

— Le Nazaréen a chassé les marchands du Temple. Aujourd'hui, les marchands voulaient me chasser de la ville.

— Mais vous les avez réduits à merci, avec les armes mêmes de l'Évangile : Amour et Pardon. Je les ai observés tandis que vous leur parliez. Ils tremblaient, à juste titre, en redoutant le glaive qu'ils méritaient. Ils avaient encouru votre haine. Vous les avez subjugués par le seul effet de votre clémence.

— J'aurais dû les tuer.

La sentence est tombée, glaciale, sans la moindre émotion.

Le conseiller détourne son visage vers Ermengarde, mais elle ne lui offre que son profil, le regard obstinément fixé sur le Christ.

— La raison me commandait de faire arrêter tous ceux dont le nom figurait sur la liste, de les juger et de les livrer au bourreau. À ma place, c'est ainsi qu'aurait fait n'importe lequel d'entre eux. Et il aurait agi justement.

Elle plante son regard ardent dans celui du conseiller :

— On ne gouverne pas non plus avec la bonté.

Un élan soudain la fait se lever du banc. Pierre Ramondis l'imite aussitôt. Nul n'oserait rester assis devant elle.

À pas vifs, elle arpente la travée devant l'autel.

— Le premier effet de la bonté est d'éveiller, par la sympathie naturelle des humeurs, une semblable douceur dans l'âme de nos ennemis. Mais ils ne sont pas longs à la considérer comme une risible faiblesse et, dans le temps qu'ils nous sourient, ils fourbissent contre nous des armes encore plus redoutables. Oui, j'aurais dû les faire mettre à mort. Tous, sans exception.

— Cependant, vous les avez graciés.

— J'avais l'espoir de capturer leur chef. Son cadavre pendu à une potence, exhibé sur la Grand-Place, aurait servi d'exemple.

— Ne désespérons point de le retrouver. En attendant, vous avez encore tout loisir de vous montrer inflexible.

Ermengarde s'immobilise. Le Premier conseiller marque un temps avant de poursuivre :

— Vous devez faire saisir tous les biens et propriétés du sire Bertier, *intra et extra muros*, et les vendre à l'encan. Je propose que les bénéfices en soient répartis entre les pauvres, les hôpitaux et le trésor comtal. Vous n'aurez aucune difficulté à faire entériner cette décision par un conseil collégial où siégeront les consuls. La fuite de Bertier a valeur d'aveu et le condamne aux yeux de tous.

— A-t-il une famille ?

— Jusqu'à ce jour il résidait avec sa femme et son jeune fils en leur demeure du quartier du Bourg…

Ermengarde opine de la tête puis, après un bref instant de réflexion, elle rend sa justice :

— L'hôpital Saint-Paul a besoin d'aide pour la maison des lépreux. Les moines feront le meilleur accueil à dame Bertier. Son service, pendant quelque temps, auprès des déshérités lui ouvrira peut-être les portes du salut. Quant au garçon, nous le placerons à l'école de la cathédrale. J'ajoute que ces sanctions pourront être levées dans le cas où le criminel accepterait de se rendre.

Ermengarde quête du regard l'approbation de son conseiller.

— Tout cela me paraît de très bonne justice. Les mesures touchant aux proches du coupable devraient décourager toute velléité de suivre son exemple… Je doute, toutefois, que le sire Bertier retourne à Narbonne de son propre chef. Il ne sait que trop bien le sort qui l'y attend.

— Est-on jamais sûr du destin ? soupire Ermengarde. Aldo de Bizanet pouvait-il imaginer en partant pour Fontfroide qu'il chevauchait à la rencontre de sa mort ?… Vous-même, sire Pierre, ne m'avez-vous pas appris dès mon jeune âge à me méfier des horoscopes ?

Le Premier conseiller hoche la tête.

— Les mêmes astres président à la naissance des princes et des gueux… Le même jour, à la même heure, naissent un roi et un vilain.

— Sommes-nous pour autant les enfants du chaos ?

La vicomtesse et son conseiller se taisent. Au travers des vitraux, le ciel, d'un sceau de sang, a scellé leurs paroles.

Chapitre 12

GUILHEM DE MALPAS

Les appas de Célestina

Dans l'étroite ruelle où les gens d'armes ont entraîné Guilhem, peu de maisons peuvent s'enorgueillir d'une aussi belle façade que celle de dame Célestina. Tout bâti de beaux moellons jointoyés, le rez-de-chaussée s'orne d'une vaste porte que cerne une torsade de pierre. De part et d'autre de cette entrée majestueuse, deux larges arcades fermées de vitraux couleur émeraude signalent l'opulence de la demeure. Au-dessus de la porte, flotte, au bout d'une chaîne, une sirène de plomb à l'ample chevelure et plus mamelue qu'une nourrice. Guilhem s'attarderait volontiers dans la contemplation de cette belle figure, tant le fascine l'habileté de l'artisan qui l'a modelée. Le moindre détail de l'ouvrage est un pur ravissement. La queue, finie d'une double nageoire, s'enroule sur elle-même de si voluptueuse façon qu'on aimerait y promener longuement la main.

L'homme d'armes au bandeau sur l'œil vient de frapper à l'huis, de son poing ganté de fer. Entre les murs de la ruelle, l'édredon de neige a vite fait d'en étouffer l'écho. Un bref instant s'écoule avant que la porte s'entrouvre.

— L'étuve n'est point chaude ni les bains préparés.

Il est trop tôt, messires. Repassez donc après l'heure de sexte[1] !

La voix, qui a fusé par l'entrebâillement, semble être celle d'un canard qui aurait avalé une crécelle.

— Calisto ! Portier du diable ! Ouvre donc. C'est moi, Robin, de la garde du palais.

Aussitôt, une longue chaîne cliquette contre le bois, un loquet grince péniblement dans son encoche au-dessus de la porte, enfin l'un des battants s'écarte.

Celui qui vient d'ouvrir est un nain. Son visage imberbe est celui d'un enfant jovial, mais son regard pénétrant sous de lourdes paupières semble appartenir à un sage vieillard.

— Pardonnez-moi, sire Robin, je ne vous avais pas reconnu. Pour vous, il n'est point d'heure qui vaille. Entrez, entrez donc !

Il s'efface devant eux, les faisant pénétrer dans le vaste vestibule au fond duquel s'élève un escalier.

— Nous ne venons pas pour le bain, mais cours prévenir ta maîtresse que nous avons grand besoin de ses services. Ce noble damoiseau a l'épaule dolente et son vêtement est déchiré. Il lui faut venir en aide promptement.

— Je monte quérir dame Célestina, dit le nain, trottinant sur ses jambes torses en direction de l'étage.

À l'évidence, Robin le borgne est un habitué de la maison. D'autorité, il ouvre la porte de sénestre.

— Profitons, mes amis, de la générosité de notre hôtesse.

— Tu veux dire du fruit de ses vilenies ! corrige son acolyte à mi-voix.

1. Sexte : la douzième heure du jour.

— Allons, Savin, ne boude pas ton plaisir. Ne sommes-nous pas mieux lotis que les autres, qui s'échinent à courir dans la neige et la boue à la poursuite d'un fantôme de marchand ?

Insoucieux des chamailleries des gens d'armes, Guilhem s'abandonne à la beauté du lieu. Sur les quatre murs se déploient de magnifiques peintures *a fresco* présentant les saisons dans un foisonnement de paysages aux teintes vives, encadrés de décors géométriques d'une remarquable finesse. Il n'est jusqu'au plafond qui ne soit décoré d'arabesques de feuillages et de pampres courant de poutre en poutre, pareilles aux frondaisons du pays de Cocagne.

Sur le mur figurant l'hiver, du côté sénestre, une troupe de hardis cavaliers chassent à courre le sanglier, tandis qu'à dextre une ribambelle de marmots jouent à colin-maillard sur une mare gelée. Au centre se dresse une cheminée de marbre vert aux pilastres surmontés de cornes d'abondance.

Dans la salle dallée de carreaux de céramique, de place en place, des banquettes moelleuses tapissées de draps brodés entourent de longues tables prêtes à accueillir les convives de passage. Tout ici est flatterie de l'œil, invitation à célébrer la douceur de vivre, appel à une joyeuse nonchalance.

Le damoiseau n'est pas benêt au point d'ignorer où il se trouve. La sirène de l'enseigne annonce honnêtement le lupanar. Sans doute est-il de ces êtres qui accordent moins de prix à l'ivresse qu'à l'élégance du flacon et il ne peut s'empêcher de songer qu'il n'a, de sa vie, rien vu d'aussi plaisant que ce ravissant bordel.

Robin le borgne et son compagnon Savin semblent n'avoir cure de ces merveilles. Devant l'âtre flamboyant, ils se sont défaits de leur cape et se trémoussent du fessier, trop heureux de s'abandonner à la chaleur revigorante.

— Eh bien ! sire troubadour, ce gîte valait au moins qu'on le visite, ne pensez-vous pas ? lance Robin.

— On y pourrait chanter maintes histoires, répond Guilhem tout à son ravissement.

Du menton, l'homme d'armes désigne les personnages peints.

— Pour sûr que, si ces bonnes gens pouvaient parler, ils vous en narreraient de belles !

— Et de moins belles aussi ! clame une voix traînante qui fait se retourner Guilhem.

Vêtue d'un long pelisson au col bordé de loutre, une femme se tient sur le seuil. Une aumônière battant à sa ceinture, le front ceint d'un touret plissé et les cheveux pris dans une crépinette de soie, on jurerait, en la voyant ainsi parée, une paroissienne se rendant à vêpres. Elle dut être fort belle du temps de sa jeunesse. Malgré la fatigue des ans, le nez droit et le menton bien dessiné ont gardé leur forme première et ses prunelles vert d'eau lui font le regard vif d'une chatte à l'affût.

— Célestina ! Bienfaitrice des âmes perdues et des corps désemparés, sois bénie entre toutes, s'écrie Robin le borgne en s'inclinant dans un salut mi-révérencieux, mi-goguenard.

— Robin, mon coquelet, mon porcelet, trousseur à tous les diables, je te retourne ta bénédiction ! réplique la maîtresse des lieux de sa voix de rocaille. Et toi aussi, Savin sac à vin, sois le bienvenu chez la vieille malgré toutes les méchantes paroles que tu répands sur mon compte.

— J'en répandrai de pires encore si tu ne conduis pas à terme l'affaire que tu m'as promise, grogne l'autre en guise de salut.

— Allons, ne sois donc pas si prompt à donner de la hure, vilain pourceau. Tout cela suit son cours et la chose n'est pas mal emmanchée. Je t'en dirai des nouvelles d'ici à la pleine lune… Mais trêve de nos vieilles querelles devant cet avenant jouvenceau que je ne connais point.

— Je me nomme Guilhem de Malpas, gente dame.

— Êtes-vous donc oiseleur ? s'enquiert-elle en découvrant la pie perchée au col du bliaud.

Sans laisser au jeune homme le temps de répondre, le borgne intervient d'un ton plein de respect.

— Il est grand troubadour et, plus encore, grand charmeur d'animaux sauvages. Nous avons vu de nos yeux cette pie fondre du ciel sur un simple appel qu'il lui a lancé.

— Encore heureux qu'il n'ait point fait paraître un dragon, ainsi qu'il nous l'avait proposé ! ajoute Savin la courge.

— Voilà un mystère bien étonnant, dit Célestina en plantant ses prunelles félines dans le bleu regard de Guilhem.

— Mystérieuses nous paraissent les choses dont nous ignorons les ressorts secrets, répond le garçon dans un sourire.

— Mais il y a des secrets qui doivent rester secrets, réplique Célestina presque à voix basse.

Puis, reprenant un ton plus haut :

— C'est donc vous le blessé qu'il faut soigner ?

— Le malheureux s'est meurtri l'épaule, explique

Robin sans s'étendre sur la cause, ni avouer qu'il en est le fautif.

— J'ai dérapé sur du verglas.

— Déshabillez-vous, beau sire, et posez-vous sur ce banc, que j'examine votre affaire.

D'une main, Guilhem décroche la docile Agazza de son vêtement. On ne sait ce qu'il souffle à son oreille de pie, mais en trois coups d'aile l'oiselle va se percher sur la frise de la cheminée. Il ne faut guère plus de temps au garçon pour ôter son mantel, son bliaud et sa chainse et paraître torse nu dans toute la splendeur de sa juvénile musculature, avec la tranquillité d'un bel animal. Guilhem n'est ni prude ni effronté. Il se contente d'habiter, avec toute la sereine désinvolture de la jeunesse, un corps qui lui sied à ravir. Cependant, le geste qu'il a fait pour se dévêtir lui a tiré une grimace de douleur.

Plissant les paupières, la vieille Célestina se penche sur l'épaule souffrante.

Nul ne saurait dire si l'œil qu'elle pose alors sur cette jolie chair abîmée n'est que celui de la guérisseuse ou s'il se mêle à son regard professionnel la nostalgie de voluptés lointaines.

— Le bel arc-en-ciel qui a fleuri là ! s'exclame-t-elle en relevant son museau. Le muscle est bien mâché, mais il ne porte aucune trace de lésion. Une fois que je l'aurai oint comme il faut, ce sera l'affaire d'une paire de jours, tout au plus, avant qu'il retrouve toute sa souplesse. Foi de Célestina !

Robin le borgne s'éloigne de la cheminée pour s'approcher de Guilhem.

— Ne vous avais-je point dit que nous vous conduisions dans la meilleure maison de Narbonne ? Et que notre vieille Célestina détenait le remède à votre malaventure ? Il n'y a, d'ailleurs, nul malheur, nulle souffrance dans le monde dont la Célestina ne connaisse le remède !

Sans attendre l'acquiescement du troubadour, il ajoute à l'intention de leur hôtesse :

— Le compliment ne te coûtera rien mais, pour ce qui est des soins que tu vas donner à notre ami, tu les déduiras de ce que tu me dois pour le baril d'huile de l'autre jour.

— Ce baril finira par me coûter plus cher que l'amende que j'aurais dû payer, grommelle la vieille femme. Mais soit ! Mes soins seront gratuits et nous dirons que ma dette est acquittée. Cet honnête damoiseau m'en est témoin.

Tirant alors de son aumônière, une clochette de cuivre, elle en fait tinter vivement le grelot. À peine l'a-t-elle rengainée en son fourreau que le nain apparaît, si prestement qu'on le croirait jailli du tintement lui-même.

— Calisto, mon tout beau, va me chercher le pot de baume sur lequel est écrit « *Aloès* ». Mande aussi à ma chère Clara de nous rejoindre avec son aiguille et son fil. Il y a de l'ouvrage pour elle.

Le nain disparaît aussi soudainement qu'il avait surgi.

— Qui est donc cette Clara ? demande le borgne. Je connais toutes les puterelles de *La Belle Sirène*, et aucune ne se nomme ainsi.

— Bas les pattes, vieux singe ! Cette petite-là n'est pas pour toi, ni pour qui que ce soit qui hante ces parages de débauche. Si tu la voyais, tu rougirais d'avoir seulement osé prononcer son nom. C'est un don du ciel, un ange ciselé dans l'or pur. Le plus beau, le plus preux, le plus riche prince de la terre est encore trop gueux pour la mériter ! Tout l'or de l'Arabie ne suffirait à en payer le prix.

— Voilà notre grand-mère qui fait monter les enchères avant même d'étaler la marchandise ! s'esclaffe l'homme d'armes à l'adresse de son compagnon. Pourtant, je parie qu'elle cédera sa merveille pour une poignée de bons deniers !

— Mais qui donc est ce trésor que tu nous caches ? demande l'autre, la lippe gourmande.

Célestina les toise avec l'œil furibond d'une vertu outragée.

— Vous avez bien raison de m'appeler grand-mère. Car c'est de ma propre petite-fille qu'il s'agit. Alors, marauds que vous êtes, comprenez-vous à présent que je la tienne à l'abri des truands de votre espèce ? Cette enfant est la chair de la chair de ma chair !

— Tout cela fait beaucoup de viande !

— Et la biche la plus tendre n'est jamais bien longue à céder au brame du cerf en rut !

Les deux gens d'armes partent d'un rire épais auquel Célestina répond par « la main du cornu », poing fermé, index et auriculaire tendus en signe de malédiction.

Aussitôt, Savin la courge porte la dextre à son bas-ventre pour conjurer le mauvais sort. Sait-on jamais, avec cette diablesse ?

— Ah ! mes vilains bougres, comme je vous reconnais là ! Vous avez de la chance que j'aie la plus grande estime pour toutes les putains du monde, sinon je vous dirais bien haut ce que je pense des garces de chiennes qui vous ont enfantés !

Depuis un moment, Guilhem assiste, médusé, à cet échange entre la vieille maquerelle et les gens d'armes. C'est, pour lui, chose tout à fait neuve. Il ne sait quoi penser de tant de paillardise mêlée à tant d'effronterie. Rien, dans son enfance auprès de dame Aloïs, ni dans sa prime jeunesse au côté de clercs savants, ne l'a préparé à cela. Même chez les gens des cuisines ou parmi la valetaille des palais, jamais on ne s'est exprimé devant lui de manière aussi effrontée. Cela le trouble au point qu'il s'inquiète de voir les protagonistes en venir aux mains. Mais alors que la Célestina vient de jeter sa dernière invective à la tête des deux hommes, un long appel résonne dans la rue.

— C'est le buccin de la garde ! s'écrie Robin.

— Il sonne le rappel, enchaîne son compagnon.

— Ils ont dû retrouver le fuyard. Rejoignons-les en toute hâte, sinon il risque de nous en cuire.

Et tous deux d'endosser, dans un même mouvement, leurs capes qui séchaient devant l'âtre.

— Pardonne-nous, chère Célestina, de devoir te fausser compagnie.

— Filez, filez, mes bons apôtres. Que le diable vous bénisse et vous fasse le membre comme j'ai la cuisse ! lance la vieille dans un rire hoquetant.

— Plaise à Dieu que nous nous revoyions, sire troubadour, dit le borgne. Nous vous laissons en d'excellentes mains.

C'est à peine si Guilhem a le temps de lever la dextre en signe de salut que les deux acolytes ont disparu dans le vestibule. Déjà, la porte sur la rue claque dans leur dos.

— A-t-on vu deux lièvres détaler plus prestement ? se moque Célestina. Il faut croire que ces vauriens n'ont pas la conscience tranquille. Je parierais qu'ils ne sont pas étrangers à ce qui vous est arrivé.

Mais Guilhem reste sans répondre. Accoudé à la

table, il se tient bouche bée, les yeux ronds de stupeur face à ce qu'il voit paraître face à lui. Il est semblable à ces personnages de contes, statufiés par la baguette d'une fée magicienne. Et dans sa poitrine, le temps s'arrête entre deux battements de cœur.

Chapitre 13

LOBAR LE LOUP

Au port de Sijan

En prélude à la mer, l'étang de Bajas étire sous le ciel blafard sa grande draperie de cristal liquide. Une odeur de goémon vient réveiller les narines engourdies.

Guidée par le marchand Bertier, la troupe des mercenaires a contourné le hameau de Sijan. Ici, le sol salin a bu la neige. Du blanc manteau ne subsistent que quelques haillons dans les recoins ombreux. Çà et là pointent des buissons ras. Il y a si longtemps que les mules n'ont pas vu d'herbage qu'il faut tirer sur leurs brides pour les empêcher de brouter les touffes d'armoise bleue.

Vers l'orient, une rangée de bâtisses clairsemées délimite la zone portuaire. Une longue jetée de pierre où sont amarrées les nefs barre l'accès à la mer. C'est sur ce quai que les marins débarquent les marchandises avant de les transborder sur les gabarres à fond plat. En temps ordinaire, les embarcations traversent l'étang pour remonter jusqu'au port de Narbonne, dans un mouvement incessant. Mais, depuis que la glace encombre l'embouchure, nulle rame ne frappe l'eau dormante, aucune étrave ne déchire le flot. Pas une voix humaine ne résonne sur tout le rivage. Seules quelques sternes à bec jaune, insoucieuses de la froidure, plongent et déplongent dans l'eau glacée en quête d'une proie.

Les mules empruntent à présent un long ponton de bois en bord d'étang. De-ci, de-là, des barques attachées aux pilots oscillent doucement, bercées par le clapotis, pareilles à de grosses bêtes assoupies au bout de leur cordage.

Toujours cramponné au troussequin, Hugues Bertier se penche vers l'épaule de Compostelle :

— Cette maison m'appartient. Les gens qui l'habitent sont mes serviteurs. Ils ont la garde de mes bateaux.

Il pointe un bâtiment qui jouxte la jetée. C'est une habitation de pierre et de torchis, dotée de deux portes basses, l'une close, l'autre à demi fermée. À hauteur d'homme, une étroite fenêtre est obstruée par une planche.

Les cinq hommes mettent pied à terre. Ils attachent les bêtes aux anneaux scellés dans le mur tandis que le marchand va frapper à la porte entrouverte.

Trapu et court sur pattes, l'homme qui apparaît dans l'entrebâillement marque un mouvement de recul à la vue des mercenaires. La peur le fait bafouiller tandis qu'il salue son maître. Bertier pose sur son épaule une main apaisante.

— Sois sans crainte, Brunon. Ces hommes sont mes amis… Entrez, messires, ajoute-t-il en précédant ses hôtes.

La salle commune au plafond bas est plus vaste que ne le laissait imaginer l'extérieur. Dès l'entrée, une âcre odeur de suint et de sueur saisit les visiteurs à la gorge. Non qu'ils aient l'odorat délicat, mais le contraste est vif entre l'air marin du dehors et la puanteur qui stagne à l'intérieur. Des remugles humains se mêlent aux relents de l'étable qu'une porte disjointe sépare de la pièce. L'endroit est sombre et enfumé. Seuls deux caleils de terre cuite pendus à une solive et la flamme d'un âtre rudimentaire dispensent un peu de lumière.

Dans un angle de la pièce, deux femmes, assises près du feu sur des billots de bois, réparent un filet de pêche. Debout devant une table à tréteaux, un adolescent à la forte carrure et au crâne rasé est en train de tresser une nasse avec des tiges de joncs. À l'arrivée des intrus, tous trois ont tourné leur visage et suspendu leurs gestes. La plus âgée des femmes, Joana, est la compagne de Brunon. Le garçon est l'un de leurs deux fils, il a pour nom Donat. Quant à la jeune femme, au ventre rebondi, le marchand ne la connaît pas. C'est peut-être la femme du fils aîné.

Une même inquiétude se lit dans les regards méfiants. Un même instinct de proie face à des prédateurs leur a fait rentrer la tête dans les épaules. La peau de loup avec la tête pendant sur sa poitrine dont est drapé Lobar, n'est pas pour rien dans leur frayeur. Que serait-ce s'ils avaient remarqué l'oreille coupée de Maletrogne ! Hugues Bertier se veut rassurant :

— Que Dieu vous garde et vous bénisse ! lance-t-il d'un ton protecteur.

Les deux femmes répondent du bout des lèvres un timide « Amen ». Le garçon au crâne rasé n'a pas bronché. Il fixe les armes des mercenaires avec une admiration teintée d'effroi.

— Une affaire urgente m'oblige à prendre la mer au plus vite, reprend le marchand. Ces hommes m'accompagnent, mais nous avons besoin d'autres bras pour manœuvrer le dromon.

À peine a-t-il entendu ces mots que le garçon s'anime avec fougue. D'une voix à peine articulée qui semble sortir davantage des narines que de la bouche, il se met à braire :

— Heu fui nà, meu !

— Oui-da, Donat. Je te connais bien. Tu es un habile rameur. Nous te prendrons avec nous.

Dans un grand mouvement de bras qui envoie valser la nasse de jonc à l'autre bout de la pièce, le garçon se jette aux genoux de Bertier pour les étreindre.

— Meussi, meussi, meussi !

Le marchand lui tapote le crâne comme on fait pour éloigner un animal exubérant.

— C'est bon, Donat, c'est bon.

Puis il se tourne vers le père :

— Mais dis-moi, Brunon, ton fils aîné n'est point chez vous ?

— Le Fabian est sur le dromon, maître. Son frère et lui se relaient à tour de rôle pour le garder, tant de nuit que de jour. Ce n'est point bon de laisser un navire sans surveillance du temps que le port est abandonné.

Hugues Bertier ne peut retenir un sourire de satisfaction. Ces gueux lui sont plus fidèles que les lévriers de son chenil. Pour un peu il en oublierait sa désolante situation de fuyard et de proscrit. Mais tout cela n'est que provisoire. Bientôt il reviendra à Narbonne en conquérant. C'est le serment qu'il se fait à lui-même.

— Voilà qui est bien, Brunon. Toi et ta famille, vous m'êtes loyaux et dévoués. Cela mérite récompense.

D'une main preste, il fouille sous son bliaud et tire de sa bourse une des pièces qu'il avait emportées pour conclure sa négociation avec l'archevêque. Il la tend au gardien qui la saisit comme un véritable trésor. Jamais, de toute sa vie, le maître ne lui a donné d'argent. C'est toujours en nature que son service lui est payé, sous forme de nourriture, de provisions diverses, parfois même d'une pièce de tissu. Quand il s'agit d'acheter quelque chose, Bertier se charge lui-même de la transaction. Les deux femmes ont haussé les sourcils. Dans cet obscur taudis, le petit cercle de métal doré fait à chacun l'effet d'un plein soleil.

Le geste n'a pas échappé à Compostelle ni à Rosso. Tous deux ont échangé un coup d'œil complice. Ce marchand est décidément une excellente affaire.

— Par les couilles du diable, j'ai la glotte desséchée !

Maletrogne s'est avancé dans la salle, cherchant de l'œil où se désaltérer.

— Las, mes seigneurs, le seul vin que nous avons, c'est mon fils qui l'a pris sur le navire pour se réchauffer. Mais nous avons de l'eau dans ce cruchon, répond Brunon, encore un peu tremblant.

— L'eau me siéra tout à fait, déclare Bertier.

À peine a-t-il prononcé ces paroles que la jeune femme enceinte s'est hâtée vers la banquette de pierre qui fait office à la fois de siège et d'étagère.

— C'est de l'eau de neige que nous avons mise à fondre, messire, dit-elle en lui tendant le récipient noir de crasse.

Mais le marchand a tellement couru et son gosier est tellement sec qu'il serait prêt à avaler la saumure de l'étang. À longues goulées, il se désaltère puis tend le cruchon à Maletrogne.

Celui-ci recule de l'air d'un démon à qui on présenterait un bénitier.

— Hâtons-nous d'embarquer sur ce rafiot puisque le vin s'y trouve, se contente-t-il de grogner.

— Pour sûr, nous aurons toute la traversée pour étancher notre soif, approuve Lobar le Loup. Il a raison, le temps nous presse.

— Emporterez-vous les mules sur le bateau, messires ? s'enquiert Brunon.

Du regard, Hugues Bertier consulte ses compagnons de voyage.

D'entre tous, Compostelle est celui qui a le plus usé de semelles par tous les temps et toutes les contrées. Il s'est juré de ne plus jamais piétonner.

— Pour ma part, je serais fort d'avis de les prendre.

— Notre ami a peut-être une autre idée, dit Rosso en regardant le marchand.

Surpris d'être ainsi sollicité par le rouquin, Bertier marque un instant d'hésitation. Si ses redoutables compagnons de hasard font cas de son avis, c'est qu'ils ne le tiennent pas pour quantité négligeable. La pièce d'or qu'il a volontairement exhibée aux yeux de tous y est sans doute pour quelque chose.

— La nef est assez grande pour nous contenir tous, hommes et mules, dit-il. Mais ces bêtes vont occuper beaucoup de place. De plus, ce ne sont pas là les montures qui conviennent à notre expédition. Je vous propose de les laisser ici, à la garde de mes gens. Nous n'aurons qu'à emporter les brides et les selles. Dès notre arrivée, nous achèterons de bons et robustes destriers qui feront meilleur usage que ces carnes et surtout meilleure figure. J'en assurerai personnellement la dépense… Puisque dorénavant nous faisons bourse commune.

Il a ajouté ces derniers mots à l'adresse de Lobar le Loup dont il a compris, dès l'abord, qu'il était le chef de la bande.

Celui-ci dévoile ses incisives dans un rictus qu'il doit juger amical.

— L'idée est excellente, l'ami ! éructe-t-il en frappant dans ses mains. Allons, ne perdons plus de temps.

Quelques minutes suffisent à desseller les bêtes. La femme de Brunon se chargera de les faire entrer dans l'étable.

Les soudards et le marchand se sont réparti les ballots du chargement. Le jeune Donat a tenu à transporter tout seul les quatre selles à la fois. Deux sur chaque bras. Hormis sa détestable manière de s'exprimer, le garçon semble moins abruti qu'on ne le pourrait penser. Il est surtout fort empressé à rendre service et doté d'une force étonnante qui fait l'admiration de Maletrogne.

— S'il comprend ce qu'on lui dit, ce singe-là pourra abattre la besogne de plusieurs !

— Hui, meffire ! bas beur de na besoye, meu, lui répond Donat en son jargon.

— Mon fils dit qu'il ne craint pas de travailler, traduit le père. Et il comprendra tout ce que vous lui direz. Mais il ignore ce qu'est un singe et il ne connaît pas le mot. Peut-être pourra-t-il l'apprendre de vous.

Maletrogne n'a guère le temps de s'interroger sur ce qu'a voulu dire Brunon, car ils arrivent au pied de la jetée. D'ailleurs, qui se soucie des propos d'un serf ? Cette race soumise lui fait grand dégoût. À ses yeux, un homme digne de ce nom n'est point né pour être la propriété d'un autre. S'il l'accepte, c'est qu'il est tout juste l'égal d'un chien.

À la queue leu leu, les cinq hommes escaladent les marches donnant sur l'embarcadère. Plusieurs nefs sont au mouillage à quelques toises du bord. Sire Bertier pointe le doigt vers un dromon d'assez belle taille. Un large bandeau peint de vermillon ceinture la coque au-dessus de la ligne de flottaison.

— Le mien, c'est celui-ci, le rouge, avec le château sur la poupe.

Ce qu'il nomme château n'est rien de plus qu'une sorte de tourelle de bois dont l'ouverture munie d'une petite porte donne sur le pont. Un abri d'où l'on peut manier le gouvernail en gardant la vue sur la proue. Une échelle permet d'accéder au toit pour inspecter l'horizon. Lobar le Loup a navigué dans sa jeunesse sur de semblables embarcations lorsqu'il combattait au service des Sarrasins des îles Baléares. Mais ces navires de guerre étaient beaucoup plus grands et dotés de nombreuses rames. Deux cents hommes pouvaient y prendre place. « Il n'empêche que celui-ci doit valoir une fortune, se dit le mercenaire. Immense doit être la richesse de ce marchand. Il faudra veiller à le conserver en vie aussi longtemps qu'il vaudra son pesant de deniers. »

Un son de corne vient interrompre ses pensées. C'est Brunon qui donne de la trompe en direction du bateau. Presque aussitôt, une silhouette sort de la tourelle.

— Ohé ! Fabian !

— Ohé ! Père !

Il leur suffit, pour se comprendre à distance, d'échanger quelques signes dans la langue gestuelle des marins. Brunon et Donat vont ensuite s'accroupir auprès de l'anneau d'amarrage et commencent à tirer vers eux l'épais cordage relié à la proue du bateau, tandis qu'à bord Fabian s'est mis au gouvernail pour faciliter la manœuvre. Arc-bouté sur ses cuisses et ses mollets, Donat déploie toute la puissance de sa musculature. C'est à peine si son père a besoin de l'aider. Entre ses larges mains, le filin semble une vulgaire longe et la vaste nef paraît lui obéir, aussi docile qu'une brebis qu'on ramène au bercail.

Lentement, le navire s'approche jusqu'à ce que son flanc de bâbord frôle presque la jetée. Père et fils ont donné du mou, laissant le mouvement se poursuivre tout seul. Vite, Fabian leur tend deux longues perches à grappins afin de freiner l'approche. Puis il place dans l'ouverture du bastingage un ponton fait de deux planches de pin brut. À quai, son frère s'empare de l'autre bout qu'il arrime au pavement de la jetée. Brunon est le premier à monter à bord. En peu de mots, il explique à son fils ce que veut le maître Bertier et qui sont les gens de son escorte.

— Il faut partir à l'instant ? demande Fabian.

— Le maître est en grande presse de prendre la mer.

— N'aurai-je point le temps d'embrasser la Flàvia ?

— Je le ferai pour toi.

Le jeune homme approuve en baissant les yeux.

— Si l'enfant venait à naître du temps de mon absence, dites-lui de le baptiser de mon nom ou du sien selon qu'il sera fille ou garçon.

Père et fils n'ont que le temps d'échanger une simple accolade en guise d'adieu avant que Brunon regagne la jetée. Déjà les mercenaires sautent à bord avec armes et baluchons. Déjà Donat les rejoint, portant les harnachements. Puis il court à la proue enrouler le filin d'amarrage.

Hugues Bertier est le dernier à prendre place sur le pont.

— Où allez-vous, sire Bertier ? demande Brunon.

Le sait-il seulement ? Pour l'heure, il a promis de mener les mercenaires à Saint-Gilles. Mais nul ne doit le savoir.

— À Barcelone ! crie-t-il tandis que la nef s'éloigne de la jetée.

— Que la mer vous soit clémente !

Pieds nus, perché sur la vergue, Donat s'active à défaire les drisses qui retiennent la voile captive contre le mât. D'un bond, il saute sur le hauban, s'agrippant aussi bien des orteils que des doigts. « Un véritable singe ! » se dit Maletrogne tout en prenant place sur le banc de rameur que lui désigne Fabian.

Le bateau est équipé pour accueillir huit rameurs, mais six hommes, avec l'aide de la voile, suffiront à le diriger sous le vent. Lobar et Maletrogne ont bonne expérience de la navigation. Quant à Bertier, il lui est arrivé plusieurs fois de manier la perche de rame ou le gouvernail, au cours de ses expéditions vers la Ligurie. Les moins à leur aise sont Compostelle et Rosso. Pour eux, c'est le baptême de la mer. Fabian l'a deviné du premier coup d'œil, rien qu'à leur démarche maladroite sur le plancher du bateau et au regard effaré qu'ils posent sur tout ce qui les entoure. Aussi leur a-t-il prudemment assigné les dernières places de tribord et bâbord, à l'arrière des autres, afin qu'ils puissent copier leurs gestes sur les plus expérimentés. À la demande du marchand, il leur a donné une gourde de vin clairet qu'il conservait dans la tourelle. Les mercenaires y ont bu à la régalade comme une bande de soiffards. Ils la lui ont rendue presque vide. Pensent-ils qu'elle va se remplir miraculeusement ?

À présent, il attend que son frère ait achevé de gréer la voile de vergue, puis ils s'installeront tous deux à l'avant, confiant le gouvernail à Bertier. Celui-ci lui a simplement dit qu'il devait mettre le cap sur le septentrion, sans préciser davantage leur destination. Fabian s'est contenté de hocher la tête. Rien, dans ce voyage, ne ressemble à l'ordinaire. La singulière précipitation du départ n'est pas ce qui l'intrigue le plus. Aucune cargaison n'a été embarquée, les marins de Sijan ne sont point au rendez-vous ; quant à l'escorte armée du sire Bertier, elle ne ressemble en rien aux hommes qui l'accompagnent d'habitude. Mais Fabian n'est ni clerc ni lettré. Il n'a connu d'autre école que celle de la mer et du vent. Et puis son père lui a enseigné le silence et l'obéissance devant les volontés de leur maître. Aussi, lorsque trop de questions se présentent à son esprit, il se dit que mieux vaut ne s'en poser aucune. Elles se résoudront d'elles-mêmes, en leur temps.

La voile vient d'enfler brusquement, imprimant un soubresaut à l'embarcation. Fabian s'empare d'une rame. Où que l'on aille, à présent, c'est lui le maître du voyage.

À l'extrême pointe de la jetée, Brunon regarde s'éloigner la nef. « Barcelone, se dit-il, mais Barcelone… c'est de l'autre côté ! »

Chapitre 14

GUILHEM DE MALPAS

Les mots et les choses

« Ses yeux sont deux fleurs d'amandier dans le printemps de son visage. » Telle est l'image qui surgit à l'esprit de Guilhem devant celle qui vient d'apparaître. Pour un peu il la chanterait.

La jouvencelle s'est arrêtée sur le pas de la porte. La lumière vert-bleu tombant de la verrière baigne d'iridescence son ample chevelure blonde. Une simple torsade de soie mauve en retient les mèches sur son front d'opaline. Elle sourit et jamais Guilhem n'a vu sur des lèvres humaines se dessiner tant de douceur mêlée à tant de tristesse. Car ce sourire est un adieu. L'adieu que la jeunesse naissante adresse, sans le savoir, à l'enfance qui s'en va. « Est-il spectacle plus bouleversant ? » songe le troubadour.

La poitrine esquissée sous les plis de la chainse de lin est celle d'une jeune fille, mais les mains tenant serré contre elle un coffret de santal sont encore celles d'une fillette.

— Eh bien, Clara ! Qu'as-tu donc à rester plantée là ? N'as-tu jamais vu de garçon ? Viens çà, que l'ouvrage t'attend.

La damoiselle a baissé les yeux. Elle se dirige sans

un mot vers la table où Célestina a disposé le bliaud de Guilhem. D'un doigt, la vieille lui montre la déchirure.

— Hâte-toi de réparer ce vilain trou !... Mais que fait ce traînard de Calisto ?

Tout en s'asseyant au coin de la banquette, la petiote tend sa main fuselée vers la porte. Toujours aussi furtif, le nain vient d'entrer à l'instant.

— Célestina, ma grognonne, s'il n'y avait pas tant de pots dans ta resserre, je n'aurais point mis tout ce temps à dénicher le bon ! proteste-t-il de sa voix de canard enroué.

C'est à peine si Guilhem entend leur échange. À peine s'il perçoit les mains de la vieille maquerelle se poser sur son épaule et ses doigts enduits de baume masser sa chair meurtrie. La douleur, il ne la ressent pas. Tête baissée, le cou légèrement incliné comme pour donner plus de prise au massage, il observe, du coin de l'œil, l'adorable Clara penchée sur son ouvrage à l'autre bout de la table. Il plisse à demi les paupières afin d'alléger le plus possible son regard. Il ne veut en rien la troubler, ni lui causer la moindre gêne. Cependant, la jouvencelle n'a d'yeux que pour son aiguille et son fil. Et tandis que le jeune homme se perd dans le ravissement de la voir coudre, il aimerait que la petite couturière lui rende son bliaud, qu'il puisse le revêtir au plus vite et disparaître sur-le-champ. Mais il aimerait aussi que jamais elle n'achève son travail et qu'il n'existe nul autre instant dans le fleuve du temps. Être là pour toujours ou bien n'y être plus jamais. C'est égal, après tout.

Guilhem connaît la chair. Il en sait les désarrois et les exultations, les désenchantements et les frissons. Aloïs, sa mère d'adoption, lui a enseigné qu'elle était diabolique. À Blaye, la jolie Manon qui menait les troupeaux aux pâturages d'Aquitaine lui a appris, au creux d'une meule de foin, ce que savaient Adam et Ève : le paradis a commencé dans une étreinte. Mais elle ne lui a pas appris l'amour, car la science des corps n'est pas celle des cœurs.

De l'amour, Guilhem ne connaît que la belle chanson. Celle que lui ont inculquée les troubadours, ses frères en poésie. Il s'y est tant entraîné depuis son plus jeune âge qu'il est passé *magister* en cette élégante matière. L'immatérielle dame de ses pensées, il l'a louée maintes fois et sous tant de formes subtiles qu'elle a fini par imposer à son imagination une figure parfaite qu'aucun visage humain n'est capable d'incarner. Et toutes les Manon du monde n'y peuvent rien changer.

Or voici que Clara vient de paraître. Et devant elle les mots semblent avoir perdu leur fabuleux pouvoir. Par sa seule présence, toute autre image est abolie. L'évidente beauté se proclame elle-même dans toute sa grâce et sa perdition. Le trouveur n'a plus rien à chercher. Adieu trouvailles, adieu chansons. À quoi bon rêver le monde quand il suffit de le vivre ?

Alors Guilhem ferme les yeux. Il craint que l'eau du cœur ne lui monte aux paupières. Il craint que le réel n'absorbe tous ses songes.

— D'ordinaire, ce baume endort la blessure et non point le blessé !

Guilhem se redresse en sursaut. La vieille Célestina, l'œil moqueur, referme le couvercle du pot.

— Vous voici pansé comme il faut, sire troubadour. Dans peu de temps vous vous retrouverez aussi gaillard que devant.

— Grâce vous soit rendue, dame Célestina. Et pardonnez ma visite inopportune. C'est bien malgré moi que je vous ai embarrassée.

— Fasse le ciel qu'on vous revoie céans ! Ce n'est pas si souvent qu'un poète de la cour honore *La Belle Sirène* de sa présence. Il faudra que vous tâtiez de nos étuves. On n'en trouve point d'aussi bien parfumées dans toute la Narbonnaise.

Soulignant son propos d'une petite tape amicale sur l'épaule valide, elle s'adresse ensuite à Clara.

— Et toi, ma colombe, as-tu bien refermé cette plaie de chiffon ?

Bouche close, la jouvencelle relève ses yeux vers Guilhem, puis elle hoche par deux fois la tête en signe d'acquiescement.

— Voyez la belle ouvrage, dit Célestina en tendant le bliaud au jeune homme. Ne le dirait-on pas comme neuf ?

Tout en enfilant son vêtement, le jeune homme approuve d'un sourire plein de gratitude.

— Mais n'est-ce pas grande pitié qu'une jeune fille aussi accomplie que l'est cette petite soit plus muette qu'un caillou !

— Muette ?

— Las, gentil sire ! Elle entend ce que l'on dit aussi bien que vous et moi, mais un tabouret a davantage de conversation que ma pauvre Clara. Nulle parole n'a jamais franchi la barrière de ses dents. Même sa défunte mère – Dieu ait son âme ! – n'a pu, de toute son enfance, lui tirer le moindre mot. Son infortune est de naissance. Elle la suivra jusqu'au tombeau. *Santa Madona !*

Dans un geste exagérément tragique, la Célestina

froisse ses mains suppliantes vers le ciel comme si une divinité salvatrice se cachait dans les solives du plafond.

Mais, au lieu du miracle espéré, c'est la pie Agazza qui s'agite, prenant ce mouvement de manches pour un appel à l'envol. En deux coups d'aile, l'oiselle quitte son perchoir, virevolte au-dessus de la table, puis se pose tout près du nécessaire à couture.

Clara n'a pu réprimer un recul de frayeur. Presque aussitôt un sourire radieux fleurit sur ses lèvres. Son regard émerveillé va du jeune homme à la pie.

Très délicatement, Guilhem tend l'index vers sa jacassante amie. D'un bond, elle est perchée.

— Elle sc nomme Agazza. Rien ne lui plaît davantage qu'une caresse sur le dos.

La jeune fille avance un doigt timide. Avec une infinie douceur, elle se met à lisser le plumage soyeux. Doigt de rose sur plume de suie.

— Écoute-moi bien, Clara, dit Guilhem du ton qu'il voudrait le plus convaincant possible. Il n'est rien, en ce monde, qui ne possède son langage. Tout parle à sa façon. Y compris les choses que l'on se figure muettes. Il suffit de tendre l'oreille pour déchiffrer leur message. N'entends-tu pas ce que souffle le feu en cet instant ?…

Clara détourne un bref instant la tête vers les flammes crépitantes de l'âtre, puis elle regarde Guilhem.

— Il narre l'histoire de la foudre embrasant la forêt ainsi que le frisson de l'arbre sous la cognée du bûcheron… Quant au vent, dans la rue, il entonne sa chanson d'hiver, toute bruissante de torrents sous la glace, d'appels de loups et d'aigles tournoyants.

Sans cesser de caresser la pie, la jeune muette écoute

avec ferveur les paroles du troubadour. Il s'en faut de peu qu'on ne voie les images qu'il évoque se former sous ses paupières. Pour le troubadour, le ravissement de la jeune fille est une rédemption. Non, les mots ne sont point choses mortes ainsi qu'il l'avait redouté un peu plus tôt. Toujours, la réalité n'aura sens et vérité qu'au prix du récit que l'on en pourra faire. Et rien n'existe vraiment qui ne soit célébré par la parole humaine.

Guilhem poursuit avec enthousiasme :

— Si le vent et le feu, qui sont privés de bouches, parlent à leur façon, qu'en est-il de toutes les créatures à qui la nature a prêté langue et gosier ?

À la question du garçon, Clara ouvre grand ses yeux, comme pour l'interroger à son tour. Ne sait-il pas qu'elle ne peut lui répondre ?

Cependant, il poursuit, comme si de rien n'était :

— Et nous, qui sommes habiles en tous langages, ne pouvons-nous apprendre celui des bêtes ? Regarde bien, Clara… *Tchaaa... Tiaaak !* ajoute-t-il en langue pie.

Aussitôt Agazza s'échappe de son index pour bondir à son nichoir favori, sur l'encolure du bliaud.

— *Joy ! Joy*, Agazza !

— *Tchoï ! Tchoï ! Tchoï !* répond l'oiselle en son parler roman.

L'ébahissement de la jeune fille est à son comble. Lui reviennent certains contes de sa petite enfance, *Du temps que les bêtes parlaient...* Est-il possible qu'elles l'aient fait pour de bon et qu'elles le fassent encore ?

Même la vieille Célestina, maîtresse en roueries, fourberies et duperies de toutes sortes, ne sait trop quoi penser. Ce garçon ne ressemble en rien à tous ces clercs bouffis de suffisance qui n'ont que l'âme à la bouche mais qui ne songent qu'à satisfaire les envies de leur bas-ventre, comme le premier rustaud venu. Est-il donc d'une espèce différente ? Et si c'était quelque démon déguisé en chrétien ? Certes, il a visage d'ange, mais la Célestina ne croit point en ces divines volailles. Il est vrai qu'elle a fréquenté davantage de pauvres diables que de séraphins.

Guilhem vient de saisir son vert mantel. Il ne s'en revêt pas, se contentant de le jeter en travers de son épaule valide.

— Dame Célestina, puisque vous m'y invitez, je reviendrai à *La Belle Sirène*. Je n'aurais si grand bonheur que Clara puisse parler un jour. Me permettrez-vous d'y employer mon habileté ?

Une moue dubitative plisse la bouche de la vieille. Elle hausse les épaules.

— D'autres s'y sont essayés, sans résultat... Mais, à votre âge, le temps n'est point si précieux que vous n'ayez loisir d'en perdre un peu, si cela vous amuse.

Grande est la joie de Guilhem, même s'il se refuse à en faire étalage. Clara parlera bientôt. Il en a la certitude, car en lui vient d'éclore un merveilleux projet. Le désir que la jouvencelle a éveillé en son âme n'est pas de ceux qu'une vulgaire étreinte rassasie. Il n'est pas non plus cet « amour de loin » qu'il a maintes fois célébré dans ses chansons. Désormais, la chair de son amour sera la poésie elle-même. Son rêve de troubadour est d'inviter la jeune fille dans l'aventure du *Jeu d'Adam*. Qui, mieux qu'elle, pourrait incarner le personnage d'Ève ? Jamais le premier péché n'aura été commis avec tant d'innocence par si gracieuse main. Ainsi éclatera aux yeux de tous l'injustice du châtiment. Quel Dieu bon oserait condamner pareille beauté à la souffrance, à la vieillesse et à la mort ? Cela ne peut être que le fait d'un Créateur mauvais. Aloïs sera fière de lui et ses amis, les Vrais Chrétiens, exulteront. Quant à lui, Guilhem de Malpas, il aura justifié son existence. Mais, pour l'heure, il ne faut point brusquer Clara ni l'inquiéter par de trop vagues chimères.

Il se penche et l'interroge, yeux dans les yeux :

— Clara, désires-tu que je t'enseigne le langage des oiseaux ?

Un éclat de lumière passe alors dans les prunelles de la belle muette. Guilhem y voit un arc-en-ciel. Et soudain, elle remue les lèvres comme pour former d'indicibles paroles. Le troubadour se fige. Ce qu'il a déchiffré le bouleverse. Mais il se contente de formuler, sans émettre le moindre son, un « Oui » définitif. La Célestina, dans son dos, n'a rien vu.

Il se détourne, affichant une mine satisfaite.

— Je vous salue, dame Célestina. Je ne serai point long à revenir vous voir.

— Dieu vous garde, sire troubadour… Et dites à ce méchant bougre de Robin que j'ai bien payé ma dette !

Guilhem secoue la tête sans répondre. La vieille s'imagine-t-elle qu'un troubadour fraie ordinairement avec des gens d'armes ?

L'esprit tout empli d'images heureuses, il tourne les talons, franchit le vestibule et retrouve la rue enneigée sans même jeter un regard à la sirène de plomb.

Son manteau sur l'épaule, il ne sent point le froid. Les paroles d'une chanson lui viennent aux lèvres. Ce n'est pas lui qui l'a écrite mais son ami Bernard de Ventadour. Il la chantonne au vent glacé :

J'ai tant d'amour au cœur
Tant de joie, tant de douceur
Que la gelée me semble fleur
Et la neige verdure.
Je puis aller sans mes habits
Nu dans ma seule chemise
Car pur amour m'est un abri
Contre la froide bise...

Brusquement, il s'interrompt. Stimulée par le grand air, Agazza vient de prendre son envol. Il la regarde, un moment, voler au-dessus des blanches toitures. Peu à peu, l'oiselle s'amenuise jusqu'à n'être plus qu'un minuscule sourire dans le gris du ciel.

Une soudaine inquiétude s'empare du jeune homme. Depuis sa plus tendre enfance, il sait lire sur les lèvres d'autrui[1]. Mais ne s'est-il point trompé lorsqu'il a déchiffré sur celles de la petite muette, les mots : « Sauve-moi » ? À quoi faisait-elle allusion ? Était-ce à son seul mutisme, comme il l'a cru sur le coup ? Ou bien à quelque menace plus inquiétante ? Aucune frayeur cependant ne se lisait sur son visage. Rien que la farouche détermination à s'évader de sa prison de silence. De quoi Guilhem s'inquiète-t-il ?

Tandis qu'il marche dans la rue déserte, ce qu'il vient de vivre à *La Belle Sirène* se drape tout à coup d'un voile d'irréalité. N'était-ce l'élancement qu'il ressent encore dans l'épaule, il pourrait croire que tout cela n'a été que pur fantasme et conte brumeux. Il sait, pourtant, qu'il lui suffirait de faire demi-tour pour s'assurer en un instant de la véracité de ses souvenirs.

1. Voir *Angélus*, 10/18, n° 5664.

La scabreuse réputation des maisons de bain ou des étuves ne lui est pas inconnue. Le bienfaisant et salutaire entretien des corps s'y achève, la plupart du temps, dans les jeux de Vénus. Et en dépit des honnêtes beautés qu'il offre au regard, l'établissement de la Célestina n'est jamais qu'un somptueux lupanar. Ces gueux d'hommes d'armes ont lourdement insisté là-dessus. Et la vieille elle-même n'a eu aucune vergogne à s'afficher devant Guilhem en pourvoyeuse de plaisirs de toutes sortes. Serait-elle capable de la pire des vilenies à l'encontre de sa propre petite-fille ? Lui revient soudain en mémoire la phrase du borgne : « Elle cédera sa merveille pour une poignée de bons deniers. » Est-ce bien de cette horreur-là qu'il s'agit ? La maquerelle aurait-elle dans l'idée de faire de la pure Clara une ribaude offerte à la volupté de tous ?

Cette pensée glace le sang du troubadour. S'il cédait à son impulsion, il retournerait là-bas sur-le-champ et arracherait la jouvencelle, de gré ou de force, à ce lieu de perdition. Mais de quel droit agirait-il ainsi ? Si la Célestina est bien la grand-mère de Clara, elle a toute autorité sur elle et la loi coutumière est de son côté. Rien ne prouve non plus qu'elle nourrisse à son égard la moindre intention vénale. Peut-être n'a-t-elle d'autre visée que de la marier au mieux de leurs intérêts à toutes deux. Dès lors, la soustraire à sa tutelle serait une folie. Guilhem ne trouvera personne pour le soutenir dans pareille aventure. L'opprobre et la honte seraient sa récompense. Une fois qu'il serait devenu la risée du palais, c'en serait bien fini du *Jeu d'Adam* et de tous ses beaux projets.

Tout ce qu'il lui reste à faire, c'est d'interroger Clara et d'apprendre la vérité de sa bouche muette. Alors il jugera de ce qu'il convient de hasarder ou de poursuivre. Dès demain, il retournera à *La Belle Sirène*. Pour l'heure, il n'a que trop différé sa visite à l'archevêque.

Mais quand il arrive en vue de la Grand-Place, un hurlement effrayant déchire le silence. C'est un cri de démence, comme arraché sous la torture à une créature en proie à la douleur la plus insoutenable. Un cri de bête à l'agonie.

De toute la puissance de ses jambes, Guilhem se met à courir.

Chapitre 15

DAME ERMENGARDE & DAME ALOÏS

Le prix de la faute

— Entendez-vous, ma dame, ce glapissement de l'enfer ?

Dame Aloïs était en train de lire lorsque le cri terrible a retenti. Ermengarde se tenait à l'autre bout de la pièce, auprès d'un meuble à tournette où se trouvent les rouleaux contenant les missives en attente de réponse. Située au premier étage du palais comtal, cette salle fait office de bibliothèque et de *scriptarium* sur le modèle de ceux des abbayes.

Simultanément, les deux femmes ont tressailli. Il y eut un silence. Le temps que les poumons reprennent souffle, que la gorge se dénoue. Et puis l'atroce braillement s'est élevé à nouveau. Plus aigu, plus vibrant encore et ne s'interrompant que par à-coups pour reprendre chaque fois plus intense, plus douloureux.

Aloïs s'est ressaisie. Elle vient d'ouvrir l'une des verrières surplombant la Grand-Place et se penche au-dehors.

— Venez voir !

Au centre de la place, une femme hurle et se débat au milieu de trois hommes d'armes qui peinent à la maîtriser. Son surcot déchiré laisse voir sa chainse béante. Le voile de sa coiffe en lambeaux traîne dans la neige boueuse. Soudain, la femme glisse hors des mains qui voulaient l'empoigner. Elle se tasse sur elle-même, tête contre la poitrine, bras serrés, formant une boule compacte de chiffons, de chair nue et de cheveux épars. Et cette boule pitoyable continue de hurler à la mort, tandis que deux soldats emportent un enfant secoué de sanglots. Indifférents à sa douleur, ils le maintiennent par les chevilles et les poignets comme on porte les corps hors d'un champ de bataille.

Alertés par le tumulte, des visages paraissent aux fenêtres, des badauds s'attroupent, pleins de curiosité pour ce malheur d'autant plus attrayant qu'il ne les touche pas.

— Qu'est-ce que cela ? articule Aloïs, horrifiée.

— C'est ma justice qui passe, répond sèchement Ermengarde. Refermons la verrière. L'air est bien vif.

La dame d'atours se plie à l'ordre de sa maîtresse. Mais c'est d'une main un peu trop leste qu'elle rabat le vitrail. Ermengarde a perçu la réprobation contenue dans cette vivacité. Elle se retourne vers Aloïs :

— De quoi vous mettez-vous en peine, ma dame ?

— Du salut de votre âme, comtesse.

Il est fort rare qu'Aloïs emploie, dans l'intimité, le titre nobiliaire de son amie. Une règle tacite veut qu'elle le réserve à leurs échanges publics. La nuance n'a pas échappé à Ermengarde.

— Quel péché ai-je commis ? lâche-t-elle, les lèvres pincées.

— Est-il juste qu'une femme paie pour son mari et que la faute d'un père rejaillisse sur son enfant ?

— La Bible dit que…

— Toutes les faussetés que renferme ce livre ne

valent pas un grain de moutarde ! coupe Aloïs qui, à l'instant même, rougit de son emportement. Pardonnez-moi, ajoute-t-elle aussitôt en mettant genou en terre.

De toute autre personne, Ermengarde ne pourrait tolérer pareil débordement. Mais elle connaît la foi profonde de son amie. Elle sait combien lui a coûté, par amour pour Guilhem, de venir vivre à la cour pendant de si longues années et d'accepter, par amitié pour elle, d'entrer à son service. C'était renoncer – en partie tout au moins – à l'ascétisme prôné par les Vrais Chrétiens. C'était se faire complice du pouvoir et s'abîmer à côtoyer le luxe et l'argent. Pour un tel sacrifice, elle ne saurait lui en vouloir.

— Et vous, mon amie, me pardonnerez-vous ? dit-elle en la relevant d'une main bienveillante.

— Ayons pitié de nous-mêmes, répond Aloïs en se redressant. Il n'est de plus grande malédiction que celle d'être un humain.

La vicomtesse aimerait avoir la force de contredire son amie, argumenter en faveur de la grandeur des créatures qui prouve la majesté du créateur. Cependant, à cette heure, le cœur lui fait défaut.

— Et si rien n'est sain en nous-mêmes, reprend Aloïs, ne devons-nous pas éviter de juger les autres ? Plus encore, ne devons-nous pas nous interdire de les condamner pour des fautes qui ne sont pas les leurs ?

— Rassurez-vous, mon amie. Je n'ai condamné personne. Nul mal ne sera fait à cette femme ni à son fils. Ils ne connaîtront ni juge ni bourreau. Mais il fallait que je sévisse afin d'éviter la contagion du complot parmi les marchands de Narbonne et au sein de leurs familles.

— Mais la mère et l'enfant, que vont-ils devenir ?

— Considérez qu'ils sont mes otages jusqu'à ce que le sire Bertier, leur époux et père, se soit rendu ou ait été pris. En attendant, j'ai décidé de placer le garçon auprès des clercs de la cathédrale. Il y sera bien traité, je vous le promets. Et éduqué avec autant d'attention que n'importe quel autre élève de leur école. Quant à sa mère…

Ermengarde hésite à poursuivre. Que va penser Aloïs du châtiment qu'elle destine à l'épouse du marchand ? Mais elle renonce à lui cacher ce qui sera connu de tous dans quelques heures.

— Cette femme ne pouvait ignorer l'intrigue que son mari fomentait contre moi. D'une manière ou d'une autre, elle est sa complicc… Or il se trouve que nos moines de l'hôpital Saint-Paul manquent d'aides pour leur maladrerie. La dame Bertier trouvera aussi dans cet emploi l'occasion de méditer sur les vertus de la loyauté… Pour l'heure, une nuit dans la solitude du cachot l'aidera à reprendre ses esprits. Nous la mènerons à Saint-Paul demain matin.

Un simple regard sur Aloïs a suffi à la vicomtesse pour constater l'effet de ses arguments. Sa dame d'atours paraît s'être rangée à ses raisons.

— À présent, retournons, s'il vous plaît, à nos travaux. Je dois répondre à certaines missives et vous m'avez promis de nous choisir une lecture pour la veillée de ce soir. N'oubliez pas que nous attendons la venue de mon neveu. Il faudra songer à le divertir par quelque beau récit chevaleresque ou galant ou bien tout autre objet que vous jugerez plaisant à ouïr.

— La compagnie sera-t-elle nombreuse ?

— En plus de nos commensaux habituels, j'ai convié le seigneur de Durban et sa dame. Par la faute de la neige, ils n'ont pu retourner sur leurs terres et se trouvent confinés en leur demeure narbonnaise. Peut-être aurons-nous aussi la vieille dame de Ginestas, si ses jambes lui permettent de quitter son logis de la tour. Comptez que nous serons une dizaine, tout au plus.

Aloïs se saisit du volume qu'elle tenait avant d'être interrompue par l'esclandre sur la place.

— Ceci pourrait être un sujet qui siérait à notre auditoire.

Un coup d'œil suffit à Ermengarde pour reconnaître l'ouvrage. Son visage s'éclaire :

— *Le Traité de l'amour*… Nous autres, femmes, lui devons un grand tribut. André le Chapelain a, par ses écrits, davantage contribué à l'amélioration de notre condition que n'importe lequel de nos juristes.

Elle s'interrompt soudain et fronce un instant le sourcil avant de reprendre :

— Non… À bien y songer, ce livre est destiné à former de jeunes esprits… Mes amis sont trop vieux pour qu'il leur soit de quelque usage. Les préceptes qu'il renferme sont déjà les leurs. Ou bien ne le seront jamais… En revanche, j'aimerais vous demander une faveur.

Au ton léger de la vicomtesse, Aloïs se dit que la faveur en question ne devrait pas lui être d'un bien grand coût. Et c'est l'humeur espiègle qu'elle répond :

— M'autoriserez-vous à vous en demander une autre, en échange ?

— Quelle qu'elle soit, il m'est agréable de vous l'accorder d'ores et déjà… Pour ma part, je souhaiterais que vous proposiez à Guilhem d'illustrer notre veillée par une lecture de son *Jeu d'Adam*.

La demande d'Ermengarde prend Aloïs au dépourvu. Son amie sait bien que cette œuvre la trouble et qu'elle redoute les images diaboliques qu'elle contient. Pourquoi tient-elle à lui infliger pareille épreuve ? Mais ce qu'elle-même veut obtenir de sa part lui importe davantage. Aussi se contente-t-elle de répondre :

— J'imagine que Guilhem retirera grande joie de votre invitation.

— L'expérience en sera profitable à chacun. Nous aurons là une assistance de lettrés et d'esprits ouverts à la nouveauté. Du moins, je veux le croire. Leur avis sur ce texte si particulier constituera une manière d'appréhender ce que nous devons en attendre lorsqu'il sera soumis à l'appréciation du peuple.

— Guilhem devait se rendre chez l'archevêque. Je vais monter en son galetas voir s'il se trouve céans.

Aloïs repose à regret la reliure de cuir sur le rayonnage. Ermengarde l'interpelle alors qu'elle est sur le point de sortir.

— Vous ne m'avez point mandé la faveur que vous attendez de moi.

— Elle est fort simple. Je souhaite accompagner la femme Bertier jusqu'à la léproserie.

— Serait-elle de vos amies ?

— Je suis l'amie de toutes les âmes en perdition. Il est de mon devoir de Vraie Chrétienne d'adoucir la souffrance des autres.

Toutes deux se regardent un bref instant. Abyssale est la distance qui sépare une vicomtesse d'une servante. Mais nulle est celle qui sépare Ermengarde d'Aloïs.

— Qu'il en soit ainsi. Je préviendrai la garde que vous ferez partie de l'escorte.

Chapitre 16

GUILHEM DE MALPAS

Au régal des badauds

Au débouché de la Grand-Place, Guilhem a pilé net. Au premier coup d'œil, il a compris ce qu'il se passait. Les hommes en train de malmener cette femme et ce garçon font partie de la garde comtale.

En levant les yeux, Guilhem a vu s'ouvrir la fenêtre sur la façade du palais et Aloïs et Ermengarde se pencher brièvement au-dehors, puis disparaître. À l'évidence, ces soudards agissent sur ordre. Ce serait folie de s'en mêler. Même si le désolant spectacle de cet enfant et de sa mère qu'on emporte tels des bestiaux au foirail a quelque chose de révoltant. Plus désolantes encore, les trognes réjouies des spectateurs. Le jouvenceau aurait grande satisfaction à leur faire rentrer dans les gencives leurs sourires béats et leurs hideux ricanements. Ce sont les mêmes qui s'empressent au pied du gibet ou sous les fourches patibulaires lors des exécutions capitales. Les mêmes qui applaudissent et rient aux éclats en voyant le pendu gigoter au bout de sa corde ou les os du malheureux se briser sous le supplice de l'estrapade.

Ce seront aussi ceux-là qui viendront assister au *Jeu d'Adam*. La même foule stupide assoiffée de passe-temps. Est-ce pour quêter les bravos de cette engeance haïssable que Guilhem s'échine nuit et jour ?

Le troubadour se souvient de ce soir, à Blaye, où il chantait devant une tablée princière. Trop imbibés de vin, certains convives n'avaient cure des beautés qu'il leur offrait. Plutôt que de hausser la voix et d'abîmer son chant, il avait choisi de se taire. Le jeune prince Richard – celui que l'on surnomme « Cœur de Lion » –, lui-même poète, lui avait alors glissé, devant les nobles braillards : « *Margaritas ante porcos !* » Des perles à des pourceaux. « Parole d'évangéliste », avait ajouté le prince. Ils en avaient ri ensemble.

Guilhem sait bien que, parmi tous ces gens, certains, le temps de la représentation, se sentiront la proie d'une émotion qu'ils ne sauront nommer. Un frémissement inconnu habitera leur âme comme une tentative d'envol. L'espace d'un instant, ils lorgneront vers les étoiles, pour retomber l'instant d'après dans leur fange habituelle. Ainsi, après un moment de distraction, les chiens retournent à leur vomissement. Mais ils auront, malgré eux, entraperçu un autre monde. La possibilité d'une aurore.

Après tout qu'importe le plaisir fugace des rustauds ? Qu'importe l'approbation ou le désaveu de la populace ? Il suffit d'un seul cœur battant à l'unisson de l'œuvre pour justifier de l'effort accompli. Et ce cœur sera celui de la douce Clara. Il s'en fait le serment.

Les hommes d'armes et leurs captifs ont pénétré dans la tour d'angle. La porte se referme derrière eux. Avec les cris, la souffrance a disparu. Ne restent que les ragots et la médisance sur la place enneigée. Ils dureront plus longtemps que la neige.

Alors qu'il va tourner les talons, Guilhem saisit au vol le geste furtif d'une matrone ramassant quelque chose dans la gadoue. L'objet scintille dans sa main, le temps d'un éclair. Elle a déjà refermé ses doigts dessus et le glisse dans les plis de son manteau. Il s'agit probablement d'une agrafe ou d'un bijou que la malheureuse a perdu en se débattant contre les gardes.

Son larcin accompli, la matrone poursuit son chemin, de l'air le plus satisfait du monde. Mais, alors qu'elle parvient à sa hauteur, Guilhem lui adresse une profonde révérence :

— Belle trouvaille, ma dame la pie ! Prenez garde qu'un malandrin ne vienne visiter votre nid… Il pourrait bien vous dérober ce que vous avez si âprement gagné !

Et, partant d'un grand éclat de rire, il abandonne la pécore honteuse et déconfite.

De l'autre côté de la place, le palais de l'archevêque n'est séparé de la cathédrale que par un jardin clos d'un petit mur. Guilhem s'y dirige à grands pas.

Depuis la fuite du marchand Bertier, des sentinelles en armes veillent à l'entrée du logis archiépiscopal. Un chanoine leur tient compagnie, battant la semelle autour d'un feu où brûlent des débris du chantier voisin. À l'approche de Guilhem, les soldats s'apprêtaient à bondir, d'un geste le chanoine les a retenus. Il salue le troubadour avec affabilité.

— Sire Guilhem, vous feriez mieux de changer de mantel, celui-ci risque de vous causer grand tort !

— Je vous sais gré de votre conseil, frère Nadal. Je dois déjà à ce chiffon vert certaine mésaventure dont je ne me suis pas trop mal tiré.

Le chanoine sourit. Il apprécie la belle humeur

qu'affiche le jeune homme. À chacune de leurs rencontres, il lui a donné l'impression que la vie était chose légère.

— Savez-vous que notre maître de chant a bien progressé dans l'apprentissage de vos musiques ? Les élèves de notre psallette[1] s'y donnent avec tant de cœur qu'à les ouïr on croirait entendre chanter les anges. Malheureusement, le froid nous a forcés à interrompre les répétitions.

— Merci pour vos louanges, mais je ne suis point venu pour entendre mes musiques. J'ai une requête à exposer à l'archevêque. Pourriez-vous me conduire auprès de Son Excellence ?

Un pli soucieux barre le front du chanoine qui fait aussi office de secrétaire de l'archevêque.

— Je crains que vous n'arriviez au mauvais moment, sire Guilhem. Depuis que ce marchand lui a faussé compagnie, monseigneur d'Arsac ne décolère pas. Il en a interrompu son dîner. C'est dire à quel point il est d'humeur tempétueuse.

Le troubadour connaît le tempérament sanguin de l'archevêque. Ce serait désolant de se voir opposer un refus. Mais renoncer à son projet le chagrine tout autant.

— La vicomtesse souhaiterait que l'on nous prête quelqu'un du chantier pour le décor de notre spectacle.

— Ah ! si ce n'est que cela, point n'est besoin d'importuner Son Excellence. Je peux vous conduire moi-même jusqu'au cloître. Les ouvriers ont été renvoyés chez eux, à cause du gel. Mais le Maître, Peire Brun, a choisi de rester sur place. Il vous sera sûrement de bon conseil.

1. Psallette : école de musique et de chant rattachée à une église.

La neige a été damée par le piétinement des hommes d'armes. C'est à pas prudents que Guilhem et le chanoine longent la haute bâtisse du logis archiépiscopal et pénètrent dans l'enceinte.

Tout un pan de l'ancien déambulatoire et la colonnade qui le bordait ont été mis à bas. D'un angle à l'autre du cloître court une vaste tranchée où ont été posées les nouvelles fondations. Partout gisent poutres et pierres, emmitouflées de leur blanc duvet. Du fond de la tranchée monte une forte odeur d'ammoniac provenant des brassées de paille mêlée de fumier qui y ont été jetées. Il n'y a pas de meilleur moyen pour préserver du gel la base du bâti.

À l'abri sous une des toitures encore intactes se dressent de vastes cabanes de bois dont l'alignement forme une sorte de ruelle. Ce sont les différentes loges des ouvriers et compagnons qui œuvrent à la construction. Frère Nadal s'arrête devant l'une d'elles.

— Maître Brun !

Une voix au timbre clair répond de l'autre côté de la cloison.

— Qui me demande ?

— C'est moi, frère Nadal, accompagné d'un visiteur.

L'homme qui paraît dans l'ouverture de la porte est tout jeune. C'est à peine si on lui donne vingt-cinq ans. Une courte barbe brune entoure son menton volontaire. De grands yeux bruns surlignés de fins sourcils lui confèrent un regard pénétrant.

— Sire Guilhem est un troubadour de grand renom. Il désire s'entretenir avec vous d'un projet qui nécessiterait le concours d'habiles artisans.

D'un œil scrutateur, le maître imagier sonde son

visiteur. Il était plongé dans des calculs d'une grande complexité. Cette intrusion le dérange. Que peut bien quérir un troubadour auprès d'un tailleur de pierre ? La curiosité finit par l'emporter sur l'agacement.

— Entrez, nous serons plus à notre aise pour examiner votre affaire.

— Pardonnez-moi de ne pouvoir demeurer en votre compagnie, messires. Son Excellence m'a donné ordre de surveiller les sentinelles, s'excuse frère Nadal en s'inclinant autant que le lui permet sa nuque raidie par les ans.

Sitôt franchi le seuil de cet étrange logis, Guilhem sent son cœur s'accélérer. Deux candélabres à plusieurs chandelles, munis de réflecteurs de nacre, diffusent une étonnante lumière dans cette pièce sans fenêtres. Les quatre cloisons sont tendues de draps blancs afin de donner davantage de luminosité. De tous côtés, à hauteur d'homme, sont fixés des parchemins de diverses tailles portant d'admirables dessins. Cela va de simples plans de masse aux tracés géométriques jusqu'à des détails de chapiteaux aux reliefs soigneusement ombrés à la pointe de charbon. Ici des anges, aux ailes déployées, là, le profil d'une arcature d'ogive supportée par des colonnettes d'une finesse incroyable. Et partout, des nombres, des mesures, des symboles qui sont le langage secret des maîtres de la pierre.

Cette pièce singulière est bien plus qu'un atelier ou qu'une chambre d'étude. C'est l'intérieur d'un crâne. Dans cette modeste boîte, la pure pensée est au travail. Ici se forgent les rêves qui prendront plus tard forme d'architecture entre les mains de savants ouvriers. Entre ces quatre dérisoires cloisons de bois, tout un monde nouveau est en train de naître qui éclatera bientôt au grand jour. Une émotion violente s'empare de Guilhem. À la ressemblance de ce que lui-même a fait au palais, dans son galetas, le maître imagier s'est créé, au milieu du chantier, un lieu propice à l'imaginaire. Voilà plusieurs minutes qu'ils sont entrés et il se rend compte qu'il se tient là, planté depuis tout ce temps dans la contemplation des figures, sans avoir prononcé un seul mot. Presque confus, il se tourne vers son hôte. Celui-ci l'observait, bras croisés, attendant sereinement que Guilhem sortît de sa sidération émerveillée. Les deux jeunes hommes se regardent et partent en même temps d'un même rire.

— Mon nom est Guilhem de Malpas.

— Mon nom est Peire Brun.

Avec chaleur, ils se serrent la main, pouces croisés, à la manière de compagnons de longue date. Il n'est pas besoin de grands discours pour que se nouent entre deux esprits créateurs les liens de la fraternité.

Le mobilier très sommaire de la cabane se compose d'éléments pliants de toile et de bois. Une légère litière, deux tabourets et une petite table encombrée de parchemins et d'un nécessaire à dessin sont tout le luxe du lieu. Cela tient du campement provisoire d'un voyageur bien plus que de l'établissement d'un maître artisan. Quelle que soit la durée du chantier auquel travaille Peire Brun, son esprit doit toujours être en partance pour un ailleurs. Un éternel pèlerin sans destination.

Il désigne un des tabourets :

— Quel est donc ce projet ? interroge-t-il en prenant place sur le second siège.

Près d'une heure s'écoule, tout au long de laquelle le troubadour raconte à son nouvel ami l'histoire du *Jeu d'Adam.* Il lui décrit les trois moments du récit avec force détails, insistant particulièrement sur les deux premiers : la pitoyable aventure d'Adam et d'Ève et celle, plus triste encore, de Caïn et d'Abel. Emporté par sa fougue, il se met à jouer des passages entiers de ces dialogues qu'il connaît par cœur à force de les avoir travaillés afin d'embellir sa traduction.

Subjugué, Peire le regarde se transformer d'une réplique à l'autre en autant de personnages qu'il veut. Plusieurs fois, Guilhem quitte le tabouret, arpentant le petit espace de la cabane comme s'il se trouvait sur une aire de jeu. Puis il revient s'asseoir pour sculpter l'invisible avec ses mains, dessinant la galerie du Ciel, l'Arbre du Paradis, la gueule de l'Enfer. Il n'est pas un lieu, pas un objet, pas un geste qui échappe à son récit et n'apparaisse par la magie de sa description mimée. Pour finir, il élude le dernier tableau qui n'est, selon lui, qu'un fastidieux défilé de prophètes annonçant la parousie.

— Es-tu certain de ne pas te tromper en sous-estimant cet ultime chapitre ? Le retour sur la terre de Notre-Seigneur Christ est tout de même un épisode qui a son importance ! s'exclame le maître imagier.

— La fin du monde est un événement de peu d'intérêt… Tout ce qui existe a une fin. Le monde existe. Donc le monde finira. Ce qui est intéressant, c'est la manière dont il s'achemine vers sa fin. C'est tout ce qui se passe avant. C'est cela surtout que je veux montrer.

— D'où tiens-tu ce texte ? Est-ce toi qui l'as inventé ?

— Il m'a été offert par le prince Cœur de Lion, à la cour d'Aquitaine. C'est une copie qui provient du pays des Normands. Je l'ai traduit dans le parler de chez nous. Il y a des chœurs aussi qui chantent en latin. Ceux-là, je les ai conservés. Je me suis contenté de les mettre en musique. À présent, tout est prêt… dans ma tête ! Il ne reste plus qu'à bâtir le décor. C'est pour cela que j'ai besoin d'aide.

D'un doigt songeur, Maître Peire caresse son filet de barbe.

— Quand tout doit-il être achevé ?

— La vicomtesse et l'archevêque ont arrêté que *Le Jeu d'Adam* soit montré le mercredi des Cendres.

— C'est dans un mois ! s'exclame l'imagier.

— Autant dire demain, je le sais. À la vérité, Son Excellence pense que le *Jeu* va se dire dans le chœur de la cathédrale, comme un complément à la liturgie. Mais ce n'est pas du tout ainsi que j'imagine les choses. La cathédrale est beaucoup trop petite. Je ne veux pas me contenter de décrire le décor. Je veux qu'il soit présent, réellement, pour frapper les imaginations par des images concrètes. Jamais un tel appareil n'entrera sous la nef. Et puis je veux aussi que le peuple tout entier voie cela.

« Des images concrètes », se dit Peire Brun. C'est exactement ce qu'il cherche à imposer dans son art de sculpteur. Une vérité qui soit l'évocation parfaite de la vie elle-même.

— Où penses-tu donner ce spectacle ?

— Sur le parvis. La vicomtesse approuve cette idée. Elle est prête à en payer le coût. Ce qui manque, ce sont les ouvriers.

— Ce n'est pas un problème. Nous ne pouvons plus bâtir ; le froid tuerait le mortier et les pierres risqueraient de se fendre. Mais les menuisiers peuvent travailler le bois. Leur maître a dû les congédier eux aussi, car leur ouvrage dépend de l'avancée du nôtre. Je suis sûr qu'il prendra comme un cadeau du ciel une proposition d'embauche. Cependant, il nous faudrait un plan, une maquette.

— J'ai fabriqué la maquette.

— Où est-elle ?

— Au palais, dans mon… mon atelier !

— Il faut que je la voie.

— Je peux t'y mener à l'instant.

L'impétuosité du jeune homme fait sourire le Maître. Entre eux l'écart d'âge n'est guère bien grand. Il se retrouve dans l'ardente impatience de Guilhem.

— Je dois parachever certain calcul de portée de voûte que j'ai commencé ce matin. Demain, avant l'heure de sexte, je viendrai te voir. Nous étudierons cela ensemble.

Un hochement de tête de part et d'autre et tout est dit entre le jeune homme qui bâtit pour l'éternité et celui qui œuvre dans l'éphémère.

Chapitre 17

DAME ERMENGARDE

La dame d'échecs

— Échec à la dame !

En léger retrait derrière la table où la vicomtesse joue toute seule, Pierre Ramondis n'a pu retenir son exclamation.

— Croyez-vous que je ne l'ai point remarqué, sire Pierre ?

Le Premier conseiller regrette aussitôt sa fâcheuse spontanéité.

— Certes non, ma dame. Je m'étonnais seulement que vous vous fussiez mise vous-même en tel péril.

— Mieux vaut que je le fasse de mon propre chef, avant que l'adversaire s'y emploie… Peut-on prétendre gouverner si l'on ne s'entraîne au danger ?

Cette fois, Ramondis préfère se réfugier derrière un sourire de bonne connivence. Cela fait plus d'un quart d'heure qu'il a été introduit dans la chambre de la vicomtesse et c'est la plus longue phrase qu'elle lui ait adressée depuis lors. Il ne s'en formalise pas. L'important est qu'elle ait accepté de le recevoir. D'ordinaire, elle ne tolère aucune visite à l'heure de sa rituelle partie d'échecs contre elle-même. Grâce à

Dieu, le jeu touche à sa fin. Il n'aura plus à patienter trop longtemps.

D'une main, Ermengarde fait pivoter le plateau de l'échiquier. Les pièces blanches lui font face à présent.

— Malheureux fou, si bien nommé ! Voyez comme il a présumé de sa position.

Et la tour d'ivoire vient balayer d'un trait le fou de jaspe rouge. L'œil victorieux, Ermengarde relève la tête vers le vieil homme.

— Eh bien, messire conseiller, quel serait votre avis en cette occasion-là ?

À nouveau, elle fait tourner le plateau, amenant les pièces rouges de leur côté. Pierre Ramondis fait mine de réfléchir un instant.

— Le cavalier se positionne à côté de la tour… La reine est à nouveau en échec.

Ermengarde riposte tout de gob :

— Ce cavalier est bien inconséquent. Voyez avec quelle imprudence il a libéré la diagonale pour le fou… Échec et mat !

D'une main rapide, elle range dans leur coffret les pièces prises, ajoutant avec une pointe d'ironie :

— Les rouges auraient dû l'emporter… Je vous ai connu meilleur stratège, sire Pierre. Il faut que vous ayez quelque chose d'importance à m'annoncer pour bâcler ainsi la fin de la partie… Mais je ne vous en veux point. Prenez place, je vous écoute.

— Comtesse, nous avons des nouvelles du sieur Bertier. Un soldat du guet l'a vu quitter la Cité par la porte Maritime.

— L'a-t-on arrêté ?

— Il avait une bonne heure d'avance sur nos miliciens. J'aurais dû songer plus tôt au port de Sijan.

Nous avons trouvé là-bas l'homme qui s'occupe de ses bateaux, un dénommé Brunon, qui fait office de régisseur. C'est lui qui nous a renseignés. Il a fallu le chatouiller un peu avant qu'il nous confie que Bertier était parti pour Barcelone par la voie maritime.

— Barcelone ?

— Cette destination m'a paru suspecte à moi aussi… Chacun sait que les eaux de Catalogne sont infestées de pirates barbaresques. Ce serait courir un risque bien grand que d'y frayer à bord d'un navire marchand… Aussi avons-nous dû chatouiller davantage Brunon pour qu'il finisse par se souvenir qu'il avait vu le dromon de son maître prendre la direction du septentrion.

— A-t-on lancé un navire à sa poursuite ?

Pierre Ramondis écarte les mains en un geste fataliste.

— À cette heure, toute notre flotte est au radoub en cale sèche. Mais, à mon avis, Bertier a dû chercher refuge chez son cousin – un marchand lui aussi – qui est consul en la ville d'Agde.

À ce mot, Ermengarde s'est redressée sur son siège, comme piquée au vif :

— Agde est une cité dont il faut se méfier. Trencavel, qui en est le suzerain, a manqué de prudence en laissant les marchands y prendre une trop grande place. Aussi devons-nous, chez nous, redoubler de fermeté.

Tout en opinant du bonnet, sire Ramondis laisse paraître son scepticisme.

— À dire vrai, ce n'est point ce qui me soucie le plus… Figurez-vous que ce régisseur Brunon avait beaucoup de choses à raconter. Comme je vous l'ai dit, certaines chatouilles l'ont encouragé au bavardage.

Ainsi avons-nous appris que Bertier était accompagné dans sa fuite par une troupe de quatre soudards, dont le chef était entièrement revêtu de dépouilles de loups.

— Lobar le Loup ! s'exclame Ermengarde. Lui seul s'habille ainsi, comme on le faisait du temps des Goths… Lors des guerres de Provence, il était au service de Raimon de Saint-Gilles. Je l'ai vu sur le champ de bataille. Lui et sa bande ont causé moult dommages à l'ost de nos alliés… Depuis la signature du traité de Jarnègues, je le croyais parti au-delà des Pyrénées, comme la plupart de ses semblables.

— Il faut croire que non… Mais ce que je ne m'explique pas, c'est sa présence aux côtés de Bertier. Aucun de nos espions n'a eu vent d'une quelconque accointance entre celui-ci et des mercenaires.

— Pensez-vous qu'ils aient pu se rencontrer fortuitement ?

— Je l'ignore… Mais nous pouvons être certains qu'eux et lui font à présent cause commune.

— Contre qui ?

Le conseiller ne répond pas. Il laisse errer son regard sur l'échiquier avant de prendre délicatement la reine rouge dans le creux de sa main. Puis il la range dans le boîtier, sarcophage des pièces mortes.

Il y a des questions que l'on ferait mieux de ne pas poser. Ermengarde s'en veut de sa langue trop prompte. Une crispation de son avant-bras la fait se lever et s'accouder, par précaution, au montant de son lit. Le moment serait mal venu de se mettre à trembler.

À son tour, le vieux conseiller quitte son siège, par respect pour Sa Seigneurie, mais il ne bouge pas de sa place. Il se met à parler avec ce ton songeur que lui dicte parfois sa cervelle, lorsqu'elle chemine plus vite que ses lèvres :

— La perte du message destiné au neveu de Votre Excellence me cause le plus grand souci… Imaginez que, par quelque infortune, il ait pu tomber aux mains de ce Lobar et de sa bande… Imaginez le prix qu'ils en pourraient tirer auprès d'un client tel que le comte de Toulouse… Imaginez enfin le parti que pourrait prendre ce dernier à l'annonce de votre renoncement au trône narbonnais.

Les têtes chenues sont ainsi. Parmi tous les possibles, le pire a toujours leur préférence. Mais ce que vient de dire le vieux conseiller n'est pas le fruit d'une mélancolie sénile. Ermengarde en est consciente. Elle crispe sa main sur le montant du lit. La colère monte en elle comme lait en casserole.

— Saint-Gilles ne me fait pas peur ! Mes cheveux ont beau s'être teintés d'argent, je n'hésiterai pas à revêtir mon armure et à enfourcher mon destrier s'il le faut combattre… J'ai su, dans ma prime jeunesse, me débarrasser du père ; la maturité ne me verra pas plier devant le fils !

— Que le Dieu tout-puissant nous garde d'en venir à pareille extrémité !… Le seigneur de Saint-Gilles vous connaît, ma dame. Il a déjà tâté de votre vaillance guerrière. Tant que vous régnerez, il n'osera rien entreprendre… Aussi me semblerait-il judicieux de surseoir à votre abdication.

— À cette heure, mon neveu est en route pour Narbonne. Je l'espère céans d'un instant à l'autre. Que me parlez-vous de remettre à plus tard ce que nous avons déjà tranché ensemble, messire ?

En matière d'entêtement, la vicomtesse pourrait en

remontrer à maintes mules. C'est aussi ce qui fait sa force. Pierre Ramondis n'a rien oublié de l'obstination dont elle faisait preuve lorsqu'il lui enseignait, jadis, le jeu d'échecs.

— Considérons, Votre Grâce, que le cavalier est en bonne posture pour protéger la reine… Il lui faut cependant le soutien de la tour et l'enthousiasme de toute l'armée de ces petits soldats que nous appelons les pions.

L'image fait sourire Ermengarde malgré elle. Ramondis a l'art d'éteindre le feu à temps et d'empêcher le lait de déborder.

— Expliquez-vous, sire Pierre.

— J'ai toute confiance dans le seigneur de Lara. Vous et moi apprécions son cœur et sa vertu. Mais qui d'autre que nous le connaît ? Le capitaine de votre garde, pour dévoué qu'il soit à votre personne, le sera-t-il tout autant à la sienne ? Saura-t-il convaincre vos soldats de suivre sa bannière comme ils suivent la vôtre ? Quant au peuple de Narbonne, applaudira-t-il votre neveu avec la même ardeur qu'il vous acclame ?

La vicomtesse s'écarte du lit. Le tendre bois du montant porte la marque de ses ongles. Mais la menace s'est éloignée.

— J'entends vos raisons, sire Pierre. Mais nous avons piéça évoqué tout cela… Je vous rappelle que j'ai placé grande espérance dans ce spectacle que nous allons offrir au peuple à l'occasion des fêtes de la Mi-Carême. Je veux qu'Aymeri de Lara y prenne bonne part. Chacun pourra ainsi l'approcher et le voir tout à loisir.

— L'idée est parfaite. Ne changeons rien à ce projet. Tout ce que je suggère à Votre Excellence est simplement de patienter un peu jusqu'à ce que nous en ayons apprécié l'effet. Au lendemain de ces fêtes, nous saurons de quel cœur Narbonne aura accueilli le baron de Lara. Je veux croire qu'il sera le meilleur… Alors – et en toute certitude – vous pourrez ceindre son auguste front de la couronne à neuf perles… Jusque-là, je vous en conjure, demeurez notre seigneur.

Au mépris de ses jointures plus craquantes que du bois sec, le vieil homme met un genou en terre. Ermengarde le considère un bref instant puis lui tend une main secourable.

— Messire le Premier conseiller de ma Cour, quelle valeur aurait votre titre, si je ne suivais pas jusqu'aux plus contrariants de vos conseils ?

Il arrive que les portes s'ouvrent au bon moment. Quand tout est dit et s'achève pour le mieux. « Entrez ! » a dit Ermengarde en entendant qu'on frappait à la sienne.

Le capitaine Odín Glumsson pénètre dans la chambre avec tous ses écureuils sur le dos. C'est ce que pense la vicomtesse chaque fois qu'il se présente devant elle, enveloppé dans son précieux manteau en fourrure de vair. Dieu seul sait combien de ces jolies bestioles ont été dépecées pour confectionner une aussi ample parure. Heureusement que sa dame d'atours ne l'a jamais rencontré en pareille tenue. Elle qui voit une âme en chaque animal qu'elle croise serait bien capable de vouer le capitaine à tous les diables pour tant d'écureuils assassinés.

— Sa Seigneurie le baron de Lara est arrivée dans nos murs, ma dame, dit Glumsson en s'inclinant.

— Fort bien, capitaine. Je vous sais gré de votre

célérité. Veuillez montrer son logis à mon neveu et le prier de me retrouver ensuite dans la bibliothèque… Mais peut-être messire le conseiller souhaite-t-il une escorte pour s'en retourner chez lui ? ajoute-t-elle en se tournant vers Ramondis.

— Point du tout, comtesse. Je vous en remercie. Le chemin est court d'ici jusqu'à ma demeure. Quelques missives à rédiger me retiennent encore au palais. Je le quitterai avant que la nuit soit tout à fait noire.

— Messires, je vous salue. Que Dieu vous garde.

Et sans plus attendre, la vicomtesse retourne à son échiquier. Car toute partie mal terminée mérite qu'on lui invente meilleure fin.

Chapitre 18

LOBAR LE LOUP

La nuit de la mer

Si brillante est la lune dans le velours du ciel qu'elle danse en mille éclats sur le dos de la mer.

Les vents favorables ont poussé le dromon plus vite et plus loin que ne l'escomptait Fabian. Point n'a été besoin de forcer sur les rames. À peine le jour tombait-il qu'ils ont vu paraître les murailles d'Agde et le faîte crénelé de la cathédrale.

— Inutile d'accoster, a déclaré Hugues Bertier. À cette heure, les portes sont fermées. Nul ne nous laissera entrer dans la ville.

— Mieux vaut mouiller au large plutôt que de pousser jusqu'au port. Nous ferons l'économie de quelques deniers, a ajouté Lobar le Loup.

— *Porca puttana !* éructe Rosso. Les tripes me remontent au gosier depuis que nous sommes partis et tu vas nous faire passer la nuit sur ce banc de torture !

— Tu peux toujours gagner le bord à la nage, si le cœur t'en dit. Pour ma part, j'aime mieux dormir ici qu'errer sur le rivage comme un chien perdu.

Fabian et son frère Donat s'affairent déjà à affaler la voile tandis que les mercenaires continuent à se prendre de bec. Dix minutes plus tard, les deux marins ont achevé de mouiller l'ancre, alors que Rosso vitupère encore, vouant à tous les diables les bateaux, le vent, les vagues et la navigation en général. L'algarade s'achève dans les hoquets du malheureux. Il n'a que le temps de payer son tribut à la mer en s'agrippant au bastingage.

— La nuit sera calme ; la mer est plate, dit paisiblement Fabian en regagnant la poupe où les autres se sont regroupés. Nous avons mouillé de façon à réduire le tangage. Nous dormirons mieux ainsi.

À l'intérieur de la tourelle carrée, un espace dallé supporte un brasero de terre cuite. Dans un pot soigneusement fermé, des braises couvaient sous la cendre. Il a suffi à Donat de s'époumoner dessus pour que la flamme jaillisse en peu de temps. Une brassée de bois sec a fait le reste. Les cris se sont tus. La colère est retombée. À présent, la fatigue se lit sur les visages des sept hommes assis en tailleur autour du foyer.

Le cuissot de mule que Maletrogne vient de tirer de son bagage est aussitôt découpé et mis à rôtir à la pointe des poignards. Fabian fait passer une boule de pain, mise de côté pour sa nuit de garde.

— Il reste une outre de vin, mais c'est la dernière, prévient-il en refermant le petit coffre à provisions.

La lune a le temps d'accéder au zénith pendant que glottes et mandibules achèvent leur travail. Le vin aidant, Rosso et Compostelle ont repris quelques couleurs.

Tout en mâchant sa pièce de viande, Lobar le Loup n'a pas lâché des yeux le marchand Bertier. Les traits tirés, le regard voilé, il est le seul de l'équipage à qui la nourriture et le vin n'aient apporté aucun réconfort.

L'œil fixe, il semble se perdre dans la morne contemplation des flammes comme en un songe douloureux. Le chef des mercenaires se dit que l'heure est propice aux confidences.

— L'enfer ne sera pas bien long à accueillir cette chienne, lâche-t-il en essuyant son coutelas sur le cuir de sa botte.

— Que dites-vous ? interroge Bertier soudain tiré de sa torpeur.

— La dame de Narbonne – que le diable l'emporte ! – n'en a plus pour très longtemps.

— Puissiez-vous dire vrai !

— Ce n'est pas moi qui le dis. C'est le message que nous portons au seigneur de Saint-Gilles.

Ce qu'il vient d'entendre donne au marchand un regain d'énergie.

— Un message pour le comte Raimon ?

— Nous allons offrir au sire comte l'occasion de s'emparer de la ville et d'ajouter le comté de Narbonne à ses possessions.

Comment ces ruffians peuvent-ils être porteurs d'une telle missive et, surtout, qui peut bien les en avoir chargés ? Ce sont là des questions que le prudent Bertier se retient de poser.

— Sitôt que nous aurons mis pied à terre, nous recruterons des hommes pour nous présenter à Saint-Gilles à la tête d'une troupe, poursuit Lobar.

— De quels moyens disposez-vous ?

— De nos bras et de notre habileté dans les choses de la guerre, répond-il en bombant le torse.

C'est à dessein que le mercenaire ne touche mot des deniers qu'ils ont dans leurs bagages.

— Des hommes, des armes et des chevaux, cela a

un prix, réplique le marchand. Il vous faut un financier. Et je n'ai de plus grand désir que de voir Narbonne passer en d'honnêtes mains. Cependant, la somme que j'ai sur moi est trop modique pour une entreprise d'une telle ampleur. En revanche, je peux trouver le crédit en suffisance auprès de mon cousin qui est consul en la cité d'Agde.

Lobar le Loup approuve de la tête.

— Deux marins de plus pour manœuvrer la nef et une demi-douzaine de cavaliers ; voilà tout ce qu'il nous faudrait.

— Nous n'aurons aucune peine à recruter parmi les hommes du port que l'hiver a mis au chômage. Quant aux hommes d'armes, nous les trouverons dans la milice que la confrérie des marchands entretient pour protéger les chemins.

À ces mots, Maletrogne éclate de rire.

— Pour les protéger contre nous ! ricane-t-il niaisement.

Hugues Bertier se contente de répondre d'un ton placide :

— Vous êtes au service du comte de Saint-Gilles et la ville d'Agde est sous sa suzeraineté. Nul ne verra d'inconvénient à vous suivre… À nous suivre, corrige-t-il, à condition que la nouvelle de ma disgrâce ne soit point parvenue jusque-là.

Compostelle tourne vers lui cette mine avenante dont il sait qu'elle endort toute méfiance.

— Sois sans crainte, l'ami. Aucune nouvelle ne va plus vite qu'un bon bateau… À présent, tu connais tout de nos projets, mais tu ne nous as point dit les raisons de ta fuite. Quel crime as-tu donc commis ?

Hugues Bertier a surpris le regard inquiet de Fabian.

En d'autres temps, il aurait eu honte d'avoir à subir le jugement de ses serfs. Ce jour d'hui, peu lui chaut ce qu'on pense de lui, d'où que viennent ces pensées.

— Mon seul crime est d'avoir voulu instaurer une république à Narbonne.

De tous, Compostelle est bien le seul à qui ce mot de « république » dise quelque chose. Cela lui rappelle le temps de ses amis goliards et de leurs folles courses dans Paris, contre les archers du Châtelet, aux cris de « Tue le roi ! » ou de « Mort au Chapitre ! ». Tout cela avait fini d'affreuse façon, le jour où l'un des leurs avait été pris et jugé pour blasphème. Au milieu d'un peuple vociférant, on avait exhibé le malheureux garçon sur une estrade. Là, les bourreaux lui avaient ouvert la gorge à l'aide d'un fer rougi. Puis, munis d'une pince, ils avaient saisi sa langue par en dessous afin de la trancher et de la jeter aux chiens. Ensuite, ils l'avaient brûlé vif. Claudius était son nom.

Le lendemain, Compostelle s'était sauvé de l'île de la Cité, quittant à jamais les terres de douce France, la haine vrillée au cœur.

De ce jour date l'universelle détestation qu'il voue à tout le genre humain. Il ne s'est acoquiné avec Lobar le Loup et sa bande que pour élargir le champ de ses tueries. Il entrevoit déjà le beau carnage qui pourrait résulter d'un changement de régime dans le comté de Narbonne. Pour un peu, il en tremblerait de joie. De la dextre, il empoigne l'épaule du sire Bertier tout en apostrophant ses complices :

— On ne connaît rien de plus beau en ce bas monde qu'une république de marchands... Sachez, frères en truanderie, que l'or y pleut à verse sur qui veut bien tendre les mains !

Après les fatigantes heures de navigation, nul n'a envie de contredire une vérité assenée avec autant d'assurance. Chacun se contente d'imaginer à quoi peut bien ressembler pareille pluie d'or.

— Voilà une plaisante image qui bercera mes rêves, déclare Lobar en s'étirant dans un bâillement sonore.

Le chef a donné le signal du coucher.

— Le château est juste assez vaste pour cinq personnes, annonce Fabian. Mon frère et moi, nous dormirons sous le pont de proue. Nous avons des peaux de moutons pour nous couvrir et la voile de rechange nous servira de courtine.

Ayant parlé, il entoure de son bras l'épaule de Donat et l'entraîne vers l'avant du dromon.

Les mercenaires et le marchand ont refermé sur eux la porte de la tourelle de bois. La nuit berce le bateau dans sa main de silence. Au doux balancement des vaguelettes, les hommes s'abandonnent. Ils se sont couchés à même le plancher avec, en guise d'oreiller, quelques poignées de paille. L'un après l'autre, la marée du sommeil les submerge. Aux grincements réguliers de la coque se mêle parfois un soupir humain comme évadé du songe.

Sous le pont avant, les frères ont disposé leurs peaux de moutons dans un repli de la membrure. Ils s'y sont lovés dans la chaleur l'un de l'autre, pareils à deux oiseaux dans un même nid, à l'abri du vent marin derrière la lourde voile. Fabian a mis du temps à s'endormir. Les propos échangés pendant le repas l'ont inquiété. Le maître Bertier – qu'il connaît autoritaire et sûr de lui – n'est plus que l'ombre de lui-même et l'affaire qui l'oblige à fuir Narbonne semble bien obscure au jeune marin. Quant à ces hommes, mi-soldats mi-brigands, ils ne lui inspirent aucune confiance. Il s'est juré de s'en tenir prudemment à distance. Ce n'est point tant pour lui-même qu'il redoute quelque péril. Il sait qu'il est le seul à bord à être rompu aux choses de la navigation. Aussi longtemps qu'ils seront sur la mer, ils auront besoin de lui. Mais il craint qu'il n'arrive quelque chose de funeste à son jeune frère. En dépit de sa force et de son agilité, le garçon est d'un tempérament naïf et turbulent. Il est curieux de tout, comme un chiot à l'affût de la moindre nouveauté. Il n'a peur de rien et ne se méfie de personne. Au moment de l'embarquement, Fabian l'a vu empiler les selles au pied du mât puis les toucher d'une main émerveillée. Il s'en est fallu de peu qu'il n'ouvre les fontes pour le seul plaisir de voir ce qu'elles contenaient. D'un geste autoritaire, son aîné l'a rappelé à l'ordre.

Mais à cette heure de la nuit, Fabian s'en est allé promener derrière ses paupières, fort loin dans les paysages impalpables des songes.

Accoudé sur un bras, Donat surveille le sommeil de son frère. Un imperceptible ronflement rythme son souffle régulier. Par acquit de conscience, le garçon pose une main sur l'épaule du dormeur. Aucun frémissement ne répond à sa pression. Alors, avec la furtivité d'un chat, il s'extirpe des peaux de moutons et se faufile sous les plis de la voile.

Sa narine frissonne dans la fraîcheur de l'air iodé. L'odeur vertigineuse de la nuit maritime l'envahit. À pleins poumons, Donat s'enivre de ce parfum d'immensité. Au-dessus de lui, la grande conque céleste semble faite d'ardoise bleue, tout incrustée d'étincelles d'argent. Sous la haute lune masquée de brume, la mer dort, elle aussi. Le clapotis des vaguelettes contre la coque répond à son murmure infini. Parfois, un poisson géant surgit des profondeurs et retourne dans l'onde en un éclat sonore, vite absorbé dans les sourds bruissements du silence.

Veillant à ne pas faire craquer le plancher, le garçon se dirige vers le mât. Là se trouve l'objet de son envie : les selles entassées avec leurs fontes de cuir. À présent, nul ne peut lui en interdire l'accès. Il s'accroupit, tendant la main vers la sacoche la plus proche. Peut-être contient-elle un de ces magnifiques coutelas qui lui plaisent tant. Son intention n'est point de voler. Il ne veut pas fâcher Fabian. Tout ce qu'il désire, c'est tenir un moment l'objet merveilleux entre ses doigts, sentir sur sa peau le contact du métal ouvragé et, surtout, toucher les pierreries chatoyantes qui ornent le manche. Oncques il n'a vu si belles choses.

Mais ce qu'il retire à tâtons de la sacoche n'est pas un coutelas. C'est un tube de cuir fermé d'un capuchon. Il l'ouvre et deux cubes pesants roulent dans le creux de sa main.

Donat ne sait pas ce qu'est un cornet à dés, ni quel en est l'usage. Il n'a jamais fréquenté de taverne ni de tripot. Intrigué, il observe les petits points rouges qui marquent chaque face. Le garçon ignore les chiffres, mais il sait compter les objets quand ils ne sont point en trop grand nombre. Tout absorbé dans son observation, il sursaute brusquement. Le plancher vient de craquer derrière lui. Quelqu'un est là. À grand-peine, il retient un cri. Découpée par la clarté lunaire, une silhouette le domine de toute sa hauteur.

— Chut ! souffle l'homme qui se penche vers lui.

Donat le reconnaît. C'est l'homme roux. Il n'a pas

peur de lui. Il se souvient qu'il lui a souri, pendant le repas, en lui montrant son coutelas.

Rosso pose sa main caressante sur la nuque du garçon, le flattant comme on flatte un animal. Il lui glisse dans le creux de l'oreille :

— Si tu acceptes de jouer avec moi, je te prêterai mon poignard.

De sa main libre, il dégaine son arme et la dépose sur la selle, puis il s'empare du jeu de dés.

— Est-ce que tu veux jouer ?

Donat hoche la tête.

— Sais-tu ce qu'est un nombre ?

Le garçon acquiesce à nouveau.

— Dis un nombre entre deux et douze.

— Houz… houz, souffle Donat dans un murmure.

D'une main experte, Rosso fait rouler les dés qui s'immobilisent affichant un double six.

— Tu as gagné… Maintenant, le couteau est à toi si tu es gentil avec moi.

Tout en parlant, il a descendu sa dextre dans le dos du garçon, insistant au creux de ses reins.

Désemparé, Donat sent son cœur accélérer. Il n'ose réagir, de crainte de faire du bruit. Trop de choses confuses s'agitent dans sa tête. Rosso le plaque alors contre la selle, appuyant dans le même mouvement la lame du poignard sur sa gorge.

— Sage, sage… Ne bouge pas et tu auras le couteau… Laisse-toi faire, susurre-t-il dans une douceur feinte.

Et, de tout son poids, il s'affale sur le dos de l'innocent, fouillant nerveusement le tissu de ses braies pour dénuder ses fesses.

La sueur perle au front de Donat. Il sent le froid du

poignard contre sa carotide. Son cœur bat à tout rompre. Le souffle rauque de Rosso emplit son oreille. Sa main brutale violente ses chairs. Soudain, un craquement sec retentit. Tout s'arrête. Le corps de l'homme ne pèse plus sur son dos. Donat ferme les yeux. Peu à peu lui reviennent le clapotis de l'eau, le grincement régulier du mât entre ses étais, le parfum de la mer.

Lentement, le garçon se détourne. C'est à peine s'il ose respirer.

Fabian est là. Il tient dans son poing fermé la chevelure de Rosso. D'un coup de genou, il vient de lui briser la nuque. Les yeux révulsés du violeur lui font un regard blanc. Sa bouche grande ouverte montre ses dents pourries. Pour Donat, c'est le masque même du démon.

— Aide-moi, articule Fabian d'une voix sourde.

Le garçon se relève d'un bond. À eux deux, ils empoignent le corps du mercenaire, le portent jusqu'au bastingage et le laissent glisser sans bruit le long de la coque. En un instant, les eaux complices se referment.

Du doigt, Fabian montre le jeu de dés.

— Range ça.

Puis, avisant le coutelas, il le saisit par la pointe et le lance le plus loin possible d'un geste rageur, comme s'il voulait poignarder la nuit.

Les deux frères ont regagné leur couche. Blotti contre Fabian, Donat sent un frisson glacé lui traverser l'échine. La main du diable est encore sur lui.

— Si tu dis un seul mot, ils nous tueront tous les deux, dit l'aîné d'une voix paisible. Souviens-toi bien de cela. Tu ne sais rien. Tu n'as rien vu. Il ne s'est rien passé… Rien.

— Hien… Hien, répète le garçon.

Autour d'eux, la nuit se tait.

Chapitre 19

DAME ERMENGARDE
& AYMERI DE LARA

La nuit du palais

Au sortir de sa chambre, Ermengarde a pris sa résolution. Le conseil de Pierre Ramondis est le meilleur parti à prendre.

« L'infortuné Aldo de Bizanet ne sera point mort inutilement, songe-t-elle. C'était folie de ma part d'écrire ce message et pire folie encore d'y avouer ma faiblesse. Si Dieu a voulu qu'il ne parvienne pas à son destinataire, c'est qu'il devait en être ainsi. Que ne l'ai-je compris à temps !... Il est trop tôt pour abdiquer. Trop tôt pour rendre publique ma décision. En revanche, il est urgent de tout mettre en œuvre pour conforter Aymeri dans son statut de successeur. Le peuple doit le voir, le connaître et l'admirer. Les fêtes de Carême seront son intronisation. »

À l'entrée de la bibliothèque, le page photophore s'écarte pour la laisser passer.

Aymeri de Lara se retourne, posant sur le lutrin l'antiphonaire qu'il était en train de contempler. À la vue de sa tante, un large sourire l'illumine. Elle lui tend les bras. Il ne saura rien du messager assassiné ni du message perdu.

Au mitan de la vingtaine, le baron de Lara a fort

belle prestance. Son port de tête – droit et ferme sans être altier – est celui d'un homme qui saura ceindre la couronne. Ses paupières légèrement tombantes confèrent à son franc regard quelque chose d'un peu tendre où pointe une once de tristesse. La mort de sa femme, trois ans plus tôt, n'est sans doute pas étrangère à cette langueur, non plus que celle de sa mère survenue aux premiers jours de janvier. Mais le seigneur Aymeri n'est point homme à chagriner le monde en lui montrant figure de deuil. Les idées sont, à ses yeux, de plus grand prix que les sentiments. C'est un homme d'études, tout imprégné des théories modernes du savant Abélard. Pour lui, le savoir vaut mieux que la vertu guerrière et la noblesse est davantage un devoir qu'un pouvoir. Aussi attendait-il sagement à Fontfroide, loin du tumulte du siècle, que le moment soit venu de succéder à sa tante.

Tous deux se sont étreints d'une tendre accolade avant de s'installer pour la conversation. Les pieds au bord de l'âtre, ils bavardent en dégustant une infusion de menthe épicée, dans l'attente du souper.

« Je n'ai point fait le mauvais choix, se dit la vicomtesse en observant son neveu à la dérobée. Tout en lui est de bon aloi. Jusqu'à sa voix au timbre clair qui est celle d'un orateur. Son visage avenant parle déjà en sa faveur avant même qu'il ait ouvert la bouche. Il plaira aux femmes… Il plaira aussi aux hommes qui, par bien des aspects, sont femmes sans le savoir. »

Tout au long du trajet, sire Aymeri s'était interrogé sur le motif de cette invitation sans préambule. Sans doute quelque impérieuse raison politique. Aussi, fort grande a été sa surprise lorsque Ermengarde lui a dit qu'elle désirait ardemment qu'il prêtât sa voix et son apparence à une œuvre liturgique qui avait pour titre *Le Jeu d'Adam*.

Avant qu'ils s'assoient, elle lui a remis un épais rouleau de parchemin, fort joliment calligraphié dont il survole à présent le texte, tout en répondant à ses questions.

Ce qu'il découvre au hasard des lignes est d'une grande beauté. Toutefois, Aymeri s'inquiète en son for intérieur.

Certes, il a manifesté dans son jeune âge quelque inclination pour la poésie. Il lui est même arrivé de se complaire, à l'occasion, à pousser assez haut le *sirventès* ou la *tenson*[1]. Mais ce sont là choses du passé. Aujourd'hui, il lui semble bien peu séant d'aller s'exposer en public comme le ferait un intrépide jouvenceau.

— Croyez-moi, mon neveu, vous y ferez merveille. J'ai toute confiance en votre talent. Et je ne doute pas qu'après avoir lu ce *Jeu d'Adam* vous ne soyez conquis comme je l'ai été moi-même. Et certainement le serez-vous plus encore par celui qui en est l'instigateur… D'ailleurs, le voici.

Guilhem vient d'entrer. Il s'avance lentement jusqu'à courtoise distance d'Ermengarde qu'il honore d'un profond salut avant de s'incliner tout aussi cérémonieusement face à Aymeri de Lara.

— Guilhem de Malpas est ce brillant troubadour dont je vous ai parlé, dit Ermengarde avant de se tourner vers le nouveau venu : Mon neveu, le seigneur de Lara, nous a fait l'honneur de venir à Narbonne tout exprès pour prêter son concours à notre spectacle.

1. *Sirventès*, *tenson* : genres poétiques pratiqués par les troubadours.

— Je vous en sais fort gré, messire, réplique Guilhem.

Aymeri se contente de sourire. L'apparence étrange de ce jeune troubadour le déconcerte. Tout bardé de cuir et les jambes gainées de laine épaisse, il a davantage l'allure d'un veneur que d'un homme de cour. Et que dire de cette pie, perchée sur son épaule ? Son regard presque transparent semble en proie à une rêverie lointaine. Pourtant, rien ne doit échapper à son observation, car c'est d'un ton affable qu'il ajoute :

— Cependant, si vous ne voulez point choir, prenez garde à lacer vos chaussures.

Aussitôt, Aymeri baisse les yeux. Son lacet de cuir traîne, de la longueur d'une paume, sur le carrelage. Il ne peut se retenir de rire. Une aussi plaisante entrée en matière lui paraît de bon augure.

— Quelles nouvelles nous apportez-vous de l'archevêché ? interroge Ermengarde.

— Les meilleures du monde, ma dame. Je n'ai point vu Son Excellence, mais j'ai fait affaire avec le maître des imagiers. Il viendra nous faire visite demain pour la fabrique du décor. Je sais, d'autre part, que l'apprentissage des musiques est en bonne voie et que tout le monde s'enthousiasme pour les chants.

— Voilà qui nous console bien des noirceurs de ce jour… Votre mère vous a-t-elle fait savoir que nous vous espérions à souper afin de présenter votre ouvrage à quelques-uns de nos amis ?

— Aloïs m'a prévenu, ma dame. J'aurai grande joie à vous satisfaire… Les poètes sont égoïstes. Ils ressemblent en cela aux amoureux. Ils n'aiment rien tant que parler du seul objet qu'ils ont en tête.

Ermengarde échange un regard avec son neveu, séduit par la repartie du damoiseau.

— Je ne vous ferai donc pas offense, lui dit Aymeri, en vous priant de m'en toucher d'ores et déjà quelques mots ?

— Sire baron, il m'en coûtera davantage de savoir me taire, juste avant de devenir importun, répond Guilhem en s'asseyant.

Et voilà que, pour la deuxième fois de la journée, le troubadour se lance dans l'évocation du *Jeu d'Adam*. L'exercice est l'occasion de peaufiner son discours et d'éclaircir pour lui-même ce qui devra paraître limpide, ce soir, aux yeux de tous.

D'une voix à dessein nonchalante, il commence par dépeindre les situations inspirées du Livre saint. Tout cela est trop connu pour qu'il soit besoin d'insister. Peu à peu, son ton s'affermit. Et bien qu'il semble à peine effleurer ce dont il parle, sire Aymeri devine que ce *Jeu d'Adam* est pour Guilhem une sorte de graal. Il en présente les personnages et leurs actions comme s'il s'agissait de personnes bien réelles et d'affaires pressantes ; alors que le texte ne raconte rien d'autre que le péché originel et le meurtre d'Abel par Caïn. Toutes choses dont on ne pourrait dire qu'elles soient d'une grande urgence. Mais, à entendre le jeune homme, on croirait que ces gens sont de sa famille et que ce qui leur arrive le touche personnellement.

Aymeri de Lara avait commencé par prêter à son récit une oreille amusée, comme aux fables aventureuses d'un aimable conteur. Mais, bien vite, il s'est rendu compte de l'importance de l'ouvrage. L'auteur y expose des enjeux de poids touchant à la société tout entière. La fable traite, en effet, davantage de politique que de religion. Elle représente ce que devrait être la soumission d'Ève à Adam, semblable à celle du premier homme à son Créateur. Et, malgré cela, elle suggère une égalité possible entre la femme et l'homme. Chacun peut y reconnaître les liens de vassal à suzerain mais aussi l'attachement d'amour qui est à la source du serment de fidélité. Au dire du troubadour, ce texte foisonne d'idées et de possibilités d'interprétations plus riches encore que les chansons hermétiques défendues par certains de ses confrères en poésie. Et tout cela dans une langue claire et directe que tout le monde peut entendre.

— Quelle part me verriez-vous tenir dans cette belle aventure ? interroge le sire de Lara.

— Le Tentateur, messire. Il se nomme « Diabolus » dans le manuscrit, répond Guilhem sans hésiter.

Le seigneur Aymeri ne peut retenir un mouvement d'étonnement.

— Vous me voyez dans le diable ?

— Je vous y vois… Bien sûr, nous fabriquerons une grande marionnette serpentine apte à se mouvoir le long du tronc de l'Arbre, car le peuple aime à retrouver les images qu'il connaît. Mais c'est vous qui lui donnerez vie… Le Prince des Ténèbres est un prince charmant. Ève n'aurait aucune raison de céder à la tentation si le Tentateur était détestable.

— Ève est naturellement encline au péché. Le diable n'est que l'occasion de sa chute. C'est à elle qu'incombe la faute.

— La faute incombe à Dieu qui interdit la Connaissance, affirme Guilhem tout de gob.

Un Dieu fautif ? Voilà qui est proprement sidérant ! Aymeri sait pertinemment que sa tante protège ces dissidents hérétiques que l'Église nomme, depuis peu, « les *catharos* ». Le jeune troubadour souscrirait-il à ces croyances ? À vrai dire, le baron de Lara n'y verrait pas grand mal, mais il préfère se tenir à l'écart de tout ce qui pourrait menacer la stabilité du comté.

Or, brusquement, le regard de Guilhem s'éclaire d'une lueur passionnée. Écartant les mains comme en face d'une apparition, il lâche dans un élan plein d'enthousiasme :

— Messire, puisque vous direz les paroles du Serpent, c'est vous qui devrez dire aussi celles du Créateur !

Cette fois, Aymeri lève un sourcil inquiet tandis que le jeune homme poursuit :

— En vérité, le même homme peut bien faire à la fois Dieu et le diable.

Cette idée le réjouit. Il dresse son poing fermé comme pour marteler une révélation. Réveillée par l'excitation de son maître, la pie s'y perche aussitôt. Du revers de l'ongle, le jeune homme se met à lisser son plumage.

Aymeri de Lara est perplexe. Que Dieu et Satan puissent avoir même visage, voilà qui sent franchement l'hérésie. Le baron se tourne vers sa tante, espérant y trouver un secours, mais Guilhem enchaîne :

— Nous avions déjà décidé de faire dire les textes d'Adam et de Caïn par la même personne, puisqu'ils n'interviennent jamais ensemble. Il en est de même pour Diabolus et le Créateur. Cela nous facilitera bien des choses.

Le garçon semble fort convaincu par cet argument de commodité. La vicomtesse paraît l'approuver d'un hochement de tête. Aymeri en est rassuré. Si Ermengarde donne son aval, c'est qu'elle se sent de taille à défendre un tel choix. Avec soulagement, le baron voit se dissoudre le spectre de l'hérésie. Cependant Guilhem ajoute d'un ton rêveur :

— Avez-vous remarqué que l'auteur ne nomme Dieu nulle part ?

— En effet, dit Aymeric en soulignant du doigt son exemplaire du manuscrit. Je vois qu'Il est ici appelé « La Figure ».

— Le texte original portait le mot latin *Figura*. Je n'ai pas trouvé meilleure traduction. Mais cela n'a point d'importance. J'aurais aussi bien pu écrire « L'Oreille » ou « L'Orteil », ou n'importe quoi d'autre.

— Comment cela, n'importe quoi ?

— Parce que le Créateur n'a pas de nom. Dieu est une appellation d'emprunt. Ce sont les hommes qui le nomment ainsi faute de mieux.

Là-dessus le troubadour émet un petit rire joyeux et se lève vivement, tendant son poing où la pie bat des ailes.

— Mon amie Agazza vient de me rappeler à mon devoir. La neige est cruelle aux pauvres oiseaux. Les choucas du donjon attendent leur pitance. Je vais les nourrir tant qu'il reste un peu de jour… Noble dame, messire baron, je vous salue jusques au revoir.

L'instant d'après, la lourde courtine de laine qui obstrue la porte de la salle retombe derrière le jeune homme.

Ermengarde et son neveu se taisent. Un sentiment d'abandon indéfinissable s'est emparé d'eux à leur insu. Ils écoutent un moment les pas du troubadour décroître dans l'escalier.

Il en est toujours ainsi. Chaque fois que Guilhem de

Malpas quitte une compagnie, ceux qui restent céans ont l'impression qu'une part intangible de lui-même flotte encore dans la pièce. Une part d'âme.

La vicomtesse a perçu le désarroi d'Aymeri.

— Il se pourrait, mon neveu, que les fantômes ne soient point le strict apanage des morts.

Le seigneur de Lara sourit. Certaines rencontres humaines sont comme un coup de poinçon dans l'argile de la mémoire. Celle qu'il vient de faire avec Guilhem de Malpas est de cette nature.

DEUXIÈME PARTIE

ILLUSIONS ET MIRAGES

Chapitre 20

ALOÏS DE MALPAS

La lépreuse

Au moment de s'engager sur le pont qui sépare la Cité du Bourg, le cortège est forcé de s'arrêter. Un groupe de citadins obstrue le passage. C'est à peine si l'on perçoit les roulements du tambour parmi le hourvari de leurs exclamations.

Du haut de son destrier, Odín Glumsson hèle le premier badaud à sa portée :

— Place ! Place à la justice !

— Dieu vous entende, noble sire, rétorque le manant. Il y a là un brave homme dont le cadavre réclame justice, en effet.

Pressée par le poitrail du cheval, la foule finit par s'écarter. Deux hommes tiennent les bras d'une brouette où repose un corps, le buste pendant d'un côté, les jambes de l'autre. Un de ses pieds est déchaussé. Une bonne âme a récupéré la chaussure et l'a calée sous un de ses bras.

— C'est Pierre Ramondis, commente un boutiquier à grosse bedaine.

— On l'a repêché sous le pont, explique un des porteurs de brouette. Enfin, repêché, c'est beaucoup dire, vu qu'il était pas dans l'eau, vu que l'eau, c'est de la glace, et vu que la glace, elle a tenu bon.

— Où le portez-vous ?

— Chez lui, pardi ! Quelqu'un est déjà parti prévenir sa famille.

— Non ! On ne transporte pas la dépouille du Premier conseiller comme on charrie un tas de fumier. Apportez-le au palais. Il a droit à une litière d'apparat et à des porteurs dignes de sa fonction.

Le ton du capitaine n'admet pas de réplique.

Odín Glumsson s'est retourné vers les gens d'armes de l'escorte. Il désigne les deux derniers de la file.

— Vous accompagnerez la dépouille de messire Ramondis jusqu'à la salle des gardes. Vous y attendrez mon retour. Veillez, d'ici là, à ce qu'aucune rumeur ne coure au palais. J'informerai moi-même Sa Seigneurie de ce qui s'est passé.

Robin le borgne et Savin tête de courge échangent un regard blasé. C'est toujours sur les mêmes que tombent les corvées. Mais, tout bien pesé, mieux vaut retourner à la tiédeur du corps de garde que de se geler les fesses jusqu'à Saint-Paul. Finalement, ce mort est bien aimable.

Les deux convois se remettent en marche. La plupart des badauds ont choisi de suivre en silence la brouette funèbre. Le reste s'en revient chez soi, commentant l'événement à grand renfort de certitudes. Parce que cela crève les yeux que c'est Bertier qui a fait le coup. Après ce qui s'est passé, c'est bien normal qu'il ait voulu se venger du conseiller. Tout ça, ce sont des règlements de comptes entre riches. Il y en a un autre qui devrait se méfier, c'est le sire del Bosc, le Maître des Monnaies. Après tout, c'est lui qui a révélé l'affaire du complot. À sa place on n'en mènerait pas large. Pas large du tout.

Personne n'a prêté la moindre attention à la femme du marchand. C'est comme si elle était devenue invisible aux yeux du monde. Elle-même n'a pas eu le moindre regard quand le mort est passé devant elle. C'est comme si le monde lui était devenu invisible.

Lorsque Aloïs a entendu le nom de Pierre Ramondis, une grande tristesse l'a envahie, qui n'était pas la sienne mais celle d'Ermengarde. La nouvelle sera cruelle au cœur de son amie. Le conseiller comptait beaucoup dans sa vie. Bien plus qu'elle ne le laissait paraître. Sans doute était-ce un homme juste. Mais, pour autant, son âme de marchand n'ira pas dans le giron du vrai Dieu. C'est la fameuse histoire du chameau, du pauvre, du riche et du trou de l'aiguille pour accéder au royaume de Dieu. Les curés de Rome la connaissent et leurs fidèles aussi. Pourquoi donc vivent-ils comme s'ils l'ignoraient ?

Mêlées à la neige, les déjections des chiens et des pourceaux errants ont transformé le mitan des rues en un cloaque infâme.

Le cortège zigzague d'un côté à l'autre pour éviter les immondices. À sa tête chevauche Odín Glumsson sur son destrier au harnachement d'azur. Derrière suit l'escouade d'une dizaine de fantassins encadrant les deux femmes, l'une soutient l'autre qui chancelle. Les roulements monotones du tambour qui les précède n'éveillent que peu de curiosité. Çà et là, un volet s'entrouvre, laissant pointer un profil intrigué qui retourne bien vite en sa tanière. Le froid est trop vif pour s'amuser à lancer des œufs pourris ou le contenu d'un pot d'aisances.

Seuls deux gamins goguenards, en sabots et guenilles, suivent la troupe. Avec un peu de chance ils pourront ramasser le crottin du cheval. C'est un engrais qui se vend bien.

Aloïs est enveloppée de son mantel de drap gris, la tête couverte d'un simple capuchon. Pour sa mortification, l'épouse du marchand a été contrainte de revêtir la bure sombre des moniales et, pour signifier son abandon du monde – fût-il provisoire –, un voile de soie brune la cache jusqu'à mi-corps. Pieds nus, malgré le gel, dans des sandales de misère, la pauvre femme frissonne au contact de la neige boueuse.

Au sortir de la tour des gardes, Aloïs lui a proposé de l'aide.

« Où est mon fils ? s'est-elle inquiétée en s'agrippant au bras qu'Aloïs lui tendait.

— Aux cuisines. J'ai demandé qu'on le fasse déjeuner.

— L'a-t-on informé de ce qu'il m'arrive ?

— Non. Je lui ai dit que vous alliez faire retraite dans un couvent et qu'il vous retrouverait bientôt. »

En guise de merci, la femme a resserré ses doigts autour du poignet de sa compagne.

Le cortège vient de bifurquer dans la rue des Tondeurs. C'est un peu plus loin, dans le quartier des drapiers, qu'Aloïs a vécu sa jeunesse. Cela fait de longues années qu'elle n'y est point retournée. De ceux qui furent sa famille de cœur, il ne reste plus que Tierric – devenu homme, à présent –, qui poursuit l'œuvre de charité des Vrais Chrétiens dans la maison qu'elle lui a léguée. Une bouffée de nostalgie envahit Aloïs.

Prise de compassion, elle se rapproche de l'épouse du marchand.

— Voulez-vous réciter le *Nòstre Païre* avec moi ? propose-t-elle à voix basse.

— Non.

Discrètement, Aloïs tourne son visage vers elle. La femme Bertier, derrière son voile, a senti son regard.

— Pourquoi prierais-je Dieu alors qu'Il m'a abandonnée ?

— Pour l'âme de votre mari… Pour son salut. Pour le vôtre.

La femme pousse un long soupir qui fait trembler le voile de soie. Aloïs doit tendre l'oreille pour percevoir ses paroles.

— Aurait-il fait ce qu'il a fait s'il avait eu le moindre souci de nous ?… Rien d'autre ne l'intéressait que d'accroître sa fortune. L'argent, rien que l'argent et toujours…

Le bruit des sabots du cheval, le piétinement des hommes d'armes et le roulement sans joie du tambour couvrent les derniers mots étouffés de dame Bertier.

— Priez au moins au nom de l'amour que vous avez partagé avec lui.

— Le mariage et l'amour sont deux domaines parfaitement étrangers l'un à l'autre. Ne le savez-vous pas ?

Aloïs n'aura pas à confesser son ignorance, le tambour vient de se taire. Le cortège s'est arrêté devant l'antique église Saint-Paul. L'austère façade, bâtie dans le style du siècle de Carolus Magnus, se prolonge d'un côté par le haut mur du cimetière et de l'autre par le sinistre bâtiment de l'hôpital. Devant le porche entrebâillé se tient le clerc qui administre ces lieux de souffrance. Il s'honore du titre de gouverneur. Derrière lui se devine la silhouette d'une femme portant la longue cotte claire des lépreux et la cliquette de bois pendue à sa ceinture.

Odín Glumsson s'est redressé sur ses étriers. D'une voix forte, il énonce la proclamation d'usage :

— Par la volonté de notre dame, vicomtesse Ermengarde, seigneur de Narbonne, et par avis des prud'hommes et consuls de notre ville, je vous remets céans dame Ugoline, épouse du sieur Bertier, afin que vous la receviez et gardiez en votre protection.

Pointant fièrement sa barbiche vers le capitaine, le clerc bombe le torse.

— Je, Firmin de Cannelongue, gouverneur de Saint-Paul, la reçoit par amour du Christ, au nom de notre église et de ses saintes reliques. Amen.

— Amen, répond le chef de la garde tout en faisant un signe à deux de ses hommes qui s'approchent de la femme du marchand.

Prise d'inquiétude, celle-ci se tourne vers Aloïs.

— S'il vous plaît, dites à mon fils que…

Mais déjà les gardes l'entraînent vers l'hôpital, lui font gravir les deux marches et la poussent sans ménagement à l'intérieur. Presque aussitôt, le clerc disparaît derrière elle dans l'ombre du couloir. La lépreuse referme la porte. En un instant, tout est dit, tout est joué.

Odín Glumsson fait faire demi-tour à sa monture et, s'arrêtant à la hauteur d'Aloïs, il se penche vers elle :

— Désirez-vous que nous vous escortions jusqu'au palais, ma dame ?

— Merci, capitaine. J'ai à faire dans ce quartier. Je rentrerai plus tard.

Le cavalier hoche la tête et talonne son cheval sans plus insister. Pour lui, la journée sera longue. La colonne s'éloigne à sa suite dans la rue déserte.

À la vérité, Aloïs ne saurait dire pourquoi elle a refusé la proposition du capitaine Glumsson. À quoi bon s'obstiner à rester seule dans cette ruelle triste, à contempler la morne façade d'une église où l'on honore un Dieu auquel elle ne croit pas ?

Son regard s'attarde un moment sur les sculptures du tympan rongées par la pourriture de la pierre. Usée par les intempéries et les déjections des oiseaux, l'église Saint-Paul est une lèpre de pierre vouée à la décrépitude. Elle était déjà ainsi du temps où Aloïs n'était qu'une enfant adoptée par un couple de drapiers en manque de progéniture.

Une à une, les images envahissent sa mémoire. À présent, Aloïs sait pourquoi elle est restée. C'est dans cette église que la traînait à l'office dominical l'ignoble père adoptif qui la violentait au retour de ses beuveries[1]. C'est ici que la vieille servante Catou l'a initiée aux secrets de la Vraie Foi en lui montrant de quelle honteuse façon l'opulente Église de Rome avait trahi la parole de Jésus le miséreux. C'est ici encore qu'elle a découvert la force de refuser le mensonge du monde. Ce lieu est tout empreint de son enfance disparue.

Dos tourné à l'église Sainte-Lèpre, Aloïs contemple alors la rue vide et blanche, le ciel vide et blanc, puis elle ferme les yeux pour mieux s'abandonner à cette prière qu'Ugoline Bertier a refusé de partager avec elle. Elle va la lui dédier. « *Païre nòstre...* »

— Aloïs !

1. Voir *Angélus*, *op. cit.*

La voix a résonné dans son dos. Elle se retourne. Les portes de l'église et de l'hôpital sont closes. Il n'y a personne nulle part.

— Dame Aloïs !

La voix s'est faite insistante, mais sans hausser le ton comme si elle voulait n'être entendue que d'elle seule. Et soudain Aloïs en découvre l'origine.

À demi cachée derrière la grille d'accès du cimetière, une frêle silhouette s'agrippe de sa main gantée aux barreaux de fer rouillé. C'est la lépreuse qui se tenait un peu plus tôt dans l'ombre du gouverneur de l'hôpital. Tandis qu'Aloïs s'en approche, par trois fois elle met un genou en terre selon le rituel des Vrais Croyants. À l'instant où Aloïs va tendre le bras pour accomplir la bénédiction, la femme recule vivement loin de la grille.

— Je vous supplie de me pardonner. Nul ne peut nous toucher sans risquer la contagion… Parfaite dame, trop de temps a passé… Et puis la maladie a volé mon visage. Vous ne pouvez me reconnaître. Moi, je ne vous ai point oubliée. J'espérais ardemment que vous ne soyez pas partie… Aussi ai-je couru jusqu'au cimetière.

Les lèvres hideusement déformées par la lèpre, la femme articule avec peine. Aloïs scrute sa figure martelée qui semble faite d'une pierre poreuse et non pas de chair vive. Mais le lac des souvenirs est si profond qu'aucun visage d'antan ne remonte à la surface.

— Je suis Bertrande… La mère de Guilhem.

— Bertrande, murmure Aloïs.

Un spectre surgi des tombes alentour lui causerait à peine moins d'effroi. Son cœur se glace au souvenir du jour – il y a douze ans de cela – où la veuve du forgeron lui avait confié la garde du garçon.

Mais voici que la lépreuse lance en un sanglot :

— Qu'est devenu Guilhem ?

Ces quelques mots enfiévrés effacent en un seul coup les années de l'absence. La mère oubliée n'a jamais oublié son enfant. Aloïs bafouille :

— Un homme bel et bon… Grande est sa renommée parmi les troubadours.

— Guilhem est troubadour ?

— Le meilleur d'entre eux.

Sous les paupières fendillées de Bertrande brille une lueur inquiète.

— Est-il dans le chemin de la Vraie Foi ?

— Il n'est sur aucun chemin de fausseté. Son âme est une source pure.

La mère traduit dans sa langue de mère. Deux larmes jumelles ruissellent sur sa peau plus craquelée qu'une terre morte. Pleurs indéchiffrables. Car joie et chagrin s'épanchent toujours à la même fontaine.

— Je vous supplie de ne point lui dire que vous m'avez vue.

— Je vous en fais serment.

Bertrande se rapproche de la grille, jetant de part et d'autre un regard aux aguets.

— Si vous pouviez…

Elle hésite à aller plus avant, honteuse, comme le sont souvent les humbles, de n'avoir rien à offrir en échange de sa requête dérisoire.

— Que puis-je ?

— Lorsque la maladie est apparue sur mes mains, mon frère et sa femme nous ont chassés de chez eux, ma fille et moi.

— Votre fille est malade elle aussi ?

— Non, non… Dès les premiers jours j'ai redoublé de prudence à son égard. Jamais nous n'avons partagé de nourriture ni bu dans le même récipient… Quand, au bout de trois jours de marche, nous sommes arrivées à Narbonne, je n'ai point osé frapper à la porte de nos frères Vrais Chrétiens. Je suis allé trouver la seule personne qui me restait de ce qui fut notre famille… J'ai quémandé asile auprès de la mère de mon pauvre mari.

— Votre belle-mère ? Elle n'avait que mépris et dureté à votre encontre.

— En échange du peu d'argent que j'ai pu préserver, elle a bien voulu s'occuper de sa petite-fille. Mais elle m'a chassée, prétextant que Dieu m'avait maudite. La lèpre, a-t-elle dit, est le châtiment des hérétiques.

— C'est aussi ce que pensent les prêtres de Rome, dit Aloïs en jetant un regard vers l'église.

— Ils ont, cependant, accepté de m'accueillir dans cet hôpital. Voici plus d'un an que j'obéis à leur règle. Il m'a fallu subir l'affreuse cérémonie qui marque notre entrée dans la léproserie… Imaginez-vous la douleur que cela peut être, de participer vivante à son propre enterrement ?… J'ai dû feindre d'abjurer notre foi, mais je n'en ai trahi aucun précepte… Je prie tous les jours le Dieu vrai… La viande que l'on nous sert parfois, je l'échange avec mes compagnons d'infortune contre un morceau de pain. Il arrive que certains d'entre nous sortent pour mendier par les rues ou glaner dans les champs. Pour ma part, je n'ai plus jamais franchi cette enceinte. La maladie est allée à pas de géant. Je brûlais du désir de revoir ma fille, mais je frémissais à l'idée de lui faire horreur. Pourrait-elle retrouver sa mère dans ce visage détruit ?

La lépreuse détourne son regard. D'un coup disparaît la seule trace de vie ardente qui éclairait son masque grumeleux. Le long discours qu'elle vient de prononcer l'a épuisée. Lentement, elle redresse la tête.

— Dame Aloïs, accepteriez-vous d'aller prendre des nouvelles de ma fille et de revenir céans m'en donner ?

— Où habite-t-elle ?

— Après notre départ, sa grand-mère a fait valoir ses droits sur la maison de son fils, m'empêchant ainsi de la vendre. C'est celle où nous vivions ensemble, autrefois, à côté de la forge. Vous les y trouverez toutes deux.

— Vous ne m'avez point dit son nom.

— Isaure.

En prononçant ce prénom, Bertrande a saisi la grille dans un regain d'énergie. Aloïs pose ses doigts nus sur la main gantée. Cette fois, la lépreuse ne se retire pas.

— J'irai, je vous en donne ma parole. Le plus tôt que je pourrai.

De ses lèvres abîmées, Bertrande articule un « merci » à peine audible. Puis elle ajoute, à bout de forces :

— Tous les jours… à l'heure de sexte… je me tiendrai auprès de cette grille.

Déjà elle a fait demi-tour. Aloïs la regarde s'éloigner à pas menus dans le cimetière, petite forme grise au milieu des tumulus des tombes enneigées, encore vive dans le jardin des morts.

Chapitre 21

LOBAR LE LOUP

L'aube maritime

— Rosso !… Rosso !

Jambes écartées, poings sur les hanches, Lobar le Loup balaie du regard le pont du dromon. Derrière lui émergent de la tourelle, l'un après l'autre, Maletrogne, Compostelle et le marchand Bertier. Ce dernier grimace tout en passant sa main sur ses reins douloureux. Pour lui, la nuit a été mauvaise. Il n'est pas habitué à dormir sur une couche aussi dure.

— Rosso ! insiste Lobar d'une voix tonitruante, sors de ta bauge, vieux sanglier !

Mais, au lieu du mercenaire, ce sont Fabian et son frère qui apparaissent sous la coursive de la proue.

— Oh, vous deux ! leur crie Lobar goguenard, je parierais un tonneau d'hypocras que ce vilain bougre sodomite a passé la nuit avec vous !

— Nous sommes seuls, messire, répond Fabian en retirant la voile qui protégeait leur couche.

D'un mouvement de tête, il fait signe à Donat de l'aider à la replier.

Maletrogne saute alors avec souplesse sur le pont inférieur, là où sont fixés les bancs des rameurs. Un à un, il les inspecte, au cas où Rosso dormirait sous l'un d'eux. Le constat ne tarde pas.

— Rosso n'est plus à bord.

Tous échangent des regards consternés. La raison de cette disparition n'est que trop évidente.

— Mordieu ! hurle Lobar, pris d'une impuissante fureur. Il est bien quelque part !

Chacun se met aussitôt à scruter la mer dans l'espoir funèbre de voir flotter quelque chose de leur compagnon pour se convaincre de sa noyade. Mais rien ne paraît à la surface de l'onde, que la crête mousseuse des vagues.

— Un corps, si lourdement vêtu, reste longtemps sous l'eau avant de remonter à la surface, hasarde Hugues Bertier.

Lobar le foudroie du regard.

— Un corps qui choit dans l'eau, cela s'entend ! Est-il possible que tout l'équipage soit devenu sourd dans le cours de la nuit ?

D'une main rageuse, il saisit Fabian au collet. Pour un peu, il l'étranglerait. Le jeune marin ne se laisse pas décontenancer.

— Un banc de dauphins a frôlé le navire. Je les ai entendus bondir maintes fois. Ce sont de grandes bêtes qui font grand tapage en jouant… On ne peut distinguer entre deux bruits semblables.

Face au franc regard du garçon, le mercenaire finit par relâcher son étreinte.

Maletrogne s'approche à son tour de Donat, plantant un regard mauvais dans les yeux de l'adolescent :

— Et toi, le singe, tu sais ce que c'est, ça ?

Il lui tend sous le nez l'oreille sèche.

— Noreï… noreï !

— Ouais, c'était l'oreille d'un menteur… Les menteurs parlent faussement, mais ils entendent le vrai. Figure-toi que cette oreille entend tout ce que disent les morts. Si je la plaque contre ma tête, Rosso me dira la vérité. Il me dira ce qui s'est vraiment passé cette nuit.

Donat roule des yeux effrayés. Fabian, qui s'est posté derrière Maletrogne, lui fait un signe rassurant.

— Hien fhu meu ! Hien fhu ! Hien ! bafouille-t-il, tout tremblant.

Hugues Bertier descend vivement l'échelle jusqu'au pont des rameurs.

— Vous l'effrayez inutilement. Si ce garçon avait été témoin de quelque chose, il l'aurait dit sans rien cacher. Je le connais. Son esprit n'est point retors.

— Et qui me prouve que tu ne le couvres pas à dessein ? Nous sommes sur ton bateau, ces deux-là t'appartiennent. Tu t'es peut-être entendu avec eux pour nous faire disparaître l'un après l'autre, rétorque Maletrogne avec hargne.

— Quel intérêt aurais-je à cela ? Je suis proscrit et nous avons le même projet. J'ajoute que trois personnes ne peuvent, à elles seules, manœuvrer ce navire. Ce serait un fort mauvais calcul de ma part que de chercher à me défaire de vous.

L'argument semble trouver son chemin dans l'esprit obtus du mercenaire. Sans insister, il se détourne en maugréant.

— Regardez !

Compostelle vient de pointer du doigt un objet abandonné sur la coursive, contre le bastingage. Il le saisit et le tend à Maletrogne qui s'en empare avidement.

— Une gourde de vin… elle est vide ! conclut-il dépité.

La mine basse, Fabian la récupère.

— Elle est à moi. Hier, elle était pleine. Quand vous avez embarqué, je l'ai cachée sous le tas de selles.

C'est un mensonge. Fabian s'est relevé à l'aube, juste avant que les étoiles s'éteignent. Il a placé la gourde vide en évidence. À l'endroit précis où ils ont balancé cette pourriture de Rosso.

— Tu comptais la siroter à toi tout seul ? Voilà qui n'est pas d'un bon chrétien... Mais c'est un autre qui a bu à ta santé ! ricane Maletrogne.

— Un autre qui est en train de cuver sa vinasse en enfer, lâche Compostelle d'un ton méprisant. Voilà qui lui ressemble bien. Pauvre Rosso ! Il a dû se pencher pour vomir par-dessus le bastingage... Le tangage l'aura fait basculer. Que le diable ait pitié de lui !

En haut du pont de poupe, Lobar le Loup a suivi l'algarade sans rien dire. Cela ne lui a pas déplu que Maletrogne effraie un peu leurs hôtes. On tient mieux les hommes quand on les a plongés dans la crainte. Mais, en lui-même, il partage l'opinion de Compostelle. Son second se trompe rarement. Rosso n'était qu'un soiffard, incapable de résister à une lampée de vin. S'il a bu toute la gourde, il a bien pu tomber à l'eau et se noyer sans l'aide de personne.

— Assez perdu de temps ! crie-t-il en frappant dans ses mains. Gagnons le port au plus vite. Nous avons des affaires à traiter.

— Inutile de mettre à la voile, intervient le marchand. La distance est trop faible. Nous sommes assez de six pour ramer jusqu'au quai.

Tandis que le reste de l'équipage prend place sur les bancs des rameurs, Fabian se dirige vers la poupe afin de lever l'ancre. Compostelle l'y rejoint et s'attelle à l'une des deux manivelles du treuil. Alors qu'ils s'arc-boutent côte à côte sur le mécanisme, Fabian entend le mercenaire lui glisser à l'oreille.

— Je suis sorti cette nuit pour pisser. J'ai vu ce que faisait Rosso. Et j'ai vu ce que tu lui as fait… Désormais, ton frère et toi, vous êtes à moi. Si tu ne veux pas que Lobar vous égorge tous les deux, vous ferez ce que je vous dirai.

Chapitre 22

GUILHEM DE MALPAS & PEIRE BRUN

Jonas ou Noé ?

Depuis le petit matin, une tempête inhabituelle secoue le palais. On court, on s'interpelle, on se bouscule en tous sens. Du haut du chemin de ronde, Guilhem a vu s'agiter la fourmilière de la valetaille, chacun semblant transporter de toute urgence l'œuf de son inquiétude. Est-ce l'arrivée du baron de Lara qui cause ce branle-bas ? Le jeune homme aurait volontiers questionné Aloïs, mais il ne l'a point trouvée dans sa chambre. C'est au bas de l'escalier qu'il a entendu dire que quelqu'un était mort. Sans doute quelque personne de la cour.

Hier, à la veillée, la très antique dame de Ginestas – plus sèche qu'un cep de vigne – avait fort mauvaise mine, branlant du chef et bavouillant sur son menton tandis que Guilhem lisait son *Jeu d'Adam*. À la fin, on a dû la remonter jusqu'à son logis, sans la sortir de son siège tant elle peinait à se déplier. Il se pourrait bien que la dame ait, à jamais, fini de baver. Mais le jeune troubadour a bien autre chose en tête que le trépas d'un vieux sarment.

Sitôt avalés la potée de châtaignes et les fruits secs de son déjeuner, il est descendu dans la grande cour pour guetter l'arrivée de son nouvel ami.

Il n'a pas eu à attendre bien longtemps. À croire que la hâte de Peire Brun à le revoir était aussi grande que la sienne. Une franche accolade a scellé leurs retrouvailles.

Longer la salle d'apparat à grandes enjambées, emprunter le corridor et escalader le haut escalier à vis ne leur a pris qu'une pincée de minutes.

À l'étage du logis d'Ermengarde, ils s'écartent au passage d'une jeune servante encombrée de deux seilles vides. Un délicat parfum de lavande l'accompagne, qui trahit le service de bain de la vicomtesse. La jouvencelle ralentit légèrement l'allure, saluant Guilhem d'un sourire tout en jetant sur Peire une œillade furtive. Quelques marches plus haut, le troubadour se retourne vers son invité :

— Nulle autre pucelle en ce palais n'a le teint si vermeil ni l'haleine si fraîche que damoiselle Rosina.

— J'échangerais volontiers cet escalier contre ceux de la cathédrale où l'on ne croise que puants tonsurés et clercs plus pansus que citrouilles !

— Ne sois point jaloux, mon ami, nous avons céans bien plus de vilains gens d'armes que d'accortes Rosina.

Et leur rire à tous deux se perd dans l'écho de la voûte torse.

Au débouché de l'escalier, le ciel leur jaillit au visage. Hormis la tour carrée du vieux donjon qui semble vouloir accrocher les nuages, c'est ici l'endroit le plus élevé du palais. Par jour de grand vent, mieux vaut se tenir au parapet de crainte de s'envoler en parcourant le chemin de ronde.

À la suite de Guilhem, Peire se faufile par l'étroite porte que le troubadour vient d'ouvrir. Pour entrer, il faut se baisser humblement tant est bas le chambranle surmonté d'une frise d'ardoise.

En découvrant les combles qui n'ont que le toit pour plafond et pour tout décor les poutres et solives de la charpente, le jeune maître imagier a saisi, au premier regard, toute la beauté modeste de ce lieu en plein ciel. L'immense ossature de bois évoque ces squelettes de poissons que l'on rencontre parfois sur les rivages, oubliés des mouettes et curetés par les nécrophages.

— À présent que je connais le ventre de ta baleine, dois-je t'appeler Jonas ?

— Tu te trompes. Les baleines voguent sous la peau de l'eau. Ceci est la carcasse d'un dragon géant planant dans les nuées… À moins que ce ne soit l'arche de Noé, échouée sur la montagne. En vérité, il y a encore de nombreux passagers à bord. Moult araignées, une flopée de loirs, et la troupe innombrable des souris… mes chères souris. Sans oublier ma fidèle amie Agazza.

Du menton, Guilhem désigne le nid dans l'anfractuosité du conduit de cheminée. L'oiselle est perchée sur le rebord, le bec en avant, toute curieuse de ce visiteur inconnu.

— Tu vis avec une pie ?

— C'est elle qui m'a choisi.

— On dit qu'elle est pareille au corbeau, l'oiseau des gibets. Et qu'elle porte malheur.

— Il n'y a que les humains qui se portent malheur à eux-mêmes… Tous les animaux sont des porte-bonheur. C'est pour cela qu'on a tort de les tuer pour en faire ripaille.

— Tu ne manges pas de viande ?

— Je ne saurais faire mes délices de l'agonie d'un animal.

La réponse de Guilhem intrigue Peire, qui en soupçonne la raison.

— Appartiens-tu à l'église des Vrais Chrétiens ?

Il a posé sa question sans y mettre la moindre nuance d'inquiétude ou de rejet. Guilhem répond avec la même simplicité sereine.

— J'ai grandi chez eux. Mais ils mangent du poisson. Il paraît que cela plaît à Dieu.

— Tu ne le penses pas ?

— Je crois que cela plaît surtout à la confrérie des poissonniers.

Guilhem a dit cela sur le ton du plus grand sérieux. Peire éclate de rire. Pareille franchise est la marque d'un esprit sans entraves. C'est aussi le signe que le jeune homme lui fait toute confiance. Il s'en voudrait presque d'avoir ri.

— Allons, je ne suis point venu pour parler de doctrine. Où est donc cette maquette ?

— Agazza est très habile pour conchier mon travail. Aide-moi, s'il te plaît, à ôter ce drap qui le protège.

D'un bref sifflement admiratif, Peire salue le dévoilement de la maquette. Le décor est bien tel que Guilhem le lui avait décrit et d'une précision plus grande qu'il ne l'avait imaginé. Sans perdre de temps, il ouvre son sac, en sort une pige graduée[1] ainsi que deux tablettes de cire et s'agenouille devant le plateau de bois.

— As-tu décidé d'une mesure précise pour l'ensemble du décor ? demande-t-il à Guilhem.

— J'imaginais que l'Arbre de la Connaissance

1. Pige : règle, articulée ou non, servant aux maîtres constructeurs.

pourrait avoir six pieds de haut. Les autres dimensions devraient en découler.

Peire approuve de la tête tout en appliquant la pige contre le petit arbre de chiffon et de cuir.

— Celui que tu as fabriqué mesure exactement un empan. Quant à la tribune du Paradis, elle fait précisément… une palme !

Pointant sa pige vers Guilhem, il fronce un sourcil scrutateur :

— Serais-tu initié aux lois de la construction ?

— Je n'ai fait que suivre ma fantaisie.

— Le corps humain et la main en particulier sont la mesure parfaite de toutes choses. Ton modèle obéit à ces règles.

— Je l'ignorais.

— L'intuition est une ignorance savante.

Le maître imagier s'assied en tailleur et s'empare d'un calame et d'une tablette.

— Il faut que je retranscrive tout cela en nombres afin que les charpentiers et les menuisiers le transposent dans le bois de la façon la plus précise possible… Le plus difficile à bâtir sera la tribune.

— Je crois que la gueule de l'Enfer nous posera davantage de problèmes.

— Pourquoi donc ? Une légère structure de tasseaux recouverte de chiffons emplâtrés suffira à donner le relief. Le reste sera l'affaire de quelques coups de pinceau.

— Ce n'est pas suffisant. J'aimerais que la gueule du Léviathan s'ouvre et se ferme à la manière d'une vraie bouche. Les démons jailliraient d'entre les crocs… Et puis il faudrait que de la fumée apparaisse par bouffées, comme sortant des chaudières de l'Enfer.

Cela doit produire sur chacun une peur horrifique, vois-tu ?

— De la fumée ?

— J'ai imaginé qu'on pourrait installer à l'intérieur un petit fourneau où l'on mettrait à brûler de la paille dont le brûlement s'en irait hors la gueule du monstre sous l'action d'un grand soufflet. Il y en avait un dans la forge de mon père, lorsque j'étais enfant. Et puis on suspendrait une plaque de fer qui ferait le bruit du tonnerre chaque fois que la gueule s'ouvrirait. Tout cela actionné en secret de l'assistance.

— Je n'ai jamais vu pareille machine pour un spectacle liturgique.

— Personne n'a vu cela. C'est pourquoi je veux le faire.

Peire relève les yeux de la tablette de cire. Machinalement, il promène le calame sur son fin collier de barbe.

— As-tu mis quelqu'un dans la confidence de ce décor ?

— Dame Ermengarde m'a assuré de sa protection pour tout ce qui touche au *Jeu d'Adam*. Le seigneur de Lara, qui est son neveu, a accepté de jouer avec nous. Hier, à la veillée, j'ai lu le texte devant des gens de la cour. L'assistance l'a approuvé sans réserve. Et, bien sûr, avant de demander l'avis de toute autre personne, je l'avais soumis à l'archevêque. Il s'en est déclaré satisfait tout à plein, au point de mettre les chanteurs de la cathédrale à ma disposition… La vicomtesse est seule à savoir que j'ai dans l'idée de le donner en plein air. Quant au décor, je l'ai souvent décrit, mais tu es le premier à en voir la maquette… De quoi t'inquiètes-tu ?

Depuis un moment, tout en écoutant Guilhem, Peire mordille le bout du calame.

— Je ne m'inquiète pas. Mais sais-tu bien ce que tu es en train de faire ?

Le regard du troubadour s'illumine :

— Oui-da ! Je fabrique une chanson vivante. Un poème en chair et en os ! Avec des personnages qui ne se contentent pas de dire des mots mais qui laissent deviner l'inquiétude de leur âme au travers de leurs actes et de leurs paroles. À l'égal de personnes réelles.

Le jeune maître imagier hoche pensivement la tête.

— Tu es en train d'inventer le théâtre. Ou plutôt, de le redécouvrir.

— Le théâtre ? Qu'est-ce donc que cela ?

— C'est une chose oubliée. Un art fort ancien qui consistait à donner une vie véritable à des créatures imaginaires.

Le ton de Peire, tout empreint de gravité, trouble Guilhem.

— Est-ce mal ?

— C'est miraculeux !... Représenter ce qui existe ou ce qui a existé a longtemps été suspect aux yeux de l'Église. Mais Bernard de Clairvaux est mort piéça et ceux qui partagent encore ses idées d'austérité rigoureuse appartiennent au vieux monde... Mon maître, jadis, m'enseignait déjà à donner à nos images sculptées l'impression du vivant... J'ai suivi sa voie et j'y ai poussé mes pas bien plus avant encore dans l'imitation de la nature, afin que la pierre se mette à rougeoyer de la vie pour de bon... Moi aussi, j'ai retrouvé des secrets perdus. Il faudra que je te montre une chose que j'ai découverte dans le cloître. Cela pourrait être utile à ton *Jeu d'Adam*... Toi et moi, nous sommes le printemps d'une époque nouvelle.

Enflammé par son discours, Peire s'est relevé, arpentant les combles et fouettant l'air de sa baguette graduée. Il s'interrompt soudain pour revenir auprès de la maquette.

— Mais pour l'heure, laisse-moi me concentrer sur les mesures. Je dois en remettre les plans au plus vite à nos artisans.

— Tu me diras le prix de leur travail et du tien.

— Pour ce qui est des charpentiers et menuisiers, je le saurai bientôt. Quant à moi, le plaisir de t'aider sera tout mon salaire.

À ces mots de franche amitié, Guilhem se sent empli de gratitude.

— Comment pourrai-je te remercier ?

Peire fait mine de réfléchir en se mordant un peu les lèvres.

— Je rêve d'un baquet d'eau bien chaude parfumée à l'huile de lavande par la main délicate d'une certaine damoiselle Rosina.

— Est-ce de baignade que tu as envie ? Ou de galant batifolage ?

— L'un et l'autre ne se peuvent-ils rencontrer ?

— Oublie notre Rosina. Elle est plus farouche qu'il n'y paraît. Mais je connais quelque endroit point trop éloigné d'ici où l'on dispense gentiment la meilleure lavande de Narbonne dans les plus belles étuves qui se puissent trouver. Tu y seras mon hôte, sans bourse délier. J'y ai, pour ma part, une affaire à traiter. Qu'en dis-tu ?

Peire Brun pointe la pige vers le décor :

— Ne tardons pas à prendre la mesure de tout ce beau projet !

Chapitre 23

DAME ALOÏS

Chez mère-grand

Deux lambourdes entrecroisées barricadent le portail de la forge. Entre les pavés du seuil, des herbes cuites par le gel trahissent un long abandon. L'atelier du forgeron n'a plus fonctionné depuis la mort de Toni, le père de Guilhem. Seuls les grognements des pourceaux dans la soue, au-dessous du perron de pierre, et les marches fraîchement balayées signalent que l'endroit est encore habité.

Dame Aloïs a hâte d'honorer sa promesse à Bertrande. Et puis elle n'a que trop tardé dans ce quartier du Bourg qu'elle n'aime plus. Elle s'est obligée à faire un détour pour n'avoir point à passer devant la maison tisserande trop lourde à sa mémoire.

À l'instant de franchir les quelques marches, elle prend conscience qu'elle ignore jusqu'au nom de la femme qu'elle vient voir. Qu'importe ! D'une main nerveuse, elle frappe au heurtoir. Le silence retombe. Enfin au bout de quelques instants, une voix s'élève derrière le panneau clouté.

— Qui me demande ?

Le ton est acariâtre. Aussitôt revient à la remembrance d'Aloïs la méchante manière dont elle avait été reçue, douze ans plus tôt, par la belle-mère de Bertrande[1]. La prudence lui dicte de ne point se dévoiler dès l'abord.

— Une personne du palais comtal.

Un temps s'écoule où l'on n'entend plus que les porcs grognonner. Et puis :

— Depuis quand une femme parle-t-elle au nom du Palais ?

— Depuis l'heure qu'une autre femme y gouverne… Ouvrez donc si vous ne voulez pas que le guet vienne forcer la porte.

L'argument a touché. En un clin d'œil, le loquet grince dans la gâche et le panneau pivote sur ses gonds. Un museau de belette édentée pointe dans l'ouverture. Mais une belette véritable aurait le regard moins fuyant et la mine plus franche que celui de la vieille qui scrute la visiteuse de ses prunelles délavées.

— J'ai payé le champart et le cens à la bonne heure, de même que les droits du four banal. Quant à la dîme – la Vierge m'en est témoin ! –, je l'apporterai moi-même à la cathédrale avant que les Pâques aient sonné. Foi de bonne chrétienne ! Alors, que me veut-on ?

À l'évidence, la femme n'a point reconnu Aloïs. Leur rencontre avait été trop brève, jadis, pour qu'elle en conserve l'image.

Tandis qu'elle lui parlait, Aloïs s'est efforcée de regarder à l'intérieur, mais il fait sombre dans cet antre.

— Il ne s'agit point de cela, dit-elle d'une voix paisible. Vous ne devez rien, assurément.

— Adoncques, pourquoi me vient-on importuner ? N'a-t-on pas mieux à faire en pourchassant les héré-

1. Voir *Angélus*, *op. cit.*

tiques que de chercher noise aux braves gens ? Leur nombre va croissant dans tout le pays sans que nul s'en offense. Je prie chaque jour notre Dieu bon qu'il envoie Son châtiment sur cette engeance de blasphémateurs !

Trop souvent, par le passé, Aloïs a entendu ces paroles de haine pour qu'elle en fasse cas. S'évertuer à y répondre aurait autant d'effet que de piler de l'eau dans un mortier. Elle se contente de lever la main afin de clore le bec de la pécore.

— Au nom de la très pieuse et très chrétienne dame Ermengarde, notre seigneur, je viens vous demander de me bailler des nouvelles d'Isaure, fille de Bertrande.

À cette annonce, la vieille semble tout ébaubie. Ses lèvres fripées s'ouvrent et se ferment plusieurs fois sur ses noirs chicots avant qu'elle articule :

— Notre vicomtesse s'intéresse à la fille d'une lépreuse, punie pour avoir renié la loi de l'Église ?

Aloïs s'interdit de s'enferrer plus avant dans le mensonge. Elle n'a évoqué Ermengarde qu'afin d'obtenir gain de cause. La vicomtesse ne saura rien de ce qui s'est passé à la léproserie car sa dame d'atours ne veut point l'encombrer d'un surcroît de souci. À l'heure qu'il est, elle doit prier devant la dépouille de Pierre Ramondis. Mais Aloïs ne doute pas que son amie lui aurait donné son aval.

— Présentez-moi Isaure, mère-grand, et tout le monde sera satisfait, dit-elle, péremptoire.

La vieille femme bafouille :

— Elle… Pour l'heure, elle ne se trouve point ici, dit-elle, baissant les yeux, la mine tout affligée.

— Quand y sera-t-elle ?

— Elle n'est plus à ma charge.

— Comment cela ? Sa mère ne vous l'a-t-elle pas confiée, il y a un an de cela ?

— Pauvre de moi ! Que tous les saints du paradis me prennent en pitié ! Comment une malheureuse vieille, quasi sans ressources, éprouvée par les ans, pourrait-elle subvenir à l'entretien d'une petiote de cet âge ?

— Bertrande vous a remis de l'argent qu'elle avait épargné à cette fin.

La belette a relevé les yeux vers Aloïs. Elle ne peut masquer son effarement. Comment se fait-il que cette femme soit au courant de tant de choses ? Qui l'a donc mouchardée, sinon la Bertrande elle-même ? Que la lèpre l'emporte !

— Hélas ! la neige est moins prompte à fondre qu'une misérable poignée de deniers, gémit-elle.

— Où est Isaure ?

La vieille harpie lance alors un soupir à fendre le cœur d'une souche.

— Pourquoi vous cacherais-je la vérité ?... Je l'ai placée dans une bonne maison de couture pour qu'elle y fasse son apprentissage. Croyez bien que cela m'a prou coûté – tant de larmes que de finance ! Cela déchire le cœur d'avoir à se séparer d'une si douce enfant... Mais je ne pleure plus mon placement. Si la petite travaille bien, elle trouvera toujours bon emploi et nourriture en suffisance. Que pouvais-je lui offrir de mieux ?

— Où se trouve cette maison ?

— Dans la Cité, du côté des remparts du Capitole. Mais ne vous mettez pas en peine de cela, ajoute-t-elle en froissant ses doigts. Il fait grand froid et c'est fort loin d'ici.

Rien ne porterait davantage tort à la vieille avaricieuse que de laisser découvrir comment elle s'est débarrassée de sa petite-fille sans qu'il lui en coûte rien.

— Il faut que je la voie, insiste Aloïs.

Le fracas des cloches de l'église voisine interrompt l'échange un bref instant. Ainsi sonne l'heure où Aloïs espérait porter à Bertrande des nouvelles de sa fille. Grand est son remords de s'en retourner bredouille.

La vieille a retrouvé tout son aplomb. Le chant du bronze l'a inspirée pour se tirer d'affaire.

— Ce soir, dit-elle, comme chaque soir que notre Seigneur fait, j'irai à vêpres. À cette heure, l'atelier de couture ne travaille point. J'irai quérir Isaure pour la mener à l'office de la cathédrale. Lors, vous la pourrez voir à loisir, à la sortie de la messe, et serez tout à fait rassurée sur son compte.

— Fort bien. J'y serai. Mais gardez en votre esprit qu'il y aurait grand dommage si Isaure ne se trouvait point au rendez-vous.

Sur cette claire menace, Aloïs fait demi-tour sans attendre de réponse. De toute sa vie, elle a rarement vu pareil visage de plante-bourde[1]. Affichée à un tel degré, la fausseté en deviendrait presque franchise.

Jusqu'alors, le désir d'Aloïs n'était que de soulager un peu la peine de Bertrande. Elle s'était dit qu'elle viendrait régulièrement prendre des nouvelles de la petite pour les rapporter à sa mère. La visite qu'elle vient de faire a ruiné sa quiétude. Pour l'heure, elle n'a pas le courage de se mettre en quête de cette maison de couture. Elle a pourtant hâte de savoir comment

1. Menteuse effrontée.

les apprenties y sont traitées. Mais la froidure n'encourage pas à baguenauder au hasard des rues. Tout l'espoir d'Aloïs repose dans la rencontre de ce soir. Peut-être devrait-elle mettre Guilhem au courant de sa démarche ? S'il ne s'est jamais préoccupé de sa jeune sœur, non plus que de sa mère, pourquoi s'en soucierait-il à présent ? Est-il seulement capable du moindre attachement ? Tout au long de ces années, elle ne l'a vu entiché que de ses chères bestioles. Tantôt une souris, tantôt un hérisson ou n'importe quoi qui portât fourrure ou plumage ; maintenant, c'est cette pie qui ne le quitte plus… Mais d'humaines créatures, elle n'en a jamais connu dans son alentour. Même ses amis troubadours ne sont que de passage dans ses pensées. Il n'est pas jusqu'à Dieu Lui-même dont il ait le moindre souci. Toujours aimable et de plaisante humeur, Guilhem semble flotter à la surface du monde. Il s'accommode de chacun comme il se satisferait aussi bien de personne. Est-ce à dire qu'il aurait le cœur vide ?

Et tandis qu'elle franchit la porte du palais, saluée par les sentinelles auxquelles elle ne prête pas attention, Aloïs remâche cette vieille évidence, que les êtres qui nous sont les plus chers sont assurément ceux que l'on connaît le moins.

Chapitre 24

DAME ERMENGARDE & ODÍN GLUMSSON

Ce que peut dire le manteau d'un mort

La dague est un pur chef-d'œuvre d'orfèvrerie. Sa poignée, sculptée dans une dent de morse, s'orne d'une fine spirale de fils d'or. Son pommeau, incrusté d'un cloisonné d'émail, resplendit d'éclatantes couleurs. L'étroite lame d'acier à section en losange présente deux tranchants symétriques. Celle-ci n'a jamais taillé la carotide d'un sanglier ou d'un cerf. On la nomme « perce-maille », car son usage est de transpercer les maillons d'une cotte. Maintes âmes lui doivent d'avoir regagné le ciel plus tôt qu'elles ne l'espéraient. Odín Glumsson ne s'en défait jamais. C'est le dernier cadeau que lui fit son prince, le *jarl*[1] des Orcades, à l'instant d'embarquer sur sa nef.

Ermengarde la contemple pensivement avant de la rendre à son capitaine.

— Vous dites, chevalier, que c'est par une arme semblable qu'a péri le sire Ramondis ?

— Votre Excellence, ce sont nos médecins qui l'affirment.

Se détournant, il regarde les jumeaux aux voix chan-

1. *Jarl* : équivalent de comte dans les pays scandinaves.

tantes d'Al-Andalus. Les élèves du *mestre* Brémond. Est-ce Shimon ou bien Joshua qui parle le premier ?

— Si Votre Grâce daigne s'approcher de ce simulacre...

— Nous lui ferons une démonstration assez convaincante de la manière dont est mort le *señor* conseiller, enchaîne le second.

À l'invitation des étudiants médecins, Ermengarde s'approche d'une sorte de grand sac cylindrique, pendu à un crochet de la voûte et ceinturé d'un large bandeau de cuir.

— Nous l'avons rempli de sciure afin qu'il offre à peu près la résistance d'un corps humain, explique Joshua ou Shimon.

— Le cuir est en tout point semblable à celui que portait la victime, précise Shimon ou Joshua.

L'un des frères est passé derrière le gros sac qu'il maintient à bras-le-corps tandis que l'autre, armé de la dague, lui porte l'estocade d'un coup précis, jusqu'à la garde. Puis il retire le fer et le rend au capitaine.

— Observez, Votre Grâce, le dessin parfait que la lame a laissé dans le cuir, comme une petite croix aplatie.

— Et daignez comparer l'entaille sur le bliaud du malheureux avec celle que nous venons de faire.

Ermengarde regarde le vêtement maculé de sang que lui tend le jeune homme. Tant de forme que de taille, les deux déchirures sont parfaitement identiques.

— Ce type d'arme très courte n'est point fait pour traverser le corps de part en part, mais la lame est suffisante pour perforer le cœur... Mon frère Joshua va vous dire, à présent, comment s'est déroulé l'assassinat.

On sait maintenant que Joshua est celui des deux qui porte une cotte brune alors que celle de Shimon est d'un gris bleuté. Ce sera plus commode pour reconnaître à qui l'on a affaire, pense Ermengarde en écoutant attentivement l'explication du jeune médecin.

— Dans son infinie sagesse, l'Église catholique a interdit que l'on pratique l'autopsie des cadavres humains. Elle n'a pas cependant défendu que l'on observe les corps, sans y toucher.

On pourrait penser qu'il a dit cela avec une pointe d'ironie dans la voix. Mais c'est peut-être dû à la mélodie de son accent.

— Nous avons pu remarquer, poursuit-il, qu'il n'y avait aucune perforation dans le dos de la victime. Hormis, bien sûr, les ecchymoses dues à la chute sur la rivière gelée. Il est donc tout à fait sûr que l'arme était identique à celle-ci… D'autre part, nous n'avons noté aucune déchirure sur le manteau. Uniquement sur le bliaud et la chainse portée à même la peau et précisément à la hauteur du cœur. N'est-ce pas étrange ?

Ermengarde jette un regard intrigué vers Odín Glumsson, qui paraît aussi déconcerté qu'elle-même.

— Je veux dire qu'il faisait grand froid, la nuit dernière. N'importe qui, marchant dans la rue, se serait emmitouflé dans son manteau. Or, si celui-ci ne porte pas de déchirure, c'est qu'il n'était pas refermé, comme si l'homme avait levé le bras juste avant qu'on le poignarde, et assez haut pour présenter sa poitrine au coup qu'on allait lui porter.

— Messire le Premier conseiller a peut-être levé le bras pour se défendre, intervient le capitaine.

— Dans ce cas, il aurait été blessé à l'avant-bras ou

à la main. Non, non… son geste a dû plutôt ressembler à ceci, voyez-vous ?

Et, levant la sénestre haut devant lui, Joshua mime ce qui ressemble à un salut.

— Vous pensez qu'il connaissait son assassin ? demande Ermengarde.

— Suffisamment pour le laisser s'approcher en toute confiance. Au point que le meurtrier n'a eu que peu d'effort à faire pour enfoncer la dague, d'un coup fatal, jusqu'à la garde.

Shimon s'est approché de son frère, lui posant avec fierté la main sur l'épaule :

— Tout cela, c'est Joshua qui l'a imaginé.

— Voyons, Shimon ! Tu sais bien que je n'ai aucune imagination. Je me contente d'appliquer les préceptes du Maître Avicenne. Ma démonstration n'est qu'une suite logique. Rien de plus que de la logique.

Mais Shimon est orgueilleux pour deux. Il aime bien souligner à quel point l'intelligence de son frère se double de modestie.

— Quoi qu'il en soit, dit-il à la vicomtesse, Votre Grâce sait à présent comment le *señor* Ramondis est devenu un ange. On ne peut pas être plus précis dans l'histoire de sa mort.

La vicomtesse, un moment songeuse, considère les deux apprentis médecins. Elle s'est accoutumée à leur ressemblance, qui ne la trouble plus, et leur esprit pareillement affûté provoque davantage son admiration que son étonnement. Ce qui l'intrigue, c'est de les voir vivants tous les deux. Ne dit-on pas, chez les chrétiens, que les juifs considèrent les jumeaux comme des créatures diaboliques et qu'ils les éliminent à la naissance ? Ou tout au moins qu'ils tuent l'un des deux. À cause de Caïn et d'Abel probablement. Joshua et Shimon sont la preuve incarnée que cette légende est fausse. En tout cas, cela montre que tous les juifs ne sont pas infanticides. Y aurait-il d'autres faussetés dans ce que disent les chrétiens ? Et la religion d'Aloïs, aurait-elle raison, en fin de compte ? Faut-il vraiment attribuer au diable ce que la Bible dit être l'œuvre de Dieu ? Tandis que les deux étudiants décrochent leur sac de sciure, Ermengarde s'éloigne de quelques pas pour questionner son capitaine. Elle parcourt du regard les nombreuses étagères où sont accrochées des armes de toutes sortes. Tous les objets des tueries passées et à venir. Outils à meurtrir, blesser, estropier et à mort navrer. En cette matière, juifs, Sarrasins ou chrétiens n'ont pas grand-chose à s'envier.

— D'après vous, chevalier, combien existe-t-il de dagues identiques à la vôtre ? Je n'en vois point d'autre sur ces râteliers.

— La mienne est unique, ma dame. Mais la plupart de nos gardes en possèdent une qui ressemble, peu ou prou, à celle-ci. L'armurier du pont des Marchands en fabrique à la demande.

— Pensez-vous qu'un de vos hommes puisse avoir commis ce crime ?

— Tous ont prêté le serment de fidélité à Votre Grâce. Ce qui inclut aussi bien les gens qui la servent.

— J'ai assez vécu pour savoir ce que valent les serments… Mais la question n'est pas là. Ce brillant médecin nous a démontré que sire Ramondis connaissait sa victime.

— Sire Ramondis connaissait tout le monde et tout le monde le connaissait… Cependant la rumeur populaire se plaît à voir dans ce crime la vengeance d'un marchand. Un de ceux dont Votre Grâce a anéanti le complot.

— Je n'ai rien anéanti du tout, capitaine. Le sieur Bertier court toujours, que je sache !

Le soldat regarde ses bottes. Il a perçu tout de suite le reproche que lui adressait la vicomtesse. Elle ne devrait pas lui parler ainsi. C'est lui qui est allé à Sijan et qui – tant de gré que de force – a obtenu du régisseur Brunon tous les renseignements que Ramondis lui a rapportés ensuite. Le dromon qui s'en va vers le septentrion, les mercenaires accompagnant Bertier… Tout cela, on le sait grâce à lui, Odín Glumsson… Alors que le Premier conseiller se contentait d'attendre le rapport, calfeutré en son castel. Oui, vraiment cela fait de la peine de s'entendre reprocher une erreur dont on n'est point fautif. La vicomtesse sait bien qu'on ferait tout pour elle. Absolument tout.

Elle n'avait pas l'intention de blesser le capitaine. Mais, depuis qu'on l'a tirée de son bain pour lui annoncer l'affreuse nouvelle, son cœur s'est emballé et, avec lui, le troupeau de ses pensées s'est mis à caracoler follement. Elle n'en dirige plus l'attelage. Sans cesse flotte devant elle la figure de son vieil ami dont elle a fait porter le corps dans la chapelle. Il y repose entouré de cierges, veillé par le chapelain du palais, attendant qu'on l'emporte chez lui pour le rendre au chagrin des siens. Ermengarde doit effacer cette image. Il lui faut absolument redevenir maîtresse d'elle-même.

Elle détourne son regard des râteliers où sont accrochées les armes et revient vers Odín Glumsson.

— La rumeur populaire n'a peut-être pas tort… Je vous baillerai la liste des conjurés qu'avait établie sire Ramondis. Visitez chacun d'eux. Peut-être trouverez-vous l'arme du crime.

— Il sera fait selon votre volonté, ma dame. Mais puis-je conseiller à Votre Grâce de…

— Non ! coupe-t-elle vivement. Foin de conseils, capitaine… Si Dieu m'a retiré mon Premier conseiller, ce n'est pas pour que je lui trouve aussitôt un remplaçant. Il me veut seule. Seule, je serai donc et que Sa volonté soit faite et non la mienne.

Si Ermengarde lui avait laissé achever sa phrase, elle aurait su qu'Odín Glumsson ne souhaitait rien d'autre que lui proposer un peu de repos. Rien ne lui fait plus grand chagrin que de la voir ainsi, toute désemparée, revendiquer une illusoire solitude. Ne comprend-elle pas que jamais elle ne sera seule tant qu'il sera à ses côtés ?

Heureusement qu'il a posé l'oreille contre la porte de la chambre, hier au soir. Heureusement qu'il a entendu ce que disaient Ermengarde et le conseiller Ramondis. À présent, le péril a un nom. Il s'appelle Raimon de Saint-Gilles, ce maudit comte de Toulouse qui n'a pas de plus ardent désir que de faire main basse sur Narbonne. Odín Glumsson n'a désormais qu'un rêve : en découdre avec lui.

Chapitre 25

LOBAR LE LOUP & HUGUES BERTIER

Le stratagème du pèlerin

— Je vous assure, mon cher cousin, que c'est ainsi que l'archevêque m'a parlé. Il tient ces *catharos* pour engeance diabolique et serait prêt à nous soutenir pour peu que nous l'aidions à s'en débarrasser.

L'homme assis en bout de table, tout à l'écoute de ce que lui dit Hugues Bertier, repose son hanap pour essuyer d'un revers de manche sa moustache dégouttante de vin.

Cela fait une bonne heure sonnante que le marchand a frappé à sa porte, flanqué de Lobar, de Compostelle et du jeune Donat. Ils ont laissé au port Fabian et Maletrogne pour veiller sur le bateau.

Au rebours de son cousin, tout de nerfs et d'os, le sire Ruffin Bertier semble fait d'une barrique à laquelle on aurait greffé bras et jambes. Une tignasse brune complétée d'une barbe hirsute dresse une auréole de poils tout autour de sa figure rubiconde où pétille un regard vif au-dessus d'un nez épaté qui rajoute à son aspect léonin. L'homme est florissant, à l'image de son commerce. Après avoir commandé un copieux déjeuner, il a chassé valets, commis et apprentis afin de régaler ses hôtes tout à son aise, et de s'entretenir avec eux à l'abri des oreilles indiscrètes.

Tous les cinq se tiennent dans la salle basse du magasin, autour d'un comptoir transformé, pour l'occasion, en table à manger. D'un geste impérieux, Compostelle a fait s'asseoir Donat près de lui, sur un tabouret. Le garçon a obtempéré sans broncher. Tandis qu'il quittait le bateau, son frère lui a ordonné de faire tout ce que demanderait Compostelle, sous peine de ne plus jamais le revoir vivant. Depuis lors, l'inquiétude le ronge. Il ne comprend rien à toute cette aventure. Parfois, il quête le regard d'Hugues Bertier, mais celui-ci semble l'ignorer.

Le marchand achève de brosser pour son cousin le tableau succinct des visées qu'il poursuit avec les mercenaires. Ruffin l'a écouté avec grande attention.

— Êtes-vous assuré, mon cher Hugues, que les confréries marchandes vous suivront dans cette entreprise ?

Sire Bertier n'a pas touché mot du complot éventé ni de sa situation exacte de proscrit. Mais il n'est pas assoté au point de penser que sa disgrâce a été sans effet sur ses partenaires. Cependant, il les connaît pour ce qu'ils sont : des hommes rompus à s'adapter aux caprices du vent. S'ils se sont éloignés de lui à la première bourrasque, ils ne seront pas longs à faire volte-face, l'accalmie revenue.

— Les bénéfices d'un changement de régime sont tels qu'il est dans l'intérêt de chacun que Narbonne puisse traiter d'égal à égal avec Gênes ou Pise. Ils sont une dizaine parmi les maîtres des confréries à s'être engagés secrètement. Tous sont prud'hommes et certains consuls. Par l'entremise d'un homme de confiance, nous avons même commencé à lever une milice. Plusieurs de ces gens d'armes appartiennent à la garde du palais comtal. D'autres sont issus de différentes casernes de la ville.

Le cousin Ruffin secoue sa noble crinière.

— Je ne peux qu'approuver votre action, dit-il. Ici, nous avons conquis droits et franchises sans coup férir. Tout cela s'est accompli à la longue. Mais il est vrai que nous sommes fort éloignés de Carcassonne. La suzeraineté des Trencavel et des Saint-Gilles ne se fait guère sentir chez nous et nous partageons le pouvoir en bonne intelligence avec notre évêque.

— Il n'en va pas de même à Narbonne. Le véritable pouvoir est aux mains de la vicomtesse. C'est une femme d'un autre temps. C'est pourquoi nous voulons remettre les clés de la ville au seigneur de Saint-Gilles. Il nous faut un prince qui nous doive son trône… Mieux encore, un prince lointain. Songez, mon cher cousin, aux avantages qu'offrirait aux marchands l'entier contrôle d'une route terrestre vers l'Hispanie. La nouvelle voie qu'a fait bâtir Ermengarde tomberait entièrement sous notre administration et nous n'aurions à en partager les bénéfices qu'avec le seul archevêque.

— Il est vrai qu'un fort courant d'or arabe transite par Barcelone.

— Mais il n'en coule dans nos coffres qu'un ru bien maigrelet.

— Je vous l'accorde… Cependant, sans l'aval du comte Raimon…

Lobar le Loup, qui s'était contenté jusqu'ici d'écouter les deux cousins, interrompt leur débat :

— Je connais bien le comte pour avoir ferraillé sous sa bannière. La paix qu'il a été contraint de signer l'an passé lui est restée en travers de la gorge. Nous lui apportons le vomitif qu'il lui faut.

Se tournant vers son second, le mercenaire claque dans ses doigts :

— Compostelle, sors donc notre médecine !… La bonne fortune a voulu que ce document tombe, par accident, entre nos mains, ajoute-t-il benoîtement.

Aussitôt, le tueur tire de son mantel le cylindre contenant le message d'Ermengarde et déroule le parchemin sous les yeux d'Hugues Bertier et de son cousin. Il ne faut guère de temps aux deux marchands pour en saisir toutes les implications.

— Tout cela pourrait bien précipiter les choses, en effet, dit Ruffin Bertier.

Lobar renchérit :

— Nous voulons lever une troupe d'une dizaine d'hommes aguerris afin d'étayer l'ost du comte de Saint-Gilles. Moitié fantassins, moitié cavaliers. Il nous faut aussi des chevaux pour nous-mêmes et deux marins pour la manœuvre du dromon.

— Cela peut se trouver sans peine.

Hugues Bertier se défait de sa bourse et la pose sur la table.

— J'ai ici de quoi acheter cinq ou six bons destriers… Pour l'embauche des hommes, je vous prierai, mon cousin, d'accepter une lettre de créance que je puis vous écrire sur-le-champ.

— L'affaire est entendue, mon cher Hugues. Vous savez que j'ai toujours eu grande satisfaction à traiter avec vous.

Il suffit à Ruffin Bertier d'un coup de maillet sur un gong de bronze pour qu'apparaisse un serviteur :

— Hâte-toi de nous fournir une écritoire et quelques

feuillets de parchemin… Mais dites-moi, ajoute-t-il à l'intention de Lobar, avez-vous décidé comment vous rendre à Saint-Gilles ?

— Partie par voie de mer et partie à cheval par les chemins de terre.

— Les routes du rivage sont fort peu enneigées. Vous y cheminerez sans peine. Mais quelle que soit la façon de vous y rendre, il faut compter trois journées de voyage. Prévoyez des tentes pour les hommes et de l'avoine en suffisance pour les bêtes… Je peux vous fournir tout cela.

— Nous ferons une escale à Frontinhan et une autre du côté de Melgueil. Je connais les lieux pour y avoir combattu. Voyez… ici, c'est Frontinhan.

Lobar le Loup a relevé sa manche. Son avant-bras velu porte la boursouflure d'une cicatrice, tout du long.

— Melgueil, je l'ai sur la cuisse sénestre… La carte du pays tout entier est inscrite sur ma carcasse. À coups d'épée, de pique ou de hache ! conclut-il dans un éclat de rire.

D'un échange de regards, les deux marchands s'inquiètent que – le vin aidant – le soudard ne se mette à exhiber toutes les plaies et bosses de sa longue histoire belliqueuse.

L'arrivée du valet apportant le nécessaire d'écriture crée une diversion bienvenue.

Tandis qu'Hugues Bertier s'installe à l'écritoire, son cousin interroge Lobar :

— N'est-il pas à craindre que le siège de Narbonne ne dure longtemps ?

— Nous avions prévu de mener l'attaque par surprise. Un de nos hommes, habile à escalader les murailles, devait nous ouvrir une porte à la faveur de la nuit. Une fois la place investie, nous n'aurions eu aucune peine à arraisonner la garde du palais. Dès lors, le sort était réglé.

— Vous en parlez au passé… Avez-vous changé vos plans ?

— Le compagnon qui devait franchir le rempart a péri cette nuit en tombant à la mer… L'imbécile ! éructe Lobar en guise d'éloge funèbre.

— Vous serez donc contraints de mener un siège. Par ce temps, n'est-ce pas fort hasardeux ? A-t-on jamais vu guerroyer en cette saison ? s'inquiète Ruffin.

— Nul ne s'attend à être assailli au cœur de l'hiver. Au lieu de nous desservir, la neige sera une alliée précieuse. La vicomtesse Ermengarde et son neveu le baron de Lara n'auront pas le temps de lever une armée ni de faire appel à leurs vassaux. En forçant l'entrée du port, qui est la plus difficile à défendre, nous aurons rapidement l'avantage.

Lèvres closes, Ruffin Bertier hoche pensivement la tête. Les deux marchands échangent un regard sceptique.

— Je partage les inquiétudes de mon cousin, lâche Hugues Bertier en reposant son calame… L'invasion sous le couvert de la nuit me paraît une stratégie bien meilleure.

— Par les couilles du diable ! rugit Lobar, est-ce toi qui vas grimper à la muraille ?

— Que nenni, mon ami !… Mais je connais, à Narbonne, une personne qui serait bien aise de nous ouvrir la porte, répond-il d'une voix assurée.

Un profond silence suit cette déclaration. Bertier se lève, tendant à Ruffin la lettre de crédit qu'il vient de parapher.

— L'homme dont je parle est celui à qui nous avons confié le recrutement de notre milice. Il interviendra au moment où nous lui en donnerons l'ordre… Malheureusement, il m'est impossible, pour l'heure, de retourner dans la ville. Il nous faudrait quelqu'un qui puisse le rencontrer sans éveiller les soupçons.

— Moi !… Moi, je peux regagner Narbonne et contacter cet homme.

C'est Compostelle qui a parlé. Tous le regardent.

— Une fois vêtu de mon habit de pèlerin et flanqué de mon fidèle écuyer, rien ne me sera plus aisé que de demander asile à la cathédrale… ou ailleurs.

En trois mouvements, il se coiffe d'un corbillon vide et se drape dans son mantel. Puis, se voûtant un peu, comme accablé par la peine, il gémit d'une voix éteinte et suppliante en frappant du poing sur sa poitrine :

— Pour l'amour de Notre-Seigneur Jésus, soyez charitables envers un malheureux pèlerin et son pauvre serviteur… Deux infortunés voyageurs égarés dans la neige et que les loups ont épargnés par miracle ! Mais la faim nous navre et la fatigue aura raison de nos corps épuisés… Pitié de nous, messires ! Grande pitié au nom du bon seigneur saint Jacques !

Lobar le Loup ne bronche pas, habitué qu'il est à l'habileté de Compostelle à se faire passer pour ce qu'il n'est pas. En revanche, Donat et les deux marchands en restent bouche bée. On croirait véritablement voir apparaître un tout autre homme. De mercenaire en pèlerin, la métamorphose est parfaite.

Rejetant brusquement cape et coiffe, Compostelle se redresse, à nouveau plein de force et de santé.

Lobar frappe mollement trois coups dans ses mains.

— Bravo !… Il ne manque que le serviteur, dit-il d'un ton dédaigneux.

— Le voici, répond Lobar en désignant le jeune Donat. Peut-on trouver écuyer plus crédible ?

Donat, cloué sur son tabouret, ouvre de grands yeux.

— Il suffira d'échanger ses hardes contre un bliaud de bonne coupe et des bottes de cavalier. Il nous faudra aussi des coquillages à coudre sur nos capes et le tour sera joué.

— Est-il seulement capable de se tenir sur une mule ? questionne Lobar.

Paniqué à l'idée de contrarier Compostelle, l'adolescent se hâte de répondre en secouant la tête.

— Je l'ai déjà vu monter à cru sur une mule, confirme Bertier. Il y est aussi adroit que pour grimper en haut d'un mât. Pour ma part, j'approuve grandement la proposition de Compostelle… Grâce à la complicité de nos gens dans la place, une porte s'ouvrira sans peine et nous aurons tôt fait d'arraisonner le palais. Ensuite, la troupe de l'archevêché ne tardera pas à rallier la nôtre, d'autant plus qu'elle aura à sa tête le comte de Saint-Gilles.

— Ce moyen me paraît le meilleur. En tout cas, le moins risqué, commente Ruffin.

À présent, la décision appartient à Lobar. Compostelle le sait fort jaloux de ses prérogatives de chef de guerre. Il ne faut point le brusquer.

Le ruffian se lève, arpentant la boutique, le visage fermé, en proie à une ardente réflexion. Brusquement, il se retourne vers les autres. Son mouvement semble donner vie à la tête de loup qui flotte sur son épaule, crocs en avant :

— Bertier, tu conduiras le navire avec ton domestique sous la gouverne de Maletrogne jusqu'à Saint-Gilles. Tu prendras à bord les fantassins que nous aurons recrutés. Moi, je me chargerai de mener la troupe des cavaliers… Quant à toi, Compostelle, je te sais capable d'accomplir ce que tu as dit. Tu as plusieurs jours devant toi pour réunir les amis de Bertier. Dis-leur qu'ils se tiennent prêts à recevoir l'ost du comte Raimon. À compter de la pleine lune, poste-toi chaque nuit en sentinelle du côté du septentrion. Lorsque nous serons aux portes de la ville, nous mettrons le feu à deux ou trois masures. Ce sera le signal.

Chapitre 26

GUILHEM DE MALPAS & PEIRE BRUN

Ce que disent les fauvettes

— Bienvenue, noble troubadour ! s'exclame le nain Calisto de sa voix de gond rouillé. *La Belle Sirène* s'honore de votre présence.

— Salut à vous, messire… Mon ami souhaiterait goûter à vos étuves, dit Guilhem en se tournant vers Peire Brun.

— Las !… Nous n'avons que l'embarras du choix ! Nos quelques clients du jour sont piéça rentrés chez eux. La saison est cruelle pour le commerce… Mais l'eau est chaude à point et les draps des baquets ont été changés de frais… Vous-même, beau sire, ne désirez-vous point vous délasser ?

— Je voudrais voir dame Célestina.

— Hélas ! elle est absente, jusqu'à cette vêprée.

— Je suis venu pour donner sa première leçon à damoiselle Clara, ainsi que je l'ai proposé à votre maîtresse.

— Célestina m'a parlé de cela. Elle souhaitait assister à vos exercices… En son absence, je crains que cela ne soit pas possible.

Froissant ses doigts, selon son habitude, le nain

prend soudain un ton de confidence montrant une pruderie bien singulière en pareil lieu :

— Il ne serait point séant de laisser une aussi jeune pucelle seule en compagnie d'un damoiseau.

— Certes, sire Calisto. Aussi je vous propose de remplacer vous-même votre maîtresse dans ce bel office de chaperon. Ainsi pourrez-vous lui en faire le récit.

Tout en parlant, Guilhem lui glisse dans la main un sol de bon aloi.

— La leçon ne sera point trop longue. Je ne veux pas fatiguer la damoiselle ni lui donner dégoût d'étudier avec moi… Et ceci est pour payer le bain de mon ami, ajoute-t-il en tendant une autre pièce d'argent.

L'hésitation qui avait, un instant, flotté sur le visage sans âge du gardien, disparaît aussitôt.

— *La Belle Sirène* ne saurait être indifférente aux cœurs généreux ! Messire troubadour, veuillez, je vous prie, patienter dans la salle d'auberge, le temps que j'installe votre invité, dit-il tout en glissant les pièces dans sa ceinture.

— Tu ne veux vraiment pas te baigner ? demande Peire, passablement intimidé par le décorum du vestibule.

— J'ai promis à Clara de l'aider… Je te rejoindrai ensuite.

— Suivez-moi, messire, grince Calisto à l'adresse de Peire. Je vais vous présenter à dame Inès. On ne saurait trouver plus grande experte dans la science des huiles émollientes et l'art des essences parfumées.

Les jeunes gens échangent un sourire complice. Avec force courbettes, le nain entraîne le maître imagier vers les délices de Vénus tandis que Guilhem pousse la porte de son espérance. Il n'a pas rêvé. La pièce est bien telle qu'il l'avait conservée dans sa remembrance avec ses murs peints et sa flamboyante cheminée. La lumière y est un peu plus sourde que la veille. Peut-être est-ce la faute du jour, moins brillant, qui filtre des verrières ou des chandeliers moins fournis. Guilhem ôte son mantel qu'il pose sur un banc sans oser s'asseoir. Il se tient immobile, dos à l'âtre, soudainement désemparé par le seul fait de son vœu accompli. Il ne s'est point écoulé d'heure, pourtant, sans qu'il ait ardemment songé à cette minute où il reviendrait à *La Belle Sirène*. Il veut, par-dessus tout, lever l'incertitude sur ce que lui a dit Clara. Son « Sauve-moi » le hante depuis hier. Mais quelle folle prétention l'a saisi ? Comment a-t-il osé se faire fort d'apprendre à parler à une muette et s'en vanter effrontément ? Il n'a pas la moindre idée de la manière dont il pourrait s'y prendre. La splendeur de cette jeune fille l'a submergé au point qu'il s'est cru capable d'accomplir un miracle. Imbécile qu'il est ! Il sait bien, cependant, qu'il n'y a que par le truchement des mots ou des images que le monde peut être conforme à nos désirs. Le voici confronté à l'hostilité du réel. Et face à Calisto, comment va-t-il se tirer de cette imposture ? Sans compter la déception qui sera le lot de Clara. Assurément, la meilleure chose à faire serait de déguerpir d'ici sur-le-champ. Après tout, Peire Brun est capable de sortir du bain tout seul. Il s'excusera plus tard pour s'être absenté sans crier gare.

À la minute précise où il saisit son manteau, la porte s'ouvre. La jeune fille est devant lui. Et c'est comme si le jour se levait à nouveau.

N'était-ce l'insupportable présence du gnome à son

côté, Guilhem tomberait à deux genoux face à l'idole incarnée de ses songes poétiques. A-t-on déjà vu un nain occuper autant de place ?

Mais le regard de Clara occulte tout le reste. Elle a répondu au salut de Guilhem d'un léger mouvement de tête, bouche close. Et ce regard immense est à lui seul un souvenir et une promesse.

De la main, le jeune homme désigne une table, près de la verrière. La jouvencelle va s'y asseoir tandis qu'il prend place face à elle. Le gardien de la bienséance a eu l'heureuse d'idée d'aller s'affairer auprès de l'âtre. Alors qu'il a le dos tourné, Guilhem voit se former sur les lèvres de Clara le mot « merci ».

L'évidence, soudain, lui saute aux yeux. Stupéfait de n'y avoir point songé jusqu'alors. Si les mots se dessinent sur sa bouche, c'est qu'elle les connaît. Et si elle les connaît, c'est qu'elle les a déjà prononcés. Célestina a pourtant dit qu'elle n'avait jamais proféré la moindre parole de toute sa vie. Était-ce un mensonge ?

De la même muette façon, le cœur battant, Guilhem articule à son tour : « Tu sais parler. » La jouvencelle acquiesce d'un discret battement de paupières.

— Est-ce donc par le silence que vous espérez lui enseigner ce bruit qui sort des bouches ? demande le nain en revenant vers eux, l'air narquois.

À son approche, la main de Clara posée sur la table a frémi imperceptiblement. Cela n'a point échappé à Guilhem.

— C'est par l'observation, messire, répond-il à Calisto. J'observe tout d'abord la structure des muscles du visage, car la mécanique de la parole met en jeu toute une partie de l'anatomie.

— Seriez-vous médecin ?

— Il est dans la nature des troubadours de trouver ce qui est caché sous l'apparence des choses… Regarde-moi bien, Clara… Je t'ai promis de commencer par t'enseigner le langage des oiseaux, car il est tout aussi varié que celui des humains, mais son bruit est plus plaisant à imiter. Mon amie Agazza ne m'a point accompagné, aussi vais-je te montrer le langage de la fauvette, qui est plus doux que celui de la pie et plus facile à reproduire… Prête bien l'oreille et observe la position de ma langue entre les dents ; ensuite je te demanderai de m'imiter. Écoute ce que dit la fauvette.

Et de la bouche du jeune homme sort une étrange mélodie faite d'une série de « *tchik... tchik...* » saccadés suivis d'un trille sourd, « *vui... vui... vui...* ». Puis il reprend cette phrase plusieurs fois avec une modulation si parfaite qu'on croirait entendre, dans son bliaud, chanter une fauvette.

Clara est subjuguée. Mais Guilhem, tout soudain, rompt l'enchantement.

— À ton tour, à présent. Essaie de copier le premier mot… *Tchik* !

Fort intrigué par ce qu'il vient d'entendre, le nain se retourne vers la jouvencelle. Il ne la quitte pas des yeux, avide de voir ce qui pourrait bien se passer.

À l'insu de Calisto, Guilhem articule alors une question muette : « Quelqu'un, ici, sait-il que tu es capable de parler ? » et il voit se former très nettement un « non » sur les lèvres en pétales de rose, juste avant que Clara n'émette un timide « *tchi* ».

— Non, non Clara… Ce n'est pas *tchi*, mais *tchik* !

Allons, applique-toi, je t'en prie, insiste-t-il en feignant l'impatience d'un précepteur.

— *Tchik*, murmure-t-elle dans un souffle.

— Bien ! Très bien !... L'avez-vous entendue ? demande-t-il à Calisto. C'est tout à fait ainsi que parlent les oiseaux !

— Par ma foi, il faut que vous soyez sorcier pour tirer de cette enfant quelque chose qui ressemble à un mot ! Oncques je n'ai ouï que soupirs ou grognements émaner de sa bouche ! s'exclame le nain.

— Si Clara grogne et soupire, comme vous dites, c'est qu'elle est apte à former des sons, mais une force secrète l'empêche de le faire. Tout mon art consiste à réduire cet empêchement. Il n'y a nulle sorcellerie là-dedans.

Guilhem doit se faire violence pour ne point s'emporter contre Calisto. La certitude grandit en lui que tout cela cache quelque méchante malice contre laquelle sa seule colère est impuissante. Le désir le brûle d'interroger Clara, mais grand est le risque de se trahir et de la compromettre devant ce nain maudit. Autant qu'il le peut, il doit faire montre de sérénité, bien qu'il ait l'impression d'être assis sur des braises.

— C'est bien, Clara, c'est bien, dit-il avec douceur. Essayons, à présent, la suite du parler fauvette... Regarde bien comment je forme ce son-là. Il se produit en mettant les lèvres vers l'avant, comme on souffle une chandelle. L'air siffle un peu en sortant et forme une première voyelle, puis une autre : *Vu...i !*

Et, tout en répétant l'oiselle musique, il glisse hâtivement entre deux sons : « Es-tu en péril céans ? »

« Oui », dessine aussitôt la bouche de Clara, sans

que ses yeux trahissent rien de sa réponse. Puis, très vite, elle enchaîne son chant d'oiseau.

Elle y a mis, cette fois, plus d'ardeur, paraissant même y prendre plaisir ; mais pour Guilhem ce ne sont point là paroles de fauvette. Bien au contraire, c'est l'insistante répétition de son aveu. Et ce « oui » réitéré sonne à ses oreilles comme un déchirement.

— Reprenons, maintenant, la phrase tout entière

Et aussitôt après, profitant de l'inattention de Calisto, il forme sa question sans paroles : « Te retient-on contre ton gré ? »

Il suffit d'un autre battement de cils pour qu'il comprenne qu'il a vu juste, tandis que la jouvencelle s'applique à donner le change en lui répondant à la façon des fauvettes.

Grande est la tentation de Guilhem de sauter à la gorge de Calisto. Le maîtriser serait un jeu d'enfant. Une fois bâillonné, ligoté sur un banc, rien n'empêcherait le jouvenceau de se sauver en emmenant Clara avec lui. Le temps que les domestiques accourent, ils seraient déjà loin.

— Voilà qui est fort bien imité, Clara, commente-t-il. Si une fauvette t'entendait, elle te croirait de sa famille !

Mais en dépit de son ton paisible, la damoiselle a perçu la fébrilité du jeune homme. Elle prend alors son propre visage entre ses mains, comme saisie d'une soudaine lassitude. Or ce n'est que pour mieux cacher ce qu'elle lui adresse dans son langage muet : « Sur le mur, derrière toi, le cheval nous épie. » À ces mots, Guilhem frémit. A-t-il bien déchiffré ce qu'elle vient de lui dire ? Il lui suffit de relever la tête pour voir, sur le mur peint, les belles images qui lui avaient tant plu, hier. Il sait qu'à la sénestre de la cheminée figure une chasse à courre avec un cavalier portant faucon au poing. Est-ce là le cheval qu'a évoqué Clara ? Guilhem se tourne vers Calisto.

— Notre élève a la tête dolente, dit-il. L'effort qu'elle vient d'accomplir pour nous satisfaire est sans doute la cause de cette migraine. Mieux vaut s'en tenir là pour la première leçon.

Guilhem quitte le banc puis se dirige avec nonchalance vers son mantel posé près de la cheminée. Au passage, l'air rêveur, il laisse errer vaguement son regard sur la fresque murale. Mais, pour rapide qu'ait été son coup d'œil, ce qu'il a saisi au vol est propre à glacer le sang. Au centre de la prunelle du destrier ardait un iris humain. En contraste avec la matité de la peinture, l'éclat de cette luisance n'avait rien de factice. Cela n'a duré qu'une fraction d'instant mais cela a suffi.

Tout en revêtant son mantel, Guilhem fait mine de s'attarder sur un détail, au bas de la peinture. Quand il relève la tête, l'œil du cheval a retrouvé sa platitude de chose peinte. Celui qui épiait derrière la cloison a dû refermer un clapet qui se confond à présent avec la fresque.

Affichant un avenant sourire, le damoiseau fait comme si de rien n'était :

— Pour peu que j'aie loisir de poursuivre ma tâche, Clara parlera bel et bien, je vous l'assure.

— Cela sera un baume au cœur de ma maîtresse. Elle tient plus que tout au monde à sa douce Clara, répond le nain en se pétrissant les doigts.

Révulsé par tant d'hypocrisie, Guilhem se détourne pour regarder la jeune fille. Celle-ci se tient les tempes, la mine douloureuse comme pour ajouter du crédit aux propos du troubadour sur son mal de tête.

— Repose-toi, Clara, et sois sans crainte. Je reviendrai bientôt.

Elle lui sourit. Guilhem sent l'eau du cœur lui venir aux yeux. Pour la première fois de sa vie, une sourde envie de meurtre le prend. Il sort en toute hâte, pressé de chercher du secours. Il va tout dire à Peire. À eux deux ils trouveront une solution.

En quelques pas nerveux, il franchit le vestibule et pénètre dans le vestiaire des bains. Debout sur un tabouret, un valet préposé à la garde des vêtements de la clientèle est en train d'astiquer les étagères. L'irruption soudaine du troubadour manque de le faire choir de son piédestal.

— Donne-moi les affaires de mon ami, commande Guilhem d'une voix autoritaire. Je viens le chercher. L'heure presse.

Ni le ton ni l'expression sévère du jeune homme n'autorisent la moindre hésitation.

— Les voici, messire, dit le valet en lui tendant un sac noué d'un cordonnet. C'est par ici, ajoute-t-il pointant du doigt une épaisse courtine de velours.

Dans la salle des étuves, il fait tellement chaud que l'hiver y semble banni. Alignés entre les colonnes d'un péristyle, de vastes baquets évasés attendent le client. Chacun dispose d'une tonnelle d'osier habillée d'élégants voilages afin de protéger les baigneurs des éventuels courants d'air. En retrait des baquets, entre deux colonnes, s'ouvrent des alcôves profondes où des lits odorants et moelleux sont apprêtés pour s'y ébattre. Tout ici est agencé pour l'oubli des soucis et le ravissement voluptueux des corps. Mais le jeune troubadour n'a plus d'yeux pour l'émerveillement tant il ne peut se départir de sa rage impuissante. *La Belle Sirène* a perdu pour lui tous ses fallacieux attraits. Elle n'est plus qu'un lieu de fourberie où la Débauche retient l'Innocence prisonnière ; une harpie aux serres implacables. Et la Beauté n'est plus qu'une ruse du Mal.

— Peire ? lance-t-il en balayant du regard les baquets vides de tout baigneur.

— Qu'y a-t-il ? répond la voix de l'imagier assourdie par les rideaux d'une alcôve.

Aussitôt, le jeune homme regrette son impulsion. Il a honte, soudain, d'interrompre son ami dans des plaisirs dont il a été lui-même le coupable pourvoyeur. Quel secours attend-il de lui ? C'est folie que de risquer de le compromettre dans une aventure aussi périlleuse.

— Il faut que je parte. Je te retrouverai plus tard.

Il s'approche de l'alcôve close et dépose prestement le sac contenant les vêtements de Peire. Celui-ci lui répond au travers du rideau :

— Rejoins-moi au chantier du cloître, si tu peux. J'y serai avant la fin du jour.

À la voix de son ami se mêle un petit rire haut perché qui n'a rien du pépiement d'une fauvette.

Chapitre 27

COMPOSTELLE & DONAT

Sur les chemins de malaventure

En hiver, les cigales sont toutes crevées. Les papillons aussi et la plupart des oiseaux. Et tous les insectes qui grouillent, rampent, sautent ou volent sont crevés pareillement. Et pourtant, au printemps, on les retrouve tous. Donat trouve cela fort mystérieux. Son père lui a dit que c'était l'idée de Dieu. D'après lui, Dieu aime bien faire crever ses créatures pour les ressusciter ensuite. Il paraît qu'il fait pareil avec les chrétiens, mais ça prend plus de temps. Ça peut même prendre l'éternité… C'est le curé de Sijan qui le dit. C'est peut-être vrai, parce que, à Sijan, on ne connaît personne de ressuscité, contrairement aux cigales. En tout cas, l'été est bien loin. Beaucoup plus loin que d'ici à Narbonne, vers où on chemine et où lui, Donat, n'est jamais allé.

Depuis qu'ils ont quitté la cité d'Agde – il y a de cela des heures et des heures –, Donat occupe son esprit à toutes sortes de pensées intéressantes. C'est rare qu'il ait autant de temps à lui pour penser. Le plus clair de ses jours, il le passe à s'affairer aux choses du port, de la maison ou du bateau. Toujours les mains occupées. Et les mains, chez lui, c'est la même chose que la pensée.

Aussi, chez le cousin de Bertier, quand le mercenaire a dit qu'il voulait le prendre avec lui comme écuyer, il a mis un peu de temps à comprendre de quoi il s'agissait. Sur le coup, il a eu peur. Il s'est demandé s'il n'allait pas vouloir lui rentrer dans le cul, lui aussi, comme celui de cette nuit. Mais quand il a vu qu'on lui donnait des vêtements tout neufs qui n'avaient même pas d'odeur ainsi qu'un chapeau avec un joli coquillage dessus, il s'est dit que le reste n'avait pas d'importance. Le plus beau, c'étaient les bottes. Il les a mises aussitôt autour de son cou pour ne pas les gâcher. Peut-être les portera-t-il à la Saint-Jean, pour danser autour du feu sans se brûler aux escarbilles. C'est le fils Bréhant qui fera une drôle de tête. Donat sera peut-être obligé de se battre s'il ne veut pas qu'on les lui vole.

À la place des bottes, il s'est emmailloté les pieds dans des peaux de lapins bien chaudes, serrées par des lanières de cuir de bœuf. Du costaud pour le voyage, même si c'est la mule qui fait tout le travail. Il faudra bien, à un moment ou un autre, mettre pied à terre dans la neige.

Donat n'a pas compris non plus pourquoi ils allaient à Narbonne tous les deux, lui et l'homme qui s'appelle Compostelle. Peut-être comprendra-t-il une fois arrivé. Celui-là, il a l'air de savoir où il va. À croire qu'il a passé sa vie à sillonner le pays. Longtemps ils ont cheminé le long des sentiers de bord de mer. Puis ils ont tourné le dos au vent marin et les crinières des bêtes se sont mises à flotter dans l'autre sens. Ça a fait rire Donat. Ensuite, ils se sont enfoncés dans la forêt. Donat n'a plus ri. C'est plein de loups, les forêts.

On dirait que Compostelle n'est pas au courant. Il a voulu le prévenir :

— A des nhous dans nha horêt !

— Qu'est-ce que tu dis ?

— Aimé ba nha horêt ! A des nhous !

— Tais-toi, tu me fatigues.

— Des nhous ! a-t-il crié de toutes ses forces comme si l'autre était sourd.

Mais l'autre a eu un regard féroce.

— Je t'ai dit de la fermer ! J'aime mieux entendre péter Maletrogne que de t'écouter parler. Ne me fais pas regretter de t'avoir pris avec moi.

Puis il a donné du talon et son cheval a accéléré l'allure, droit dans la haute futaie. Il a bien fallu suivre.

Depuis lors, Donat ne dit plus rien. Son frère lui a ordonné d'obéir à cet homme et il veut revoir son frère en vie.

À bien y regarder, la forêt n'est peut-être pas aussi dangereuse qu'on le dit. Dépouillées de leur feuillage, les hautes ramures griffent le ciel de leurs doigts noueux, mais l'azur s'entraperçoit dans la trouée des nuages. Tant que dure le jour, la peur se tient à distance. Les cavaliers vont au pas, car il n'est pas question d'aller au trot, tant la neige s'est épaissie, mais les montures s'en sortent bien. Pas un sabot n'a dérapé jusqu'à présent. Et puis, avec un peu de chance, les loups sont crevés aussi, songe Donat pour se donner du courage. Cette idée ne le réconforte qu'à moitié. L'autre chose vraiment rassurante, c'est l'arc et les flèches que Compostelle porte en bandoulière pardessus son surcot. Contre les loups, il n'y a rien de mieux. À condition que nulle fée ne rôde dans les parages. Car, pour tout dire, Donat ne redoute rien, hormis les loups et les fées.

Toutes ces choses finissent par tourner en rond dans sa tête. En oubliant les loups et les fées, ce qui s'est passé la nuit dernière sur le bateau le tracasse aussi beaucoup. Il se met en souci pour son frère. Peut-être que Fabian n'aurait pas dû tuer le rouquin. On aurait sans doute pu s'en tirer autrement. Il ne faudrait pas que l'autre soldat écoute son oreille coupée. On ne sait jamais ce qui peut se passer chez les morts. Ni ce qu'ils peuvent bien raconter entre eux. Si l'oreille entend parler l'âme du rouquin, ça va mal se passer pour Fabian. Alors Donat coince les rênes sous ses fesses et se met en devoir de confectionner une tresse dans la crinière de sa mule. Une petite tresse discrète dont il entrecroise les crins avec les paroles d'une prière à la dame Sainte Vierge qu'il murmure le plus doucement qu'il peut. Ce genre de tresse est tout à fait ce qu'il faut pour éloigner les âmes dolentes quand on n'a rien d'autre sous la main. *Vera Virgina Maria, vera vida, vera estela, vera lutz*[1]...

C'est un long travail, surtout à dos de mule, car il faut bien veiller à mêler proprement les paroles et le mouvement des doigts, sinon la Vierge risque de penser qu'on se moque d'elle avec une tresse mal fichue. Mais Donat s'applique de tout son cœur. Il est très habile dans le tressage des filins ou des cordages. Le résultat devrait plaire à la mère du Crucifié. Du bout du doigt, il caresse sa tresse, l'œil satisfait. Puis il la mélange avec les autres poils de la crinière. Car c'est

1. En occitan : « Vraie Vierge Marie, vraie vie, vraie étoile, vraie lumière. »

là une chose très secrète. Et pendant ce temps, l'idée inquiétante des loups et des fées s'est perdue au long du chemin neigeux.

— On va faire halte pour la nuit ! lance Compostelle en se retournant. On devrait trouver une masure pas très loin.

À ces mots, Donat relève la tête et le soir tombe soudain. Il ne l'a pas vu venir. La forêt s'enténèbre en de larges flaques d'ombre mauve dans les replis du relief. Elle gagne les hauts troncs des chênes. Bientôt la nuit étendra sa marée sur toutes choses et ce sera le règne de la peur. Mais comment le soldat peut-il penser qu'ils vont trouver un abri ? Et même s'il existait une habitation quelque part, qui serait assez fou pour ouvrir sa porte à deux étrangers ?

La mule règle son pas sur celui du cheval qui vient de ralentir encore. Ici, le sentier forestier bifurque en suivant une descente abrupte. Le passage est dangereux.

— Pied à terre ! ordonne Compostelle.

Tous deux se laissent glisser à bas de leur monture pour la mener par la bride.

À présent, la pente s'adoucit. Bêtes et hommes peuvent avancer sans péril. Ils contournent un dernier relief rocheux et Compostelle lève la main.

— Nous y voici ! Il me semblait bien reconnaître l'endroit.

Donat se hisse sur la pointe des pieds pour regarder par-dessus le dos de la mule.

C'est bien une bâtisse qui se dresse à quelques coudées, droit devant. La construction se distingue à peine du rocher auquel elle est adossée. La façade en est à peine plus noire que celle de la roche, comme si elle avait brûlé. La neige et le givre dessinent sur cette noirceur des lambeaux blafards pareils à une peau arrachée.

Sur le devant de la masure, une barrière à demi éventrée trace un vague enclos. Tout l'endroit pue la dévastation et l'abandon. Ils n'auront pas besoin de frapper à la porte. Il n'y a plus de porte.

Et c'est à ce moment que Donat découvre la chose horrifiante. Une tête humaine est plantée au sommet d'un piquet de l'enclos. Non pas une tête avec un nez et des joues et tout ce qui fait une figure, mais un crâne sur lequel il ne reste pas une once de chair. Seulement quelques touffes de cheveux longs, rongés de lichens et un bonnet de neige comiquement incliné au-dessus des orbites décavées.

À sa taille, on voit tout de suite que c'est un crâne d'enfant. Compostelle est passé devant sans y prêter plus d'attention qu'à une banale souche vermoulue. Donat, lui, s'est signé à plusieurs reprises. Il faut se méfier des âmes errantes. Même celle d'un enfant. On n'est jamais à l'abri d'un mauvais coup avec les morts sans sépulture. Heureusement qu'il y a la tresse protectrice dans la crinière de la mule.

— Rends-toi utile ! lance le mercenaire à l'adolescent. Rentre les bêtes dans la bergerie. Par chance, elle n'a pas brûlé. Ensuite, tu iras leur tirer de l'eau au puits. Tu le trouveras là-bas, du côté du chêne. C'est à ça que sert un écuyer… Pendant ce temps, je m'occupe du bois.

Difficile, sous la neige, de trouver bois plus sec que ce qui reste des piquets de l'enclos. Parfait pour démarrer un feu avec une brassée de fougères. Compostelle en arrache quelques-uns qu'il transporte à l'intérieur de la masure. Mais est-ce encore un intérieur ? De la toiture, il ne subsiste plus que de vagues moignons de poutres calcinées. Tuiles et voliges se sont effondrées au centre de ce qui était la pièce commune. La neige s'est accumulée sur les gravats. Dommage, c'était une jolie maison. « Ils doivent être encore là-dessous », se dit le mercenaire. Du moins les ossements. C'était l'été de l'année d'avant. Lobar et ses compagnons s'en revenaient de la dernière bataille, peu de jours avant que les rois et leurs chefs de guerre fassent la paix.

Rompus de fatigue, affamés et surtout assoiffés à n'en plus sentir leurs dents, ils sont tombés par hasard sur cette masure habitée par des forestiers. Un couple avec un enfant. Ces imbéciles auraient mieux fait d'ouvrir leur porte plutôt que de chercher à se barricader. À quoi cela sert-il de se barricader lorsqu'on n'a pas d'armes ? Pas sûr que ça se serait mieux terminé de toute façon. En tout cas, ça a bien mis en rogne Lobar le Loup. Avec l'homme, l'affaire n'a pas traîné. Égorgé d'un coup de dague. Pour la femme, il a fait durer le plaisir. Jusqu'à ce qu'il ait assouvi le sien. Pendant ce temps, ce vicieux de Rosso s'occupait du gamin. La tête fichée sur le piquet, c'est lui qui en a eu l'idée. Toujours des idées bizarres, ce Rosso. Si l'enfer existe, il doit se régaler.

Compostelle a trouvé un endroit sec où déposer son bois. Tout au fond de la pièce, là où le mur de pisé s'appuie contre la roche, un angle de toiture est encore intact avec même un bout de plafond en dessous. Cela constitue un abri suffisant pour passer la nuit. Il ne reste plus qu'à disposer le bûcher et à allumer un feu pour tenir à l'écart les animaux sauvages et se protéger du froid. On va voir si le jeune crétin au langage incompréhensible est capable de manier le silex et le briquet.

Chapitre 28

GUILHEM DE MALPAS

Les méchantes commères

Il faut une bien grande hargne pour secouer ainsi un heurtoir de porte. *La Belle Sirène* a dû en trembler de toutes ses écailles. Guilhem était encore dans la salle des étuves quand a retenti ce véhément tapage.

Le vestiaire est désert. L'homme préposé aux étagères est sorti ouvrir. Mais, à l'instant où Guilhem va rejoindre le vestibule, un éclat de voix le retient de se montrer. Curieux de ce qui se dit, il se plaque contre la porte entrouverte.

— Où sont Célestina et Calisto ? Hâte-toi donc de les appeler ! Vite ! Vite ! trépigne la visiteuse.

Quelque chose dans cette voix résonne étrangement à l'oreille du troubadour. Faute de dents en suffisance, les mots y sont baignés de courant d'air et leur ton grincheux semble traîner une inusable rancœur. Cette vilaine musique, Guilhem l'a déjà entendue. Enfouie dans les tréfonds de sa mémoire, elle vient de rejaillir sans qu'il en devine la source lointaine. À l'instant où il va risquer un œil par l'interstice de la porte, une cavalcade dévalant l'escalier l'en retient.

— Par le Grand Cornu, ma commère, que nous vaut le plaisir de vous voir ?

Cette fois, le timbre de caillasse est reconnaissable entre mille. C'est celui de la Célestina. La vieille maquerelle était donc au logis. Calisto a menti.

— Tout au rebours du plaisir, Célestina ! gémit la visiteuse. Il m'a fallu trotter du Bourg jusqu'ici, comme un poids dans un pot, avec ma pauvre jambe de misère. Imaginez bien que ça n'est point l'agrément qui me mène céans… Je viens pour la petiote, figurez-vous !

Sifflante et geignante, la voix honnie a enfoncé ses vrilles dans la mémoire de Guilhem. Et c'est comme si on lui pinçait les oreilles jusqu'au sang ou qu'on lui tirait les cheveux à les arracher. Et la voix, tout d'un coup, a un visage et un nom dans la mémoire de Guilhem.

Mais Célestina vient de répondre :

— Ma Clara, ma douce colombe, que lui veut-on encore ?

— Une femme qui se réclame du palais comtal est venue chez moi prétextant de la voir.

— Le Palais s'intéresse à elle ?

— Il le faut croire ! On s'y intéresse au point que, si je ne la montre pas, on me menace d'envoyer les gens d'armes.

— J'avais prédit que cette garce ne nous attirerait que des déboires ! se lamente Calisto.

— En attendant, il faut que vous me la prêtiez. J'ai raconté qu'elle était apprentie dans un atelier de couture et qu'elle m'accompagnerait, ce soir, aux vêpres de la cathédrale. Il suffira qu'on la voie et nous en serons quittes. Je vous la ramène aussitôt après. Mon valet m'attend devant la porte. Il saura la surveiller. Vous n'avez qu'à y ajouter le vôtre. Elle sera bien gardée…

Allons, ne tardons pas, que si les gens d'armes se mêlaient de tout ça, ils ne seraient pas longs à vous chercher des noises !

Le ton de la vieille, de geignard qu'il était, s'est teinté de menace.

La Célestina réplique aussitôt :

— Allez m'attendre à côté, ma commère. Vous y trouverez un feu pour vous réchauffer. Calisto, monte préparer la petite, je te rejoins… Quant à toi, Parmeno, va chercher ton manteau et un gourdin. Tu accompagneras notre amie et tu garderas l'œil sur ma douce colombe.

— Il reste deux hommes aux étuves, répond le valet du vestiaire. Inès est avec eux.

— Ils trouveront la sortie tout seuls. Hâtons-nous, les vêpres vont bientôt sonner.

Guilhem écoute les pas s'éloigner dans l'escalier. La porte de la salle aux fresques s'ouvre et se referme. L'instant d'après, le silence retombe dans le vestibule. La voie est libre.

Dehors, un grand échalas bat la semelle, frileusement entortillé dans une couverture élimée. La tenue du valet est aux couleurs de sa maîtresse : Pingrerie et Chicheté réunies.

Guilhem est passé devant lui sans un regard. Il s'éloigne à grands pas coléreux. Très vite, il bifurque à l'angle du pâté de maisons et se faufile sous l'étal d'une boutique aux volets clos. Tassé en boule sur lui-même, à l'abri du panneau de bois, il pourra surveiller la rue sans être vu.

Le souffle court, le cœur battant, il compte et recompte dans sa tête. Les chiffres tombent toujours juste. Cela fait treize ans ou presque. Treize ans ou presque, c'est l'âge que doit avoir Clara... Lui qui se croyait le maître des mots et des images, voilà que le submergent des images qui ne feront jamais une chanson tant elles compriment le cœur et assèchent la bouche. Images de charbons rougeoyant dans la forge paternelle. Images d'un couffin d'osier pendu aux solives de la maison d'enfance. Image d'un bébé blond au regard aussi bleu que le sien, tétant le sein de leur mère. C'était il y a treize ans ou presque, Guilhem n'était pas troubadour et sa sœur ne s'appelait pas Clara.

Une silhouette vient de surgir à l'angle de la rue.

— Peire ! lance Guilhem à voix basse.

L'imagier pile net. Le troubadour émet un sifflement discret.

Sous l'étal enneigé, l'espace est juste assez grand pour que les deux jeunes hommes y contiennent. Un coup d'œil suffit à Peire pour jauger le trouble de Guilhem tandis qu'il se tasse auprès de lui.

— Que t'arrive-t-il ?

— Je viens de retrouver une charogne que je croyais morte depuis longtemps.

— Une charogne ?

— Ma grand-mère.

Peire Brun évite le regard de Guilhem. Il se contente de fixer obstinément la bouillasse de neige et de gadoue, devant eux. Le troubadour se tait un bref instant puis reprend :

— J'ai aussi appris que j'étais amoureux de ma sœur... Je te conjure de bien me comprendre. Je l'ai rencontrée à *La Belle Sirène*, sans savoir qui elle était. C'est la plus adorable créature que j'aie vue de toute ma vie. Une jeune fille belle comme dans un rêve au point que je voulais qu'elle incarne l'Ève de notre *Jeu d'Adam*... Grand-mère charogne l'a vendue à une maquerelle qui veut la transformer en pièces d'or. Dans quelques minutes, ils vont la conduire à la cathédrale où quelqu'un du palais a demandé à la voir… C'est là que tu vas m'aider à la sauver.

Peire n'ose pas poser de question. Toute cette histoire est folle. Cela ne sert à rien de questionner la folie.

D'une main fébrile, Guilhem saisit l'avant-bras de son ami.

— Ils arrivent ! lui glisse-t-il à l'oreille.

Un crissement rythmé sur la neige précède l'apparition détestable. D'abord les deux valets portant flambeaux, Parmeno – l'homme du vestiaire – et l'enchiffonné au service de la vieille. Ils encadrent la gracile silhouette de Clara qui ne s'appelle pas Clara, la tenant chacun, non par la main mais par le poignet. Derrière, suit grand-mère charogne de son pas claudicant. Au passage, Guilhem a reconnu le profil de belette édentée qui lui faisait si peur quand il était petit. Sa grand-mère le détestait, au seul motif qu'il était le fils de Bertrande, qu'elle haïssait encore davantage. Tout était bon à la vieille pour exercer sur lui la cruauté qu'elle n'osait manifester à l'encontre de sa bru. Au moindre prétexte, les oreilles pincées, les cheveux tirés, les gifles et tous les tourments, c'était elle, lorsqu'il se trouvait à sa merci. Et tout miel, ensuite, quand les parents revenaient. « Je ne comprends pas pourquoi, ce gentil petit ne m'aime pas… » Une vraie pourriture.

Le groupe s'éloigne. Ils ne vont pas tarder à disparaître au bout de la rue.

Guilhem jaillit hors de la cachette.

— Es-tu prêt à me suivre ?

— As-tu un plan ?

— Aucun.

L'imagier plonge son regard dans le regard du troubadour. À cette heure, le bleu de ses yeux est presque transparent. Des yeux de glace pure.

— Cela fait fort longtemps que je n'ai point écouté les vêpres, dit Peire Brun.

Chapitre 29

COMPOSTELLE & DONAT

La prédiction des Quatre Vivants

Il a suffi de quelques étincelles adroitement dirigées sur une vieille pelote de chanvre sec pour que les filaments se mettent à rougeoyer. L'ombre a reculé par-delà les gravats enneigés de la maison détruite et il s'est mis à faire tiède dans le recoin de ruine qui leur sert de tanière.

Donat sourit, tout fier de sa réussite. Il aimerait bien parler aux flammes, les remercier pour la chaleur et la lumière, mais le soldat lui a interdit d'ouvrir la bouche. Un peu plus tôt, en revenant du puits, il s'est arrêté pour parler à un arbre. Quelques mots proférés à voix basse, lèvres contre écorce, en cachette. Un message destiné à Fabian pour le rassurer, lui dire que tout va bien. Il n'a pas parlé du crâne d'enfant sur le piquet, ni de la tresse dans la crinière de la mule pour éloigner les âmes errantes et les fées. C'est inutile d'inquiéter Fabian. Ce n'est pas sûr du tout qu'il reçoive le message. Sans doute sont-ils trop loin l'un de l'autre et les arbres ne peuvent pas tout. Mais très souvent Fabian devine les pensées de son frère, même à distance. Et puis cela fait du bien de parler à quelqu'un.

Dans la maison incendiée, ils ont trouvé des choses

qui servaient aux morts quand ils étaient vivants. Un vieux trépied rouillé, un faitout à peine ébréché et des cuillères en bois. Tout ce qu'il faut pour faire une potée avec le pain et le lard qu'ils ont rapporté de chez le cousin de Bertier. Il ne reste plus qu'à touiller patiemment. Tout en plongeant sa cuillère dans le faitout, Compostelle observe Donat. En dépit de sa stupidité, quelque chose dans le visage de ce garçon lui rappelle son ami Claudius. Le jouvenceau était le plus aimable clerc de l'école Notre-Dame. Se riant de tout et surtout de lui-même, il n'était nul sujet qui ne fût pour lui matière à versifier gaiement. L'invention folâtre de sa plume n'avait d'égale que la verve joyeuse de sa conversation.

Il avait suffi d'un poème de trop pour que Claudius – dénoncé par un jaloux – fût traîné en justice et condamné à mort. Avec sa drôlerie coutumière, le poète y montrait le roi Louis, confit en dévotion, tout aussi embarrassé devant sa troisième épouse – Adèle de Champagne – qu'il l'avait été face aux deux précédentes, Aliénor d'Aquitaine et Constance de Castille. Claudius avait écrit qu'en dépit des prières du roi le Saint-Esprit peinait à lui faire dresser sa piteuse bannière. Un tel blasphème valait bien d'avoir la langue tranchée. Mais baste de cette sinistre remembrance !

Tout bien pesé, Compostelle a fait une bonne affaire en prenant ce garçon comme compagnon de route. Il n'est point si crétin qu'on pourrait le croire. Taillé comme il l'est, ce serait une bonne recrue pour renforcer leur troupe. Il reste à lui apprendre à se battre et à tuer. Mais ce n'est pas le plus difficile. Tout homme en bonne santé a ça en lui. Le reste est affaire d'entraînement.

Avec la bénédiction du grand saint Jacques, Compostelle se fait fort d'en faire un bon tueur.

Pour l'heure, le tout est de mener à bien leur mission. D'abord, contacter l'homme de confiance – il porte un nom bizarre – que le marchand lui a indiqué, ensuite, se faire enrôler dans la milice du guet. Une fois dans la place, ils n'auront plus qu'à attendre le signal convenu. Pour cela, il est bon d'être à deux afin de se relayer durant les nuits.

— Es-tu déjà allé à Narbonne ?

Donat interrompt sa mastication pour secouer la tête de dextre à sénestre.

— On y mange bien et les puterelles ne manquent pas.

Le garçon déglutit sa potée. Il regarde Compostelle, l'œil rond.

— Sais-tu au moins ce qu'est une puterelle ?

Donat paraît réfléchir un instant. Il en a une vague idée, mais comme l'autre ne veut pas l'entendre parler, il préfère répondre d'une autre façon. Il replie ses doigts à l'exception du majeur et de l'index et se met à les agiter comme des pattes, les faisant sautiller sur le sol.

Compostelle éclate de rire. Cet idiot confond puterelle avec sauterelle.

— Mais non, abruti ! Une puterelle, c'est une fille, une garce, une donzelle… appelle ça comme tu voudras ! C'est la meilleure chose qui puisse arriver à un homme, ajoute-t-il en soulignant son propos d'un geste sans équivoque.

Cette fois, Donat agite la tête de bas en haut. Il pense avoir compris de quoi il est question. Pas loin de Sijan, il y a une fille comme ça, qui fait du bien aux garçons. On raconte qu'elle vit dans une cabane de chaume, mais personne ne sait où exactement. C'est une sauvage, avec des seins de pleine lune et un cul qui fleure bon le serpolet. La Cabretta, on l'appelle, à cause de ce qu'elle court comme une chèvre dans les rochers et qu'elle est aussi capricieuse que ces bestioles. Pour l'attraper, il faut galoper plus vite qu'elle. Mais, parfois, elle fait exprès d'aller moins vite. Quand le garçon lui plaît vraiment. Alors elle s'allonge sur le dos et, tout le temps qu'on est sur elle, elle rit doucement... Ce souvenir rend Donat songeur. Est-ce qu'il va falloir courir pour attraper les puterelles de Narbonne ? Il aimerait bien interroger Compostelle à ce sujet, mais celui-ci est en train de disposer son arc et son carquois près de lui, visiblement prêt à se coucher.

— C'est moi qui vais dormir le premier. Toi, tu surveilles le feu. Lorsqu'il ne restera plus que des braises de la grosse bûche d'en dessous, tu me réveilleras et je prendrai mon tour de garde... La bûche, les braises, me réveiller. Tu as compris ?

De nouveau, Donat acquiesce. Bien sûr qu'il a compris. Le prendrait-on pour un idiot ?

Tantôt laiteuse, la nuit peu à peu vire à l'encre par le caprice des nuages et de la lune. Bientôt le noir l'emportera. C'est le moment de faire apparaître les beaux souvenirs. Et à bien y réfléchir, le plus beau de tous, c'est la Cabretta.

Elle aime les coquillages et les galets roulés par la mer. Un jour, Donat lui a offert un caillou rose, presque transparent, en forme d'œuf. C'était peut-être un œuf, d'une espèce inconnue. Alors la Cabretta, pour le remercier, a dansé rien que pour lui, au bord du rivage, sur la musique des vagues. Elle faisait lentement onduler son ventre et ses bras prenaient la forme d'une mouette en vol tandis que ses cheveux très noirs, très longs flottaient autour d'elle, pareils à un bouquet d'algues vivantes, et que ses pieds devenaient des poissons. C'était une danse jamais vue. Tellement belle que Donat n'en a parlé à personne. Rien de comparable avec les rondes sautillantes qui se font autour des feux de joie au son du tambourin et des chalumeaux. La danse de la Cabretta, c'est quand on devient le vent, la mer et le soleil pour soi tout seul, avec les seins, les fesses, les mollets, et tout ce qui possède une âme capable de danser. Quand les cigales auront ressuscité, Donat aimerait bien que la Cabretta danse pour lui encore une fois. Rien que d'y penser, une chaleur lui vient au bas du ventre.

Mais il vaut mieux changer d'idée. Avec le soldat assoupi juste à côté, ça pourrait finir mal. Par chance, une autre pensée vient le visiter.

Le garçon s'empare alors d'une baguette de bois à demi brûlée. Puis il se met en devoir de balayer le petit espace entre lui et le feu. Quand la place est bien nette, de la pointe de sa baguette, il trace un carré dans la terre battue. Il doit s'y reprendre à deux fois pour que la forme géométrique soit la plus parfaite possible. Traits rectilignes et angles bien droits. Pour terminer, il dessine une croix dont les branches relient les côtés opposés. Aussitôt apparaissent quatre carrés, plus petits, à l'intérieur du grand. Donat sourit tant il est fier de son dessin. C'est la grand-mère Brunon qui lui a enseigné sa magie, du temps qu'elle n'était pas sous terre. Ce sont les carrés du destin. Ils savent ce qui va se passer. Mais d'abord, on doit les nommer.

Donat a ramassé quatre cailloux qu'il dépose soigneusement, chacun au centre d'un carré.

— Toi, tu es l'Ange, murmure-t-il au premier. Toi, le Lion… Toi l'Aigle… Et toi, le Taureau.

À présent, les cailloux sont devenus les Quatre Vivants de l'Apocalypse et les carrés sont leur domaine. La grand-mère disait qu'ils représentaient des étoiles porteuses du secret de nos vies. Il faut savoir les faire parler. Donat prépare ensuite quatre brindilles, bien droites et de même taille. Il les tient dans son poing qu'il appuie au centre du dessin, exactement à l'endroit où se touchent les carrés, puis, yeux fermés, il ouvre prestement ses doigts, laissant tomber les brindilles au bon vouloir des étoiles.

Maintenant, Donat ouvre les yeux sur son destin. Trois brindilles sont tombées dans le carré du Taureau. La quatrième repose dans celui de l'Aigle. Le garçon se souvient de ce que disait l'aïeule : « Le Taureau est le domaine de la force brutale, celle de l'homme et celle des bêtes. Il signifie le combat. L'Aigle représente l'âme qui est en toutes choses et les domine toutes. » De cela, il est sûr. Autre chose est de comprendre la forme que prendra la prédiction. La vieille Brunon avait un don pour ça, mais lui, Donat, a beaucoup de mal à faire parler les signes. Trois combats et une âme, qu'est-ce que cela peut bien vouloir dire ?

Le garçon est tellement préoccupé par ses brindilles qu'il n'a pas prêté l'oreille aux bruits de sabots ni aux renâclements nerveux en provenance de la bergerie. Mais soudain le cheval s'est mis à hennir. Donat redresse la tête. Face à lui, une ombre vient de passer, se découpant dans l'encadrement de la porte. La vague clarté de la lune a suffi pour qu'il soit terrifié par ce qu'il a vu. Il se précipite vers Compostelle et le secoue :

— Nes nhous ! Nes nhous !

— Qu'est-ce qui se passe ?

— Nehors, nes nhous !

Aux cris de panique du garçon se mêle un long hennissement terrifié. Compostelle bondit sur ses pieds, saisit son arc et son carquois.

— Prends le feu ! Vite ! Enflamme un fagot et suis-moi !

Tremblant de peur, Donat obéit. Le mercenaire a déjà bloqué l'empennage d'une flèche entre index et majeur. D'un coup d'épaule, il pousse son écuyer devant lui.

— Éclaire-nous !

Les jambes flageolantes, un fagot dans une main, un brandon dans l'autre, Donat franchit le seuil, le soldat collé dans son dos. Et la peur se tient là, à quelques coudées contre le mur. Toute de poil, de griffes et de crocs. Il la voit aussitôt, dans la blancheur laiteuse de la lune. La meute des loups. Ils sont quatre. L'un des fauves dressé de toute sa hauteur s'attaque à la porte vermoulue de la bergerie. Il doit faire plus de six pieds de long. Les autres – une femelle et deux jeunes –, épine dorsale hérissée, babines retroussées, oreilles pointées, font face aux hommes qui viennent de surgir. Leurs prunelles phosphorescentes luisent comme les yeux du diable. À peine Donat a-t-il le temps de tendre son brandon enflammé qu'un hurlement déchire la nuit. La flèche a traversé le corps du mâle, de part en part, le clouant au bois de la porte. Les trois autres aussitôt reculent, sans tourner le dos, s'apprêtant à bondir.

— Jette-leur le feu ! Vite !

Donat, tétanisé, a l'impression que le brandon s'est soudé à ses doigts.

— Foutre Dieu ! Jette !

D'un coup, sans qu'il sache comment, son poignet se détend, la branche en feu fuse droit devant. La bête le reçoit entre les yeux. Le brandon rebondit pour tomber sur son dos. Dans un glapissement, la louve détale en emportant le feu. À plein poumons, Compostelle hurle « *E ultreïa !* ». Un autre sifflement de flèche traverse la nuit bleue. Le trait se fiche, vibrant dans le poitrail du troisième loup. La douleur le fait se dresser sur son arrière-train, les pattes avant fouettant devant lui. Le sang gicle par son museau. Il s'écroule dans la neige, raide mort. Le dernier de la meute s'enfuit à son tour dans un jaillissement neigeux. Aussitôt Compostelle arrache le fagot des mains de Donat et fonce vers le gros mâle qui se débat encore, s'efforçant de se déclouer de la porte alors que la mort le tient déjà. Le mercenaire a dégainé sa dague. D'un geste foudroyant, il tranche net la gorge du monstre. À grands jets, le sang éclabousse la porte. En un instant, tout est fini. La tête retombe. Compostelle arrache la flèche. Le corps du monstre s'écroule à ses pieds. L'air pue le poil cramé et le sang chaud.

Sans même jeter un regard vers Donat, le mercenaire s'en retourne à grands pas à l'intérieur de la masure.

— La bûche est loin d'être consumée et j'ai du sommeil en retard. Profites-en pour retirer tes chausses et les laver. Nul ne voudrait d'un écuyer qui s'est pissé dessus.

Chapitre 30

DAME ALOÏS & GUILHEM DE MALPAS

Jour de colère, jour de joie

Depuis que les cloches ont sonné l'heure de vêpres, par trois fois dame Aloïs a entrouvert la fenêtre. Par trois fois elle l'a refermée, tant l'air qui s'y engouffre est glacial. De même a-t-elle ouvert et fermé le même livre sans y lire un seul mot. De même a-t-elle sorti tour à tour une robe puis une autre avant de les ranger dans leur coffre puis de les en tirer à nouveau afin de renouer une ceinture qui n'avait pas besoin qu'on la renoue.

Un écureuil dans une cage n'aurait pas fait moins de vaines allées et venues qu'elle-même n'en a accompli tout au long de cette journée-là, dans l'attente de cette heure-ci.

À plusieurs reprises, la tentation lui est venue de monter jusqu'au galetas de Guilhem, de lui dire, tout à trac : « Viens ! Suis-moi à la rencontre de ta sœur… » Mais elle n'est jamais allée plus loin que le bout du corridor. Peur de se voir confrontée au regard indifférent du jeune homme ; à ces yeux terriblement transparents qu'il pose sur ce tout qu'il ne veut pas voir. On a l'impression, dans ces moments-là, qu'une statue vous regarde. Sans malice ni méchanceté, mais si lointaine est son expression que rien ne peut abolir pareille distance. Le regard de Guilhem, c'est l'autre bout du monde. Peur aussi de devoir cacher la vérité, de devoir faire comme si Bertrande était morte. Les heures qu'elle aurait dû consacrer à la méditation, Aloïs les a gâchées dans le remuement stérile de pensées et de craintes inutiles. Quand le jour s'est mis à décroître, elle s'est inventé le prétexte d'un livre à chercher dans la bibliothèque dans l'unique but de surveiller, à l'abri de la verrière, le parvis de la cathédrale. À plusieurs reprises, au travers des verres déformants, elle a aperçu quelques rares silhouettes s'engouffrant dans l'immense bâtisse par la porte latérale, sous le porche. Peu de monde fréquente la maison du Dieu de Rome quand l'eau gèle dans les bénitiers. Aloïs a compté quelques paroissiens isolés assez intrépides pour affronter le froid ainsi que trois ou quatre couples épars, mais rien qui pouvait ressembler à une vieille femme accompagnée d'une fillette.

La messe va commencer. Il est trop tard maintenant. Mère-grand lui a menti. Elles ne viendront pas.

Une dernière fois, elle ouvre la verrière et, tout à coup, elle les voit, comme jaillis au milieu de la place enneigée. Les deux hommes encadrant l'enfant et la vieille traînant la patte derrière eux. Qu'a-t-elle besoin de pareille escorte pour aller prier ? Et pourquoi ces hommes serrent-ils la petite d'aussi près ? Elle les voit éteindre leurs flambeaux dans la vasque de sable, sous la torchère éclairant l'entrée, puis pénétrer sous le porche. Pas un instant ils n'ont lâché leur proie.

— *Neige, gel ou givre en branche frappe, tourmente et tranche*... Telle est la mise en garde du troubadour !

Surprise, Aloïs se retourne. Dame Ermengarde se tient derrière elle, son page à son côté.

— Écoutez l'avis de mon ami poète et gardez la fenêtre bien close si vous voulez vous épargner les coups de froide bise, dit la vicomtesse dans un sourire.

Comment fait-elle pour sourire ? Ce matin, le chagrin ravageait son visage. Aloïs est revenue du Bourg alors qu'Ermengarde venait d'apprendre la mort du conseiller Ramondis. Elle l'a aidée à se vêtir dans un silence plombé par le deuil. Elle n'a pas eu le courage d'encombrer sa douleur en lui narrant sa propre aventure à la maladrerie et chez la vieille avaricieuse. Maintenant, il ne faut plus tergiverser.

— Ma dame, j'ai besoin de votre secours, lance-t-elle en s'agenouillant.

Point n'est besoin de longues phrases à la dame d'atours pour exposer la cause de son tourment. La vicomtesse l'écoute sans l'interrompre tandis qu'elle déroule son récit tissé de lèpre, d'abandon et de cupidité.

De serein qu'il était, le visage de la vicomtesse s'est assombri, au fur et à mesure. Si Aloïs a quelque raison de s'inquiéter pour cette enfant, il la faut croire sans chercher plus avant. Elle-même, Ermengarde, en tant que protectrice de Guilhem de Malpas, se doit de la protéger elle aussi. Et puis la sœur du premier troubadour de Narbonne mérite un meilleur destin que celui d'ouvrière d'atelier.

— Ne vous mettez plus en peine de tout cela, tranche-t-elle à la fin. Et n'allez pas risquer de prendre froid dans cette cathédrale. Écoutez plutôt ce que nous allons faire.

Prompte est la nuit à tirer son manteau. Déjà la place s'enténèbre. Guilhem et Peire ont suivi le groupe à distance, réglant leur pas sur la lueur des flambeaux tenus par les deux hommes.

Ils ont longé la muraille du palais comtal, puis se sont rencognés au pied d'une tour d'angle, observant la vieille et ses sbires qui entrent dans la cathédrale. Les deux garçons sont désarmés. Ce serait folie que de risquer la bastonnade en s'en prenant à mains nues aux valets équipés de gourdins. Il y aurait aussi grand tort à pénétrer dans le saint lieu et faire scandale en réclamant justice haut et fort. Et puis quelle justice ? Qui donc la leur rendrait et autoriserait la jouvencelle à les suivre ? Guilhem entend déjà glapir la vieille belette arguant de ses prérogatives de grand-mère pour rallier tout le monde à sa cause. Sans compter l'ire de l'archevêque lorsqu'il apprendrait que le troubadour et le maître imagier ont interrompu, à grand tapage, le service de Dieu, le motif en fût-il fondé. Ce serait compromettre à jamais leurs travaux à tous deux. Mais alors, que faire ? De tout cela, ils ont débattu à voix basse tout au long du chemin, sans y trouver d'issue.

— Mieux vaut attendre qu'ils sortent, conclut Guilhem. Il est probable qu'ils vont se séparer. La vieille carne n'a que le pont à traverser pour se traîner jusqu'au Bourg. Repasser par *La Belle Sirène* lui serait un détour bien fatigant… Il y a fort à parier que le valet Parmeno se retrouvera seul pour reconduire ma sœur. Ce sera le bon moment pour nous occuper de lui. À deux, nous le maîtriserons sans peine… Et elle sera libre.

— Tu ne m'as point dit comment elle s'appelle.

— Mes souvenirs ont des trous de mémoire…

À la mort de mon père, ma mère et ma sœur sont parties vivre à Carcassonne. Les Vrais Chrétiens m'ont recueilli… J'étais très jeune… Personne ne m'a parlé de ma sœur de tout ce temps. Et je n'ai point demandé qu'on m'en parle.

Guilhem pince ses lèvres, un instant, avant d'ajouter :

— Je crois que je ne suis pas doué pour aimer les gens.

L'imagier s'abstient de répondre. Lui-même, depuis l'adolescence, a voué sa vie à son métier de bâtisseur itinérant. Les quelques amourettes de hasard qu'il a pu nouer ici ou là n'ont jamais débouché que sur des adieux. Il ne saurait même pas dire si des enfants sont nés ou non de ces fugaces étreintes. Il n'en a jamais eu la moindre curiosité.

— Tu m'as dit qu'une personne du palais devait se trouver au rendez-vous.

— C'est ce que j'ai entendu. Mais la vieille n'a point lâché de nom.

— Penses-tu que ce puisse être un client des étuves ?

— Si c'était le cas, il se serait épargné tant de complications en se rendant lui-même chez Célestina. Mais il faut que ce soit une personne de quelque importance pour avoir pu convaincre la vieille de…

Guilhem s'interrompt brusquement. À trois coudées de leur cachette, une porte vient de s'ouvrir au bas de la tour. Un homme de haute stature apparaît, suivi de quatre gens d'armes. D'un pas ferme, le groupe se dirige droit vers la cathédrale.

— A-t-on déjà vu le guet aller à vêpres ? s'interroge Peire.

— Ce ne sont pas les gens du guet. C'est la garde

de la vicomtesse. L'homme qui les mène est le capitaine Glumsson… Si c'est lui qui a demandé à voir ma sœur, pourquoi s'y rend-il avec une escorte ? Et pourquoi n'entrent-ils pas ?

— La paix de Dieu défend de pénétrer en armes dans un lieu saint et l'archevêque a décrété le droit d'asile dans tous les bâtiments sous sa juridiction, explique l'imagier, davantage renseigné que le troubadour sur les affaires de l'Église.

Sur un signe de leur capitaine, les gens d'armes se sont postés de part et d'autre du porche. Odín Glumsson s'entretient avec l'un d'eux. Tous quatre tirent alors leur épée du fourreau, lame dressée, l'aplat en appui contre le pectoral du haubert, en une posture menaçante. Derrière eux, dans la lueur tremblante de la torchère, la foule des anges de pierre bat des ailes, telle une armée céleste en renfort des humains.

Soudain, au fond du porche, la porte s'ouvre. L'office n'est pourtant pas encore achevé. La vieille a dû se lasser d'attendre. Les autres sortent à sa suite. Aussitôt, les gens d'armes les encerclent. Les valets n'ont même pas eu le temps d'esquisser le geste d'empoigner leurs gourdins. Prise au piège, la belette a poussé un cri de frayeur, tout de suite étouffé par la main de Glumsson qui l'a saisie au collet comme on prend une bestiole avant de l'estourbir. De là où ils sont, Peire et Guilhem ne peuvent entendre le bref conciliabule qui suit. Ils voient le capitaine relâcher peu à peu son étreinte et la vieille mortifiée se tasser sur elle-même, la tête dans les épaules, détournant son regard hébété vers la jouvencelle qui a trouvé refuge auprès de la torchère.

Très vite, le serviteur prend sa maîtresse par le bras et l'entraîne loin du porche. À pas comptés, esquivant le verglas, ils traversent le parvis puis la place, en direction du pont des Marchands. On dirait deux araignées d'eau malhabiles glissant à la surface d'une mare.

De son côté, c'est à peine si Parmeno, saisi de panique, a pris le temps de rallumer son flambeau. Tant est puissant le ressort de sa couardise qu'il s'enfuit déjà à grandes enjambées, passant sans même les voir devant Peire et Guilhem.

Sous le porche, les hommes d'armes ont rengainé leurs épées. Fort courtoisement, le capitaine Glumsson tend alors son bras à Clara qui n'est pas Clara. Elle tourne son visage vers lui et ce qu'elle lit dans le regard du soldat lui donne assez de confiance pour poser sa délicate main sur le brassard de cuir.

C'est le moment que Guilhem choisit pour lancer, du fond de sa cachette dans l'ombre du contrefort, le trille guilleret d'une fauvette.

Aussitôt la jouvencelle lève son visage. Elle scrute la nuit de ses yeux de lumière. Et Guilhem se dit qu'Ève n'eut pas un regard plus candide en écoutant chanter le premier oiseau du paradis.

Chapitre 31

ODÍN GLUMSSON

Amour, pinces et tenailles

Le récit d'amour préféré d'Odín Glumsson est celui qu'il a entendu de la bouche de Raimbaud d'Orange lors d'une cour d'amour au palais de Narbonne, il y a fort longtemps de cela. C'était avant les années de la guerre, à l'époque où la cour d'Ermengarde retentissait de musiques et de chants. Ainsi parla Raimbaud d'Orange :

« L'histoire est celle d'un troubadour fort épris de sa dame et grandement aimé en retour. La nuit et le jour, les amants n'avaient de cesse d'échanger baisers, caresses et doux propos, en chambre comme sous la ramée, au point qu'il n'était pour eux aucune différence entre le jour et la nuit. Cela dura tant et tant que le troubadour finit par se lasser. Car, à trop durer sans ombrage, la joie s'étiole, telle la fleur brûlée par un soleil sans ombre. Malheureux à force de bonheur, le troubadour alla demander conseil auprès d'un sien ami, grand savant *ès* choses de l'amour.

« “Que ne te brouilles-tu, lui dit-il, avec celle que tu aimes ?

« — Me brouiller ? Avec elle ? Mais pourquoi ?

« — Pour la raison qu'il n'y a pas de plus grand

plaisir pour deux amants que de se réconcilier après quelque fâcherie."

« Le conseil laissa l'homme songeur. Mais, voyant qu'il n'en pouvait plus d'endurer les gentillesses de sa douce amie, il se résolut à tenter l'expérience et s'inventa quelque méchant motif de dispute. L'entreprise aboutit au-delà de toute espérance. Tant et si bien que la dame se fâcha tout de bon et ne daigna même plus parler à son amant. Adieu baisers, adieu caresses. C'est ainsi que, de joyeux qu'il était, le troubadour tomba dans la plus grande affliction.

« La vérité est qu'on se lasse de souffrir plus vite encore que d'être heureux. L'amant, tout déconfit, implora le pardon de la belle. Claquemurée dans sa colère, celle-ci restait inflexible. À bout de désespérance, il vint se jeter à ses pieds, déclarant qu'il était prêt à tout endurer pour elle et qu'il n'était rien qu'elle ne pût obtenir de lui pour peu qu'elle le lui ordonnât. "Fort bien, mon bel ami, dit-elle, nous verrons si vous m'aimez autant que vous le prétendez. Pour prix de mon pardon, vous devrez accomplir deux prouesses." Entendant cela, le troubadour faillit se récrier que c'était bien peu de chose pour un homme qui était prêt à supporter mille tourments. Mais il préféra se taire, de crainte de la fâcher davantage. "Je veux, ordonna-t-elle, premièrement que vous me composiez une chanson." Oh ! la plaisante épreuve que voilà, songea-t-il. Aussitôt il se mit à l'ouvrage et fit tant et si bien qu'en peu de temps la chanson fut achevée. Au dire de chacun, jamais on n'avait ouï si tendres paroles sur un air si plaisant. Son amante en fut tellement émue que les larmes lui vinrent aux yeux. "À présent, lui dit-elle, pour parachever votre pénitence, je veux que vous vous arrachiez un ongle." »

Odín Glumsson se souvient qu'à cet endroit de son récit, Raimbaud d'Orange avait fait une pause. Il voulait que son auditoire eût le loisir de s'émouvoir et de débattre du bien-fondé de pareille exigence pour preuve d'amour. Il avait ajouté que rien dans tout cela n'était imaginaire et que cette aventure avait eu pour protagonistes le troubadour Guillaume de Balaùn et son amante, dame Guillemette de Javiac. On en gardait la mémoire dans tout le Vivarais et même au-delà. Le seigneur d'Anduze pouvait en témoigner.

Odín Glumsson se souvient aussi que la vicomtesse Ermengarde, qui présidait la cour d'amour, avait tranché en faveur de la dame. Elle jugea que le châtiment n'était point trop grand pour un amoureux qui avait failli à son serment et causé tant de chagrin à celle qui l'aimait. Il devait se soumettre à la sentence.

Raimbaud d'Orange avait assuré que cela s'était, en effet, passé ainsi. Guillaume de Balaùn n'avait pas eu le courage de s'amputer lui-même. Il s'était fait lier l'index par un de ses valets qui lui avait arraché l'ongle, lui faisant crier bien haut sa souffrance et son remords. La dame avait eu grande satisfaction de recevoir, dans un coffret précieux, l'objet du châtiment. On racontait que leur réconciliation avait ouvert aux deux amants la porte d'un nouveau jardin des délices. Il paraît même que l'ongle avait repoussé.

Mais pour l'homme à qui le bourreau vient d'arracher à l'instant non pas un mais trois ongles à vif, il n'est point question de délices.

De retour de sa plaisante mission à la cathédrale, le capitaine des gardes s'est hâté de retourner dans la salle basse où se déroule l'enquête de haute justice diligentée par la vicomtesse. Elle-même n'a point tenu à y assister. Son viguier, accompagné d'un assesseur, ainsi qu'un représentant des consuls et un notaire forment le tribunal.

L'arrestation, peu après l'heure de tierce[1], du meurtrier présumé de Pierre Ramondis avait été d'une simplicité déconcertante. Il avait suffi à Odín Glumsson de consulter la liste des conjurés établie par les conseillers d'Ermengarde, pour qu'au premier regard le destin lui mît sous les yeux ce qu'il aurait été fort en peine de trouver par lui-même. Un coupable potentiel qui réunissait à lui seul toutes les qualités d'un coupable tout court. Il ne lui manquait que les aveux.

Par extraordinaire, l'homme était le premier de la liste, juste après le marchand Bertier. Il s'agissait d'un dénommé Ambert Massac, armurier de son état, dont l'atelier – situé sur le pont des Marchands – jouxtait l'étroit dégagement par où le corps avait été jeté. Tant de coïncidences faisaient plaisir à voir.

Déjà, la veille, l'armurier avait montré quelque réticence à obéir à l'injonction qui lui était faite de se rendre au palais. Les gens d'armes avaient rapporté l'incident.

Aujourd'hui, lorsqu'il s'est vu emmené *manu militari* par les soldats de la garde, c'est peu dire qu'il a poussé les hauts cris. Ceux qu'il pousse, à présent, ne sont plus de révolte mais de douleur bestiale.

L'idée des ongles, c'est Odín Glumsson qui l'a soufflée au bourreau. Un pauvre diable que ce bourreau. Il loge hors des remparts, dans une masure de torchis

1. Tierce : la neuvième heure du jour.

avec un bouc pour seul compagnon. Le bouc, il l'a baptisé Pilate. Le bourreau, personne ne se souvient de son vrai nom. On l'appelle Pilate aussi. Lorsqu'on le veut quérir on dit : « Allez chercher Pilate ; pas le cornu mais l'autre. » Chacun le connaît et tout le monde le fuit, car on se tient à distance de ceux qui ont commerce avec la mort. Sait-on jamais ?

Lorsqu'il ne s'occupe pas de pendre ou de démembrer ceux qu'on a livrés à sa douloureuse habileté, il fait office de fossoyeur. C'est aussi à lui que l'on fait appel pour l'équarrissage des bêtes mortes de maladie ou pour ensevelir les lépreux. De lui, on s'approche le moins possible. Jamais on ne le touche et, sur les marchés, il doit désigner à distance, à l'aide d'une baguette de coudrier, les biens qu'il veut acquérir. Son pain, on le lui tend à l'envers, pour qu'il emporte avec lui le diable qui est assis dessus.

Pilate n'est d'aucune fête, d'aucune procession. Au moment des vendanges, il n'a pas intérêt à rôder du côté des vignes. Le vin risquerait de tourner et il pourrait bien recevoir une grêle de pierres pour s'être hasardé trop près des fûts. L'église et le lupanar lui sont pareillement fermés. Mais de tout cela, Pilate n'a cure. Il n'est point malheureux. Il n'appartient à personne et s'estime l'homme le plus libre du comté. Tant pis si on ne le convie nulle part. Pour toute réjouissance, il se satisfait de la cérémonie du gibet. À chacun son moment de gloire. Ces jours-là, il revêt sa tunique rayée de jaune et de noir portant sur l'épaule l'insigne de sa fonction : une main armée d'une épée, afin que nul n'ignore qui il est. De ces marques infamantes, il tire une sombre fierté. La crainte qu'il inspire à tous le console de n'être aimé de personne. Il apprécie par-dessus tout ce moment où la foule s'écarte lorsqu'il s'approche du gibet. Un roi montant au trône n'a pas plus belle haie d'honneur.

Pourtant Pilate n'est point méchant. Il ne prend pas plus de plaisir à tuer un homme qu'à occire un lapin. Il faut bien manger et il faut bien que justice se fasse. Pilate le fataliste est bourreau par héritage. C'est la tradition qui veut ça. Si cela n'avait tenu qu'à lui, il aurait aimé être berger. Mais son père n'aimait pas les moutons.

Les hommes peuvent le mépriser autant qu'il leur plaira. Pilate, lui, sait que Dieu l'aime bien. Il ne lui envoie que des âmes propres, soigneusement lavées de leur péché. C'est pourquoi Pilate n'a pas grand-chose à faire des aveux. Les aveux, cela concerne les juges. Seule compte à ses yeux la repentance du criminel. Une fois la sentence prononcée, le condamné à mort n'a plus que son âme à sauver. C'est à ce moment que Pilate, de bourreau qu'il était, se transforme en rédempteur. Il lui arrive de passer la nuit entière aux côtés de celui qu'il va pendre, pour le convaincre de se repentir. Car Pilate ne connaît qu'une peur, celle de devenir le pourvoyeur de l'enfer, le complice de Satan en lui envoyant des âmes toutes noires. Pour Pilate, la trappe du gibet doit être la porte du paradis. Son seul désir est de peupler d'âmes blanches le royaume du bon Dieu. Les moutons du Seigneur, ainsi les appelle-t-il. C'est sa façon d'être berger.

Ce jour d'hui, il s'est dit qu'il aurait fort à faire avec le dénommé Massac. L'homme est pétri de rage haineuse et les propos fielleux qu'il crache à la tête des juges sont autant de crapauds qui sortent de sa bouche en un flux ininterrompu.

Lorsque les gardes l'ont allongé et ficelé étroitement sur le banc de question, Pilate avait déjà préparé son outillage habituel, l'entonnoir et la seille avec son broc pour le supplice de l'eau. À partir de quatre ou cinq pintes, on obtient de bons résultats. Au-delà, il faut être prudent, car l'estomac peut éclater. Tout espoir d'obtenir des aveux sincères s'évanouit alors, ainsi que tout espoir de repentance. L'intéressé ne tarde guère à trépasser.

C'est au moment où Pilate allait se saisir de l'entonnoir que le capitaine de la garde a retenu son geste et qu'il a proposé aux juges de pratiquer l'arrachement des ongles. Selon lui, le procédé présentait l'avantage de ne point brouiller la parole par les renvois et les vomissements que l'eau occasionne immanquablement. Après un bref débat, les juges ont accordé que l'on procède ainsi. Le temps que Pilate sorte de son outillage une pince convenant à cet usage.

Au premier ongle, l'armurier s'est répandu en un flot d'injures et d'imprécations contre cette ordure de Ramondis qui a crevé comme il le méritait. Que son assassin soit béni et que l'âme du Premier conseiller aille pourrir en enfer !

Au deuxième ongle, c'est la vicomtesse Ermengarde qu'il a agonie d'insultes, vouant son règne au chaos et elle-même à la damnation éternelle.

Odín Glumsson a frémi de tout son être. Qu'importait dès lors qu'Ambert Massac avouât ou non l'assassinat du conseiller. Il était déjà hautement coupable. De tels propos avaient valeur de blasphème. D'un regard vers le banc des juges, il s'est assuré de leurs mines scandalisées. Le prévenu était en train de dresser lui-même son gibet.

Au troisième ongle, les yeux exorbités et le front trempé de sueur, l'armurier a supplié qu'on arrête. Il était prêt à tout avouer.

« Finalement, cette technique n'est pas mauvaise », songe Pilate en remettant la pince dans son étui. Et puis, tout récalcitrant qu'il lui ait paru au premier abord, ce client-là ne devrait pas opposer grande résistance à se repentir. Il lui tarde d'appeler le chapelain pour qu'il l'aide à accompagner le criminel sur le chemin de la rédemption. Mais il faut d'abord laisser la place aux juges.

Poussant un grand soupir, le viguier vient de se lever, visiblement satisfait que tout cela s'achève. Chacun des trois hommes, assis à côté de lui sur le banc, semble éprouver le même soulagement. À croire que c'étaient eux qui étaient sous la pince du bourreau. Le visage du notaire a curieusement viré au gris. L'assesseur – un jeune clerc à la mine crispée – serre ses mains contre sa cotte comme si c'étaient ses propres ongles qui traînaient sur le sol. Seul le greffier, sa tablette sur les genoux, affûte ses plumes avec l'impassibilité de celui qui en a vu d'autres.

— Ambert Massac, demande le juge d'un ton solennel, reconnais-tu avoir à mort navré le sire Pierre Ramondis, Premier conseiller de la Cour ?

Le capitaine de la garde n'entendra pas la réponse. Il a déjà quitté la salle d'armes. Et tandis qu'il s'éloigne dans le couloir glacé, il imagine sa chère Ermengarde lui poser la question qui le hante. La seule à laquelle il soit sûr de répondre sans faillir et qui ne lui sera jamais posée : « Odín Glumsson, accepterais-tu, par amour pour moi, de t'arracher un ongle ? »

Chapitre 32

GUILHEM DE MALPAS & ISAURE

La leçon de musique

« Dieu ne peut pas tout ce qu'il peut. » Cette phrase sidérante, Aloïs se souvient de l'avoir entendue de la bouche du jeune Tierric. Du temps où ils vivaient tous ensemble dans la maison tisserande, Tierric était celui qui parlait des choses de la foi avec la plus grande pénétration d'esprit :

« Par exemple, poursuivait-il, Dieu peut transformer une souche en jeune veau, comme le croient les rustauds. Mais l'a-t-il jamais fait ? Certes non. »

L'idée que Dieu se retiendrait d'accomplir ce qui est en son pouvoir laisse Aloïs perplexe. Peut-être existe-t-il quelque part des veaux dont l'origine nous est inconnue ? Ou peut-être que Dieu n'a, en effet, rien à voir ni avec les veaux ni avec les souches, ni avec rien de ce qui touche au monde visible. C'est là ce que croient les Vrais Chrétiens. Pourtant ce dont Aloïs vient d'être témoin ressortit à cette catégorie de choses que l'on appelle un miracle.

Elles se tenaient toutes deux dans la bibliothèque, attendant le retour du chevalier Glumsson. La vicomtesse venait de lui donner l'ordre de ramener céans la fille de la pauvre Bertrande. Déjà, Aloïs avait eu, de la part d'Ermengarde, l'assurance que la petite ne retomberait jamais sous la coupe de son odieuse grand-mère.

— Nous donnerons à cette enfant l'éducation et l'instruction d'une fille de notre cour et nous la prendrons près de nous comme damoiselle de compagnie. Vous lui enseignerez la lecture.

C'était une bonne idée. Non qu'Aloïs fût lasse des folles chevauchées du sire Perceval ou de l'agonie du preux Roland crachant ses poumons dans le cor d'ivoire, mais elle arrivait à cet âge où rien ne la comblait autant que le silence et la méditation.

C'est alors que la porte s'était ouverte. Ce n'était pas le capitaine de la garde, comme l'on s'y attendait. C'était le miracle.

Guilhem était là, tenant par la main la jeune Isaure aux boucles d'or. La même blondeur auréolant leur visage, le même éclat de ciel reflété dans leurs prunelles d'eau.

Aloïs se souviendra jusqu'à son dernier souffle qu'à cet instant les chandelles ont pleuré des larmes de cire.

Le frère et la sœur s'avançaient vers les deux femmes, avec la paisible assurance des créatures d'un songe, ignorantes que quelqu'un est en train de les rêver. Ensemble, ils ont posé un genou sur le damier du carrelage et, dans les livres de parchemin alignés sur les étagères, preux chevaliers et princesses, enchanteurs et sorcières se sont agenouillés avec eux.

Avec ses yeux d'infini, Guilhem a regardé Aloïs puis Ermengarde. Toutes deux avaient déjà compris que ni la sœur ni le frère ne leur diraient merci, car ils étaient eux-mêmes – main dans la main – tous les chagrins de l'enfance à jamais consolés. Il n'existe pas de remerciements pour cela. Même les sorcières, les enchanteurs, les princesses et les preux chevaliers ignorent la formule.

Et puis Guilhem s'est mis à parler :

— Ma sœur ne s'appelle pas Isaure, car mère-grand l'a tuée. Elle ne s'appelle pas Clara, car une sirène l'a tuée… Aussi demandons-nous la permission de partir sur-le-champ à la recherche de son vrai nom.

À cet instant, ni Guilhem, ni sa sœur, ni Aloïs ne se doutaient que tous les ancêtres d'Ermengarde les avaient rejoints. La vicomtesse seule le savait. La bibliothèque s'était soudain emplie de leurs fantômes. Ceux de la crypte, en bas, endormis du sommeil des gisants. Mais aussi les autres, ceux dont aucune pierre tombale ne couvre les dernières poussières. Ceux dont les noms sont oubliés à jamais. Tous ceux dont la noble lignée s'achève aujourd'hui avec elle. La foule innombrable des mortes et des morts de naguère et de jadis, attendant qu'Ermengarde, la dernière d'entre eux, réponde au troubadour.

« Dites quelque chose, noble dame, lui murmure à l'oreille le fantôme de Pierre Ramondis. Tout le monde est pendu à vos lèvres.

— Je ne sais quoi dire, messire conseiller. Vous voyez bien qu'il ne s'agit pas de politique, de crime, de complot, ou d'affaire marchande, encore moins de *fin' amor*. Je ne sais même pas de quoi il s'agit.

— Il s'agit de poésie, Votre Grâce. Dites quelque chose de poétique et vous serez sauvée. »

Alors la vicomtesse s'est approchée des deux jeunes gens. Ses yeux sont allés de la jouvencelle au damoiseau. Elle aussi est capable d'un regard infini, quand elle veut bien s'en donner la peine. Et elle a prononcé ces paroles :

— Messire troubadour, en ma qualité de vicomtesse et seigneur de Narbonne, je vous ordonne de partir sur-le-champ à la recherche du nom de votre sœur.

Ce n'est qu'en haut des remparts, tout au bout du chemin de ronde, que Guilhem a lâché la main de la jeune fille. Il s'est effacé devant elle pour la laisser entrer dans le galetas.

— Ne bouge pas, je vais faire un peu de lumière.

À l'aide de sa torche, il allume quatre trognons de chandelle et la mèche d'un vieux caleil. Autour de ce minuscule feu de joie, ils s'assoient en tailleur, face à face. L'ombre ne s'est pas vraiment dissipée. Elle a reculé d'un pas. Elle s'est rassemblée pour tisser autour d'eux son cocon de silence. Guilhem n'ose plus regarder sa sœur. Aussi longtemps qu'il lui tenait la main, leurs doigts se parlaient ; tout était évident. Maintenant, il ne sait plus où sont passés les mots. Lui qui a tant écrit, parlé, chanté, voici qu'il se sent incapable de prononcer la moindre parole. Ou plutôt, il s'inquiète que la moindre parole ne vienne abolir la perfection de l'instant. Ils ont beau être frère et sœur, ils ne savent rien l'un de l'autre. Il leur faudrait une vie entière pour combler toute une vie d'absence. Mieux vaut s'en tenir à l'énigme d'un doux visage. Faire confiance à ce qui sera, plutôt qu'au morne récit de ce qui a été. Quelque chose de nous se gâche toujours dans le bavardage.

Un bruissement traverse alors le silence comme si la nuit, soudain, battait des ailes. Et un petit morceau de nuit – tout noir bleuté – vient se percher sur l'épaule du jeune homme.

— *Tchoï ! Tchoï !* crie la bavarde Agazza, car c'est bien le moment d'invoquer la joie.

Guilhem s'empresse de réagir au regard émerveillé que la jouvencelle vient de lever vers la pie.

— Agazza te salue. Tu dois la saluer à ton tour.

— *Tchoï*, dit la timide jouvencelle.

Il a suffi de ce simple mot d'oiseau pour que le cœur de Guilhem se mette à battre plus vite.

— Parle-moi, dit-il – et c'est presque une supplique.

« Non », fait-elle en secouant la tête avec tristesse. Guilhem frémit. Le nain Calisto serait-il tapi dans l'ombre ? À moins que l'œil traître d'un cheval ne soit en train de les épier.

— Pourquoi ne dis-tu rien, puisque tu sais parler ?

Du bout des lèvres, elle lui répond dans ce langage muet qui était le leur à *La Belle Sirène*. « Je ne peux pas... À cause d'un feu. »

La danse des petites flammes empêche de bien lire sur les lèvres. Guilhem n'est pas certain d'avoir compris.

— Un feu ?

L'adolescente se met à rire tout en secouant la tête. Puis elle reforme lentement le mot. C'est au tour de Guilhem de rire.

— Tu as fait un vœu, c'est ça ?

Du menton, elle acquiesce. Voilà donc la clé de ce mutisme mystérieux. Rien de grave, en somme, car il suffira que cela se réalise pour qu'elle recouvre la parole. Le troubadour est prêt à devenir magicien, alchimiste, s'il le faut, à se faire initier à tous les secrets de l'astrologie, à la science des éléments ; bref à n'importe quoi, pourvu qu'elle lui dise « bonjour », ou bien : « J'ai envie de raisins secs », ou encore : « As-tu déjà vu une licorne ? » Il est prêt à tout, pourvu qu'elle cesse de se taire.

Pour le peu de ce que sait Guilhem du cœur des damoiselles, le secret ne doit pas être bien extravagant. Il y a fort à parier qu'elle ne rêve ni de poule aux œufs d'or – c'est là un souhait de méchante personne –, ni d'une peau de dragon – seules les sorcières ont envie de cela –, ni même d'un collier d'ambre contre les saignements de nez.

À cet âge, maintes jeunes filles forment souvent des souhaits au sujet d'un prince qu'elles voudraient le plus charmant possible. Si tel est le cas, rien ne sera plus aisé que de présenter sa sœur à l'ami Richard, le prince Cœur de Lion. Le voyage jusqu'à Blaye pourrait s'envisager… Mais non, ce n'est pas une bonne idée. Cœur de Lion a trop de goût pour les garçons. Avec lui, elle ne serait point heureuse… La question du prince n'est d'ailleurs pas le plus grand embarras. Il faudrait auparavant régler celle de la dot. Ermengarde accepterait-elle de la doter d'une seigneurie ? Vit-on jamais la sœur d'un troubadour accéder à si grande fortune ?… Et puis a-t-elle seulement envie de se marier ? Pour peu qu'elle ait été élevée dans la Vraie Foi, elle doit tenir le mariage pour pure abomination.

Jamais le jeune homme ne s'était encombré de pareilles questions. Une sœur est décidément une bien étrange chose.

— Accepterais-tu de me confier ton secret ?

Très haute était la lune quand Guilhem a achevé de décrypter les fragments du récit sororal. Dans la lueur vacillante du caleil – les chandelles étant mortes depuis une belle heurette –, il avait eu la plus grande difficulté à suivre le mouvement des adorables lèvres. Il peinait d'autant plus qu'au fur et à mesure de son discours la jouvencelle, prise par l'émotion, semblait revenir en enfance et s'était mise à bégayer muettement. Guilhem lui-même avait dû museler son propre émoi.

Non, elle n'avait point accroché son vœu à la queue d'une étoile filante. C'était une prière formée dans la défaite, la solitude et les larmes. À Carcassonne, elle et sa mère – leur mère – vivaient dans la maison du frère de celle-ci, un menuisier marié et père de famille qui possédait quelque bien dans la Cité. Toutes deux travaillaient à l'entretien du potager et de la basse-cour. En contrepartie, la huche leur était ouverte et elles avaient l'étable pour dormir. Ce confort aurait pu durer encore si, aux premiers signes de la lèpre, l'oncle ne les avait chassées toutes deux sans espoir de retour. Ce jour-là, la gamine avait passé un pacte avec Dieu. Elle Lui avait offert ce à quoi elle tenait le plus : son incessant pépiement, en échange de la guérison de sa mère. Peu après, elles avaient frappé à la porte de la vieille belette qui, dès que Bertrande s'en était allée, avait vendu sa petite-fille à la Célestina. Cela fait plus d'un an que la gamine n'a plus prononcé un seul mot. Pas même sous les coups.

Guilhem a cessé de l'interroger. Il a compris que sa sœur ignore ce qu'il est advenu de leur mère. Il parlera de cela avec Aloïs, demain ou plus tard. Personne au palais, à part elle, ne pouvait s'intéresser à la fille d'un forgeron mort douze ans plus tôt. Aloïs vient de la sauver, ainsi qu'elle l'a sauvé lui-même lorsqu'il était enfant. Alors que ni lui ni elle ne lui sont rien. Mais que faisait Dieu, pendant ce temps ? Et qu'attend-Il, à présent, pour exaucer le vœu de l'adolescente ou la délier de son serment ?

Cela fait longtemps que la pie a quitté l'épaule du troubadour. Il vient seulement de s'en apercevoir.

— Agazza a regagné son nid… Veux-tu dormir, toi aussi ?

Elle hoche la tête et c'est seulement maintenant qu'il remarque ses paupières lourdes de sommeil. Il lui montre sa couche, derrière eux, dans l'alcôve.

— Tu peux t'installer ici, si tu le souhaites… Ce matin, j'ai mis de la paille fraîche dans la litière. Les couvertures tiennent bien chaud… Je dormirai par terre, à côté de toi. J'ai des peaux de moutons. Quand j'étais petit, j'aimais bien faire ma tanière dans des ballots de laine. J'avais souvent une souris avec moi pour me tenir chaud.

Et tandis que la jeune fille se glisse sous les draps épais, Guilhem, d'une main tâtonnante, ouvre le coffre dans lequel il resserre ses instruments. Le psaltérion[1] qu'il en retire est celui dont il accompagne ses plus célèbres chansons. Mais ce soir il ne chantera pas. Il veut bercer sa sœur de sa seule musique. Les paroles qu'il a écrites jusqu'à présent, dédiées à des amours fictives, lui paraissent tout à coup bien dérisoires. À quoi bon chanter cet « amour de loin » dédié à une dame inaccessible ? Ce ne sont là que menus plaisirs pour rassasier les cœurs blasés. Chacun sait que le désir le plus ardent trouve à s'assouvir de la plus triviale manière. Bien étroites sont les limites charnelles. Infinis sont les horizons de l'esprit. Le premier cruchon venu étanche la plus grande soif. Mais aucune beauté, jamais, ne comblera notre besoin d'émerveillement. C'est cela que Guilhem veut célébrer.

Il ne reste plus une goutte d'huile à mettre dans le caleil de terre cuite. À la lueur de la mèche mourante,

1. Instrument de musique à cordes.

le jeune homme devine le profil de la jouvencelle. Elle a fermé les yeux. Si claire est sa peau toute cernée d'ombre, qu'elle semble irradier. Pâle clarté d'une nuit de neige sous la lune, juste avant que grésille et s'éteigne la mèche de lin.

D'un doigt léger, Guilhem effleure les cordes de l'instrument. Le premier accord vibre, tremblant et doux comme une caresse. Peu à peu, la fragile musique s'élève hors de la conque de bois, plus légère qu'un zéphyr, plus furtive et palpitante qu'une souris dans un souvenir d'enfance.

— Blanche, murmure Guilhem. Tu t'appelles Blanche.

Plusieurs fois, il répète à voix basse son nom de lumière dans la nuit du galetas.

Chapitre 33

PILATE & AMBERT MASSAC

La rédemption

Dans la salle d'armes, les juges s'en sont allés. Il ne reste de leur passage que l'écritoire qu'a laissée le greffier afin qu'à son retour le capitaine de la garde paraphe l'interrogatoire. Après quoi, il le transmettra à la vicomtesse qui confirmera le jugement. Le sieur Ambert Massac, armurier de son état, convaincu d'assassinat sur la personne de sire Pierre Ramondis, Premier conseiller de la Cour, sera pendu demain en place publique.

L'homme a été retiré du banc de torture. En contrepartie de ses aveux et par faveur exceptionnelle du tribunal, on lui a rendu ses vêtements. Aussi, il fait trop froid pour qu'on se risque à le perdre et, autant que possible, un futur pendu doit arriver au gibet en bonne santé.

Les gardes l'ont installé dans un angle de la salle, sur une botte de paille qui lui tiendra lieu de litière pour la nuit. Deux larges bracelets de fer, autour de ses poignets, sont reliés à une chaîne qui coulisse dans un anneau fixé dans le mur, derrière lui. Le système est astucieux. Il permet au condamné de saisir un objet qu'on lui tend, mais la chaîne est trop courte pour qu'il puisse approcher une main de l'autre et tenter de se libérer.

Comme il s'était mis à saigner, après l'arrachage des ongles, Pilate a pris soin de lui bander la sénestre. Les extrémités saignent toujours abondamment.

— Tu es un bon bourreau, Pilate, lui a dit l'armurier.

— Vous êtes bien bon de me le dire, messire. Ce n'est pas si souvent !

Et pour manifester sa reconnaissance, le tortionnaire va puiser un gobelet d'eau dans la seille qu'il avait remplie pour le supplice. Gentiment, il l'approche des lèvres du condamné. Il sait que la torture assèche la bouche.

— Tenez, c'est de bon cœur.

— Béni sois-tu, mon ami !

Massac, de sa main valide, se saisit du gobelet et avale à grande lampée. Au bout de ses doigts meurtris, la douleur lancinante afflue et reflue au rythme de son cœur. Mais, tandis qu'il suit des yeux le bourreau en train de ranger ses outils, un fol espoir l'envahit, plus puissant que la douleur. Il vient d'apercevoir l'écritoire du greffier.

— Il est l'heure, messire de faire amende honorable, dit Pilate en revenant vers lui. Êtes-vous prêt à recevoir le chapelain et confesser vos fautes ?

— Va quérir le prêtre, Pilate, va vite ! Mon âme a soif de repentance, plus encore que ma bouche ne désirait l'eau fraîche.

L'œil du bourreau s'éclaire d'une joie sincère. Demain, il enverra une brebis purifiée rejoindre les grands pâturages du Seigneur.

— Mais auparavant, ajoute l'armurier, daignerais-tu m'accorder une faveur ?

— Ma foi, tant que vous ne me demandez pas de vous libérer.

— Loin de moi cette pensée. Je ne vais point me défausser à présent que j'ai reconnu mon crime devant les hommes… Simplement… Accepterais-tu de remettre une lettre à celle qui, demain, sera ma veuve ? Vois-tu, je lui ai causé tant de chagrin et fait porter tant de cornes depuis notre mariage, que je voudrais, à elle aussi, demander pardon de toutes mes vilenies.

Singulière demande que celle-là ! songe Pilate. Le mariage n'est-il pas, de tout temps, le royaume du cocufiage ? Il faut que cet assassin ait, de beaucoup, passé la mesure pour éprouver le besoin que sa femme lui pardonne. Mais baste ! il a montré qu'il n'était pas mauvais bougre.

— Messire, ce serait bien volontiers, mais… c'est que je ne sais point écrire !

— Je le puis, moi, de cette main qui est intacte. Il suffit que tu veuilles bien m'approcher l'écritoire qui est là-bas. Je n'ai besoin que d'une feuille de parchemin. Et je t'assure que ma douce femme sera si heureuse de la recevoir qu'elle te récompensera d'un bel et bon denier melgorien.

La perspective d'un pareil profit balaie toute hésitation dans la tête de Pilate. Après tout, la maison de l'armurier est à deux pas. Il aura tôt fait de revenir pour entendre sa confession.

Sans plus tergiverser, il se saisit de l'écritoire et revient vers le condamné.

Et jamais on ne vit plume se tremper dans l'encre avec autant d'espoir. En quelques minutes, l'armurier a noirci le feuillet d'une main fébrile. Il le relit soigneusement.

À Monseigneur Pons d'Arsac, archevêque de Narbonne

Monseigneur,

Je supplie Votre Excellence qu'elle daigne accorder sa miséricorde à un innocent que l'on veut mettre à mort. Contraint, sous les cruelles tenailles du bourreau, d'avouer un crime que je n'ai point commis, je serai pendu demain, à moins que Votre Grâce n'intervienne en ma faveur pour l'amour du Christ. Je me permets de rappeler humblement à Votre Seigneurie que notre ami Hugues Bertier m'a fait dépositaire d'une somme de trente mille deniers collectés par notre confrérie afin de subvenir aux travaux de la cathédrale. Cet argent est resserré en une cachette que je suis seul à connaître. Ce me serait un supplice plus grand encore que la torture que je viens d'endurer si, par infortune, le secret de cette cachette venait à disparaître avec moi dans la tombe.

J'ai toute confiance en la bienveillance de Votre Excellence dont je reste le très obéissant et très dévoué serviteur.

Ambert Massac, armurier au pont des Marchands.

— Pilate, mon ami, serre ce pli sous ta cape et veille bien à ce que personne, hormis ma femme, ne le voie. Ce que j'y ai mis est d'une intimité trop grande pour être porté au grand jour. Ensuite, retourne céans ouïr ma repentance. Je ne dirai mot au prêtre avant que tu sois de retour.

TROISIÈME PARTIE

LE JEU D'ADAM

Chapitre 34

COMPOSTELLE & DONAT

Mauvais augure

Dix, c'est facile. C'est comme les doigts et les orteils. Il existe maintes choses qui vont jusqu'à dix. Mais après, c'est compliqué. Il paraît que les nombres ne s'arrêtent jamais. D'après Fabian, même les choses innombrables, ce serait possible de les compter, tellement il y a de nombres pour ça. Pourtant, Fabian n'a jamais pu dire combien il y avait de poils sur une bique. Même pas sur un biquet. Ce n'est pas étonnant ; personne n'est capable de dire ça.

Dix, c'était exactement le nombre de choucas qui ont traversé le ciel de dextre à sénestre. Donat en est certain. C'est là qu'il aurait été prudent de s'arrêter. Un seul oiseau aurait suffi, d'ailleurs. Mais si les choucas ont pensé qu'il valait mieux venir en bande, c'est que le danger doit être vraiment sérieux. Dans ces cas-là, il faut s'arrêter et attendre que d'autres oiseaux passent en sens inverse. S'il n'en vient pas, il faut rentrer chez soi ou faire une prière au bon sire saint Christophe.

Les oiseaux, le mercenaire a fait comme s'il ne les voyait pas. Ou peut-être ne les a-t-il pas vus. Donat n'a pas osé le prévenir. Il sait qu'il n'a pas le droit de parler. Même après ce qui s'est passé cette nuit avec les loups. Alors, pour attirer l'attention, il s'est mis à tousser, à plusieurs reprises et de plus en plus fort. À s'en faire mal à la gorge. Au bout d'un moment, l'autre a fini par se retourner sur son cheval. Donat a aussitôt pointé le doigt vers le ciel. Mais c'était trop tard. Les choucas avaient disparu.

— Ouais, le ciel est lourd de neige… Et alors ? Nous serons à Narbonne avant qu'elle ait commencé à tomber… Tu ferais mieux de te concentrer sur ce que je t'ai dit… Te souviens-tu seulement de ce que je t'ai dit ?

Donat secoue la tête. Bien sûr qu'il s'en souvient. Dès le réveil et jusqu'à ce qu'ils quittent la masure en ruine, avec tous ses fantômes et les loups crevés, le mercenaire lui a seriné la leçon. Ils sont deux pèlerins en route pour Saint-Jacques de Compostelle. Ils viennent de très loin, de la ville de Gap dans les montagnes. Ils ont perdu leurs compagnons à cause des brigands qui les ont attaqués du côté de Montpellier. C'est là ce qu'il faut dire si on les interroge. Quand ils seront à Narbonne et que la pleine lune sera de retour, ils devront guetter à tour de rôle, toutes les nuits jusqu'à ce qu'ils voient des flammes à l'horizon. Alors ce sera le signal. Donat avait bien envie de demander le signal de quoi ? Mais c'était plus prudent de la boucler. Il faut se méfier des gens bizarres comme ce soldat. Pourquoi veut-il qu'on raconte des bourdes ? Ils n'ont pas perdu leurs compagnons, puisqu'ils les ont laissés à Agde et ce ne sont pas des brigands qui les ont attaqués mais des loups. Et pour finir, ils vont à Narbonne que tout le monde connaît bien et non pas à Compostelle dont personne ne sait où ça se trouve. Ça ressemble beaucoup à des mensonges. Mais Donat est prêt à mentir de bon cœur, si cela lui permet de revoir Fabian. Alors il se répète en lui-même, comme une litanie, Compostelle, brigands, pèlerins, pleine lune, signal de feu et Gap dans les montagnes, pour ne rien oublier. Surtout Gap qui lui plaît bien. C'est facile à dire. Il l'a même prononcé à voix basse plusieurs fois. Gap, Gap, Gap, Gap. C'est un mot qui galope comme un cabri.

Pour l'heure, on est bien loin de galoper. La neige est si épaisse qu'il faut y aller pas à pas. Donat a remarqué que le soldat suivait les traces des sangliers ou des cerfs. Il pousse toujours son cheval dans les empreintes laissées par les bêtes sauvages. Il a raison. Les animaux savent plus de choses que les chrétiens. On peut leur faire confiance.

Cependant, on vient de quitter la forêt. Les empreintes se font rares. On ne sait plus trop où mettre les sabots. Le paysage est devenu immense. Une mer toute blanche, comme si l'on avait mis à sécher mille et mille et encore mille peaux de moutons. Mille, ce n'est pas vraiment un nombre. C'est pour dire qu'on n'est plus capable de compter. Heureusement que les nuages cachent le soleil. Sinon il faudrait fermer les yeux tellement ce serait éblouissant.

— Regarde, là-bas ! C'est Narbonne.

Mais Donat a beau se hisser sur ses étriers, il n'aperçoit qu'une vague masse grisâtre sous les nuages bas. Il s'attendait à mieux.

Compostelle a arrêté son cheval. L'air soucieux, il inspecte les alentours. Dans l'ondulation d'une blancheur uniforme, il croit distinguer la forme d'une masure. Il ne s'est pas trompé. Un trait de fumée se discerne, à peine plus sombre, sur le gris du ciel. Si des gens vivent là, il y a forcément un chemin tout près. D'un coup de talon, il relance son cheval.

À la file, les deux cavaliers descendent prudemment une légère butée. Un chemin serpente jusqu'à la masure et bien au-delà, dans la direction de Narbonne. De part et d'autre, de neigeux promontoires en soulignent nettement le tracé.

Déjà, Compostelle s'y engage. La neige est un peu moins épaisse, cela va permettre de s'essayer au trot.

Donat aurait préféré qu'on s'arrête un instant. Il aurait bien aimé descendre de la mule pour se dégourdir un peu les jambes. Le froid est tellement vif qu'il en a les jointures violettes.

— Qu'est-ce que tu attends ? Allez, talonne ta bête ! crie Compostelle en s'éloignant au petit trop.

À l'instant où Donat va s'engager sur le chemin, un craquement sourd résonne dans le silence. À quelques toises de lui, le cheval du mercenaire s'engloutit soudain dans la neige de tout son arrière-train. L'homme est éjecté de la selle, le cheval disparaît un peu plus, comme dévoré par le chemin. La glace perfide qui couvrait la rivière s'ouvre encore un peu plus, le mercenaire s'enfonce dans l'eau, battant des bras pour tenter de s'agripper à la glace.

Donat saute à bas de sa mule. Longeant le relief du bas-côté, il court à toutes jambes jusqu'au lieu de l'accident. Compostelle est en train de s'agripper au cheval. De ses antérieurs, l'animal s'efforce de trouver un appui sur la plaque glacée qui oscille sous son poids. Chaque tentative le fait déraper davantage et s'enfoncer un peu plus dans l'eau. Donat s'est jeté à plat ventre sur la glace. Il tend sa main vers le mercenaire. Celui-ci lui lance la sacoche qu'il vient de décrocher de la selle, puis il essaie d'escalader l'encolure du destrier, s'agrippant de toutes ses forces à la crinière. Dans un soubresaut, le cheval le projette en arrière d'un coup de tête. Compostelle va donner du crâne sur l'épaisse dalle de glace. Assommé sur le coup.

Lentement, rampant comme il peut, sur le sol glissant, Donat contourne le trou béant et s'approche de lui, gagnant pouce par pouce. Grande est la tentation de planter là son détestable compagnon et que la rivière l'engloutisse ; mais alors, qu'adviendra-t-il de Fabian ?

Le mercenaire gît face contre neige, le bas du corps dans la rivière. Donat est tout près de lui maintenant. Par chance, une racine dépasse de la glace, offrant une prise au garçon. Il s'y cramponne d'une main tout en saisissant Compostelle par le col de son bliaud. À l'embarcadère de Sijan, il lui arrivait de parier contre son frère qu'il tirerait à lui seul une barque sur la grève. Suant et ahanant, la plupart du temps il remportait le pari. Mais un corps inerte, à demi englouti, est moins facile à agripper qu'une barque. Surtout d'une seule main. Peu à peu, effort après effort, le buste finit par émerger en entier. Donat s'arrête un moment de tirer. Le temps de reprendre souffle. Il faut maintenant lâcher le col et empoigner la ceinture à la vitesse d'un battement de cil sinon le corps glissera et lui échappera définitivement. De toute son énergie, comme un chat détend sa patte, Donat lance son bras et saisit le ceinturon. Il s'en est fallu de rien qu'il ne manque sa prise. Mais il a gagné. Les doigts crispés sur le morceau de cuir, il ramène lentement le mercenaire vers lui. Encore un effort et il le tire sur la berge, loin de la glace et de la rivière fatale.

Sur la tempe du mercenaire, une veine bat. Le garçon

agite une main devant ses yeux mi-clos, mais rien ne le fait réagir. Même pas quand Donat se risque à le questionner :

— Hou navé pas fhu nhé hoiseaux ?

Son silence n'est pas bon signe. Franchement, Donat aurait préféré se faire injurier. Il tourne la tête d'un côté et de l'autre comme s'il y avait quoi que ce soit à espérer dans la désolation environnante. La brave mule n'a pas bronché. Elle a assisté au sauvetage sans manifester la moindre inquiétude. Elle n'a même pas pensé à s'enfuir. Peut-être avait-elle flairé que les humains allaient s'en sortir. Allez donc savoir ce qui se passe dans la cervelle d'une mule. Quant au cheval, il est en train de se noyer. Seule sa tête émerge encore, le mufle reposant sur la glace, l'œil dilaté d'effroi. De temps à autre, il pousse un hennissement paniqué. Mais de moins en moins fort, de moins en moins souvent. Donat aurait cent fois préféré sauver ce pauvre bestiau plutôt que le soldat. Si seulement il avait pu. Maintenant, il préférerait que le cheval meure vite. De toute façon, on ne va pas rester ici, dans cette neige et ce froid.

Encore un effort pour charger sur la mule le gars toujours inconscient en travers de la selle, et puis on se met en route. Ne pas oublier la sacoche de cuir. On ne sait pas ce qu'elle contient mais, si le soldat venait à se réveiller, il serait bien capable de la réclamer. D'ailleurs, il ne faut pas dire soldat. Pèlerin, Compostelle, brigands, et Gap, Gap, Gap. Voilà ce qu'il faudra dire quand on sera à Narbonne. Narbonne qui est la grosse tache sombre, là-bas, droit devant.

Chapitre 35

GUILHEM DE MALPAS & PEIRE BRUN

Fabula

— J'ai quelque chose à te montrer… Une chose tout à fait extraordinaire ! a dit Peire en accueillant le troubadour. Cela pourrait bien bouleverser ton projet du *Jeu d'Adam*.

Fort intrigué par ce préambule, Guilhem a suivi son ami imagier jusqu'au bout du cloître, à l'endroit du déambulatoire où le vieux pavement a été arraché pour faire place au nouveau dallage. Tous deux s'arrêtent devant une tranchée de faible profondeur recouverte par une sorte de pont de planches. Une à une, Peire les enlève, faisant signe à Guilhem de s'approcher. Le troubadour n'en croit pas ses yeux. L'objet qui lui apparaît alors est une immense image.

Un homme, torse et jambes nues, les hanches et le bassin enveloppés d'une peau de mouton, s'approche d'une femme en longue tunique en train de jouer d'un instrument fait de deux chalumeaux réunis. En léger retrait, auprès d'une colonne, un jeune garçon aide un autre homme à enfiler une ample cotte peinte de feuillages et de lianes.

Tout, dans les postures et les mouvements, semble si naturel que l'on jurerait qu'ils vont se mettre à bouger pour de bon. Mais le plus fascinant, ce sont leurs visages qui sont doubles. Ceux de l'homme à la fourrure et de la femme musicienne. De vraies figures, superposées à leur propre face. D'autres visages, encore, sont disposés devant eux, par terre ou sur des tabourets, les uns tristes, les autres gais. L'un d'eux paraît figé dans une effroyable colère. On croirait entendre une imprécation diabolique sortir de sa bouche grande ouverte tandis que son voisin, les yeux plissés, les pommettes hautes, semble rire aux éclats. Au premier coup d'œil, Guilhem a cru que c'étaient des têtes coupées. Or ce sont des visages vides, sans crâne, sans yeux, qui attendent que quelqu'un les ramasse et vienne les habiter. Comme s'il existait, indépendantes de la réalité, des émotions toutes prêtes auxquelles il ne reste plus qu'à donner vie.

— Voilà le théâtre que tu es en train de réinventer, dit Peire en désignant la mosaïque. Ces gens, que l'artisan a représentés, se préparent à raconter une histoire. Les masques qu'ils portent permettent au public de comprendre au premier regard qui est le personnage et quelles sont ses intentions.

Si grande est la sidération de Guilhem que les mots lui manquent. Il recule d'un pas pour envisager dans son ensemble l'immense image faite de milliers de tessons de céramique colorée. Les formes, les matières, les teintes avec tous leurs dégradés, y sont si parfaites qu'il n'a rien vu de comparable dans aucun ouvrage d'artisan, qu'il soit d'abbaye ou de palais. Même les beautés peintes aux murs de *La Belle Sirène* lui semblent soudain bien fades à côté de cette splendeur.

— Qui a fait cela ? finit-il par demander. Est-ce l'œuvre d'un Sarrasin ?

La question que vient de poser le troubadour est exactement celle qui avait agité Peire lui-même lorsque, après quelques coups de pioche, ses compagnons avaient dégagé le tableau enfoui dans le sol du cloître.

— Non, Guilhem. Il n'existait pas de Sarrasins à l'époque où cette image fut composée. Ni de chrétiens non plus.

— Serait-ce un artisan juif ?

— Impossible. Tout comme les Sarrasins, les juifs ne créent pas de représentations du monde vivant.

— Crois-tu qu'elle daterait du temps de Notre-Seigneur Jésus ?

— Peut-être de plus loin encore dans l'enchaînement des siècles… Pour rebâtir cette partie du cloître, il a fallu enlever le dallage abîmé. En dessous, il s'en trouvait un autre, fait de terre cuite. C'est sous ce dernier que nous avons découvert, par hasard, la mosaïque.

— Qu'allez-vous en faire ?

Avec un haussement d'épaules fataliste, le maître imagier lâche dans un soupir :

— L'archevêque a donné l'ordre de la recouvrir.

— Mais pourquoi ?

— C'est lui qui m'a parlé de cet art que l'on appelait le théâtre. Il m'a dit que cette image en était une effrayante manifestation. Selon Son Excellence, il s'agirait là d'un rituel païen qui constitue, par sa seule existence, une offense insupportable à Dieu.

— Dieu serait offensé par la beauté ?

— Je ne suis point féru de ces choses anciennes… Mon maître m'a enseigné la manière de faire vivre la pierre. Toute notre habileté est au service des Saintes

Écritures. D'ouvrage en ouvrage, nous édifions un livre d'images à l'usage de ceux qui ne lisent pas. Nous travaillons pour l'édification des simples et pour le plaisir des lettrés… Et pour la gloire de Dieu.

Relevant la tête, Guilhem jette un œil dépité sur le groupe sculpté qui orne le fond du cloître. L'empereur Carolus Magnus y trône, la Vierge à son côté, tous deux encadrés par les saints Just et Pastor.

Passe encore pour l'empereur, qui fut le bienfaiteur de la ville. Car, bien que l'imagier l'ait représenté drapé dans une majesté un peu fripée et qu'il l'ait couronné de guingois, le grand Carolus paraît plutôt débonnaire. Mais que dire de la Madone ? On sent que le sculpteur a eu bien du mal à se colleter avec le caillou. Le visage qu'il en a tiré, aux traits revêches, évoque davantage celui d'une matrone courroucée par quelque ennui domestique que celui, tout empreint d'une douleur bienveillante, que l'on prête à la mère du Crucifié. Sans parler de leurs deux acolytes, les très vénérables saints Just et Pastor dont les pieuses reliques reposent dans le chœur de la cathédrale. Leur image est à ce point malhabile qu'on croirait voir le branle pitoyable de deux compères éméchés au sortir d'une taverne.

— Et ceci ! s'exclame Guilhem en pointant les sculptures bancales, crois-tu vraiment que ceci contribuerait davantage à la gloire de Dieu… que cela ? ajoute-t-il en désignant la ravissante mosaïque.

Devant la colère de son ami, Peire ne peut s'empêcher de sourire. Le troubadour a raison. À tout prendre, mieux vaut une beauté païenne qu'une pieuse laideur. Mais allez donc faire accepter pareil jugement à monseigneur d'Arsac, qui n'a que l'hérésie en tête.

— Rassure-toi, Guilhem… Tant de beauté ne disparaîtra pas. L'interruption du chantier m'a donné assez de loisir pour me laisser le temps d'en faire un relevé très précis. J'ai tout recopié, dans les moindres détails, sur le meilleur parchemin que j'aie pu trouver ; y compris les couleurs… Quant à la mosaïque, je la ferai d'abord couvrir d'une couche de sable, afin que notre mortier ne l'abîme pas… Qui sait si, dans les temps futurs, il ne viendra pas à quelqu'un la fantaisie de défaire le dallage que nous allons poser ? Alors cette image vivra de nouveau.

Il faut bien se satisfaire de cette piètre consolation. Mais Guilhem n'arrive pas à détacher son regard de ces fascinantes créatures et de leurs masques tellement expressifs. Il s'est accroupi, pour en caresser les contours d'un doigt plein d'une respectueuse admiration. Peire avait raison : cette découverte est une révélation. Brusquement, il se redresse.

— Peire, serais-tu capable de fabriquer des visages… je veux dire des masques, semblables à ceux-ci ?

— Tu penses au *Jeu d'Adam* ?

— Je ne pense à rien d'autre… Vois-tu, c'est Sa Seigneurie le baron de Lara qui dira les textes de Dieu et du Tentateur. Et je jouerai moi-même la partie d'Adam et peut-être celle de Caïn ou d'Abel. Je n'ai point arrêté mon parti… Bien sûr, nous pouvons adapter nos mimiques afin de différencier les personnages, mais ce serait beaucoup plus efficace si nous portions des masques, et tellement plus beau ! Quant aux démons, aucune figure humaine ne sera jamais aussi effrayante que les dessins exposés dans ton atelier… Des masques, voilà ce qu'il faut à notre théâtre !

L'imagier a pris son menton entre pouce et index, comme s'il tâtait son fin collier de barbe.

— J'ignore dans quelle matière les Anciens fabriquaient les leurs. Ce devait être probablement du cuir bouilli ou du bois très léger… Peut-être même, du tissu en plusieurs couches encollées.

— Je pencherais volontiers pour du cuir. C'est une matière malléable et qui se peint aisément… Qu'en dis-tu ?

— Il faudrait modeler d'abord des formes en relief d'argile. Ensuite, on plaquerait le cuir sur ces matrices pour qu'il en épouse les contours… Le reste est une question de séchage.

— Je demanderai que l'on mette à notre disposition un des fours du palais ; ou bien la grande cheminée de la salle d'audience. Elle est de peu d'usage en cette saison.

Peire hoche la tête en signe d'approbation. Il imagine déjà les formes en train de naître sous ses doigts. Cela fait bien longtemps qu'il n'a point travaillé la terre. Cette pensée le ramène plus de dix ans en arrière, à l'époque où il était l'apprenti de Maître Jordi de Cabestan. Que dirait le grand imagier de ce projet si différent des ouvrages de son temps ? Et comment s'y prendrait-il pour représenter Dieu ?

— Quel visage imagines-tu pour le Créateur ?

Voilà bien la question que Guilhem se pose depuis le début sans avoir avancé d'un pas vers une solution.

— Aucun… Dans le texte d'origine, le scribe a écrit « *Figura* ». C'est-à-dire la présence qui n'a pas de nom. Dieu est innommable, indéfinissable… Or nous devons Le représenter. Peut-être que le plus pertinent serait une voix qui sortirait du décor. Mais j'ai peur que les simples ne comprennent pas qui leur parle. Il n'y a que les saints qui entendent parler Dieu et je doute qu'ils soient bien nombreux à Narbonne.

Les jeunes gens se taisent. Comme si l'énigme de Dieu leur imposait le silence. Que peut-on dire de ce qui ne peut se concevoir ? Mais la confrontation quotidienne avec la matière brute a façonné l'esprit de Peire d'une manière qui lui fait tendre à la simplification.

— Que penserais-tu d'une pure forme géométrique ? Une figure abstraite, en quelque sorte.

À cette idée, l'œil de Guilhem s'éclaire. Si son ami lui pose la question, c'est qu'il détient sûrement une réponse.

— Que proposes-tu ?

— Un masque vide et blanc. Peut-être en forme de mandorle… Deux ellipses en ovale qui se joignent à leurs extrémités.

— Oui-da ! s'enthousiasme Guilhem. Une grande armature en jonc, tendue d'une soie blanche afin que l'on puisse voir au travers sans être vu… Dotée d'une ouverture pour la bouche. Ainsi La Figure restera un signe. Ni plus ni moins qu'un signe. Ce sera parfait !

Guilhem exulte. Nul ne pourra l'accuser d'avoir eu la prétention de réduire à une forme Celui par qui toute forme existe.

Pour Peire, l'affaire est réglée. Il est déjà ailleurs.

— Si j'ai bien compris, dit-il, il y aura aussi une autre personne qui jouera successivement Ève et Abel ? Ils n'apparaissent jamais au même moment, n'est-ce pas ?

Guilhem hésite un peu avant de répondre. Après tout, pourquoi cacherait-il ce modeste secret à Peire avec qui il a déjà partagé tant de choses ?

— Je n'ai point encore arrêté mon choix... Mais je rêve de voir Blanche, ma sœur, prêter son apparence à la première femme de l'humanité... Bien sûr, il me faudra trouver quelqu'un d'autre pour jouer Abel... À moins que je ne le fasse moi-même.

Peire semble dubitatif :

— Un adolescent qui n'a pas encore mué conviendrait tout aussi bien pour interpréter les deux personnages. La chorale ne manque pas de voix angéliques.

— Tu n'as fait que l'entrapercevoir, mais je t'assure qu'il ne peut se trouver plus gracieuse personne que ma chère sœur Blanche. Elle est dotée de tant de charmes que je ne saurais les décrire... Il faut assurément que tu la voies !

— Je ne doute pas de ta parole de poète. Mais je crains que l'archevêque ne désapprouve – avec la dernière vigueur – la présence d'une femme dans une pièce liturgique.

— Oublions la liturgie, pour une fois ! s'emporte Guilhem. Disons que ce sera une pièce... Une pièce...

Il s'interrompt dans son emballement, ne sachant comment qualifier la chose dont il rêve, puis il lâche d'un trait :

— Une pièce *de théâtre* ! Puisque tu m'as appris que cet art se nommait ainsi.

— Cela n'existe pas.

— Mais cela a existé, insiste Guilhem en montrant la mosaïque. Et, au moins, les Anciens, eux, ne rechignaient pas à montrer des femmes dans leur théâtre. Vois comme celle-ci lève haut sa jambe délicate. Quelle beauté ! N'incarne-t-elle pas l'âme même de la danse ?

— Tu dis vrai... Puisses-tu rallier l'archevêque à

tes raisons… Mais n'oublie pas qu'il a ordonné que l'on recouvre cette image impie.

— Il n'a point ordonné qu'on la détruise. Cela me laisse espérer.

L'imagier s'est mis à reposer sur la mosaïque le pont de planches qui la protège. Guilhem regarde, ému, disparaître, un à un, ces beaux masques qui le bouleversent.

— Il me vient une idée.

Peire se retourne.

— Dois-je m'inquiéter davantage ? demande-t-il, avec une pointe d'ironie.

— Serais-tu capable de fabriquer un masque à la ressemblance de ma sœur ? Je veux dire, trait pour trait, comme si c'était un double d'elle-même.

L'imagier réfléchit un instant. Il lui est parfois arrivé de faire des esquisses « sur le vif ». Au hasard d'un marché, ou bien sur un chantier, en notant l'étrange inclinaison d'un œil, le rictus particulier d'une bouche ou la forme comique d'une oreille. Cela lui servait pour caractériser une tête sur un tympan ou un chapiteau. Mais recopier à l'identique un visage humain, jamais il n'aurait osé le faire.

— Je dois en être capable, oui… Mais n'est-ce pas un péché ?

— Pourquoi en serait-ce un ? Toi comme moi, nous avons lu les Évangiles. Il n'y est écrit nulle part que cela est interdit… Quoi qu'il en soit, il faudra bien recréer le visage d'Ève. Alors, autant prendre un modèle idéal… Et je n'en connais point de plus parfait que celui de Blanche.

Chapitre 36

BLANCHE

La voix du sang

Un bol de lait, un petit gâteau de miel enveloppé d'un linge blanc, une panière remplie de fruits secs ; telle est l'offrande que Blanche a trouvée au pied de sa couche à son réveil. Elle ne l'a pas vue tout de suite. Sitôt avait-elle ouvert les yeux qu'elle les a refermés, de peur que le rêve ne s'enfuie. Le rêve d'une alcôve de bois tout au sommet d'un palais dont son frère était l'enchanteur. Elle savait bien que rien de tout cela n'était vrai. Dans quelques minutes, la voix grinçante de Célestina allait la tirer de sa litière, la houspillant, comme chaque matin, pour qu'elle s'affaire à nourrir les poules et les lapins, fourbir les casseroles, laver les draps des étuves ou encore ravauder quelques vieux vêtements. « Une épouse accomplie doit savoir faire tout cela. Et tant d'autres choses que tu découvriras bientôt, ma petite Clara ! » Oh ! ce prénom détestable ! La vieille l'en avait affublée au premier jour de son arrivée à *La Belle Sirène*.

Aucune voix, cependant, ne vient troubler le silence du galetas. Seuls bruissent, parfois, les lointains murmures du vent d'hiver sur les tuiles ou les grattements d'un rongeur, quelque part entre lambourdes et solives.

Longtemps, l'adolescente reste à les écouter, essayant de deviner les histoires que racontent les bruits. Elle n'a pas le don merveilleux de Guilhem pour faire apparaître les images, mais ce que disent les bruits la rassure. Lentement, Blanche se hasarde à entrouvrir à nouveau les paupières. Par-delà la fine barrière des cils, elle laisse peu à peu le monde venir à elle. Et le rêve ne s'est point dissous.

Du haut de la lucarne tendue d'un parchemin huilé, tombe une clarté laiteuse qui n'est plus vraiment la nuit mais pas tout à fait le jour. Cela suffit pour que batte plus fort le cœur de la jeune fille. Elle ouvre grand les yeux. Tout est là du songe de la veille. Près des peaux de moutons où Guilhem a dormi, dort à présent le caleil de terre cuite. L'instrument dont la musique a bercé son premier sommeil repose sur le coffre, près de la couche. Aussitôt lui revient ce nom de Blanche dont son frère l'a baptisée. Un nom de neige et de lune. Elle le roule dans sa bouche muette, comme une pastille de miel. Un jour elle le prononcera à voix haute, lorsque Dieu l'aura exaucée et que leur mère sera guérie. Pour l'heure, c'est un trésor qu'elle garde secret. L'enchantement dure encore, même si l'enchanteur a disparu. Mais n'est-ce pas le propre des magiciens ? La jeune fille a confiance. Il ne saurait tarder à réapparaître. Ainsi font les personnages des songes.

Alertée par le mouvement des couvertures que Blanche vient de rejeter, Agazza pique droit de son nid vers les fruits secs. Elle s'est perchée au bord de la panière pour saisir du bout du bec un beau cerneau de noix.

Blanche porte à sa bouche le gâteau de miel. Oncques elle n'a goûté pareil délice. Cela fond sur la langue et laisse dans la bouche un goût de plein été. Chez Célestina, c'était tous les matins la même potée de fèves, les jours maigres, ou la sempiternelle soupe au lard, les jours gras. Bien heureux quand un morceau de pain bis accompagnait ces agapes misérablement comptées. À Carcassonne, ça n'était guère mieux. Même si la tendresse maternelle palliait par son invention la chicheté des mets. La petite avait appris à se régaler d'une galette de châtaignes, ou à faire bombance d'une tourte aux orties.

À pleines poignées, Blanche engloutit les raisins secs qui lui semblent un trésor de perles comestibles. Goulûment, elle avale le bol de lait parfumé de cannelle. Entrecoupant chaque gorgée d'une bouchée de fruits. Agazza la regarde d'un œil réprobateur. C'est à peine s'il reste quelques noix au fond de la panière. Pleine de remords, la jeune fille les lui abandonne volontiers. Assise par terre, dos appuyé au bois de la litière, elle laisse enfin sa tête aller à la renverse dans le moelleux de l'oreiller. Il arrive que le bonheur donne envie de pleurer. Mais elle ne pleurera pas. Si elle ferme les yeux, c'est pour mieux laisser place aux images.

Deux jours. Cela fait seulement deux jours que Guilhem est apparu dans sa vie. La première fois, elle a eu peur. Elle a cru qu'il était ce mari que la Célestina lui destinait. De mari, elle ne voulait point. Les filles de la *Sirène* lui avaient raconté des choses terribles sur les maris. De quoi vous en dégoûter à jamais. Si, par malheur, un mari venait à se présenter, elle s'était promis d'avaler son aiguille à coudre. Elle serait morte ainsi, car la mort valait mieux qu'un époux. Et puis elle avait levé son regard vers Guilhem et elle avait ressenti la peur dans les yeux du jeune homme. Les maris n'ont pas peur. Ils sont comme les ogres. Ils n'ont pas une pie sur l'épaule. Ils ne parlent pas le langage des oiseaux. Ils ne lisent pas sur les lèvres. Ils dévorent, à dents cruelles, la joie des filles.

Hier, il a suffi de quelques paroles muettes échangées avec ce mystérieux jeune homme pour que Blanche laisse le rêve l'envahir. Au sortir de la cathédrale, alors que les soldats l'emmenaient, son rêve lui a parlé par le chant d'une fauvette. Quelques instants plus tard, Guilhem est apparu, par magie, dans la cour du palais. Il s'est planté devant le grand soldat qui dirigeait les autres et, d'une voix pleine d'autorité, il a dit : « Je suis le frère de cette damoiselle. Notre vicomtesse a mandé que je la conduise moi-même auprès d'elle. » Il l'a prise par la main et il s'est mis à pleurer.

Du temps de Carcassonne, leur mère Bertrande lui avait parlé de ce frère inconnu qu'elle avait confié à ces gens qui s'appellent « les Bons Hommes ». Il en venait chez eux, parfois, des frères prêcheurs qui restaient un jour ou deux et repartaient par les chemins de poussière. Tout vêtus de noir, barbus, puants et crasseux, et pleins de douceur. La plupart du temps, ils avaient l'air de crever de faim. Sitôt qu'on leur donnait à manger, ils bénissaient tout le monde, même les poules, et ils parlaient de Dieu, l'ami des pauvres. Blanche s'était imaginé un frère à leur ressemblance. Elle n'avait pas tellement envie de le connaître. Les Bons Hommes étaient gentils avec elle, mais ils ne riaient jamais et ils ne voulaient pas jouer à la toupie.

Et puis, il y avait aussi dans la maison de l'oncle menuisier moult frères et sœurs. Les frères étaient des enfants ogres qui se jetaient sur tout ce qui pouvait se manger. Il fallait parfois leur arracher la nourriture des mains. Ils se vengeaient à grands coups de taloche. Blanche en avait conclu qu'un frère, c'est presque aussi redoutable qu'un mari.

Elle ouvre brusquement les yeux pour cesser de rêver. Elle veut que tout cela soit vrai.

Alors, c'est comme si une aiguille s'enfonçait pour de bon dans son ventre. Une douleur soudaine qui la plie en deux et lui fait pousser un cri. On ne souffre pas ainsi ni dans la mort ni dans les songes. Il n'y a que dans le monde réel que l'on endure pareille souffrance. Instinctivement, elle serre ses bras contre son ventre. La douleur campe aussi au bas de ses reins. Elle n'aurait pas dû manger avec une pareille gloutonnerie. La voilà bien punie de sa gourmandise.

Entre ses cuisses, une tache de sang macule la chainse. Blanche se souvient de ce que lui avait dit, un jour, une des filles de la *Sirène*. Elle venait d'aider Célestina à couper la tête d'un poulet. Du sang avait giclé sur sa tunique, au même endroit qu'à l'instant. Alors qu'elle courait se changer, elle avait croisé le regard de Tristana – la plus douce des ribaudes. « Te voilà devenue femme, ma toute belle ! s'était-elle exclamée, ajoutant dans un soupir de compassion : Un malheur qui en annonce maints autres. » Célestina l'avait rabrouée : « Veux-tu bien tenir ta langue, vilaine drôlesse ! Ça n'est que du sang de poule. »

Mais à présent, ce sang est bien le sien. Elle sent ses cuisses poisseuses et la douleur dans le bas-ventre n'en finit pas. Est-ce cela, l'annonce du malheur ?

Une honte l'envahit tout à coup. Pourvu que Guilhem n'apparaisse pas maintenant. « Faites, mon Dieu, qu'il ne me voie pas ainsi ! Faites couler beaucoup,

beaucoup de sang, et que je meure vite avant qu'il arrive. »

Mais la porte du galetas vient de s'ouvrir. Ce n'est point Guilhem. Blanche reconnaît cette femme. Elle l'a vue, hier, auprès de la vicomtesse. Elle se nomme dame Aloïs.

Chapitre 37

DAME ERMENGARDE & LA COUR

L'imprécateur

Aux premières lueurs du jour, les menuisiers du palais ont dressé l'estrade du gibet sur la Grand-Place. Le plus gros de l'ouvrage est achevé. La plate-forme et les quatre marches sont installées. Il ne restera plus qu'à ériger la potence, élément majeur de la cérémonie.

Pour l'heure, Pilate et les ouvriers sont rentrés se réchauffer au goulot d'un bon pichet avant de porter la dernière main à leur ouvrage. Il a fallu faire place nette de la neige. Leurs doigts sont gourds d'avoir longtemps manié pelles et râteaux.

De la fenêtre de la bibliothèque, dame Ermengarde jette un regard de dépit au gibet inachevé. Elle se retourne d'un mouvement vif face aux quatre hommes réunis dans la pièce. Dos à la cheminée, Aymeri de Lara et le viguier qui a mené l'interrogatoire de l'armurier ; un peu en retrait, Odín Glumsson, la mine défaite, un parchemin roulé au bout de son bras ballant. Au milieu de leur groupe, un clerc de la cathédrale, frère Nadal – qui remplit auprès de l'archevêque la délicate fonction de secrétaire – déambule à pas lents, d'un lutrin à l'autre. Il semble faire de son mieux pour éviter le regard de la vicomtesse sans pour autant paraître irrespectueux à son encontre. Il vient cependant, de lui demander, de la part de l'archevêque, la libération immédiate du condamné.

— N'estimez-vous pas, frère Nadal, lui lance-t-elle d'un ton acide, qu'en pareille circonstance il eût été séant que monseigneur d'Arsac vînt en personne me soumettre sa requête ? Afin que nous en débattions, lui et moi, en toute sérénité.

Cette fois, le clerc ne peut éviter de lever son regard pour répondre courtoisement à l'apostrophe vindicative de la vicomtesse.

— Votre Seigneurie, je vous prie de considérer que Son Excellence l'archevêque souffre d'un embarras gastrique fort inopportun. Ses douleurs lui interdisent tout déplacement... Je ne doute pas que, sans cela...

— Chevalier Glumsson ! interrompt-elle avec vivacité, veuillez présenter à frère Nadal les aveux signés de la main de l'accusé.

Mais alors que le capitaine s'approche du clerc, celui-ci l'arrête d'un geste, sans même daigner jeter un coup d'œil au parchemin qu'il lui tend. Ermengarde n'aurait pas dû lui couper ainsi la parole. C'est faire trop peu de cas de l'ambassade qui lui a été confiée.

— Des aveux obtenus sous la torture, je suppose ? lâche-t-il d'un ton condescendant.

Ermengarde se tait, décontenancée par la repartie de cet homme qu'elle a sous-estimé. Le viguier vient à son secours :

— A-t-on jamais entendu parler d'un criminel qui reconnaisse spontanément son crime ?

Un petit sourire aux lèvres, le clerc le dévisage.

— Certes non, messire... mais vous m'accorderez qu'il suffit de quelques coups de masse pour réduire en sable le marbre le plus résistant… Alors, que ne peut-on pas obtenir d'un homme à l'aide d'une paire de tenailles ?

Un silence embarrassé suit la question du clerc. Il en profite pour renforcer son avantage :

— Le chapelain du palais, qui se trouve être de mes amis, a eu la bonté de me conduire auprès de messire Massac dont il a reçu la confession la nuit dernière. En ma présence, l'armurier est revenu sur ses aveux. Il m'a suffi de quelques questions pour obtenir de sa bouche la simple vérité… À savoir que notre homme a passé la vêprée en compagnie de Son Excellence l'archevêque avec qui il avait à traiter d'une affaire d'armurerie concernant notre milice et qu'il n'est retourné chez lui que fort tard dans la nuit. Bien après que messire Ramondis eut quitté le palais. Le chapelain pourra confirmer mes dires… J'ajoute que j'ai reçu ces aveux sans le secours d'aucune tenaille.

Le viguier ne peut se retenir :

— À aucun moment, de l'interrogatoire, l'accusé n'a évoqué ce… cette circonstance !

— À aucun moment, vous ne lui en avez offert l'opportunité… La torture lui a été appliquée sitôt qu'il a nié les charges invoquées contre lui.

Tous se taisent. Car le clerc dit vrai.

— Nous devons donc en conclure, poursuit frère Nadal, que l'armurier est innocent de la mort de messire Ramondis et que son cas ne relève plus que de la juridiction de monseigneur d'Arsac.

À ces mots, dame Ermengarde relève le menton, sans rien laisser paraître de sa colère.

— Que voulez-vous dire ?

— Messire Ambert Massac a été amené à faire une

confession erronée sur laquelle il est, certes, revenu… mais enfin, mentir en confession constitue un péché grave que seul l'archevêque est en mesure d'absoudre.

Point n'est besoin à Ermengarde de plus amples commentaires. Elle a immédiatement compris qu'en déplaçant le débat du civil au religieux le clerc vient de lui signifier que le sieur Massac ne lui appartient plus. Non seulement elle n'est plus en situation de signer l'ordre d'exécution, mais il lui est, dès lors, impossible d'intenter quelque action que ce soit à l'encontre de l'armurier. Fût-ce en l'accusant d'avoir trempé dans le complot de Bertier.

Un simple regard sur chacun des hommes de la Cour lui montre clairement qu'il n'y a plus qu'à s'incliner. Il ne lui reste qu'à prononcer les mots qui vont signer sa capitulation.

C'est à cet instant que retentit une voix s'élevant de la Grand-Place. Amplifiés par la résonance des murailles, ses propos véhéments sont destinés à ameuter la populace.

— Frères en Jésus-Christ, je vous le dis ! vocifère l'imprécateur. Écoutez les paroles de l'Apocalypse : « Je vis une femme assise sur une Bête. La femme revêtue de pourpre et d'écarlate étincelait d'or, de pierreries et de perles ; elle tenait à la main une coupe en or, remplie des répugnantes impuretés de sa prostitution. Sur son front, un nom était inscrit. Babylone la Grande ! »

L'homme s'est interrompu un instant. Le temps que les premiers badauds s'approchent, attirés par ses exclamations. C'est un religieux portant la coule brune des bénédictins. Il s'est perché sur l'estrade du gibet afin de donner plus d'ampleur à ses gesticulations.

— Capitaine ! Ouvrez grand la croisée que chacun céans puisse profiter de cet édifiant discours, ordonne Ermengarde sèchement.

Sitôt la grande verrière ouverte, la voix glapissante reprend, un ton au-dessus, comme si elle guettait un signe montrant qu'elle est entendue du palais.

— Oui, mes frères ! En vérité, je vous le dis : la grande prostituée couverte d'or, la putain assise sur la Bête, nous la connaissons tous et le nom symbolique de Babylone ne doit point occulter celui de Narbonne !... Pourquoi cette neige qui nous accable depuis tant de jours ? Pourquoi le ciel, en sa juste colère, déverse-t-il sur nous tant de malheurs ? La réponse, nous l'avons sous les yeux. La grande prostituée qui héberge ces hérétiques, tous vils fornicateurs, blasphémateurs et sodomites, c'est elle dont nous devons nous défaire ! Chassons l'hérésie hors de nos murs ! Libérons Narbonne de cette lèpre putride et redevenons les amis de Dieu. Sachez, frères bien-aimés, que le seigneur comte de Saint-Gilles et notre archevêque – bénis soient-ils – ont demandé aide et assistance au roi des Francs et à l'abbé de Clairvaux. Redoutez alors qu'il ne soit trop tard pour sauver vos âmes corrompues !

D'un geste prompt, Ermengarde clôt la verrière.

— Il suffit !... Chevalier Glumsson, courez disperser la foule et saisissez-vous de ce moine. Nous le traduirons nous-même devant l'archevêque. Je brûle d'entendre de sa bouche le nom de cette grande prostituée qui répand l'hérésie en nos murs... Vous, sire Viguier, accompagnez frère Nadal jusqu'à la salle d'armes. J'ordonne que soit libéré sur-le-champ l'armurier Massac... Que l'on prépare mon escorte sans tarder. J'ai grande hâte de m'entretenir avec monseigneur Pons d'Arsac.

Un à un, les trois hommes quittent la bibliothèque. Seul reste le baron de Lara. Face à son neveu, Ermengarde abandonne aussitôt le masque du pouvoir.

— Si ce fou pouvait dire vrai ! dit-elle en regardant vers la fenêtre. Si seulement j'avais le don de faire tomber la neige, j'aurais aussi celui de la faire fondre.

Sire Aymeri secoue pensivement la tête.

— N'êtes-vous pas davantage émue que cela par les propos injurieux de ce moine ?

— Qu'importe mon émotion, cher neveu ? Nous traversons une période tourmentée que cette neige ne fait qu'aggraver. Les guerres incessantes ont mis le pays à genoux. Depuis la paix de l'été dernier, j'espérais que nous saurions nous relever. Cependant, les esprits sont troublés et chacun tente de donner force de loi à ses égarements. Grâce à la vigilance de mes conseillers, j'ai pu déjouer un complot émanant des marchands. Nous avons eu tort de laisser trop de liberté à ce collège de consuls… L'assassinat de Pierre Ramondis vise à me déstabiliser. Cela va redonner force à nos ennemis. Je dois redoubler de vigilance. La plupart de nos anciens alliés sont morts et leurs fils sont trop jeunes, trop inexpérimentés pour nous soutenir efficacement. C'est pourquoi votre présence auprès de moi est plus importante que jamais.

Le seigneur Aymeri plante son franc regard dans celui de sa tante.

— Un seigneur de guerre n'aurait-il pas davantage sa place à vos côtés ?

— Je suis un seigneur de guerre… Mais le peuple est las des combats. Notre terre est grasse du sang répandu. Nos héros et nos braves sont morts. Ils ne valent plus que leur poids d'humus. Les maraîchers pourront se réjouir. Mais ce n'est pas sur ce terreau-là que nous fonderons l'avenir de Narbonne.

— En quoi placez-vous votre espoir, si ce n'est dans les armes ou dans l'or ?

— L'or et les armes ne sont que des outils. Ils peuvent servir à imposer un État. Ils ne lui donneront jamais une âme. Une force supérieure ou une richesse plus grande auront tôt fait de le réduire à néant. Voilà plus de deux siècles que notre dynastie a établi sa puissance par sa valeur guerrière et cela fait moins de cent ans qu'elle l'a affermie au moyen du commerce. Nous avons cru que cela suffisait à placer Narbonne au-dessus de ses concurrentes et à lui donner la première place sur les rivages méditerranéens. Nous nous sommes trompés… Nous avons oublié l'âme.

Le baron Aymeri fronce le sourcil.

— Dieu est de notre côté.

— Donnons-Lui envie d'y rester… Nous devons servir Son dessein en Lui offrant une ville et un peuple qui œuvrent à Sa gloire… Ni les bannières qui claquent au vent ni les bourses qui tintent ne suffisent à combler les cœurs, car il n'y a aucune place pour l'esprit dans l'argent ou dans les oriflammes. Ils n'ont à voir qu'avec l'orgueil. Or nous devons souder les cœurs et les esprits dans une même louange à Dieu. L'unité du peuple est à ce prix.

— Je conçois votre souhait, ma tante. Mais quel moyen avons-nous d'y accéder ?

— Le rêve.

Pour le coup, Aymeri doute d'avoir bien entendu. La

vicomtesse s'approche de lui comme pour l'envelopper de sa persuasion.

— Pendant des décennies j'ai encouragé l'ouvrage des poètes. Qu'ils soient simples clercs ou barons, je les ai reçus d'un cœur égal et n'ai marqué, entre eux, de différence qu'à proportion de leur talent. On a rencontré, à ma cour, davantage de troubadours que de juristes ou d'hommes d'Église... J'étais persuadée que les poètes apporteraient au monde un surcroît de conscience et d'esprit.

— En doutez-vous, à présent ?

— Que nenni, mon neveu !... La *fin' amor* est bel et bien devenue coutume en nos pays. Il n'est plus un baron digne de sa noblesse qui oserait faire montre des mœurs brutales de ses ancêtres à l'égard des femmes... Mais il n'est de courtoisie qu'à la cour... Ces hauteurs de pensée n'habitent point le peuple.

— Le temps lui fait défaut. Trop de labeur l'occupe.

— Je vous l'accorde. Mais il n'est pas insensible à la beauté... L'archevêque, en édifiant sa nouvelle cathédrale, ne fait pas autre chose qu'éblouir les simples par la beauté. Il prétend magnifier Dieu alors qu'il glorifie Rome.

— Les décors de nos palais ont-ils un autre but que notre propre gloire ?

— Il est vrai... C'est pourquoi je veux mettre la beauté à la portée de tous. Que chacun puisse la côtoyer hors des châteaux et des églises. Narbonne doit resplendir afin que s'élève l'âme des Narbonnais... Cela commencera par les fêtes que nous lui donnerons.

— Je comprends mieux, à présent, l'intérêt politique que vous portez à ce *Jeu d'Adam*.

— Le peuple a besoin de légendes et de récits qui

ordonnent le monde. Je n'en connais point de meilleur que la Bible. Le travail de notre troubadour Guilhem traduit ce récit dans la langue des humbles. Cela surpasse toutes les messes.

Le baron de Lara se tait. La vicomtesse lui pose sur l'épaule une main qui vaut adoubement.

— Nous devons faire rêver, sans quoi nous sommes perdus.

Chapitre 38

DONAT & COMPOSTELLE

Un nommé Hans Carvel

À la porte du Septentrion, les hommes de garde ont eu un moment de stupeur en voyant paraître le singulier équipage constitué par Donat tirant sa mule chargée d'un corps ruisselant. Sur le coup, ils ont failli les chasser, mais l'un d'eux a reconnu la coquille cousue sur le mantel du garçon.

— C'est un pèlerin, a-t-il dit à son compagnon.

— Houi, houi ! s'est écrié Donat en agitant vivement la tête et répétant le même mot à satiété.

— C'est bon, c'est bon, on a compris… Et lui, le mort, qui est-ce ?

— Nehnni ! vivhant !

— Vivant ?… Plus pour longtemps, si tu veux mon avis. Il me paraît mûr pour le cimetière, ton noyé.

Mais le plus âgé des gardes vient de remarquer le surcot de Compostelle, tout bardé d'acier et de cuir travaillé.

— Il porte des hardes de seigneur et la dague à sa ceinture vaut dix fois le prix des nôtres… Dieu me damne si ce n'est pas quelque baron en mal de pénitence. Le crétin doit être son valet… Conduis-les au palais. Là-bas, ils sauront quoi en faire.

Donat est prêt à suivre qui l'on voudra, pourvu qu'on les mène au chaud. Tirant sur la bride de la mule, il suit aveuglément le jeune garde sans prêter attention à cette ville grise, aux maisons barricadées contre le froid. Son unique souci est pour Compostelle. Faites, bon saint Christophe, qu'il ne meure pas en route. Sinon qu'adviendra-t-il de Fabian ?

Depuis le sauvetage dans la rivière, Donat n'a pas cessé d'abreuver de ses prières le patron des voyageurs. Jusqu'ici cela a bien marché. Le mercenaire respire encore.

Des remparts jusqu'au palais, le trajet n'est pas bien long. L'apparition de l'immense muraille flanquée de ses tours d'angle a fait sur Donat la plus forte impression. Il faut que ce soient des géants qui aient bâti pareille demeure. Mais il n'a pas le temps de s'attarder à son ravissement. Déjà, une troupe de soldats les entoure. Leur chef, à la haute stature, est drapé dans un manteau de fourrure si ample et animé de tant de remous qu'on croirait voir bouger les fantômes des bêtes mortes dont il est cousu. Son front est ceint d'un cordon qui semble d'or, orné de pierres rouges. Une sorte de couronne. Ce doit être le roi de Narbonne, pense Donat et, alors qu'Odín Glumsson s'approche de lui, d'instinct il se laisse choir à deux genoux sur le pavé. Ainsi doivent se comporter les humbles à l'égard des puissants.

— Qui es-tu ? Et qui est cet homme ? demande le capitaine en montrant Compostelle.

— M'apphenne Donat, meu… Hécunhier suis.

On dirait que le roi de Narbonne n'a pas compris et que le nom d'écuyer ne lui dit rien. Le garçon sait bien qu'il ne parle pas comme tout le monde mais, à

Sijan, les gens en ont l'habitude. Ils le comprennent peu ou prou. Et puis Fabian est souvent auprès de lui pour expliquer les choses qu'il veut dire. Il se sent tout à coup affreusement seul. Heureusement, le jeune garde vient à son secours :

— Sire capitaine, tous deux portent la coquille des pèlerins de Saint-Jacques. Celui-ci doit être le valet de l'homme sur la mule… Son maître est sans doute tombé à l'eau, voyez comme ses vêtements sont trempés.

Alors qu'Odín Glumsson se penche pour examiner le corps – qu'un souffle de vie semble animer encore –, son regard se glace. Ce sont ses propres gants en peau de chat qu'il vient de reconnaître aux mains de l'homme sans connaissance. Ceux-là mêmes qu'il avait prêtés au malheureux Aldo de Bizanet. Il est sûr de lui. Les lacets pour les nouer portent une agrafe à son chiffre. Il n'existe nulle autre paire de gants semblable à celle-ci dans tout le comté ni au-delà. Si cet homme n'est pas l'assassin du jeune messager, il a été forcément en contact avec lui. Une furieuse envie de tuer s'empare du capitaine. Mais il doit se contenir. La vilaine affaire de l'armurier Massac est encore d'une fraîcheur trop cuisante pour se risquer à déplaire de nouveau. Cette fois, il faudra obtenir des aveux irréfutables. Jusque-là, mieux vaut faire profil bas. Ermengarde – que Dieu la bénisse ! – ne pardonnerait pas une autre maladresse.

— Portez cet homme dans le corps de garde. Déshabillez-le et plongez-le dans un baquet d'eau tiède. Et qu'on lui masse les tempes avec du vinaigre… Je dois organiser l'escorte de notre vicomtesse ; nous verrons à mon retour s'il est revenu à lui.

— Que faisons-nous du valet, capitaine ?

— Qu'il reste auprès de son maître. Veillez à ce qu'il ne s'enfuie pas… Quant à la mule, trouvez-lui une place dans l'écurie.

À cet ordre, Donat détache aussitôt de la selle la sacoche de Compostelle pour se la passer autour du cou. Il imagine que ce genre de précaution doit faire partie des fonctions d'un écuyer. Cependant, le mot de « capitaine » lui trotte dans la tête. Il s'en veut de sa méprise. Capitaine, ce doit être juste en dessous de roi. Il va falloir être très attentif pour comprendre comment fonctionne cet endroit. Surtout éviter les bêtises.

Le corps de garde est un bâtiment double doté d'une galerie haute, par où s'actionne la herse du grand portail. Au rez-de-chaussée, deux salles voûtées se font face, de part et d'autre de l'entrée. Dans celle de dextre se déroulent les entraînements quand le mauvais temps ne permet pas de s'exercer dans l'une des cours. L'autre salle, à sénestre, dotée d'une vaste cheminée, sert de dortoir et de réfectoire pour la cinquantaine d'hommes qui constituent la garde permanente du palais. L'endroit baigne dans un remugle fait d'odeurs animales et de relents de cuisine qui heurterait des narines sensibles mais qui rassure Donat. Cela sent presque aussi bon qu'à la maison.

Leur entrée a fait sensation. Quelques hommes d'armes désœuvrés ont aussitôt abandonné leurs jeux de tablettes et de palets pour s'attrouper autour des nouveaux venus. Les ordres du capitaine ont été immédiatement exécutés. On a dépouillé Compostelle de tous ses vêtements avant de le plonger en un profond baquet auprès de l'âtre. Mais quand une femme des cuisines est arrivée avec le flacon de vinaigre, elle a aussitôt poussé les hauts cris :

— Malheureux ! Que faites-vous ? Cet homme a séjourné dans l'eau, à ce que je vois de son affublement. Si l'eau est la cause de sa pâmoison, c'est par l'air et le feu qu'il se peut soigner… En le faisant tremper comme soupe, vous le menez droit au ciel !

Sur son conseil, Compostelle a été tiré du bain tout de gob, puis roulé dans un drap bien sec et enfin allongé sur un banc près des flammes.

— Hardi, petiot ! a dit la femme à Donat en lui tendant le flacon de vinaigre et un bout d'éponge marine. Frictionne-lui donc la couenne jusqu'à temps que le gaillard reprenne vie. Les jambes surtout…

Tandis qu'il s'emploie de son mieux à réchauffer la peau de Compostelle, tous pressent Donat de questions. On s'étonne de ces pèlerins assez fous pour prendre la route par ce temps du diable. D'où viennent-ils ? Quel est leur nom ? Que font-ils à Narbonne ? Et comment celui-ci est-il tombé à l'eau ? Est-il vrai qu'ils n'ont qu'une mule pour deux ? Et est-ce que Donat accepterait d'échanger la paire de bottes qu'il a autour du cou, contre un bliaud presque neuf ?

La jactance indéchiffrable du pauvre garçon a tôt fait de décourager les curieux. Pas moyen de fatrouiller[1] avec lui. Si son maître revient à la vie, c'est lui qu'on interrogera. Quant aux jolies bottes, le benêt semble y tenir davantage qu'à ses prunelles. Il les serre contre lui dès qu'on fait mine d'y toucher. Inutile d'insister.

L'un après l'autre, les hommes d'armes se sont lassés de regarder ce gamin pitoyable tenter de ramener

1. Fatrouiller : bavarder.

un presque-mort à la vie. Ce ne sont pas leurs affaires et ils ne sont point médecins.

Robin le borgne lance un regard morne vers le banc où gît le mercenaire, puis il retourne à son jeu de tables.

— Dommage que Pilate soit reparti.

— Pardi ! Il n'y a plus rien à faire ici pour le bourreau, réplique un garde, d'un ton dépité.

— Pour le bourreau, non… Mais je suis prêt à parier que le fossoyeur aura un trou à creuser dans pas longtemps.

Sur le plateau de jeu, son partenaire redistribue les petits palets de bois.

— Sais-tu pourquoi on nous a mandé de ne pas démonter le gibet ?

Le borgne hausse les épaules.

— Savin pourra peut-être nous le dire. Il fait partie de l'escorte de la vicomtesse. À son retour de la cathédrale, nous en saurons un peu plus.

Tout en lançant les dés, il ajoute à voix basse :

— Il paraît que Sa Seigneurie était d'humeur féroce. On dit qu'un vilain moine lui a hérissé le poil par d'infamants propos… Le gibet, c'est peut-être bien pour lui qu'on l'a conservé, ajoute-t-il en poussant du doigt son palet.

— Tout ça n'est que foutrerie de puissants, répond l'autre sur le même ton de confidence. Qu'ils attendent un peu… on verra bien pour qui sont les potences. Et ce jour-là…

Le soldat n'a pas fini sa phrase qu'un cri retentit sous la voûte de la salle.

— Vivhat ! Vivhat !

Devant la cheminée, Donat frappe des mains et saute comme un cabri.

Les hommes d'armes accourent près du banc où Compostelle se redresse avec une infinie lenteur, prenant appui du coude sur la planche. Hagard, il promène ses yeux sur les trognes des soldats puis sur son propre corps dénudé qu'il semble découvrir comme s'il ne lui appartenait pas.

Donat s'empresse de lui tendre ses braies encore fumantes qu'il avait mises à sécher près du feu. Mais le mercenaire ne réagit pas. Il faut que le garçon s'accroupisse pour lui enfiler le vêtement, l'aidant à poser ses pieds l'un après l'autre sur le sol, se donnant un mal fou pour lui faire soulever les fesses de sur le siège afin de nouer les attaches des chausses. Puis c'est au tour de la chainse qu'il l'aide patiemment à revêtir. On ne s'y prendrait pas autrement avec un enfant en bas âge. Compostelle se laisse faire, bouche close, les yeux fixés un moment sur la voûte de briques, puis revenant vers les hommes d'armes, qu'il scrute un à un comme s'il cherchait parmi eux un visage connu. Un étrange silence s'est emparé de tous. Face à cet homme à la puissante musculature et au visage avenant – qu'ils pensaient à l'agonie un instant plus tôt –, ils sont comme devant un ressuscité. Et c'est vrai que Compostelle a bien l'air d'un Lazare ébahi de revoir le jour. Tout en l'habillant, c'est à peine si Donat ose le regarder. Le garçon attache avec soin les poignets de la chainse, avant de s'appliquer à refermer le cordonnet du col. Il a grand mal à reconnaître dans ce patient trop docile, au visage extatique, le soldat cassant et brutal auquel il est accoutumé. Prêt à bondir en arrière pour éviter un coup, il ose alors lui glisser à l'oreille :

— Fhô s'habinnhé meussir.

À sa grande surprise, Compostelle lève doucement la main et la pose avec délicatesse sur le crâne tondu du garçon.

— Merci, mon ami.

Donat, pris au dépourvu, ne bronche pas sous cette caresse inattendue qui pourrait bien se transformer en taloche.

Soudain, la porte s'ouvre. D'un pas énergique, Odín Glumsson marche droit vers le banc. Les hommes s'écartent. Le capitaine, bras croisés, se plante devant Compostelle et Donat, les toisant de toute sa hauteur.

— Eh bien, messires pèlerins, peut-on savoir qui vous êtes et ce que vous êtes venus faire en notre ville ?

Le visage tendu, semblant chercher la réponse au plus profond de sa mémoire, Compostelle regarde le capitaine sans dire un mot. Son silence en devient inquiétant, au point que Donat juge bon d'intervenir dans son habituel bredouillis.

— Silence, maroufle ! C'est de ton maître que j'attends une réponse.

Prenant appui sur l'épaule de Donat, le mercenaire se lève du banc. Une fois debout, sa stature en impose autant que celle du capitaine. Mais c'est avec respect, sans une once de forfanterie, qu'il lui adresse ainsi la parole :

— Messire, il semble me souvenir que mes amis, étudiants de la basoche, me nomment Hans Carvel… Quant à vous dire ce que je fais céans… à en juger par ma vêture, j'ai dû choir dans l'eau de la Seine mais ne saurais dire comment… Grâce soit rendue à vos archers du Châtelet, car c'est à eux, je présume, que je dois d'être encore en vie et pourrai témoigner, dans tout Paris, qu'ils sont gens bien secourables.

À ouïr pareil discours, Odín Glumsson hésite entre pure folie ou rouerie sans pareille. Il redoute cependant, en laissant cours à sa colère, de se mettre en un plus grand embarras qu'avec le sire armurier. D'autant plus qu'il émane de cet inconnu une aisance paisible qui semble impressionner les hommes de la garde.

— Paris, dites-vous ? Comment se fait-il que vous parliez roman avec telle facilité que l'on vous croirait natif de chez nous ?

— En roman vous me questionnez, en roman je vous réponds…

Plus s'épaissit le mystère de cet homme impassible, plus croît l'irritation du capitaine. Avisant le mantel de Compostelle en train de sécher près du feu, il s'en empare et le brandit sous son nez, mettant la coquille en évidence.

— Vit-on jamais pèlerins cheminer par telle froidure ?

Sur le visage de Compostelle se lit la plus parfaite incompréhension.

— Point ne suis pèlerin, répond-il sans se départir de sa douceur.

— Et ces gants !… Ces gants, nierez-vous que vous les portiez ?

— Plaise à Dieu que le modeste étudiant que je suis ait un jour les moyens de s'en offrir de semblables !

Le regard admiratif de Compostelle et son ton empreint d'un léger regret sont d'une désarmante sincérité.

Peut-on feindre à ce point, à moins que d'être fou ?

se demandent Glumsson ainsi que les hommes d'armes qui ont aidé à dévêtir l'inconnu.

Éberlué, Donat se gratte la nuque. Il se souvient d'avoir vu Compostelle, à Agde, contrefaire à la perfection le pèlerin désemparé. Mais ce qui est en train de se produire dépasse l'entendement. Quand on décide d'une bourde, il faut s'y tenir. Sinon où va le monde ?

Avec hargne, Odín Glumsson se débarrasse du paquet de vêtements dans les bras du soldat le plus proche, à l'exception, toutefois, des gants en peau de chat.

— Qu'on les mette à la geôle… Tôt ou tard, la vérité se fera bien connaître, lance-t-il avant de quitter la salle.

Chapitre 39

DAME ALOÏS & BLANCHE

Travaux d'aiguille

À la pique du jour, Guilhem a toqué à la porte d'Aloïs. Elle loge en un petit cabinet où l'on entrepose draps et voilages. Elle en aime le parfum de laine et de lin, remembrance du temps de sa jeunesse.

Le troubadour sait qu'elle se lève tôt. À peine a-t-il eu le temps de frapper qu'elle ouvrait déjà. Une mère reconnaît toujours le pas de son fils.

« Blanche est dorénavant le nom de ma sœur, lui a-t-il déclaré. Ses lèvres sont scellées par un vœu… Il ne sert à rien de la questionner. Elle ne parlera que le jour où notre mère sera guérie. »

Aloïs l'a regardé avec tristesse.

« Guilhem… On ne guérit pas de la lèpre.

— Croyez-vous que je l'ignore ? »

Il avait, à cet instant, les mêmes yeux qu'en son enfance. Un regard d'une déchirante certitude, comme si rien du monde ne lui était inconnu.

« Doit-on alors imaginer que Blanche restera à jamais muette ? » a demandé Aloïs.

Le jouvenceau s'est figé dans un silence où le temps semblait suspendu. Puis il a questionné à son tour :

« Savez-vous si les âmes, en paradis, sont encore la proie de quelque maladie ? »

Que répondre à pareille interrogation ?

« Les âmes ignorent les maux du corps, Guilhem… Et si Dieu les reçoit en Lui, c'est qu'elles sont aussi guéries de leurs autres souffrances. »

Aussitôt l'œil de Guilhem s'est éclairé. « Il suffirait donc que notre mère meure – qu'à Dieu ne plaise ! – pour que Blanche puisse parler à nouveau… Il faut la convaincre de cela et qu'il ne sert à rien d'attendre une issue trop fatale pour qu'on puisse en douter… Pour l'heure, elle dort encore dans le galetas… Je vous la confie. Elle est mon bien le plus précieux. Veuillez la rassurer et mandez-lui que mon absence sera brève. »

Promesse de poète pour qui le temps n'est rien. Heureusement que Guilhem tarde encore. Cela a permis à Aloïs de rassurer Blanche. Non pas sur la question des âmes – chaque chose en son temps –, mais sur celle, plus urgente, de sa féminité naissante.

Une fois la jeune fille lavée et consolée de son inquiétude, ses sanglots se sont apaisés. La bête mauvaise qui faisait tanière dans son ventre s'est peu à peu assoupie. Le sourire lui est revenu. En quelques coups de peigne et de ciseaux, Aloïs a remis de l'ordre dans sa coiffure. De blondes mèches jonchent le sol comme autant de fils d'or qu'Aloïs ramasse tendrement.

La fonction de dame d'atours donne accès à tous les coffres où l'on serre les vêtements. On n'a pas eu grand mal à trouver chainse et longue cotte brodée à peu près à la taille de Blanche. Plus d'une heure durant, les deux femmes ont pris plaisir à jouer ensemble du fil et de l'aiguille pour ajuster au mieux les vêtements. Les ourlets sont faits. Aloïs surfile les dernières retouches. À présent, il ne leur reste plus qu'à replacer les rubans de broderie et les attaches des manches.

À maintes reprises, Aloïs a dû refréner son envie d'observer Blanche à la dérobée, tant la bouleverse la ressemblance entre la sœur et le frère. Même profil dont la narine palpite parfois. Mêmes lèvres où pointe, dans la concentration, un petit bout de langue rose. On se croirait revenu plus de dix ans en arrière. Reviennent les images anciennes de l'enfance de Guilhem. La certitude qu'il fallait venir en aide à cette belle âme déchue. Et reviennent les ténébreuses pensées qui empêchaient alors Aloïs de croire en la candeur du monde. Elle sait bien que tout cela est l'œuvre du Malin. Les Vrais Chrétiens le proclament. Ils ne sont point les dupes d'innocentes apparences. Mais comment échapper à l'illusoire ravissement des sens ? Comment faire pour ne point se sentir éperdu en humant une rose ou en contemplant la parfaite beauté d'un visage juvénile ? Cependant la rose flétrira et le visage sera détruit. Il n'est pas besoin d'enfer aux flammes dévorantes. Il suffit de s'abandonner au temps. Le diable n'a pas mis au point de torture plus subtile. Le temps est son instrument favori pour malmener les êtres. Le temps est l'inverse de l'éternité qui est le royaume de Dieu.

Dans la mélancolie d'Aloïs, le visage de Bertrande, ravagé par la lèpre, se superpose à celui, ravissant, de sa fille. Et c'est un souvenir qui vient détruire une promesse.

La dame d'atours noue le dernier point d'un lien de velours puis repose son aiguille. Ses jambes sont engourdies d'être trop longtemps restées en tailleur.

Elle laisse à Blanche le soin de poser les dernières passementeries. Ouvrage de jeune fille qu'elle accomplit à ravir, devant une Aloïs qui s'émerveille de son habileté, sans se douter le moins du monde que la petite couturière a appris cet art délicat dans l'arrière-salle d'un lupanar. Elle ignore le degré de bassesse dont a été capable la belette mère-grand.

Tout en repliant d'une main machinale les pièces de tissu qui ne serviront pas, Aloïs s'est mise à songer au *Jeu d'Adam*. Tant que Blanche refuse de parler, il ne sera pas possible de lui apprendre à lire. Selon le souhait d'Ermengarde, il n'est pas question de l'abaisser à des tâches serviles. On ne peut pas non plus l'abandonner, livrée à elle-même, errant sans but dans le dédale du palais. La moins mauvaise chose serait qu'elle travaille à l'œuvre de son frère. Il y aura besoin de parures pour ce spectacle. Aloïs va proposer à Guilhem de leur confier cet ouvrage à toutes deux.

Plus elle y réfléchit, plus l'idée lui paraît bonne. Et ce *Jeu d'Adam* qui lui semblait naguère une entreprise de perdition lui devient une sorte d'espoir. Peut-être qu'en ce monde diabolique les œuvres des poètes sont ce qu'il y a de plus pur.

Un froissement de tissu fait se retourner Aloïs.

Blanche s'est levée. Elle tient la robe devant elle, l'appliquant sur ses épaules dans un geste si gracieux qu'on dirait une danse. Son regard semble interroger, non sans une pointe d'inquiétude : « Est-ce bien ? »

— Cela ne saurait tomber plus joliment. Hâte-toi de la revêtir, Blanche… Guilhem ne va plus tarder.

Aloïs ne peut se retenir de contempler la jouvencelle en ses nouveaux atours. Elle les habite avec simplicité et naturel ; sans une once de vaine coquetterie. À nouveau remontent les images des contes enchanteurs. Nul ne sait qui inventa Iseult la blonde ou Guenièvre aux blanches mains. Mais oncques on ne vit, sous le soleil du diable, plus angélique créature que Blanche aux tresses d'or.

Chapitre 40

DAME ERMENGARDE & MONSEIGNEUR D'ARSAC

Diplomatie

« Un vieux chat couvert de damas et de pierreries, ronronnant dans sa luxueuse panière, occupé à échafauder dans sa vieille cervelle quelques pièges à souris. » Voilà ce qu'a pensé la vicomtesse en entrant dans la salle où l'attendait l'archevêque. Elle a pensé à un chat parce qu'elle ne connaît pas l'existence des veaux marins. « Mais je ne suis pas une souris », a-t-elle ajouté pour elle-même.

Le prélat n'a pas daigné se lever à son approche. Agacé d'avoir été interrompu dans la dégustation d'un pâté de truite, il s'est contenté de tendre son anneau à baiser, avec une exaspérante mollesse du poignet. Dame Ermengarde n'est pas de nature à se laisser impressionner. Elle s'est inclinée, dédaigneuse, à distance suffisante de l'anneau pour qu'on puisse imaginer qu'elle y avait posé ses lèvres, sans que l'on soit tout à fait sûr qu'elle l'ait fait. Son rang ne le cède en rien à celui de l'archevêque. Aussi, comme il ne l'a point invitée à s'asseoir, elle s'est installée d'elle-même, dans une cathèdre en vis-à-vis.

— Monseigneur, je suis venue vous remercier.

— Un messager aurait suffi, répond d'Arsac en souriant avec condescendance, comme si cela ne valait pas le déplacement.

— Vous m'avez évité de commettre une grave erreur, alors que je m'apprêtais à faire exécuter un innocent.

— *Errare humanum est.*

Il s'est retenu de lever les doigts de la bénédiction, mais l'intention y était.

— Je tiens à ce que vous sachiez que je n'ai pas tergiversé une minute lorsque j'ai appris que cet armurier était de vos amis et qu'il avait passé la soirée entière avec vous.

Un imperceptible frémissement à la commissure des lèvres du prélat éveille un soupçon dans l'esprit d'Ermengarde. Sa connaissance du cœur humain lui a appris à observer ces signes infimes par où la vérité se manifeste parfois.

— Il est heureux que frère Nadal ait eu la présence d'esprit de réagir à temps et de m'exposer ce qui s'était passé.

Déconcerté de s'entendre nommer à l'improviste, frère Nadal vient d'avoir lui aussi une réaction suspecte. Alors qu'Ermengarde tournait la tête vers lui, il s'est mis à frotter ses mains l'une contre l'autre, sans aucun motif.

C'est à peine si la vicomtesse écoute la réponse du prélat. Elle est persuadée à présent que l'alibi invoqué pour innocenter Ambert Massac est un pur mensonge.

— L'aide de notre armurier nous est fort précieuse. Notre milice a grand besoin d'armes nouvelles.

— Votre Excellence envisagerait-elle partir en croisade ?

La pique vient de toucher. L'archevêque se redresse. Son mouvement défroisse les plis de ses bajoues.

— Nous sommes en croisade ! s'exclame-t-il frémissant. L'auriez-vous oublié, comtesse ? Une croisade, spirituelle pour le moment, mais qui ne saurait tarder à s'armer d'autre manière.

— Contre qui ?

— L'hérésie ! La hideuse bête hérétique qui sape le trône de saint Pierre !

Aussitôt, Ermengarde se lève de son siège. Elle fait un pas en avant, pour se rapprocher de l'archevêque qu'elle domine de sa haute taille.

— Quel bonheur, monseigneur, de vous entendre aborder le second objet de ma visite, sans que j'aie eu besoin de l'évoquer moi-même, tant il m'est douloureux de vous causer quelque désagrément.

— Que voulez-vous dire, ma dame ?

Ermengarde fait volte-face dans un grand remuement de soieries, balayant au passage les genoux de l'archevêque. Puis elle va s'appuyer des deux mains au dossier de la cathèdre.

— Monseigneur, reprend-elle d'une voix adoucie, vous connaissez mon grand amour pour les troubadours. Or il se trouve que j'ai eu droit, ce matin, à une aubade sous mes fenêtres dont vous-même avez peut-être entendu quelque écho.

— Je… je ne me souviens pas d'avoir rien ouï de ce genre.

— Et c'est tant mieux pour vous, car l'air en était fort mauvais et la chanson exécrable… Figurez-vous que cette vilaine musique avait pour thème l'hérésie. Propos détestable, s'il en est, et d'autant plus déplaisant à mes oreilles qu'il m'a semblé que j'en étais le sujet.

C'est au tour de l'archevêque d'exprimer son malaise par un tortillement du fessier censé le redresser sur son siège. Mais le veau marin – fût-il prélat – est une bête fort pesante dont le buste rechigne à la verticalité.

— Pourquoi me dites-vous cela ?

— Le chanteur était un moine de l'ordre des bénédictins, autant que j'ai pu en juger par son accoutrement. Aussi ai-je besoin de votre aval pour faire rendre gorge à ce méchant troubadour.

De plus en plus déstabilisé par la tournure que prend cette entrevue, l'archevêque se met à bredouiller :

— Sait-on… seulement… où est passé ce moine ?

— Mes hommes l'ont saisi. Ils attendent devant votre porte… Frère Nadal, veuillez le faire conduire céans, je vous prie.

Le ton est comminatoire. Le secrétaire n'a d'autre choix que d'obtempérer.

Ermengarde attend qu'il soit sorti avant de reprendre place dans la cathèdre et de glisser, sur le ton de la confidence :

— Je profite de notre tête-à-tête, monseigneur, pour vous assurer de mon total soutien dans votre démarche auprès du roi des Francs et du comte de Saint-Gilles… Mais je ne veux point que le combat que mène notre sainte Église contre les hérétiques dresse les Narbonnais les uns contre les autres et s'achève en un bain de sang.

L'archevêque se rassérène. Si déstabilisant qu'il soit, le cheminement imprévisible de la pensée d'Ermengarde n'est pas pour lui déplaire. Il ne goûte guère les intelligences bâties d'un bloc. Les méandres lui sont fraternels. S'il osait se l'avouer, il reconnaîtrait que la vicomtesse est son ennemie préférée. Certes, il rêve de l'abattre, cependant l'idée de sa disparition lui cause une sorte de chagrin prématuré.

Frère Nadal est déjà de retour avec le bénédictin. Il est bien difficile de reconnaître le tonitruant imprécateur du gibet dans ce petit homme malingre au visage disgracieux. Ses yeux chassieux cernés de paupières rougies lui donnent un air maladif. À la voussure de ses épaules, on jurerait qu'il est bossu. Il faudra attendre de le voir de profil pour s'en assurer. Tandis qu'il s'approche d'un pas traînant, Ermengarde songe à ces petits chiens terriers d'autant plus forts en gueule qu'ils sont prêts à décamper en couinant à la première réprimande.

À peine est-il arrivé devant l'archevêque qu'il se prosterne à ses pieds, cherchant désespérément à baiser un anneau que le prélat lui refuse. Pour un peu, il tirerait la langue. Un vrai chien terrier.

Ermengarde ne s'était pas trompée. À mi-dos, une bosse distend la bure.

— Qui êtes-vous ? laisse tomber Pons d'Arsac d'une voix glaciale.

La main charitable de frère Nadal aide l'infirme à se relever.

D'une voix incertaine, celui-ci articule faiblement :

— Je suis frère Cosme de l'abbaye de Cuxa, monseigneur… Nos frères de l'église Sainte-Marie m'offrent l'hospitalité depuis que la neige obstrue les chemins.

— Et moi, coupe Ermengarde, sais-tu qui je suis ?

Le bossu se retourne, lui jetant un regard craintif. Le somptueux bliaud tout incrusté d'or et de perles ainsi que le tutoiement lui font redouter le pire. Mais il ne comprend pas. On l'avait assuré que l'archevêque et la vicomtesse étaient ennemis jurés.

— Noble dame, j'ignore qui vous êtes, ment-il, pétri de couardise.

— Eh bien ! comment oses-tu, butor, parler de gens que tu ne connais point ? Ne t'ai-je pas entendu, il y a peu, glapir ta calomnieuse litanie à l'encontre de la vicomtesse de Narbonne ?

— Je…

— Ne sais-tu pas que tu as commis-là un crime de lèse-seigneurie ? Ignores-tu aussi la peine que tu encours ?

— Je n'ai nommé personne, noble dame !

— S'il ne s'agit point de moi, qui est donc cette « grande prostituée qui héberge ces hérétiques, tous vils fornicateurs, blasphémateurs et »…

Ermengarde s'est interrompue, faisant semblant d'interroger sa mémoire.

— Je ne me souviens plus du dernier mot que tu as employé. Allons, aide-moi ! blasphémateurs et… ?

— Sodomites, ose à peine articuler le moine du bout des lèvres.

Et de nouveau, tremblant, il se jette à genoux devant Pons d'Arsac.

— Sodomites, c'est bien cela ! claironne Ermengarde, avant d'ajouter à l'intention de l'archevêque : Votre Excellence appréciera.

Le prélat apprécie d'autant moins qu'il fut lui-même, jadis, grand amateur des plaisirs grecs. Toute allusion à cet engouement funeste lui est fort pénible depuis qu'il n'a plus les moyens de s'y adonner.

Il doit, cependant, trouver une issue satisfaisante pour la vicomtesse et honorable pour l'Église. On ne lui pardonnerait pas d'avoir livré un moine à la vindicte populaire. Il jette un regard de mépris sur le bossu prosterné devant lui.

— Je présume, noble dame, finit-il par dire, que

ce moine n'est pas assoté au point de méconnaître le respect qu'il doit à Votre Seigneurie… J'imagine qu'il a voulu parler de quelque vile maquerelle notoirement connue de tout Narbonne.

— Alors que faisait-il à brailler sous mes fenêtres, au lieu de s'installer devant un lupanar ? Il n'en manque point dans notre cité.

— La Grand-Place, objecte le prélat, est un lieu propice à rencontrer l'oreille du plus grand nombre… La volonté de bien faire de frère Cosme a surpassé son bon sens… S'il a prêché en cet endroit, c'est assurément qu'il ignore où se trouvent les lieux de plaisir… Et s'il n'a pas nommé la maquerelle, c'est à l'évidence parce qu'il n'en connaît point… N'est-ce pas ?

De la pointe de sa chaussure, l'archevêque taquine les côtes du bénédictin.

— Monseigneur, oui… oui. J'ai péché par ignorance, je le reconnais.

Pons d'Arsac est soulagé. La veulerie du moine le satisfait tout à plein.

— Voilà qui est bien, frère Cosme… Repentez-vous à présent auprès de celle que vous avez offensée par votre imprudence.

Pivotant sur les rotules, le moine se prosterne face à Ermengarde.

— Noble dame, chevrote-t-il, au nom de notre Seigneur Dieu, de la très Sainte Mère de Jésus-Christ et de tous les saints, je supplie très humblement et très sincèrement Votre Grâce de daigner pardonner ma faute.

Tenant le moine pour quantité négligeable, c'est vers Pons d'Arsac qu'Ermengarde tourne son regard.

— Monseigneur, vous savez quel prix j'attache aux prochaines célébrations de la Mi-Carême.

Une fois encore, l'archevêque a matière à s'étonner de l'étrange attitude de la vicomtesse. Cet abrupt changement de sujet doit cacher une visée tout autre.

— La liturgie du *Jeu d'Adam* en sera la preuve éblouissante, à ce que l'on m'a dit, répond-il.

— Plus que jamais il importe que le peuple entier soit témoin de notre entente. La participation de la musique et des chœurs de la cathédrale conférera à cette œuvre le plus grand relief et scellera aux yeux de tous l'union du Palais et de l'Archevêché.

— J'ai été aussi informé de la collaboration au décor de mon maître imagier, Peire Brun. Il va de soi que je l'approuve.

— Je vous sais gré de lui avoir accordé cette liberté, monseigneur. Les talents de cet artisan conjugués à ceux de Guilhem de Malpas feront du *Jeu d'Adam* un ouvrage hors du commun… Aussi, en vous écoutant parler de la Grand-Place, me suis-je dit que cela serait le lieu idéal de la représentation… Vous l'avez dit fort justement : c'est « un lieu propice à rencontrer l'oreille du plus grand nombre ».

L'archevêque n'a pu retenir un mouvement de recul.

— Songeriez-vous à exposer la liturgie sur la place publique ?

— Les processions ne font pas autre chose, il me semble.

— Certes, mais il s'agit là d'un cérémonial sacré.

— *Le Jeu d'Adam* est un cérémonial sacré… J'ajoute qu'il s'achève sur le défilé des prophètes dont le cortège, débutant sur la place, pourrait les mener à l'intérieur de la cathédrale. La foule des fidèles serait ainsi invitée à les suivre pour participer à l'eucharistie.

Monseigneur d'Arsac caresse le chaton de son anneau, signe d'intense réflexion.

— Ne pensez-vous pas, reprend Ermengarde, qu'il est grand temps de remettre Dieu chez Lui ?... Je veux dire au cœur même de la vie des hommes. Et de proclamer Sa toute-puissance aux yeux de tous, y compris et surtout des hérétiques et des mécréants. Croyez-moi, *Le Jeu d'Adam* remplira cet office à merveille.

L'argument est tout à fait recevable. Si l'archevêque fait encore mine de tergiverser, c'est pour ne point avoir l'air de céder trop vite. Les trente mille deniers que l'armurier Massac lui a remis lui sont un baume au cœur. Il sait aussi que la fuite de Bertier n'a en rien affaibli le complot des marchands. L'assassinat du Premier conseiller en est une preuve éclatante. Et certes, le prélat verrait d'un assez bon œil la chute d'Ermengarde, mais pas au prix de tolérer que la racaille mercantile s'empare du trône de Narbonne. Pour que le monde avance dans l'ordre de Dieu, il faut à chaque cité un prince spirituel et un prince temporel. Certainement pas un prêteur sur gages en guise de seigneur. Le monde ne saurait appartenir aux banquiers.

— Noble dame, je vous ai entendue... J'accepte que *Le Jeu d'Adam* soit représenté sur la Grand-Place... À la condition que le Palais en assure l'entière dépense. Notre chapitre a beaucoup investi dans les travaux de rénovation de la cathédrale. Il ne pourrait supporter une charge supplémentaire ni détourner un seul denier pour un autre usage.

La vicomtesse baisse les yeux sur la dalmatique de Pons d'Arsac tout incrustée de pierreries. À elle seule, la vente de ce vêtement financerait une bonne partie des travaux.

— Monseigneur, puisse votre magnanimité vous garantir en l'autre monde la louange qui vous est due en celui-ci.

Pons d'Arsac a compris que la vicomtesse n'irait pas plus loin dans l'expression de sa gratitude. Il se contente de baisser les paupières pour indiquer que cela lui agrée. Il faudrait cependant clore l'affaire de ce malheureux bénédictin qui va finir par s'incruster dans le dallage.

Ermengarde a saisi son regard.

— Frère Cosme de Cuxa, relevez-vous, ordonne-t-elle avec un voussoiement censé rendre au bossu sa dignité d'homme de Dieu.

Aussitôt, le bienveillant frère Nadal vole au secours de l'infirme qu'une crampe cloue au sol.

— J'accepte de tenir pour sincère votre contrition. Mais il n'y a de repentir efficace que dans la pénitence, poursuit Ermengarde en négligeant la peine qu'a l'homme à se tenir debout. La vôtre sera bien douce au regard de votre faute… Ayant pu apprécier la puissance de votre voix, et vos talents de bateleur, j'ordonne que vous les mettiez au service de notre entreprise. Pour votre mortification, vous proclamerez donc par les rues et places de Narbonne certaine déclaration que je compte publier bientôt à renfort de trompettes. Mes gens viendront vous quérir en temps utile et vous remettront le message… Pour l'heure, vous pouvez vous retirer sans plus attendre chez vos frères en l'église Sainte-Marie.

Le congé est clairement signifié.

— Votre Excellence… Votre Seigneurie, bredouille le moine, fort à la peine entre courbettes et courbatures.

D'une main diligente, frère Nadal l'entraîne vers la sortie.

Chapitre 41

ODÍN GLUMSSON, DONAT & COMPOSTELLE

Un voyage dans le temps

« Les rats, quand on les connaît un peu, on a vite fait de voir qu'ils sont aussi rusés que les chrétiens, pense Donat. Ce sont de vraies saloperies, comme les autres. Prêts à tout pour voler de la nourriture. Même les habits, ils les mangent. À Sijan, l'été dernier, ils ont bouffé un bébé. Un petit à la Mireilha qui était partie aux fenaisons. On lui avait pourtant dit de le garder avec elle, accroché dans son dos dans un chiffon. Quand elle est revenue, son bébé, il n'en restait plus grand-chose. Ils s'étaient bien régalés, les rats. Ça ne servait à rien de se lamenter. Les mères passent leur temps à se lamenter même quand leurs enfants sont vivants. Elles ont peur des rats. »

Donat n'a pas peur des rats. Il s'en méfie. Aussi, quand les soldats les ont enfermés dans la geôle, lui et Compostelle, le garçon a bien regardé partout au cas où il y en aurait un. Il a soulevé la paille et fouillé soigneusement dans les recoins. Même le pot d'aisances a eu droit à son inspection. Pour le moment, ça va. Ce serait quand même plus prudent d'enfiler les bottes neuves plutôt que de rester pieds nus. Les gens d'armes ne leur ont même pas laissé le temps de faire sécher leurs affaires devant la cheminée. Ils ont tout balancé dans la prison, sauf la dague de Compostelle, qu'ils ont retirée de son fourreau. Donat tâte ses peaux de lapins. Elles sont encore tout humides, ainsi que le bliaud et le mantel du mercenaire. Tout cela va mettre bien du temps à sécher.

Compostelle n'en a cure. Donat lui jette un coup d'œil de temps en temps, au cas où il redeviendrait lui-même. Mais ça n'a pas l'air de changer. Pourtant, quand on l'observe, on dirait bien que c'est lui. Tout est pareil, sauf le regard. Avant, il avait des yeux de loup. Maintenant on dirait des yeux comme tout le monde. Quand ils sont entrés, il a jeté un regard triste à la geôle. Puis il a ramassé un bout de brique et il s'est mis à gratter sur le mur couvert de salpêtre. Donat n'a même pas cherché à savoir pourquoi. Un changement pareil, c'est à se demander si ça ne serait pas un coup de mauvais œil. La grand-mère Brunon, quand elle a eu son mauvais œil qui l'a fait crever, elle ne se ressemblait pas non plus. Elle était devenue toute maigre et elle faisait sans cesse des mouvements avec la bouche, comme un poisson au fond d'une barque, au lieu de répondre à ce qu'on lui disait. Ce n'était pas beau à voir.

En y réfléchissant, ce sont peut-être les morts de la masure en ruine qui ont envoyé le mauvais œil. À moins que ce ne soient les fées, si la tresse dans la crinière de la mule n'a pas bien fonctionné. Ce sont des choses qui arrivent.

En tout cas, des bottes d'une beauté pareille, cela fait vraiment une drôle de sensation de les avoir aux pieds. On dirait les pieds de quelqu'un d'autre. La Cabretta serait bien étonnée si elle voyait Donat avec de telles chaussures. Pour sûr, il n'aurait pas à galoper bien longtemps pour l'attraper. C'est quand même un peu difficile de marcher avec. Il faut s'habituer.

Donat s'est mis à faire les cent pas dans la geôle. Tantôt d'un mur à l'autre, tantôt en diagonale. À force de s'abandonner à la joie de l'essayage, il finit par trébucher sur la besace de Compostelle. Il n'y pensait vraiment plus.

Tant que le mercenaire se tient bien tranquille à gratter son coin de mur, ça vaut sûrement la peine de jeter un coup d'œil au contenu de son bagage. Après tout, si Donat ne s'était pas dévoué, tout ça serait au fond de la rivière, à l'heure qu'il est. Et puis Fabian n'est pas là pour lui interdire d'assouvir sa curiosité.

Le garçon s'est installé par terre, dans un angle, dos au mur, afin d'avoir l'œil sur Compostelle et sur la porte de la cellule. Mais rien ne se passe. Ce n'est peut-être pas la peine de prendre tant de précautions. D'une main un peu fébrile, il défait les cordons de cuir et renverse le contenu de la sacoche entre ses jambes. À vrai dire, c'est plutôt décevant. Déjà, il n'y a pas grand-chose qui se mange, hormis un morceau de pain et quelques tranches de lard – reliefs du repas de la veille et du déjeuner de ce jour. Le reste réside en une chainse et des chausses de rechange, une ceinture de cuir tressé et un petit objet bizarre contenant des tas de feuillets de parchemin semblable aux cahiers sur lesquels le marchand Bertier fait ses écritures, mais beaucoup plus petit et en bien mauvais état. Il y a encore un autre carré de parchemin plié sur lui-même et collé avec une grosse tache de cire rouge – sans intérêt non plus –, et enfin une bourse, en cuir elle aussi, mais faite dans une peau beaucoup plus fine et toute douce au toucher. Donat l'ouvre. Un tas de jolies pièces dorées se déversent devant lui. Ce sont autant de petits soleils semblables à celui que le marchand a donné au père dans la maison de Sijan. Mais là, il y en a des milliers. On dit des milliers quand on ne peut pas compter au-delà de dix. Donat a fait des petits tas de dix pièces d'or. Au moins plusieurs fois dix tas. Des milliers, donc.

Rêveur, il contemple ce trésor. Avec ça, on doit pouvoir acheter beaucoup à manger. Peut-être un bœuf entier. Mais personne n'est capable de manger un bœuf. Ce serait bien de pouvoir rapporter ça à Sijan pour partager avec la famille.

Au bruit qu'a fait la bourse en se vidant, Compostelle s'est retourné. Donat le regarde s'approcher. Instinctivement, il se protège de son avant-bras, prêt à parer le coup. Mais rien ne vient. Le soldat se penche pour regarder le tas de choses en vrac comme s'il ne les connaissait pas. Il tend la main vers l'objet en feuilles de parchemin. On dirait que ça lui fait plaisir de voir ce vieux machin tout abîmé. Il s'éloigne en le tenant précieusement et retourne dans son coin où il se met à tourner les bouts de parchemin avec un air vraiment ravi. Il est certainement devenu complètement idiot. Peut-être que le mauvais œil n'y est pour rien. Ça a dû se passer quand il s'est cogné la tête contre la glace de la rivière. Autant en profiter.

Donat regroupe en vitesse toutes les pièces dorées et les range dans la bourse, à l'exception d'une seule qu'il glisse dans l'une de ses bottes. La bourse, il la noue sous sa ceinture, tout contre ses génitoires, là où personne ne viendra la chercher, bien cachée par les plis du bliaud.

À peine a-t-il fini d'enfouir son trésor que des pas résonnent dans le couloir de pierre. Donat se relève au moment précis où la porte s'ouvre sur le capitaine au front couronné d'une tresse d'or. Un autre homme l'accompagne, portant un bandeau sur un œil. Ils ont un air féroce.

— Eh bien, marauds, direz-vous enfin qui vous êtes, ou faudra-t-il qu'on vous laisse sécher au fond de cette cave ? demande Odín Glumsson.

— Donat, meu… Gap dha nhé mhontanh !

Robin le borgne a l'oreille plus fine que son chef.

— Donat, c'est un nom que je connais, capitaine… Et je crois avoir compris qu'ils viennent de Gap… dans les montagnes.

— Houi… Houi ! approuve le garçon.

À l'entrée des hommes, Compostelle a abandonné sa lecture. Silencieux, il plante son regard de fauve apprivoisé dans celui du capitaine, donnant l'impression qu'il cherche dans sa mémoire un visage oublié. Il émane de lui une tension presque douloureuse, comme s'il était la proie d'une indéfinissable peur. Pourtant il ne bouge pas, n'essayant même pas de se révolter contre son état de captif. Jamais on ne vit prisonnier plus stoïque. Pareille attitude trouble Odín Glumsson malgré lui. Il se souvient de récits de son pays natal où des êtres mystérieux surgissent de la brume pour annoncer quelques calamités ou prédire des événements prodigieux. Sur la lande, au bord du loch d'Heraðvatn l'année où le fermier Thorkel a tué le *jarl* Einar[1], on avait vu apparaître un sorcier venu de nulle part. Le lendemain, il avait disparu et le *jarl* était

1. Personnages de la saga des Orcades (*Orkneyinga saga*).

mort. Les gens du château s'en souvenaient encore du temps où Odín était enfant. Mieux vaut se montrer prudent envers ce visiteur.

— Si l'on en croit votre valet, vous venez de la cité de Gap.

Une fugace tristesse voile l'expression du mercenaire.

— Ce garçon n'est point mon valet. Je vous l'ai déjà dit. Il est possible qu'il vienne de Gap… Pour ma part, j'ignore où se trouve cette ville.

— Nhé prikhan attakhé ! clame Donat avec véhémence.

Malgré l'affreux vent nasal qui déforme tout ce que dit le garçon, Robin le borgne pense avoir compris.

— Des brigands vous ont attaqué ?

Donat acquiesce de la tête.

— Comment peut-on, en pareil état, accomplir le voyage de Gap à Narbonne ? Il faut qu'il y ait quelque sorcellerie là-dedans !

Compostelle agite la tête dans un signe de dénégation.

— Vous dites que nous sommes à Narbonne ?… Pourquoi vous jouez-vous de moi ? demande-t-il d'une voix inquiète.

— Et où donc croyez-vous être ?

— En quelque salle basse du Châtelet, sur les bords de la Seine… mais je ne sais pour quel motif. Car mes écrits, pour légers qu'ils soient, ne sont point justiciables.

D'un geste presque enfantin, Compostelle presse contre son cœur le petit volume relié.

— Qu'y a-t-il dans ce livre ? interroge Odín Glumsson.

— Rien que poèmes à l'amour et chansons à la vie ; ce qui est un peu la même chose…

L'énigme de cet étranger s'accroît à chacune de ses réponses. Et avec elle, l'embarras du capitaine Glumsson. Détournant la tête, il avise les marques fraîches faites sur le salpêtre qui recouvre les murs. Pointant du doigt l'inscription, il revient vers Compostelle :

— Est-ce vous qui avez écrit ceci : « *1166 H Carvel* » ?

Le mercenaire sourit.

— N'est-ce pas une tradition, chez ceux que l'on enferme, de laisser trace de leur passage ?

— Il est vrai… Mais alors, pourquoi datez-vous votre séjour avec onze ans de retard… puisque nous sommes en l'an 1177 de l'incarnation de Notre-Seigneur Jésus-Christ ?

Cette fois, le visage de Compostelle se fige en une expression de totale stupeur.

— Narbonne… 1177, se met-il à murmurer, non point tant pour s'en convaincre que pour en énoncer le stupéfiant constat.

Lui reviennent en remembrance toutes les prouesses émerveillantes contenues dans les livres qu'il dévorait avec avidité à la bibliothèque Notre-Dame. Lui revient le cheval-fée Bayard qui transportait les quatre fils Aymon sur son dos. La mule – sur laquelle on lui dit l'avoir trouvé – doit être de cette espèce pour l'avoir conduit de Paris jusqu'ici. Lui reviennent encore les prodiges du magicien Merlin, capable de se transporter dans le passé autant que dans le futur afin de changer le cours des événements… Il faut que lui-même ait été victime d'un semblable enchantement… Mais non, tout cela est impossible ! Lui et ses amis étudiants se refusent à croire à ce que la raison pratique ne peut expliquer.

La voix autoritaire du capitaine Glumsson vient rompre le cours de ces pensées contradictoires.

— Ces effets, sont-ils les vôtres ?

Compostelle jette un bref regard au contenu du sac que Donat n'a pas eu le temps de rassembler.

— Non… Seul le livre de poésie est mien.

— Prikhan ! s'écrie Donat qui n'a qu'une peur, c'est de se voir retirer ses bottes ainsi que les vêtements de rechange, le pain et les lardons.

Robin le borgne lui pose une main rassurante sur l'épaule.

— Vous les avez pris aux brigands… c'est cela ?

— Houi ! Houi !

Puisque le soldat a dit que ce n'était pas à eux, il fallait bien trouver autre chose.

Odín Glumsson vient de se pencher pour ramasser le parchemin fermé d'un sceau de cire. Il le montre à Compostelle puis à Donat.

— Cette missive ?…

— Prikhan…

Un nom est inscrit sur le parchemin. L'encre a bavé. Le capitaine glisse le message dans son bliaud. Il se penchera dessus plus tard.

— Si je comprends ce que tu dis, cette besace et son contenu appartenaient aux brigands qui vous ont attaqués… Et vos propres affaires, où sont-elles ?

— Perdhu !

Du regard, le capitaine interroge Robin le borgne.

— Il faut croire qu'ils se sont battus, capitaine… La dague que nous avons mise de côté est une arme redoutable. Et le valet est de taille à distribuer plus de coups qu'il ne risque d'en recevoir… Mon avis est qu'ils ont récupéré cette besace après s'être débarrassés de leurs agresseurs. Puis ils se sont enfuis.

— À deux sur une mule ?

— Nhon ! Chevhan !

— Un cheval ?… Mais où est-il passé ?

Donat agite son index sous sa gorge, faisant un mouvement de va-et-vient. C'est ce qui lui paraît le mieux pour expliquer que le cheval est mort.

Compostelle s'est laissé choir, assis sur ses talons, dos au mur, le menton sur la poitrine. Il semble pris de prostration. Son petit livre lui glisse des mains. Cette vision lamentable fait soudain naître une idée dans l'esprit du capitaine des gardes. Il faut qu'il y réfléchisse plus avant, afin d'être sûr de ne point se tromper, mais cela provoque en lui un regain d'espérance car cela touche, bien sûr, à sa trop chère Ermengarde.

Il se tourne vers le soldat Robin :

— Pour l'heure, ces deux hommes ne me semblent pas constituer un danger… Nous allons les garder ici, au moins le temps de prendre l'avis des médecins et d'un homme d'Église, pour le cas où le diable serait de la partie… En attendant, qu'on leur porte à boire et à manger en suffisance, ainsi qu'une litière propre.

L'œil de Donat s'est éclairé. La perspective d'un repas lui met joie aux joues et aux tripes.

Odín Glumsson lui pose la main sur l'épaule :

— Aide ton maître à finir de se vêtir. L'humidité de ces geôles est propre à y attraper les fièvres.

Chapitre 42

DAME ALOÏS

Pain et cheveux

Le cœur de Blanche est un oisillon sautillant d'une émotion à l'autre comme de branche en branche. Un cœur ébouriffé par trop de joies diverses. À l'entrée de Guilhem dans le logis d'Aloïs, elle n'a pu retenir un petit « oh ! » émerveillé. Elle s'est jetée à son cou, lui posant sur les joues deux baisers jumeaux.

Il l'a prise un instant par les poignets, reculant un peu afin de mieux contempler l'œuvre d'Aloïs. Dans ses nouveaux atours dénués de toute vaine afféterie, la jouvencelle lui paraît plus gracieuse que jamais. Ce ne sont point ses vêtements qui la parent, mais elle qui leur confère éclat et beauté. « Ève, songe-t-il en la regardant. Plus que jamais l'Ève du *Jeu d'Adam.* » Celle dont la touchante fragilité ne fera que mieux ressentir la cruauté d'un Dieu impitoyable. Qui oserait, sans vergogne, vouer pareille innocence à la déchéance et à la mort ? Au nom de quelle loi inique punir l'insouciance et la légèreté ?

Guilhem ne saisit pas très bien ce que pourrait être le Dieu des Vrais Chrétiens, auquel croit Aloïs. Lorsqu'il s'efforce d'y réfléchir, Il lui paraît au mieux n'être qu'une pure pensée d'amour et n'avoir pour royaume que celui des idées. C'est bien suffisant. En revanche, le jeune troubadour n'éprouve que dégoût pour ce méchant démiurge que dépeint la Bible. À quoi peut bien servir un Dieu autoritaire, vindicatif et coléreux ? Et quel est donc ce Créateur qui reproche à sa création les défauts dont Il est le seul responsable ? Plus d'une fois il est arrivé à Guilhem de relire d'un œil morne le poème qu'il venait de composer avant de le vouer aux flammes. Mais il ne s'en est jamais pris qu'à lui-même si son ouvrage lui semblait imparfait.

Cependant, le temps presse. Peire Brun les attend dans le galetas. Guilhem, après la visite au cloître, l'a convaincu de venir au palais dessiner sa sœur. Surpris de ne point la trouver à son retour, il a tout de suite compris qu'Aloïs s'était occupée d'elle.

— Dame Aloïs, permettez-moi de retourner au galetas avec Blanche. Mon ami l'imagier nous y espère. Nous serons de retour dans une paire d'heures. Vous pourrez ensuite initier ma sœur aux us de sa nouvelle demeure ; car je dois œuvrer au chantier du décor tant que dure le jour.

— Va, Guilhem, va… Prenez tout le temps qu'il vous faut. Pour ma part j'ai à faire jusqu'à l'heure de none.

Guilhem s'incline.

— Blanche, veux-tu bien m'accompagner ?

Aussitôt elle lui tend la main, toute confiante en ce rêve qui continue.

À peine les deux jouvenceaux sont-ils sortis qu'Aloïs récupère une des mèches blondes tombées sous son ciseau. Avec soin, elle l'attache d'un lien de velours et la plie dans un carré de soie qu'elle glisse dans sa bourse. Puis elle revêt son mantel de drap gris pour affronter la bise.

Tandis qu'un peu plus tôt Aloïs s'affairait à la toilette de Blanche, tout du long elle n'avait cessé de songer à Bertrande. Au point qu'il lui semblait que – par une mystérieuse fusion des âmes – c'était la jouvencelle qui lui dictait ses propres pensées et la questionnait muettement sur sa mère.

Aloïs répugne au mensonge, qui est chose du démon. Alors, pour rompre la pesanteur de ce silence trop bavard, elle s'est mise à parler. Elle a dit que Bertrande avait trouvé refuge en la maladrerie. Le mot, inconnu de Blanche, lui a fait dresser le sourcil. Aloïs s'est efforcée de lui en présenter une image point trop inquiétante, puis elle lui a promis de faire tout ce qu'elle pourrait pour avoir des nouvelles de leur mère. Mais elle a tu les affreux progrès de la maladie et le refus de la lépreuse de revoir ses enfants de crainte de les attrister.

À présent, elle se hâte au long des rues enneigées. Bientôt les cloches vont sonner l'heure de sexte. Bertrande doit l'attendre à la grille du cimetière.

Aux abords d'une taverne aux volets clos, un mendiant tassé sous l'auvent hèle la passante.

— À manger… pour l'amour de Dieu, bonne dame ! supplie-t-il.

L'homme est réduit à un tas d'oripeaux surmonté d'une barbe crasseuse qui lui dévore la moitié du visage. Seuls les yeux trahissent l'humain dans ce monceau d'immondices.

Mais hormis la mèche de cheveux de Blanche, la bourse d'Aloïs ne contient qu'une boule de pain de noix, prélevée sur son déjeuner pour en faire l'offrande à Bertrande et c'est un crève-cœur de devoir choisir entre deux misères.

— Pardonnez-moi, murmure-t-elle en passant auprès du mendiant sans s'arrêter.

Elle ne cherche pas à déchiffrer ce qu'il a grommelé entre ses chicots jaunâtres.

La honte de n'avoir rien à offrir à ce miséreux lui fait hâter le pas.

Ils sont de plus en plus nombreux à braver la froidure en quête de nourriture. La neige a réduit à la mendicité nombre de tâcherons qui trouvaient d'ordinaire de l'ouvrage aux travaux des champs. Un peu partout, les provisions se raréfient. On dit que dans certaines maisons la farine commence à manquer faute de moulins pour moudre le grain. Que sait Ermengarde de la souffrance de ce petit peuple pour qui un rat constitue un mets providentiel ? À sa table, on se délecte de plats succulents et le moindre chien de sa meute est rassasié, quand une partie de son peuple en est réduite à fouiller la fange. Il faudra lui parler de cette misère famélique. Aucun gouvernement ne peut régner avec justice sur un monceau d'or cerné d'un tas d'ordures. Qu'importe que la main du démon ait façonné tout cela. Chaque douleur agrandit son royaume corrompu. Aucune âme ne peut s'élever quand pèse sur elle le plomb de la misère.

Sans même qu'elle s'en aperçoive, ses pensées ont conduit Aloïs au parvis de Saint-Paul, l'église lépreuse. À son étonnement, la grille du cimetière est entrouverte. Bertrande serait-elle sortie ? Elle lui avait pourtant dit qu'elle menait là une stricte vie de recluse. Pourvu qu'elle n'ait pas tenté de se rendre chez sa belle-mère ! La vieille belette serait bien capable de lui faire payer cher l'évasion de Blanche.

L'enclos des morts s'étend devant Aloïs, sous la neige paisible. Mais des coups répétés viennent troubler le blanc silence. Tout au fond du cimetière, un homme s'affaire à creuser une tombe. D'un rythme régulier, il lève et abat une pioche, soulevant des mottes de terre qui retombent avec un bruit mat.

Un savoir bien mystérieux nous fait parfois connaître les choses sans qu'on les ait apprises d'aucune façon. Il suffit qu'Aloïs voie ce bras brandir cette pioche pour qu'elle sache à l'instant que Bertrande est morte. Ce n'est pas une prémonition, c'est une certitude. Une évidence de la pensée comme la chair de poule est une évidence du froid ou de la peur. Sa première réaction est de faire demi-tour. À quoi bon s'attarder dans ces parages funestes ? Pour un Vrai Chrétien, un cadavre – fût-il celui d'un être cher – n'a pas plus de valeur qu'une chrysalide vide. Mais il y a la promesse faite à Bertrande de lui porter des nouvelles de sa fille. Alors Aloïs s'approche de l'endroit où se tient le fossoyeur.

Il interrompt un instant son labeur pour saluer la visiteuse. C'est Pilate, la trogne rougie sous l'effort et tout enluminée d'un sourire satisfait, tant la journée est faste en ce qui le concerne. Ce n'est pas tous les jours qu'on vous paie plusieurs fois. Payé de bons deniers pour remettre une lettre, payé d'autres deniers pour dresser un gibet, payé d'une aune de drap en dédommagement d'une pendaison qui n'aura pas lieu et payé maintenant d'un couple de poulets pour creuser une fosse inespérée.

— Dieu vous garde, noble dame… C'est-y que vous

seriez de la parentèle à la défunte ? demande-t-il avec une légèreté hors de mise.

D'un mouvement du menton, il désigne une forme humaine enveloppée d'un vague oripeau élimé, gisant à quelques pas du trou.

— Nous nous connaissions, se contente de répondre Aloïs.

À ces mots, Pilate se rend compte soudain de son impertinente gaieté. Il se compose du mieux qu'il peut une grimace douloureuse, accompagnée d'un soupir.

— Eh oui ! Voilà ce qu'il en est de nous… Un jour, on se connaît… un autre jour, on ne se connaît plus !… lâche-t-il en guise d'épitaphe. Pardonnez-moi, il faut que j'y retourne.

Et, empoignant sa pioche, il se remet hardiment à creuser.

Aloïs se penche près de cette chose qui fut Bertrande, mère de Guilhem et de Blanche-Isaure. On l'a roulée nue dans un haillon si fin qu'il dénonce les moindres reliefs du corps. Les côtes et les os des hanches saillent au point qu'on dirait déjà un squelette. Ce n'est point de la lèpre qu'elle est morte, mais de malnutrition et d'épuisement.

Il est trop tard pour lui administrer le *consolament*[1], mais il n'est point trop tard pour prier pour son âme. Et tandis qu'elle prononce les paroles d'espérance, Aloïs glisse tendrement la mèche de cheveux dans les replis du misérable linceul.

1. *Consolament* : rituel purificateur de type baptismal.

Chapitre 43

ODÍN GLUMSSON & COMPOSTELLE

Voyelles et consonnes

Le preux guerrier porteur de cette missive est notre émissaire secret. Vous devez, s'il en manifeste la volonté, lui assurer le gîte et la nourriture. Considérez-le comme votre chef militaire. Il est habilité à prendre toutes les décisions utiles à nos plans ainsi qu'à diriger les missions de nos milices. En attendant l'arrivée de l'armée, c'est de lui que vous devrez suivre les ordres et consignes qu'il jugera nécessaires. À l'approche de la prochaine lune, des feux s'élèveront du côté du septentrion. Ce sera le signal. Jusque-là ne mettez rien en œuvre qui puisse inquiéter la ville ou le Palais.

Pour Narbonne et pour Dieu. H. B.

La lettre tremble dans les mains fébriles du capitaine. Sitôt remonté dans la solitude de son logis, en haut de la tour des gardes, il a fait sauter le cachet de cire d'un coup de couteau tant était grande sa hâte de découvrir le contenu du parchemin. Il l'a lu et relu, au point qu'il pourrait en réciter le texte mot à mot. Pour lui, les initiales de la signature trahissent le scripteur qui ne peut être autre que le marchand Hugues Bertier.

À l'évidence, l'homme qui leur a échappé il y a deux jours n'a pas perdu de temps. Non seulement il a retrouvé ses complices hors de la ville, mais il a activé la mécanique du complot. Le péril qui menace Narbonne est d'autant plus inquiétant qu'il viendra sournoisement de l'intérieur autant que du dehors. L'envahisseur n'aura même pas à s'infliger la peine d'établir un siège, car les portes s'ouvriront d'elles-mêmes devant lui.

Un an plus tôt, Odín Glumsson se serait sans doute précipité aux pieds d'Ermengarde, le parchemin à la main. Il aurait attendu qu'elle prît conseil auprès de Pierre Ramondis pour exécuter avec dévouement la stratégie ourdie par ce dernier. Mais les temps ont changé. C'est parce qu'il fallait que les temps changent que le Premier conseiller devait mourir. Et lui, Odín Glumsson, seigneur des Orcades qui, par fidélité pour son roi et par ardent amour pour la vicomtesse, a renoncé à ses titres et à son honneur, ne veut plus être réduit à cet obscur destin. Il n'a que trop attendu son heure. Il va en faire sonner lui-même le glorieux carillon. Cette missive que le hasard a placée dans ses mains est un signe de Dieu.

Le scribe, par prudence, n'a point nommé celui à qui il donne son blanc-seing. Cela signifie que le nom du porteur est de peu d'importance aux yeux du destinataire. Sans doute, celui-ci ignore-t-il l'identité du messager. Seule compte sa qualité de mercenaire. La lettre officialise sa fonction au service du complot. Odín incarnera donc ce prestigieux guerrier. Tous les miliciens voués à perdre Ermengarde tomberont alors sous son joug et serviront à leur insu la cause de la vicomtesse. Par là même, ils scelleront leur perte. On voit d'ici leurs têtes exposées aux piques des remparts. De leurs yeux décavés les corbeaux feront ripaille et leurs corps démembrés seront jetés aux chiens errants et aux pourceaux. Alors Odín Glumsson osera déclarer à Ermengarde ce qu'il cèle en l'étui de son cœur depuis de trop longues années.

La question est à présent de savoir à qui cette missive est destinée. Le parchemin a subi les attaques de l'eau. Soit qu'il ait chu dans la neige, soit que des mains humides l'aient manipulé sans précaution. S'il faut en croire – et pourquoi ne les croirait-on pas ? – les dires de l'homme sans mémoire et de son valet, ils ont récupéré un sac appartenant aux brigands qui les ont attaqués. C'est dans ce sac que se trouvaient la lettre et tous les autres objets sur lesquels ils ont fait main basse. Il est probable que leurs vêtements de pèlerins soient aussi d'emprunt, leurs agresseurs leur ayant dérobé tout ce qu'ils possédaient. L'énigme de cette algarade ne sera peut-être jamais résolue. C'est de peu d'importance. Ce qui compte, c'est de déchiffrer le nom délavé sur le pli du parchemin.

On y lit à peu près ceci : « *Au tr.. ..ble seig..u. C..i..o de Ro..s* ». Chaque lettre manquante a laissé une traînée d'encre plus ou moins nette selon l'absorption de la peau de chevreau.

À la lueur d'une chandelle, Odín Glumsson s'acharne à reconstituer le texte en recopiant les mots sur une tablette de cire. Un peu de logique lui a permis de trouver les premières lettres. Le choix des voyelles n'était pas bien grand. Il ne lui a pas fallu longtemps pour reconstituer ainsi le début de l'adresse au destinataire. « *Au très noble seigneur* ». Autre chose est de décrypter le patronyme. Qui peut donc être ce très noble seigneur dont l'initiale est la lettre C ? À la remembrance du capitaine, aucun nom de quiconque à la cour ne commence ainsi. Peut-être s'agit-il d'un prénom. Mais il y en a fort peu, dans la langue romane, qui s'achèvent par un « o ». On en rencontre davantage en catalan ou dans le parler de Castille. Et de même, les localités de Rodes ou de Rosas – toutes deux catalanes – pourraient correspondre à la seconde partie du nom. Plus il applique son esprit à ce problème et plus le capitaine se convainc qu'il s'agit d'un nom étranger.

Il n'y a guère que deux ou trois hommes qui sachent lire et écrire parmi tous les gens d'armes du palais. Rien ne peut garantir que ceux-là ne fassent pas partie du complot. Tant qu'on n'en connaît pas la liste, il ne faut rien risquer.

Mais voilà qu'Odín Glumsson se lève soudain si brusquement qu'il en renverse son tabouret. Il court jusqu'à la trappe donnant dans l'escalier et l'ouvre avec tant de précipitation qu'il manque de se meurtrir les doigts. L'aide qu'il désespérait de trouver, il l'a à portée de main. Que n'y a-t-il songé plus tôt.

— Robin ! crie-t-il par l'ouverture, Robin !

À l'étage inférieur on s'agite, puis une voix répond à son appel.

— Capitaine, Robin n'est point avec nous. Il est resté dans la salle basse.

— Dites-lui d'aller quérir le prisonnier et de me l'amener céans au plus vite.

— Quel prisonnier, capitaine ?

— Le maître, bien sûr. Celui qui sait lire. Pas le crétin !…

Le temps que l'ordre soit exécuté, le capitaine Glumsson a replié le parchemin qu'il a rangé dans un coffre. Puis il a disposé sur sa table tout le nécessaire pour écrire. Deux tablettes de cire, un racloir et quelques stylets d'où jaillira la vérité à brève ou longue échéance. Dût-on y passer le jour et encore la nuit, ce nom finira par s'inscrire dans la cire.

À son entrée dans le logis du capitaine, Compostelle a marqué un temps d'arrêt. Le riche ameublement et les épaisses tentures couvrant les murs sont d'un luxe inattendu dans l'habitat d'un homme d'armes. Il faut que celui-ci soit de noble ascendance pour jouir d'un tel confort. Bien loin du taudis misérable que partage l'étudiant Hans Carvel avec deux de ses camarades de la basoche parisienne dans le bourg de Saint-Germain.

Inquiet du motif de cette soudaine convocation par le capitaine de la garde, le mercenaire – à moins que ce ne soit l'étudiant – s'est senti soulagé lorsque son hôte lui a exposé ce qu'il attendait de lui.

— Voilà ce qu'il faut que vous m'aidiez à compléter. Il s'agit peut-être d'un nom de baptême, mais je n'ai aucune certitude à ce sujet… Si vous réussissez, vous et votre valet serez autorisés, dès demain, à circuler librement par toute la ville.

Ce que n'a pas dit Odín Glumsson, c'est qu'il nourrit à l'égard de l'inconnu la meilleure intention du monde. Le projet qu'il a imaginé pour lui est autrement magnifique que la simple liberté d'aller et venir à sa guise. Mais il préfère n'en rien dire pour le moment. Au fond de lui stagne encore la crainte diffuse d'avoir affaire à quelque magicien. C'est pourquoi il veut que s'écoule encore le temps d'une nuit. Si le mystérieux étranger n'a pas disparu au lever du soleil, c'est qu'il est un homme ordinaire dont on n'a rien à redouter de plus que des autres représentants de son espèce. L'opinion à cet égard du chapelain et du médecin confirmera avec certitude sa nature d'être humain.

Sans plus se poser de questions sur les véritables enjeux de la devinette qui lui est posée, Compostelle s'est assis face à Odín Glumsson. Chacun a tracé dans la cire les lettres incontestables, espacées d'autant de vides à combler.

— Commençons par poser celles-ci en colonne sur un côté de la tablette et essayons-les à tour de rôle, propose Compostelle.

— Sans oublier qu'il peut s'agir d'un nom latin ou encore – comme j'aurais tendance à le penser – issu des terres d'Hispanie, ajoute le capitaine.

Son hôte paraît se piquer au jeu.

— En suivant l'ordre alphabétique, la première consonne que l'on pourrait poser après le C, serait donc un « h ».

— En effet « Ch » est un début possible.

— Cela peut même être la fin de l'énigme ! lance son partenaire tout excité. Regardez !

De la pointe du stylet il vient, du premier coup, d'écrire un nom complet : « Christo ».

Face à cette belle trouvaille, le capitaine reste un instant les yeux ronds. L'homme qui lui fait face est remarquablement habile. Cependant, la réponse n'est pas satisfaisante. Un tel nom n'est point d'usage en pays roman. Et même à supposer que cela soit du latin, pourquoi le début serait-il écrit en une autre langue ? « Au très noble seigneur Christo » est une inscription dénuée de sens.

— La chose est belle, mais elle est improbable, finit-il par dire d'un ton empreint de regret. Il nous faut chercher ailleurs.

De la première chandelle, il ne reste bientôt qu'une flaque de cire et une mèche noire au fond de la bobèche. Celle qui l'a remplacée est aux deux tiers fondue.

Plusieurs fois les deux hommes ont raclé la cire palimpseste afin de tenter de nouvelles combinaisons. Toutes, hélas ! se sont révélées vides de sens. Le capitaine Glumsson n'est pas loin de renoncer. Seule la concentration et la puissance de réflexion de son hôte l'empêchent de mettre un terme à ce labeur exaspérant. Et puis l'envie le tenaille encore de devenir le chef des comploteurs. Ce serait grande désespérance que de renoncer à pareille fortune.

Odín Glumsson voit l'étranger quitter son tabouret et se mettre à faire les cent pas d'un bout à l'autre de la pièce, laissant errer ses yeux sur les lattes du plancher. Tandis qu'il observe cette pensive déambulation, le capitaine se remémore les gants en peau de chat. Il est inimaginable que l'homme qu'il a devant lui – pétri des choses de l'esprit – puisse être l'assassin d'Aldo de Bizanet. Celui-ci devait se trouver à l'évidence parmi les mystérieux « brigands » dont le jeune idiot ressasse l'histoire.

Compostelle vient de s'arrêter. Il pointe un doigt vers les tablettes de cire :

— Reprenons à la base. Commençons par les voyelles, cette fois. « C » plus « a », cela donne « Ca »... Que posons-nous ensuite ?

— Une consonne, lance le capitaine avec assurance.

— Cabi... Caci... Cadi... Cafi... Arrêtons-nous sur cette série et voyons si nous pouvons enchaîner avec une consonne utile... À moins que nous ne fassions fausse route !

— Pourquoi donc ? s'inquiète Glumsson.

— Nous avons pensé au latin, au roman, au catalan, aux dialectes d'Hispanie, mais nous avons oublié le grec ! Que diriez-vous de ceci : *κάλλιστος* !

— Qu'est-ce que cela signifie ?

— Le meilleur… Mais c'est sans importance. Cela peut se traduire par Calixte. Ou encore, en castillan : Calisto. Et je pense que c'est le nom que vous cherchez. En tout cas, cela correspond à toutes les lettres manquantes… Eh bien, qu'ai-je dit ?

Le visage du capitaine Odín Glumsson est à ce point frappé de stupeur qu'on pourrait croire qu'il est au bord de tourner de l'œil.

La missive est adressée « *Au très noble seigneur Calisto de Rojas* ». Autrement dit au vilain gnome, compagnon de la vieille Célestina, la plus grande maquerelle du plus fameux lupanar de Narbonne.

Chapitre 44

GUILHEM DE MALPAS

Les trois visages

Il n'est de bruissement si furtif que Guilhem ne l'entende. Son oreille de musicien est toujours à l'affût du chant infini du monde. Quelqu'un vient de gratter à la porte du galetas. Mais le troubadour répugne à se détacher de sa contemplation. Cela fait une petite heure qu'il observe en silence les gestes de Peire Brun à l'ouvrage. Le jeune homme a accepté que Guilhem assiste à son travail, à condition qu'il n'en regarde pas le résultat avant qu'il l'ait mené à son terme.

Peire est inquiet. Ce qu'il est en train de faire a quelque chose d'effrayant. Des croquis sur le vif, il en a tracé des dizaines, tant de bêtes que de gens. Mais ce n'était rien d'autre qu'une sorte d'entraînement destiné à mémoriser formes et proportions. Rien de plus que des esquisses avant de jeter les bases de l'œuvre de pierre. Ainsi, lorsqu'il s'amusait à saisir un visage, ce n'était que le signe de ce visage qu'il posait sur le parchemin, sans vrai souci d'exactitude. Tandis qu'à présent, à la demande de Guilhem, c'est la vérité même d'un être qu'il s'efforce de prendre au piège des lignes et des ombres. Non plus le contour superficiel d'une figure, mais l'image profonde de l'âme qui l'habite.

Armé d'un simple bout de charbon aiguisé, il a tracé sur une fine plaquette de bois le visage, trait pour trait, de la très douce Blanche. Deux dessins sont achevés, l'un de face, l'autre de profil. Le dernier, en train de naître, la représente de trois quarts, une boucle de cheveux au bord de la paupière, l'œil rêveur. Trois visages qui serviront à fabriquer le masque d'Ève.

De l'autre côté de la porte, le grattement a repris. Agazza elle aussi a dû l'ouïr, car elle a frémi sur l'épaule du troubadour. Celui-ci s'éloigne sans bruit pour ne pas troubler l'artisan ni son modèle. Il traverse le galetas et entrouvre le panneau.

La silhouette d'Aloïs se dessine à contre-jour. Tout à la fascination du dessin, Guilhem n'avait pas reconnu sa manière toujours discrète de toquer à l'huis. Aussitôt il se faufile au-dehors.

Le bonheur a mille façons de rayonner. Le malheur n'a qu'un seul visage. Aloïs se tait, mais son front soucieux, ses yeux baignés de tristesse disent déjà ce qu'elle va dire :

— L'âme de votre mère est retournée en Dieu.

Sur l'instant, Guilhem ne sait que répondre. L'accablante nouvelle n'éveille en lui que l'écho d'un chagrin qui n'est pas le sien. À la vérité, le trépas de cette mère inconnue glisse sur lui sans érafler son cœur. Il s'en voudrait presque de ne rien ressentir. Mais imaginer la tristesse future de sa sœur le rend triste en retour et cette douleur d'emprunt le réconcilie avec sa propre indifférence.

— Blanche l'apprendra de ma bouche, finit-il par dire. Pour l'heure, ne vous attardez point sur le chemin de ronde. Le vent y est mauvais aujourd'hui.

Aloïs lui répond d'un sourire. Elle sait que l'inquiétude de Guilhem à son égard est tout aussi sincère que l'est son insouciance face à la mort de Bertrande. Après tout n'est-ce pas sa faute à elle si la mère a déserté les pensées du fils ? N'a-t-elle pas mille fois remercié le sort pour le cadeau de cet enfant inespéré ? Tout en elle réclamait d'être mère alors que la nature refusait qu'elle le fût. Finalement, l'horreur de la procréation prônée par la Vraie Foi ne lui a pas été d'un poids bien lourd. Tout au long des années, elle a pu obéir au dogme tout en jouissant d'une maternité usurpée. C'est pourquoi elle ira jusqu'au bout de sa faute. La voici deux fois mère et contrainte doublement de suivre ces enfants qui ont choisi de composer avec le monde démoniaque. Ici commence son châtiment et peut-être son salut.

Elle s'éloigne sur le chemin de ronde, lourde de ces pensées. D'une main machinale, elle serre les pans de son mantel.

Guilhem est retourné dans le galetas au moment où Peire Brun venait de poser son charbon.

De la couche où elle est assise, Blanche le questionne du regard. Elle a tenu la pose, suivant docilement toutes les indications qu'il lui donnait, sans bien comprendre de quoi il s'agissait. Maintenant il lui tarde de voir ce qu'a fait l'ami de son frère avec ce bout de bois noirci tout juste bon à salir les doigts.

— Il faut patienter encore un peu… dit le maître imagier. Guilhem, veux-tu me donner le bol avec l'œuf, je te prie ? ajoute-t-il en désignant les affaires qu'il a sorties de sa besace.

Il souffle ensuite sur la plaquette pour disperser la poudre de charbon et ne garder que ce qui tient aux fibres du bois. Enfin, du bout de l'ongle, il brise la coquille, s'appliquant à séparer le jaune du blanc qu'il verse précautionneusement dans le bol.

— Que vas-tu faire du jaune ?

— Rien du tout.

— Alors ce sera le repas d'Agazza, déclare le troubadour.

On dirait que l'oiselle a compris. Elle tend aussitôt un bec gourmand vers la demi-coquille que lui présente son ami.

— Quelle est cette poudre que tu mélanges au blanc d'œuf ?

— Un peu de gomme arabique pilée. Il n'y a pas de meilleure technique pour fixer un dessin au charbon.

Délicatement, croisant les coups de pinceau, Peire étale le blanc d'œuf sur la plaquette.

— Une fois sec, je pourrai le transporter sans risquer de l'abîmer… À présent, vous pouvez le voir.

Il a posé son ouvrage sur le coffre. Le frère et la sœur s'en approchent avec une sorte de respect craintif. Tous deux s'immobilisent, côte à côte, subjugués, à quelques pas du dessin.

Trois moments du visage de Blanche irradient de toute leur beauté dans la transparence du vernis. La ressemblance avec l'original est sidérante. Le blanc d'œuf a estompé les traits, formant des ombres d'où jaillit l'illusion parfaite du relief. Sur la troisième figure, l'expression songeuse de la jeune fille lui confère une étrange maturité. On dirait qu'elle a vieilli. Ou plutôt que la femme a éclos du bourgeon de l'enfance. Sa grâce n'en est que plus éclatante. Une émotion irrépressible s'empare alors de Guilhem. Face à lui vient de jaillir un visage qu'il croyait perdu à jamais dans les confins du temps. Le visage même de sa mère le jour où il l'a quittée. Et soudain l'eau du cœur lui vient aux paupières.

Blanche l'a senti. À tâtons elle saisit la main de son frère et noue ses doigts autour des siens. Et d'une voix qui est le souffle même de son âme, elle dit :

— Maman est morte… Dieu m'a trahie.

Chapitre 45

ODÍN GLUMSSON & DAME ERMENGARDE

Poète de cour

Lorsque le capitaine a demandé à s'entretenir avec elle sans témoin, Ermengarde s'attendait à ce qu'il lui parlât des suites de la libération de l'armurier Massac ou bien d'une nouvelle piste concernant l'assassinat du Premier conseiller. Le rapport quotidien qu'il lui fait a toujours trait aux affaires du palais. En aucune façon elle n'aurait imaginé qu'il souhaitait connaître son jugement sur un livre de poèmes.

Elle repose avec délicatesse le volume abîmé dont elle vient de lire plusieurs pages.

— Capitaine Glumsson, je ne saurais exprimer mon avis sur les textes qui sont ici notés dans la langue des Francs que je connais fort mal… Mais pour ceux écrits en latin, je puis vous assurer qu'ils sont d'un grand poète… D'où tenez-vous cet excellent ouvrage ?

— De son auteur, ma dame… En tout cas d'un homme qui prétend l'être.

Odín Glumsson se retient d'exulter. Il connaît depuis toujours l'engouement de la vicomtesse pour les troubadours. Aussi quand il s'est aperçu que son prisonnier était de cette espèce poétique, l'idée lui est venue d'en faire cadeau à la dame de son cœur. Est-il meilleur moyen pour éveiller l'intérêt de qui l'on aime que de montrer qu'on partage ses goûts ? Encore fallait-il s'assurer de la qualité du poète.

— Il faut que je vous narre la singulière histoire de cet homme et de son valet, ajoute-t-il en baissant un peu la voix, comme pour inviter le mystère dans leur conversation.

Ermengarde s'est calée dans ses coussins, prête à ouïr un récit qui la distraira de ses récents soucis.

L'habitude est une puissante éponge apte à effacer le relief de ce qui nous entoure. Les êtres qui nous sont les plus proches se fondent insensiblement dans la banalité des jours. C'est ce que se dit Ermengarde tandis qu'elle écoute avec un intérêt grandissant les propos extraordinaires du capitaine Glumsson. Cet homme qui la suit comme une ombre depuis tant d'années a fini par lui devenir invisible. Or voici qu'elle le voit tout d'un coup comme si elle le découvrait. Il y a, chez lui, quelque chose d'hivernal qui donne le frisson. Pourtant, une beauté sauvage irradie de cette virilité bien bâtie, aux mains puissantes et à la mâchoire où ne manque aucune dent.

Il revient à la remembrance de la vicomtesse certain jour d'été lointain où son capitaine l'avait grandement impressionnée, taillant en pièces l'ennemi, sans relâche, alors qu'ils guerroyaient côte à côte. Elle devait même à sa fougue belliqueuse d'avoir eu la vie sauve quand il avait paré au-dessus de sa tête le coup de masse d'armes qui lui était destiné. Ce jour-là, un violent désir l'avait prise de s'offrir à lui après la bataille.

Elle y avait renoncé, bien sûr, faute de pouvoir congédier ensuite l'amant d'une nuit. Car, pour quiconque y était reçu, la couche d'Ermengarde débouchait inexorablement sur l'exil. Ainsi le voulait la légende qu'elle avait forgée elle-même. Chacune de ses étreintes portait la malédiction d'un adieu définitif.

Ses pensées ne l'ont point empêchée de suivre avec le plus grand intérêt le récit d'Odín Glumsson. Cette histoire d'improbables pèlerins attaqués par des brigands, dont l'un sait à peine parler et l'autre prétend se trouver en la ville de Paris à dix ans de distance du jour d'hui, voilà qui excite au plus haut point sa curiosité.

— Vous êtes-vous assuré, chevalier, que ce ne sont pas deux créatures diaboliques venues de l'enfer afin de nous désespérer ?

— Noble dame, j'ai dépêché auprès d'eux le chapelain du palais qui leur a présenté l'image du Christ. Tous deux, à sa vue, se sont signés en bons chrétiens et ils n'ont pas frémi lorsque le prêtre les a aspergés d'eau bénite.

— Ces signes sont probants, en effet… Le dessin que vous m'avez tracé de ces visiteurs, m'a donné grande envie de les connaître… D'autant plus, je vous le redis, que ces poèmes sont d'une grande beauté.

Odín Glumsson n'en espérait pas davantage.

— Voulez-vous qu'on les fasse venir céans, ma dame ? Je puis les corner à l'instant.

— Cornez donc, chevalier. Je brûle de les voir.

Sans plus attendre, le capitaine se penche à la fenêtre d'où il lance deux brefs appels dans la corne de bœuf qu'il porte toujours à son côté. Il avait si ardemment espéré que les choses tourneraient ainsi qu'il a ordonné à ses hommes de se tenir prêts à son signal. Plein d'une heureuse assurance, il retourne auprès de la vicomtesse :

— Avant que de vous les présenter, j'avais pensé

soumettre ces étrangers à l'observation de nos médecins. J'aurais voulu connaître leur opinion sur l'état de confusion où se trouve l'auteur de ces vers.

— À l'issue de notre entretien, nous verrons si l'examen s'impose.

Le capitaine approuve de la tête.

— Je me dois aussi de prévenir Votre Grâce que le valet est assez mal dégrossi. Il sent passablement l'étable et son parler est des plus incertains.

— Je saurai m'en accommoder. Il ne doit guère différer en cela de la plupart de nos gens, répond Ermengarde tout en agitant une clochette de bronze.

Le page qui se tenait dans le vestibule paraît aussitôt.

— Alban, cours prévenir le seigneur de Lara de nous rejoindre céans.

Odín Glumsson n'a pu retenir un geste d'étonnement qui n'a pas échappé à Ermengarde.

— J'ai toute confiance en la science de mon neveu pour juger de la qualité d'un esprit, fût-il la proie de quelque trouble inconnu. Il nous dira, aussi bien que n'importe quel médecin, ce qu'il faut penser de l'égarement de cet homme.

Ce que la vicomtesse a pris pour un geste d'étonnement était un geste de dépit. S'il osait, Odín Glumsson vouerait à tous les diables Aymeri de Lara. Qu'a-t-elle besoin de s'encombrer d'un homme que les livres ont amolli au point de le rendre incapable de brandir un écu à bout de bras ? De quel secours lui sera-t-il lorsque l'ennemi se présentera aux portes de Narbonne ? Croit-elle que le savoir d'un clerc la mettra à l'abri de la brutalité du comte de Saint-Gilles et de sa soldatesque ?

Une fois encore, Odín Glumsson fait taire son impatience. Il sait, à présent, que l'heure de son triomphe est toute proche. Bientôt Ermengarde le connaîtra pour ce qu'il est : le sauveur de la ville. Dès ce soir, il ira se faire valoir en tant que chef du complot. Il se fera livrer les noms de tous les traîtres recrutés dans les garnisons de la ville. Il prouvera l'incompétence de feu le conseiller Ramondis et celle du Maître des Monnaies. Ceux-là, malgré leurs indicateurs chèrement payés, n'ont su mettre au jour qu'une liste de marchands corrompus. Mais ce ne sont pas les marchands qui renversent les trônes. Ce sont les épées.

— Ah, vous voici mon neveu ! Je voulais que vous fussiez le premier témoin du bien étrange cadeau que vient de me faire le capitaine de ma garde.

Aymeri de Lara passe devant Odín Glumsson en le saluant d'un regard chaleureux.

— Est-ce l'opinion du diable ou bien celle de Dieu qui vous importe, ma tante ? Car je suis tout imprégné de ces deux personnages depuis que je m'applique à en savoir les rolles.

— Les rolles ?

— C'est ainsi que parle notre ami Guilhem… « Tenez, m'a-t-il dit en me tendant un rouleau de parchemin, je vous prie d'apprendre ce rolle[1] jusqu'à ce que vous le puissiez dire sans faillir. »

— Il est dans la nature du troubadour de pousser le langage hors des limites ordinaires… Mais c'est de vous et non point de vos personnages que j'attends

1. En ancien français : rolle ou rollet désigne le rouleau de parchemin sur lequel est écrit le texte destiné à un acteur. Cela a donné le rôle.

votre avis sur l'homme qui va nous être présenté. Il paraît être l'auteur de poèmes fort beaux que le chevalier Glumsson m'a fait découvrir, mais il semble que cet homme ait perdu la conscience du temps présent et qu'il se figure être en tout autre lieu que celui où nous sommes.

— N'est-ce pas le propre de notre rêverie que de nous libérer des contraintes du temps et d'offrir à notre imagination des espaces fort éloignés de nous ?... Si l'homme est poète, son mal ne me paraît pas extravagant.

Des pas résonnent dans le vestibule, empêchant Ermengarde de commenter les sages paroles de son neveu. Elle fait signe au page d'aller ouvrir, car les gens d'armes n'ont point accès aux appartements de la vicomtesse.

L'instant d'après, Compostelle et Donat s'avancent dans le scriptorium. Vêtus de leur manteau de pèlerin, ils tiennent tous deux humblement leur chapeau orné de la fameuse coquille. Le faste des lieux leur en impose autant que la noblesse des personnes présentes. Malgré eux, leurs yeux furètent vers les meubles polychromes et les magnifiques croisées d'où la lumière fuse au travers des cabochons de verre.

Ermengarde est encore vêtue de la parure de perles tressée de fils d'or qu'elle avait mise pour se rendre chez l'archevêque.

La première idée qui vient à Donat en la voyant, c'est qu'il doit s'agir de la Sainte Vierge. Aucune femme de Sijan ne porte semblables vêtements, hormis la statue de la Vierge quand elle s'en va en procession. Aussi se met-il vite à genoux, imité par Compostelle. Le mercenaire, quant à lui, ne s'est pas mépris sur la qualité de la dame. L'attitude des hommes qui l'entourent la désigne clairement comme le seigneur des lieux.

— Messires pèlerins, soyez les bienvenus en ce séjour. Vous y trouverez asile et protection. Je suis dame Ermengarde, vicomtesse de Narbonne.

— Noble dame, grâce vous soit rendue, réplique Compostelle. Je me nomme Hans Carvel, étudiant à l'école Notre-Dame de Paris.

— Donat meu ! dit le garçon, passablement déçu de n'être pas en présence de la Madone.

— Relevez-vous, messires.

Aymeri de Lara s'approche de Compostelle, l'air affable :

— Sire Carvel, je suppose que vous connaissez le grand maître de l'université de Paris. J'ai eu l'occasion d'échanger avec lui une assez longue correspondance au sujet de l'infortuné Abélard.

— Maître Petrus Comestor ! Oui-da, répond aussitôt le mercenaire. Il a été mon professeur de rhétorique… L'un des plus brillants orateurs de nos écoles.

— Je ne connais que ses écrits. J'imagine que ce doit être un plaisir de l'entendre.

Tout en se retournant vers Ermengarde, le baron de Lara lui adresse un regard de connivence. Sa question n'avait pas d'autre objet que de sonder la véracité des propos de l'inconnu. Sa référence à Petrus Comestor est la preuve indéniable qu'il dit la vérité.

— Le capitaine Glumsson m'a narré les singulières circonstances de votre arrivée à Narbonne, sire Carvel… Ne pourriez-vous nous en dire davantage ?

La question de la vicomtesse a plongé Compostelle dans un désarroi qu'il ne cherche pas à cacher.

— Las, noble dame, j'aurais grand désir de vous satisfaire, si seulement je le pouvais… Mais je n'ai remembrance de rien qui passe le moment où je m'éveillai sur un banc, en un lieu que je pris pour le Châtelet de Paris ; tandis que ce garçon, qui prétend être mon valet, massait mes membres endoloris.

Donat, qui était en train de gratter une croûte au sommet de son crâne s'interrompt aussitôt en voyant les regards converger vers lui. Il aimerait bien donner sa version des faits. Mais laquelle ? S'il s'était trouvé face à la Sainte Vierge, pour le coup, il aurait dit la vérité. Or il n'est pas du tout sûr que cela fasse plaisir à cette dame de Narbonne. Si jolie soit-elle, mieux vaut rester prudent et s'en tenir à ce qui a été dit.

De sa voix nasillarde, il bredouille un fatras de sons incompréhensibles avant de se remettre à gratter cette croûte qui le démange.

— Un de mes hommes a cru comprendre qu'ils venaient de la cité de Gap et que des brigands les avaient assaillis… Nous n'en avons rien tiré de plus, explique Odín Glumsson au baron Aymeri que la diction de Donat a laissé perplexe.

Le livre de poèmes à la main, Ermengarde s'approche du trouvère – ainsi nomme-t-on les poètes en terre de France. Depuis que cet homme est entré, elle n'a pu s'empêcher de garder les yeux fixés sur lui. Elle voudrait s'en défendre, mais l'attraction qu'il exerce sur elle surpasse sa volonté. À la lecture de ses ardents poèmes, elle s'était forgé l'image d'un clerc au teint pâle, à la complexion délicate sinon frêle. Elle sait d'expérience que les hommes de plume ressemblent rarement à leurs ouvrages. Celui-ci est le vivant déni de tous ces préjugés. Sous le mantel du pèlerin se devine la stature d'un athlète. Ses lèvres à l'ourlet sensuel contredisent son regard ombrageux. Sa voix aux sonorités graves vibre d'une tension plus pénétrante que la plus basse corde d'un rebec. Une voix faite pour chanter, une bouche pour embrasser, un corps pour étreindre. Voilà des années qu'Ermengarde n'a point éprouvé si grand trouble face à un inconnu.

— Sire Carvel, lui dit-elle en lui tendant le livre, qui que vous soyez et d'où que vous veniez, vos beaux écrits plaident en votre faveur... Si cela vous agrée, à compter de ce jour et jusqu'à ce que vous soyez à même de reprendre votre route, vous et votre valet serez les hôtes de ce palais. Je donnerai tout à l'heure les ordres nécessaires à votre installation en un logis de la tour.

À ces mots, Compostelle pose un genou à terre. Il saisit doucement le bas du bliaud d'Ermengarde et le porte à ses lèvres de la plus courtoise façon.

Il faut à la vicomtesse toute la maîtrise d'elle-même pour soutenir le regard qu'il lève alors vers elle. Jamais flèche d'amour si ardente ne fut décochée par une aussi tendre œillade.

Chapitre 46

ODÍN GLUMSSON

La peau du traître

La porte de *La Belle Sirène* vient de s'ouvrir sur Odín Glumsson. Le valet Parmeno a reculé d'un pas à son entrée. Il se tient tremblant devant lui. Depuis le rapt de la petite Clara, sous le porche de la cathédrale, il redoutait cette visite. Il est arrivé, jadis, que le capitaine des gardes honore les étuves de sa clientèle. Mais on ne l'a plus vu céans depuis fort longtemps. Sa venue, ce soir, ne présage rien de bon.

— Dis à ta maîtresse et à son gnome que je veux les voir tous deux, lance-t-il en entrant d'autorité dans la pièce aux fresques.

Sur un coin de table, Inès et Tristana achèvent une potée aux choux. Pour les filles de joie, la journée n'a pas été bien éprouvante. C'est à peine si trois marchands sont venus traiter leurs affaires autour d'un pichet de vin. Un seul d'entre eux est resté aux étuves et encore s'est-il contenté d'un bain sans autre fantaisie. C'est à croire que la neige a congelé les ardeurs et qu'il n'y a plus un seul mâle vaillant dans tout Narbonne. Si cela continue ainsi, il est à craindre que la *Sirène* ne ferme boutique. Pourquoi Célestina continuerait-elle à entretenir un personnel qui ne lui rapporte rien ? Les deux filles ont grand peur de se retrouver à la rue.

L'irruption du capitaine met un terme à leur discussion. Elles se sont levées en même temps, Inès arrangeant son corsage, Tristana remettant de l'ordre dans sa coiffure. Chacune se demande laquelle des deux ce bel homme va choisir. Peut-être l'une et l'autre, avec un peu de chance. S'il y avait un marché aux sourires, ceux qu'elles lui adressent au même moment feraient bien deux sols à la criée.

— Sortez, s'il vous plaît, lâche-t-il, tranchant.

— Eh bien ! sottes péronnelles, on vous a dit de sortir !... Qu'attendez-vous ?

C'est la voix d'orage de Célestina. Celle des mauvais jours où l'on ne sait quand la foudre ou la grêle vont tomber.

Sans demander leur reste, les filles quittent les lieux, emportant avec elles leur potée de choux et leurs appas fatigués.

La vieille maquerelle se tient plantée, mains sur les hanches, regardant filer les deux ribaudes, d'un air de douairière outragée. Elle a pris la peine de se coiffer d'un touret de martre dont le voile gris passé sous son menton lui confère la sobre dignité d'une mère abbesse. Une fois seule avec le visiteur, elle marche vers lui, l'œil humide, la mine soudain consternée et la voix gémissante :

— Ah, capitaine ! Je sais l'homme que vous êtes et quel cœur animé de justice est le vôtre... Je sais aussi que vous n'avez été que le bras d'une volonté qui n'émanait point de vous... Mais regardez en quelle désespérance a été plongée la malheureuse qui vous parle ! Cent deniers !... Oui, cent deniers, telle est la somme que m'a extorquée cette maudite vieille en me confiant l'éducation de son enfant… Oh ! bien sûr, en la mariant comme il faut, j'aurais sans doute récupéré un peu de l'investissement. J'avais d'ailleurs en vue un des meilleurs partis de Narbonne. Assez vieux et assez riche pour assurer le bonheur de la petite… Mais baste ! le Ciel m'est témoin que la pauvre Célestina ne fait point tout cela pour l'argent… Cependant, à présent me voici dépouillée de tout. Ni fille ni deniers !

Le regard chaviré vers le plafond, froissant ses mains, l'entremetteuse semble quêter le secours de la divine Providence avant de lâcher dans un dernier soupir :

— Qui donc, en cette vallée de souffrance, rendra justice à une malheureuse femme réduite au désespoir ?

Assurément le jeu est admirable. La Célestina tirerait des larmes à un gisant. Mais c'est d'un œil glacial qu'Odín Glumsson la toise.

— Où est Calisto ? Je suis venu pour le voir.

Un flottement s'empare de la vieille qui regarde dans le vide avant de hocher plusieurs fois la tête en signe d'assentiment.

— Il arrive, sire capitaine… Il arrive.

— Fort bien, répond l'homme d'armes avant de se défaire de son mantel de vair et de s'asseoir tout à son aise sur un banc.

Il n'a pas remarqué que sur le mur peint, juste derrière lui, l'œil d'un fier destrier vient de se refermer.

— J'espère qu'aucune rumeur mauvaise ne court à l'encontre de mon bon Calisto ! gémit Célestina. Il est l'honnêteté faite homme !

Odín Glumsson ne répond pas. Il sait qu'il se trouve dans l'antre immonde où s'est tramé le complot contre sa bien-aimée Ermengarde. Il sait que cette vieille harpie et son gnome contrefait en sont un des rouages principaux. Il lui plaît de faire durer un peu l'énigme de sa présence et d'inquiéter ses hôtes avant de les soumettre à son pouvoir.

Calisto vient d'entrer. Le capitaine Glumsson ne gardait de lui qu'un vague souvenir datant de l'époque où, par veule complaisance envers les soldats de sa troupe, il lui était arrivé de les accompagner au lupanar. Pour les habitués du lieu, le nain faisait partie des monstres familiers au même titre que la sirène de l'enseigne ou certaine vieille ribaude – morte à présent – connue pour le troisième téton, minuscule, qu'elle avait entre les deux autres.

Cela fait des années qu'Odín Glumsson n'a pas remis les pieds dans ce lieu de perdition bien peu séant pour un chevalier tel que lui. Or le visage de Calisto n'a pas vieilli d'une ride. C'est la même figure hors d'âge qui lève vers lui la double amande de ses yeux plus noirs que perles de jais. Pour le peuple des Orcades, les nains sont entourés d'une aura de mystère qui empêche la plupart du temps qu'on les tue. Certains prétendent même qu'ils entendent le langage des anges. D'autres disent que c'est celui des démons. Peut-être sont-ils capables des deux. Mais, pour l'heure, il ne s'agit pas de se laisser impressionner par d'antiques croyances.

— Vous désiriez me voir, sire capitaine, dit le nain de sa voix de girouette rouillée. Me voici.

Malgré sa démarche dandinante de canard boiteux et ses épaules qui arrivent à peine à la hauteur de la table, il émane du nabot une sorte de morgue altière qui contredit son apparente soumission. Il est temps de balayer toute ambiguïté.

— Je suis venu saluer le très noble seigneur Calisto de Rojas, laisse tomber Glumsson sur un ton de parfaite courtoisie.

À cette déclaration, la bouche du nain a tremblé. Une lueur a éclairé son noir regard. Célestina a vacillé au point de devoir se cramponner au dossier d'une chaise.

— Et je suis venu lui remettre cette missive, ajoute le capitaine en tirant de son bliaud le parchemin au sceau de cire.

Le visage de Calisto a retrouvé tout son aplomb. D'une main ferme, il s'empare du document.

— Seriez-vous l'homme que nous attendions ?

— Cette lettre devrait vous le dire.

Odín Glumsson a pris la précaution de recopier l'original qu'il a conservé dans son coffre. L'imitation est parfaite. Il en a même reproduit le cachet de cire rouge.

Calisto la décachette et en parcourt le contenu avec avidité ; puis il la tend à Célestina.

— Lisez, mère, grince-t-il avec stupeur.

Le capitaine ne peut retenir son étonnement.

— Mère ?

La vieille femme lui retourne un sourire hautain tout en jetant un vague coup d'œil au parchemin.

— Le prince Calisto est mon fils.

— Prince ? répète Glumsson, sidéré.

— Pourquoi pas ? lance Célestina dans un éclat de rire. Calisto est né à Qal'at Rabah[1] du temps où je connaissais le grand calife Ali ben Youssef…

La maquerelle prend un air pensif avant d'ajouter d'un ton empreint de nostalgie :

1. Nom berbère de la ville de Calatrava, dans la province espagnole de la Manche.

— À moins qu'il ne soit l'enfant du roi Alfonso d'Aragon… Ne dit-on pas que le père est toujours incertain ?… Mais, quand ce chien puant d'Alfonso a conquis la ville, nous en avons été chassés. Alors ont commencé les années d'exil et d'errance. Ce n'est que quelques années plus tard, à Toledo, que j'ai compris que Calisto ne grandirait jamais. Un peu plus tard, à Zaragoza, j'ai rencontré le marchand narbonnais qui allait devenir mon premier mari. Nous lui avons menti. Pour lui, j'étais une princesse déchue et Calisto, le page que j'avais gardé de ma suite. Tel était le jeu que nous avions pris le parti de jouer, mon fils et moi. On épouse plus volontiers une femme sans progéniture… Un homme bien aimable que ce mari !… Il a eu la délicatesse de mourir vite. De lui, j'ai hérité cette maison ainsi qu'assez d'argent pour m'installer… Voici pourquoi nous sommes venus à Narbonne… La maison m'a plu. J'avais fréquenté un harem. Ça n'est jamais qu'un bordel avec un roi pour unique client… Ici, tout le monde est roi. Le temps d'un repas, d'un bain ou d'une étreinte… Le temps d'une illusion. Mais dites-moi, capitaine, qu'y a-t-il de plus heureux dans la vie que le rêve que nous nous en faisons ?

Le capitaine Glumsson comprend mieux, à présent, comment une telle femme et son fils, capables de tant de roueries et de tant d'affabulations, peuvent être les complices d'une aussi monstrueuse machination.

— Pourquoi ce nom de Rojas ? demande-t-il avec une certaine candeur.

— Croyez-vous que Célestina de Qal'at Rabah ou Calisto ben Youssef soient des viatiques commodes en terre chrétienne ?… Je suis née dans la ville de Rojas. Mon père était tonnelier et ma mère fabriquait des balais d'osier. Ce nom de Rojas est un souvenir. Mais le marchand Bertier s'est laissé persuader qu'il avait affaire à un prince déchu… ajoute-t-elle en tapotant de l'ongle l'adresse écrite sur la missive. Cela l'a mis en confiance. Au point qu'il s'est entièrement remis à nous pour recruter sa milice.

— Quel profit comptez-vous retirer de cette affaire ?

— Bertier nous a promis la haute main sur toutes les maisons de plaisir de Narbonne et un pourcentage sur les tonlieux touchant au commerce du vin. C'est un marché honnête… Nous avons donc recruté un à un tous les hommes qui participeront à la rébellion. Nos filles ont quelque habileté pour recueillir les confidences… Il fallait sonder l'acier des tempéraments pour savoir lesquels seraient les plus sensibles à la rouille de la corruption… La balourdise des mâles est sans limites lorsqu'on les flatte comme il faut… Chacun d'entre eux a juré le secret sous peine de mort. Bertier tenait beaucoup à cela afin que rien ne perce avant le jour décisif. La plupart, d'ailleurs, ignorent qui est de la conjuration et qui n'en est pas.

— Sage prudence ! approuve Odín Glumsson alors même que ce qu'il vient d'apprendre le stupéfie. Mais il faut à présent que je les connaisse tous, car l'heure est proche, ajoute-t-il d'un ton impérieux.

Célestina approuve de la tête :

— Calisto, va donc quérir ce que tu sais.

Puis elle revient vers le capitaine, le regardant d'un air lourd de sous-entendus.

— Il faut que ce Bertier soit un homme bien rusé pour avoir recruté ses complices jusqu'au cœur même du palais… Que vous a-t-il promis, à vous ?

La question posée tout à trac désarçonne Odín

Glumsson. Il n'avait point songé à cela. Il lui faut donner crédit à son personnage.

— Allons, mon compère en fourberie, nous n'avons rien à nous cacher l'un à l'autre, insiste la maquerelle.

— Il m'a été promis… une seigneurie avec ses privilèges et le commandement suprême de toutes les troupes de Narbonne.

— Ce n'est point un mauvais salaire, commente Célestina en commerçante avisée.

Le retour de Calisto crée une diversion salutaire. La peau du traître est moins facile à endosser que ne le pensait le capitaine. Il a hâte de récupérer ce qu'il est venu chercher et de quitter au plus tôt cette maison de damnés.

Le nain pose un petit sac sur la table d'où il tire une liasse de parchemin reliée d'un simple cordonnet.

— Chaque feuillet contient les noms de nos affidés. En début sont marquées les casernes et les troupes auxquelles ces hommes appartiennent. Le palais, l'archevêché, le beffroi du Capitole et les autres tours des fortifications… Bref, une centaine d'hommes environ… Beaucoup de piétaille et quelques officiers… Enfin, vous jugerez par vous-même.

Il faut à Odín Glumsson une grande maîtrise de soi pour ne rien laisser transparaître de l'horreur qui le submerge. Jamais il n'aurait imaginé que la conjuration pût avoir une telle ampleur.

— Le marchand Hugues Bertier connaît-il cette liste ?

— Non, messire. Je lui en ai donné le nombre mais non point le détail… J'imagine que c'est sur vous qu'il se repose pour tout ce qui concerne la stratégie. Lui-même, comme vous le savez, se réserve de coordonner l'action des marchands… Je suppose que c'est l'un d'entre eux qui a organisé le meurtre du Premier conseiller ?

— Vous supposez juste, seigneur Calisto, tranche le capitaine en se levant.

Déjà il a saisi son manteau d'un millier d'écureuils et s'apprête à le revêtir.

D'un geste de la main, le nain l'arrête.

— Ne soyez point si prompt, messire… Il y a autre chose que je dois vous remettre.

Une malignité sournoise luit dans son regard tandis qu'il plonge sa petite main potelée au fond du sac.

— Ceci… dit-il en brandissant une fiole d'albâtre fermée d'un capuchon de métal.

— Qu'est-ce donc ?

— Le remède à tous les maux, lance Célestina, toute vibrante d'une noire fierté.

Le capitaine a saisi la fiole que Calisto lui tendait.

— Attention ! Il vous faut le manipuler avec grande prudence… Ne l'ouvrez pas sans revêtir de gants et brûlez-les ensuite.

— Qu'y a-t-il donc dans ce flacon ? s'inquiète Odín Glumsson.

— La puissance de mort d'une armée tout entière, répond Célestina en se rengorgeant. Ce poison est un prodige de botanique, fils de la science des mages d'Arabie. Quelques gouttes suffisent à expédier un cheval… alors, imaginez un homme ! L'effet est presque instantané. On peut aussi en imprégner un vêtement. Dans ce cas, la victime met un peu plus de temps à trépasser.

Le capitaine rend la fiole à Calisto qui la remet précautionneusement au fond du sac.

— À qui cela est-il destiné ?

— Le sire Bertier ne vous l'a point dit ?

— Il faut croire qu'il a été forcé de s'enfuir avant d'avoir eu le temps de m'en parler.

— Lorsqu'il a commandé le poison, il m'a confié qu'il lui fallait trouver la bonne personne. Quelqu'un qui ait toutes ses entrées au palais et qu'on ne puisse en rien soupçonner. (Un sourire de délectation déforme la bouche du nain.) Il ne pouvait faire meilleur choix… Qui d'autre que le capitaine de la garde pourrait, à l'insu de tous, empoisonner notre chère vicomtesse ?

Chapitre 47

GUILHEM DE MALPAS

Paroles de Dieu et du diable

— *Adam !*
— *Seigneur ?*
— *Écoute mon projet... Regarde ce jardin !*
— *Quel est son nom ?*
— *Paradis.*

La vaste salle voûtée aux murs tendus de tissus pourpres ne ressemble en rien à un jardin, mais on dirait que Donat est le seul à s'en apercevoir. De temps à autre, il jette un coup d'œil à la dérobée autour de lui, mais personne ne bronche. C'est à se demander si tout le monde en dehors de lui n'a pas été ensorcelé. À moins que tous n'aient reçu un coup de mauvais œil.

À force de réfléchir à des choses obscures, il arrive qu'un peu de lumière jaillisse parfois. Jamais, de toute sa vie, le garçon n'avait autant réfléchi. Il faut dire qu'il n'avait jamais eu autant de temps pour le faire. Et ce qu'il vient de découvrir, au bout d'une longue et chaotique cogitation, le remplit d'une joie inconnue. Narbonne est la ville des fous. C'est aussi simple que cela. Voilà la belle vérité qu'il a comprise tout seul. D'ordinaire, c'est Fabian qui lui enseigne les choses. Mais là, il a bien fallu se débrouiller sans son aide.

Aussi Donat est-il particulièrement fier d'avoir trouvé cela sans le secours de personne.

Lorsqu'ils sont sortis de chez la belle dame de Narbonne – dont rien ne dit qu'elle ne soit pas la Sainte Vierge, même si elle fait semblant d'être quelqu'un d'autre –, lorsqu'ils l'ont quittée, donc, des domestiques les ont conduits, lui et Compostelle, dans le plus beau logis qu'on puisse imaginer. Une pièce dans une tour, pleine de jolis chiffons colorés accrochés aux murs, avec un grand coffre pour ranger les affaires, deux paillasses moelleuses, des torches de résine qui sentent la forêt et un briquet dont la mèche s'allume presque à chaque coup. Sans parler des seaux d'aisances qui semblent davantage faits pour boire dedans que pour se soulager. Et pas le moindre cochon, ni chèvre ni poule avec qui il faudrait partager la place. En ce qui concerne les rats, Donat n'a pas eu le temps de vérifier, mais tout a l'air tranquille. C'est à ce moment-là qu'il a commencé à réfléchir.

Quelques heures plus tôt, le soldat et lui étaient prisonniers dans un cachot puant. Juste après, ils étaient reçus dans un palais magnifique. Une vraie histoire de fous. Sans parler de Compostelle qui est toujours aimable et souriant et ne lui a pas décoché le moindre coup depuis qu'ils sont arrivés. D'ailleurs, il ne s'appelle plus Compostelle mais Hans Carvel.

Ensuite ils ont fait la connaissance d'un troubadour et de sa sœur, qui est très jolie. Pas du tout le genre de la Cabretta, mais bien agréable à regarder quand même. Pas le genre non plus des puterelles décrites par Compostelle. Celles-là, on sent bien qu'il va falloir aller les débusquer ailleurs.

Et maintenant, le seigneur qui était le baron de Lara

est devenu Dieu. Quant au troubadour, il s'appelle Adam. Et ils se parlent tous les deux comme si on était au paradis terrestre pour de bon alors qu'on est à Narbonne. Une vraie ville de fous ! Personne, à Sijan, n'est au courant de telle merveille. À tous les coups, c'est lui, Donat, qui passera pour un dément lorsqu'il racontera ce qu'il a vu.

Dans la salle d'audience, mise à la disposition des acteurs pour les répétitions du *Jeu d'Adam*, l'estrade, débarrassée de son trône et du lutrin, est devenue l'aire de jeu. À l'invitation du troubadour, Compostelle, Donat et Blanche ont pris place sur un banc.

Un peu plus tôt, après que sa sœur s'est mise à parler dans le galetas, Guilhem a renoncé à accompagner Peire à l'atelier des décors. Il n'avait pas de hâte plus grande que d'initier Blanche à ce spectacle dans lequel il lui réserve la plus belle place. Il lui expliquera plus tard ce qu'il attend d'elle. Pour l'heure, il souhaite simplement qu'elle assiste à la répétition.

— Reprenons, s'il vous plaît, dit-il après avoir jeté un coup d'œil au rouleau de parchemin. Sire Carvel, ajoute-t-il en direction de Compostelle, je vous serais reconnaissant de bien vouloir vérifier le bon déroulement des dialogues et de nous indiquer les erreurs qui pourraient subvenir.

Le mercenaire hoche la tête en signe d'assentiment. Assis sur un tabouret, le parchemin à la main, il suit avec une grande attention l'enchaînement des répliques. Depuis qu'Aymeri de Lara les a présentés l'un à l'autre et que Guilhem a traité Compostelle en confrère de lettres, celui-ci lui voue une amitié pleine de gratitude. Aussi a-t-il accepté avec enthousiasme le poste de vérificateur dans ce travail très singulier que Guilhem appelle une pièce de théâtre. Cela lui fait penser un peu aux soties que jouent les jongleurs près des ponts de Paris. À la différence qu'on ne rencontre ici ni bousculades ni grossièretés d'aucune sorte. On y devine même, sous le voile pieux des Saintes Écritures, une interprétation à double sens de la parole divine. Tout cela est fort proche de l'esprit des goliards.

Il ne sait toujours pas par quel enchantement il se retrouve à cent lieues de Paris, mais il en accepte le mystère. Surtout depuis qu'il a été présenté à la vicomtesse de Narbonne qui lui a fait grand compliment de ses écrits et chez qui il a cru percevoir l'ébauche d'une tendre inclination pour lui.

Sur l'estrade, les acteurs ont regagné leurs places. Par un signe de Guilhem, le baron de Lara reprend son jeu, s'appliquant à représenter de son mieux le difficile personnage de Dieu. D'une voix de stentor, tout vibrant d'une ire biblique, il semonce le troubadour :

— *Adam, je vais te dire ce qu'est ce jardin... Rien n'y manquera à votre plaisir... Régalez-vous de tous ces fruits autant que vous voudrez... Mais celui-ci, je te défends d'y toucher.*

— Seigneur Aymeri, interrompt Guilhem, peut-être faut-il réserver l'humeur de la colère pour le moment où La Figure infligera le châtiment. À ce moment de l'histoire, il serait bon que l'interdit divin apparaisse comme une mise en garde bienveillante… Peut-être faudrait-il aussi que vous nous montriez l'arbre et la pomme… Je sais bien que nous travaillons sans le décor, mais nous devons l'imaginer afin de conformer nos mouvements à la réalité… Ce sera plus signifiant encore, si vous désignez l'arbre avant de le nommer. Ainsi, le public suivra le geste, puis il entendra l'interdit… À vous de jouer.

Obéissant à l'indication du poète, d'un bras solennel, l'interprète décrit l'invisible, reprenant d'un ton sentencieux :

— *Mais celui-ci, je te défends d'y toucher. Si tu en manges, tu deviendras mortel, tu perdras mon amour et ton destin sera funeste !*

À ces mots, Guilhem se jette, tremblant, à genoux devant La Figure :

— *Jamais je ne risquerai de perdre Ton amour pour une pomme ! Ni Ève ni moi ne manquerons de T'obéir… C'est en traître que doit être jugé celui qui se parjure et abuse son Seigneur.*

Une voix s'élève à l'instant où Guilhem va se redresser. Tout imprégné de sa mission, Compostelle a quitté son siège pour s'approcher du lieu de l'action :

— Sire Guilhem, il me semble qu'Adam devrait se relever après *obéir*, afin de se retourner et de lancer la suite en direction de l'auditoire. Le reste du texte parle de trahison… Il est bon que l'assistance comprenne que cela lui est adressé. C'est une mise en garde contre la tentation si commune au genre humain de manquer à sa parole.

— Votre remarque est pleine de sens, sire Hans… Nous allons procéder ainsi : Adam va s'éloigner sous le regard de Dieu pour parler à l'assistance, ensuite il ira chercher Ève, et ils iront ensemble visiter le jardin d'Éden, tandis que les démons prendront à leur tour possession des lieux pour annoncer l'arrivée de Diabolus.

Tout en décrivant l'action à venir, Guilhem a posé

son regard sur Donat en train de l'écouter bouche bée. Le troubadour se retourne vers Compostelle :

— Pourrions-nous demander à votre valet de jouer un démon ?

À ces mots, les yeux de Donat s'écarquillent. Une bouffée d'inquiétude le submerge.

— Pah dhémhon, meu !... Pah dhémhon ! bredouille-t-il en se cramponnant à son banc.

Sa frayeur est telle que Guilhem ne peut s'empêcher de sourire.

— Peut-être, dit-il d'un ton rassurant, que le mot de démon n'est pas celui qui convient... Imaginons plutôt une sorte d'animal qui pourrait courir et bondir en tous sens... peut-être même grimper à la galerie du chœur, par exemple, à la façon d'un singe comique...

— Donat, veux-tu t'y essayer ? insiste Compostelle, l'air persuasif.

Après tout, puisqu'il ne s'agit plus de démon, on peut bien s'efforcer de faire le singe si ça fait plaisir à tout le monde. D'autant plus que la fille très jolie assise près de lui le regarde elle aussi, avec l'air d'attendre quelque chose. Ça ne coûte rien d'essayer.

Aussitôt, le garçon ôte ses bottes neuves, les pose précautionneusement sous le banc et file comme un lièvre, détalant en zigzag jusqu'au bout de la grande salle, puis revenant en bondissant de-ci, de-là, tout à fait comme s'il poursuivait une Cabretta imaginaire. Avec un sol bien plat comme celui-ci, il n'y a rien de plus aisé. Et enfin, puisque les singes grimpent, on va grimper !

D'un bond agile, Donat s'agrippe à l'un des piliers dont les pierres offrent de bien meilleures prises que le mât d'un bateau. Des doigts et des orteils, il n'a aucune peine à assurer son équilibre. Il lui suffit ensuite d'éviter la torchère enflammée pour se hisser tout au sommet en quelques mouvements, sa tête frôlant le plafond voûté.

Des vivats enthousiastes saluent sa prouesse. Du haut de son pilier, Donat regarde tous ces visages levés vers lui, emplis d'admiration. Même Compostelle lui sourit. Et même la jeune fille si jolie. C'est à se demander si ces gens n'ont jamais vu une bestiole grimper à un arbre. Finalement, rien n'est plus simple que de complaire à des fous et jouer au singe est une occupation autrement plus plaisante que de faire l'écuyer. On y trouve, en tout cas, plus de reconnaissance.

— Voici une acrobatie fort habile ! s'exclame Guilhem. Ce garçon pourra servir de modèle à la troupe des autres… créatures. Après la quiétude du dialogue, cela créera un moment de chaos qu'amplifiera le vacarme des plaques de fer entrechoquées. On ne pourrait souhaiter meilleur effet pour annoncer l'arrivée de Diabolus… Tu peux descendre, à présent, ajoute-t-il à l'intention de Donat.

Mais le garçon hésite. Il jette un regard inquiet vers Compostelle, quêtant son approbation.

Celui-ci a compris au fil des heures que Donat croyait lui appartenir. Mais, à ses yeux, personne n'appartient à personne. Qu'un valet serve son maître, c'est dans l'ordre des choses, mais cela n'implique en rien qu'il soit sa propriété.

— Tu peux descendre, Donat. C'était très bien joué… Retourne t'asseoir à ta place, à présent.

En une glissade et un bond, Donat se décroche de son perchoir. L'instant d'après, il a enfilé ses bottes et va se poser docilement sur le banc. Pas trop loin de la jolie jeune fille.

— Bien, dit Guilhem en revenant près de l'estrade, seigneur Aymeri, si vous en êtes d'accord, nous allons étudier maintenant l'entrée du diable.

Blanche a perçu le frémissement du garçon, à côté d'elle. Doucement, elle se penche vers lui et lui glisse à l'oreille :

— N'aie pas peur, c'est un diable pour rire.

Chapitre 48

ERMENGARDE & ODÍN GLUMSSON

Les pavés de l'enfer

Aux dernières lueurs du couchant s'allongent les ombres des deux armées en grand arroi de bataille. Les petits fantassins se font face, prêts à l'attaque. Mais nul tambour ne roulera la chamade, nul olifant n'entonnera le chant d'assaut. Pièces rouges et pièces noires resteront à leur place sur le carreau de l'échiquier.

D'un œil éteint, Ermengarde contemple le jeu. Ce soir, elle ne disputera pas de partie contre elle-même. Son engouement s'est délité dans un morne vague à l'âme. La mort de Pierre Ramondis l'a dévastée au-delà de ce qu'elle imaginait. Si l'on savait à quel point on peut tenir à certains êtres, sans doute en prendrait-on davantage soin et leur donnerions-nous de notre attachement des gages moins parcimonieux.

Plus encore que le spectre du conseiller, les images contradictoires de la journée écoulée hantent les pensées de la vicomtesse. L'exécution manquée de l'armurier Massac, les vitupérations du bénédictin bossu, la victoire obtenue sur l'archevêque et l'annonce par la dame d'atours que la petite muette a recouvré la parole, tout cela fait moult choses en bien peu d'heures. Si le Maître des Monnaies devait tirer les comptes de ce qui est advenu, il dirait assurément que les profits équilibrent les pertes. Mais nos sentiments ignorent l'exactitude des balances pour peu que la mélancolie pèse sur le fléau.

Il faut pourtant cesser de se mentir à soi-même. Certes, le trépas de Pierre Ramondis est une perte irréparable. Cependant Ermengarde est à cet âge où les demeures du cœur abritent davantage de morts que de vivants. Un de plus ne fait pas si grande différence. Et que sont, en vérité, l'armurier, le bossu, l'archevêque et la fillette, sinon les personnages habituels du récit de la vie ? Rien d'autre que des petites figurines irritantes ou charmantes dans le tissu ordinaire des jours. Là n'est pas le motif essentiel. Rien ne sert de se voiler la face. La langueur douce-amère qui étreint Ermengarde n'a pas d'autre cause que l'ardent regard de ce mystérieux inconnu posé sur elle alors qu'il baisait le bas de son bliaud. Le trouvère a réveillé un feu qu'elle croyait à jamais éteint. Il n'était qu'assoupi sous la cendre de ses amours défuntes. Amours mortnées auxquelles elle n'a jamais permis d'éclore afin de n'être point à leur merci.

À quoi bon s'être forgé une pareille cuirasse d'indifférence si un seul regard suffit à la faire fondre ?

— Votre Grâce désire-t-elle que je l'aide à se dévêtir ?

La voix d'Aloïs surprend Ermengarde. Elle avait oublié qu'elle l'avait fait appeler.

— Bien volontiers, mon amie… Libérez-moi de ce carcan où j'étouffe. Ces perles, ces rubans, ces lacets m'étranglent. On dirait qu'ils veulent ma mort !

À la nervosité de sa maîtresse, Aloïs pressent qu'il s'agit de bien autre chose que d'une conjuration de pièces d'étoffe.

— Souhaitez-vous votre chainse de nuit ?

— Point encore. Il est trop tôt… Portez-moi une cotte légère avec une paire de manches et ma cape de neige qui tient chaud.

À cette plaisante appellation, la dame d'atours sourit. C'est ainsi qu'Ermengarde nomme sa fourrure de blanche hermine. Son humeur n'est donc point si mauvaise qu'on pouvait le craindre. Aloïs n'a plus qu'à tirer d'un coffre les effets qu'on lui a demandés.

Vêtir et dévêtir une reine est un véritable travail de patience. Il y a bien de quoi se sentir prise au piège de tant de nœuds et d'attaches.

— Vous devez être bien heureuse, dit Ermengarde tout à trac. Vous voici presque mère une nouvelle fois.

— Blanche est une jouvencelle émerveillante… Mais elle a davantage besoin de son frère que de moi… Je vous sais gré de l'accueil que vous lui avez fait.

— J'ai toujours été sensible à la détresse des enfants… Ma demi-sœur détestait être mère. Dans leur prime jeunesse, c'est moi qui me suis occupée de ses fils, le turbulent Pedro et le paisible Aymeri… Cela m'a consolée, sans doute, de ne point enfanter.

— Ne le pouviez-vous pas ?

— Ma chair le réclamait. Ma conscience a toujours su parler plus haut que mes tripes… C'est pourquoi j'ai fui les hommes. Le mariage dépossède les femmes d'elles-mêmes. Dès lors que nous sommes mariées, on ne voit plus que notre ventre. Et tout notre horizon se borne à une muraille de berceaux… Doublée d'un précipice de tombes, car les enfants sont faits pour mourir. Ils sont si peu à survivre !… Par chance, j'ai su monter à cheval avant que de savoir coudre. L'envie de guerroyer me tenait davantage que celle de me voir changée en jument poulinière.

Aloïs acquiesce d'un mouvement de tête.

— Désirez-vous ouïr quelque histoire, ma dame ? s'enquiert-elle.

— Nenni, ma mie, ce soir, point de lecture… Veuillez mander aux cuisines que je souperai seule. Qu'on m'apporte ici une simple collation ; cela suffira… Je ne serai point longue à me coucher… Pour l'heure, je dois encore entendre le rapport du capitaine Glumsson.

Elle se tait. À son silence, dame Aloïs a compris qu'il faut la laisser seule.

— Que la nuit vous soit douce, ma dame.

Elle aurait bien aimé lui dire que dehors on meurt de faim. Au retour du cimetière, le tas de guenilles qui avait figure humaine était encore là, tassé sous son auvent. Entre ses mains violettes de froid, elle a remis la boule de pain qu'elle destinait à Bertrande. Le gueux s'est rué dessus. Demain, elle parlera à Ermengarde.

La vicomtesse s'est assise auprès de l'âtre. Les coudes sur les genoux, le menton posé dans la corolle de ses mains, elle se perd dans la danse des flammes. La rumeur du palais lui raconte que la nuit est tombée. Un bœuf a mugi dans l'étable. Les lourds vantaux du portail ont grincé sur leurs gonds. Le long cliquètement d'une chaîne a dit que l'on baissait la herse. Au même moment se refermaient les portes de Narbonne tandis que les clochers contagieux entonnaient l'un après l'autre l'angélus du soir. C'est l'heure frileuse où l'on aimerait s'abandonner entre les bras tièdes d'un homme au lieu de se laisser envahir par la froide sarabande des spectres.

Dans le dos d'Ermengarde, la porte s'est ouverte.

Point n'est besoin de se tourner pour savoir que le page est entré. Il marche avec tant de légèreté qu'on dirait qu'il a peur de bousculer les fantômes.

— Qu'y a-t-il, Alban ? demande-t-elle sans se retourner.

— Le capitaine des gardes demande à voir Votre Grâce.

— Qu'il entre…

Tout au rebours du page, Odín Glumsson a le pas si pesant qu'il en ébranle les lutrins. Cela a le don d'irriter Ermengarde. Que veut-il nous faire accroire ? Qu'il est une armée à lui tout seul ? alors qu'il n'a même pas été capable de mener à bien l'arrestation d'un assassin !

Presque aussitôt, elle s'en veut et l'invite aimablement à prendre un siège, à l'autre bout de la cheminée.

— Je vous écoute, capitaine, dit-elle en remarquant qu'il n'a point apporté ses écureuils avec lui.

Chaque fois qu'il se retrouve en tête à tête avec sa dame, Odín Glumsson se sent retomber en adolescence. Il sent peser derrière lui l'ombre majestueuse de son prince, le *jarl* Kali-Kolsson. Si celui-ci n'a pas su se rendre maître du cœur de la vicomtesse, comment lui – tout chevalier qu'il soit –, pourrait-il y prétendre ? Les années n'ont rien érodé de son désir. Bien au contraire, et ce complot des marchands a sonné pour lui l'heure de se révéler. Il en est convaincu. Il sera le sauveur dans la tourmente qui s'annonce. Ermengarde le reconnaîtra pour ce qu'il est. Son héros.

— Eh bien, quelles sont les nouvelles du jour ? insiste-t-elle, étonnée que le fait de s'asseoir ait coupé la parole à son capitaine.

Il n'a pourtant qu'un seul mot à la bouche : « conjuration », qu'une effrayante nouvelle à lui annoncer : la levée d'une troupe d'assassins parmi les soldats de Narbonne et l'existence d'une fiole de poison à elle destinée. Et voici ce qu'il dit :

— Nos hommes ont ramassé trois cadavres morts de froid. Deux dans le Bourg, l'autre dans la Cité… Au-dehors des remparts, une escouade a chassé une meute de loups dont ils ont tué cinq ou six.

— Fort bien. Demain, je demanderai à nos frères hospitaliers d'ouvrir leur grange pour la nuit afin d'y accueillir les miséreux. Nous ferons proclamer la nouvelle par la voix du crieur… Vous donnerez aussi, de ma part, trois deniers pour chaque tête de loup abattu. Qu'on les place sur des piques alentour des masures où l'on garde du bétail. Et poursuivez les battues… Quoi d'autre ?

Courage, Odín Glumsson ! Dis ce que tu sais, une fois pour toutes, ou bien demande au bourreau de t'arracher la langue.

— Ma dame… commence-t-il – puis il se tait à nouveau.

C'est l'instant où il avait imaginé se jeter à ses pieds. Aussi a-t-il renoncé à porter son manteau de vair. Il craignait d'avoir l'air ridicule – un peu comme s'il sortait de sous un tapis – en pareille posture. Mais il sent qu'il sera ridicule avec ou sans fourrure. Mieux vaut se redresser et parler simplement sans vaine prosternation.

— J'ai eu confirmation que le seigneur comte de Saint-Gilles projetait de rompre son serment et de mener son ost contre nous.

— Certes, réplique Ermengarde. Nous l'avons entendu ensemble, ce matin même. Ce braillard de moine l'a clamé assez fort. Il a même été question de l'archevêque et du roi des Francs. Tous ligués contre moi !… Ne croyez pas que cela m'impressionne. Pons d'Arsac ne tentera rien, nos intérêts sont les mêmes. Le roi Louis VII est tout entier plongé dans ses prières, quant à Saint-Gilles… eh bien, qu'il ose se présenter ! Nous saurons lui résister.

Ce serait le moment de sortir la lettre adressée au « seigneur Calisto de Rojas ». Tout y est clairement décrit, y compris la date prévue pour investir Narbonne. Mais le capitaine sent dans l'attitude de la vicomtesse quelque chose de dédaigneux qui le retient de le faire.

À peine entré, subjugué, comme toujours, par l'ascendant qu'elle exerce sur lui, il s'est senti la proie d'un malaise diffus. C'est seulement à l'instant qu'il vient d'en comprendre la raison et pourquoi il n'arrive à rien exécuter de ce qu'il avait résolu. Jamais, jusqu'à ce jour, Ermengarde ne l'a reçu dans une tenue aussi dépouillée. Sa longue cotte de soie bleue plissée, retenue près du corps par une simple tresse d'or croisée sur la poitrine, souligne ses seins opulents pour s'achever en ceinture dont les pans battent légèrement sa cuisse. La cape d'hermine blanche pareille à un duvet ajoute quelque chose d'intime qui évoque l'oreiller. Cette femme tant désirée ose se montrer à lui dans une vêture que l'on réserve d'ordinaire à un amant ou à une femme de chambre. Odín Glumsson n'est ni l'un ni l'autre. Cela signifie qu'aux yeux d'Ermengarde il doit être encore moins que cela. Il s'est trompé, ce n'est pas du dédain qu'elle éprouve pour lui. C'est de l'indifférence.

— J'ai aussi quelques motifs de soupçonner les marchands d'avoir soudoyé certains de nos gens d'armes. Et cela dans plusieurs casernements de la ville, finit-il par dire en baissant les yeux.

C'est maintenant qu'il devrait exhiber la liste des traîtres. Elle est là, glissée dans la ceinture, entre la cotte de mailles et le bliaud. Qu'attends-tu, Odín Glumsson ?

Mais Ermengarde vient de quitter son siège. Le capitaine se lève aussitôt.

— Avez-vous des noms ?

L'acuité du regard indique que l'annonce l'a touchée au vif.

— Pas encore, ment-il.

— Peu importe.

La vicomtesse s'éloigne de quelques pas en direction de la verrière. Puis elle fait volte-face.

— D'ici deux jours, en présence de la cour, je nommerai mon neveu Aymeri de Lara commandant en chef de toutes les troupes de Narbonne… Ensuite, nous convoquerons l'ensemble des hommes d'armes qui dépendent de notre juridiction et je procéderai avec eux ainsi que je l'ai fait avec les marchands… Je vous remercie, capitaine Glumsson, ajoute-t-elle en resserrant sur sa poitrine les pans de son collet d'hermine.

Le voici congédié. Ce serait presque risible si ce n'était désespérant : Aymeri de Lara, commandant en chef des troupes de Narbonne ! C'était ce que lui-même avait évoqué devant Célestina, comme prix de sa trahison présumée. Odín Glumsson s'incline et se retire sans un mot.

Ermengarde écoute ses pas décroître dans le corridor. On dirait qu'il marche encore plus pesamment que d'habitude. Puis, prise d'une hâte soudaine, elle agite la clochette pour appeler son page.

— Alban, j'ai une mission pour toi.

Chapitre 49

GUILHEM, DONAT & COMPOSTELLE

L'invention du sang

Il est, dans un palais, deux lieux qu'il importe de connaître si l'on veut y séjourner plaisamment, ce sont les cuisines et les latrines.

À l'issue de la répétition du *Jeu d'Adam*, Guilhem s'est fait un devoir d'instruire Donat et Compostelle sur la façon d'accéder tant aux unes qu'aux autres.

Le baron de Lara s'est retiré en son logis afin d'y étudier son texte pour la répétition de demain. Il a laissé au troubadour le soin d'initier les nouveaux venus au labyrinthe des passages, des couloirs, des escaliers et des cours.

Alors que le petit groupe franchissait un des espaces à ciel ouvert, la pie Agazza a plongé tout soudain, du haut d'un toit, sur l'épaule de son ami.

Donat a bien cru qu'elle l'attaquait, il a fallu le retenir *in extremis* d'étrangler l'oiselle pour venir au secours du troubadour.

— Mon frère est un grand enchanteur, lui a expliqué Blanche. Il fait de la musique et parle le langage des oiseaux.

Face à la mine dubitative du garçon et pour prouver les dires de la jouvencelle, Guilhem a aussitôt échangé quelques mots avec Agazza. Donat est resté un instant muet de stupéfaction. Puis, comme il ne craint plus de se faire battre par Compostelle, il a demandé tout de gob ce qu'avait dit l'oiseau. Malgré son charabia chaotique, Blanche a compris :

— C'est un secret. Seul mon frère le sait.

Pour Donat, cela faisait deux bonheurs à la fois. Le premier était d'apprendre qu'on pouvait parler avec les animaux. Le second était de voir que la fille comprenait fort bien ce que lui-même disait.

À présent qu'ils sont attablés, le garçon n'en finit pas de tourner et retourner une obsédante pensée. D'après ce qu'il a entendu de la discussion entre la pie et le troubadour, les mots-oiseaux ont l'air bien plus simples à prononcer que les mots-humains. S'il arrivait à apprendre ce parler-là, il n'aurait plus besoin de se confier aux arbres pour dire des choses à Fabian. Il suffirait de raconter ces choses à un oiseau et de l'envoyer les répéter à Fabian. Dès qu'il le pourra, il mettra en œuvre son projet. La première urgence, c'est de se procurer de la glu. À Sijan, il est le meilleur pour piéger les sternes. Il sait, mieux que quiconque, choisir les bons rochers où étaler la glu et comment se cacher sous une touffe d'ajoncs. Même le fils Bréhant, tout maroufle soit-il, ne le vaut pas à ce jeu-là. Cela ne devrait pas être très difficile de capturer les oiseaux de Narbonne. Et, avec tout l'argent qu'a Donat, il pourra même acheter une cage où en mettre plusieurs. Car il est riche, à présent. Maintes fois, il a entendu le père Brunon dire qu'avec de l'argent on pouvait tout acheter. Il faudra se faire expliquer comment ça marche. Car c'est tout de même bien étrange de penser que l'on peut échanger n'importe quoi, y compris quelque chose d'aussi gros qu'une vache contre d'aussi petites rondelles de métal !

C'était ce qui l'inquiétait le plus, tandis qu'il faisait le singe dans le jardin imaginaire : que sa bourse se détache et que son trésor se répande sur le dallage. Heureusement, elle est solidement attachée dans ses chausses.

Après le repas, il demandera à la fille très jolie si elle connaît un endroit où l'on peut trouver des cages et de la glu. Pour le moment, mieux vaut manger ce qui vient d'être servi. Sait-on jamais ce qui se passerait si les fous de Narbonne venaient à changer d'idée ?

La cuisine basse du palais tient à la fois de la salle d'auberge et de l'abattoir. Il n'est pas rare que l'on y saigne un porc tandis que l'on sert à manger aux tables voisines. On y voit aussi de la volaille picorant en liberté à quelques pas des broches où elle rôtira bientôt. Sous le plafond croulant de charcuteries et de poissons fumés, toutes sortes d'effluves vont et viennent, taquinant plaisamment les narines. C'est ici que les valets de bouche apprêtent les mets aux décors raffinés que l'on sert, les jours de fête, à la table de la vicomtesse. Il arrive aussi que des hommes d'armes de la garde y améliorent leur ordinaire en échange de quelques pièces de gibier. La plupart du temps, le personnel du palais y prend ses repas du soir, prolongés de veillées bavardes à la lueur des cheminées. Mais, par ces jours d'exceptionnelle froidure, la cour est réduite à sa plus simple expression et chacun dîne chez soi. Les domestiques eux-mêmes ne s'attardent guère aux cuisines. Dans l'atelier voisin, où l'on prépare la boulange, la pâte dort déjà au fond du pétrin, de son sommeil de levain. Mitrons et panetiers ont rejoint panetières et mitronnes en leurs couches farineuses.

Guilhem et ses compagnons ont pris place autour d'une vaste table. Le maître-queux se pique de faire lui-même le service. Ce n'est pas tous les jours que des personnes de l'étage noble viennent dîner ici.

— Bonne pitance, mes amis ! lance-t-il en disposant les plats devant eux.

Les émotions de la journée ont creusé les estomacs. Chacun s'empresse de garnir d'odorants morceaux de viande les épais tranchoirs de pain bis posés à même la table, excepté Guilhem, fervent adepte du brouet de pommes au poivre. Il ne reste plus qu'à dévorer à belles dents.

— Non, Donat, non. Ce n'est point ainsi que l'on doit manger !

Depuis un moment, la tablée entière le regarde tant est bruyante sa mastication et prodigieuses sont les giclées de sauce qu'il expédie alentour.

— Rien ne sert de te précipiter. La nourriture ne va pas s'en aller et personne ne te la prendra, poursuit Guilhem, mi-rieur, mi-sévère. Prends garde à ne point souiller ta place ni celle de tes voisins… Ne trempe pas ta viande dans la salière, mais sers-toi de tes doigts pour saler tes morceaux. Enfin prends soin de t'essuyer la bouche avant de boire.

Donat a écouté, bouche bée, fort chagriné qu'on le vergogne de la sorte. Jusqu'à ce jour, il n'avait jamais entendu parler d'une technique convenable à la mangeaille. Cela a l'air encore plus compliqué que de piéger des sternes. Il a jeté un coup d'œil vers Compostelle qui semble d'accord avec le troubadour. Une fois encore, la jeune fille vient à son secours :

— Tu n'as qu'à me regarder et faire tout comme moi, lui dit-elle en piquant doucement un morceau de viande de la pointe du couteau, avant de le saupoudrer d'une pincée de sel et de le porter à sa bouche sans même montrer les dents.

C'est bien dommage qu'une aussi jolie fille soit folle elle aussi. Mais elle est tellement gentille que Donat veut bien s'essayer de manger à la mode démente de Narbonne.

Guilhem vient de servir le vin. Il lève son gobelet vers Compostelle.

— Au *Jeu d'Adam*, sire Hans !

— Au *Jeu d'Adam* ! répond ce dernier, l'œil égaré dans une lointaine rêverie.

— On m'a dit que vous veniez de Paris, c'est bien cela ?

Du revers de l'index, le mercenaire essuie ses lèvres, hésitant à répondre.

— Sire Guilhem, vous m'avez fait l'amitié de traiter avec moi d'égal à égal et il est vrai que j'écris poèmes et chansons auxquels d'aucuns ont reconnu certain mérite. Mais je dois à votre honnêteté de vous avouer, sans rien dissimuler de mon infortune, que je ne sais plus ni d'où je viens ni qui je suis.

— C'est là parler en philosophe !

— C'est parler en homme perdu… À la vérité, certains événements de ma vie me font absolument défaut… Et je me sens, en ces lieux, aussi égaré qu'en moi-même.

— N'êtes-vous pas pèlerin en route pour Saint-Jacques ?

— C'est ce que répète à satiété ce garçon qui me suit comme une ombre et qui doit être mon valet, bien que je ne puisse expliquer ni d'où ni comment cela se peut… L'idée même de pèlerinage m'est absolument étrangère et, davantage encore, celle d'avoir un valet.

— Notre vicomtesse et son neveu sont très assurés que vous devez être grand clerc… Je suis, pour ma part, fort satisfait de l'aide que vous apportez à ma pièce.

— C'est une œuvre d'une grande subtilité… Je m'étonne que le clergé de Narbonne l'autorise.

— Non seulement il l'autorise, mais ce sont les musiciens et les chanteurs de la cathédrale qui feront les chœurs.

— Jamais Maurice de Sully n'aurait permis pareille chose.

— Qui est-ce ?

— Le seigneur évêque de Paris… Je le connais assez pour imaginer qu'il suspecterait quelque hérésie dans cette vision de la Bible.

— Sans doute aurait-il raison ! dit Guilhem en riant. J'y vois, pour ma part, une sévère critique à l'encontre du Créateur… Mais vous ne devez pas ignorer que vous êtes ici au pays des Vrais Chrétiens.

— S'agit-il de cette secte que l'Église romaine nomme les cathares ?

— Eux-mêmes ne s'appellent point ainsi, mais il s'agit bien de cela, en effet.

L'arrivée de plusieurs pièces de fromage accompagnées d'une potée de citrouille interrompt leur échange. Et tandis que chacun se sert, Agazza en profite pour dérober au fond du plat un copieux morceau de viande, le traîner dégoulinant de sauce jusqu'au bout de la table pour le déguster voracement avec de grands ébrouements d'ailes. Toute la tablée s'en amuse sous le regard mortifié de Donat qui s'est appliqué tout du long à ne point baver sur son bliaud. Bienheureuse pie qui n'a d'autre loi que celle de sa nature !

— Sa Seigneurie, votre vicomtesse, m'a invité à séjourner céans jusqu'à ce que je reprenne ma route, dit Compostelle entre deux bouchées.

— Dame Ermengarde a toujours eu plus grand souci des gens de lettres que des gens d'armes… Je lui dois d'être devenu troubadour.

— Le malheur est que j'ignore quelle route prendre. J'ai grande suspicion de cet affublement de pèlerin dans lequel on m'a trouvé… J'imagine que j'ai dû quitter Paris pour quelque obscure raison. Il se pourrait que ce ne soit guère prudent pour moi d'y retourner… En attendant que se dissipent les brumes de ma mémoire, je serai fort aise de vous aider à votre ouvrage si vous jugez que j'y puis être de quelque emploi.

Le gobelet à la main, Guilhem a suspendu son geste. Le temps d'une brève réflexion, il fixe Compostelle avant de s'exclamer :

— Caïn !

— Que dites-vous ?

— Accepteriez-vous d'incarner le personnage de Caïn ?… Son texte n'est guère long à apprendre, mais ce qu'il dit est d'une grande justesse… Et puis, ajoute Guilhem, sourire aux lèvres, vous aurez l'honneur de me tuer puisque c'est moi qui jouerai Abel !

Cette idée semble le plonger dans une folle gaieté. Compostelle rit à son tour, s'abandonnant à cette euphorie contagieuse.

— Et bien soit, j'accepte volontiers de vous tuer, si tel est votre bon plaisir !

L'expression de Guilhem se fige brusquement.

— Figurez-vous que je viens de songer à quelque chose en regardant le plafond, reprend-il d'un ton plein de sérieux. Cela faisait plusieurs jours que je m'interrogeais sur la manière de rendre le spectacle de cet assassinat le plus frappant possible… Je crois avoir trouvé la solution.

Compostelle a beau lever à son tour ses yeux vers les solives noircies de fumée, il ne voit pas ce qui a bien pu inspirer le troubadour.

— Selon vous, qu'y a-t-il de plus signifiant dans un crime ? reprend Guilhem.

Pour le coup, Donat s'est arrêté de mâcher le gros morceau de fromage qui lui déforme les joues. A-t-on idée de poser pareille question à un tueur professionnel ? Tout ça pourrait très mal tourner. Mais le soldat paraît bien embarrassé. À croire qu'il a oublié ce qu'il a fait la nuit dernière avec les loups, dans la maison en ruine. Il fait pitié à écarquiller les yeux, sans trouver de réponse.

— Le mobile ?… L'arme ?… Le cadavre ?

— C'est le sang ! exulte Guilhem, tout heureux de répondre à sa propre devinette. Tout le monde est fasciné par le sang. Il faut que l'on voie gicler le sang du corps de ce pauvre Abel. Au moins que sa tunique en soit toute dégoulinante… Or je viens de trouver comment faire pour réussir pareil effet.

Et, pointant le doigt vers le plafond, il ajoute, radieux :

— Grâce aux saucissons !… Il suffira de prendre un boyau et de le remplir de sang de volaille… Une plaquette en liège attachée sous mon vêtement permettra d'y fixer le boyau qu'un couteau de bois percera aisément… Qu'en dites-vous ?

Le maître-queux, qui depuis un moment écoutait leur échange avec grand intérêt, ne laisse pas à Compostelle le temps de répondre :

— Il faut une vessie !… Pour ce que vous voulez faire, le boyau est trop fin, il risquerait de se crever tout seul, par son propre poids… Une vessie de porc bien ficelée à ses extrémités résistera beaucoup mieux. Surtout si vous l'enveloppez d'un linge.

Pour un peu, Guilhem embrasserait le cuisinier. Il s'est levé, lui posant une main fraternelle sur l'épaule.

— Grand merci pour ce conseil… Mais promettez-moi de ne révéler à personne la belle astuce du crime que nous allons commettre !

Chapitre 50

COMPOSTELLE

La nuit des songes

« Ce sera la nuit des songes », se dit Compostelle en regardant s'agiter Donat sous sa couverture.

Personne, à table, n'avait pris garde à ce que faisait le garçon, tant le feu de la discussion les avait accaparés. La trouvaille de la vessie de porc avait fait s'enchaîner les idées les unes aux autres dans un grand concours d'inventions poétiques. Ce *Jeu d'Adam* serait décidément une œuvre aussi importante que la *Geste de Roland* ou la *Chanson de Guillaume d'Orange*. Il marquerait les consciences à tout jamais. De même que la pratique de cet art nouveau, le théâtre, allait bouleverser les anciennes façons de narrer les histoires. Le troubadour et l'homme sans mémoire en étaient convaincus, tous deux pareillement animés par leur amour du verbe et des images.

Le repas était piéça achevé qu'ils échangeaient encore.

« Croyez-vous que l'humiliation puisse susciter autant de haine ? avait demandé Guilhem.

— Je ne vois pas d'autre motif au crime de Caïn. Cela se mélange avec la jalousie pour former un venin qui empoisonne son cœur.

— C'est donc encore une fois la faute de Dieu qui

préfère le don d'Abel à celui de son frère et le lui manifeste outrageusement. À mon sens, ce n'est pas tant son frère que vise Caïn par son crime, mais Dieu lui-même, en le privant de son bien-aimé Abel. »

À cet endroit de son propos, Guilhem avait sensiblement baissé la voix, pour n'être entendu que de son vis-à-vis.

« Les Vrais Chrétiens croient que le Dieu de la Bible existe bel et bien. Mais ils sont persuadés qu'Il est le diable. »

C'est à cet instant que Donat s'est écroulé, la face contre la table, ivre mort. Ni Dieu ni diable n'y étaient pour rien. Le bon vin des vignes narbonnaises, lui, y était assurément pour beaucoup. Le garçon en avait vidé un pichet à lui seul.

Au moment où Compostelle lui a retiré ses bottes, une pièce d'or est tombée sur le plancher. Le mercenaire l'a ramassée en souriant, puis l'a remise aussitôt dans sa cachette, bien au fond de la botte.

Maintenant, le mercenaire hésite à se coucher à son tour. Assis sur sa confortable litière, il regarde cet étrange valet dont il ne sait d'où il sort. Un bredouillis de sons informes fuse parfois des lèvres entrouvertes du garçon. Plus indéchiffrables encore dans le sommeil que dans la veille. Rien ne sert de tendre l'oreille. Aucune révélation ne sortira de cet oracle ivre et bredouillant. S'il est quelqu'un, pourtant, qui détient la vérité, c'est bien lui. Il est le seul à pouvoir dire d'où ils viennent, comment ils se sont connus et ce qu'ils font à Narbonne. Sans doute y a-t-il quelque espoir du côté de la jeune sœur du troubadour. Elle semble comprendre aisément les confuses paroles du bredouilleur. Mais comment être sûr qu'il ne mente pas ?

Au spectacle de cet adolescent endormi, une image se forme lentement dans la tête de Compostelle. Celle d'un dortoir qu'il partageait à Paris avec ses compagnons, jeunes clercs et étudiants juristes, comme lui. Où était-ce ? Peut-être en l'abbaye de Saint-Germain-des-Prés ou bien dans l'île de la Cité, aux abords du nouveau chantier de Notre-Dame ? Mais les lieux lui échappent, de même qu'il ne parvient pas à retrouver les visages de ses amis. Sa mémoire est un paysage noyé d'une brume profonde. Par endroits, le brouillard se déchire. Apparaît alors une clairière lumineuse où surgissent des lieux, des êtres, des noms, mais tout cela cerné d'une ombre épaisse et sans qu'il soit possible de rattacher une vision à une autre. C'est au point qu'il ne pourrait jurer que ces bribes de souvenirs lui appartiennent vraiment. Peut-être les a-t-il lus en quelque manuscrit, ou bien rêvés avant de prendre ces songeries pour la réalité ?

Il n'est jusqu'à son nom qui ne lui semble d'emprunt. S'appelle-t-il vraiment Hans Carvel, ainsi qu'il l'a déclaré ? Ne s'agirait-il pas plutôt d'un sobriquet ? Et qui donc l'a baptisé ainsi ? C'est le jeune ronfleur qui a raison. Mieux vaut dormir et s'abandonner aux honnêtes mensonges du sommeil que tenter de déchiffrer vainement les factices images du monde.

Au travers des murailles du palais perce l'écho lointain de l'angélus du soir. Il est temps de souffler la chandelle. Mais quel est ce bruit ? Se peut-il que quelqu'un ait frappé à la porte ?

Dressé sur sa couche, Compostelle tend l'oreille. Cette fois, deux coups, brefs et mats, ont retenti. Un réflexe, venu d'on ne sait où, lui fait chercher des yeux quelque objet pour se défendre. Mais à quoi bon ? Et contre qui ? Quel péril à redouter céans où on l'accueille en ami ?

Évitant de réveiller Donat – une trompe y arriverait-elle ? –, il tire sans bruit le loquet de bois.

Un enfant est là qui brandit une courte torche. Compostelle a l'impression que sa figure ne lui est pas inconnue.

— Sire Carvel, je suis venu vous chercher, dit le garçon d'une voix fluctuante.

— Où veux-tu me conduire ?

— Je n'ai point le droit de vous le dire et vous n'avez point celui de refuser.

L'assurance d'un aussi frêle damoiseau prêterait à sourire si, tout à coup, le mercenaire ne l'avait reconnu. C'est le page de la vicomtesse.

— Je te suis, dit-il à mi-voix.

Chapitre 51

AYMERI DE LARA

Sur les épaules des Anciens

— Diabolus… Diabolus… Diabolus !

Par trois fois, frileusement emmitouflé dans son bliaud de fourrure, il a répété à voix haute le nom maudit. Par trois fois il n'a pu s'empêcher de sourire. Tout bon chrétien frémirait à cette horrible évocation. Mais le diable ne saurait s'effrayer de lui-même. Or le diable, à présent, c'est lui, Aymeri de Lara. Satan bien malgré soi. Il lui faut s'en convaincre.

Voilà une belle heurette qu'il se tient blotti dans l'encoignure de la fenêtre, son rouleau de parchemin à la main. Au travers de la verrière, la pâle lumière du jour décroissant éclaire toutefois mieux que le flambeau de résine qu'il a allumé à son entrée. Le baron Aymeri est un homme consciencieux. À l'issue de la répétition, il a préféré s'isoler pour se consacrer à l'étude du redoutable personnage qu'il devra interpréter demain.

« *Écoute, Adam, écoute mon conseil… Tu seras débarrassé de ton seigneur… Tu deviendras l'égal de ton créateur… Il te suffit de manger cette pomme. Alors tu régneras en majesté, à part égale avec Dieu !* »

Tout absorbé par sa lecture, c'est à peine si Aymeri

s'est retourné à l'entrée du valet apportant la collation. D'un geste vague, il lui fait signe de déposer le plateau au bord de l'âtre.

— Il fait grand froid ce soir, messire, voulez-vous que je ranime les braises ?

D'un bref mouvement du menton il a acquiescé, pour se replonger aussitôt dans le texte poétique, s'attachant à faire de chaque mot un souvenir.

Deux jours à peine se sont écoulés depuis qu'en présence d'Ermengarde le troubadour lui a proposé le rolle de Diabolus.

« Eh bien ! puisque tel est votre désir à tous deux, je serai le diable », avait-il dit, un peu à contrecœur.

Au soupir qu'il avait poussé, sa tante bien-aimée avait répondu en manière de taquinerie :

« Sait-on jamais, mon neveu, cette pénitence vous vaudra peut-être votre place en paradis ? »

Quel que soit le sujet qui l'occupe, le seigneur Aymeri trouve toujours une heureuse distraction dans l'entretien avec soi-même.

En l'occurrence, ce *Jeu d'Adam* lui procure davantage de matière à débat qu'il n'en pourrait souhaiter pour de longues semaines. La phrase de Diabolus : « *Tu deviendras l'égal de ton Créateur* », tourne dans sa tête et se mêle à une autre inscrite un peu plus haut et que prononce le diable à l'adresse d'Adam : « *Le fruit que ton Créateur t'a défendu est le fruit de la science. De tout, il donne connaissance…* »

De telles idées sont propres à donner le tournis et ce qu'elles suggèrent en fait de développements intellectuels est parfaitement vertigineux. Quoi que sa tante puisse en penser, le baron n'est point tout à fait sûr que de telles choses soient bonnes à propager parmi le peuple. « Nous devons faire rêver », lui a-t-elle dit. Certes, mais à quel prix ?

Depuis quelques mois, Aymeri s'était sagement cloîtré à Fontfroide. Là, dans la quiétude studieuse de la bibliothèque, il s'est appliqué à déchiffrer les textes des philosophes et des théologiens. Il a fait sienne l'idée de Bernard de Chartres, qui consiste à « monter sur les épaules des Anciens pour voir plus loin ». Car, tout grand seigneur qu'il soit, Aymeri de Lara se sent de la race des nains. Il espère que son admiration pour les géants de la pensée lui fournira, à la longue, des échasses suffisantes pour être à la hauteur de la charge qui lui incombera un jour, celle de vicomte de Narbonne. Il veut être savant afin de devenir prince-philosophe. Mais certaines idées ouvrent en lui un gouffre inquiétant. Il craint d'aventurer sa pensée par des chemins trop hasardeux et d'y côtoyer le blasphème ou l'hérésie.

Il lui arrive parfois de se désoler d'avoir l'esprit tout incliné vers la réflexion et si peu forgé à agir. Déjà, dans leur prime jeunesse, il se prenait à jalouser son frère aîné pour la brutale simplicité et l'aisance quasi animale avec laquelle celui-ci empoignait l'existence. À cette heure où lui, Aymeri, se torture philosophiquement, Diego doit pourfendre du Maure sans se poser d'encombrantes questions !

Mais à quoi bon évoquer la violence de son frère en ce moment serein ? L'image de Diego, irascible et belliqueux, finit toujours par lui occasionner quelques maux d'estomac. À haute voix, il reprend son texte. C'est un peu plus tard dans l'histoire de la damnation. Cette fois, le démon se tient devant Ève :

— *Tu es toute tendre et fragile !... Plus fraîche que*

la rose, plus blanche que le cristal ou que neige qui tombe en la glace du val... C'est un couple bien mal assorti qu'a fait le Créateur avec toi et Adam... Tu n'es que souplesse, il n'est que rigueur ! Cependant, tu es bien plus sage et ton cœur est empli de bon sens. Aussi est-ce avec toi que je veux m'entretenir...

Aymeri aimerait bien poursuivre, mais la lumière lui fait défaut. La nuit est quasiment tombée. Il quitte son siège auprès de la verrière. Captivé par sa lecture, il en a oublié le souper qui l'attend au bord de l'âtre. D'y penser, sa faim se fait soudain pressante. Il reprendra plus tard l'étude de son texte.

Sa déclamation lui a donné soif. Dans la pièce, l'ombre s'est tellement épaissie qu'il lui faut un certain temps avant de retrouver le pichet de vin aromatisé qu'il conserve toujours sur une étagère. Il en avale une longue rasade puis se penche avec appétit vers le beau tranchoir de pain portant une fricassée de viande en sauce, accompagné d'un bol de lait au miel saupoudré de cannelle. D'une main, il saisit le tranchoir tandis que, de l'autre, il enfonce la pointe d'un tisonnier dans les braises rougeoyantes. Enfin, il se met à manger avec délectation. La cuisine monacale lui avait fait oublier l'art d'accommoder les viandes tel qu'on le pratique à la table de la vicomtesse. De crainte que cela ne ressemble trop à un péché, il a choisi dès son arrivée de se contenter de cet unique repas, qu'il prend seul dans sa chambre, avant le coucher. Le reste de la journée, il se satisfait de quelques fruits et d'un peu de pain quand son estomac le réclame. Cette frugalité sied à l'homme de raison et de juste mesure qu'il s'efforce d'être en toutes choses.

La pointe du tisonnier est à présent chauffée à blanc. D'un geste preste, il la plonge dans le bol de lait dont le contenu se met à bouillonner aussitôt. Un peu de vapeur s'en échappe, aux senteurs décuplées de cannelle et de miel. Cette recette du « lait ferré » lui vient de l'enfance. Sa tante le lui préparait ainsi. C'est la seule gourmandise qu'il s'accorde. Il le boit avec lenteur jusqu'à la dernière goutte.

Auprès de la verrière, il retourne s'asseoir, installant le flambeau à son côté. Par-delà le vitrage, il devine la neige qui tombe encore.

Soudain, il fronce les sourcils. Le passage qu'il aborde semble avoir été tracé d'une plume malhabile. On dirait que les lettres sont mal formées et que l'encre a bavé dans la texture du parchemin. À moins que ce ne soit la peau d'agneau qui ait été mal préparée. Voilà qu'il est obligé de tendre les bras pour éloigner de lui le manuscrit, tentant vainement de plisser les yeux pour déchiffrer les mots devenus flous.

Une bouffée de chaleur lui monte au visage. Il étouffe tout à coup, tandis qu'une vive douleur lui barre la poitrine et envahit tout son bras sénestre. Il lui faut de l'air, vite ! De son autre main, qui a laissé choir le parchemin, il ouvre grand les deux panneaux de la verrière. Sur l'aile d'un vent glacial, une bourrasque de flocons s'engouffre dans la pièce. Mais Aymeri de Lara est pris de suffocation. Il voudrait arracher son bliaud de fourrure qui lui enserre le cou. Sa main n'a plus de force. Ses jambes n'ont plus de force. Malgré lui, il se laisse glisser à genoux. Est-il puni d'avoir accepté d'être le diable et Dieu à la fois ? La question restera sans réponse.

Par la fenêtre ouverte, la neige indifférente continue de tomber sur ce corps déserté où ne sont plus ni Dieu ni diable.

Chapitre 52

ERMENGARDE

Le navire d'Éros

Quelle folie ! Il faudrait courir après le page, annuler l'ordre qu'on lui a donné et s'en tenir à la glaciale compagnie des fantômes. Comme toujours. Comme chaque nuit. Sagement.

Ou bien faire appeler dame Aloïs, l'indéfectible compagne des heures quiètes. Écouter de sa bouche émerveillante quelque récit cent fois rabâché et s'endormir dans le plaisir des choses connues, rassurantes. Comme lorsqu'on était enfant.

Ou bien raviver en soi-même la déchirante douceur des moments anciens. Feuilleter du doigt du souvenir l'impalpable livre d'heures des beaux jours.

Ou bien pleurer toutes les larmes qu'on retient. Ouvrir la bonde des chagrins. Et s'endormir enfin, au bord du jour recommencé, défaite, hagarde, sans espoir.

Elle ne fera rien de ce qui serait sage. C'est la faute des enivrants effluves d'encens mis à brûler dans la cassolette de bronze. Cela fait trop tourner la tête. C'est la faute des chandelles piquetant de fragiles étoiles la chambre enténébrée. On dirait que le ciel est descendu sur terre. C'est la faute des remembrances d'amour plus fortes que les trahisons de l'âge. Il n'est pire fontaine de Jouvence que le désir d'aimer. C'est la faute de la folie plus aimable que la sagesse. Mais non. Ce n'est la faute de rien. C'est la vie, voilà tout.

Au-devant de son lit, Ermengarde se tient toute droite, immobile. On la dirait sculptée dans les plis de sa robe, innocente figure de proue du navire d'Éros. Elle a défait ses longs cheveux en signe d'abandon. Rien de ce qui va advenir ne saurait la troubler. Elle en accepte toutes les conséquences, car c'est en reine qu'elle ordonne à ses caprices.

Elle regarde fixement cette porte qu'un homme franchira bientôt.

Lui revient le souvenir du dernier amant derrière qui elle l'a refermée à tout jamais. Ce poète aux accents délicats, prince des troubadours. Peire Rogiers était son nom. De quinze ans plus jeune qu'elle, il incarnait le printemps de l'amour. Dès les premiers jours de leur rencontre, ils s'aimèrent en cachette dans le secret des alcôves ou la connivence des frondaisons, à l'abri des regards jaloux et des langues vipérines. Au temps de l'été revenu, sources claires, tendres mousses et blés mûrs servirent d'écrins à leurs étreintes. À n'en plus pouvoir de s'aimer. À ne plus rien savoir de ce qui n'était pas leur amour. À en perdre toute prudence.

Est-ce un oiseau des montagnes, un campagnol des prairies ou bien un page indiscret ? Qui donc les a trahis ? Un vilain jour de malencontre, la rumeur aux mille bouches commença de médire. Jusqu'aux portes du palais, chuchotis et sous-entendus dénonçaient le bonheur illicite de la vicomtesse et de son troubadour.

Le lendemain, sur ordre de sa dame, Peire Rogiers quittait Narbonne pour n'y plus jamais retourner.

Dans un coffre d'Ermengarde dort son dernier poème. Celui d'après l'adieu, conservé non par vaine nostalgie, mais pour se souvenir qu'un jour on fut aimée. Elle en sait par cœur les paroles et la musique. Tandis qu'elle attend celui qui va venir, elle se prend à fredonner la chanson de celui qui est parti.

Noble dame souvent je soupire,
J'ai grande peine et grand tourment
Pour vous que j'aime et tant désire...

La porte s'ouvre. Il est là. Simple silhouette détourée par le flambeau du page qui s'éloigne. La porte s'est refermée. Ermengarde se tait.

L'homme sans mémoire fait un pas vers elle, puis il s'arrête. Il la regarde en silence. Le feu de ces prunelles fauves est plus ardent encore que dans son souvenir. Combien de temps peut-on soutenir pareil regard ? Pourquoi ni l'un ni l'autre ne parlent-ils ? Pourquoi se tiennent-ils figés, face à face, à égale distance de leur désir ? Cela ne peut durer. Il faut qu'éclate cet instant sans fin. L'homme doit venir vers elle, la saisir dans ses bras, poser ses lèvres sur les siennes. Pourquoi ne fait-il rien ?

Et soudain, il se produit quelque chose d'impensable. Sans bouger de sa place, l'homme se met à chanter. D'entre ses lèvres sourd un chant profond qui semble le murmure de la nuit même. La neume s'étire en une vague qui devient mélodie. Elle s'étale peu à peu, tout en s'éclaircissant, montant degré après degré comme point l'aube, insensiblement. La voix, d'une ineffable douceur, envahit l'espace de la chambre, s'enroule autour d'Ermengarde, la pénètre tout entière au point qu'elle se met à respirer à son rythme envoûtant.

Alors, sans cesser de chanter, ses yeux dans ceux de la femme, l'homme se défait, un à un, de tous ses vêtements en de lents mouvements pareils à une danse d'algues. Le bliaud puis la chainse tombent au sol, au souffle de la chanson, comme feuilles au vent d'automne. Le torse musculeux semble d'or dans la chaude lueur des chandelles. Le chanteur n'est plus qu'une voix et un regard à l'adresse de la dame, tandis que, d'un doigt machinal, il dénoue le lacet de ses chausses. Elles glissent au long des cuisses. Il est nu. À la caresse langoureuse des flammes, Ermengarde joint celle de ses yeux. Jamais nul homme ne s'est ainsi offert devant elle, aussi fragile, aussi puissant, aussi parfaitement abandonné. Dans la langue du pays de France se mêlent des accents rauques et chuintants. Il n'est nul besoin de comprendre ce qui se chante là. C'est l'air parfait de la *fin' amor*. L'abandon féminin s'y mêle sans remords au pur éclat de la virilité.

Le chanteur vient de se taire. La vicomtesse avance vers lui sur les semelles du rêve.

— D'où vient ce chant, messire ?

— De ma douleur d'amour.

— Quel est son nom ?

— *Magnificat.*

QUATRIÈME PARTIE

LES DÉSENCHANTÉS

Chapitre 53

ODÍN GLUMSSON

La pénitence

Odín Glumsson dépose le petit flacon d'albâtre dans le coffre où il a rangé l'original de la missive fatale adressée au « seigneur Calisto de Rojas ». D'un geste vif, il jette dans l'âtre le chiffon de serge avec lequel il a manipulé le poison.

Et aussitôt l'assaille l'essaim des souvenirs anciens. Il avait dix-sept ans lorsque son seigneur l'offrit à Ermengarde, qui en avait vingt-quatre. C'était en l'an de grâce 1153 de l'Incarnation. Il était, en ce temps, l'écuyer favori du *jarl* Rognvald Kali-Kolsson, prince des lointaines îles Orcades. Cette année-là, le *jarl* et sa troupe de vaillants croisés avaient fait halte à Narbonne sur la route de l'Orient. Si l'on en croit la légende, une idylle serait née au premier regard entre le prince blond du Septentrion et la jeune vicomtesse aux yeux d'obsidienne.

Mais Odín sait qu'il n'en est rien. Ermengarde, pour éprise qu'elle fût, ne s'est jamais donnée au puissant Rognvald.

C'est pour cela même que Kali-Kolsson avait ordonné à son écuyer de rester à Narbonne. Afin qu'en l'ayant sous les yeux comme un vivant témoignage,

Ermengarde se souvienne à jamais que le prince des Orcades l'avait follement aimée en vain. Le jeune Odín était un gage d'amour. Tout à la fois une promesse et un remords.

« Je vous supplie, noble dame, d'accepter le présent que je vous fais », avait déclaré le *jarl* Kali-Kolsson, à l'heure du départ. Puis, désignant son écuyer, il avait ajouté : « Ce garçon est de haute lignée. Nul, en mon pays, ne le vaut, tant son âme est emplie de noblesse. Je tiens à lui autant qu'à l'une de mes mains. C'est pourquoi je vous l'offre. Il vous servira comme je vous aurais servi moi-même. »

Décontenancée par un tel cadeau d'adieu, la jeune vicomtesse avait eu malgré tout l'esprit de répondre :

« Comment pourrais-je, seigneur, vous priver de l'une de vos mains ?

— Qu'est-ce qu'une main, ma dame, comparée à mon cœur que vous retenez captif à jamais ? »

Le clerc qui servait d'interprète avait été tellement ému par ces propos qu'il les avait consignés dans la saga qu'il écrivait sur les princes des Orcades.

Quant à lui, le jeune Odín s'était juré de mériter l'amour d'Ermengarde. À compter de ce jour, elle était devenue l'unique objet de ses pensées, sa seule raison d'être.

Comme tout est clair lorsque les yeux sont dessillés ! Ainsi va le faucon à qui l'on a décousu les paupières, droit sur la proie. Toutes ces années passées dans le noir d'une folle espérance ont fondu sous l'éblouissement de la lucidité. L'humiliation subie dans le scriptorium a dénoué d'un coup le dernier lien de fidélité qui le rattachait à la vicomtesse. Le capitaine Glumsson a compris qu'il ne comptera jamais plus qu'une pièce d'échecs dans la partie qu'Ermengarde a décidé de jouer seule jusqu'au bout. Eh bien, que la solitude soit sienne désormais ! Et qu'elle soit totale.

Il avait cru que la mort du Premier conseiller la rapprocherait de lui, qu'elle s'appuierait sur lui non seulement pour mater les comploteurs du moment, mais pour mener côte à côte tous les combats à venir. La grandeur d'une cité ne s'établit qu'à la force des armes et non par les calculs mesquins de marchands amollis dans leurs livres de comptes. Oui, il fallait que meure le sire Ramondis pour que vive la nouvelle Narbonne. Ce n'est pas de gaieté de cœur qu'il a tué le vieillard. Il repense au salut amical que le conseiller lui a adressé lorsqu'il s'est retourné et qu'il l'a vu venir à sa rencontre sous le passage du pont des Marchands. Il revoit son air d'étonnement quand la dague s'est plantée dans son bliaud, puis le corps tombant sur l'Aude glacée. C'était pour Ermengarde qu'il avait fait cela. Afin de la libérer de l'odieuse emprise mercantile de Ramondis et de ses compromis incessants. Mais il aurait dû comprendre l'inutilité de son crime quand, dès le lendemain, au lieu de se fier à lui, c'est auprès du baron de Lara qu'elle est allée chercher conseil et assistance.

Accroupi devant la cheminée, le capitaine tisonne furieusement les braises. Il vient d'ajouter un fagot sur lequel il place une nouvelle bûche. La veillée sera longue avant qu'il ait épuisé ses motifs de colère. Un cœur détrompé n'a de cesse de remâcher son dépit et d'argumenter sa vengeance. Pour Odín Glumsson, il n'est pas une minute de ce jour écoulé qui ne soit une preuve à charge au procès de ses illusions.

Lorsque, à *La Belle Sirène*, le nain Calisto lui a remis

le poison, il a dû se contenir pour ne point céder à l'envie d'occire le monstre sur place, et avec lui son infernale génitrice. À cette heure, il n'était encore que dévouement et abnégation. Deux mots qui lui font horreur à présent.

Il rirait de lui-même si son dégoût de soi lui en laissait la force.

Ce matin encore, tout heureux d'avoir découvert par un hasard singulier un poète inconnu d'Ermengarde, ne lui a-t-il pas apporté le livre de son prisonnier en gage d'amitié ? De même, il n'a pas hésité un instant à lui présenter l'auteur sitôt qu'elle en a manifesté l'envie. L'a-t-elle seulement gratifié d'un merci ?

Et comment a-t-elle osé lui assener son intention de placer son neveu à la tête des troupes ? Un homme qui ne tient à cheval que parce que le cheval le veut bien ! Alors que lui, Odín Glumsson, lui a sauvé la vie au cours d'une bataille. S'en souvient-elle seulement ?

Que peut-il faire d'autre que la haïr, lui qui l'a tant aimée ? Il ne la tuera pas. Ce serait l'aimer encore que de l'envoyer au ciel. Et sa mort ne serait qu'une piètre revanche. Il veut la voir ruinée, détruite et réduite aux abois. Il veut anéantir tout ce qui compte à ses yeux.

Ce fut un jeu d'enfant que d'entrer dans le logis du baron de Lara en son absence et de verser le poison dans son pichet de vin. Le prochain à y goûter sera ce jeune troubadour dont s'est entichée la vicomtesse au point de dépenser une fortune pour le spectacle qu'il prépare… Et puis sa sœur aussi, qu'il est allé lui-même ravir des griffes de la maquerelle pour complaire à Ermengarde. Peut-être serait-ce mieux de commencer par la dame d'atours qui passe tant d'heures auprès d'elle et qui lui est si dévouée ? Ne dit-on pas qu'elle est adepte de la religion nouvelle ? On raconte que ces gens-là ont pour la mort une inclination particulière tant ils ont ce monde en horreur… mais la liste est longue et rien ne presse.

Il faut attendre que grossisse la lune et que des feux s'élèvent à l'horizon de la nuit.

À la tête des rebelles, Odín Glumsson ouvrira alors les portes afin d'accueillir l'armée du comte de Saint-Gilles. Et tout sera dit.

Une bûche vient de s'écrouler dans l'âtre. Le capitaine sourit en pensant au sac et à la ruine de la ville. C'est décidé, il prendra avec lui une poignée des cendres de Narbonne lorsqu'il fera voile vers ses lointaines Orcades qu'il n'aurait jamais dû quitter.

Chapitre 54

DAME ERMENGARDE & COMPOSTELLE

Apocalypse et révélation

Deux cris jaillissent comme d'une même gorge au paroxysme du plaisir et la chair fond soudain en un ultime frisson. Et puis plus rien.

Seulement le souffle exténué des amants buvant la nuit à pleine bouche. Tous sens éteints, absents au monde et à eux-mêmes. Fragile instant où l'être se repaît du néant.

Lentement Éros retire ses marées, laissant au sillon des reins le souvenir de son écume. Dans ces statues abandonnées, il faut que l'âme se glisse, telle une main dans un gant vide, pour que les cœurs recommencent à battre la mesure de toute vie. Le temps que l'éternité retourne son sablier et que s'écoule, à nouveau, le mortel présent.

La vicomtesse a lové son visage au creux de l'aisselle du mercenaire. Depuis combien d'années n'a-t-elle point humé pareil mâle parfum mêlé d'épices et de poivre ? Que n'a-t-elle vingt ans de moins ! Elle courrait aux écuries, ferait seller leurs destriers pour galoper à la poursuite de l'aube sur la crête des monts blêmissants. Espionner la naissance du jour dans les senteurs du genièvre emperlé de rosée, est-il plus grand triomphe ?

Ermengarde ne se lèvera pas. Dans l'écurie, les chevaux dormiront encore de leur sommeil de bêtes. L'aurore incendiera les cimes solitaires d'un feu auquel elle n'aura pas sa part. Elle restera calfeutrée dans la nuit tiède de la chambre et, bientôt, les songes viendront l'emporter.

Quand l'homme doucement s'écarte d'elle, Ermengarde ne bouge pas. L'ombre a grandi. C'est à peine si la lueur mourante des chandelles détoure son profil sur la blancheur de l'oreiller. Elle a fermé les yeux afin de mieux se rassasier du délice de sa faute.

Compostelle a redressé le buste. En appui sur un coude, il observe les épaules dénudées de la femme. Son regard, lentement, suit les méandres de la chevelure dont la dernière boucle épouse le galbe adorable d'un sein. Il s'attarde sur la paupière close aux longs cils recourbés. La confiance de ce corps le bouleverse. Il pense : « Je suis venu pour la tuer. »

Car tout est revenu, d'un coup. À l'instant même de l'éblouissement, dans l'ultime vibration des nerfs, la brume s'est évanouie. Tout ce qui était caché s'est révélé.

Aussi soudainement qu'ils avaient disparu, les visages, les lieux, les époques et les assassinats se déploient maintenant jusqu'aux confins de sa mémoire implacable. Il se souvient de tout.

Depuis la mort de son ami Claudius, la gorge ouverte au fer rouge par le bourreau, il y a dix ans de cela, jusqu'au jour d'hier où la glace s'est rompue sous les sabots de son cheval, plus rien ne lui échappe de cette vie dont il a fait un enfer pour lui-même et les autres. Nul troubadour jamais ne chantera son épopée baignée du sang de la désespérance.

Il se souvient de la première fois où il a enserré dans l'étau de ses doigts le cou maigrelet d'un chanoine. Ce butor avait eu l'impertinence d'approuver devant lui le supplice et l'exécution de Claudius. Quelle jouissance de sentir le corps panteler, de voir les mains essayer d'agripper, les pieds de fuir et les veines des yeux finir par éclater à l'instant du râle !

Le premier meurtre est émouvant comme un premier amour. Afin d'éviter que les suivants ne se fanent dans la monotonie du rituel, il faut les assaisonner de fantaisie. La guerre et ses décors changeants en offre d'infinies variations. Avec quelle fureur Compostelle s'y est-il adonné ! Égorger, éventrer, étriper, décapiter sans relâche et infliger mille morts pour se punir de n'avoir su empêcher la seule qui comptât à ses yeux : celle de son ami poète. Mais aussi pour punir Dieu de ne l'avoir point secouru.

Le mercenaire espérait bien paraître au jour du Jugement en jetant aux pieds du Créateur ses lauriers vermoulus de champion de la Mort. « Vois ce que tu as fait de moi ! »

Il a suffi d'un choc sur le crâne et d'une pâmoison pour que le démoniaque Compostelle perde le souvenir de lui-même et redevienne, l'espace d'une journée, le poète Hans Carvel. L'un et l'autre sont des noms d'emprunt. L'un et l'autre lui ressemblent. Mais lequel des deux est-il ?

À la femme qu'il a pour mission de tuer, il a fait cadeau de son plus beau chant. Voici dix ans qu'il l'a écrit, la veille du jour fatal. Depuis tout ce temps, il le berce en lui comme une promesse non tenue. Il lui arrive, parfois, de le chanter pour lui seul, au plus profond des bois ou sur les chemins déserts, à l'écart de toute oreille humaine. Il s'est juré de tuer quiconque l'entendrait. Il vient de trahir son serment.

Cette année-là, l'évêque Maurice de Sully avait lancé un grand concours de poésie à la gloire de la Vierge. L'œuvre couronnée devait être donnée sur le chantier de la nouvelle cathédrale à l'occasion de la fête de l'Assomption. Tous les clercs de Paris, épris de musique, s'étaient mis au travail. En un jour et presque d'un seul jet, Hans Carvel avait composé son *Magnificat*. Il en avait écrit deux versions. La première en latin, ainsi que le voulait la commande, et tout entière dédiée à Marie ; la seconde, secrète, en langue populaire et consacrée à la louange de l'Amour. Une muse très charnelle lui avait inspiré celle-ci quand un ange éthéré lui avait soufflé celle-là. Le poète considérait les deux œuvres avec la même tendresse et le petit livre qui les renfermait ne le quittait jamais. Le seul être humain qui eût entendu ce chant, c'était Claudius. Il le lui avait chanté à la belle étoile dans les vignes de la colline Montmartre. Il avait beau faire nuit, il voyait nettement que les yeux de son ami brillaient d'émotion. À la toute fin, dans un profond silence, parce que même les grillons s'étaient tus, Claudius avait dit : « Malheur à la première femme à qui tu chanteras ton *Magnificat*, car elle t'aimera à jamais. » Le lendemain, Claudius était mort.

Une à une s'éteignent les chandelles. Bientôt l'obscurité sera totale. Le souffle régulier de la vicomtesse pose sa tiède caresse contre le torse du mercenaire. Elle dort.

Compostelle doit quitter cette couche. L'aube délatrice ne saurait le surprendre céans. Il lui faut disparaître pour que le souvenir de cet amour conserve la légèreté du songe. Nulle fêlure ne viendra érafler la légende de la reine vierge. Il ne s'est rien passé.

Il quitte le lit, enfile à la hâte ses vêtements et saisit le dernier bout de chandelle encore allumé. À pas de loup, il sort de la chambre. Un bruit sourd accompagne la fermeture de la porte, trop faible pour réveiller Ermengarde. Le page aux pieds légers s'est évaporé. Sans doute en avait-il reçu l'ordre. Dans le couloir, nul homme d'armes ne veille sur le sommeil de la vicomtesse. Faut-il qu'elle croie en son étoile ! À moins qu'elle n'ait cure de vivre ou de mourir.

Protégeant d'une main la chétive flamme, Compostelle réinvente pas à pas le chemin du retour. L'embrasure d'une porte ouvragée, un anneau scellé dans le mur, une dalle toute blanche, plus longue que les autres, lui servent de repères. Autant de détails auxquels il ne pensait pas avoir prêté attention lui reviennent au fur et à mesure qu'il avance. Son instinct d'homme de proie le guide dans le labyrinthe du palais. Des années d'entraînement ont affûté ses sens, lui enseignant de noter d'infimes caractéristiques d'un bâtiment ou d'un paysage. La survie d'un tueur de métier est à ce prix.

Enfin, la porte de leur logis surgit devant lui au moment où s'éteint la minuscule chandelle. Et c'est comme un tombeau qui soudain se referme. Il entre à tâtons. Étouffé par la couverture de laine, le ronflement rauque de Donat lui parvient, semblable au halètement d'un petit animal. La litière de Compostelle se trouve en vis-à-vis. D'une main incertaine, il en cherche le bat-flanc, puis il s'y laisse choir, tout du long.

Il garde les yeux ouverts. La nuit noire lui tient lieu de paupières. Il se dit qu'il ne dormira pas. Comme il s'est dit, quelques instants plus tôt, qu'il ne tuerait pas

Ermengarde. Sans doute n'aurait-il jamais dû chanter son *Magnificat*.

Il rêve de Compostelle, comme d'un autre lui-même, dans la grotte des falaises del Py, déchiffrant la missive dans laquelle la vicomtesse parlait à son neveu du mal mystérieux dont elle est atteinte. Puis Sijan et l'embarquement des mercenaires à bord du dromon du marchand Bertier. Agde, ensuite, où il a imaginé de contrefaire le pèlerin afin d'entrer dans Narbonne sans coup férir. Et enfin, cet instant où la glace se brise et où le gamin vient à son secours, juste avant que sa conscience l'abandonne.

Il rêve de Hans Carvel, comme d'un autre lui-même, en compagnie du charmant troubadour Guilhem de Malpas et du baron de Lara, en train de répéter cet incroyable *Jeu d'Adam*, d'une nouvelleté sans pareille.

Que lui importe ce qui va suivre ? Ni l'un ni l'autre de ces rêves ne sont plus les siens. Ce qu'il va faire ne comptera qu'aux yeux des amateurs d'horoscopes. Compostelle pourra patienter jusqu'à la lune prochaine dans l'attente des feux annonciateurs du carnage. Hans Carvel pourra jouer Caïn et faire semblant de tuer Abel pour l'innocent plaisir d'expérimenter la vessie de porc. C'est égal. Tout cela finira dans le sang. Dans les deux cas, Dieu et le diable y trouveront leur compte. À quoi bon leur offrir cette satisfaction ? À quoi bon se tailler un destin dans le bien ou le mal ? Deux chiffons sans valeur.

L'homme sans rêves se retourne sur sa couche. Sa décision est prise. Il attendra que sonne l'angélus du matin. Il ira trouver le capitaine de la garde. Il lui dira sa hâte à reprendre le chemin de saint Jacques. Après tout, ne le croit-on pas pèlerin ? Il récupérera la mule et il s'en ira. Une fois sorti de la ville, il suivra la route d'Hispanie. Là-bas, chrétiens et Sarrasins s'entretuent sous le faux prétexte de la foi et pour le vrai motif de l'or. Il y aura bien un calife ou un roi en manque d'épée, à qui il pourra louer la sienne. De quoi nourrir sa carcasse jusqu'à ce qu'un jour les aigles aux becs puissants s'en repaissent.

Il s'étire, il bâille. Est-ce le ronflement du garçon qui lui chante une berceuse ?

Il s'endort.

Chapitre 55

DAME ALOÏS & DAME ERMENGARDE

La comtesse des elfes

L'usage veut qu'Aloïs frappe trois coups brefs avant d'entrer. L'usage veut aussi qu'Ermengarde l'y invite presque aussitôt. Pourquoi ne répond-elle pas ?

La dame d'atours toque une nouvelle fois. Aucune voix ne s'élève derrière la porte. Ce silence est anormal. La vicomtesse a coutume de s'éveiller bien avant le soleil. Serait-elle souffrante ?

D'autorité, Aloïs tire la chevillette et pousse l'huis de chêne. À peine a-t-elle fait un pas que les objets se mettent à parler et ce qu'ils racontent au sujet des heures écoulées ne ressemble pas aux nuits ordinaires. Dans les grands chandeliers, il ne reste que quelques larmes de cire sèche. La belle cape d'hermine et le bliaud plissé traînent au sol, jetés par une main négligente. Les rideaux du lit, largement ouverts semblent n'avoir cure des courants d'air. La main inquiète qu'Aloïs pose sur l'épaule d'Ermengarde rencontre une chair glacée.

— Ma dame ! Ma dame, parlez-moi !

— Retenez le cheval, répond la voix lointaine de la vicomtesse.

Ces mots, tombés du songe, font naître un sourire sur les lèvres de la dame d'atours. Ermengarde est vivante. Rien d'autre n'a d'importance. Les objets médisants peuvent bien raconter ce qu'ils veulent, on ne les écoutera pas.

— Mon amie, le jour vous attend.

— Faites-le patienter encore… Si douce était la nuit !

Elle tourne du côté de la lumière un regard de jeunesse qu'Ermengarde ne lui connaît pas. Plus rien ne transparaît de cette part de ténèbres qu'elle avait rapportée de la crypte quelques jours plus tôt. Les fantômes sont retournés dans l'épaisseur des murs. Même l'ombre sagace du très regretté sire Ramondis semble avoir renoncé à hanter le palais.

Comme si de rien n'était, la dame d'atours ramasse les vêtements abandonnés et les range soigneusement dans leur coffre, histoire de faire patienter le jour.

Soudain Ermengarde jaillit de sa couche avec la vivacité d'une biche hors du hallier. C'est à peine si Aloïs a le temps de lui tendre une chainse propre qu'elle enfile à la hâte, déjà elle s'assied à sa table de toilette offrant sa chevelure à la caresse voluptueuse du peigne. Elle tend la tête en arrière, les yeux clos comme s'il lui restait sous les paupières un bout de rêve à finir. Presque aussitôt elle les rouvre, la mine radieuse. Ses lèvres qui bougent sans bruit semblent former une prière d'autant plus incongrue aux yeux d'Aloïs que jamais Ermengarde ne prie, hormis dans la chapelle. Peut-être esquisse-t-elle les bribes d'une chanson ou d'un poème ?

Aloïs aurait bien aimé lui parler de la misère et des affamés, lui dire que des lépreux meurent de faim dans les hospices censés leur porter assistance. Lui suggérer quelque distribution de nourriture pour les plus démunis. Mais tant de pétulance inhabituelle l'en dissuade. L'humeur n'est point à l'affliction. Mieux vaut se contenter, pour l'heure, de paroles sans conséquences :

— Comment désirez-vous être vêtue, ma dame, ce jour d'hui ?

— Habillez-moi en magicienne… Donnez-moi une robe de printemps que je fasse naître les perce-neige, lance-t-elle avec un petit rire si haut perché qu'on dirait qu'elle le chante.

Un instant décontenancée, Aloïs se pique au jeu.

— Las, ma dame ! La seule robe de printemps qu'il nous restait dans la resserre, les elfes l'ont emportée pour l'offrir à leur comtesse.

— Mais je suis la comtesse des elfes ! L'auraient-ils oublié ?

— En vous voyant si rajeunie, peut-être vous ont-ils prise pour une autre ?

Ermengarde, l'air faussement chagriné, fixe un instant sa dame d'atours.

— Si vous rencontrez les elfes, dites-leur qu'ils peuvent conserver la vieille robe… Je me contenterai de garder le printemps à venir.

Aloïs a tiré du coffre un bliaud de velours mauve convenant à la fraîcheur d'un jour ordinaire, sans visite ni parade. Elle a pris soin d'en équiper la manche d'un crochet de sûreté. Elle se méfie de l'euphorie de sa maîtresse. D'expérience, elle connaît les néfastes effets d'une trop grande joie matinale soumise à l'érosion du quotidien. Sait-on jamais les contrariétés que peuvent apporter les heures ?

— Quel était ce cheval qui galopait dans votre rêve ? demande-t-elle en nouant les attaches du bliaud.

— Clinevent était son nom. C'était le destrier de

mon père… On disait que sa mère l'avait enfanté dans la mer. À la vérité, il allait aussi prestement à travers les eaux que sur la terre ferme. C'était un cheval géant. C'est sur lui que mon père m'a fait grimper pour la première fois de ma vie. Il me tenait serrée contre lui d'une main tandis qu'il guidait Clinevent de l'autre… Mon père aussi était un géant.

— Quand ils sont petits, les enfants vivent au milieu des géants. C'est en grandissant qu'ils voient les gens rapetisser.

— Je ne saurais vous dire… Je n'ai jamais vu mon père rapetisser. Clinevent non plus. Tous deux sont tombés, géants dans mon souvenir, sous les murailles de Fraga… Non, non, point de diadème, je ne sortirai pas ce jour d'hui, ajoute la vicomtesse en repoussant la coiffe que lui tend Aloïs. Une simple tresse d'or fera l'affaire… J'ai pour projet d'assister à la répétition du *Jeu d'Adam*. Le bruit court que Guilhem a engagé dans son spectacle ce trouvère qui nous vient du pays de France… J'ai hâte de voir cela. M'accompagnerez-vous ?

— J'ai été embauchée, moi aussi… Pour la confection des vêtements… Il me faut recruter parmi les servantes celles qui sont les plus habiles à manier l'aiguille. Figurez-vous que nous avons une dizaine de démons à habiller !… Et je n'ai pas la moindre idée de la façon dont sont attifées pareilles créatures.

— Demandez donc à la vieille dame de Ginestas… Encore très récemment, elle se plaisait à raconter qu'au temps où elle était damoiselle un esprit satanique avait coutume de la visiter lorsqu'elle se trouvait seule au logis… Sa mémoire est infaillible. Je suis sûre qu'elle vous fournira maints détails sur l'accoutrement des démons.

— Je n'oserais point ! J'aurais trop peur d'attiser son effroi.

— Allons donc ! Les angoisses du grand âge peuvent être effrayantes, mais il est toujours bien plaisant d'évoquer un démon de jeunesse.

Et de nouveau ce rire, qui tombe en cascade comme une averse de printemps, éclaboussant tout de sa fraîcheur cristalline.

C'est alors qu'une galopade retentit dans le corridor. Des galoches frappent le sol à grand tapage. La porte de la chambre s'ouvre avec fracas. Le page, accompagné d'un valet, tous deux pareillement essoufflés, se tient dans l'encadrement.

Les deux femmes ont sursauté.

— Alban ! Que signifie cette intrusion ?

Le page est tout rouge, il baisse les yeux puis les relève.

— Noble dame… La mort a emporté le seigneur de Lara !

Chapitre 56

GUILHEM & BLANCHE

Secret de poète

Ils ont dormi tant et tant que la pie a dû faire un raffut gigantesque pour les tirer de leur sommeil.

— Que dit-elle ? a demandé Blanche en s'étirant.

— Que nous avons très faim et qu'il est grand temps de descendre aux cuisines, a répondu Guilhem dans un bâillement. Bonjour, ma sœur.

— Bonjour, mon frère !

À leur apparition sur le chemin de ronde, un soleil tonitruant s'est mis à claironner si fort qu'ils en ont eu les yeux tout assourdis. On ne se souvenait plus que pareille lumière existât.

L'horizon tout entier n'est plus que pur diamant. Les toitures autour d'eux scintillent à l'infini. Même Agazza doit plisser un moment les paupières dans l'éblouissement de ce miracle.

— Crois-tu vraiment que ce soit un miracle ?

— Soleil du jour présent, je te baptise Miracle ! crie Guilhem en étendant les bras vers les rayons ardents.

Puis il se tourne vers Blanche :

— Voilà qui est fait. Maintenant, c'en est un.

— Est-ce pour cela que tu es poète ?

— Pourquoi ?

— Pour dire aux choses ce qu'elles sont ?

Le troubadour se tait. Il pose son index sur ses lèvres.

— C'est un grand secret... Tout le métier du troubadour consiste à raconter la vie, sans quoi personne n'y comprendrait rien... La vérité est au pouvoir des mots.

— Même quand ils mentent ?

— Surtout quand ils mentent.

Tandis qu'ils s'engouffrent dans l'escalier à vis, Blanche baisse la voix pour glisser à l'oreille de Guilhem :

— Je crois que le garçon qui mange comme un cochon et qui grimpe comme un singe est un menteur.

— Donat ?... Comment le sais-tu ?

— Pendant que tu discutais avec son maître, hier à table, je l'ai vu parler, à voix basse, avec Agazza... J'ai cru qu'il disait n'importe quoi parce qu'il avait trop bu. Mais j'ai quand même regardé ses lèvres.

— Et que disaient-elles ?

— Que les pies avaient bien de la chance d'être libres et de manger comme elles veulent, sans qu'on leur dise rien. Puis il a ajouté que lui aussi serait libre bientôt et qu'il repartirait avec son frère sur leur bateau, loin de la ville des fous... Ensuite, il est tombé sur la table.

Guilhem s'est arrêté sur le palier, inquiet de ce qu'il vient d'entendre.

— Blanche, ne parle à personne de tout cela... mais quand tu reverras Donat, essaie, sans l'effaroucher, d'en savoir un peu plus.

Alors qu'ils vont reprendre leur descente, un vacarme de voix envahit le couloir de l'étage.

— Appelez la garde !

— Courez chercher le médecin !

— C'est un affreux malheur !

— Que Dieu nous protège !

À peine Guilhem et sa sœur ont-ils fait quelques pas dans le grand corridor qu'une porte s'ouvre, d'où déboulent Compostelle et Donat, alertés par le tumulte.

— Qu'arrive-t-il, sire Guilhem ?

— Je ne sais, sire Hans... Blanche et Donat, descendez jusqu'aux cuisines. Nous vous y rejoindrons pour déjeuner... Suivez-moi, s'il vous plaît, notre aide sera peut-être utile, ajoute-t-il à l'intention du mercenaire. Vite !

À contrecœur, Blanche les regarde s'élancer dans la direction des voix. Elle aurait bien volontiers suivi son frère. Donat, lui, se gratte la tête, l'air indécis.

— Fhô nhous okhupé nhes bhêt ?

— Redis-moi ça en face, dit Blanche qui a mal entendu.

Puis elle sourit en regardant les lèvres du garçon répéter timidement sa question.

— Non... Ce sont les valets qui s'occupent des bêtes. Nous, nous allons déjeuner... Viens avec moi.

Et sans plus attendre, elle s'éloigne vers le grand escalier, Donat sur ses talons.

Chapitre 57

FEU AYMERI DE LARA

Un cœur de chien

Adossée à l'un des montants de la cheminée, Ermengarde semble une cariatide. C'est à peine si elle réagit à l'entrée de Guilhem et de Compostelle, qui n'osent s'avancer. Elle s'appuie de la main dextre au bras de sa dame d'atours. Son autre main, rivée contre sa hanche frémit imperceptiblement. Ses yeux errent, hagards, sur ce qui l'entoure.

Après les cris et l'agitation, l'immobilité et le silence se sont emparés des lieux.

Sur ordre de la vicomtesse, personne ne doit toucher au cadavre tant que les médecins ne l'ont pas vu. Un homme est penché sur lui. C'est le chapelain du palais.

— *Ego te absolvo a peccati tui... In nomine Patris, et Filii, et Spiritus Sancti. Amen*[1].

Évidemment, c'est un peu tard pour une extrême-onction, mais il paraît que l'âme rôde encore quelque temps sur les lieux du trépas. Le prêtre tend la main vers le visage d'Aymeri de Lara.

— Non ! crie Ermengarde. Ne le touchez pas. Nous

1. En latin : « Je t'absous de tes péchés... Au nom du Père, du Fils et du Saint-Esprit. Amen. »

lui fermerons les yeux plus tard… Que font les médecins ?

— Le page est allé les chercher. Ils ne vont plus tarder à présent, répond Aloïs.

— Et la garde ? Où sont les hommes de la garde ?

— Nous voici, Votre Grâce.

Guilhem reconnaît aussitôt les deux gens d'armes qui viennent d'entrer, Robin le borgne et Savin tête de courge. Aussi empotés que lors de leur rencontre, ils s'inclinent de leur mieux en prenant un air de circonstance.

— Où est Odín Glumsson ?

— Le capitaine est parti de bon matin avec une escouade pour courre le loup, Votre Grâce, répond Robin d'une voix mal assurée.

— Ainsi que le lui a ordonné Votre Grâce. Du moins, c'est ce qu'il nous a dit, ajoute Savin d'un ton tout aussi penaud.

— Moi, je lui ai ordonné de chasser le loup ?… Eh bien ! je vous ordonne d'aller le chercher à présent !

— Le loup ?

— Mais non, imbécile ! C'est du capitaine qu'il s'agit, dit Robin en donnant un coup de coude dans les côtes de son compagnon.

Face au silence consterné d'Ermengarde, à grand renfort de courbettes, les deux sbires s'éclipsent dans l'ombre du couloir. On les entend se frayer un passage parmi la foule des domestiques accourus à l'affût de nouvelles.

— Est-ce là l'engeance à qui votre vicomtesse confie sa sauvegarde ? glisse Compostelle à l'oreille de Guilhem.

— Je le crains, répond le troubadour tout en maintenant contre son épaule la pie qui semble prise d'une folle envie d'envol.

Le chapelain s'est redressé, visiblement satisfait d'avoir remis l'âme d'Aymeri de Lara entre les mains de son destinataire. Il n'a plus rien à faire céans. Tandis qu'il se retire avec une lenteur pleine de componction, une servante s'approche du corps à son tour. Elle attendait dans l'encoignure de la fenêtre, munie d'une seille vide et de plusieurs chiffons.

— Ne touchez à rien, vous ai-je dit ! lance Ermengarde d'un ton qui cloue la servante sur place.

L'immobilité de la vicomtesse semble s'être emparée de toutes les personnes présentes. Nul ne sait trop ce qu'il attend, sans oser bouger, dans un silence que trouble, par instants, la rumeur venue du couloir. C'est à croire qu'à force de le fixer, chacun espère voir le mort se relever. Guilhem a bloqué la turbulente Agazza au creux de son coude. Il ne manquerait plus qu'elle aille picorer les yeux du baron de Lara. On ne connaît que trop le fâcheux engouement des pies pour ce mets succulent.

À l'autre bout de la pièce, le corps baigne dans une impressionnante flaque d'eau. A-t-on jamais vu quelqu'un mourir noyé dans sa chambre ? Compostelle ose enfin poser les yeux sur la vicomtesse. Elle a compris la question muette qu'il lui adresse.

— Le valet qui a découvert mon neveu l'a trouvé couvert de neige sous la fenêtre grande ouverte. C'est lui qui a refermé la croisée.

— Quelqu'un aurait-il pu entrer par là et attenter à ses jours ?

— Il y aurait grand péril à escalader la façade… Sans compter le risque d'être surpris par le guet.

Le mercenaire se retient d'exprimer ce qu'il pense, mais le peu qu'il a pu juger des hommes d'armes du palais n'est pas de nature à inquiéter un assassin déterminé. Quant à l'escalade, ç'aurait été un jeu d'enfant pour un type comme Rosso. Il faudrait jeter un coup d'œil à l'extérieur. Un grimpeur laisse forcément des traces.

L'arrivée du page suivi de deux hommes interrompt Compostelle dans sa réflexion.

— Les médecins, Votre Grâce !

À cette annonce, la vie semble soudain reprendre son cours normal. Guilhem et Compostelle s'écartent pour laisser le passage aux jumeaux qui s'inclinent devant la vicomtesse.

— Le *mestre* Brémond nous a chargés de présenter toutes ses excuses à Votre Seigneurie, dit l'un d'eux de sa voix chantante. Sa douleur de jambe le tient encore cloîtré au logis.

D'un battement de paupières, la vicomtesse manifeste son assentiment. Au fond d'elle-même, elle est plutôt satisfaite de revoir ces jeunes médecins, Joshua et Shimon, dont elle a pu apprécier la grande sagacité. Le seul inconvénient est de ne pouvoir attribuer son nom à chacun avec quelque certitude.

— J'ai toute confiance en votre science, messires… J'attends d'apprendre de vous de quoi est mort mon neveu.

La servante repousse sa seille afin de dégager l'accès au cadavre. Les deux frères marquent un temps d'arrêt devant la flaque d'eau. Cette fois, c'est Aloïs qui donne l'explication de la neige et de la croisée ouverte au moment de la découverte du corps.

— Et ces traces de pas, à qui sont-elles ? demande Joshua, à moins que ce ne soit Shimon.

— Un prêtre est venu bénir le corps.

— Le valet qui l'a découvert l'a-t-il touché ?

Le page qui s'est approché répond de sa voix oscillante :

— Nenni, messire. C'est Jeantou, le valet au service du seigneur baron. Il a peur des morts. Il a fermé la fenêtre et il a couru me prévenir. C'est tout ce qu'il a fait.

— Joshua, donne-moi les gants, s'il te plaît.

L'interpellé ouvre le coffret qu'il porte en bandoulière pour en sortir une paire de gants très fins, en peau dc chamois, quc son frère enfile aussitôt.

— Le baron de Lara est peut-être mort de maladie, explique Shimon tout en s'accroupissant près du cadavre.

— Mieux vaut éviter le risque de contagion, ajoute Joshua. Mon frère est en train d'écrire un livre sur les différents modes de transmission des maladies les plus fréquentes dans nos régions. Nombre d'entre elles se peuvent échanger d'une personne à l'autre par le simple toucher. D'autres par le souffle. D'autres encore par les humeurs et les fluides... Ce sera un livre très important.

— Moins important tout de même que les doctes écrits du génial Avicenne ! tempère Shimon en se relevant.

À l'évidence, les propos des jumeaux ont quelque peu déconcerté l'auditoire. Sans doute le sang wisigoth d'Ermengarde est-il peu accoutumé à cette élégance qui consiste à tricher avec le malheur en parlant d'autre chose. Cela vient probablement de l'origine solaire des deux frères et de leurs ancêtres d'Al-Andalus. « Peut-être que les juifs sont ainsi, se dit-elle. Ils parlent autrement des choses inquiétantes. Peut-être est-ce pour cela qu'on se méfie d'eux ? »

— Pourrait-on demander au sire Jeantou de nous rejoindre ? poursuit Shimon, ajoutant à l'intention d'Ermengarde : Ce ne serait pas inutile qu'un chien vienne aussi, Votre Grâce.

— Jeantou est ici, dans le couloir, déclare le page, tout fier d'avoir sa place dans le drame qui se joue.

— Va le chercher, Alban, et demande qu'on nous amène au plus vite un des chiens du guet, ordonne Ermengarde toujours agrippée au bras d'Aloïs.

Joshua balaie la pièce d'un regard circulaire avant de se retourner vers la servante pétrifiée dans son recoin.

— Cette eau est sans danger, vous pouvez y tremper vos torchons.

Aussitôt, la vieille femme plonge à quatre pattes vers la flaque tandis que le dénommé Jeantou, traînant ses galoches, s'avance à pas comptés jusqu'au milieu de la pièce. Les cheveux gras, la tête dans les épaules et la mine apeurée, le valet évite avec soin de regarder du côté de la fenêtre.

Shimon s'approche de lui tout en désignant les reliefs du repas posés auprès de l'âtre.

— Sire Jeantou, est-ce vous qui avez apporté ce plateau au seigneur de Lara ?

Tout étonné de s'entendre honoré du nom de « sire », le valet ose lever les yeux vers le jeune médecin.

— C'était hier, à la vêprée.

— Comment était le seigneur lorsque vous êtes entré ?

— Comme un seigneur.

La réponse fait sourire Shimon, qui poursuit d'un ton qu'il veut le plus rassurant possible :

— Certes. Mais que faisait-il ?

Tendant un doigt vers la fenêtre, Jeantou évite de regarder.

— Il tenait un parchemin, je crois bien.

Joshua lui tend le rouleau qu'il a ramassé près du corps.

— Celui-ci ?

— C'est possible… Moi, les parchemins, ça n'est pas mon affaire. Tout ce que je peux dire, c'est que le feu allait s'éteindre, alors je lui ai proposé de le ravigoter.

— Qu'y avait-il dans le plateau que vous lui avez apporté ? demande Shimon.

— Une fricassée de volaille, un beau tranchoir de pain blanc et un bol de lait… D'ailleurs, voyez, il n'a pas tout mangé.

— Sire Jeantou, êtes-vous bien assuré qu'il n'y avait rien d'autre sur le plateau ?… Ni pichet, ni flacon, ni hanap ?

— Pour sûr, messire ! J'ai tout apporté des cuisines comme on me l'a remis.

Shimon se retourne vers le page.

— Si le chien est arrivé, qu'on l'introduise céans.

Le garde qui vient d'entrer doit tirer fort sur la laisse pour empêcher l'animal de s'élancer à travers la pièce. C'est un beau chien courant, descendant d'une bête offerte par un prince du Saint-Empire au père d'Ermengarde. Du temps où elle chassait, la vicomtesse aimait à s'entourer de ces chiens-là, aux pattes puissantes et au flair infaillible.

— Comment se nomme-t-il ? demande le médecin.

— Asgard, messire. C'est notre capitaine qui lui a donné ce nom.

— Viens çà, Asgard, dit Shimon en tendant vers le chien le plateau portant les reliefs. Tiens… régale-toi !

En trois lapées de langue vorace, le chien engloutit les restes de volaille ainsi qu'un bout de pain imbibé de sauce. Un coup de plus et le fond du bol de lait est récuré à son tour.

— C'est bien, Asgard… Assis, sage… Serais-tu capable de compter jusqu'à cent ?

— C'est à toi que mon frère parle. Pas au chien ! dit Joshua en regardant le page.

— Heu… oui-da, messire, finit par répondre Alban avec un air de tomber de la lune.

— Alors, vas-y, compte. À haute et intelligible voix.

— Un, deux, trois, cinq… non, quatre, cinq, six…

Hormis Compostelle, tout le monde, ici, connaît les jumeaux Shimon et Joshua. Depuis que le *mestre* Brémond est souffrant, ils sont devenus les médecins officiels du palais bien qu'ils n'en portent pas le titre. Chacun sait qu'ils sont les élèves d'un grand savant. Ils n'ont pas leur pareil pour guérir des fièvres malignes et nul n'oserait remettre leur science en question. Mais ce qu'ils sont en train de faire là dépasse l'imagination. Ce sont des prières, qu'il convient de dire dans la chambre d'un mort. Pas des chiffres.

— Trente et un, trente et deux, trente et trois, compte Alban consciencieusement, tandis que le chien Asgard bat de la queue comme s'il comptait avec lui.

La servante s'est arrêtée d'essorer les chiffons dans la seille. A-t-on idée de faire manger par un chien les restes du repas d'un mort ? Et de demander à un jeune innocent de réciter pareille litanie de nombres ? La vicomtesse ferait bien de se méfier. Tout cela cache peut-être un tour de sorcellerie juive !

Du bout de l'index, la femme trace un discret signe de croix sur le carrelage, jetant un coup d'œil dans la seille, au cas où l'eau se mettrait à bouillir.

Tous sont suspendus aux lèvres du page qui égrène ses nombres avec une insupportable lenteur. Guilhem s'est même surpris à compter en silence en même temps que lui.

Alors que personne n'ose bouger, Joshua inspecte les lieux avec une attention scrupuleuse. On dirait qu'il cherche à graver le moindre objet dans sa mémoire. Compostelle – qui l'observe à la dérobée – se dit qu'un chasseur ou un guerrier ne s'y prendrait pas autrement avant d'entrer en action.

— Soixante et huit, soixante et neuf, septante…

— Arrête ! lance Shimon.

— Sire, il manque encore des nombres, ose le page en rougissant.

— Certainement. Et si tu continues à t'appliquer dans cette science, tu deviendras peut-être le plus grand mathématicien du pays… Mais ce n'étaient pas des chiffres que je t'ai demandé de compter. C'était du temps. Et le temps est écoulé, à présent.

Joshua semble avoir mis un terme à son inspection des lieux. De sa voix très douce et chantante, il s'adresse à Ermengarde.

— Votre Grâce, il faut que vous sachiez que le cœur d'un chien bat plus vite que le nôtre. Cela représente en moyenne une centaine de battements par minute.

— Or voyez, enchaîne Shimon, une minute s'est largement écoulée depuis que votre page a commencé de compter et Asgard est toujours vivant… Ce qui signifie que le poison ne se trouvait pas dans la nourriture.

— Le poison ? articule Ermengarde tout en serrant plus fort encore le poignet d'Aloïs.

— Mon frère et moi avons observé la langue du seigneur de Lara, ainsi que le blanc de ses yeux. Leur coloration ne laisse aucun doute. Le baron a été empoisonné.

— Restait à savoir si c'était par la boisson ou par la nourriture… À l'évidence, le poison se trouve ici, conclut Joshua en pointant de l'index le pichet de vin et le hanap posés sur l'étagère.

— Cela présente l'avantage d'innocenter le personnel des cuisines.

Shimon a sorti de leur boîtier de médecine un vaste mouchoir au centre duquel il dépose le pichet de vin. Un peu de liquide stagne au fond. De ses mains gantées, avec maintes précautions, il y plonge le hanap et referme le tout en nouant les quatre coins du tissu.

— Tenez-le par ici, dit-il au valet Jeantou, c'est sans danger… et jetez-le au plus vite au fond des latrines.

Précédé de la servante portant la seille et les torchons, l'homme aux cheveux gras s'éloigne dans le corridor, balançant à bout de bras le paquet fatal.

— C'est le poison, dit-il à mi-voix pour faire s'écarter les curieux qui se signent sur son passage comme s'il transportait le saint sacrement.

L'homme d'armes et le chien ferment le cortège.

— Et ça, c'est le chien le plus chanceux de Narbonne. Il a échappé à la mort en moins d'une minute. Un vrai talisman… On pourra bientôt le toucher, à la porte du chenil, moyennant une pinte de bon vin… Qu'on se le dise !

Chapitre 58

DONAT & BLANCHE

Entracte

— Diabolus est mort, a glissé Blanche à l'oreille de Donat.

C'est ce qu'elle a saisi par bribes dans les paroles inquiètes qu'échangent les gens des cuisines depuis que le valet Jeantou est redescendu de l'étage. Les mots « seigneur de Lara », « crime », « poison », « chien magique », courent à mi-voix, de bouche en bouche, comme si le fait même de les prononcer risquait d'aggraver le malheur dont ils sont porteurs.

— Poihson ? répète Donat en jetant un regard plein de suspicion au morceau de pâté en croûte qu'il s'apprête à porter à la bouche.

— On ne risque rien… J'ai entendu dire que le poison est dans le vin, dit Blanche en croquant à belles dents dans sa propre part. Finissons de déjeuner, ensuite nous irons goûter le soleil.

« Goûter le soleil » ? Quelle drôle d'idée, pense Donat. Comme si on pouvait mordre dedans ! On a beau savoir que cette fille est folle – comme le sont certainement tous les habitants de Narbonne –, il faut bien reconnaître que c'est très agréable de se retrouver seul avec elle.

Lorsqu'ils sont arrivés dans les cuisines, le maître-queux les a reconnus et leur a donné de quoi manger sans poser la moindre question. Un vrai régal. Donat s'est demandé un instant combien tout cela allait coûter, mais personne ne leur a rien réclamé, comme si c'était normal d'avoir de la nourriture qu'on n'a pas gagnée. C'est peut-être depuis qu'il est devenu écuyer ou parce qu'il a bien fait le singe. Allez savoir ! Avec un peu de chance, il pourra peut-être se procurer une cage et de la glu sans avoir à donner de pièces d'or en échange.

— Alors, ce soleil, on y va ? lance gaiement Blanche-Isaure.

— Nhi vha !

La première chose étonnante, c'est la tiédeur de l'air. Cela faisait des semaines que l'on n'avait pas ressenti pareille douceur. Au débouché dans la grande cour, la jouvencelle et le garçon ont été saisis par la caresse du vent. Hier encore soufflait une méchante bise et le ciel était d'ardoise grise. Aujourd'hui, le printemps vient danser sur la neige sous un soleil brûlant.

Serviteurs et servantes armés de pelles et de râteaux démolissent les congères au bas des murs. Tous s'acharnent avec pugnacité comme s'il s'agissait d'abattre l'Hiver en personne, de faire table rase du froid qui engourdit aussi bien les corps que les âmes. Une sorte de rage habite leurs gestes comme s'ils voulaient en finir avec les épreuves que leur a infligées la nature.

L'autre chose étonnante est l'inquiétude des visages. Nul chant n'accompagne le labeur. Entre les travailleurs, peu de paroles s'échangent. Seuls leurs outils, frappant en cadence, résonnent entre les hautes façades. Ce silence inhabituel semble murer chacun dans la solitude de ses pensées. Le soleil a beau darder de tous ses rayons, aucune joie ne réchauffe les cœurs. C'est que nul n'ignore plus le trépas du baron de Lara. La nouvelle s'est répandue à la vitesse de la foudre. Le soleil et la mort ne font pas bon ménage. On dira ce qu'on voudra, un sort mauvais s'acharne sur le palais. Personne n'ose encore parler tout haut de malédiction mais chacun, secrètement, en remue la noire pensée. Nombreux sont ceux qui ont entendu les imprécations du moine. Les gens d'armes d'Ermengarde l'ont muselé promptement. Mais peut-on faire taire la vérité ? Surtout lorsqu'elle sort de la bouche d'un saint homme. Il y a deux jours mourait le Premier conseiller. Maintenant, c'est le neveu de la vicomtesse. Deux assassinats en un rien de temps. À qui le tour ? De quels péchés ces morts sont-elles le châtiment ? Il se pourrait bien que ce soleil inattendu soit un signe du ciel. L'approbation de Dieu. Une juste lumière pour éclairer les coupables ténèbres.

L'arrivée, hier au matin, de ce singulier pèlerin et de son domestique avait déjà suscité maints commentaires. Or voici qu'ils sont accueillis à l'étage des nobles à l'instar d'hôtes de marque. Et que penser de cette jouvencelle dont on dit qu'elle est la sœur du troubadour bien-aimé de la vicomtesse ? Sait-on seulement d'où elle sort, cette petite ?

Ni Donat ni Blanche n'ont prêté attention aux regards que certains leur ont jetés à la dérobée. La jeune fille vient d'apercevoir, près du portail d'entrée, la silhouette de Peire Brun. Aussitôt, elle court vers lui, entraînant Donat dans son sillage.

Le maître imagier tient un grand sac de toile de jute. Son visage avenant rayonne en les voyant approcher. C'est bien dommage de lui faire de la peine, mais le large sourire qu'il arbore n'est point de mise en cette heure endeuillée.

— Il faut avoir l'air triste, céans, lui dit Blanche, car le seigneur de Lara est mort assassiné.

— Que dis-tu ?

— Venez, messire, on va tout vous raconter.

Dans la grande salle d'apparat où devait se tenir la répétition, Peire a écouté le récit que lui a fait Blanche à partir de ce qu'elle a glané çà et là. À l'évidence, elle ne semble pas mesurer toutes les conséquences du drame. Les projets de Guilhem risquent d'être mis à mal. Qui sait si le spectacle ne sera pas annulé ? Il n'est pire déception, pour des hommes tels qu'eux, que de devoir renoncer à une œuvre.

— Sais-tu où est ton frère ?

— Il devait nous rejoindre aux cuisines, mais il n'est point venu... Sans doute est-il encore là-haut avec les gens du palais... Le mieux, c'est de l'attendre.

Peire s'est assis au bord de l'estrade vide, son sac posé à ses côtés. Cela fait un moment que Donat ne le quitte pas des yeux.

— Donat est le valet du sire Hans Carvel, explique Blanche. Lui et son maître vont jouer dans *Le Jeu d'Adam*... Donat est très habile pour les acrobaties. Il fera une créature de l'enfer. Hier, le baron de Lara a joué Dieu et le diable. C'était très beau... Je ne sais pas comment on va faire sans lui !

Une soudaine inquiétude voile le regard de la jeune fille. Elle s'en veut tout à coup de s'être montrée aussi insouciante et futile. L'incroyable bonheur d'avoir retrouvé son frère lui avait donné l'impression d'être à l'abri de tout. Les choses sont tellement différentes autour d'elle qu'elle s'est persuadée que le monde avait changé lui aussi. Dans l'univers poétique de Guilhem, rien de grave ne pouvait se produire. Le rêve merveilleux vient de se fissurer brusquement, car la mort d'Aymeri de Lara n'est pas une simple histoire dont on parle. Ça n'est pas une légende. Pas encore. C'est une chose vraie et affreuse. Ce doit être terrible pour Guilhem.

— Pauvre Guilhem !

Peire a remarqué la brutale affliction qui s'est emparée de la jouvencelle.

— Ton frère trouvera une solution. J'en suis persuadé. Et puis nous l'aiderons… Regarde ce que je vous ai apporté.

D'un grand geste mystérieux, le jeune homme plonge la main dans son sac.

— Fermez les yeux ! lance-t-il d'un ton impérieux. Sans tricher !

Aussitôt Blanche et Donat froissent leurs paupières avec une grimace d'enfants prêts à toutes les merveilles.

— Ouvrez-les !

C'est encore plus beau que ce qu'on espérait. Peire a disparu. À sa place se tient une jeune femme au visage de nacre rose et à la chevelure d'or. Un visage qui ressemble à s'y méprendre à celui de Blanche.

Bouche bée, Donat tend le doigt vers le masque.

— Thoi ! crie-t-il, stupéfait, à la jeune fille.

— Non… Ève… Ève, répète-t-elle songeuse.

Chapitre 59

GUILHEM & AGAZZA

Un œil de pie

« La mort aussi est un poète, songe Guilhem. Nul ne l'égale en sa noirceur pour décrire le monde. Elle ne nomme les choses que pour nous désespérer. »

Hier encore, cette pièce au gracieux décor était un plaisant logis. La voici devenue chambre mortuaire. Les meubles joliment peints, non plus que les beaux motifs des tapisseries d'Orient, n'y peuvent rien. Tout a pris la triste couleur de grisaille des bûches éteintes et des cendres froides.

Le tremblement qui secoue le bras d'Ermengarde est si violent que c'est miracle si le crochet cousu à sa manche ne s'arrache pas. Lâchant le poignet d'Aloïs, elle saisit de la dextre sa main secouée de spasmes pour la dissimuler autant qu'elle le peut. Mais voilà que ses jambes se mettent à frissonner elles aussi, sans qu'elle puisse en rien les en empêcher. La cheminée, contre laquelle elle s'adosse avec toute la puissance de sa volonté, la soutient encore, mais pour combien de temps ?

— Dame Aloïs, veillez à ce que plus personne ne se trouve à l'étage. J'ordonne que les couloirs, les vestibules, les passages, soient vides de toute présence humaine… Toi, Alban, cours alerter les menuisiers de préparer les planches pour le cercueil dans leur bois le plus précieux. Préviens aussi le mégissier. Je veux que le corps de mon neveu soit cousu dans le cuir le plus beau… Quand cela sera fait, qu'il soit installé dans la chapelle en grand apparat… Que tout cela soit exécuté sans délai.

L'effort qu'elle vient de faire pour parler a épuisé sa dernière énergie. Yeux clos, la nuque appuyée au pilier de la cheminée, elle attend que décroissent les pas d'Alban et de dame Aloïs. Alors elle tourne un regard éperdu vers Compostelle.

— Sire Carvel, portez-moi, je vous prie, jusqu'à ma chambre. Les forces me manquent et le cœur me fait défaut.

En un instant, passant un bras sous les genoux d'Ermengarde et l'autre sous son buste, le mercenaire la soulève sans plus de peine que s'il portait le corps d'une enfant. Si grand est l'abandon de la vicomtesse qu'elle ne peut s'agripper à lui. Son bras dextre, ballant, parcouru de frissons, est pareil à une branche secouée par un vent invisible.

Voilà donc la mystérieuse maladie dont elle parlait dans la missive adressée à son neveu. Voilà ce mal sur lequel ses ennemis ont fondé tant d'espoirs. Et c'est lui, Compostelle, qu'elle appelle à son secours. Le tueur du messager, le voleur de lettre, celui par qui tout le malheur a débuté et qui a pour mission de l'occire. Lui à qui elle s'est offerte cette nuit dans une ardente étreinte, sans calcul ni fourberie. Alors il la serre plus fort encore contre sa poitrine tandis qu'elle n'est plus que douleur et tremblement.

— Sire Guilhem, poursuivez votre ouvrage, glisse-t-elle d'une voix éteinte, en passant devant le troubadour.

Le jeune homme – la pie toujours lovée au creux de son coude – les regarde sortir. Vit-on jamais galant homme emporter une dame avec autant de zèle courtois ? Il ne peut s'empêcher de penser à l'image de l'époux faisant franchir à son épouse le seuil de la chambre nuptiale, car tout est image aux yeux d'un troubadour. C'est pour cela que la vicomtesse a demandé que nul ne reste à l'étage. Pour qu'on ne la voie point ainsi. Il ne saurait y avoir d'ombre masculine au tableau de sa solitude. « Poursuivez votre ouvrage », a-t-elle dit. Comment peut-elle, blessée et défaillante, se soucier encore de poésie ? Guilhem n'a de plus grande envie que de lui obéir. Cependant, *Le Jeu d'Adam* paraît bien compromis. Qui pourra remplacer le seigneur de Lara ? Où trouver un nouveau Diabolus et une autre Figure ? Certainement pas parmi ces lourdauds de clercs de la cathédrale. Ceux-là ne sont bons qu'à chanter.

Machinalement, ses yeux se posent sur le corps d'Aymeri. Comme la mort est laide ! Et combien plus laide encore, la tristesse qu'elle répand ! Que peut-on faire avec cela ? Un poème, peut-être ? Ou, mieux encore qu'un poème, une pièce de théâtre. À cette idée, la rêverie de Guilhem s'enflamme aussitôt. Une fresque de légende défile dans sa tête avec ses personnages héroïques et ses effrayantes péripéties. Cela se passerait dans un palais assiégé par la neige et peuplé de fantômes. Ce serait l'histoire d'une reine souffrante dont le neveu a été assassiné par la main d'un félon. On découvrirait un complot ourdi par une confrérie secrète pour s'emparer du trône. Il y aurait du poison, des épées et du sang. Il y faudrait montrer quelques moments d'amour pour épicer la haine, opposer une âme pure aux infâmes commerces de la débauche. Et puis du sang, beaucoup de sang, car le peuple en raffole. Mais quelle fin donner à tout cela ? Verrait-on le Bien triompher et les méchants punis ? Plaisante conclusion, mais par trop mensongère. Il faudrait trouver autre chose, plus conforme à la noirceur de l'homme et aux cruels caprices de la destinée.

Allons, Guilhem de Malpas, arrête les coursiers de ta folle imagination ! Ce serait une bien belle pièce, assurément, mais pareil théâtre n'existera jamais. L'Église ne saurait l'autoriser. Rien n'assure, non plus, que les grands de ce monde prendraient plaisir à se voir ainsi représentés. Le pouvoir ne se plaît à montrer que ses triomphes et non point les sordides ressorts qui animent sa conquête. Trêve de vaines chimères. Peire Brun a dit qu'il viendrait ce jour afin de parler du décor. À cette heure, il doit se trouver au palais. Et Blanche t'attend, elle aussi, à qui tu avais promis de déjeuner avec elle.

Non loin du cadavre traîne le parchemin qui a roulé près d'un coffre. La neige en fondant semble l'avoir heureusement épargné. Dans le geste qu'il fait pour le ramasser, Guilhem desserre son étreinte. Il n'en faut pas plus à Agazza pour prendre son envol. D'un trait, elle file se percher sur l'étagère creusée dans l'épaisseur du mur. Celle-là même où, un peu plus tôt, le médecin a trouvé le pichet empoisonné. Elle s'ébroue, tend une aile, puis l'autre et se met en devoir de lisser son plumage d'un bec consciencieux. Mais Guilhem n'est pas dupe. Il la connaît trop bien pour ignorer que, lorsqu'elle se comporte ainsi, ce n'est qu'afin de détourner l'attention. Elle a dû repérer quelque objet apte à stimuler sa convoitise et – par chance ! – il ne semble pas qu'il s'agisse des yeux du cadavre.

Il suffit au jeune homme de s'accroupir ostensiblement près de l'âtre, faisant mine de tisonner les bûches, sans perdre l'oiselle de vue. Il n'a pas à attendre longtemps. En un battement d'ailes, Agazza se laisse choir sur le sol à l'à-pic de l'étagère. D'un preste coup de bec, elle saisit son larcin entre deux carreaux du dallage et s'envole sans que Guilhem ait eu le temps d'apercevoir ce qu'elle a pris. Mais porte et fenêtre sont closes. La pie ne peut s'enfuir. Pour l'avoir maintes fois observée en pareilles circonstances, le troubadour connaît par cœur sa stratégie. Dos tourné, la guettant du coin de l'œil, il la voit se poser sur la couche du baron. Elle glisse vivement sa tête sous un pli de la couverture et en ressort au même instant, sautillante et sereine. On ne saurait mieux feindre l'innocence.

Il reste, au bord de la cheminée, quelques miettes de pain imbibées de graisse qui ont échappé à la voracité du chien. « Voilà qui fera une bonne monnaie d'échange », se dit Guilhem en se relevant.

— *Tchaaa... Tchac !* lance-t-il la main tendue.

Dans la langue des pies, il s'agit là d'une promesse de gourmandise. La voici en deux bonds perchée sur le poignet du jeune homme.

— Mon amie, certaine chapardeuse de ma connaissance ferait bien de prendre des leçons auprès de toi ! dit-il, se souvenant de la commère qu'il a vue s'emparer d'un bijou dans la neige.

Agazza est bonne joueuse. Ce pain est un vrai régal et c'est d'un œil point trop fâché qu'elle voit son ami glisser la main dans sa cachette et s'emparer de son butin.

On dirait une goutte de sang figé, guère plus grosse que l'ongle du petit doigt. Une goutte de sang savamment travaillée par la main d'un orfèvre. Guilhem n'est point versé dans la science des pierres précieuses, mais il parierait volontiers qu'il s'agit d'un rubis. À la manière dont la gemme est taillée, nul doute qu'elle se soit détachée d'un bijou. Cela pourrait provenir d'une bague ou d'un collier, ou bien encore d'une poignée de dague ornementée.

Aymeri de Lara aurait été bien étonné que l'on découvrît pareil joyau dans sa chambre. L'austérité de ses mœurs et la simplicité de son tempérament l'avaient toujours induit à renoncer aux parures tapageuses, de même qu'aux étoffes trop voyantes. Si noble était son âme qu'il n'avait point besoin de faire étalage de son rang. C'est à peine s'il daignait arborer son propre blason sur les champs de bataille. L'idée de se parer du moindre bijou lui était parfaitement étrangère. Cette pierre ne peut en aucun cas lui appartenir.

On ne saurait en dire autant, en revanche, de celui qui a versé le poison dans le pichet. Dans l'accomplissement précipité de son forfait, il a dû perdre le joyau sans s'en apercevoir.

Guilhem range la pierre sanglante dans la doublure de sa ceinture. Il n'a que trop tardé en ce funeste lieu. À peine a-t-il ouvert la porte qu'Agazza s'enfuit à tire-d'aile dans le grand corridor.

Chapitre 60

COMPOSTELLE

Les dés sont jetés

Comme on couche un enfant au creux de son berceau, le mercenaire a déposé la vicomtesse sur son lit de velours. Elle frémit par instants, mais le plus fort de la crise semble passé. Des saccades espacées agitent encore ses membres. De moins en moins fortes. De moins en moins fréquentes.

À sa demande, il a ouvert la croisée. Par grandes bouffées, l'air tiède envahit la pièce. La nuit a replié ses sortilèges. Compostelle s'étonne des dimensions modestes de cette chambre qui lui avait paru si vaste dans l'immensité du désir. Le plein soleil est l'ennemi des songes. Il n'aime que la vérité crue.

À grand-peine, Ermengarde soulève sa tête de l'oreiller :

— Il m'a toujours paru que chaque hiver nous fait mourir un peu… Mais chaque printemps est une résurrection… Tous les ans, à l'approche de la saison nouvelle, je me demande si je verrai refleurir les amandiers du jardin.

— Ne parlez plus, ma dame… Gardez vos forces.

Il s'agenouille auprès du lit, attire vers lui la main d'Ermengarde, abandonnant un bref instant sa joue contre les doigts ouverts. Puis il pose dans la paume un baiser à lire plus tard, entre les lignes de cœur et de vie. Oncques elle ne reçut de plus fervent hommage de la part d'aucun de ses vassaux.

Elle a senti qu'il se levait. Elle l'entend s'éloigner. L'angoisse la saisit.

— Ne m'abandonnez pas, messire.

— Je ne vous quitte point… Je prends soin de votre légende.

Il a eu raison de s'en aller. À peine a-t-il quitté la pièce et fait quelques pas sur le palier que déjà la dame d'atours apparaît dans l'escalier, suivie d'un homme qu'il ne connaît pas. Il ne peut éviter la rencontre.

— J'ai aidé votre maîtresse à regagner sa chambre.

— Comment est-elle ?

— Mieux, il me semble.

Devant l'œil interrogateur que pose sur Compostelle l'homme qui l'accompagne, Aloïs fait les présentations :

— Sire Carvel est un trouvère de Paris. Il aide à la préparation du *Jeu d'Adam*.

Puis elle ajoute à l'intention du mercenaire :

— Sire del Bosc est le Maître des Monnaies, un membre éminent de la Cour et du Conseil de dame Ermengarde.

Les deux hommes s'envisagent un bref instant. Sans être tout à fait rompu aux usages courtois, Compostelle sait qu'il doit s'incliner le premier.

À l'évidence, son salut a pleinement accommodé Guillaume del Bosc.

— Permettez à l'homme de finances que je suis de s'ouvrir franchement au poète que vous êtes, messire. Nous avons engagé des sommes très importantes dans ce spectacle liturgique… Il y aurait grand dommage à ne le point mener à son achèvement. Quel que soit le malheur qui nous accable.

— Nos vies, messire, sont entre les mains de la Fortune, mais nos œuvres ne dépendent que de nous, répond Compostelle en souriant.

Le Maître des Monnaies opine, l'air satisfait. Il se tourne vers Aloïs :

— Hâtons-nous, ma dame, il est urgent de s'enquérir des ordres de la vicomtesse.

Tout en descendant l'escalier, Compostelle hésite sur le parti à prendre. Rejoindre Guilhem ou rencontrer Odín Glumsson ? Lui revient un mot que cette crapule de Rosso aimait à répéter lorsqu'il était question de choisir – il disait le tenir d'un grand philosophe : « Un homme qui jouerait aux dés les décisions importantes de sa vie n'aurait guère plus de risque d'échouer que s'il pesait longuement le pour et le contre ! » C'est probablement vrai. Seulement, Rosso trichait toujours aux dés.

Parvenu au bas des marches, le mercenaire a tranché. Le mieux lui paraît d'aller trouver au plus tôt le capitaine de la garde pour lui confier tout ce qu'il sait sur les projets de Bertier et l'arrivée imminente de l'ost du comte de Saint-Gilles. Il est probable que le capitaine soit déjà au courant de l'essentiel. Surtout s'il a eu le temps de faire parler le « très noble seigneur Calisto de Rojas », complice des marchands. À Agde, Hugues Bertier avait tout expliqué de la préparation du soulèvement et du recrutement des hommes d'armes au sein même des garnisons de Narbonne. Le capitaine aura besoin d'être épaulé pour venir à bout de cette machination démoniaque. Il faudrait aussi lui demander de veiller à la protection d'Ermengarde. Compostelle est l'homme qu'il lui faut. Le théâtre peut attendre. Il y a plus urgent à sauver qu'un spectacle, si beau et si coûteux soit-il.

Dans la grande cour, le combat contre la neige est en passe d'être gagné. Au travail des domestiques, le soleil et le vent chaud ont apporté leur renfort. Draperies de givre et cristaux de glace fondent à vue d'œil au revers des toitures. De larges gouttes s'écrasent sur les pavés avec un bruit d'averse. Les façades ruissellent. On dirait que le palais tout entier s'est mis à pleurer la mort du seigneur de Lara.

— Et nous, on te dit qu'une pinte de vin, ça n'est pas une bonne idée !

— Et pourquoi donc ?

— Ce chien vaut beaucoup plus que cela ! C'est un denier qu'il faut que tu demandes.

À la porte du quartier des gardes, Robin le borgne et son acolyte sont en grand débat avec le maître du chien Asgard. En voyant Compostelle s'approcher, Robin se fend d'un grand salut.

— Messire ! lance-t-il, vous qui êtes un homme de savoir, peut-être pourriez-vous faire entendre raison à ce rustaud !

— De quoi s'agit-il ?

— Nous disputons sur le prix à faire payer aux badauds pour caresser Asgard… Ce chien, vous l'avez vu, c'est un miraculé ! Il a le bon Dieu avec lui. Un vrai porte-bonheur… Une chance pareille, ça vaut de l'or… À la cathédrale, ça vous coûte deux deniers rien que pour tâter les reliques !

— Moi, je soutiens qu'une pinte de vin, c'est déjà pas mal payé, réplique l'homme d'armes.

Compostelle hésite un instant. Le chien excepté, la stupidité des visages tournés vers lui est telle qu'en d'autres temps il leur aurait volontiers botté le cul à tous les trois. Même cette brute de Maletrogne a davantage de jugement que tous ceux-là réunis.

— À qui appartient Asgard ? questionne-t-il innocemment.

— À la garnison, pardi !

— Adoncques, m'est avis qu'il faut demander à votre capitaine. C'est lui qui sera le plus à même de trancher un si grave débat. Pour ma part, je ne saurais quoi dire… Appelez-le.

— C'est qu'il n'est point rentré de la chasse au loup, lâche Savin la courge, haussant les sourcils d'un air si désolé qu'on dirait que son crâne est encore plus plat que d'habitude.

— Faut dire que les loups, ça n'est pas ça qui manque ! renchérit Robin.

— Dans ce cas, messires, remettez-vous-en au hasard. Il fait toujours bien les choses… Puisqu'il est question de chance, tirez les dés… et que le meilleur gagne !

Les trois crétins échangent entre eux un regard empli de gravité. C'est que l'affaire est d'importance ! Mais la solution proposée par Compostelle semble les séduire. Le temps qu'ils en décident, celui-ci a déjà fait volte-face et s'éloigne à grands pas vers la salle d'audience. Il ne lui restera plus qu'à guetter le retour d'Odín Glumsson. Pour l'heure, le hasard a tranché en faveur du théâtre.

À son entrée, les visages s'illuminent. Guilhem vient à sa rencontre.

— Ah, sire Hans !… Voici mon ami le maître imagier

Peire Brun. C'est lui qui dirige les travaux du décor de notre spectacle. Voyez le masque qu'il a fabriqué pour le personnage d'Ève ! Tous les personnages seront ainsi représentés afin qu'on les puisse identifier aisément. Chaque masque disposera d'une ouverture pour la bouche aménagée de manière que les voix portent haut et loin.

Sur l'estrade, Blanche s'entraîne à bouger en donnant vie au masque d'Ève. Donat assiste, béat, à ses évolutions. Il est aussi ému que s'il voyait danser la Cabretta.

Compostelle hoche longuement la tête, muet d'étonnement. Le masque est d'une expressivité stupéfiante. Il suffit que la jouvencelle incline le cou d'un côté ou d'un autre pour que le visage modelé paraisse changer d'humeur et d'intention. Même les plus habiles bateleurs du pont au Change, aux traits chargés de couleurs, ne l'ont jamais autant impressionné. L'ami Claudius aurait été émerveillé devant cette invention.

— Et ce n'est pas tout ! s'exclame Guilhem en posant la main sur l'épaule de Peire. Nous avons un remplaçant pour Diabolus et La Figure.

— Attends de m'avoir vu à l'œuvre, tempère l'imagier. Peut-être serai-je fort mauvais acteur !

— On n'est point mauvais lorsqu'on invente quelque chose et ne m'as-tu pas dit que nous réinventions le théâtre ?... Et puis il n'est de maladresse qu'un bon entraînement ne puisse corriger. Vois ce que fait ma sœur... Elle ne sait pas lire, j'ai donc décidé de lui enseigner son rolle phrase par phrase.

Blanche a vu le geste que son frère faisait dans sa direction. Lentement elle élève les mains, paumes ouvertes en un geste de plénitude tandis qu'elle tourne avec douceur le masque vers le ciel.

— *La pomme, je l'ai goûtée... Mon Dieu, quel délice ! Je n'avais jamais rien mangé d'aussi bon !... À présent, je sais tout. Tout ce qui fut et tout ce qui sera... Mange, Adam. Fais comme moi !*

Soudain, cassant son jeu, la jouvencelle ôte le masque.

— Pardonne-moi, Guilhem, je ne me souviens plus de la suite.

— C'était parfait… Nous avons le temps, ne t'inquiète pas… Eh bien, sire Hans, que dites-vous de ce théâtre-là ?

Trop nombreuses sont les choses que le mercenaire voudrait dire. Trop de gratitude et trop de rage. Gratitude de se sentir estimé de ces êtres pleins de grâce et de talent. Rage de ces années perdues en compagnie de brutes ignares à se vautrer dans la fange et le sang, sous la vaine excuse d'une vengeance impossible. Rage aussi de penser que toute cette beauté risque de finir dans un massacre.

Il saisit la main de Guilhem dans les siennes. La presse longuement.

— Dame Ermengarde sera fière de vous… Et le Maître des Monnaies ne songera plus à la dépense, ajoute-t-il en riant.

— Vous le connaissez ?

— Nous nous sommes croisés dans l'escalier. Il m'a parlé d'argent.

— C'est qu'il n'a pas eu le temps de vous parler d'or ! plaisante Guilhem.

Puis redevenant sérieux :

— J'imagine que c'est à lui que la comtesse va confier la recherche de l'assassin du baron de Lara.

— Pourquoi n'en chargerait-elle pas plutôt le capitaine de la garde ?

— Le bruit court qu'elle lui en veut pour sa maladresse dans l'affaire de l'armurier… Mais il est vrai que vous n'êtes ici que de fraîche date… Sachez que, voici trois jours, le Premier conseiller de la Cour a été assassiné. Or le capitaine, chargé de rechercher le coupable, a failli faire pendre un artisan qui n'y était pour rien.

La nouvelle plonge Compostelle dans la perplexité.

— Croyez-vous qu'un même homme ait pu commettre les deux crimes ?

— Je ne saurais le dire… Toutefois…

Guilhem s'interrompt, faisant signe à Peire de s'approcher.

— Vous allez échanger un secret ? lance Blanche du haut de l'estrade. C'est à cause du seigneur qui est mort ?

Guilhem fronce les sourcils.

— Est-ce ma sœur ou bien Ève qui pose la question ?

— Peut-être un peu les deux, répond-elle en haussant les épaules.

— Allez, venez, toi et Donat. Après tout, je n'ai rien à cacher.

Aussitôt, la jeune fille et le garçon accourent auprès des trois hommes. Guilhem a glissé deux doigts dans la ceinture de son bliaud. Il en tire la pierre précieuse, l'élevant délicatement pour que tous puissent bien la voir.

— Qu'est-ce donc ? demande Peire.

— Une découverte qu'a faite ma chère Agazza… Pour tout dire, nous l'avons ramassée dans la chambre d'Aymeri de Lara, tout près de l'endroit où se trouvait le poison. Or le seigneur Aymeri n'a jamais porté de bijou… Il y a donc de fortes chances pour que cette pierre appartienne à l'assassin.

— Je m'y entends davantage dans le marbre, dit Peire en se penchant vers la gemme, mais je peux affirmer que ceci est un rubis d'excellente qualité.

— Malheureusement, hormis la comtesse elle-même, je ne connais personne au palais qui porte de tels joyaux.

Donat, qui depuis un moment se grattait le sommet du crâne, pousse soudain une exclamation :

— Conhé, meu ! Conhé !

Guilhem le saisit par les épaules.

— Que dis-tu ?

Pris d'une crainte soudaine, Donat se lance à toute vitesse dans une explication beaucoup trop détaillée pour qu'on y comprenne quoi que ce soit. Sous le coup de l'émotion, sa diction nasillarde et hachurée est encore pire que d'ordinaire. Il s'arrête brusquement, tout essoufflé d'avoir tant parlé. Les autres se regardent, consternés.

— Je crois que j'ai compris ce qu'il a dit.

Blanche se tourne vers son frère.

— Donat a vu cette pierre sur une sorte de couronne… Pas vraiment une couronne, mais quelque chose qui y ressemble. Et c'était sur la tête du capitaine de la garde… C'est bien ce que tu as dit, n'est-ce pas ?

— Houi ! Houi ! Houi !

— Sire Guilhem, pourriez-vous me confier le rubis ? Je pense avoir le moyen de faire avouer le coupable.

Le troubadour n'a pas hésité un instant à remettre la gemme à celui qu'il considère comme un ami. Compostelle la glisse dans la doublure de son bliaud. Le sort en est jeté.

Chapitre 61

DAME ERMENGARDE

Pompes funèbres

— Veuillez mander au Maître des Monnaies de m'attendre dans la bibliothèque.

— Êtes-vous sûre d'être en état de le recevoir ?

— Trouvez-vous que j'ai l'air d'une femme à l'agonie ?

Debout au pied de son lit, plus droite que jamais, Ermengarde a recouvré son port de reine.

C'est à peine si Aloïs a le temps de retourner dans le couloir transmettre le message, puis de revenir dans la chambre, que la vicomtesse a déjà rajusté elle-même sa coiffe et son bliaud.

Pendant que la dame d'atours vérifie les attaches et remonte la ceinture brodée sur les hanches, Ermengarde prend une profonde inspiration, comme si elle voulait s'emplir de la tiédeur du vent.

— Est-ce le *miègjorn*[1] qui souffle ?

— Celui-ci est plus chaud, il me semble, répond Aloïs. Il transporte une sorte de poussière de sable impalpable.

— Ce doit être un vent du désert d'Afrique. Il a

1. *Miègjorn* : vent du sud.

franchi la mer… Savez-vous que l'on rencontre là-bas des sortes d'anges qui s'appellent des djinns ?

— Prions qu'il nous en vienne un sur les ailes du vent.

— À propos d'anges, avez-vous interrogé la dame de Ginestas sur son démon familier ?

— Point encore.

— Ne manquez pas de la saluer de ma part, lorsque vous la verrez… À présent, donnez-moi mon jeu d'échecs.

À peine Aloïs lui a-t-elle remis le plateau avec le coffret qu'Ermengarde disparaît dans le passage qui relie sa chambre à la bibliothèque.

Elle sait qu'il faudra davantage de temps à son conseiller pour faire le détour par le grand corridor et les deux vestibules. Sitôt entrée dans la pièce, elle installe son jeu, disposant pièces rouges et pièces noires pour une nouvelle partie. Ce sera pour plus tard. Pour ne point se laisser envahir par la mort d'Aymeri. En un instant les reines et leurs armées sont rangées face à face. La comtesse est prête. Le Maître des Monnaies peut entrer.

Guillaume del Bosc s'incline en une courbette profonde dont il se relève avec une souplesse surprenante pour un homme de son âge. Il est de la même génération que Pierre Ramondis. Ermengarde l'a toujours connu. Il lui semblait déjà vieux lorsqu'elle était jeune. Nul mieux que lui n'est informé de l'état des finances du comté, au denier près. Il en est le comptable scrupuleux et le gestionnaire avisé. C'est lui, bien davantage que le Premier conseiller, qui pendant des décennies a fait et défait les alliances avec les princes et les villes au gré des intérêts de Narbonne. Ermengarde n'a jamais eu avec lui la complicité qui la liait au sire

Ramondis. Cela tient peut-être à son apparence ascétique. La barbiche soigneusement taillée en pointe et le visage émacié de Guillaume del Bosc ont quelque chose de monacal qui interdit la familiarité. Mais elle tient en très haute estime l'honnêteté parfaite dont il a toujours fait preuve à son égard.

— Prenez place, sire Guillaume, lui dit-elle en désignant un siège doté de coussins.

— Je me réjouis de voir Votre Seigneurie si bien remise de son malaise.

— Parlons d'autre chose, voulez-vous ? lui répond-elle en souriant. Je ne vous cacherai pas que j'ai été grandement affectée par la mort de mon neveu… C'est pourquoi je désire partager avec vous quelques-unes des charges qui m'incombent ce jour d'hui.

— Si elles sont en mon pouvoir, il n'en est aucune que je n'accomplirai avec joie.

— La première concerne l'organisation des funérailles… Il se trouve que le capitaine de ma garde est parti chasser le loup… En son absence, il faudrait organiser le convoi qui conduira le cercueil jusqu'à Fontfroide où je sais qu'Aymeri désirait ardemment reposer… Il avait apporté quelques pigeons voyageurs afin de correspondre avec l'abbaye. J'enverrai tout à l'heure un message à l'abbé Vitalus, par un de ces oiseaux.

— Quand souhaitez-vous que cela ait lieu ?

— Ce jour même. Le plus tôt possible. J'ai ordonné que la dépouille soit placée dans notre chapelle afin que chacun puisse lui rendre un dernier hommage, le temps que le cortège soit mis en place. Il faut prévenir l'archevêque pour qu'il joigne une délégation de ses clercs… Sitôt qu'Odín Glumsson sera rentré de sa chasse, il devra prendre la tête du convoi funéraire avec une escorte en grand arroi de bataille, bannières au vent et chevaux caparaçonnés, ainsi que tambours et sonneurs. Je veux que la musique joue d'ici jusqu'à Fontfroide. Enfin, je souhaiterais que vous meniez vous-même une ambassade des consuls de Narbonne, choisis par vos soins… Pour plus de confort, je vous propose d'utiliser ma chaise d'attelage.

— Votre Seigneurie…

— Sire Guillaume, c'est vous qui me représenterez. Il est donc séant que vous arboriez les signes du pouvoir narbonnais.

Ermengarde se tait un moment afin de laisser le temps à son conseiller d'accorder ses pensées à ce qu'elle vient de lui dire.

Joignant les mains devant ses lèvres closes, yeux baissés, le Maître des Monnaies réfléchit. On le dirait en prière.

« Un orant, c'est tout à fait cela, songe la comtesse en l'observant du coin de l'œil. Cet homme a raté une magnifique carrière d'abbé. »

Guillaume del Bosc finit par relever les paupières, hésitant un peu avant de parler :

— Ne vaudrait-il pas mieux que Votre Seigneurie conduise elle-même le deuil ?

— Certainement… Mais les circonstances actuelles m'interdisent de quitter ce palais où la Mort vient et va comme chez elle. On pourrait penser que je cherche à la fuir… Et puis il y aurait grand péril à laisser la place vide.

— Vous pensez au complot ?

— Je pense surtout au comte de Saint-Gilles.

Et c'est là le second point des urgences dont je voulais vous entretenir.

Elle s'est tue. Guillaume del Bosc lève vers elle un regard qui attend la suite.

— La question de ma succession… Diverses sources m'ont alertée sur le fait que Saint-Gilles devait être sur le qui-vive. Probablement prêt à tenter d'investir la ville. Il est à craindre aussi que les comploteurs n'aient soudoyé quelques hommes d'armes de nos garnisons.

Un mouvement de surprise échappe au Maître des Monnaies.

— Il ne s'agit, pour le moment, que de rumeurs, poursuit Ermengarde. Si cela est avéré, j'espère que le capitaine Glumsson sera assez habile pour débusquer les traîtres. En attendant, j'ai décidé d'organiser un grand rassemblement de nos troupes devant lesquelles je paraîtrai, revêtue de mon armure, afin que tous renouvellent publiquement leur serment d'allégeance. À cette occasion, j'annoncerai une prime qui sera ajoutée à la solde de nos hommes d'armes… J'attends de savoir de vous la somme dont je puis disposer à cet effet.

Un pli sévère marque le front du conseiller. Il paraît s'être raidi un peu plus sur son siège, en vraie statue de l'Austérité.

— Votre Seigneurie se doute bien que nos finances ont été mises à mal par la saison mauvaise que nous venons de traverser.

— Les beaux jours semblent s'annoncer !

— Un rayon de soleil ne remplit pas les coffres, Votre Grâce… J'ajoute que les dépenses engagées pour le spectacle liturgique…

— Sire Guillaume, coupe Ermengarde d'un ton

affable, j'ai songé à tout cela. En prévision de vos réticences, assurément fondées, je voulais vous proposer de gager mes bijoux personnels. De cette façon, il n'en coûtera rien au trésor… Nous avons déjà procédé ainsi par le passé.

— À l'époque, il nous a été facile de rembourser les prêteurs et de récupérer nos gages… Les temps ont changé. Je crains que nous n'ayons plus les mêmes opportunités à court terme.

— Peu m'importe la perte de quelques luxueuses babioles si cela peut garantir ma sécurité et celle de Narbonne.

Face à la détermination de la comtesse, le Maître des Monnaies ne peut retenir un soupir.

— Dans ce cas, je ne puis que m'incliner.

— Je vous en sais gré, messire… Je souhaiterais que vous négociiez à hauteur d'environ trois mille livres d'or… Vous verrez cela avec ma dame d'atours. C'est elle qui détient les clés de notre joaillerie.

Ermengarde vient de saisir un pion sur le plateau d'échecs. Chacun sait, à la cour, que cela signifie le terme de l'entretien.

Guillaume del Bosc se lève aussitôt.

— Est-ce tout, Votre Grâce ?

Ermengarde a refermé son poing sur le pion rouge.

— Une dernière chose… Que pensez-vous de mon neveu, Pedro de Lara ?

— À mon estime et compte tenu des circonstances, on ne saurait trouver meilleur recours… Sans doute serait-il opportun de lui envoyer un messager.

C'est exactement ce qu'Ermengarde souhaitait entendre.

— Je vous remercie pour votre dévouement, sire

del Bosc… À votre retour de Fontfroide, nous nous pencherons sur la question de l'empoisonneur. Pour l'heure, que Dieu vous garde, messire !

— Qu'il garde Votre Seigneurie.

Sur le plateau d'échecs, le pion rouge menace le cavalier noir. La partie est engagée.

Chapitre 62

COMPOSTELLE

La vie revenue

Donat aurait vraiment préféré assister à la répétition. C'est un spectacle fascinant de voir les fous redire vingt fois les mêmes mots et refaire autant de fois les mêmes gestes, sans se lasser. En observant bien, on se rend compte que ce n'est jamais tout à fait pareil, même si ça raconte toujours la même histoire. Et puis il y a cette fille si jolie avec son masque qui lui ressemble comme deux sardines. Grâce à elle, qui comprend tout ce qu'il dit, Donat a été félicité par tout le monde au sujet du bijou rouge qui appartient au capitaine. Il a senti qu'il était devenu à leurs yeux quelqu'un d'important. Et puis, ça lui aurait bien plu de rester, au cas où on aurait eu besoin de lui pour faire le singe. Mais c'était un moment sans singe.

— Viens avec moi, Donat, a dit Compostelle qui se nomme aussi Hans Carvel. File chercher nos capes et nos chapeaux de pèlerins et rejoins-moi dans la cour. Nous allons visiter Narbonne pour laisser nos amis travailler tranquillement.

D'un galop, Donat a grimpé à l'étage récupérer leurs affaires. À son retour dans la cour détrempée, un pigeon engourdi se réchauffait au soleil dans l'encoignure d'une porte. Ça a été facile comme tout de plonger sur lui et de le coincer avant qu'il s'envole. Tandis qu'il le maintenait près de son visage, Donat lui a confié un message pour Fabian. Faute de connaître le parler des pigeons, il l'a formulé dans sa langue à lui, puisqu'il paraît que les oiseaux comprennent ce que disent les chrétiens. Le ramier a filé d'un trait vers l'azur. Il n'y a plus qu'à espérer qu'ils se répètent le secret, de pigeon à pigeon, jusqu'à ce que l'un d'eux rencontre Fabian. Peut-être est-ce beaucoup demander ?

— Tu embrasses les pigeons, à présent ? plaisante Compostelle. Allons, ne traîne pas !

Pour sortir du palais, de même que pour y entrer, il faut passer devant le poste de garde. Robin le borgne est de faction sous la herse relevée. À l'approche des deux pèlerins, il arbore son plus beau sourire édenté.

— Grand merci à vous, messire, dit-il au mercenaire. Les dés m'ont donné raison. Grâce à votre idée, Asgard va nous remplir l'escarcelle. Nous avons déjà gagné six deniers et ce n'est que le début. Tout le monde veut toucher le chien porte-bonheur !

— Vous m'en voyez fort aise, mon ami.

La reconnaissance de ce maraud est une occasion à saisir.

— Votre capitaine est-il rentré de la chasse ?

— Pour sûr !… Il paraît qu'ils ont eu plus de dix têtes ! Mais à présent il est en grande conversation avec le Maître des Monnaies. Si vous voulez le voir, il faudra patienter.

— Peut-être saurez-vous me rendre le service que j'escomptais de lui ?

Depuis qu'il l'a vu à l'étage des nobles, Robin sait que l'étrange visiteur doit être traité avec déférence.

— Fort volontiers, messire.

— Mon écuyer m'a donné souvenance que nous avions une dague parmi nos affaires, lors de notre arrivée, et qu'elle ne nous a point été rendue. Sauriez-vous où elle se trouve ?

— Pardi, messire ! C'est moi qui l'ai rangée. Une bien belle arme, d'ailleurs !… Attendez-moi, je vais vous la dégoter en un rien de temps.

L'incroyable douceur de l'air est plus saisissante encore, hors les murs du palais. Le vent est si chaud qu'il invite au débraillé. La cape sur le dos et le col de son bliaud dénoué, Compostelle hume l'air à pleines narines. La main fièrement posée sur la poignée de sa dague, il balaie la Grand-Place d'un regard scrutateur.

Sous le soleil à son zénith, Narbonne se réveille de sa trop longue hibernation. Cela donne le tournis tant il y a de monde, de bruit, de mouvement. Sous l'auvent des échoppes, les valets font voler la neige à grands coups de balai et moult éclats de voix. Des volets s'ouvrent en claquant, des portes battent sous le vent comme si les maisons elles-mêmes voulaient cracher la froide haleine de l'hiver. Au bout de la place, du côté de l'Aude, une équipe de nettoyeurs balance dans la rivière de lourdes pelletées de bouillasse neigeuse mêlée d'excréments et d'ordures. Un pourceau en quête de pitance donne du groin dans les détritus. Des chiens se disputent un os près de deux hommes qui se disputent aussi, pour moins qu'un os sans doute. Partout vont et viennent commères et compères de tous âges et de toutes conditions, pour le simple plaisir d'aller et de venir ensemble. On dirait que la population tout entière s'est donné rendez-vous ici. Une bande de marmots a pris d'assaut l'estrade du gibet. Ils y jouent une partie acharnée de colin-maillard au grand dam des mères paniquées de voir leur progéniture choir de si haut. Leurs cris joyeux se mêlent à ceux des colporteurs dont l'un vante des remèdes miraculeux qui soignent à peu près tout, des panaris jusqu'à l'obstruction des tripes, sans oublier les purulences d'oreilles et même la coqueluche des moines. Tandis que son confrère flatte les vertus de figurines de saints pour guérir des maux qui ne guérissent pas. Quelqu'un – on ne sait où – entonne une chanson paillarde. C'est peut-être cet homme, perché sur une échelle en train d'astiquer l'enseigne de son estaminet. Partout fusent les voix, les rires, les appels. Partout jaillit le gai tohu-bohu de la vie retrouvée.

Donat roule des yeux plus ronds que billes. Jamais il n'a vu tant de monde à la fois. Compostelle lui pose la main sur l'épaule.

— Dis-moi, m'inviterais-tu à déjeuner si je t'en faisais la prière ?

Le garçon le regarde d'un air mi-chou mi-chèvre.

— Les tourtes que vend ce fournier ambulant, devant la cathédrale, sentent bon jusqu'ici.

— Senht bhon… Houi !

Compostelle se penche, lui glissant à l'oreille :

— Si tu retires ta botte, tu y trouveras sûrement de quoi m'en offrir une.

C'est le genre de choses à vous couper la respiration. Pour sûr, cet homme doit être magicien. Il connaît tous les secrets des gens. Plus rouge qu'un coquelicot, le garçon se met à cloche-pied et tire la pièce dorée de sa cachette.

— Tu es généreux, Donat. C'est un très joli défaut. Même s'il coûte un peu cher, lui dit le soldat en riant.

Ils arrivent juste à temps. Dans la brouette du marchand, il ne reste plus qu'une tourte. Mais lorsque Donat lui tend sa pièce, le vieil homme fait un grand geste de dénégation.

— Dieu soit béni ! J'ai tout vendu en moins d'une heure !… Celle-ci, je vous l'offre, messires pèlerins, par amour du bon saint Jacques. Et lorsque vous serez à Compostelle, faites une prière pour moi qui ne puis point y aller !

Le mercenaire s'est confondu en remerciements tandis que Donat, tout heureux de l'aventure, enfournait la pièce dans la tige de sa botte.

Le projet de Compostelle est de faire le tour des remparts afin de repérer le positionnement des différentes casernes. Il connaît mal Narbonne pour n'y être venu que deux ou trois fois. Il lui importe de savoir d'où viendra le danger lorsque déferlera l'armée du comte de Saint-Gilles. Tout en dégustant sa tourte, d'autant plus savoureuse qu'elle est gratuite, il se dirige vers la porte de l'Eau. Donat marche sagement près de lui, le museau en l'air, étonné de découvrir une ville qui ne ressemble en rien à celle qu'il avait vue, sinistre et glaciale, le matin de leur arrivée. Soudain, tout dérape.

— Tiens-moi ça ! crie le soldat en lui fourrant le gâteau entre les mains.

D'un bond, le voilà qui s'élance à la poursuite d'une silhouette en train de détaler vers le bout de la rue. Tout va trop vite pour que Donat distingue le fuyard. Ce doit être un homme jeune et plus preste que Compostelle.

Il est en train de le distancer lorsque celui-ci se met à hurler :

— Au voleur ! Au voleur !

L'astuce était bonne. Deux hommes d'armes se tenaient en sentinelle à la porte de l'octroi. Il a suffi que l'un d'eux tende la jambe dans la trajectoire du coureur pour qu'il s'étale de tout son long sur le pavé luisant.

— On le tient, votre homme ! dit l'un des gens d'armes, la botte sur la nuque du garçon.

— Merci, messires, mais ne lui faites point de mal, répond le mercenaire en se penchant vers lui.

— Que vous a-t-il dérobé ?

— Rien qui mérite le fouet… Juste un peu de mon temps et un peu de mon énergie.

Les deux hommes d'armes échangent un regard stupéfait. Ils n'entendent pas Compostelle dire à l'oreille du jeune homme étalé au sol :

— Je t'en prie, n'essaie pas de t'enfuir, nous avons grand besoin de toi.

Donat vient de les rejoindre, le morceau de tourte à la main. Il s'immobilise devant le groupe, bouche bée. Le gâteau lui glisse des doigts. Le jeune homme que Compostelle aide à se relever, c'est son frère Fabian.

Chapitre 63

FABIAN, DONAT & COMPOSTELLE

À L'Âne couronné

Sise dans la rue des Tonneliers, la taverne de *L'Âne couronné* est le repaire habituel des clercs de la cathédrale en mal d'un peu de liberté. Ce sont, pour la plupart, jeunes gens de famille qui n'ont point encore la tonsure et parlent un latin plus gaillard que celui de l'Église. Enfants d'Hispanie, du Saint-Empire ou du royaume de Bourgogne, ils étudient les sept arts libéraux[1] et la théologie. Certains s'en iront bientôt à Montpellier pour s'y exercer à la médecine à moins qu'ils n'aillent à l'école cathédrale d'Oxford, la plus réputée de toutes les écoles capitulaires.

Ils sont là une dizaine à banqueter, buvant et ripaillant avec force coups de gueule et vastes rires accompagnés de sonores et puantes pétarades. Pour un peu, Compostelle se croirait retourné au temps de sa jeunesse, du côté de Saint-Germain-des-Prés. Donat s'installe, radieux, à côté de son frère.

Tous trois ont pris place à une table à l'écart des bruyants bacheliers qui couvriront de leur tintamarre le secret de la conversation.

1. Grammaire, rhétorique, dialectique, arithmétique, musique, astronomie et géométrie.

Fabian était affamé. La potée de citrouille que lui a servie le tavernier, il l'a engloutie presque aussi vite que l'omelette au poivre qui l'avait précédée.

Il a fallu quelque temps pour le convaincre que Compostelle ne leur voulait aucun mal, à son frère et à lui. Donat a dû lui narrer par le menu leur épopée de glace, de neige et de loups ainsi que la métamorphose du mercenaire. Enfin, il a dit leur accueil dans un palais splendide au milieu de gens qui sont certainement fous mais très aimables.

Mis en confiance et rassasié, Fabian a raconté à son tour la manière dont il a échappé à la vigilance des mercenaires, s'enfuyant sur un cheval volé, errant depuis deux jours à la recherche de son frère.

— Je savais que vous étiez à Narbonne, mais la neige avait mangé toutes les routes.

— Qu'as-tu fait de ton cheval ?

— Il est caché dans une masure abandonnée à quelques toises de la ville. Je n'avais pas de quoi payer le droit d'entrer avec un animal.

Ce que vient de dire le jeune homme confirme l'opinion que Compostelle avait de lui. Son esprit délié, sa ténacité et son sens de la ruse en font un allié précieux dans la male heure qui s'annonce.

— Fabian, sais-tu si le marchand a pu recruter sa milice ?

— Ils étaient plus de cinquante à quitter Agde sous sa conduite lorsque je leur ai faussé compagnie. Et votre chef, Lobar le Loup, en a rameuté tout autant.

— Il n'est plus mon chef à présent, tranche Compostelle. J'ai suivi cette brute par lâcheté et parce qu'il flattait l'animal que je suis.

Fabian repose son godet de vin. Il plonge ses yeux dans ceux du mercenaire.

— Vous voulez sauver votre âme, à présent. C'est bien cela ?

— Mon âme ?

Compostelle se retient de rire tant le mot lui paraît obscène, le concernant.

— C'est mon frère qui me l'a dit… Il est très habile dans l'art de la divination. Il tient ce don de notre grand-mère… Il a vu un grand combat à mener et une âme à sauver.

— Occupons-nous du combat, si tu veux bien.

— Je suis marin, messire. Non point soldat.

Le mercenaire se penche vers lui, baissant un peu plus le ton de sa voix.

— Fabian, écoute bien… L'armée de Saint-Gilles va surgir d'ici peu. Avec le dégel qui commence, ils seront là plus vite encore que prévu… Au cœur même de la ville, des hommes d'armes sont prêts à les rejoindre sitôt qu'ils paraîtront. Pour l'heure, j'en ignore le nombre, mais je le saurais bientôt… Alors éclatera la guerre la plus affreuse qui se puisse concevoir. La guerre du voisin contre le voisin, du frère contre le frère. C'est à flots que le sang va couler.

— Je vais m'enfuir avec Donat. C'est pour cela que je suis venu.

— Crois-tu que tu échapperas à la vengeance de Lobar ? C'est mal le connaître. Il vous rattrapera, ton frère et toi. Vous finirez tous deux écorchés vifs et empalés. Tel est le sort qu'il destine, d'ordinaire, à ceux qui le trahissent.

Fabian se tait. Il sait que le mercenaire a raison. Où pourraient-ils aller, seuls et sans moyens ? Et puis il y a Flàvia, grosse de leur enfant à venir. Le petiot n'était pas loin de naître lorsque Fabian a été contraint de partir avec le marchand et les autres. Il comptait bien la rejoindre après avoir récupéré Donat. Ils se seraient enfuis ensemble. À bord d'une barque, peut-être ?… Mais les voiles de son rêve se dégonflent brusquement.

— Que proposez-vous ? finit-il par lâcher d'une voix accablée.

— Je veux sauver quelques vies auxquelles il m'a pris la fantaisie de tenir plus qu'à moi-même… Ton frère et toi connaissez la navigation. Quel que soit le peu de goût que j'en ai, la mer est notre seul salut.

— Le dromon du sire Bertier a dû rester à l'ancre au port d'Agde… À moins qu'ils n'aient pu le manœuvrer jusqu'à Saint-Gilles avec les gens qu'ils ont embauchés… Je ne sais.

— Te semble-t-il possible de trouver cinq ou six marins et d'affréter une nef pour une dizaine de passagers ?

Fabian en reste pantois. Pour qui cet homme le prend-il ? Il n'est qu'un serf misérable. Personne ne s'embarquera sous le commandement d'un gueux.

— Comment diable voulez-vous que je fasse, sans argent ?

— Ton frère est riche… Très riche.

Compostelle a parlé d'une voix si basse que Fabian n'est pas sûr d'avoir bien entendu. Mais Donat n'a pas bronché. Le mercenaire reprend :

— Sous son bliaud, il cache une bourse dont il ignore le contenu… Il s'y trouve de quoi armer une flottille entière.

Cette fois, Donat ne rougit pas. Il ne s'étonne plus que Compostelle ait parlé de la bourse. Rien n'échappe à un magicien. Le garçon est même plutôt flatté qu'il ait parlé de lui comme de quelqu'un d'important. Au regard sidéré que lui adresse Fabian, il se contente de répondre en hochant la tête.

— Houi-dha ! Thoute unhe fhotinhe !

Le mercenaire se tourne vers lui.

— Donat, serais-tu prêt à donner ton trésor pour nous sauver ?

Sans rien dire, le garçon se met aussitôt à fourrager sous la table.

— Non, malheureux ! Pas ici. Pas comme cela !

À la tablée des clercs, le vin aidant, le brouhaha a monté d'un ton. L'un d'entre eux, la trogne plus vermillonne qu'une oriflamme, s'est mis à chanter quelque paillardise dont ses confrères reprennent à tue-tête le refrain.

— Allez trouver le tavernier. Prétextez d'un besoin pressant et lorsque vous serez aux latrines, procédez à l'échange en toute discrétion… Toi, Donat, conserve quelques pièces qui nous seront utiles céans. Cache-les dans tes bottes et remets le reste de la bourse à ton frère.

Le mouvement que font les deux garçons en se levant attire l'attention du chanteur cramoisi.

— Holà, pèlerins ! Rechignerez-vous à pousser la braillante avec nous ?

— Diantre non ! s'exclame Compostelle. C'est de bon cœur que je vais me joindre à vous, mais il faut excuser mes amis… le boyau culier les oppresse grandement !

Un éclat de rire général accueille sa déclaration et

tandis qu'il se lève pour rejoindre la gaie compagnie des éméchés, les deux frères disparaissent au fond de la taverne.

Il est plus malaisé de s'extirper d'une chaleureuse bande d'ivrognes que de se dépêtrer d'un tonneau de glu. Ce n'est qu'en invoquant le grand saint Jacques que Compostelle a fini par échapper à leur poisseuse sympathie. Et c'est aux cris avinés d'« *E ultreïa !* » – censés l'encourager dans son voyage – qu'il a regagné la rue où l'attendaient Fabian et son frère. Ce dernier l'a regardé venir d'un œil bougon.

— Vheu parthir, meu !

— Je comprends, Donat. Nous voulons tous partir. Fabian va nous y aider… Mais si je retourne sans toi au palais, les gens d'armes vont te chercher… Cela risque de tout gâcher. Et puis je connais certaine jeune fille aux cheveux de miel qui sera bien malheureuse de ne plus te revoir.

Le problème avec les magiciens, c'est qu'ils gagnent toujours. L'argument de la jolie fille a convaincu Donat. Ce serait trop cruel de l'abandonner s'il doit y avoir la guerre. Demain, ils s'enfuiront ensemble. C'est ce qui a été convenu. Si tout se passe bien pour Fabian, à la tombée du jour, il devra allumer un feu du côté où sera amarré le bateau. Ce sera leur signal pour sortir de la ville. Ensuite, ils n'auront plus qu'à courir.

À l'instant de se séparer, le jeune homme s'inquiète :

— Et si l'on vient à me demander de qui je tiens l'ordre d'affréter ce navire, que devrai-je répondre ?

Compostelle n'est pas long à trouver la réponse :

— Dis que tu agis pour le compte de l'archevêque. Qu'il t'a chargé de transporter certaines personnes en secret. C'est pourquoi il a fait appel à toi plutôt qu'à ses serviteurs… Nul ne saurait s'opposer à la volonté d'un prélat.

Les deux hommes se serrent la main. C'est là le plus sérieux marché qu'ils aient conclu de leur vie.

Chapitre 64

HANS CARVEL & ODÍN GLUMSSON

Le pacte des traîtres

Si chaud est le vent qu'on dirait le souffle gigantesque d'un dragon. A-t-on jamais vu pareil bouleversement dans les choses du ciel ? Par ses façades et ses toitures, la ville ruisselle de tous côtés. De lourds paquets de neige s'effondrent ici et là, menaçant d'écraser le passant dans leur chute. Au mitan des ruelles, la gadoue charrie des pestilences que le gel avait fait oublier.

Passer en une nuit de la froidure extrême à cette douceur presque estivale, c'est signe que quelque chose va mal dans la grande machine de Dieu. Au fil des heures, le badinage matinal a fait place à d'inquiètes rumeurs. On dit que les maisons transpirent la mauvaise sueur des excès commis par les hommes. La faute en est aux hérétiques, à tous ces faux chrétiens qui mènent vilaine vie. Il faudrait demander à l'archevêque d'organiser une procession expiatoire pour le pardon de nos péchés.

Tout au long des rues qu'ils traversent, Compostelle et Donat n'ont ouï que plaintes craintives et menaces de fin des temps. Cela s'est aggravé depuis que le clocher de la cathédrale s'est mis à sonner son glas funèbre.

Les profondes vibrations du bronze emplissent l'air comme une semonce à laquelle nul ne peut échapper.

Sur la Grand-Place, rien ne subsiste plus de la gaieté légère, ni des jeux et des ris. La foule des promeneurs, à présent clairsemée, parle peu et erre, désemparée, dans l'attente du malheur. La mort du seigneur de Lara est sur toutes les bouches. On tient cela de source sûre. Ce sont des gens du guet qui ont annoncé la nouvelle. Il paraît que l'on va transporter sa dépouille en grande pompe jusqu'à l'abbaye de Fontfroide. Il paraît qu'il a été assassiné. Il paraît qu'un chien miraculeux est apparu et qu'il protège des poisons. Il paraît…

En remontant la place vers le palais, Compostelle s'efforce de maîtriser l'humeur noire qu'il sent poindre en lui. C'est bien là l'engeance stupide à laquelle il a déclaré une guerre sans merci. Que mérite-t-elle d'autre que le dégoût et le mépris ?… Allons, il faut se reprendre. Il est des êtres lumineux qui sont à eux seuls le pardon et l'espoir de l'espèce. Claudius était l'un d'eux. C'est pour ceux-là qu'il faut se battre.

Alors qu'ils arrivent devant la grande porte, il se tourne vers Donat.

— Va rejoindre le troubadour et ses amis. Je vous retrouverai bientôt. Je dois, avant tout, régler une affaire avec le capitaine… Et, surtout, ne dis rien de ce qui s'est passé. Ne parle à personne de Fabian et du bateau. C'est un grand secret entre nous… Promets-le-moi.

— Proh-mhi ! articule le garçon avec le plus grand sérieux.

Celui-ci, tout couillaud qu'il paraisse, est un être de lumière, songe le mercenaire en le regardant s'éloigner.

La cour est pleine de gens qui s'affairent autour de la cavalerie. Le cortège funèbre se prépare. Les pavés résonnent du piétinement des chevaux que l'on harnache de leurs caparaçons d'apparat. Écuyers et valets vérifient les attaches des sangles pour ajuster les lourds tapis brodés au-devant des poitrails. Près de la porte de la chapelle, où veillent les grands anges de pierre, une charrette aux bat-flanc drapés de velours rouge attend que l'on y charge le cercueil. À l'avant et à l'arrière se dressent les pavois aux armes des deux familles. Grand écu écarlate pour les vicomtes de Narbonne, écusson aux deux chaudrons noirs pour la lignée des Lara, accompagnés de leur devise peinte : « *Nos non venimos de reyes, que reyes vienen de nos*[1] ».

— Ah, mon ami ! peut-on voir votre capitaine ? s'enquiert Compostelle auprès du malheureux borgne que personne n'a encore relevé de sa garde.

— Vous le trouverez en son casernement… Mais j'aime autant vous prévenir qu'il est d'humeur fort sombre. Figurez-vous qu'il doit mener le convoi du mort. Il paraît que la comtesse n'y veut point aller. C'est pourtant son neveu ! Eh bien ! c'est le Maître des Monnaies qui conduira le deuil… Ça ne vous paraît pas bizarre ?

Compostelle pousse un soupir lourd de sous-entendus.

— Vous savez ce que c'est !… Les histoires de famille sont toujours un peu bizarres !

— Ah, pour çà !…

Le mercenaire a abandonné la sentinelle à ses cogi-

1. En castillan : « Nous ne venons pas des rois, ce sont les rois qui viennent de nous ».

tations philosophiques. En deux pas, il a franchi le seuil de cette salle des gardes où il s'était réveillé dans l'oubli de lui-même. C'était hier matin. Comme tout cela lui semble loin !

Sans hésiter, il grimpe les marches de l'escalier étroit qui conduit au logis du capitaine.

— Seigneur Glumsson !

— Qui me demande, encore ?

— Ce n'est que moi : Hans Carvel.

Odín Glumsson surgit sur le petit palier de bois.

— Je n'ai point de temps à perdre, messire.

— Vous n'aurez plus l'impression de le perdre lorsque vous verrez ce que je vous rapporte.

Tant le ton que la mine sévère de son visiteur inspirent la prudence au capitaine. Sait-on jamais à quoi l'on peut s'attendre depuis que ce trouvère est dans les bonnes grâces d'Ermengarde.

— De quoi s'agit-il ?

— De ceci…

Compostelle a plongé la main dans la doublure de son bliaud. Il l'ouvre avec précaution. Au creux de sa paume brille le petit rubis.

Le capitaine lève vers lui un visage de cire. Sous sa peau naturellement pâle, deux veines bleues battent à ses tempes livides.

— Où l'avez-vous trouvé ? demande-t-il dans un souffle.

— Là où vous l'avez perdu, messire. Dans la chambre du seigneur de Lara… Eh bien, m'accorderez-vous quelques minutes de votre précieux temps ?

— Venez !

Sitôt entré dans la pièce, Compostelle dépose ostensiblement le bijou sur la table.

— Rassurez-vous, nul ne m'a vu le ramasser… Si j'étais vous, je le remettrais à sa place, avant que quelqu'un remarque qu'il manque à votre couronne, ajoute-t-il en pointant du doigt le fin tortil de bronze pendu à un clou.

Sans même s'en rendre compte, Odín Glumsson obéit au mercenaire. Du revers de l'ongle, il referme la minuscule griffe de métal qui fixe le bijou dans son logement.

— Qui êtes-vous, messire Carvel ? dit-il d'une voix blanche.

— Je suis celui qui devait remettre une certaine missive à un certain seigneur Calisto de Rojas. J'en connais la teneur mot à mot… Voulez-vous que je vous la récite ?

— C'est inutile… Poursuivez.

Le capitaine inspirerait presque la pitié tant il semble frappé de stupeur. Compostelle n'en reprend pas moins son discours avec une certaine nonchalance.

— Il faudra que vous me pardonniez de vous avoir joué ce personnage du pèlerin sans mémoire. C'est le seul moyen que j'aie trouvé pour m'introduire dans la place… Et cette histoire de brigands n'était qu'une invention pour endormir votre défiance… À la vérité, je fais partie des mercenaires engagés par le marchand Bertier pour la mission que vous savez… Je devais me contenter d'entrer en relation avec le seigneur Calisto pour qu'il me remette la liste des hommes d'armes acquis à notre cause… Cependant, chemin faisant, il m'est venu à l'esprit que ce serait encore mieux si le chef de ces mêmes hommes se trouvait de notre côté… C'est le pari que j'ai fait en vous laissant récupérer le parchemin et en vous aidant ensuite à retranscrire le nom du destinataire.

— Vous risquiez gros.

— Point tant que cela… La preuve ! De toute façon, si vous vous étiez montré hostile, je vous aurais tué.

— Sans votre dague ?

— Mes mains me suffisent, capitaine.

Du bas de l'escalier s'élève une voix impatiente :

— Sire capitaine, les chevaux sont parés. Le Maître des Monnaies vous attend !

— J'arrive !

La sueur perle au front d'Odín Glumsson, tandis qu'il coiffe son tortil.

— Je ne rentrerai pas de Fontfroide avant demain. Que comptez-vous faire en attendant ?

— Il faut que je prenne connaissance de la liste que l'on vous a remise. Ensuite, je serai à vos ordres. Je suis soldat, vous êtes capitaine.

— Le document est ici, dans ce coffre. Le poison s'y trouve aussi.

— Que diriez-vous d'un mort de plus, tandis que vous serez absent ?… Deux assassins différents utilisant la même arme, a-t-on déjà vu cela ? La recherche de la vérité en sera d'autant plus incertaine.

Une lueur de haine éclaire le regard d'Odín Glumsson. À présent que la peur l'a quitté, il a recouvré toute sa superbe. D'un geste ample, il attache à ses épaules le manteau au millier d'écureuils.

— Tuez le troubadour Guilhem de Malpas… Tuez qui vous voudrez de ceux qui sont aimés de la comtesse… Quant à elle, épargnez-la ; je veux qu'elle soit témoin de sa propre défaite… Mais n'oubliez pas de mettre des gants pour manipuler le flacon.

Compostelle lui sourit.

— Bonne route, capitaine.

Dans un grand envol de fourrures, Odín Glumsson disparaît au bas des marches.

Dehors, le tambour bat la chamade.

Compostelle s'est approché de l'étroite fenêtre qui donne sur la cour. Vu d'en haut, le spectacle est encore plus impressionnant. Fantassins et cavaliers, en grand arroi de bataille, forment une double haie autour de la charrette portant le cercueil. Derrière se tient la chaise de voyage de la comtesse attelée de deux chevaux blancs. Le Maître des Monnaies, en long surcot de drap bleu nuit, y prend place à côté du chapelain du palais. Un valet referme sur eux la portière aux rideaux de cuir. À ce signal, les consuls de la ville enfourchent leurs montures. Qui, un cheval, qui, une mule, tous pareillement ornés de tapis de selle pourpres. Les sonneurs embouchent leurs instruments. Trompes et buccins déchirent l'air de leur plainte stridente. Odín Glumsson, dressé sur son grand destrier, lance le départ d'un geste impérieux. À son front brillent trois beaux rubis. Le cortège, lentement s'ébranle.

Au-dessus de la porte de la chapelle, une croisée s'est ouverte. C'est Ermengarde de Narbonne qui vient saluer une dernière fois son neveu bien-aimé. Pas un trait de son visage ne bouge tandis qu'elle suit des yeux le cercueil qui s'éloigne. Roulez tambours, résonnez trompettes. Le baron Aymeri de Lara entre dans l'immortalité.

Chapitre 65

DAME ERMENGARDE

La cour

Jamais elle n'aurait dû avancer la tour noire de façon aussi téméraire. Elle croirait entendre la voix de Pierre Ramondis : « Votre Grâce prend des risques inconsidérés… » Taisez-vous donc, sire Pierre. Pensez-vous que je n'ai point vu le cavalier rouge ? Oui, bien sûr, bien sûr, la reine est en péril. Mais à qui la faute ? On ne doit jamais interrompre une partie pour la reprendre des heures après… Quitte-t-on une bataille au plus fort de l'assaut, sous prétexte que l'on a des messages à écrire, des pigeons à baguer et un neveu mort à mettre en bière ? Certes non !

Ermengarde a pris son visage entre ses mains. Il fait froid, tout à coup. Personne n'a songé à rallumer le feu. Il a fait si chaud, aujourd'hui ! Et où donc sont-ils tous passés, le page, la dame d'atours, les valets… où ? Les cloches se sont tues. C'est déjà ça. Alors le silence monte à l'assaut des murailles. Il s'insinue par les interstices des croisées, il rampe au long des couloirs. C'est une marée impalpable qui engloutit le palais tout entier. Les fantômes aiment le silence. Ils s'y déploient comme bannières au vent. Tout se tait devant lui. Les chiens eux-mêmes se retiennent d'aboyer. La chouette qui hululait hier encore est devenue muette. Le plancher ne craque plus. Le silence est le tapage des morts. Qui fera taire le silence ?

— Votre Grâce !

Elle sursaute, se retourne vivement. Alban est devant elle. Ou le fantôme d'Alban.

— Tape des pieds lorsque tu entres ! Tape des pieds… C'est effrayant de marcher ainsi, comme si tu ne touchais pas le sol.

— Oui, Votre Grâce.

— Ma partie n'est point achevée… Qu'y a-t-il ?

— Des gens sont là qui demandent à voir Votre Grâce.

— Qui sont ces gens ?

— La cour, Votre Grâce.

— Eh bien, faisons entrer la cour !

L'un après l'autre, ils entrent. Dame Aloïs la première, suivie de Guilhem de Malpas et de sa sœur, Blanche. Les deux derniers sont Hans Carvel et son jeune valet. Ils sont là, tous les cinq, attendant un geste les invitant à aller plus avant. C'est donc cela que le page appelle « la cour ».

La comtesse s'est levée à leur entrée. Rien qu'à voir leurs visages, elle a compris. Elle ne sait pas ce qu'elle a compris. Elle sait seulement que c'est une chose remplie de tristesse et d'effroi.

Et c'est un cri d'abord. Puis aussitôt elle se reprend. Elle s'en veut qu'un tel cri lui ait échappé. Il lui faut recouvrer souffle et redevenir maîtresse d'elle-même. Que diraient-ils, en bas, ceux de la crypte, s'ils la voyaient se laisser aller à ses émotions comme une simple fille de la campagne à qui on vient d'annoncer que le troupeau s'est égaillé ou que la ferme est en feu ?

Elle a écouté d'une traite, sans l'interrompre, le rapport que lui a fait le mercenaire. Ce fut bref. Aussi net qu'un gant que l'on retourne et dont toutes les coutures apparaissent au grand jour. Le fidèle capitaine Odín Glumsson devenu traître et assassin en un instant.

— Il m'a suffi de lui montrer le rubis trouvé par sire Guilhem et de lui laisser entendre que j'étais du complot… Il m'a dévoilé aussitôt la cachette du poison.

— Qu'en avez-vous fait ?

— Jeté aux latrines, suivant la prescription de vos médecins… J'ai trouvé aussi la liste des hommes d'armes gagnés à la cause des comploteurs.

— Combien sont-ils ?

— Je n'ai point eu le temps de tous les compter… D'après ce que j'ai pu observer de la garde du palais, cela doit représenter les deux tiers des effectifs dans tous les casernements de Narbonne… Voici les documents.

Elle regarde les feuillets qu'il lui tend, mais elle n'y touche pas. À quoi bon ?

Et c'est de nouveau le silence. De dame Aloïs jusqu'au jeune Donat, tous se taisent, immobiles devant elle. Pas un d'entre eux dont le regard n'exprime le plus profond désarroi et la plus parfaite fidélité. Elle sait que c'est à elle de parler, à présent. Mais quelles que soient les paroles qu'elle pourra prononcer, plus rien ensuite ne sera comme avant. Alors rien ne presse. Il viendra bien assez tôt, le moment de considérer le malheur en face.

À son tour, elle les regarde l'un après l'autre, yeux dans les yeux, pour leur dire à chacun son profond désarroi et sa fidélité parfaite. C'est ainsi qu'un seigneur doit regarder les membres de sa cour. Aucun d'entre eux n'est de noble lignage, aucun ne connaît ses ancêtres, aucun n'a de crypte où pourrissent d'honorables cadavres, aucun n'a de blason, ni de vassaux. Aucun ne lui a prêté serment. Ils sont le peuple. Ceux sur qui l'on bâtit des royaumes. Ceux pour qui l'on règne et que l'on gouverne et qui ne comptent pour rien mais sans qui l'on ne serait rien. Voilà la cour dérisoire et sublime de la vicomtesse de Narbonne qui est encore, en cet instant, l'un des plus puissants seigneurs de son temps et qui n'est rien à la fois.

Elle regarde dame Aloïs. Oui, mon amie, le monde est diabolique. Merci de me l'avoir rendu si doux.

Elle regarde Donat. Oui, toi dont j'ignore le nom. Tu as raison, il n'y a pas de corps glorieux. Merci de gratter les croûtes que tu as sur la tête.

Elle regarde Blanche. Oui, toi qui es l'avenir et qui l'ignores, merci de me rappeler que la vie n'est qu'un songe.

Elle regarde Guilhem de Malpas. Oui, troubadour, tout se perd et s'efface. Merci de retenir les choses dans le secret des mots.

Elle regarde Compostelle ou Hans Carvel. Oui, toi l'inconnu, messager du bonheur, messager du malheur, merci d'être qui tu es.

Elle voudrait regarder son page, elle le cherche des yeux, mais il s'est retiré sans bruit. Merci à toi, Alban, pour ta gracieuse légèreté.

« Maintenant, l'histoire peut reprendre son triste cours », se dit-elle.

— Sire Carvel, savez-vous vous battre ?

— Je sais me battre, seigneur.

— Pourriez-vous m'aider à mater la rébellion ?... Pouvons-nous organiser la défense de la ville et la résistance du palais ?

Le mercenaire réfléchit. Il aimerait que cela soit possible. Tous ont tourné leur visage vers lui. Tous s'en remettent à lui. Ils ont dans le regard cette chose insupportable qui s'appelle l'espoir. Alors il répond :

— Non, seigneur.

Car c'est la vérité. Il a vécu trop de batailles, trop d'assauts pour s'illusionner sur leurs chances de victoire.

C'est au tour d'Ermengarde de réfléchir. Cependant elle ne le peut. Elle aimerait bien entendre la voix fantomale de sire Ramondis. Mais elle a chassé les fantômes. Alors si grande est sa solitude qu'elle pose la question fatale :

— Dois-je abdiquer ?

— Non, seigneur... Il est trop tard pour cela. Ils ont décidé de vous tuer et ils vous tueront, dit Compostelle.

— Que nous reste-t-il ?

— Une chose qui nécessite un grand courage.

— Laquelle ?

— La fuite.

— Jamais.

— Je ne vous ai point dit que vous aviez le choix... J'ai dit qu'il fallait que vous ayez du courage.

Ermengarde sait qu'il a raison. Il faut parfois autant de courage pour fuir que pour se battre.

Dame Aloïs s'approche d'elle. Elle espère que ce qu'elle a à dire fera poids dans la balance du doute.

— Ma dame, vous avez eu du courage, enfant, lorsque vous avez fui dans le souterrain avec votre cousin… Que dirait la fillette que vous étiez si elle vous voyait, ce jour d'hui, moins intrépide qu'alors ?

Il est bien dommage que la dame d'atours n'ait jamais voulu apprendre à jouer aux échecs. Elle aurait été une partenaire redoutable.

Lorsqu'il s'agit de mener un combat contre soi-même, il y a toujours un perdant. Et le gagnant est aussi celui qui a perdu.

Une dernière fois, Ermengarde parcourt du regard les visages qui l'entourent. Va-t-elle décider de leur mort en choisissant sa propre perte dans un orgueil déraisonnable ? Sa fierté le lui interdit.

— Mon amie, dit-elle vers Aloïs, nous allons donner sa chance à la petite fille d'autrefois… Mais je suis lasse, à présent, de me tenir debout. Asseyez-vous, je vous prie.

Une fois que tous sont installés, elle reprend la parole :

— Il existe, en effet, un passage secret dans la crypte de la chapelle. Je l'avais emprunté à l'époque pour me réfugier auprès de mes cousins de Barcelone… Mais où irais-je, cette fois ?

— À Barcelone encore, répond aussitôt Compostelle. Le roi Alfonso le Chaste est votre allié. Il ne saurait manquer à son serment.

— Mais nous avions des chevaux qui nous attendaient à la sortie du souterrain… Aurons-nous le temps d'organiser une cavalerie ?

— À quel endroit débouche ce passage ?

— À moins d'une lieue de la ville. Du côté de la mer.

— Donc nous n'aurons pas besoin de chevaux… Il serait fastidieux de démonter présentement tous les ressorts de l'affaire, mais sachez qu'un bateau se prépare à nous accueillir… Le frère de Donat est marin. Il faisait partie des gens que le marchand Bertier voulait enrôler. Il a réussi à s'échapper. Nous l'avons rencontré par hasard aujourd'hui.

— Non. Ce n'est pas par hasard.

C'est Aloïs qui vient de parler. Elle s'est redressée sur son siège, vibrante d'une ardeur qu'Ermengarde ne lui connaît pas.

— Depuis la mort du baron de Lara, je prie le Dieu des Vrais Chrétiens de nous venir en aide… Il n'y a pas de hasard. Il n'y a que la volonté de Dieu.

La comtesse s'est retenue de se signer, car elle sait que les Vrais Chrétiens ne croient pas en la crucifixion.

— Bien, suivons la volonté de Dieu et prenons ce bateau, dit-elle. Quand sera-t-il prêt ? ajoute-t-elle à l'intention de Compostelle.

— Demain soir, à la tombée du jour. Un feu nous indiquera de quel côté nous rendre… Ce signal est aussi celui qu'attendent les rebelles pour ouvrir les portes à l'armée de Saint-Gilles. Il y a très peu de chances pour que le comte et son ost soient là demain. Mais il y a fort à craindre que le capitaine Glumsson ne déclenche le soulèvement des troupes aussitôt qu'il verra des flammes à l'horizon… Il faudra donc nous enfuir avant.

À présent que sa décision est prise, Ermengarde a balayé tous ses atermoiements.

— Il faut aussi empêcher que le sang ne se répande. Demain matin, je déclarerai une journée de deuil pour tout le personnel du palais en hommage à mon neveu. Ceux qui logent en ville rentreront chez eux. Les autres auront quartier libre jusqu'au lendemain. Nous ferons fermer les accès à cette aile du bâtiment, ainsi que la porte de la chapelle qui donne sur la cour. Ensuite, nous emprunterons l'escalier intérieur pour nous rendre dans la crypte.

En vrai stratège, Compostelle veut s'assurer de tous les détails :

— Que se passera-t-il quand les gens du cortège reviendront de Fontfroide ?

— Les soldats et les valets logent dans l'autre corps de bâtiment. Les écuries s'y trouvent aussi. Cela ne posera pas de problème. Le chapelain est la seule personne qu'il faudra faire entrer. Son logis est ici… Il est aussi à craindre que le Maître des Monnaies veuille me narrer ce qui s'est passé à Fontfroide.

— Pour ce qui est du chapelain, je peux m'occuper de lui, suggère le mercenaire. Vous n'aurez plus qu'à barricader la porte de la chapelle sitôt qu'il sera passé.

— Vous comptez rester dehors ? s'inquiète Ermengarde.

— Il faut que je continue de donner le change si l'on veut endormir les soupçons du capitaine. Je me tiendrai auprès de lui jusqu'au soir. Jusqu'à ce qu'apparaisse le signal du feu. Alors je vous rejoindrai à cheval en prétextant d'aller accueillir Saint-Gilles.

— Fort bien, approuve Ermengarde. Dans ce cas, je vous confierai une lettre pour sire del Bosc, le priant de remettre notre entretien à plus tard.

Guilhem, qui écoutait jusque-là sans rien dire, vient de lever la main pour attirer l'attention.

— Je demanderai à mon ami l'imagier de commencer l'installation de notre décor sur la Grand-Place… On nous a vu répéter ce jour d'hui, si l'on voit les estrades se bâtir demain, tout aura l'air normal.

— L'idée est excellente, mais il faudra que vous soyez rentré avant le retour du cortège.

— Pourquoi cela, sire Hans ?

— Parce que je suis censé vous empoisonner demain matin, sire Guilhem. Telle est la volonté du capitaine Glumsson.

— En effet… il serait incongru qu'il croise mon fantôme en plein jour sur la Grand-Place. Eh bien ! comptez sur moi. Je rentrerai mourir avant l'heure de sexte.

Là-dessus, le troubadour part d'un grand éclat de rire.

Chapitre 66

PEIRE & GUILHEM

Au revoir

Longue a été la nuit dans l'attente du jour, car longues sont les nuits où le sommeil fuit qui le cherche.

Dans ses peaux de moutons, Guilhem s'est tourné et retourné plus de cent fois, la tête emplie de noirs regrets, le cœur tout embrené des ordures d'un monde qu'il voudrait n'être pas le sien. « *Le Jeu d'Adam* n'aura point lieu. » Cette affreuse pensée vrillée dans sa cervelle, il ne peut s'en défaire.

La veille, dès que le mercenaire est venu les rejoindre, lui et sa sœur, il a appris qu'il fallait dire adieu au projet qui était sa vie même. Quelques minutes avant, Donat était entré dans la salle d'apparat, faisant une drôle de tête. Sagement, il s'était assis sur un coin de banc pour assister à la répétition où Guilhem travaillait avec Blanche l'émouvant personnage d'Ève. Il n'avait plus bougé d'un pouce. Pareille immobilité chez un garçon qui était la turbulence même était signe que quelque chose d'anormal se passait. Peu après, Hans Carvel les avait rejoints. En deux phrases tout était consommé. Et ce fut comme un coup de poignard dans la toile des rêves. Ce qui avait suivi, dans la bibliothèque d'Ermengarde, n'était plus pour Guilhem que le fastidieux déroulement d'une méchante histoire. Il allait, ce matin, y mettre un point final.

De toute la nuit, Blanche et lui n'ont échangé que peu de mots. Mais il l'a entendue remuer quelquefois dans sa couche, troublée, sans doute, par l'émotion qu'elle sentait chez lui. À présent, elle dort. Dans son nid sous la toiture, Agazza doit dormir aussi. Qu'elles dorment autant qu'elles le peuvent ! La journée à venir ne sera que douloureuse introduction à la laideur et au chagrin.

Le palais s'éveille à peine lorsque Guilhem quitte son galetas. Le vent tiède de la veille semble avoir pris des forces. Il fera beau, ce jour d'hui. Quelques bruits montent de la cour des cuisines où l'on commence à ranimer les feux. Des voix résonnent dans l'air matinal. Ce sont celles des hommes du guet qui viennent de rentrer. Les sabots d'un cheval claquent sur les pavés. On pourrait croire à un jour ordinaire. Pourtant, bientôt tout s'arrêtera. Dès que l'ordre d'Ermengarde aura été transmis, les fourneaux s'éteindront, chacun retournera en son gîte et le palais désert s'endormira à nouveau de son sommeil de pierre.

Sur la Grand-Place déserte et délavée où la neige continue de fondre, Guilhem s'arrête face à la plate-forme du gibet. Là devait se tenir la galerie du Ciel avec sa balustrade ornée de draperies pour accueillir chanteurs et musiciens. Il caresse des yeux les piliers de bois, l'escalier, le plancher. Tout cet assemblage minutieux et désormais inutile. Le troubadour s'était fait une joie de transformer cet appareil de supplice en un objet d'enchantement. Dressée sur ses pattes grêles, la haute estrade n'est plus que la ruine d'un espoir.

Guilhem hâte le pas pour franchir le parvis de la

cathédrale et gagner le chantier du cloître ouvert à tous les vents. D'un poing timide, il frappe à la porte de la loge. N'est-ce point trop tôt ?

Le visage de Peire paraît dans l'entrebâillement.

— Guilhem ? Que t'arrive-t-il ? dit le maître imagier dont s'efface le sourire.

Guilhem s'en veut. Il ne se doutait pas que sa déconfiture s'affichait à ce point.

— Est-ce la mort du seigneur de Lara qui t'afflige ainsi ? reprend Peire. Tu sais que tu peux compter sur moi. Vois, j'ai déjà commencé à apprendre le texte : « *Je vais te dire, Adam, les splendeurs de ce jardin ! Ici, tout n'est que douceur et beauté. Nulle laideur tu n'y pourras trouver !* »

Il a déclamé sa réplique d'un ton exagérément emphatique pour ramener la gaieté sur le visage de son ami.

— Peire, il n'y a plus de paradis… *Le Jeu d'Adam* n'aura point lieu.

À quoi bon se l'être ressassé tant de fois en silence. Il a suffi qu'il prononce cette maudite phrase pour que sa gorge se noue et que les larmes mouillent ses yeux malgré lui.

Les jeunes gens sont assis face à face, Peire sur sa couche monacale, Guilhem sur le petit tabouret. Autour d'eux, sur les cloisons tendues de draps, les figures dessinées dansent leur farandole. Une s'y est ajoutée, la plus belle, peut-être. L'image des trois visages de Blanche à la pointe de charbon. Mieux vaut éviter de la regarder. Sa beauté ne ferait qu'attiser la tristesse.

Tout est dit. Un même silence consterné réunit le troubadour et l'imagier. Peire a compris le stratagème de Guilhem pour duper les ennemis de la comtesse.

Il y a souscrit sans barguigner. Il accepte de jouer ce vilain jeu qui consiste à faire, pour ce jour encore, comme si de rien n'était. Tout à l'heure, il demandera aux menuisiers d'apporter sur la Grand-Place les éléments de structure du décor. Ils ont bien avancé. L'armature est prête pour la gueule du Léviathan. Cela aura grande allure.

— Tout cela pour rien ! lâche Guilhem au désespoir.

— Non... Pour ma part, je n'abandonne pas ce projet, dit Peire en se levant.

— Mais... nous allons partir. Demain, le palais sera vide. Et dans quelques jours, le comte de Toulouse montera sur le trône de Narbonne.

— Pour combien de temps ? Crois-tu que le roi d'Aragon tolérera l'usurpateur ?... Il n'aura pas de plus grande hâte que de rétablir sa cousine en ses murs.

Guilhem regarde l'imagier. Comment peut-il faire montre d'une telle assurance dans ces choses politiques qui ne sont que sables mouvants ? Est-ce l'amitié qui lui fait peindre l'avenir de si belles couleurs ou bien croit-il vraiment ce qu'il dit ?

— Si le beau temps persiste, nous n'allons pas tarder à reprendre le chantier... Nous en avons pour des années. Qui sait si je ne passerai pas ici le reste de mes jours... Tu vois, je peux t'attendre. Tu finiras bien par revenir.

Le sourire de l'imagier est contagieux.

— Sais-tu, poursuit-il, que j'ai pris grand plaisir à fabriquer le masque d'Ève ? J'ai cuit la terre dans un des fours de la cathédrale avec la complicité d'un convers qui travaille aux cuisines. Lui aussi s'est pris au jeu, tant cela lui plaisait. Je lui ai promis que nous fabriquerions ensemble les autres masques… Pourquoi le décevrais-je ? À ton retour, tous tes personnages seront là. Tu n'auras plus qu'à leur donner vie.

Guilhem s'est levé à son tour. Les deux jeunes gens s'étreignent avec force. Et leur adieu a l'élégance de feindre l'au revoir.

Chapitre 67

ERMENGARDE

Adoubement

Il lui a menti des heures durant. Toute la nuit, alors que leurs corps mêmes s'avouaient tout dans la vérité imparable de la chair. Son mensonge était le dernier cadeau qu'il pouvait lui faire. Il a tenu jusqu'au bout. Il veut qu'elle garde de lui cette image de l'homme d'honneur et de droiture que le hasard ou Dieu ou l'amour – peu importe ! – a placé sur sa route. De tout le reste, elle ne saura rien.

Compostelle vient de quitter la couche d'Ermengarde. Il tend l'oreille. On dirait qu'il s'est mis à pleuvoir. Elle le regarde, nu, s'approcher de la croisée pour en ouvrir les battants. Tout à coup, le soleil auréole sa silhouette d'une poussière étincelante.

Mais non, ce n'était point la pluie. Rien que la neige qui continue de fondre à grosses gouttes. Il laisse errer un moment son regard sur les toitures qui semblent fondre avec elle. Il lui vient l'image du palais s'effondrant, lui aussi, ses pierres s'effritant une à une, retournant au limon des origines. Il pense à Adam et Ève.

Il se retourne et il la voit, face à lui. Elle est nue. Elle brandit une épée, à deux mains, droit devant elle.

— Agenouille-toi, Hans Carvel.

Sans chercher à comprendre, il tombe à deux rotules sur le plancher, bras ballants, sans défense. Ermengarde s'avance encore d'un pas, puis elle prononce la formule de l'adoubement :

— Jure d'être preux, hardi et loyal en toutes occasions.

— Je le jure.

— Jure que tu seras toujours le champion du droit et du bien, contre l'injustice et le mal.

— Je le jure.

— Jure que tu défendras tous les faibles.

— Je le jure.

— Au nom de Dieu, de saint Michel et de saint Georges, je te fais chevalier.

Du plat de l'épée, elle frappe son épaule sénestre puis la dextre.

— Relevez-vous, chevalier Carvel… Prenez cette épée, je vous l'offre. Elle appartenait à mon père. C'est elle que je portais au combat. Elle a pour nom Valaric.

Compostelle se relève. Il prend l'épée. Oncques il n'en a tenu de si bien ouvrée et d'un acier à ce point poli, non plus que jamais il n'y eut si tendre accolade entre un chevalier et son seigneur.

Mais le temps presse. Il faut dénouer la dernière étreinte, accepter la trivialité des choses à accomplir. La comtesse revêt son bliaud, le chevalier sa tenue d'homme d'armes, l'épée battant à son côté. Ils se font face.

— Conservez mon livre avec vous. Je ne veux point me charger.

— Je vous le rendrai ce soir, sur le bateau, dit-elle.

Elle veut se convaincre que ce genre de promesse

est apte à conjurer le sort. Il lui sourit, car la même pensée lui est venue.

— J'ai réfléchi à notre plan… Il me paraît hasardeux que vous tardiez à partir. Il ne sert de rien d'attendre le retour du cortège. Mieux vaut que vous passiez la fin du jour hors des murs de la ville. Sait-on jamais comment réagira le traître en découvrant le palais clos par nos soins ?… Dès que Guilhem sera rentré de la cathédrale, regroupez votre suite et prenez le chemin souterrain. Cela sera plus sûr et je craindrai moins pour vous.

— Je suivrai votre conseil, chevalier… Pour l'heure, j'ai quelques missives à rédiger. Mon page vous remettra celle qui est destinée au Maître des Monnaies… À ce soir, chevalier Carvel.

— À ce soir, ma dame.

À peine est-il sorti qu'Ermengarde se glisse dans le passage vers la bibliothèque. Une ardeur nouvelle s'est emparée d'elle. Jamais avant ce jour elle n'aurait imaginé que s'enfuir pouvait être presque aussi excitant que combattre. Cela faisait longtemps qu'elle n'avait point senti pareille force l'animer. C'est qu'elle n'est plus seule depuis que Hans Carvel est à ses côtés. Cet homme est un mystère. Ermengarde sent bien qu'il se trouve en lui une part obscure, comme en chacun de nous. Mais sa présence l'a régénérée. Elle sent couler dans ses veines ce sang qui tant de fois l'a rendue victorieuse et qu'elle croyait tari. Fébrile, elle s'installe devant son écritoire comme si elle était à cheval et prépare sa plume comme on fourbit une épée.

Un bruit lui fait lever la tête.

— Ma dame ! Comme j'ai eu peur !

Aloïs se tient dans l'encadrement de la porte, essoufflée, s'appuyant d'une main tremblante au chambranle.

— Je vous ai cherchée.

— Eh bien ! vous m'avez trouvée, mon amie… Voyez, je suis vêtue. Disposez de votre temps afin de vous apprêter au plus vite. Nous devrons hâter notre départ.

— Je ne pars pas, ma dame.

Ermengarde, la plume en suspens, doute d'avoir bien entendu.

— Aloïs, que dites-vous ?

La dame d'atours s'approche lentement. Son visage est marqué par la fatigue.

— J'ai passé toute la nuit à réfléchir et à prier… Je n'ai plus l'âge pour pareille aventure.

— Nous avons presque le même âge.

— Mais pas la même vie ni le même destin… Vous n'avez plus besoin de moi, à présent… À Barcelone, vous serez entourée. Je ne ferai que vous encombrer… Ici, je puis encore être utile.

— À qui ? lâche vivement la comtesse sans même se rendre compte de ce que ses paroles comportent d'égoïste et de blessant.

— À moi-même d'abord… répond Aloïs avec douceur. J'ai trop longtemps manqué à ma foi et à Dieu. Il est grand temps que je prenne soin de mon âme… Et puis je peux servir aussi. J'aiderai la vieille dame de Ginestas. Elle a tant besoin de soutien… Je n'ai point le cœur à la laisser, seulette, en son logis du donjon.

— Son valet est avec elle.

— Il est encore plus chenu et perclus qu'elle. C'est tout juste s'il a assez de force pour lui apporter ses repas et vider son seau d'aisances. Qu'adviendra-t-il d'eux si nous les abandonnons ?

— Et si les choses tournaient mal ?

— Alors nous quitterons le palais, nous aussi... Je connais certaine maison tenue par mes frères en religion qui nous sera un ermitage accueillant.

Ermengarde se tait. À l'expression sereine d'Aloïs, elle devine sa parfaite détermination. Rien ne la fera changer d'avis. Inutile de s'opposer à sa volonté. Ce serait pire encore de se brouiller avec elle en un moment si décisif.

— Hier, je vous avais mandé de préparer certains bijoux à remettre au Maître des Monnaies.

— Ils sont prêts.

— Je veux que vous les conserviez par-devers vous... Ils sont ma propriété et non celle du Palais. Je vous laisse tout loisir d'en user comme vous le jugerez bon.

— Pour moi-même, ils seront de peu d'emploi... Cela ne signifie pas qu'ils ne me seront point utiles.

Le regard grave et songeur d'Aloïs semble contenir toutes les misères qu'elle a croisées dans sa vie.

— Guilhem est-il informé de votre décision de rester ?

— Il l'est et il l'accepte...

— Est-il revenu de la cathédrale ?

— Lui et sa sœur patientent dans mon logis avec le valet du sire Carvel. Ils attendent votre ordre de départ.

— Dites-leur qu'il me reste deux courtes lettres à rédiger. Je les rejoindrai aussitôt.

Ermengarde contourne le lutrin portant l'écritoire. Elle serre Aloïs dans ses bras.

— As-tu vu combien le jour est beau, Aloïs ?

— Une splendeur, Ermengarde.

À aucun prix, il ne fallait se dire adieu. Ermengarde ne s'est même pas retournée en revenant à son lutrin. Elle sait qu'Aloïs a fait de même en refermant la porte.

En peu de temps, les deux missives sont prêtes. Quelques pincées de poudre d'or en accélèrent le séchage. Un tampon de cire marqué au sceau de Narbonne parachève l'ouvrage.

La comtesse s'empare de la clochette. Son tintement cristallin traverse les boiseries. Elle a toujours aimé ce son comme échappé d'une sonnaille de pâturages. Cela l'amuse de se dire que son trône ne lui manquera guère, non plus que sa couronne ni ses pesants atours de pierreries. Non, ce qui lui manquera, ce sera la petite musique de cette clochette-là.

Soudain, un lourd martèlement de pas retentit dans le couloir. La porte s'ouvre à grand bruit. Ermengarde a sursauté.

— Ai-je marché assez fort, Votre Grâce ?

Alban se tient devant elle, les poings sur les hanches.

— Oui, oui, c'était très bien… Tu m'as fait peur, sais-tu ?

Mais, alors qu'elle allait rire, elle découvre le visage du garçon ravagé par les larmes.

— Alban, qu'y a-t-il ?

Une crise de sanglots le secoue si fortement qu'il peine à articuler.

— J'étais dans le couloir, hier… quand vous avez reçu la cour… J'ai entendu ce que vous disiez… Je sais que vous partez… Pourquoi ne me prenez-vous point avec vous ?

— Assieds-toi, Alban… Écoute-moi.

— Non !

Elle doit lui saisir la main, l'attirer, presque de force, auprès d'elle et l'amener à s'asseoir sur un banc. Sans lui lâcher la main, elle se pose près de lui.

— Alban de Gilard, je dois pouvoir compter sur toi.

— Je ne vais pas vous trahir, savez-vous ? dit le garçon dans un reniflement.

— Bien sûr que je le sais… Tu es semblable à ton père, franc et loyal. Il fut un de mes plus fidèles vassaux. C'est pour cela que je t'ai choisi pour page.

— Je veux le rester !

— Tu as mieux à faire… Quel âge as-tu ?

— Douze ans, Votre Grâce.

— C'est bien ce que je disais… Il est grand temps que tu deviennes écuyer.

À ce mot, le garçon s'apaise un peu. Ermengarde sent qu'il s'applique à reprendre haleine.

— Prenez-moi donc comme écuyer, finit-il par dire.

— Tu rêves de devenir chevalier, n'est-ce pas ?

— Je n'ai pas de plus grand désir.

— Alors, c'est auprès d'un chevalier que tu dois te former, sur les champs et les lices de combat et non point dans les jupons d'une vieille dame.

Alban sourit en haussant les épaules.

— Vous êtes un seigneur guerrier, Votre Grâce, point du tout une vieille dame. Je connais votre histoire.

— Disons que c'est une histoire qui commence à prendre de l'âge… Mais écoute un peu ce que j'ai à te dire.

Le page croise les bras, prenant tout à coup l'air studieux.

— C'est vrai, je vais partir… Mais je reviendrai. À mon retour, j'aurai besoin d'hommes forts pour m'aider à redresser le comté… Je veux que tu sois l'un de ces hommes-là. Aussi ai-je choisi une mission pour toi… Elle est contenue dans cette lettre. Peux-tu lire à qui elle est destinée ?

Il saisit le parchemin qu'elle lui tend.

— « *Au très noble sire chevalier Raimon de Termes* ».

— Le chevalier de Termes est un de mes vassaux. Un cœur preux et droit. C'est aussi un de mes amis les plus chers. Je le prie, ici, de te prendre comme écuyer et d'être ton parrain en chevalerie.

À ces mots, le page se jette aux genoux d'Ermengarde et baise le pan de son bliaud, éperdu de reconnaissance.

— Allons, relève-toi… Glisse cette lettre dans ton surcot… Celle-ci, tu la donneras au sire Guillaume del Bosc dès son arrivée. Sitôt après, tu selleras un cheval ou une mule.

— Un cheval !

— Fort bien et tu partiras sans tarder pour le château de Termes. Passe d'abord par les cuisines. Le chemin qui t'attend est long… N'oublie pas que je compte sur toi !

Un tapage retentit à cet instant, montant de la cour et s'amplifiant. C'est le tumulte des bêtes, des charrois et des hommes qui s'en reviennent de Fontfroide.

Ermengarde bondit. Elle ne les attendait pas si tôt.

— Vite, Alban, vite ! Cours et fais ce que je t'ai dit !

Chapitre 68

CHEVALIER GLUMSSON & CHEVALIER CARVEL

In extremis

Le premier attelage à être entré dans la cour est la chaise de la comtesse. De part et d'autre, les valets ouvrent les portières pour aider le chapelain et le Maître des Monnaies à en descendre.

Compostelle propose aussitôt son bras à l'homme d'Église qu'il entraîne rapidement jusqu'à la porte de la chapelle.

— Sa Seigneurie vous attend en fort grande presse, mon père.

Il ne lui laisse même pas le temps de le questionner. Il s'en faut de peu qu'il ne le pousse pour le faire entrer dans le saint lieu dont il tire aussitôt la porte. À son grand soulagement, il entend au même moment glisser, de l'autre côté, les lourdes barres de fer. Selon leurs plans, Guilhem et Donat attendaient derrière pour barricader l'issue. Le corps du bâtiment principal est à présent inaccessible.

Rassuré, Compostelle rejoint, d'un pas rapide, Guillaume del Bosc à qui Alban vient de remettre la missive.

— Une lettre ? Mais pourquoi ?… Je puis monter pour entendre de la comtesse ce qu'elle a à me dire.

— Non, messire, pour l'heure vous ne le pouvez point, dit Compostelle avec déférence. Sa Seigneurie a été saisie d'un grand malaise après votre départ, dont elle se remet à grande difficulté. Elle désire rester seule au moins jusqu'à demain.

Après avoir lancé un dernier regard aux fenêtres de l'étage, le Maître des Monnaies fourre le parchemin scellé dans sa sacoche.

— Je lirai cela à tête reposée. Après tout, ce que j'avais à lui narrer peut attendre… Et je ne suis point fâché de m'en retourner chez moi prendre un peu de repos. J'ai les reins brisés… Ce diable de capitaine a mené le train du retour à bride abattue !

Sans plus insister, il s'éloigne vers la sortie d'un pas mal assuré.

Le reste du cortège a envahi la cour dans un tintamarre de voix et une cacophonie générale sans aucune mesure avec le bel ordonnancement du départ. Les valets dessellent les montures pour les mener aux écuries pendant que d'autres s'affairent à démonter les hampes des écus et à débarrasser la charrette funéraire de tous ses ornements.

Odín Glumsson est le dernier à descendre de son destrier. Sitôt mis pied à terre, il avise le page qui se dirigeait vers les écuries, un sac en bandoulière.

— Tiens, petit, rends-toi utile, dit-il en lui tendant les rênes. Occupe-toi de le desseller et donne-lui à boire.

Puis il lui tourne le dos pour gagner le centre de la cour et transmettre ses ordres du jour aux hommes d'armes.

Compostelle est le seul à voir Alban faire délicatement demi-tour avec le destrier, le mener sous la grande herse, sauter prestement en selle et, donnant des talons, partir au grand galop. En un instant, il disparaît dans la perspective de la Grand-Place.

Peu à peu la cour se vide. Les appels et les bruits s'éteignent un à un, au fur et à mesure que chacun achève son labeur et rentre en son casernement.

Le capitaine Glumsson vient d'échanger quelques mots avec deux des gardes restés au palais en son absence. La colère marque son visage tandis qu'il cherche Compostelle du regard.

— Sire Carvel ! crie-t-il dès qu'il l'aperçoit.

— Capitaine ?

— On vient de me donner une nouvelle bien singulière. Le palais est fermé. M'expliquerez-vous ce que cela signifie ?

— Messire, je ne saurais mieux vous dire… À mon réveil, on nous a annoncé que la comtesse avait décrété une journée de deuil en hommage au baron de Lara. Elle a exigé que tous quittent les lieux et que l'on cesse tout ouvrage jusqu'à demain. Chacun a reçu quartier libre. La plupart s'en sont allés de bonne heure.

— Quartier libre ? Cela n'a pas de sens ! Serait-elle devenue folle ?

Furieux, le capitaine se rue sur la porte de la chapelle, tentant vainement d'en tourner la poignée.

— Le chapelain était ici il y a quelques minutes !

— Il a dû recevoir la consigne dès son entrée.

— Mais de qui, si le bâtiment est vide ?

— Je l'ignore.

— Où est votre valet ?

— Parti avec les autres baguenauder en ville, je suppose. Je n'avais point besoin de lui. Je vous ai attendu pour vous informer de tout cela.

— Et le troubadour ? interroge Glumsson en baissant un peu le ton.

— Je crois qu'il est à la cathédrale… J'ai pu profiter de son absence pour faire ce dont nous étions convenus. J'ai versé ce qu'il fallait là où il fallait… Il aura la surprise à son retour.

Un fin sourire passe sur les lèvres du capitaine.

— C'est bien… Attendez-moi… Je vais me défaire de ce manteau qui m'étouffe. Je reviens avec le nécessaire pour forcer une porte… Comment ose-t-elle me faire pareil affront ? ajoute-t-il en s'élançant vers le corps de garde.

D'un pas nerveux, il s'éloigne vers son logis.

Machinalement, Compostelle a levé les yeux vers l'étage noble. Ce qu'il voit le cloue sur place. Dans la galerie à colonnades de marbre, Ermengarde vient de paraître dans sa robe d'apparat scintillante de pierreries.

Chapitre 69

DAME ERMENGARDE

Comme des rats

Sidéré de voir ces deux hommes surgir dans son dos et barricader la porte en toute hâte, le chapelain a cru défaillir. Pareille réception après les ornières et les chaos du voyage a de quoi couper le souffle.

Heureusement, à peine entré dans la chapelle, il a vu paraître la vicomtesse accompagnée d'une jeune fille.

— Mon père, de graves dangers nous menacent. Je dois prendre toutes les précautions nécessaires afin de nous protéger tous. Calfeutrez-vous, au plus vite, en votre logis et n'ouvrez à personne, quelles que soient les suppliques que vous pourriez entendre. Je vais prier ici un instant avant de faire de même. Je vous retrouverai plus tard et vous donnerai raison de tout cela.

De nature fort couarde, le chapelain ne s'est pas fait prier pour grimper quatre à quatre l'escalier et se carapater dans ses pénates situées au-dessus du chœur. Ermengarde a attendu de l'entendre refermer sa porte au loquet.

— Allons-y !

Chacun s'est emparé d'une torche. Rapidement ils contournent l'autel à la suite de la comtesse. La porte basse grince sur ses gonds. Aussitôt la froide haleine des fantômes leur vient aux narines.

— Ça pue, murmure Blanche.

Mais, devant la détermination de leur guide, personne n'ose montrer sa crainte, si ce n'est Agazza qui s'agite dans le sac de toile où Guilhem l'a fourrée. La porte refermée, un à un, ils s'engouffrent dans l'escalier de la crypte. Ermengarde la première, puis Guilhem, suivi de Blanche qui a donné la main à Donat.

Jamais le garçon n'avait tenu si douce main dans la sienne. C'est vrai que ça pue le salpêtre et la moisissure et qu'on est en train de descendre chez les morts. Il y aurait de quoi prendre ses jambes à son cou et filer dare-dare vers le soleil des vivants si on avait un peu de jugeote. Mais pour rien au monde Donat ne voudrait lâcher cette main délicate. Et puis de quoi a-t-il peur ? Tout à l'heure, avant de les quitter, le mercenaire lui a offert sa dague magnifique. Donat n'en revenait pas. Au moment où il l'a glissée dans sa ceinture, il a senti son cœur bondir dans sa poitrine, comme jamais auparavant. C'est le plus beau cadeau qu'il ait jamais reçu. À bien y réfléchir, c'est le seul. Alors, on peut bien aller à la rencontre des esprits et des fées, on peut même descendre en enfer, s'il le faut. On saura se défendre.

Les voici dans la demeure des morts conduits par la dernière d'entre eux. Gentes dames desséchées et nobles sires en poussière leur font une haie de gisants.

En d'autres circonstances, Guilhem se serait attardé volontiers. Un tel lieu est propice à l'imagination. Il y aurait tant de belles choses à écrire pour le théâtre en un pareil décor.

Ermengarde a contourné la dernière tombe.

— Prenez mon flambeau et éclairez-moi, dit-elle au troubadour.

Elle se penche sur la dalle qui affleure et empoigne l'inscription latine.

— *Hic nostrae carnis resignas onus*, lit Guilhem à voix haute.

— Vheu dhir khoi ? glisse Donat, inquiet, à l'oreille de Blanche.

— Ça veut dire que l'on part en voyage, murmure-t-elle.

Le sourd cliquetis résonne sous la dalle. Lentement, la plaque de pierre pivote sur elle-même. Tous retiennent leur souffle.

Soudain, Ermengarde pousse un cri. Elle manque de renverser Guilhem en se reculant d'un bond.

Dans la lumière tremblante des flambeaux, une horde de rats déboule hors de la trappe ouverte. Il y en a des dizaines. C'est un mouvant tapis de fourrure qui se déroule entre leurs pieds. Ils semblent affolés et filent de tous côtés se réfugier entre les tombes et les sarcophages. Certains tentent de s'agripper à la paroi humide de la crypte.

— Servez-vous des torches ! Le feu va les faire fuir.

Il en sort encore par l'ouverture béante, mais leur flot se tarit.

D'un coup de dague, Donat vient d'en embrocher un. Il jette son cadavre au milieu des autres qui détalent en couinant. Puis un autre et un autre encore. Il y met tant de hargne que les survivants s'enfuient sans même tenter de mordre. Lançant sa jambe, le garçon écrase de son talon la tête du dernier qui émerge du trou.

— Il faut descendre à présent, vite !

Cette fois, c'est Guilhem qui passe le premier. L'escalier est si étroit que l'on n'y peut aller qu'un par un.

— Cela s'élargit en bas ! lance Ermengarde, en rabaissant le levier de la dalle de pierre derrière elle.

À l'instant où le troubadour pose le pied sur la dernière marche, une sensation bizarre l'envahit. Il pose son autre pied. La sensation se confirme. Levant la torche, il se retourne vers ceux qui le suivent.

— Votre Grâce, il y a de l'eau !

— Mon Dieu ! C'est pour cela que les rats tentaient de fuir.

Blanche a serré un peu plus fort la main de Donat.

— Peut-on s'y risquer tout de même ? Jusqu'où monte-t-elle ?

— Elle ne dépasse pas mes chevilles. On peut avancer.

Ils descendent, un à un jusqu'au bas de l'escalier. Chacun sent le froid de l'eau pénétrer ses chaussures. Guilhem s'est un peu engagé dans la galerie. Devant eux, la flamme découvre la perspective inondée.

— Ce serait folie de rebrousser chemin. Mais l'eau va continuer de monter. Ce sont les neiges qui ont commencé à fondre, les ruisseaux souterrains doivent être en crue… Mes amis, il faut courir si nous ne voulons pas périr noyés ! Courir aussi vite que nous le pouvons !

Le flambeau à la main, pataugeant dans l'eau glacée, claquant des dents autant de peur que de froid, tous s'élancent.

Chapitre 70

COMPOSTELLE

Que la volonté de Dieu soit faite

En entendant le tapage des roues des charrettes et le hourvari d'hommes et de chevaux qui envahissaient la cour, Aloïs s'est dit qu'il fallait venir en aide à ceux qu'elle aime plus que tout au monde. Bien plus qu'elle ne s'aime elle-même. Elle connaît le tempérament fougueux du capitaine Glumsson. S'il a juré leur perte à tous, ce ne sont pas des portes de chêne qui vont l'arrêter. L'idée d'Ermengarde de fermer le palais est une erreur. Cela ne fera qu'augmenter l'ire du capitaine. Il faut à tout prix le faire patienter en lui donnant le change. Le temps que les fuyards aient refermé derrière eux la trappe de la crypte.

Alors, la dame d'atours s'est ruée dans la chambre de la comtesse. En toute hâte elle a revêtu ce vêtement dont elle a si souvent habillé sa maîtresse. Le grand bliaud damassé constellé de pierreries. Celui dans lequel elle se montre à son peuple lors des grandes occasions. D'une main tremblante, elle l'a complété d'un fin voile de soie blanche en signe de deuil. Ainsi on ne verra pas son visage. Puis elle s'est dirigée vers la galerie des colonnes.

Elle s'immobilise juste au-dessus de cette chapelle

sous laquelle ses amis sont en train de s'évader. Ni crainte ni inquiétude d'aucune sorte n'a de prise sur elle. À l'instant même où elle a posé le pied sur le carrelage de la galerie, elle a su qu'elle était dans le vrai et le bien. Dans son dos, le soleil la réchauffe. La journée sera très douce.

Lentement, elle joint ses mains, paume contre paume, doigts contre doigts, et elle se met à prier. Elle priera aussi longtemps que nécessaire. Elle vient d'apercevoir, tout en bas dans la cour, cet étrange trouvère qui a fait irruption dans leur vie et qui a gagné par un seul regard le cœur d'Ermengarde. Il ne doit pas comprendre ce qui est en train de se passer. Pourvu qu'il ne se trouble pas et qu'il ne tente point de la rejoindre !

Aloïs ferme les yeux. Elle prie de toute la force de son âme, ce vrai Dieu de bonté et d'amour qui jamais, au grand jamais, n'aurait pu créer un pareil monde. *Païre nòstre que siès dins lo cèl...*

En bas, dans la cour, Compostelle a les yeux rivés vers la galerie. Il ne peut s'arracher à cette image impossible. Pourquoi Ermengarde n'est-elle point partie ? Qu'est-ce qui a bien pu la faire changer d'avis ? C'est pure folie que d'être restée ! Il faudrait lui crier de fuir, mais ce serait courir le risque de se dévoiler et de voir s'élancer les soudards de Glumsson à ses trousses.

— Qu'est-ce que cela signifie ?

Tétanisé dans ses pensées inquiètes, le mercenaire n'a pas entendu revenir le capitaine. Il se tient derrière lui, portant une lourde masse et une barre de fer. Lui aussi s'est figé, la tête levée vers la galerie, en découvrant Ermengarde.

— Mais que fait-elle ?

— Je crois bien qu'elle prie.

— Foutaises !... Elle me nargue et me méprise une fois de plus. Voilà ce qu'elle fait !

Il recule un peu et lance d'une voix de stentor :

— Votre Grâce ! Je vous prie de m'ouvrir et de daigner me recevoir !

Les hauts murs répercutent l'appel, puis tout retourne au silence. L'image d'Ermengarde n'a pas bougé. Alertés par la voix de leur capitaine quelques hommes d'armes sortent de la salle basse. Ils regardent, tantôt en bas, tantôt vers le haut, s'efforçant de comprendre ce qui se passe, car rien ne se passe.

— Je vous supplie de me répondre ! hurle Odín Glumsson sur un ton qui n'a rien d'une supplique.

Tous ont les yeux fixés sur leur comtesse, pareille à une statue de sainte, mains jointes, détourée par le soleil en contre-jour. Nul n'entend les paroles qu'Aloïs murmure derrière le voile de soie. « Gloire à Toi, Dieu de vérité et de droiture. »

Tout au long du chemin de retour de Fontfroide, le capitaine Glumsson n'a cessé de réfléchir. Cette mission qu'il vient d'accomplir est la dernière. Il fallait mettre le mort au tombeau. C'est chose faite. Le reste n'a que trop duré. Ce jour d'hui doit s'achever le règne d'Ermengarde. Odín Glumsson s'en est persuadé. Grâce aux informations du mercenaire, il sait que le complot est en route, il lui faut en accélérer la machine. À présent doit s'écrire une nouvelle page de l'histoire de Narbonne.

— Ermengarde de Narbonne ! Au nom du comte de Saint-Gilles, je vous somme de vous rendre !

Le même silence indifférent lui répond. Là-haut,

dans la galerie, la silhouette parée de scintillants joyaux n'a pas bougé d'un pouce. Le visage tourné vers le ciel, elle prie.

— Gardes ! vocifère Odín Glumsson. Allez quérir les archers !

— Qu'allez-vous faire ?

— En finir.

Compostelle le fixe avec horreur. Il connaît ce regard où rôde la folie. Il l'a vu sur les champs de bataille quand les hommes deviennent des fauves. Les mêmes pupilles dilatées, les mêmes globes qui paraissent vouloir sortir des orbites. Cet homme est fou de haine. Il va tuer. Il faut l'en empêcher.

Sous la conduite de Robin le borgne, trois archers viennent d'arriver dans la cour. Ils sont certainement au nombre des renégats inscrits sur la honteuse liste.

— Capitaine, vous n'avez pas le droit ! Les grandes familles alliées à la comtesse ne laisseront pas ce crime impuni. Même Saint-Gilles désapprouvera votre conduite. Vous pouvez emprisonner Ermengarde, l'exiler, la bannir. Mais vous ne pouvez point l'occire.

— Que sais-tu du code qui régit le monde de la noblesse ? Est-ce à toi, un vulgaire mercenaire, de me dicter ma conduite ? Pour qui te prends-tu ?

— Pour moi-même, Hans Carvel, chevalier de Narbonne.

D'un geste vif, il a dégainé son épée.

Odín Glumsson la fixe, hagard.

— Je connais cette épée. C'est la sienne !

— Elle me l'a remise ce matin pour sceller la cérémonie de mon adoubement.

Le capitaine a l'impression que son entendement lui échappe et que tout se dérobe devant lui.

Compostelle recule, pas à pas, dos vers la chapelle pour mieux faire face à Glumsson et aux hommes d'armes. Il brandit haut son épée :

— Capitaine Glumsson ! Soldats de Narbonne ! Au nom de votre comtesse Ermengarde, je vous somme de déposer les armes et de lui jurer fidélité ! Elle est votre seigneur légitime !

— Archers ! hurle Glumsson, votre seigneur légitime, le comte de Saint-Gilles, vous sera reconnaissant d'avoir libéré Narbonne !

De la pointe de son épée, il désigne la silhouette dans la galerie.

— Tirez !

— Non ! crie Compostelle de toutes ses forces.

Trois flèches ont fusé en même temps entre les mains des archers. Deux se sont plantées dans la poitrine d'Aloïs, la troisième dans sa gorge. Sous le choc, elle titube, tente de s'agripper à l'une des colonnettes de marbre, se penche un peu trop en avant et bascule dans le vide. Son corps s'écrase aux pieds des deux anges de pierre, devant la porte de la chapelle. Les joyaux de la robe d'apparat ruissellent de sang. Sous le choc, la coiffe s'est détachée de la tête. Tous reconnaissent le visage de la dame d'atours.

Passé l'instant de stupeur, Compostelle se rue vers Glumsson. Une joie immense le submerge. Ermengarde est vivante. Cela seul a de l'importance. À présent, il va défendre chèrement sa peau.

Le capitaine a esquivé la charge de justesse. Il se prépare à parer la prochaine attaque. Compostelle fond sur lui d'estoc. Il pare. Il riposte d'un coup de taille. Compostelle esquive.

Les archers assistent impuissants au duel. Ils craignent, en intervenant, de blesser le capitaine.

Les coups qu'échangent les deux hommes sont de plus en plus violents, lourds de haine. Du sang coule par le bliaud déchiré du capitaine. Il coule aussi à l'épaule de Compostelle. Les épées s'entrechoquent à nouveau. Le souffle des adversaires se fait plus rauque.

Soudain Compostelle se fige, l'épée levée. Il baisse les yeux vers sa poitrine. La pointe d'une dague en sort, de la longueur d'une paume. La douleur qui le transperce en même temps est fulgurante. Ses jambes fléchissent. Il lui semble qu'il met une éternité à tomber tandis que son épée glisse de sa main. Il entend le choc de l'acier rebondir sur les pavés. L'arme s'est brisée.

— Heureusement que j'ai pu me glisser derrière lui sans qu'il s'en rende compte !

— Brave Robin ! Je commençais à faiblir. Il m'a percé le bras. Sans toi j'étais perdu.

— Poignardé dans le dos, c'est ce qui convient à un traître, lâche le borgne.

D'un coup sec, il retire la dague du dos du mercenaire qui s'est écroulé à deux pas du cadavre de la dame d'atours.

Un flot de sang envahit la bouche de Compostelle. En un dernier effort, il tourne son visage vers celui d'Aloïs.

S'il est vrai que les âmes peuvent entendre ce que nous leur disons, la sienne aura grande joie à ouïr ce que lui dit le chevalier Hans Carvel en son ultime souffle :

— Nous l'avons sauvée…

ÉPILOGUE

Il était une fois

Il était une fois une grande reine dont le château était un tas de planches et le royaume une plaine liquide toute mouvante et bosselée. La cour de cette reine était la plus merveilleuse qui se pût concevoir. On y trouvait un jouvenceau à la belle prestance et au crâne rasé, capable de se transformer en singe pour la plus grande joie d'une damoiselle au visage angélique qui parlait le langage des oiseaux. Il y avait aussi un preux marin – grand maître des voiles et des rames –, accompagné de sa femme qui allaitait leur enfant. De temps à autre, le bébé se mettait à pleurer. Il poussait alors des cris tels que les mouettes effrayées s'éloignaient à tire-d'aile, croyant que l'une d'entre elles était à l'agonie. Mais personne, à bord du château de planches, n'y trouvait à redire. Le bébé avait pour nom « Larmes-du-Palais », car il pleurait pour tout le monde et cela permettait à la reine et aux gens de la cour de garder les yeux secs en toute circonstance. La dernière personne de la cour était une pie qui avait apprivoisé un troubadour. Cette pie était une fée. Elle avait le don des mots qui créent les univers. Par son enchantement, le troubadour allait écrire une pièce de théâtre afin de narrer au monde entier l'histoire de cette reine et de sa cour ; une tragédie parsemée d'éclats de rire ou bien une farce bouffonne toute baignée de sang, cela dépendrait des moments.

— Sire Guilhem !

Ermengarde se tient à la proue du navire. Le vent marin plaque sur son visage de longues mèches désordonnées qu'elle rabat d'un revers de main.

— Me voici, Votre Grâce.

Dans le petit abri qu'il s'est constitué entre trois barils couverts d'une toile de voile, le jeune homme repose sa plume. Réveillé par les jacassements d'Agazza, il s'est mis à écrire aux premières lueurs du jour, quand l'aurore brodait d'or clair l'ourlet de l'horizon. La comtesse était déjà debout, humant l'air du large. Il a vu sa silhouette se découper dans la lumière naissante, les plis de son bliaud battant autour de son corps, pareils à d'impossibles ailes. C'est alors que lui est venue l'idée d'écrire cette histoire.

L'équipage dort encore. Voiles repliées, livré au doux balancement d'une petite houle, le dromon est à l'ancre, en pleine mer, dans l'attente de reprendre sa course vers le sud.

Guilhem a escaladé l'étroite échelle reliant le pont à la plate-forme de la proue. Il fait quelques pas vers Ermengarde.

— Approchez-vous, messire.

Il n'a jamais été aussi proche d'elle, presque à la toucher. La mer efface les protocoles.

— Regardez comme c'est beau… Tout est parfait.

Elle tend la main devant elle. Guilhem regarde la

perfection du rien. Car il n'y a rien à voir. Rien que l'éblouissant infini de la mer et du ciel.

— Aidez-moi à chanter, voulez-vous ?

Il n'avait point remarqué le petit livre de cuir usagé qu'elle tenait dans son autre main. C'est une sorte d'antiphonaire aux neumes soigneusement calligraphiés. La mélodie est admirable. Du premier regard, Guilhem n'a aucun mal à la déchiffrer.

— Comprenez-vous les paroles ?

— Point du tout.

— Moi non plus… C'est normal, c'est du français.

Guilhem se dit que les poètes ont bien du mérite d'écrire de belles choses dans une langue pareille. Mais il ne veut pas abîmer l'enthousiasme d'Ermengarde. Il vient de deviner d'où venait ce livre inconnu.

— Êtes-vous prêt ?

Le troubadour acquiesce en souriant.

Lentement, tâtonnant au début, puis s'affermissant au fur et à mesure, le chant du *Magnificat* se forme sur leurs lèvres. Et tandis que la mélodie prend son envol, il leur semble que s'apaisent les grondements de leur cœur. Bientôt ne sont plus ni remords ni douleur, ni espoir ni folie, ni comtesse déchue ni glorieux troubadour.

À la proue du bateau, une femme vieillissante et un jeune homme chantent dans le vide du monde. Ils mêlent un instant leurs voix à la rumeur des vagues, au murmure du vent. Leur chant profond, ils l'abandonnent à l'infini.

ANNEXES

NOTE HISTORIQUE

Ermengarde (née entre 1127 et 1129) est chassée de Narbonne en 1177 par une conjuration des marchands. Le comte de Toulouse, Raimon de Saint-Gilles – qui fut tantôt son partenaire, tantôt son adversaire –, s'autoproclame maître et seigneur de la ville. La vicomtesse y retournera en 1179 grâce à ses alliés et accompagnée de son neveu Pedro de Lara.

Mais elle est détrônée par Pedro en 1192. À nouveau chassée de Narbonne, elle se réfugie, solitaire et désargentée, auprès des templiers du Mas-Deu, près de Perpignan, où elle demandera à être enterrée. Elle s'y éteint dans le plus grand dénuement, quasi oubliée de tous. Son nom ne subsistera plus qu'en tant que mécène et égérie de nombreux troubadours. Elle fut pourtant une des femmes politiques les plus importantes de son temps.

Un supermarché se dresse aujourd'hui à l'emplacement du palais comtal de Narbonne. Les marchands ont gagné la partie.

C'est bien en janvier 1177, mais à Fontfroide, qu'est mort le jeune Aymeri de Lara. Pour les besoins de la fiction, j'ai déplacé de quelques kilomètres le lieu de son mystérieux trépas.

Pons d'Arsac a été archevêque de Narbonne de 1162 à 1181, date à laquelle il est déposé par la hiérarchie catholique, probablement à cause de son manque d'efficacité dans la lutte contre les hérétiques.

NOTE SUR LES COULISSES DE L'ÉCRITURE

D'autres personnages du roman ont réellement existé. Par exemple Lobar le Loup et ses mercenaires ont été responsables du saccage de la ville de Ségur (Aveyron), en avril 1177. Ils étaient alors sous les ordres de Richard Cœur de Lion.

Odín Glumsson m'a été inspiré par le scalde Oddi inn litli Glumsson qui connut Ermengarde et la célébra dans la *Saga des Orcades*.

Quelques noms ont été modifiés pour des raisons d'homonymie qui auraient rendu la lecture difficile, ainsi le conseiller Peire Raimon est devenu Pierre Ramondis. Sans quoi il y aurait eu trop de Raimon et de Peire dans un même récit.

J'ai invité à jouer dans cette histoire les personnages de Célestina et de son valet Parmeno créés par le dramaturge espagnol Fernando de Rojas (mort en 1541). J'ai aussi emprunté le nom de Hans Carvel à La Fontaine qui l'a lui-même trouvé chez Rabelais.

Ont été créés de toutes pièces : Aloïs de Malpas, Guilhem et sa sœur Blanche, ainsi que Peire Brun et Compostelle, ou encore Fabian et Donat, et quelques autres personnages secondaires.

J'ai traduit et adapté les extraits dialogués du *Jeu d'Adam* à partir du texte original dont l'auteur est inconnu.

Enfin, j'ai placé dans la bouche de certains protagonistes des idées que l'on pourra retrouver sous la plume de Bernard de Clairvaux, Guillaume de Conches ou encore Bertrand de Born ou Bernard de Ventadour.

QUELQUES SOURCES BIBLIOGRAPHIQUES

Fredric Lawrence Cheyette, *Ermengarde de Narbonne et le monde des troubadours*, traduit par Aude Carlier, Paris, Perrin, 2006.

Le Jeu d'Adam, édition bilingue, établie, traduite, présentée et annotée par Véronique Dominguez, Paris, Honoré Champion, 2012.

Jacques Lafitte-Houssat, *Troubadours et cours d'amour*, Paris, PUF, coll. « Que sais-je ? », 1950.

Jacques Le Goff, *Les Intellectuels au Moyen Âge*, Paris, Éditions du Seuil, 1957.

Le Roman de la Rose, Guillaume de Lorris et Jean de Meun, traduction, présentation et notes par Armand Strubel, Paris, Le Livre de Poche, 1992.

REMERCIEMENTS

Dans la grande tradition des contes médiévaux, deux bonnes fées se sont penchées sur le berceau de mon livre. Je tiens à les remercier très chaleureusement. Leurs baguettes magiques ont pour nom Vigilance et Bienveillance. Elles-mêmes s'appellent Elsa Delachair – mon éditrice – et Delphine Judith – ma correctrice. Si *Magnificat* a quelque charme, c'est aussi à elles qu'il le doit. Sans oublier « l'enchanteur de la correction », Philippe Blaizot, à qui j'adresse toute ma reconnaissance.

François-Henri Soulié

MIXTE
Papier issu de
sources responsables
FSC® C003309

L'éditeur de cet ouvrage s'engage dans une démarche
de certification FSC® qui contribue à la préservation
des forêts pour les générations futures.

Pour en savoir plus :
www.editis.com/engagement-rse/

10/18 – 92 avenue de France, 75013 PARIS

Imprimé en France par CPI

N° d'impression : 3048902
X07966/01